Stephanie Laurens

L'AMOUR, TOUJOURS L'AMOUR

Cynster
Tome 6

Traduit de l'anglais
par Lynda Leith

Roman

DIVA
ROMANCE

L'arbre généalogique de la famille Cynster

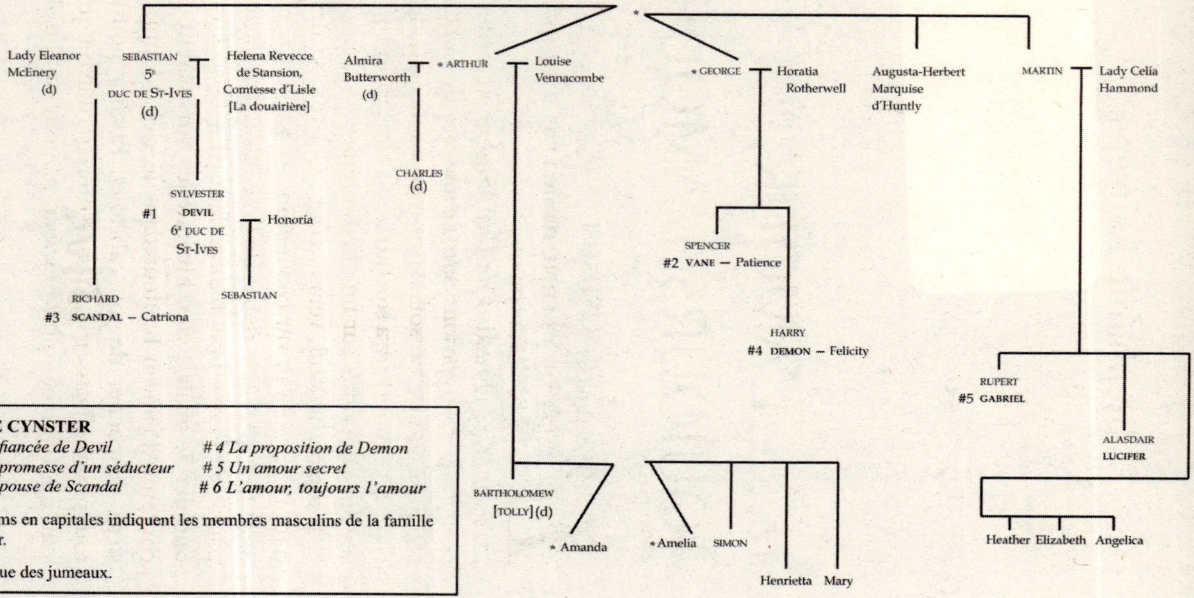

SÉRIE CYNSTER

 # 1 La fiancée de Devil
 # 2 La promesse d'un séducteur
 # 3 L'épouse de Scandal
 # 4 La proposition de Demon
 # 5 Un amour secret
 # 6 L'amour, toujours l'amour

Les noms en capitales indiquent les membres masculins de la famille Cynster.

* Indique des jumeaux.

CHAPITRE 1

Juin 1820
Devon

L'*abstinence.*

Cela ne donnait même pas *l'impression* d'être confortable.

Alasdair Reginald Cynster, largement connu, pour de bonnes raisons, sous le surnom de Lucifer, repoussa le mot de son esprit avec un grognement dégoûté et concentra son attention à faire bifurquer ses pur-sang noirs sur un chemin étroit.

Il menait au sud, vers la côte ; Colyton, sa destination, se trouvait sur ce chemin.

Autour de lui, le début de l'été étreignait la campagne dans des bras bienveillants. La brise faisait onduler le maïs ; des hirondelles survolaient les courants d'eau en hauteur dans le ciel ; depuis le siège du cocher de son cabriolet, Lucifer pouvait tout juste embrasser le paysage du regard. Non qu'il y ait quoi que ce soit à voir dans ce coin rural isolé.

Ce qui le laissait seul avec ses pensées. Retenant les chevaux à un rythme lent mais régulier sur le chemin sinueux, il réfléchit à la proposition malvenue d'avoir à survivre sans le genre de compagnie féminine auquel il était habitué. Ce n'était pas une perspective agréable, mais il aimait mieux supporter cette torture que risquer de succomber à la malédiction des Cynster.

Ce n'était pas une malédiction à prendre à la légère : elle avait déjà revendiqué cinq de ses parents mâles les plus intimes, tous les autres membres du célèbre groupe qui avait, pendant de si nombreuses années, régné sur la haute société. Le clan Cynster avait fauché dans les rangs des dames de Londres, les laissant langoureuses et épuisées dans leur sillage. Ils s'étaient montrés audacieux, diaboliques, invincibles – jusqu'à ce que, un à un, la malédiction les rattrape. Aujourd'hui, il était le seul homme libre – sans menottes, célibataire et impénitent. Il n'avait rien contre le mariage en soi, mais le fait malencontreux – le nœud de la malédiction – était que les Cynster ne faisaient pas que se marier. Ils épousaient des femmes qu'ils aimaient.

Cette seule idée le faisait frissonner. Sa vulnérabilité implicite était quelque chose qu'il n'accepterait jamais volontiers.

Hier, son frère, Gabriel, avait fait précisément cela. C'était l'une des deux principales raisons de sa venue ici pour se terrer au fin fond du Devon.

Lui et Gabriel avaient été proches toute leur vie ; onze mois seulement les séparaient. À part Gabriel, la seule personne qu'il connaissait mieux que quiconque au monde était leur compagne de jeu d'enfance, Alathea Morwellan.

Aujourd'hui, Alathea Cynster. Gabriel l'avait épousée hier ; ce faisant, il avait ouvert les yeux de Lucifer sur la puissance de la malédiction, à quel point elle pouvait être irrésistible. L'amour s'était épanoui dans le sol le moins probable.

La malédiction avait frappé vigoureusement, impitoyablement, violemment et elle avait vaincu contre toute attente.

Il souhaitait sincèrement la joie à Gabriel et Alathea, mais il n'avait aucune intention de suivre leur exemple.

Pas maintenant. Très possiblement jamais.

Quel besoin avait-il du mariage ? Que gagnerait-il qu'il n'ait pas déjà ? Les femmes – les dames – tout cela était très bien. Il se plaisait à badiner amoureusement avec elles, il aimait les subtilités de la conquête des plus résistantes, les encourageant à venir dans son lit. Il aimait leur enseigner tout ce qu'il savait du plaisir partagé. Cela, par contre, délimitait son intérêt. Il avait d'autres domaines de prédilection et il aimait sa liberté, il aimait ne pas rendre de compte. Il préférait sa vie comme elle était et il ne désirait aucunement en changer.

Il était déterminé à éviter la malédiction – il pouvait très bien s'en sortir sans amour.

Donc, il s'était retiré en douce du déjeuner de noces de Gabriel et Alathea et il avait quitté Londres. Avec Gabriel marié, il avait succédé au titre de cible matrimoniale principale des dames de la haute société ; par conséquent, il avait refusé toutes les invitations aux fêtes d'été à la campagne. Il avait roulé jusqu'au manoir Quiverstone, le domaine de ses parents dans le Somerset. Laissant sur place son palefrenier Dosdwell, un habitant du cru, afin qu'il rende visite à sa sœur, il avait quitté Quiverstone tôt ce matin et se dirigeait vers le sud à travers la campagne.

À sa gauche, trois cottages apparurent sous ses yeux, groupés autour d'une jonction avec un chemin encore plus étroit déambulant à côté d'une crête. Ralentissant, il dépassa les cottages et il contourna la crête – le village de Colyton s'ouvrit devant lui. Tirant sur les rênes, il balaya la scène du regard.

Et il grimaça en son for intérieur. Il avait eu raison. D'après les apparences de Colyton, ses chances étaient nulles de trouver une dame du coin avec qui badiner amoureusement – une femme mariée qui satisfaisait ses normes exigeantes et avec qui il pourrait soulager cette envie dont tous les Cynster étaient la proie.

L'abstinence serait de rigueur.

Le village, ordonné et bien tenu sous le soleil vif, était comme la vision d'un artiste de l'idéal rustique, imprégné de paix et d'harmonie. Devant et à droite, la place montait en une pente légère ; une église s'élevait au sommet, une solide structure normande flanquée d'un cimetière bien entretenu. Au-delà du cimetière, un autre chemin courait vers le bas, rejoignant vraisemblablement le chemin principal plus loin. Le chemin principal lui-même tournait sur la gauche, bordé par une rangée de cottages tournés face à la place ; l'enseigne d'une auberge apparut au-dessus du chemin juste avant de se balancer au vent. Plus près de lui se trouvait une mare à canards sur la place ; les chevaux noirs piaffèrent et secouèrent la tête au son des coin-coin. Calmant ses bêtes, Lucifer regarda à gauche, vers la première maison du village s'élevant au fond de son jardin. Un nom était gravé sur le portique. Il plissa les paupières. *Le Manoir Colyton.* Sa destination.

Le manoir était une belle résidence de grès pâle, deux étages et des combles dans le style géorgien avec des rangées de longues fenêtres en fronton flanqué d'un portique et de la porte d'entrée. La demeure faisait face au chemin, derrière un mur de pierre à hauteur de la taille et un vaste jardin rempli de plantes fleuries et de roses. Une fontaine circulaire s'élevait au centre du jardin, interrompant le sentier joignant la porte d'entrée et la grille ouvrant sur le chemin. Au-delà du jardin, un bosquet d'arbres dissimulait le manoir au village par derrière.

Une allée en gravier longeait le côté le plus proche de la résidence, menant finalement à une écurie en arrière-plan devant d'autres arbres encore. L'allée était séparée d'un massif par une vaste étendue de pelouse ponctuée ici et là de vieux arbres donnant de l'ombre. Un peu en broussaille, le massif s'étendait presque jusqu'à l'endroit où le cabriolet était arrêté ; une étendue d'eau au-delà suggérait un lac ornemental.

Le manoir Colyton ressemblait à ce qu'il était, la résidence d'un gentleman prospère. C'était la demeure de Horatio Welham – la raison pour laquelle Lucifer avait choisi Colyton comme refuge temporaire.

La lettre de Horatio l'avait rejoint trois jours plus tôt. Un vieil ami et son guide dans toutes les affaires liées à la collection, Horatio l'avait invité à lui rendre visite à Colyton dès que cela lui conviendrait. Avec les *grandes dames* jetant leur dévolu sur lui, sa réponse avait été immédiate – il avait saisi ce prétexte pour disparaître du tourbillon mondain.

À une époque, il avait hanté la résidence de Horatio dans le Lake District. Cependant, même si lui et Horatio étaient restés proches, depuis le déménagement de Horatio dans le Devon trois ans plus tôt, ils ne s'étaient plus rencontrés que dans les réunions de collectionneurs partout au pays et à Londres ; ceci était sa première visite à Colyton.

Les chevaux noirs secouèrent leurs têtes ; leurs harnais cliquetèrent. Se redressant, reprenant les rênes en main, Lucifer avait conscience d'une impatience grandissante – de revoir Horatio, de lui serrer la main, de passer du temps en sa compagnie érudite. La raison de la demande de Horatio de venir le voir teintait cette anticipation – la demande de son opinion sur un objet qui, selon les mots de Horatio, pourrait aller jusqu'à le tenter d'étendre sa collection au-delà de ses catégories préférées qu'étaient l'argent et les bijoux. Il avait passé le trajet depuis le Somerset à échafauder des hypothèses sur la nature de cet objet, mais il n'avait atteint aucune conclusion.

Il le saurait bien assez vite. Faisant claquer ses rênes, il remit les chevaux en marche. Virant avec élégance entre les deux grands piliers de la grille, il arrêta son cabriolet près du côté de la maison avec l'habituel bruit de crissement et de piaffements des sabots.

Personne ne sortit en courant.

Il écouta – et il n'entendit rien à part le son des oiseaux et des insectes. Puis, il se souvint que l'on était dimanche ; Horatio et sa maisonnée seraient à l'église. Jetant un bref coup d'œil sur la place, il vérifia que la porte de l'église était entrouverte. Il regarda la porte d'entrée du manoir – elle aussi était partiellement ouverte. Quelqu'un, semblait-il, se trouvait à la maison.

Attachant ses rênes, il sauta en bas de son véhicule et il marcha à grandes enjambées sur le sentier de gravier menant au portique. Brillant sous les fleurs d'été, le jardin attira et retint son regard.

Le spectacle ravivait un souvenir depuis longtemps enfoui. Marquant une pause devant le portique, il s'efforça de le ranimer.

C'était le jardin de Martha.

Martha était la défunte femme de Horatio ; elle était le pivot autour duquel la maisonnée de Lake District avait évolué. Martha adorait jardiner, faisant beaucoup d'efforts à travers les saisons pour créer des ensembles magnifiques – exactement comme celui-ci. Lucifer examina les plantations. La disposition était similaire à celle du jardin de Lake District. Cependant, Martha était morte depuis trois ans. À part sa mère et ses tantes, Lucifer ne s'était jamais senti plus proche de Martha que de toute autre femme plus âgée – elle avait occupé une place spéciale dans sa vie. Il avait souvent écouté ses sermons, alors qu'il avait été sourd à ceux de sa mère. Martha n'était pas une parente – il lui avait toujours été plus facile d'entendre la vérité de sa bouche. C'était la mort de Martha qui avait diminué son enthousiasme à visiter la maison de Horatio. Trop de souvenirs, un sentiment de perte partagé trop aigu.

Voir le jardin de Martha lui sembla bizarre, comme une main sur sa manche quand il n'y en avait pas. Il fronça les sourcils – il pouvait presque entendre Martha murmurer de sa voix douce et gentille.

Tournant brusquement, il entra dans le portique. La porte d'entrée était à moitié ouverte ; il la poussa plus loin. Le vestibule était vide.

— Bonjour ! Il y a quelqu'un ?

Pas de réponse. Tout ce qu'il pouvait entendre était le bourdonnement estival à l'extérieur. Il passa le seuil et il s'arrêta. La maison était fraîche, calme, immobile… en attente.

Fronçant plus fermement les sourcils, il s'avança, les talons de ses bottes claquant sur les carreaux noirs et blancs. Il se dirigea vers la première porte à sa droite. Elle était grande ouverte.

Il sentit l'odeur du sang avant d'atteindre la porte. Après Waterloo, c'était une odeur qui ne le trompait plus. Les poils se redressèrent sur sa nuque ; il ralentit. Dans son dos, le soleil brillait, vif et chaud – le calme froid dans la maison s'intensifia. Il le poussait à continuer.

Il stoppa dans le cadre de porte, son regard attiré vers le corps affalé à quelques mètres dans la pièce.

Sa peau se glaça. Après une brève pause, il obligea son regard à voyager jusqu'au vieux visage ridé, à la chevelure blanche hirsute recouverte d'un bonnet pomponné. Dans une longue chemise de nuit blanche avec un châle tricoté enroulé autour de ses lourdes épaules, tordu sur le dos avec un bras rejeté vers l'extérieur, des pieds nus pointant vers la porte extérieure, l'homme mort donnait l'impression d'être endormi, ici dans son salon, entouré de ses volumes anciens.

Cependant, il ne dormait pas – il ne s'était même pas effondré. Du sang coulait encore d'une petite coupure sur son flanc gauche, directement sous son cœur.

Lucifer inspira lentement.

— *Horatio !*

À genoux, il chercha un pouls au poignet et sur la gorge et il n'en trouva pas. La main sur le torse de Horatio, il sentit une chaleur persistante ; une légère couleur ornait encore les joues de l'homme. Son esprit encaissant le coup, Lucifer s'assit sur ses talons.

Horatio avait été assassiné – quelques minutes plus tôt.

Il se sentait engourdi, détaché ; une partie de son cerveau continuait à cataloguer les faits, comme l'officier de cavalerie qu'il avait été autrefois.

L'unique coup mortel avait été assené avec un mouvement vers le haut dans le cœur – comme une blessure à la baïonnette. Pas beaucoup de sang, juste un peu… bizarrement peu. Fronçant les sourcils, il vérifia.

Il y avait plus de sang sous le corps. Horatio avait été retourné sur le dos plus tard – il était initialement tombé face contre terre. Remarquant un éclat doré sous le châle, Lucifer fouilla avec des doigts tremblants – et il sortit un long et mince coupe-papier.

Ses doigts se courbèrent autour de la poignée décorée. Il survola du regard l'espace autour, mais il ne vit aucune trace de lutte. Le tapis n'était pas chiffonné ; la table entre le corps et le tapis semblait correctement alignée à sa place habituelle.

L'engourdissement disparaissait. Les émotions se bousculèrent ; les sens de Lucifer tressaillirent, puis s'animèrent.

Il jura dans sa barbe ; il avait l'impression d'avoir reçu un coup de pied dans le ventre. Après la paix dehors, trouver Horatio comme ceci lui semblait obscène – un cauchemar dont il ne se réveillerait pas, il le savait. Une perte écrasante le submergea ; son anticipation précédente traînait comme des cendres amères sur sa langue. Pressant fermement les lèvres ensemble, il respira profondément…

Il n'était pas seul.

Dès l'instant où il en eut le sentiment, il entendit le son. Ensuite, un bruit sourd et celui de pas précipités arrivèrent dans son dos.

Il bondit sur ses pieds, serrant le coupe-papier…

Un poids lourd s'écrasa sur son crâne.

C'était horriblement douloureux.

Il gisait affalé sur le plancher. Il avait dû tomber comme une masse, mais il ne se souvenait pas de l'impact. Il ignorait totalement s'il avait perdu connaissance et s'il venait tout juste de reprendre ses esprits ou bien s'il venait à l'instant de tomber au sol. Employant tout ce qu'il lui restait de volonté, il entrouvrit les paupières. Le visage de Horatio traversa son champ de vision et le quitta. Fermant les yeux, il réprima un gémissement. Avec de la chance, le meurtrier allait penser qu'il n'avait plus conscience de rien. C'était presque vrai. La marée noire de l'inconscience déferlait et se retirait, essayant de le faire plonger. Avec détermination, il résista à son attrait. Le coupe-papier était toujours fermement serré dans son poing, mais son bras droit était coincé sous son corps. Il ne pouvait pas bouger. Son corps était comme un poids d'acier dans lequel il était piégé ; il ne pouvait pas se défendre. Il aurait dû d'abord fouiller la pièce, mais la vue de Horatio, allongé là et saignant toujours… oh ! non !!

Il attendit, étrangement indifférent, se demandant si le meurtrier s'arrêterait pour en finir avec lui ou s'il allait simplement s'enfuir. Il n'avait pas encore entendu quelqu'un partir, mais il n'était pas certain de pouvoir entendre en premier lieu.

Depuis combien de temps était-il allongé là ?

Derrière la porte, Phyllida Tallent fixait, estomaquée, le gentleman à présent allongé sans vie à côté du corps de Horatio Welham. Un petit cri de consternation lui échappa – le son ridicule la poussa à agir.

Inspirant lentement, elle s'avança d'un pas, se pencha et enroula les deux mains autour de la lance de la hallebarde reposant maintenant sur l'homme tombé.

Rassemblant ses forces, elle compta jusqu'à trois, puis elle tira. La lourde tête de la hallebarde s'éleva. Phyllida vacilla, ses bottes traînant sur le plancher pendant qu'elle s'efforçait d'éloigner l'arme encombrante dans un mouvement de balancier.

Elle n'avait pas voulu qu'elle tombe sur lui.

Étant entrée un instant plus tôt et après avoir découvert le corps de Horatio, elle n'avait pas du tout les idées claires lorsque les pas de l'étranger avaient résonné sur le gravier dehors. Elle avait paniqué, croyant qu'il s'agissait du meurtrier revenant pour enlever le corps. Comme tout le village était à l'église, elle n'avait pas pu imaginer que ce pût être quelqu'un d'autre.

Il avait crié « Bonjour », mais le meurtrier aurait pu agir ainsi aussi pour voir si une personne était tombée sur la scène du crime. Elle avait frénétiquement cherché une cachette, mais le long salon était bordé de bibliothèques – le seul trou qui aurait pu la dissimuler à la porte était trop loin pour qu'elle le rejoigne à temps.

Désespérée, elle s'était cachée dans le seul endroit disponible – dans les ombres derrière la porte ouverte, entre le cadre et la dernière bibliothèque, se serrant dans l'espace entre elle et la hallebarde.

La cachette lui avait bien servi. Toutefois, après avoir compris, d'après ses gestes et ses jurons marmonnés, que cet homme n'était pas un meurtrier ; après avoir débattu de la sagesse de se montrer – elle, la fille du juge local, assez âgée pour être mieux avisée que de se glisser furtivement dans les maisons des autres, habillée d'une culotte pour chercher les affaires personnelles égarées d'autres personnes encore –, après avoir mis tout cela de côté et compris qu'il s'agissait d'un meurtre, elle s'était avancée pour annoncer sa présence et elle avait donné un petit coup sur la hallebarde.

Sa chute avait été inexorable.

Elle l'avait attrapée et lutté en vain pour l'arrêter ou la faire dévier ; en fin de compte, tout ce qu'elle avait pu faire avait été de la tourner assez pour que la lourde lame ne frappe pas la tête de l'homme. Si cela avait été le cas, il serait mort. En l'occurrence le côté en métal de la hache avait touché sa cible avec un bruit écœurant.

La hallebarde étant enfin tournée sur le côté, elle l'abaissa sur le plancher. Ce ne fut qu'à ce moment-là qu'elle constata qu'elle répétait une litanie haletante : *Oh, mon Dieu ! Oh, mon Dieu ! Oh, mon Dieu !*

S'essuyant les paumes sur sa culotte, elle regarda, nauséeuse, son innocente victime. Le son de la hallebarde entrant en contact avec son crâne résonnait dans ses oreilles. Cela n'avait pas aidé qu'il ait choisi ce moment précis pour bondir sur ses pieds. Il s'était levé, propulsé comme un ressort, seulement pour heurter la hallebarde qui plongeait sur lui.

Lui aussi avait frappé le plancher avec un bruit écœurant. Il n'avait plus bougé depuis.

S'armant de courage, elle enjamba la perche.

— Oh, mon Dieu – *je vous en prie,* faites que je ne l'aie pas tué !

Horatio avait été assassiné, et maintenant, elle avait tué un étranger. Où s'en allait son monde ?

La panique lui rongeant les nerfs, elle se laissa choir sur ses genoux ; le gentleman était allongé vers l'avant, en face de Horatio…

Lucifer sentit une présence s'approcher. Il ne pouvait pas entendre, il ne pouvait pas voir, mais il le sut lorsque la personne s'agenouilla derrière son dos. Le meurtrier. Il devait le supposer. Si seulement il pouvait rassembler suffisamment de force, même pour soulever ses paupières. Il s'y essaya, mais rien ne se produisit. L'inconscience prenait de l'ampleur, le gagnant de toute part – il refusait de s'abandonner et de perdre connaissance. Il y avait un rugissement dans sa tête. Même il sut lorsque le meurtrier tendit la main. Le rugissement dans sa tête augmenta…

Des doigts – de *petits* doigts – lui touchèrent doucement la joue, avec hésitation. Le contact irradia dans son cerveau comme une flamme.

« Pas le meurtrier. »

Le soulagement le submergea et l'emmena impitoyablement dans l'obscurité.

Phyllida suivit la ligne de la joue de l'homme tombé, fascinée par la beauté saisissante de son visage. Il ressemblait à un ange déchu – des traits aussi classiques ne pouvaient certainement pas se trouver chez des hommes mortels. Son front était large, son nez patricien, son épaisse chevelure très foncée, d'un noir de zibeline. Ses yeux étaient grands sous des sourcils noirs arqués. Ses paupières ne papillotèrent pas ; l'estomac de Phyllida se serra. Ensuite, elle vit ses lèvres, minces et mobiles, s'apaiser, s'adoucir comme s'il expirait.

« Je vous en prie, je vous en prie, ne mourez pas ! »

Avec frénésie, elle chercha un pouls sur sa gorge, gâchant sa cravate en chemin. Elle faillit s'évanouir de soulagement quand elle découvrit le battement palpitant, régulier et fort.

« Dieu merci ! »

Elle s'affaissa. Sans réfléchir, elle réarrangea sa cravate avec soin, lissant les plis – il était si beau et elle ne l'avait pas tué.

Des roues crissèrent lourdement sur l'allée de gravier. Phyllida se redressa brusquement. Ses yeux s'arrondirent. Le meurtrier ?

Son cerveau paniqué se calma suffisamment pour qu'elle distingue des voix pendant que le véhicule continuait à rouler autour de la maison. Pas le meurtrier – le personnel du manoir. Elle regarda l'étranger inconscient.

Pour la première fois de sa vie, elle eut de la difficulté à réfléchir. Son cœur battait encore la chamade ; elle se sentait étourdie. Inspirant lentement, elle s'efforça de se concentrer.

Horatio était mort ; elle ne pouvait pas changer cela. En effet, elle ne connaissait rien qui soit pertinent. Son ami était inconscient et il le resterait un moment – elle devrait s'assurer qu'il reçoive de bons soins. C'était le moins qu'elle puisse faire.

Cependant, elle était ici dans le salon de Horatio, en culotte au lieu d'être allongée dans son lit à la Grange avec un mal de tête carabinée. Et elle ne pouvait pas l'expliquer, à moins de révéler la raison de sa présence ici – ses affaires personnelles égarées. Pire, ces affaires ne lui appartenaient pas. Elle ne savait pas exactement pourquoi elles étaient si importantes, pourquoi l'on devrait à tout prix éviter d'en parler, ce qui augmentait la difficulté de cacher leur existence.

Mis à part tout le reste, elle avait juré le secret.

« Fichtre ! »

Elle allait être découverte d'une minute à l'autre. Madame Hemmings, la gouvernante du manoir, devait être en train d'entrer dans la cuisine à l'instant.

« Réfléchis ! »

Et si, au lieu d'attendre ici et de s'empêtrer elle-même dans un bourbier d'explications impossibles, elle partait, rentrait à la maison en coupant par les bois, se changeait et revenait ?

Elle pouvait facilement songer à une course à faire. Elle pouvait être de retour dans dix minutes. Ensuite, elle pourrait s'assurer que l'on découvre le corps de Horatio et superviser les soins administrés à l'étranger.

Cela était un plan raisonnable.

Phyllida se remit péniblement debout. Ses jambes chancelaient ; elle se sentait encore tout étourdie. Elle était sur le point de se détourner quand le chapeau sur la table derrière le corps de Horatio attira son regard.

L'étranger portait-il un chapeau lorsqu'il était entré ? Elle ne l'avait pas remarqué, mais il était si imposant, il avait pu tendre la main en avant et le poser sur la table sans qu'elle le voie.

Les chapeaux des gentlemen affichaient souvent le nom de leur propriétaire brodé sur la bande intérieure. Contournant le corps de Horatio, Phyllida tendit la main vers le chapeau brun…

— Je vais juste monter voir le maître. Surveille ce chaudron, tu veux ?

Phyllida oublia le chapeau. Elle fila à toute vitesse à travers le vestibule, elle sortit par la porte d'entrée, puis elle courut sur la pelouse latérale et plongea dans les massifs.

— Juggs, ouvrez cette porte.

Les mots, prononcés d'un ton que Lucifer associait généralement à sa mère, lui firent brusquement reprendre ses esprits.

— Nan, peux pas, répondit une lourde voix mâle. P't-être pas sage.

— Sage ?

Le ton de la femme avait monté. Après une pause, pendant laquelle Lucifer put presque l'entendre maîtriser sa colère, elle demanda :

— A-t-il repris connaissance au moins un peu depuis que vous l'avez ramené du manoir ?

Donc, il n'était plus au manoir. Où diable était-il ?

— Nan ! Il s'est endormi tout de suite, ça oui.

Il ne dormait pas, mais il aurait tout aussi bien pu. À part l'ouïe, ses sens ne fonctionnaient pas bien – il ne pouvait pas sentir grand-chose au-delà de son mal de tête d'enfer. Il était allongé sur le flanc sur une surface très dure.

L'air était frais et contenait une trace de poussière humide. Il ne pouvait pas lever ses paupières — même un mouvement aussi léger était encore au-delà de ses forces.

Il était impuissant.

— Comment savez-vous qu'il est toujours vivant ?

Le ton impérieux de la femme indiquait sans aucun doute qu'il s'agissait d'une dame.

— Vivant ? Bien sûr qu'il est vivant – pourquoi ne le serait-il pas ? Il s'est évanoui, c'est tout.

— *Évanoui* ? Juggs, vous êtes aubergiste. Combien de temps les hommes évanouis restent-ils évanouis, particulièrement s'ils sont secoués dans une charrette à l'air frais ?

Juggs grogna.

— C'est un gars de la haute ; qui sait combien de temps ils restent sans connaissance ? Y sont faibles du foie, ces gens-là.

— Ils l'ont trouvé affalé à côté du corps de monsieur Welham. Et s'il ne s'était pas évanoui, si on lui avait infligé une blessure ?

— Comment aurait-on pu lui avoir inf… le blesser ?

— Il s'est peut-être battu avec le meurtrier en essayant de secourir monsieur Welham.

— Nan ! Comme ça, nous aurions cet oiseau ici et un autre serait le meurtrier – cela ferait deux personnes arrivant chacune de leur côté de l'extérieur le même jour sans que personne ne voie ni l'un ni l'autre et cela n'arrive pas, c'est tout.

La dame faillit perdre patience.

— *Juggs, ouvrez cette porte !* Et si le gentleman meurt, tout cela parce que vous avez décidé qu'il s'était évanoui quand ce n'est pas le cas du tout ? Nous devons vérifier.

— Il s'est évanoui, j'vous l'dis ; pas une marque sur lui que nous avons pu voir, Thompson ou moi.

Lucifer rassembla tout ce qui lui restait de force. S'il voulait du secours, il allait devoir aider la dame ; il ne voulait pas qu'elle parte défaite, le laissant entre les mains indifférentes de l'aubergiste. Il leva une main – son bras trembla… il obligea sa main à se poser sur sa tête. Il entendit un gémissement, puis il comprit que c'était le sien.

— Voilà ! Vous *voyez* ? dit la dame d'un air triomphant. C'est sa tête qui le fait souffrir – *l'arrière* de sa tête. Pourquoi, s'il s'est simplement évanoui ? Vite, Juggs, ouvrez la porte ! Il y a quelque chose qui ne va pas du tout ici.

Lucifer laissa sa main retomber. S'il l'avait pu, il aurait rugi pour que Juggs ouvre la maudite porte. Bien sûr qu'il y avait quelque chose qui n'allait pas – le meurtrier l'avait assommé. Que diable s'était-il produit, selon eux ?

— Il s'est peut-être cogné la tête en tombant, grommela Juggs.

Pourquoi diable s'imaginaient-ils qu'il était tombé ? Cependant, le cliquetis des clés chassa toute pensée de l'esprit de Lucifer. La dame avait gagné ; elle venait à son secours. Un loquet fit un bruit sec et métallique, puis une lourde porte érafla le sol. Des pas rapides traversèrent vivement le sol de pierre en venant vers lui.

Une petite main lui toucha l'épaule. Une présence chaude et doucement féminine se pencha plus près.

— Tout ira bien dans un moment, dit-elle d'un ton lent et apaisant. Laissez-moi seulement vous examiner la tête.

Elle se tenait au-dessus de lui ; ses sens lui étaient suffisamment revenus pour lui indiquer qu'elle n'était pas aussi vieille qu'il l'avait cru. Cette constatation lui donna la force de soulever les paupières, bien que très légèrement.

Elle le vit et elle lui sourit avec encouragement, repoussant la mèche de cheveux qui était tombée sur son front.

La douleur dans sa tête s'évapora. Ouvrant davantage les yeux, Lucifer absorba les détails de son visage. Ce n'était pas une fille, mais elle se qualifiait encore comme jeune femme. Elle était au début de la vingtaine, néanmoins, son visage avait du caractère, plus de force et de détermination flagrante qu'il était habituel pour une personne de son âge. Il le remarqua, mais ce ne fut pas cela qui retint son attention, qui captiva sa sensibilité à l'exclusion de la douleur handicapante dans sa tête.

Ses yeux bruns étaient grands, larges et remplis d'inquiétude – et d'une franche empathie qui l'atteignit au-delà de ses boucliers cyniques – et l'émut. Ces beaux yeux étaient encadrés par un front large et des sourcils délicatement arqués, par une chevelure sombre, presque aussi noire que la sienne, arborant une coupe courte se courbant autour de sa tête comme un casque luisant. Son nez était droit et son menton pointu, ses lèvres…

La soudaine vague de pensées et d'envies impulsives sensuelles ne cadrait pas bien pour une fois ; Horatio était mort. Il laissa ses paupières retomber.

— Vous vous sentirez mieux immédiatement, promit-elle, une fois que nous vous aurons transporté dans un lit confortable.

Derrière elle, Juggs grogna.

— Ouais ; c'est ce genre de gentleman, je parierais. Un meurtrier en plus de l'autre genre.

Lucifer ignora Juggs. La dame savait qu'il n'était pas un meurtrier et elle avait maintenant l'avantage. Ses doigts se glissèrent dans sa chevelure, tâtant le contour de sa blessure avec précaution. Il se raidit, puis il réprima un gémissement quand elle la sonda délicatement.

Elle repoussa ses cheveux afin que l'air touche sa plaie.

— Vous voyez ? Il a été frappé à l'arrière de la tête avec quelque chose ; une arme quelconque.

Juggs se racla la gorge.

— P't-être qui s'est frappé la tête sur la table dans le salon du manoir quand il s'est évanoui.

— Juggs ! Vous savez aussi bien que moi que cette blessure est trop grave pour cela.

Les yeux fermés, Lucifer respira superficiellement. La douleur le submergeait par vagues écœurantes. De désespoir, il évoqua l'image du visage de la dame, s'efforçant d'y centrer son attention et de tenir la douleur à distance. Sa gorge était svelte, gracieuse. Cela augurait bien pour le reste de son corps. Elle avait mentionné un lit…

Il interrompit cette ligne de pensées, déconcerté une fois de plus par la direction qu'elle prenait.

— Heu, laissez-moi voir, dit Juggs à contrecœur.

Une main lourde toucha le crâne de Lucifer – sa tête explosa sous la douleur.

— Papa, cet homme est gravement blessé.

La voix de son ange gardien ramena Lucifer parmi les vivants. Il ignorait totalement combien de temps s'était écoulé depuis la dernière fois qu'il s'était trouvé parmi eux.

— Il a été frappé très violemment à l'arrière de la tête. Juggs a vu la blessure, lui aussi.

— Hum.

Des pas plus lourds s'approchèrent.

— C'est exact, Juggs ?

Une nouvelle voix, plus grave, plus cultivée, mais teintée par l'accent du comté local… Lucifer se demanda qui était « papa ».

— Ouais. On dirait qu'il a bel et bien été assommé.

Juggs – le balourd – était encore avec eux.

— La blessure est située à l'arrière de la tête, dis-tu ?

— Oui ; ici.

Lucifer sentit les doigts de la dame lui écarter les cheveux.

— Mais n'y touchez pas.

Heureusement, « papa » s'en abstint.

— Elle semble très sensible ; il a repris connaissance un moment, mais il s'est de nouveau évanoui quand Juggs lui a touché la tête.

— C'est loin d'être étonnant. C'est tout un coup qu'il a reçu. Administré avec la vieille hallebarde de Horatio, d'après son apparence. Hemmings a dit qu'il l'a trouvée à côté du gentleman. Étant donné le poids de l'objet, c'est un miracle qu'il ne soit pas mort.

Laissant retomber les cheveux, la dame déclara :

— C'est donc évident que ce n'est pas lui, le meurtrier.

— Pas avec cette blessure et la hallebarde gisant à côté de lui. On dirait que le meurtrier s'est caché derrière la porte et l'a frappé quand il a découvert le corps. Madame Hemmings jure que la hallebarde n'aurait pas pu tomber toute seule. Cela semble assez clair. Donc, il nous faut seulement attendre et voir ce que cet homme peut nous dire une fois qu'il aura repris connaissance.

Bien peu, répondit mentalement Lucifer.

— Eh bien, il ne va pas guérir en restant allongé dans cette cellule.

La voix de la dame avait développé une note déterminée.

— Non, en effet. Je ne comprends pas ce qui a pris à Bristleford de penser que ce type était le meurtrier qui s'était évanoui à la vue du sang.

« Évanoui à la vue du sang ? »

S'il en avait été capable, Lucifer aurait poussé un grognement de mépris, mais il ne pouvait toujours pas parler ou bouger. La douleur dans sa tête n'attendait que l'occasion de le matraquer pour qu'il perde connaissance. Le mieux qu'il pouvait faire était de rester allongé, immobile, d'écouter et d'apprendre tout ce qu'il pouvait. Pendant que la dame tenait bon, il était en sécurité – elle semblait avoir pris ses intérêts à cœur.

— Je pensais que Bristleford avait dit qu'il avait le couteau dans son poing.

Cela venait de Juggs, évidemment.

« Papa » grogna.

— Légitime défense. Il a eu un moment d'avertissement lui indiquant que le meurtrier se trouvait dans son dos et il a attrapé la seule arme qu'il avait sous la main. Malheureusement, pas bien efficace contre une hallebarde. Non, il est évident qu'une personne avait trouvé le corps et l'avait retourné. Je ne vois pas le meurtrier se donner cette peine – ce n'est pas comme si Horatio transportait des objets de valeur dans sa chemise de nuit.

— Donc, cet homme est innocent, répéta la dame. Nous devrions vraiment le déménager à la Grange.

— Je vais rentrer à cheval et envoyer le carrosse, rétorqua « papa ».

— Je vais attendre ici. Dites à Gladys d'empiler autant de coussins et d'oreillers que possible dans le carrosse et…

Les mots de la dame s'estompèrent quand elle s'éloigna ; Lucifer cessa d'essayer d'écouter. Elle avait dit qu'elle resterait avec lui. Il semblait que la Grange soit la résidence de « papa », donc elle demeurait vraisemblablement là-bas aussi. Il l'espérait. Il voulait la voir davantage une fois que la douleur aurait disparu. La douleur dans sa tête et la douleur autour de son cœur.

Horatio avait été un ami très cher – cher à quel point, il n'en avait pas pris conscience avant aujourd'hui, à présent qu'il n'était plus là. Il effleura son deuil en pensées, mais il était trop faible pour le porter maintenant. Détournant son esprit de cette question, il essaya de trouver une façon de surmonter la douleur, mais elle semblait se nourrir de ses efforts.

Donc, il se contenta de rester allongé et de patienter.

Il entendit la dame revenir ; d'autres l'accompagnaient. Ce qui suivit ne fut pas agréable. Heureusement, il n'était pas très loin de la perte de connaissance ; il ne fut que faiblement conscient d'être soulevé. Il s'attendait à sentir les secousses d'un carrosse ; si ce fut le cas, la sensation ne traversa pas sa douleur.

Puis, il fut allongé sur un lit et on le déshabillait. Ses sens tressaillirent faiblement, enregistrant la présence de deux femmes ; d'après leurs mains et leur voix, elles étaient toutes les deux plus âgées que son ange gardien. Il les aurait aidées s'il l'avait pu, mais même cela était au-dessus de ses forces. Elles s'agitèrent autour de lui et elles insistèrent pour passer une chemise de nuit par-dessus sa tête, se montrant excessivement prudentes avec son crâne blessé.

Elles l'installèrent confortablement sur des oreillers moelleux et entre des draps fleurant bon, puis elles l'abandonnèrent dans une paix bienheureuse.

Phyllida vint jeter un coup d'œil sur son patient dès que Gladys, leur gouvernante, lui rapporta qu'il était installé.

Mademoiselle Sweet, son ancienne gouvernante, était assise en train de faire de la dentelle près de la fenêtre.

— Il se repose calmement, articula sans bruit Sweetie.

Phyllida hocha la tête et alla jusqu'au lit. Elles l'avaient laissé étendu de tout son long sur le ventre pour épargner sa tête endolorie. Il était bien plus costaud qu'elle ne l'avait constaté – la vaste étendue de ses épaules et de son torse, les longues lignes de son dos, ses jambes encore plus longues – ; son corps dominait le lit. Il n'était pas, peut-être, le plus imposant des hommes qu'elle avait vus, mais elle se doutait qu'il aurait dû être celui avec le plus d'énergie vitale. Au lieu de cela, une sombre lourdeur envahissait ses membres, une tension pesante très contraire à la détente. Elle scruta son visage ; la partie qu'elle pouvait voir était pâle, toujours d'une beauté saisissante, mais glaciale, manquant d'un souffle de vie. Les lèvres qui auraient dû contenir la trace d'un sourire malicieux étaient pressées en une mince ligne.

Sweetie avait tort – il était inconscient, sans vraiment se reposer véritablement.

Phyllida se redressa. La culpabilité l'envahit. C'était sa faute s'il avait été frappé. Elle rejoignit Sweetie en silence.

— Je vais au manoir ; je serai de retour dans une heure. Sweetie sourit et hocha la tête. Avec un dernier coup d'œil vers le lit, Phyllida quitta la chambre.

— J'pourrais vraiment pas dire, m'sieur.

Phyllida entra dans le vestibule d'entrée du manoir pour découvrir Bristleford, le majordome de Horatio, subissant l'interrogatoire de monsieur Lucius Appleby directement devant la porte fermée du salon. Ils se tournèrent tous les deux. Appleby exécuta une révérence.

— Mademoiselle Tallent.

Phyllida répondit à son salut.

— Bonjour, monsieur.

De nombreuses dames du village considéraient la belle apparence d'Appleby comme étant séduisante, mais elle le trouvait trop froid à son goût.

— Sir Cedric m'a demandé de m'informer des détails concernant la mort de monsieur Welham, expliqua Appleby, clairement conscient de la nécessité d'expliquer son intrusion.

Il était le secrétaire de sir Cedric Fortemain, un propriétaire local ; personne ne s'étonnerait de l'intérêt de sir Cedric.

— Bristleford me disait à l'instant que sir Jasper s'est déclaré satisfait que le gentleman découvert près du corps ne soit pas le meurtrier.

— C'est exact. Le meurtrier n'est pas encore connu.

Peu disposée à encourager la conversation, Phyllida se tourna vers Bristleford.

— J'ai demandé à John Ostler de s'occuper des chevaux du gentleman.

Ses *magnifiques* chevaux – même à son œil inexercé, le duo était formé de beautés coûteuses. Son frère jumeau, Jonas, viendrait les voir dès qu'il apprendrait leur existence.

— Nous allons les installer dans les écuries ici – celles de la Grange sont pleines maintenant que ma tante Huddlesford et mes cousins sont arrivés.

Ils étaient arrivés dans l'après-midi, juste au moment où elle se précipitait dehors pour aller secourir son gentleman inconnu ; à cause de ses bons à rien de cousins, elle était arrivée trop tard pour le sauver des griffes de Juggs.

Bristleford fronça les sourcils.

— Si vous croyez que cela vaut mieux…

— Oui. Il semble évident que cet homme venait ici en visite ; vraisemblablement, c'était un ami de monsieur Welham.

— Je ne sais pas, mademoiselle. Les Hemmings et moi ne sommes pas avec le maître depuis assez longtemps pour connaître ses amis.

— Tout à fait. Aucun doute, Covey le saura.

Covey était le valet de chambre de Horatio depuis de nombreuses années.

— J'en déduis qu'il n'est pas encore de retour ?

— Non, mademoiselle. Il sera anéanti.

Phyllida hocha la tête.

— Je suis passée uniquement pour prendre le chapeau du gentleman.

— Le chapeau ? répliqua Bristleford en la dévisageant. Il n'y avait pas de chapeau, mademoiselle.

Phyllida cligna des paupières.

— En êtes-vous certain ?

Bristleford regarda autour de lui.

— Il n'y avait rien dans le salon ni ici. Peut-être dans son cabriolet ?

Phyllida se fabriqua un sourire.

— Non, non, j'ai simplement supposé qu'il devait avoir un chapeau. Aucune canne non plus ?

Bristleford secoua la tête.

— Bien, alors, je m'en vais.

Sur un hochement de tête pour Appleby, qui le lui rendit poliment, Phyllida sortit de la maison.

Elle marqua une pause sous le portique, survolant du regard le splendide jardin de Horatio. Un frisson lui parcourut l'échine.

Il y avait bien eu un chapeau – brun. S'il n'appartenait pas au gentleman et qu'il n'était pas là lorsque les Hemmings et Bristleford avaient découvert le corps…

Le frisson s'intensifia. Levant la tête, Phyllida regarda brièvement autour d'elle, puis elle marcha rapidement vers la grille et se hâta de rentrer chez elle.

La douleur dans sa tête empira.

Lucifer se tournait d'un côté, puis de l'autre, s'efforçant d'échapper aux aiguilles s'enfonçant dans son cerveau. Des mains tentèrent de le restreindre ; des voix douces essayèrent de l'apaiser. Il comprit qu'elles voulaient qu'il reste allongé sans bouger – il essaya, mais la douleur ne le lui permettait pas.

Puis, son ange gardien revint. Il entendit sa voix aux abords de sa conscience ; pour elle, il trouva la force et il resta immobile. Elle lui baigna le visage, le cou et l'arrière des épaules avec de l'eau de lavande, puis elle plaça des linges frais sur sa blessure. La douleur reflua, et il soupira.

Elle partit, et il redevint agité. Toutefois, avant que la douleur atteigne un sommet, elle revint et changea les linges, puis elle s'assit à côté du lit, une main fraîche posée sur le dos de son poignet.

Il se détendit. Enfin, il dormit.

Quand il se réveilla, elle était partie.

Il faisait sombre ; la maison était calme, endormie. Lucifer leva la tête – la douleur l'arrêta. Serrant les dents, il se déplaça sur le flanc ; levant la tête très légèrement, il regarda autour de lui. Une femme plus âgée portant une charlotte était affalée dans le fauteuil à oreilles près de la fenêtre. Tendant l'oreille, il put déceler de légers ronflements.

Le fait qu'il en soit capable le rassura. Déposant sa tempe de nouveau sur l'oreiller, il fit le point. Bien qu'elle soit encore douloureuse lorsqu'il bougeait, sa tête allait beaucoup mieux. Il pouvait réfléchir sans être à l'agonie. Il s'étira, pliant ses membres en faisant attention à ne pas bouger la tête. Se détendant de nouveau, il fit la même chose avec ses sens ; tout semblait fonctionner à la perfection. Il n'était peut-être pas encore vigoureux, mais il était hors de danger.

Cela étant établi, il jeta un regard de reconnaissance sur son entourage. Petit à petit, le passé immédiat s'éclaircit et ses souvenirs se remirent dans un ordre cohérent. Il était dans une chambre à coucher confortablement meublée d'une manière convenant à la résidence d'un gentleman. Se rappelant que « papa » avait été appelé à passer un jugement sur son implication dans le meurtre de Horatio, il se pouvait fort bien que « papa » soit le juge local. Si oui, il avait établi un contact avec le seul homme qu'il devait connaître en priorité. Dès qu'il serait suffisamment remis pour lever la tête, il avait l'intention de trouver l'assassin de Horatio.

Ses pensées s'interrompirent… il les poussa dans une nouvelle direction. Son ange gardien n'était pas ici – sans aucun doute, elle dormait dans son lit…

Pas cette direction.

Il soupira en son for intérieur. Puis, fermant les yeux, se calant dans le lit, il ouvrit son esprit et se laissa submerger par le deuil.

Il laissa le chagrin pour les bons moments qu'il ne partagerait plus avec Horatio l'envahir et se déverser – il laissa la peine causée par le décès d'une personne qui avait été, d'une certaine façon, plus gentille que son père, gonfler et le submerger. Plus jamais il ne vivrait la joie des découvertes partagées, la quête enthousiaste d'information et la chasse à deux pour dénicher une pièce de collection et découvrir son origine.

Les souvenirs vivaient, mais Horatio était parti. Un chapitre formateur et enrichissant de sa vie avait pris fin. Il lui était difficile d'accepter qu'il eût atteint la dernière page et qu'il devait à présent fermer le livre.

Le chagrin afflua et le laissa avec un sentiment de vide. Il avait vu la mort trop souvent pour que le choc le retienne longtemps. Il venait d'une caste de guerriers ; la mort injuste était le déclenchement de l'une de ses réactions les plus primitives.

La vengeance – pas pour une satisfaction personnelle, mais au nom de la justice.

La mort de Horatio ne resterait pas impunie.

Il resta allongé dans les draps doux pendant que son chagrin se muait en colère, se fondant enfin dans une résolution glaciale. Ses émotions se durcirent, il revint mentalement à la scène, rejouant chaque étape, chaque souvenir jusqu'à ce qu'il frôle…

Des doigts si petits appartenaient à un enfant ou à une femme. Étant donné la fascination derrière le toucher – qu'il avait instantanément reconnue –, il parierait toute sa collection qu'une femme avait été présente. Une femme qui n'était pas la meurtrière. Horatio était peut-être vieux, mais il n'était pas infirme au point qu'une femme aurait pu le poignarder aussi proprement. Peu de femmes en auraient eu la force ou l'expertise.

Donc, Horatio avait été assassiné. Puis, *il* était entré et le meurtrier l'avait assommé avec la hallebarde. Ensuite, la femme était entrée et elle l'avait trouvé.

Non – cela ne pouvait pas être exact. Le corps de Horatio avait été retourné sur le dos *avant* son arrivée ; il était d'accord avec « papa » – ce n'était pas le meurtrier qui avait fait cela. Ce devait être la femme, puis elle s'était cachée lorsqu'il était apparu.

Elle avait dû voir le meurtrier le frapper, puis elle était partie. Pourquoi n'avait-elle pas appelé au secours ? C'est un homme appelé Hemmings qui s'en était chargé. Quelque chose au-delà de l'évidence était en jeu. Il réexamina les faits, mais il ne pouvait pas se débarrasser de cette conclusion.

Une latte de plancher craqua dans le couloir. Lucifer écouta. Une minute plus tard, la porte de sa chambre s'ouvrit.

Afin de paraître endormi, il resta détendu sur le flanc, les paupières baissées, mais il pouvait voir à travers ses cils. Il entendit le léger clic quand la porte se referma, puis des pas avancèrent sans bruit sur les lattes du plancher ; un halo de lumière provenant d'une bougie s'approcha.

Son ange gardien apparut sous ses yeux. Elle portait sa chemise de nuit.

Elle s'arrêta à deux mètres de lui, examinant son visage. Une main tenait le chandelier ; l'autre reposait entre ses seins, retenant son châle. C'était la première fois qu'il la voyait en entier ; il ne tenta pas de s'empêcher de la regarder, de noter des traits, d'évaluer. Son visage était comme dans son souvenir, les yeux larges, le menton pointu et la chevelure sombre et luisante lui donnant une impression d'intelligence et de détermination féminine. Elle était de taille moyenne, svelte, mais pas maigre. Ses seins étaient ronds et hauts, ses mamelons à peine visibles sous la chemise de nuit, mais ses hanches étaient nettement arrondies, ses cuisses élégantes.

Ses pieds étaient nus. Le regard de Lucifer se fixa sur ces pieds dévoilés d'une manière tentante, puis dissimulés sous la chemise de nuit. De petits pieds nus, intensément féminins. Lentement, il arracha son regard pour le remonter sur son visage.

Pendant qu'il l'examinait, elle faisait de même. Ses yeux foncés parcouraient son visage en absorbant, semblait-il, chaque trait. Puis, elle se détourna.

Lucifer réprima une envie de l'appeler. Il voulait la remercier – elle avait été une madone de gentillesse et de soins aimants –, mais s'il émettait un son, elle mourrait de frayeur. Il la regarda s'arrêter près de la femme endormie ; déposant son chandelier, elle prit une couverture, la secoua, puis la remonta sur la domestique assoupie. Alors qu'elle se détournait, la bougie de nouveau en main, la lumière douce éclaira son sourire.

Elle fit un pas vers la porte, mais, comme si elle avait entendu sa prière muette, elle s'arrêta avant de dépasser le lit. Elle regarda vers lui, puis, avec hésitation, elle s'approcha davantage.

Et encore plus.

Tenant la bougie de côté afin que le visage de Lucifer soit protégé par son corps, elle s'appuya contre le lit à trente centimètres de lui et elle recommença à étudier son visage. Il lutta pour garder ses paupières immobiles ; il pouvait tout juste voir son visage. Ses yeux étaient impénétrables, son expression indéchiffrable.

Puis, elle relâcha son châle. Lentement, elle tendit la main. Avec le bout de ses doigts, elle dessina sa joue avec légèreté.

Lucifer eut l'impression d'avoir été marqué au fer rouge – et il reconnut la marque. Il se leva brusquement sur un coude, lui saisissant le poignet, la clouant sur place avec un regard mauvais.

Elle haleta ; le son résonna dans la pièce. La lumière de la bougie vacilla violemment, puis elle se stabilisa. Les pupilles dilatées, elle le dévisageait.

Il resserra sa poigne et soutint son regard.

— *C'était vous.*

CHAPITRE 2

Phyllida fixa des yeux d'un bleu foncé si vif qu'ils en étaient presque noirs. Elle les avait vus plus tôt, mais ils avaient été embrouillés par la douleur, et flous ; et ils avaient déjà été assez étonnants. Maintenant, fixés impitoyablement sur les siens, clairs et brillants comme un saphir foncé, ils lui coupaient le souffle.

Elle avait l'impression d'avoir été frappée par la hallebarde.

— Vous étiez là, dit-il, emprisonnant son regard. Vous êtes la première à m'avoir rejoint après que le meurtrier m'a frappé. Vous m'avez touché le visage, exactement comme vous l'avez fait à ce moment-là.

Elle gardait un air neutre. Des pensées surgirent dans son esprit, puis s'y enfoncèrent ; des débris flottant à la surface, rejetés par son esprit en ébullition. Les doigts serrés autour de son poignet l'avaient prise par surprise ; ils s'étaient fermés avant qu'elle puisse réagir. Elle tordit son bras, essayant de desserrer suffisamment sa poigne ; il la resserra assez pour qu'elle sente sa force et la futilité de se débattre.

Elle se sentait étourdie. Elle avait oublié de respirer.

Arrachant son regard au sien, elle respira de nouveau. Fixant ses lèvres, elle se demanda quoi dire. Comment pouvait-il savoir simplement par un toucher ? Il devait tenter sa chance en devinant.

Drapé dans l'ombre, son visage était encore plus irrésistible que dans son souvenir. L'effet qu'il faisait — sa présence physique consciente – était puissant ; il semblait globalement beaucoup trop dangereux, plus encore qu'il ne lui était apparu auparavant. Il était vêtu décemment de l'une des chemises de nuit de son père, mais le col était ouvert, exposant un V sur son torse – des poils foncés bouclaient d'une manière invitante dans l'ouverture.

Le fait qu'elle se tenait debout à côté du lit d'un gentleman à fixer son torse, à l'aube, en chemise de nuit elle-même, la frappa de plein fouet. La chaleur lui picota la peau. Gladys était près, mais…

Elle jeta un regard circulaire dans la chambre. Comme s'il sentait son espoir que Gladys ne se réveille pas et ne l'entende pas, il s'allongea doucement sur le dos en l'attirant sur lui.

Phyllida réprima un nouveau halètement.

— Faites attention à votre tête, siffla-t-elle.

Les yeux de Lucifer brillèrent.

— Je serai prudent.

Sa voix était grave ; elle ronronnait presque. Il n'arrêtait pas d'allonger le bras, celui qui lui menottait le poignet. Elle devait se pencher sur lui en équilibrant le chandelier dans son autre main. Inexorablement, il l'attira vers lui.

Elle avala quand ses seins s'approchèrent de son torse. Le cœur battant, elle grimpa rapidement sur le lit.

Il sourit devant sa victoire.

— Maintenant, vous pouvez me dire ce que vous faisiez avec tant de secrets dans le salon de Horatio.

L'ordre était flagrant. Phyllida leva le menton. À vingt-quatre ans, elle n'allait pas se laisser tyranniser.

— Je ne sais pas ce que vous voulez dire.

Elle tenta de libérer son poignet en le faisant glisser, en vain. Agenouillée à côté de lui sur le lit, une main enfermée dans la sienne, le chandelier dans la seconde, elle n'était pas en position de force. Elle se sentait comme une suppliante.

L'expression de Lucifer se durcit.

— Vous étiez là. Dites-moi pourquoi.

Elle le regarda de haut.

— J'ai bien peur que vous ne déliriez encore.

— Je ne délirais pas avant.

— Vous n'arrêtiez pas de parler du diable. Ensuite, lorsque je vous ai assuré que vous n'alliez pas mourir, vous avez demandé un archange.

Les lèvres de l'homme s'amincirent.

— Mon frère est connu sous le prénom de Gabriel et l'aîné de mes cousins s'appelle Devil.

Elle le dévisagea. Devil. Gabriel. Quel était *son* nom ?

— Oh. Eh bien, cette idée que vous entretenez n'a pas de sens. Je ne sais rien à propos du meurtre de Horatio.

Elle soutint son regard à ces derniers mots et elle plongea dans le bleu. C'était la plus étrange des sensations ; les nerfs sous sa peau, dans tout son corps, picotaient. La chaleur se répandit en elle. Le sentiment d'être retenue prisonnière augmenta. L'idée bizarre que sa chemise de nuit était transparente, elle la chassa comme étant ridicule.

— Vous n'étiez pas dans le salon de Horatio lorsque je gisais sur le plancher ?

Les mots étaient doux et contenaient un défi subtil ; un courant sous-jacent de danger ondulait. Retenue prisonnière par son regard, par sa prise sur son poignet, Phyllida pressa fermement les lèvres ensemble et elle secoua la tête. Elle ne pouvait pas le lui dire – pas encore. Pas avant d'avoir discuté avec Mary Anne et d'avoir été libérée de son serment.

— Donc, ces doigts – agilement, il modifia sa prise afin que ses doigts s'enroulent autour des siens – ne sont pas ceux qui ont touché ma joue quand j'étais affalé à côté de Horatio ?

Il leva la main de Phyllida, et la regarda ; elle la regarda aussi. De longs doigts bronzés entouraient les siens. Sa main avala la sienne dans une chaude étreinte. Cette étreinte se raffermit ; lentement, il amena les doigts de la jeune femme jusqu'à son visage.

— Comme ceci.

Il posa le bout de ses doigts sur sa joue, puis il abaissa sa main.

Sa barbe avait poussé, lui piquant la pulpe des doigts ; la sensation ne fit que souligner le fait que les lignes sculptées n'étaient pas de la pierre, mais de la chair vivante. De nouveau fascinée, Phyllida observa ses doigts tracer, glisser vers le bas, faisant suivre son regard jusqu'à la ligne excitante de ses lèvres… puis, elle constata qu'il avait desserré sa prise. Ses doigts suivaient leur chemin tout seul.

Elle retira brusquement sa main, mais il fut plus rapide. Ses doigts menottèrent de nouveau son poignet.

— Vous étiez là.

Son ton était sombrement déterminé ; la conviction résonnait à travers lui.

Phyllida regarda dans ses yeux bleu profond ; chaque fibre de l'instinct qu'elle possédait la poussait à fuir. Elle tira.

— Lâchez-moi.

Un sourcil noir s'arqua. Il réfléchit – le cœur battant, elle se demanda quelles alternatives il soupesait. Puis, les lèvres de Lucifer se détendirent ; l'intensité de son regard ne les imita pas.

— Très bien, pour l'instant.

Elle tenta de retirer sa main, mais au lieu de la libérer, il lui leva les doigts – cette fois, jusqu'à ses lèvres. Son regard resta fixé sur le visage de la jeune femme ; elle pria pour que sa réaction – la panique combinée à une excitation insidieuse – ne se voie pas.

Il lui effleura les jointures de ses lèvres – elle perdit le souffle. Ses lèvres étaient fraîches ; néanmoins, sa peau brûla là où elles l'avaient touchée. Les yeux ronds, elle sentit ses sens chavirer.

Avant qu'elle puisse difficilement se calmer en respirant, il lui tourna la main et il déposa un baiser brûlant sur sa paume.

Elle lui arracha sa main – il la lâcha ; mais à contrecœur. Reculant sur le lit, elle se leva ; sa chemise de nuit tomba pour dissimuler décemment ses jambes. Après avoir manqué de souffle, elle respirait à présent beaucoup trop rapidement.

La satisfaction étincela dans les yeux de Lucifer.

Levant la tête, elle rassembla son châle autour d'elle, elle hésita, puis elle hocha la tête d'un air hautain.

— Je viendrai prendre de vos nouvelles dans la matinée.

Elle se tourna vers la porte. Une vague de chaleur étrange la submergea. Sans risquer un regard en arrière, elle s'enfuit.

Lucifer regarda la porte se fermer. Il avait dû la laisser partir. Ce n'était pas ce qu'il avait souhaité. Cependant, il n'y avait aucun besoin de se précipiter, et les choses auraient pu s'emballer bien plus que de raison s'il l'avait gardée agenouillée sur son lit.

Il inspira profondément et il put encore sentir son odeur, celle de la chair féminine chaude et douce tirée de son lit. Sa chemise de nuit était totalement opaque, mais le tissu avait amoureusement souligné chaque courbe qu'elle touchait. Une fois qu'elle avait lâché les extrémités de son châle, la distraction de Lucifer avait été totale.

Si la femme plus âgée ne s'était pas trouvée dans la chambre…

Une minute s'écoula ; puis, il chassa ses pensées. Stratégiquement, cela n'avait pas été sage d'afficher son intention d'une manière aussi flagrante. Heureusement, son ange gardien semblait s'être engagé à prendre soin de lui, malgré la menace qu'elle percevait maintenant clairement.

Ses derniers mots avaient été davantage une déclaration qu'une affirmation, exprimée autant pour elle que pour lui. Si elle l'avait découvert assommé dans le salon de Horatio, mais qu'elle avait été obligée, pour une raison quelconque, de le laisser là, sa position était compréhensible. Elle ressentait de la culpabilité. Peu importe à quel point il se montrait difficile, elle allait tenter d'agir correctement.

À cet égard, il était déjà sûr d'elle – elle était une femme qui s'efforcerait de faire ce qu'elle croyait juste.

Il s'étira, apaisant ses muscles qui s'étaient tendus ; ensuite, il se déplaça sur le flanc, pour épargner sa tête. Elle était encore douloureuse, mais, fidèle à son habitude, pendant que Phyllida avait été dans la chambre, il n'en avait pas eu conscience.

Il n'avait eu conscience que d'elle.

Avant même qu'elle touche son visage.

Cependant, la certitude que c'était elle qui s'était agenouillée à côté de lui dans le salon de Horatio et avait suivi la trace de sa joue avec ce toucher inquisiteur avait puissamment attisé l'attirance qu'il faisait de son mieux pour ignorer convenablement. La révélation signifiait qu'il n'avait plus besoin de feindre l'indifférence ; son attirance, la fascination de Phyllida et sa nervosité qui en résultait allaient s'avérer extrêmement utiles.

Elle savait quelque chose – il l'avait vu dans ses grands yeux sombres. Ils étaient faciles à lire ; son visage ne l'était pas. Son expression était restée franche, mais sans rien lui apprendre, ses émotions avaient été masquées. Même lorsqu'il lui avait embrassé la main, seuls ses yeux s'étaient dilatés. Elle semblait se contenir ; à en juger par tout ce qu'il avait vu, elle était habituée à gérer, à prendre les choses en main. Peu importe, elle n'était pas sur le point de disparaître ; il aurait le temps de reprendre ses questions, et de la poursuivre. Personne ne savait mieux que lui comment persuader une femme de faire ce qu'il voulait, de lui donner ce qu'il voulait – c'était, après tout, sa spécialité. Et après qu'il aurait appris tout ce qu'elle savait sur le meurtre de Horatio...

Il s'endormit et il rêva.

À onze heures le lendemain matin, Phyllida entra d'un pas ferme dans la chambre à coucher au bout de l'aile ouest. Elle tint la porte largement ouverte afin que Sweetie, suivie par Gladys portant un plateau garni, puisse entrer.

— Bonjour.

Elle s'adressa à la pièce en général, comme si le grand corps allongé dans le lit n'avait pas immédiatement retenu toute son attention.

Selon les instructions de Phyllida, Sweetie avait voleté pour la trouver dès l'instant où leur patient s'était réveillé. Phyllida savait qu'il était réveillé – elle pouvait sentir ce regard bleu de nuit sur son visage, et sur le reste de son corps, à présent vêtu d'une manière ordinaire d'une robe de mousseline. Il était infiniment plus facile de revendiquer le contrôle des choses lorsque l'on était convenablement habillé.

— Bonjour. Mesdames.

Les mots graves qui résonnèrent furent accompagnés d'un hochement de tête gracieux. Phyllida résista à l'envie de froncer les sourcils. Ce « bonjour » direct avait été pour elle ; « mesdames » et le hochement de tête avaient été pour les autres.

S'enveloppant de son calme et son attitude réservée habituelle, elle suivit Gladys jusqu'au lit en ignorant la chaleur s'attardant encore au centre de sa paume. Tout comme elle allait ignorer l'homme. Elle était décidée à ne pas succomber à l'idiote fascination qui avait eu le dessus sur elle la nuit précédente.

— Nous vous avons apporté un peu de bouillon ; exactement ce qu'il vous faut pour vous remettre sur pied.

Elle laissa son regard glisser sur lui, un sourire assuré sur les lèvres ; elle prit soin de ne pas croiser le sien.

— Vraiment ?

Sweetie et Gladys se redressèrent avec fierté ; un regard rapide dévoila qu'il leur souriait.

— Vraiment, confirma-t-elle avec un peu plus de dureté. Comment va votre tête ?

— Considérablement mieux. Grâce à vous, ajouta-t-il en lui jetant un coup d'œil.

— En effet, oui ! pépia Sweetie. Très bien vu de la part de cette chère Phyllida d'insister pour vous amener ici. Mon Dieu, vous n'aviez plus toute votre raison, cher ami.

— C'est ce que j'en ai compris. J'espère que, dans mon délire, je n'ai rien dit pour vous bouleverser.

— Bien sûr que non, mon cher ; apaisez votre esprit à ce sujet. Gladys ici et moi, nous avons des *frères*, donc vous pouvez être certain que vous ne nous avez pas du tout surprises. Maintenant, laissez-moi vous aider…

Il fit un effort pour s'asseoir ; Sweetie lui agrippa le bras et elle tira. Phyllida gonfla ses oreillers en faisant attention à ne pas lui toucher les épaules. Une fois qu'il fut installé, Gladys déposa le plateau sur ses genoux.

— Merci.

Le sourire qui l'accompagna laissa Gladys et Sweetie joyeusement étourdies ; Phyllida désapprouva mentalement. L'homme était plus que dangereux. Ses mots suivants le confirmèrent.

— C'est un excellent bouillon. L'avez-vous préparé ?

Gladys avoua ; rose de plaisir, elle s'excusa pour retourner à ses tâches, marquant une pause à la dernière minute pour lui assurer que, s'il avait besoin de quoi que ce soit d'autre, il n'avait qu'à le demander.

Phyllida renifla en silence. Elle s'écarta du lit, attendant son heure, le laissant manger. Il le fit sans heurts, régulièrement – elle ne décela pas le moindre tremblement dans ses mains. Fortes, aux doigts longs, d'une élégance innée, elles manipulaient la cuillère et rompaient le pain.

— Juste ciel ! s'agita Sweetie. Nous avons oublié le beurre. Je vais en chercher tout de suite.

Elle se précipita par la porte.

Phyllida se retrouva à fixer la porte qui se refermait avant d'avoir le temps de protester. Être seule avec un gentleman dans sa chambre à coucher était incontestablement inconvenant. Tout de même, quel mal pouvait-il lui arriver ? Il était plus ou moins cloué au lit. Et elle était tout à fait capable de le garder en place, avec ou sans regard bleu troublant. Il n'y avait pas un homme dans le comté qu'elle ne pouvait pas affronter et, malgré sa façade élégante, il n'était qu'un homme. Croisant les bras, elle se tourna en face du lit.

— J'imagine que vous avez un certain nombre de questions…

— Oh, oui.

Elle pencha la tête en évitant ses yeux.

— Je vais tenter d'y répondre pendant que vous mangez. Vous devez reprendre des forces.

Il hocha la tête pour marquer son approbation ; elle poursuivit.

— Vous êtes actuellement à la Grange, la résidence de mon père. Elle est située au sud du village. Vous avez été trouvé au manoir qui, comme vous vous en rappelez certainement, se trouve à la frontière nord du village.

— Cela, je m'en souviens.

— Mon père est sir Jasper Tallent…

— Est-il le juge local ?

Elle fronça les sourcils.

— Oui.

— A-t-il une idée sur l'identité de la personne qui a assassiné Horatio ?

Phyllida pressa les lèvres ensemble, puis elle céda.

— Non.

— Et vous ?

Elle l'avait regardé avant de réfléchir ; le regard de Lucifer se fixa sur le sien. Phyllida regarda dans des yeux diaboliquement bleus, elle assimila les lignes dures de son visage, la détermination inébranlable, le masque dur qui ne dissimulait pas du tout son intention.

— Non.

Il soutint son regard un moment encore avant d'incliner légèrement la tête.

— Peut-être pas.

Elle soupira presque de soulagement.

Il baissa les yeux sur sa soupe.

— Par contre, vous savez bien quelque chose.

Sa certitude était absolue. Phyllida faillit lancer ses mains en l'air – il était clairement inutile d'argumenter. Elle s'agrippa les coudes et regarda la fenêtre derrière le lit. Après un moment, elle répondit.

— Je crois bien que vous êtes vorace, mais à ce stade, vous seriez mal avisé d'avoir les yeux plus grands que le ventre. Votre constitution peut être excellente, mais le coup que vous avez subi était sévère ; vous aurez besoin de temps pour recouvrer pleinement toutes vos facultés.

Du coin de l'œil, elle vit ses lèvres tressaillir, elle sentit son regard glisser d'une manière évaluatrice sur elle. Elle rejoua mentalement ses mots et se sentit contente d'eux. Un avertissement subtil et une déclaration claire qu'elle n'allait pas plier devant une *force majeure.* Avec la plupart des hommes, la seule question de ce qu'elle avait vraiment voulu dire suffirait à les intriguer sans répit et à ne plus poser de menace pour elle.

— Mes facultés, murmura-t-il, reviennent à pas de géant.

Suggestive et ouvertement menaçante, la chaleur choquante dans sa voix glissa sur sa peau, une caresse dévergondée et explicite.

Sans réfléchir, elle inspira et pivota vivement pour l'affronter, comme s'il était un prédateur. Elle en était soudainement sûre.

— Vous allez devoir être prudent.

Elle conserva une expression neutre, un ton direct.

Il ouvrit largement les yeux ; l'innocence ne fut pas ce qu'elle vit en eux.

— Ne devriez-vous pas examiner ma blessure ?

— Votre blessure n'a besoin que de temps pour guérir.

Rien au monde ne l'amènerait à se rapprocher du lit – de lui. Phyllida fronça les sourcils et elle s'en tint fermement à son rôle. *Elle* était en charge et non lui.

— Papa aimerait se joindre à nous pour le thé cet après-midi, si vous en êtes capable.

Son sourire fit frissonner ses nerfs.

— J'en suis capable.

— Bien, fit-elle en se tournant vers la porte. Je vais faire apporter vos malles ici – par précaution, nous les avons laissées au rez-de-chaussée.

— Par précaution ?

— Eh bien, oui.

Atteignant la porte, elle regarda en arrière.

— Nous avons conservé vos vêtements loin de vous au cas où vous commenceriez à vous montrer difficile en refusant de rester au lit.

Les lèvres de Lucifer se relevèrent ; ses yeux étincelèrent. La combinaison avait l'air carrément malicieux.

— Rester allongé au lit est l'un de mes passe-temps favoris. Cependant, si j'avais voulu me lever, la simple absence de vêtements ne m'aurait pas découragé.

Son regard glissa sur elle ; sa voix devint plus grave.

— Pas le moins du monde.

Serrant la poignée de la porte, Phyllida croisa son regard d'un air ahuri et elle pria pour ne pas rougir.

— Je vais informer papa que vous vous joindrez à nous plus tard. Votre nom ?

Son sourire indigne de confiance s'intensifia.

— Lucifer.

Phyllida le dévisagea ; même avec la largeur de la pièce les séparant, son instinct lui criait, la prévenait de ne pas tomber dans son piège. Dans aucun de ses pièges.

Une partie d'elle savait qu'il n'était pas le genre à bluffer.

Cela allait sérieusement contre sa nature de le laisser jouer avec elle et échapper à tout châtiment, mais argumenter serait réagir comme il le souhaitait. Elle s'obligea à incliner légèrement la tête et à déclarer d'un ton égal :

— Sweetie – mademoiselle Sweet – sera de retour sous peu. Elle emportera votre plateau.

Sur cette note, elle ouvrit la porte ; avec un signe de tête majestueux, et s'en alla.

Plus tard, après s'être lavé et habillé, Lucifer s'assit sur la banquette sous la fenêtre dans sa chambre à coucher et il regarda vers le nord, par-dessus la forêt dense. À travers la voûte mouvante des arbres, il pouvait occasionnellement apercevoir le toit d'ardoises gris du manoir.

Le regard fixe, il pensa à Horatio, et à Martha, et à ce qu'il allait faire ensuite, à la meilleure façon d'agir. La mort de Horatio était un fait admis dans son cerveau, mais l'histoire ne faisait que commencer.

C'était calme au-delà de la fenêtre ouverte. L'atmosphère ensommeillée d'un après-midi d'été recouvrait le village ; néanmoins, quelque part dans cette paix un meurtrier veillait, observait et s'inquiétait. La mort de Horatio n'avait pas été propre. Non seulement lui, Lucifer, était-il tombé par hasard sur la scène beaucoup trop tôt, mais Phyllida Tallent aussi.

Lucifer réfléchit à ce dernier fait et à tout ce qu'il signifiait.

Un coup interrompit sa rêverie. Il se tourna face à la porte, impatient de voir si son intuition s'avérait juste.

— Entrez.

Phyllida entra ; il sourit en signe de victoire secrète. Se retirer plus tôt en lui laissant le champ libre avait dû être difficile pour elle ; malgré sa méfiance, il avait prédit qu'elle serait incapable de rester éloignée. Elle jeta un regard circulaire dans la chambre, puis elle le découvrit. Elle hésita, puis, laissant la porte largement ouverte, elle marcha vers lui. Fronçant les sourcils, elle observa son visage, ses yeux. Il la laissa s'approcher avant de se lever en douceur – pas de mouvements brusques.

Ses beaux yeux s'arrondirent. Elle s'arrêta tout de suite. – Ah…

À un peu plus d'un mètre de lui, elle leva un regard fixe sur lui avec une expression neutre révélatrice. Son regard s'égara, passant sur lui, puis elle l'arracha pour le ramener à son visage. Et elle le surprit à lui rendre la pareille. Ses yeux s'ouvrirent brusquement alors même que son expression se lissait sous un air d'impassibilité.

— Êtes-vous sûr d'avoir suffisamment récupéré pour vous joindre à nous en bas ?

Il continua à sourire, savourant sa résistance.

— Je suis bien assez remis pour braver un salon.

Le regard sombre de Phyllida s'intensifia ; alors il ajouta :

— Ma tête est simplement douloureuse ; elle ne m'élance plus.

— Bien…

Elle scruta ses yeux une fois de plus.

— J'ai bien peur que ma tante et mes cousins ne soient arrivés pour l'été et, bien sûr, ils sont impatients de vous rencontrer. Vous devez promettre de ne pas vous surmener.

Les petits soins n'étaient pas quelque chose qu'il supportait volontiers ; néanmoins, l'idée qu'elle s'était elle-même nommée sa gardienne et qu'elle était déterminée à remplir son devoir malgré l'insistance de son bon sens à mettre une distance plus sécuritaire entre eux, était bizarrement satisfaisante. Étrangement attachante. Il sourit d'un air charmant, trop avisé pour prendre un petit air suffisant.

— Si je faiblis et que j'ai besoin de soutien, vous serez la première à l'apprendre.

Elle lui lança un regard noir, mais l'inquiétude dans ses yeux sombres était très réelle. Tout comme sa méfiance. Elle leva la tête.

— Très bien. Et maintenant, si vous le voulez bien, votre vrai nom ?

Lucifer baissa le regard sur elle ; il ne fit aucune tentative pour masquer la teneur de son sourire.

— Je vous l'ai dit. Lucifer.

Elle soutint carrément son regard.

— Personne ne s'appelle Lucifer.

— Moi, oui.

Il s'avança d'un pas ; elle recula.

— C'est ridicule. Cela ne peut pas être votre véritable prénom.

Il poursuivit son avancée ; elle continua à battre en retraite.

— C'est le nom sous lequel je suis connu. Beaucoup vous diraient qu'il me convient.

Il soutint son regard et il continua d'avancer tel un prédateur.

— Si vous demandez à n'importe qui au sein de la haute société à voir Lucifer, il vous enverra instantanément à moi.

Les yeux de Phyllida s'étaient agrandis – leur expression l'informait qu'elle n'avait jamais rencontré un homme comme lui. Elle était à la fois fascinée et sur la défensive – et désapprobatrice, il s'en doutait. Le désir l'enflamma ; il le tempéra, il empêcha cette vérité de paraître dans ses yeux. Qu'il se réjouisse de transformer des dames désapprobatrices en houris dévergondées était un fait qu'elle n'avait pas besoin de connaître.

Il exécuta le dernier pas qui la fit reculer au-delà du seuil de la chambre. Regardant autour d'elle, elle découvrit qu'elle se trouvait dans le corridor. Elle se raidit ; le regard qu'elle lui décocha en s'écartant était distinctement furieux. Et pas qu'un peu étonné. Il dissimula son sourire. Il semblait probable que personne ne l'ait jamais manipulée comme il venait juste de le faire.

Il l'avait poussée vers la porte – sans les mains, sans la voix –, simplement avec son corps. Et il avait encore le temps de battre le fer pendant qu'il était chaud en ce beau jour d'été.

Fermant la porte, il baissa les yeux sur elle.

— Vous ne devriez pas être seule avec moi. Particulièrement dans une chambre à coucher.

Elle soutint son regard ; il lutta pour garder les yeux sur les siens au lieu de les diriger vers le renflement de ses seins, qui se soulevaient alors qu'elle avait du mal à respirer profondément.

Lèvres pressées, elle retint son souffle, tout comme sa colère.

Sans aucune innocence, il haussa un sourcil dans sa direction.

Les yeux de Phyllida lancèrent des éclairs. La vision fut si fugitive, il put presque croire qu'il l'avait imaginée ; la réaction de son corps lui confirma que ce n'était pas le cas. Dans l'instant suivant, les yeux de Phyllida redevinrent des flaques sombres de sang-froid et de calme et son expression, comme elle l'était si souvent, trompeusement sereine ; elle inclina légèrement la tête et se tourna vers l'autre bout du corridor.

— Merci de l'avertissement.

Ses mots planèrent jusqu'à lui.

— Vous pouvez dire votre nom directement à papa. Si vous voulez bien me suivre.

La tête haute, elle s'avança vers les escaliers.

Lucifer regarda ses hanches osciller avec une séduction inconsciente, ainsi que les hémisphères de son derrière et les lignes gracieuses de ses jambes occasionnellement soulignées par sa robe. Ses lèvres se retroussant, il suivit dans son sillage, volontiers prêt à l'obliger.

La pièce où elle le mena donnait sur le jardin arrière et sur la terrasse courant sur un côté de la maison. Les longues fenêtres étaient ouvertes, laissant la brise parfumée inviter la journée d'été à l'intérieur. Un groupe familial était rassemblé autour de la desserte contenant le thé, placé devant une méridienne. Une femme d'âge moyen avec une expression dure maniait la théière ; à côté d'elle, un dandy, son fils d'après ses traits, se prélassait avec un air grognon. Sur son autre flanc, un gentleman plus jeune était avachi ; un second fils, celui-ci avec un air boudeur. Pas étonnant que la dame ait l'air harassée.

Deux autres gentlemen se tenaient debout à côté de la méridienne. Le plus jeune, une version mâle et insouciante de Phyllida, souriait largement d'un air engageant. L'homme plus âgé, gros et habillé de tweed campagnard, étudiait Lucifer sous des sourcils broussailleux.

Précédant Lucifer dans la pièce, Phyllida agita la main en direction de ce gentleman.

— Papa ?

Lucifer la rejoignit quand elle s'arrêta devant son père. Elle lui jeta un regard en biais.

— Permettez-moi de vous présenter…

Il sourit, puis il se tourna vers son père et il lui tendit la main.

— Alasdair Cynster, monsieur. Mais la plupart des gens m'appellent Lucifer.

— Lucifer, hein ? fit sir Jasper en lui serrant la main sans inquiétude apparente. Les noms que vous adoptez, vous, les jeunes. Bon ! Comment vous sentez-vous ?

— Beaucoup mieux, grâce aux soins de votre fille.

Sir Jasper sourit vers Phyllida, qui s'était tournée vers la desserte.

— Oui, eh bien, c'était un méchant coup, aucun doute là-dessus. Maintenant, laissez-moi vous présenter ma belle-sœur ; ensuite, nous allons prendre le thé et vous pourrez me dire tout ce que vous savez sur cette pénible affaire.

Sa belle-sœur, lady Huddlesford, fit apparaître un sourire et tendit la main.

— Je suis ravie de vous rencontrer, monsieur Cynster. Lucifer lui serra poliment la main. Sir Jasper gesticula vers le dandy.

— Mon neveu, Percy Tallent.

Percy, apparut-il, était le fils du premier mariage de la comtesse au défunt frère de sir Jasper. Une minute de conversation affectée suffit à Lucifer pour classer Percy – il était dans une mauvaise passe. Rien d'autre ne pouvait expliquer sa présence dans le Devon rural. Son maussade demi-frère, Frederick Huddlesford, dévisagea ouvertement le manteau bien coupé de Lucifer, ayant du mal, semblait-il, à rassembler les mots, même pour une simple salutation.

Après un signe de tête, Lucifer se tourna vers le jeune homme si semblable à Phyllida, qui se fendit promptement d'un sourire et tendit la main.

— Jonas. Le petit frère de Phyllida.

Serrant la main offerte, Lucifer sourit et haussa les sourcils. Agile, avec la même grâce nonchalante qui caractérisait sa sœur, Jonas avait bien quinze centimètres de plus qu'elle. Lucifer jeta un coup d'œil à Phyllida alors qu'elle se redressait auprès de la desserte. Malgré toute son insouciance débonnaire évidente, Jonas ne semblait pas plus jeune qu'elle. Phyllida surprit son regard et leva le menton.

— Nous sommes jumeaux, mais je suis la première.

— Ah. Je vois. Toujours la chef.

Les sourcils de Phyllida se relevèrent d'une manière hautaine. Jonas rigola.

Tout comme sir Jasper.

— Tout à fait, tout à fait. Phyllida nous garde tous dans le droit chemin ; je ne sais pas ce que nous ferions sans elle. Bon – il agita la main en direction de quelques chaises au fond de la pièce –, avançons-nous là-bas, et vous pourrez me dire ce que vous savez de cette terrible affaire.

Alors qu'il se tournait, Lucifer sentit le regard de Phyllida sur son visage.

— En effet, papa. Je crois vraiment que monsieur Cynster devrait s'asseoir. Je vais vous apporter des tasses.

Sir Jasper hocha la tête. Lucifer le suivit au fond de la pièce. Ils s'installèrent dans des fauteuils à oreilles tournés l'un vers l'autre avec une petite table entre eux. La longueur de la pièce leur assurait un coin privé ; les autres les regardèrent partir, leur curiosité palpable, avant de retourner à contrecœur à leur propre compagnie.

Alors qu'il posait la tête avec précaution sur le coussin du fauteuil, Lucifer contempla sir Jasper. Son hôte était d'un genre qu'il connaissait bien. Les comtés de l'Angleterre reposaient sur des hommes comme lui. Franchement bon enfant, sympathiques, même si dénués d'imagination, ils n'étaient néanmoins pas idiots. On pouvait compter sur eux pour tenir le front, pour faire ce qui devait l'être afin d'assurer la stabilité de leur communauté sans toutefois avoir de goût pour le pouvoir ; c'était le plaisir de leur confort en plus d'un bon sens incisif qui les motivaient.

Lucifer regarda brièvement Phyllida, occupée à préparer les tasses. Tel père, telle fille ? Il le soupçonnait, du moins, en partie.

— Alors – sir Jasper s'étira les jambes – connaissez-vous le Devon ?

Lucifer s'apprêta à secouer la tête, mais il s'arrêta.

— Non. La résidence de ma famille est située au nord d'ici, à l'est de Quantocks.

— Le Somerset, hein ? Vous êtes donc un campagnard de l'Ouest ?

— Dans l'âme ; mais nous vivons à Londres depuis dix ans.

Phyllida arriva avec les tasses sur des soucoupes ; elle leur en tendit une à tous les deux, puis elle remonta vivement la pièce. Sir Jasper but ; Lucifer aussi, conscient de sa faim qui se réveillait. Un instant plus tard, Phyllida réapparut avec une assiette contenant une pile de gâteaux. Elle l'offrit à la ronde, puis elle s'assit sur une causeuse à côté du fauteuil de son père et elle s'installa ouvertement pour écouter.

Lucifer décocha un regard à sir Jasper. Son hôte était conscient de la présence de sa fille et il ne voyait clairement rien d'étrange à ce qu'elle soit au courant de ses investigations. Sa remarque désinvolte sur le fait qu'elle était une chef née n'était pas, semblait-il, très loin de la vérité.

Les mains croisées sur les cuisses, elle s'assit, calme et dominée. Lucifer l'étudia pendant qu'il mangeait un morceau de gâteau. Elle ne reverrait plus ses vingt ans, mais combien d'années de plus avait-elle ? Son sang-froid, se doutait-il, était trompeur. L'âge de Jonas était plus facile à estimer ; son corps était tout en os et encore à étoffer. Il était au début de la vingtaine, au plus dans la mi-vingtaine, au moins quatre ans plus jeune que les vingt-neuf ans de Lucifer.

Ce qui donnait le même âge à Phyllida.

Et faisait d'elle un mystère. Il n'y avait pas de bague à son doigt et il n'y en avait jamais eu. Il avait remarqué cela le soir précédent ; même à l'article de la mort, son instinct de séducteur ne lui avait pas fait défaut. Elle avait vingt-trois ou vingt-quatre ans et elle était toujours célibataire. Indéniablement un mystère.

Elle avait conscience de son examen approfondi, mais pas un signe de ce sentiment ne transpira. L'envie de la secouer – de la voir perdre ce sang-froid détaché – monta en flèche. Lucifer baissa les yeux, il mit son assiette à gâteau de côté et il prit sa tasse.

Sir Jasper l'imita.

— Maintenant, les affaires. Commençons par votre arrivée. Qu'est-ce qui vous a amené au manoir hier matin ?

— J'ai reçu une lettre de Horatio Welham, commença Lucifer en reposant sa tête sur le coussin. Elle m'a été livrée à Londres jeudi. Horatio m'invitait à venir le voir au manoir dès que cela me conviendrait.

— Donc, vous connaissiez Welham auparavant ?

— Je connaissais Horatio depuis plus de neuf ans. Je l'ai rencontré la première fois quand j'avais vingt ans, alors que je résidais chez des amis dans le Lake District. Horatio m'a enseigné l'art de la collection amateur. Il a été mon guide dans ce domaine, et nous sommes devenus intimes, des amis de confiance. Au fil des ans, j'ai fréquemment rendu visite à Horatio et sa femme, Martha, dans leur maison près du lac Windemere.

— Le Lake District, non ? Je me suis toujours demandé d'où venait Horatio. Il ne l'a jamais dit et l'on n'aime pas être indiscret.

Lucifer hésita, puis il dit :

— Horatio était profondément attaché à Martha. Quand elle est morte il y a trois ans, il a été incapable d'affronter la vie, seul dans la maison qu'ils avaient partagée pendant si longtemps. Il l'a vendue et a déménagé au Sud. Le Devon l'attirait en raison de son climat plus doux ; il avait l'habitude de dire qu'il avait choisi d'emménager ici à cause de ses vieux os et parce qu'il aimait ce village. Il a dit qu'il était petit et confortable.

« Sans les mégères invivables sur place. »

Lucifer regarda brièvement Phyllida – comment Horatio l'avait-il considérée ?

Les yeux de la jeune femme s'étaient assombris.

— Pas étonnant qu'il ne nous ait jamais parlé de son passé. Il devait être profondément amoureux de sa Martha.

Lucifer acquiesça d'un léger signe de tête, puis il regarda sir Jasper.

— Est-ce que l'un ou l'autre des domestiques de Welham vous connaît ?

— J'ignore qui il a gardé. Covey est-il toujours avec lui ?

— Oui, en effet.

— Alors, il me connaît, certainement. Si Covey est ici, pourquoi les domestiques m'ont-ils soupçonné d'avoir assassiné Horatio ? Covey sait depuis combien de temps je connaissais Horatio et la nature de notre relation, ajouta Lucifer en fronçant les sourcils.

— Covey n'était pas ici, dit Phyllida. Il rend visite à une vieille tante à Musbury, un village voisin, chaque dimanche. Au moment où il est revenu, vous étiez à la Grange.

— Covey doit être bouleversé par la mort de Horatio. Phyllida hocha la tête.

Sir Jasper soupira.

— Pas moyen de tirer quoi que ce soit de lui hier, j'ai bien essayé. J'imagine qu'il en ressent encore les effets aujourd'hui.

— Covey a été dévoué envers Horatio pendant toutes ces années où je les ai connus.

Sir Jasper décocha un regard futé à Lucifer.

— Tout à fait ; aucune raison de supposer que Covey sait quoi que ce soit à propos de la mort de son maître, dit-il en se calant dans son fauteuil. Maintenant, voyons voir. C'est votre première visite à Colyton ?

— Oui. Jusqu'à maintenant, les choses ne sont jamais bien tombées pour une visite. Horatio et moi en avions discuté, mais… nous nous rencontrions au moins une fois par trimestre, parfois plus fréquemment, à Londres et dans des réunions de collectionneurs partout dans le pays.

— Vous êtes donc un collectionneur vous aussi ?

— Je me spécialise dans l'argent et les bijoux. Horatio, d'un autre côté, était un expert reconnu dans les livres anciens et une autorité hautement respectée dans un certain nombre d'autres domaines aussi. C'était un professeur inspiré. C'est un honneur que d'avoir appris de lui.

— Y a-t-il d'autres personnes qui ont appris de lui ?

— Quelques personnes ; mais aucune n'est restée en contact aussi étroit. Les autres ont entrepris des collections dans les mêmes sphères que Horatio et sont donc en quelque sorte devenus des compétiteurs.

— L'un d'eux aurait-il pu le tuer ?

Lucifer secoua la tête.

— Je ne peux pas l'imaginer.

— D'autres collectionneurs ? Des jaloux, peut-être ? Lucifer agita une main en signe de dénégation.

— Les collectionneurs pourraient bien tuer métaphoriquement pour certains objets, mais peu le font en réalité. Pour la plupart des collectionneurs, la moitié du plaisir est d'afficher ses acquisitions aux yeux des autres collectionneurs. Horatio était grandement respecté et très aimé dans la fraternité ; ses collections étaient bien connues. Tout objet lui appartenant faisant surface dans la collection d'une autre personne attirerait immédiatement l'attention. En tant que motif de meurtre, un collectionneur connu voulant obtenir une pièce en particulier est peu probable. Nous pouvons, par contre, vérifier s'il manque des objets, bien que cela exige du temps. Horatio conservait des registres méticuleux.

Sir Jasper fronçait les sourcils.

— Nous savions que Welham était un collectionneur et un vendeur, mais moi, pour commencer, j'ignorais totalement qu'il était si hautement considéré.

Il jeta un coup d'œil à Phyllida.

Elle secoua la tête.

— Nous savions tous qu'il recevait des visiteurs de l'extérieur – venant de plus loin que la région –, mais personne ici ne connaît grand-chose aux antiquités. Nous n'avions pas la moindre idée que Horatio occupait une place aussi importante dans cette sphère.

— Je pense, dit Lucifer, que cela faisait partie de son attirance pour Colyton. Horatio aimait être un des « habitants du cru ».

Sir Jasper hocha la tête.

— Maintenant que vous en parlez, il est devenu un des « habitants du cru » très rapidement. Difficile de croire que cela ne fait que trois ans. Il a acheté le manoir et il l'a rénové et décoré à neuf. Il a ajouté ce jardin – sa fierté. Il avait l'habitude de faire du jardinage pendant des heures – son succès a fait devenir vertes de jalousies les dames de la région. Il faisait toujours tout ce qu'il pouvait – il fréquentait l'église tous les dimanches, il aidait de bien des manières. Il sera regretté, ajouta-t-il doucement après une courte pause.

Ils restèrent assis en silence un moment, puis Lucifer demanda :

— S'il allait toujours à l'église, pourquoi était-il à la maison hier ? Je n'avais pas envoyé un mot pour le prévenir de mon arrivée.

— Il était malade, répondit Phyllida. Un mauvais rhume. Il a insisté pour que les autres y aillent comme d'habitude et pour que Covey ne déçoive pas sa tante. Madame Hemmings a dit qu'elle l'a laissé pendant qu'il lisait à l'étage.

— Donc – sir Jasper changea de position dans son fauteuil –, récapitulons ce que nous savons sur ce qui s'est produit. Vous êtes arrivé pour une visite de mondanités…

— Ce n'est pas tout à fait exact ; du moins, ce n'est qu'en partie vrai. J'ai laissé la lettre de Horatio dans le Somerset, vous devrez donc supporter mes paraphrases, mais il m'a demandé de lui rendre visite précisément parce qu'il voulait connaître mon opinion sur un objet qu'il avait découvert. À l'évidence, cela l'excitait ; l'impression que j'en ai eue est qu'il s'agissait d'une trouvaille totalement inattendue. La conclusion était qu'il était certain que l'objet était authentique, mais il souhaitait une seconde opinion.

— Avez-vous une idée de ce qu'est cet objet ?

— Non. La seule chose dont je puisse être sûr est qu'il ne s'agit pas d'argent ou d'un bijou.

— Mais ce sont vos spécialités.

— Oui, mais Horatio m'a écrit que si cet objet était authentique, je pourrais bien être tenté d'élargir ma collection au-delà de l'argent et des bijoux.

— C'était donc un objet désirable ?

— Mon interprétation était qu'il était désirable et précieux. Le fait que Horatio m'ait demandé d'évaluer quelque chose qui ne soit pas dans mon champ d'expertise, alors qu'il aurait pu facilement inviter l'opinion de n'importe quel collectionneur établi dans ce type d'article de collection, suggère que l'objet est ce genre de trouvaille dont aucun collectionneur sain d'esprit ne parle à personne avant d'avoir établi sa propriété et peut-être organisé une meilleure sécurité pour lui. Horatio était peut-être âgé, mais il avait encore l'esprit très aiguisé.

— Cependant, il vous en a parlé ; pourquoi pas à d'autres ?

Lucifer croisa le regard sombre de Phyllida.

— Pour différentes raisons, entre autres notre amitié de longue date, Horatio savait qu'il ne courrait pas de risque à m'en parler. En fait, je suis peut-être le seul à qui il a mentionné cet objet.

— Covey serait-il au courant ?

— À moins que ses tâches aient changé, j'en doute. Covey assistait Horatio avec les arrangements et la correspondance, mais il n'a jamais collaboré aux transactions ni aux évaluations.

Sir Jasper retourna leur discussion dans sa tête.

— Vous êtes donc venu ici pour rencontrer Horatio et voir son nouvel article.

Il regarda Lucifer, qui acquiesça d'un signe de tête.

— Vous êtes arrivé en carrosse dans le village ?

Lucifer se cala dans son fauteuil, le regard fixé sur un point au-dessus de la tête de Phyllida.

— Je n'ai dépassé personne sur le chemin et je n'ai pas non plus vu qui que ce soit dans les environs. J'ai tourné dans l'allée…

Simplement et succinctement, il décrivit ses mouvements.

— Et ensuite, quelqu'un m'a frappé à la tête et je me suis effondré à côté de Horatio.

— Vous avez été frappé avec une vieille hallebarde, dit sir Jasper. Méchante arme ; vous êtes chanceux de ne pas être mort.

Lucifer baissa le regard sur le visage calme de Phyllida.

— En effet.

— Ce coupe-papier avec lequel Horatio a été assassiné, vous en souvenez-vous ?

— Il lui appartenait ; un Louis XV : il l'avait depuis des années.

— Hum, donc ce n'est pas l'objet spécial, conclut sir Jasper en gardant les yeux sur ses bottes. Actuellement, vous n'avez aucune idée de la personne qui aurait pu tuer Welham ?

Phyllida plongea le regard dans des yeux bleu profond et pria pour que sa panique grandissante ne paraisse pas. Il ne lui était pas venu à l'esprit, avant qu'il commence à relater ses faits et gestes, qu'en vérité, Lucifer la tenait dans la paume de sa main. S'il disait à son père qu'une personne avait été là après que le meurtrier avait frappé et qu'il était convaincu – non, qu'il *savait* – que cette personne, c'était elle...

Son père saurait instantanément qu'elle avait menti – pas par action, mais par omission. Il comprendrait que sa manière inhabituelle de céder devant un mal de tête dimanche matin dernier avait été une ruse, qu'il lui aurait été facile de couper à travers les bois et d'atteindre le manoir sans être vue. Qu'elle savait que personne d'autre n'aurait dû se trouver dans la maison !

Ce qu'il ne comprendrait pas, c'était la raison – pourquoi elle l'avait fait et avait ensuite gardé un silence si trompeur. Et c'était là la seule chose qu'elle ne pouvait pas lui dire, qu'elle ne pouvait pas encore lui expliquer – pas avant d'avoir été libérée de son serment.

Le regard bleu ne vacilla pas une seconde.

— Non.

Elle respira superficiellement et elle se raidit, sachant qu'il savait, sachant qu'il débattait pour décider s'il allait la démasquer ou non. Aux yeux de son père, l'une des rares personnes dont la bonne opinion comptait pour elle.

Le temps ralentit. Comme de loin, elle entendit son père poser la question fatale, celle qu'elle savait qu'il devait tôt ou tard poser.

— Et il n'y a rien d'autre se rapportant à cette affaire que vous pouvez me dire ?

Les yeux de Lucifer soutinrent ceux de Phyllida posément. Elle était menacée d'étourdissement.

Il lui vint soudainement à l'esprit de réfléchir à la prochaine étape : et s'il le révélait ?

— Non.

Elle cilla.

Il soutint son regard un instant encore, puis il regarda son père.

— Je n'ai aucune idée de qui a tué Horatio, mais, avec votre permission, j'ai l'intention de le découvrir.

— En effet, en effet, dit-il en hochant la tête. Un but honorable.

Il leva la tête et il fronça les sourcils en voyant lady Huddlesford s'avancer.

— Doux Jésus, Jasper ! Vous interrogez monsieur Cynster depuis bien assez longtemps. Sa pauvre tête doit le faire souffrir.

Lucifer se leva, tout comme sir Jasper.

— Sottises, Margaret : nous devons débrouiller cette affaire.

— En effet ! Je n'ai pas été aussi choquée depuis des années. La seule pensée d'un assassin londonien se glissant dans le village pour poignarder monsieur Welham est plus qu'il n'en faut pour me bouleverser.

— Il n'y a aucune raison de croire qu'il s'agit d'une personne venant de Londres.

Lady Huddlesford dévisagea son beau-frère.

— Vraiment, Jasper ! C'est un petit endroit tellement tranquille ; tout le monde se connaît. *Évidemment* que cela doit être quelqu'un de l'extérieur.

Phyllida sentit la résistance de son père. Il s'en tenait avec acharnement à l'approche logique, ce qui signifiait que d'une seconde à l'autre, il allait se tourner vers elle pour lui demander si elle connaissait une personne des alentours ayant une raison de souhaiter la mort de Horatio.

Elle n'en connaissait pas, mais sa réponse pourrait s'approcher d'un mensonge. Un mensonge absolu. Elle évitait les faux-fuyants par principe, sauf dans la poursuite d'un but plus noble.

Alors que son regard effleurait monsieur Cynster – Lucifer –, elle souhaita aigrement n'avoir pas fait d'exception. Regardez où cela l'avait menée.

D'abord submergée par la culpabilité. Maintenant, redevable envers lui jusqu'au cou.

Percy vint vers eux d'un pas nonchalant. Phyllida regarda de son côté, puis elle laissa ses yeux vagabonder jusqu'à Lucifer. Percy était mal avisé de se tenir à côté de lui ; la comparaison donnait à Percy l'air d'un jeunot blafard et efféminé. Percy était bien blafard, mais autrement présentable – c'était la concurrence qui ne lui servait pas.

Sa tante continua à proclamer l'impossibilité que le meurtrier soit du coin. Phyllida saisit l'occasion quand sa tante marqua une pause pour respirer.

— Je dois aller voir madame Hemmings, papa, pour m'assurer qu'elle a tout ce qu'il faut pour la veillée mortuaire. Je dois aussi m'arrêter à l'église et discuter avec monsieur Filing.

Son adversaire parla.

— Pourrais-je vous accompagner, mademoiselle Tallent ?

— Ah…

Clouée sur place par des yeux bleus qui la prévenaient qu'elle n'avait pas d'autre choix que sa compagnie, Phyllida ravala un refus, qu'elle formula plutôt comme un rappel poli à propos de sa tête.

Les lèvres de Lucifer se retroussèrent ; son regard demeura calme.

— Je sais que j'ai promis de ne pas me surmener, mais comme je serai avec vous, il n'y a sûrement pas de danger.

Il avait gardé son secret ; maintenant, elle devait en payer le prix. Elle inclina légèrement la tête.

— Si vous le désirez. Une promenade à l'air frais pourrait apaiser votre tête.

— Une excellente idée.

Alors que Lucifer se redressait après s'être incliné devant la tante, le père de Phyllida attira son regard.

— Cela vous donnera l'occasion de voir la disposition des lieux, hein ?

— En effet.

Le bandit se tourna vers elle, une étincelle tangible dans les yeux. Il sourit et lui fit un signe élégant.

— Montrez le chemin, ma chère mademoiselle Tallent.

CHAPITRE 3

Elle l'emmena au manoir en empruntant la rue traversant le village ; c'était beaucoup trop dangereux de marcher dans la forêt avec un prédateur, particulièrement si elle se trouvait en son pouvoir. Son père, bien sûr, n'en avait aucune idée – il était impressionné par le démon, elle le voyait.

Pendant qu'elle se promenait sous le soleil avec lui marchant d'un pas félin à côté d'elle, elle admit à contrecœur que s'il n'avait pas représenté une telle menace pour elle, elle aurait pu être impressionnée elle aussi. Il ressentait exactement ce qu'il devait à propos de Horatio.

Cependant, se voir manipuler était une expérience nouvelle pour elle et elle n'aimait pas cela. Il n'avait toutefois pas fait l'impardonnable en lui donnant un ultimatum définitif – qu'elle lui dise l'entière vérité ou sinon il allait révéler à son père qu'elle se trouvait dans le salon de Horatio. Elle acceptait donc de se prêter à son jeu.

Elle lui jeta un bref coup d'œil. Sa chevelure sombre brillait d'une teinte brun-acajou sous le soleil.

— Vous avez oublié votre chapeau.

— J'en porte rarement un.

Autant pour ça. Elle continua à avancer. Le village proprement dit se trouvait juste devant. Lucifer la regarda ; son bonnet dissimulait son visage à sa vue.

— Je pense – il attendit qu'elle le regarde – qu'étant donné que nous avons formé un genre d'alliance, vous feriez mieux de me dire ce qui s'est produit après que j'ai été découvert.

Elle examina ses yeux, puis elle regarda devant elle.

— Vous avez été découvert par Hemmings, le jardinier de Horatio. Madame Hemmings, la gouvernante, est allée à l'étage en imaginant que Horatio y serait. Hemmings s'est rendu au salon pour s'occuper du feu. Il a alerté tout le monde et Bristleford, le majordome de Horatio, a envoyé chercher Juggs et Thompson.

— Pour me retenir, en tant que meurtrier, en détention préventive ?

Son bonnet oscilla.

— Bristleford était bouleversé, il croyait que vous étiez le meurtrier. Il y a une cellule sous l'auberge où l'on garde les prisonniers attendant leur procès. Thompson est le forgeron ; ils ont utilisé sa voiture à cheval pour vous déplacer.

— Et où étiez-vous ?

Elle lui jeta un regard rapide, puis le détourna. Une minute entière s'écoula avant qu'elle réponde.

— J'étais allongée sur mon lit avec un méchant mal de tête ; c'était la raison qui m'avait empêchée d'aller à l'église.

Comme elle n'ajoutait rien de plus, il la poussa à continuer.

— Vous êtes apparue dans la cellule en disant avec insistance que je n'étais pas le meurtrier.

— Je ne savais pas si vous vous en souveniez.

— Je m'en souviens. Comment se fait-il que vous vous trouviez là ?

— J'emprunte souvent des livres de poésie à Horatio. Je me suis remise de mon mal de tête et j'ai pensé aller chercher un volume. Cependant, juste au moment où j'atteignais la porte d'entrée, le carrosse de tante Huddlesford s'est arrêté devant chez moi. J'avais oublié qu'elle arrivait ce matin, mais tous les arrangements avaient déjà été faits, du moins le croyais-je.

L'agacement dans ces derniers mots frappa clairement Lucifer.

— Mais ?

— Percy et Frederick ; je ne les attendais pas. Ils ne nous font habituellement pas la grâce de leur précieuse présence.

— Je parierais que Percy est dans une mauvaise passc.

— Très probablement ; mais leur arrivée signifiait que je devais attendre que le personnel soit revenu de l'église pour donner des ordres pour des chambres supplémentaires et les divertir, ainsi que tante Huddlesford, jusqu'à l'apparition de papa et de Jonas.

— Et ensuite, que s'est-il passé ?

— Je suis partie dès que j'ai pu, mais lorsque j'ai atteint la porte du manoir, vous aviez déjà été emmené.

— Est-ce l'auberge ? Lucifer s'arrêta ; Phyllida l'imita.

Le bâtiment à côté d'eux était une structure à moitié en bois, usée et un peu miteuse, mais encore très utilisable.

— Oui ; le Red Bells.

— Et Juggs est l'aubergiste.

Elle recommença à marcher.

— Il est payé pour garder des prisonniers, alors vous ne devriez pas le juger trop sévèrement.

Il ravala sa réaction.

— Que s'est-il passé ensuite ?

— Je me suis assurée qu'ils envoient chercher papa, puis je me suis rendue au Red Bells, ajouta-t-elle en regardant son visage. De quoi vous souvenez-vous ?

— Pas de tout, mais d'assez. Vous êtes restée jusqu'à l'arrivée de votre père et ensuite il est rentré chez lui et il a envoyé un carrosse. La chose dont je me souviens ensuite clairement est… – il étudia les yeux de Phyllida pendant qu'il rejouait ses souvenirs – de m'être réveillé à minuit.

— Oui, eh bien, c'est vraiment tout ce qu'il y a à dire. Regardant devant elle, elle continua sa progression.

— Vous étiez agité, mais votre crâne était intact ; cela était causé uniquement par la douleur.

Lucifer lui décocha un regard. Pourquoi n'avait-elle pas saisi cette occasion pour lui parler de sa vigie à côté de son lit ? Il l'avait mise dans une position où elle devait lui montrer de la reconnaissance ; pourquoi ne le faisait-elle pas ? Ils passèrent devant une série de cottages bien entretenus et poussèrent au-delà du virage dans la rue. Le manoir apparut.

— Très bien, dit-il. Je connais maintenant votre histoire. Je sais également que vous vous trouviez dans le salon de Horatio avant mon entrée et que vous y êtes restée un peu après que j'ai reçu le coup.

— Vous ne savez rien de ce genre.

Il avait l'air supérieurement satisfait – elle l'observait du coin de l'œil.

— Vous ne pouvez certainement pas dire que c'était moi uniquement à cause d'un toucher.

Le regard qu'elle lui lança était à la fois furieux et incertain.

— Je le peux. Je l'ai fait. Je sais que c'était vous.

— Vous ne pouvez pas en être sûr.

— Hum… peut-être pas. Pourquoi ne pas me toucher encore, simplement pour voir si j'en suis certain ?

Elle s'arrêta pour l'affronter, des étincelles camouflées dans les yeux…

— Hoy ! Mademoiselle Phyllida !

Ils pivotèrent. Un homme costaud portant un tablier en cuir et un maillot de corps avançait lourdement sur la place en venant vers eux.

— Le forgeron ?

— Oui, Thompson.

Thompson s'approcha. Le regard sur Lucifer, il hocha la tête respectueusement.

— Monsieur.

Il fit un signe de tête à Phyllida, puis il revint à Lucifer.

— Je voulais seulement vous présenter mes excuses pour, vous savez, les ecchymoses que vous auriez pu avoir quand je vous ai laissé tomber dans ma voiture à cheval. Pour sûr, nous pensions que vous étiez le meurtrier, et vous n'étiez pas facile à soulever, mais je ne voudrais pas que vous me gardiez rancune.

Lucifer sourit.

— Ce n'est pas le cas. Je ne suis pas facilement blessé.

— Bien.

Thompson poussa un soupir soulagé et il lui rendit son sourire.

— Tout va bien, alors. Y a pas à dire, ce n'était pas un accueil approprié dans le village, surtout avec un coup sur la tête et tout.

Phyllida éprouva un malaise intérieur. Elle regarda en haut de la rue vers le manoir.

— Sir Jasper a-t-il une idée sur le meurtrier, alors, monsieur ?

Le « non » de Phyllida entra en collision avec le « aucune » de Lucifer – Phyllida était au bord du supplice quand elle constata que la question ne lui avait pas été adressée.

Avec un regard subtilement amusé, Lucifer ajouta :

— Les investigations de sir Jasper se poursuivent.

— Ouais, eh bien…

Phyllida patienta pendant que Thompson pointait la forge à l'autre bout de la place et assurait à Lucifer qu'il pourrait toujours compter sur lui pour l'aider, soit en pendant le meurtrier par les pieds ou en prêtant ses chevaux à Lucifer.

Sur un dernier signe de tête, Thompson repartit par la place.

Elle reprit sa marche ; Lucifer avança d'un pas félin à côté d'elle, son allure étant une manœuvre de grâce fluide. Il murmura :

— Cela me semble un petit endroit paisible.

— Habituellement.

Elle le regarda et découvrit qu'il scrutait la place et l'église sur son sommet.

Ils évitèrent la mare aux canards et ses résidents bruyants et ils rejoignirent la grille du manoir. Elle l'ouvrit et passa ; Lucifer dut baisser vivement la tête pour éviter les grappes de fleurs pendant de la glycine accrochée à l'arche qui l'encadrait. Elle mena la marche autour de la petite fontaine. Atteignant le porche, elle constata qu'il était resté en arrière. Regardant derrière elle, elle le vit étudier le parterre de pensées en fleurs. Son regard se déplaça sur la plate-bande de roses et de lavande, puis il leva les yeux, il vit qu'elle l'attendait et il allongea le pas.

Il la rejoignit sous le porche, mais il jeta un regard en arrière sur le jardin.

— Qu'y a-t-il ?

Il la regarda, le visage fermé, les yeux voilés.

— Qui a réalisé ce jardin ?

— Papa vous l'a dit : Horatio. Eh bien – elle regarda les parterres – Hemmings l'a aidé, bien sûr, mais Horatio a toujours été la main qui le guidait, dit-elle en observant son visage. Pourquoi ?

Il regarda le jardin.

— Lorsqu'ils vivaient dans le Lake District, Martha s'occupait du jardin – c'était son jardin.

J'aurais juré que Horatio était incapable de distinguer une rose trémière d'une ortie.

Phyllida contempla le jardin avec des yeux nouveaux.

— Tout le temps qu'il a passé ici, il s'est montré très difficile avec son jardin.

Après un moment, Lucifer se tourna ; elle remarqua son visage fermé. Pivotant, elle le mena à l'intérieur.

La maison était silencieuse ; ils avancèrent doucement, s'arrêtant au niveau de la porte ouverte du salon. Le cercueil de Horatio était posé sur une table juste derrière l'endroit où ils – oui, ils avaient découvert son corps. Pendant un moment, ils se contentèrent de le regarder, puis Phyllida entra la première.

À un mètre du cercueil, elle s'arrêta. Elle devait soudainement fournir un effort pour respirer. De longs doigts touchèrent les siens ; instinctivement, elle s'y accrocha. La main de Lucifer se ferma sur les siennes, chaude et vivante. Il s'avança pour se tenir à côté d'elle. Elle sentit son regard sur son visage. Sans le regarder, elle hocha la tête.

Côte à côte, ils s'avancèrent devant la boîte en bois poli.

Pendant un long moment, ils se tinrent debout, les yeux baissés sur le cercueil. Phyllida tira du réconfort de l'expression paisible qui s'était figée sur le visage de Horatio. Elle était là lorsqu'elle l'avait trouvé, comme si son départ de ce monde, bien que violent et inattendu, avait été une libération. Peut-être le paradis existait-il vraiment.

Elle l'avait bien aimé, elle approuvait l'homme et elle était attristée par son départ. Elle pouvait dire au revoir et le laisser partir, mais la façon dont il les avait quittés n'était pas une chose qu'elle pouvait accepter sans réagir. Il avait été assassiné dans le village qu'elle gérait quasiment depuis douze ans ; qu'elle ait été celle qui l'avait trouvé, déjà éteint et n'étant plus en état de recevoir son aide, n'avait qu'augmenté son indignation.

C'était comme si quelque chose pour quoi elle avait travaillé toute sa vie – la paix et la sérénité de Colyton – avait été violé, corrompu.

Le souvenir lui revint, clair comme de l'eau de roche, du moment où elle avait découvert le cadavre de Horatio. Elle ressentit une nouvelle fois le choc, le frisson glacé de la peur, la frayeur paralysante quand elle avait compris qu'elle n'avait entendu personne partir…

Levant la tête, elle fixa son regard au fond de la pièce. Elle venait tout juste de s'en souvenir.

Elle était entrée dans le salon par le fond du vestibule ; avant cela, elle était dans la cuisine. Même de là, si quelqu'un avait quitté la maison, elle l'aurait entendu traverser le vestibule ou marcher sur le gravier. Personne ne l'avait fait. Elle s'était attardée dans le vestibule, puis elle avait décidé de fouiller le salon.

Combien de temps cela lui avait-il pris ? Depuis combien de temps Horatio était-il mort avant qu'elle le découvre ?

Et si le meurtrier n'était pas parti, s'il se trouvait encore dans le salon lorsqu'elle était entrée ?

Elle se concentra sur l'ouverture entre deux bibliothèques, presque au fond de la pièce. C'était la seule cachette qu'aurait pu utiliser le meurtrier.

Il *devait* s'y trouver. C'était la seule explication pour le chapeau disparu. C'était sûr qu'il y avait eu un moment entre sa sortie et l'instant où Hemmings avait décidé de s'occuper du feu. Madame Hemmings était à l'étage. Une petite occasion, mais le meurtrier devait l'avoir saisie, tout comme son chapeau, avant de disparaître sans laisser de trace.

Phyllida inspira ; la chaleur de la main de Lucifer serrée autour des siennes l'ancra, la calma. Elle baissa les yeux sur le visage ridé de Horatio et fit le serment – un serment déterminé qui la liait – de trouver la personne qui s'était cachée entre les bibliothèques et l'avait regardée découvrir le cadavre de Horatio.

C'était un meurtrier qui n'allait pas s'échapper.

Alors même qu'elle faisait cette déclaration silencieuse, elle fut consciente qu'on en faisait une autre, très semblable, à deux pas d'elle. Les paroles de Lucifer prononcées pour le père de Phyllida résonnaient de détermination ; elle n'avait pas besoin qu'on la convainque qu'il considérerait son serment aussi sérieusement qu'elle considérait le sien.

Ils travailleraient ensemble – ensemble, ils pourraient réussir. Même avec le soutien de son père, amener seule un assassin devant la justice pourrait bien être plus qu'elle ne pouvait accomplir. Malgré les talents douteux de Lucifer, elle était certaine que ce bandit à côté d'elle pouvait atteindre tous les buts qu'il se fixait. Donc…

Elle lui jeta un regard en biais. Elle devait lui révéler tout ce qui s'était produit, même admettre que c'était elle qui l'avait frappé à la tête. Avouer cela serait gênant, mais il devait le savoir.

Il devait particulièrement être au courant pour le chapeau.

Ce qui signifiait qu'elle devait parler à Mary Anne tout de suite.

Elle assimila l'expression neutre de Lucifer, les lignes de son visage dur sans le moindre rire tapi derrière pour les adoucir. Ses grands yeux étaient voilés. Il avait été beaucoup plus proche de Horatio qu'elle.

Glissant ses doigts pour les libérer des siens, elle se retira et le laissa avec son chagrin.

Lucifer l'entendit partir. Une partie de son esprit suivit ses mouvements ; une partie de lui se détendit quand elle se détourna pour s'éloigner plus loin dans la maison. Il se rappela qu'elle avait mentionné devoir parler à la gouvernante. Rassuré, il reporta son attention sur Horatio.

Leur dernier adieu – il n'y en aurait pas d'autres. Il laissa les souvenirs se déverser dans son esprit, comme de l'eau fuyant entre ses doigts. Leurs intérêts partagés, leurs succès, leur appréciation mutuelle, les longs après-midi passés sur la terrasse surplombant le lac Windemere. De bons moments, tous – il n'y en avait pas eu de mauvais.

Enfin, il prit une profonde inspiration, puis il posa la main sur celle de Horatio, serrée sur son torse.

— Allez abrutir Martha à propos de ses fleurs. Quant à la vengeance, laissez-moi m'en occuper.

La vengeance appartenait peut-être au Seigneur, mais parfois, Il avait besoin d'aide.

Quand il se détourna, son regard tomba sur les bibliothèques bordant les murs. Distraitement, il marcha à côté d'elles, suivant d'un doigt le dos des volumes ici et là, des amis dont il se souvenait. Vers le fond de la pièce, il remarqua trois volumes dépassant d'une tablette. Il les repoussa, les réalignant. Il regarda en arrière vers le mur bordé de tomes. Comme c'était approprié que Horatio ait passé ses dernières heures ici, entouré par ses biens les plus chers.

Il était debout devant les longues fenêtres, regardant dehors le jardin qui l'intriguait tant, quand une toux discrète résonna dans le cadre de la porte.

Il se tourna ; un homme mince et sec, voûté dans son manteau, fixait le cercueil. Lucifer s'éloigna de la fenêtre.

— Covey. Je vous prie d'accepter mes condoléances. Je sais à quel point vous étiez attaché à Horatio ; et lui à vous.

Covey cligna des paupières sur des yeux bleus mouillés.

— Merci, monsieur. Mademoiselle Tallent m'a dit que vous étiez ici. Je regrette que ce soit dans de si affreuses circonstances que nous vous revoyions chez nous…

— Une affreuse affaire, en effet. Avez-vous la moindre idée ?

— Aucune. Je n'avais pas la plus petite idée, aucune raison de supposer…

Il gesticula avec impuissance en direction du cercueil.

— Ne vous blâmez pas, Covey, vous ne pouviez pas le savoir.

— Si je l'avais su, cela ne se serait pas produit.

— Bien sûr que *non*, répliqua Lucifer en s'interposant entre Covey et le cercueil. Horatio m'a écrit à propos d'un objet qu'il avait découvert pour lequel il voulait mon opinion. Savez-vous ce que c'était ?

Covey secoua la tête.

— Je savais qu'il avait trouvé quelque chose de spécial. Vous savez comment il devenait, ses yeux s'illuminaient comme ceux d'un enfant. C'était ainsi qu'il était depuis une semaine. Je ne l'avais pas vu aussi excité depuis des années.

— Il ne vous a rien dit du tout ?

— Non, mais il ne le faisait jamais, pas pour ses trouvailles spéciales. Pas avant qu'il soit prêt à le dévoiler à tout le monde ; alors, il disposait les preuves sur son bureau et il m'expliquait tout.

Un sourire mélancolique effleura les lèvres de Covey.

— Il tirait un grand plaisir de cela, même s'il savait que je ne comprenais pas un mot sur trois.

Lucifer serra l'épaule de Covey.

— Vous avez été un bon ami pour lui, Covey.

Il hésita avant d'ajouter :

— Je suis certain que Horatio aura prévu quelque chose pour vous dans son testament ; mais peu importe ce qui se passe, nous allons débrouiller tout cela. Horatio l'aurait souhaité.

Covey inclina légèrement la tête.

— Merci, monsieur. J'apprécie le réconfort que vous m'offrez.

— Une chose. Un des autres vendeurs est-il passé récemment ? Jamieson ? Dallwell ?

— Non, monsieur. Monsieur Jamieson s'est arrêté il y a quelques mois, mais nous n'avons vu personne récemment. Le maître n'a pas – n'avait pas – été très actif dans les transactions depuis que nous avions déménagé dans le Sud.

Lucifer hésita.

— J'imagine que je résiderai à la Grange au cours des prochains jours.

— En effet, monsieur, répondit Covey en s'inclinant devant lui. Si vous voulez bien m'excuser, je vais reprendre mon rangement.

Lucifer le congédia d'un signe de tête, se demandant qui étaient les héritiers de Horatio. Il se fit la remarque de leur adresser un mot à propos du long service de Covey et de son dévouement. Revenant à la fenêtre, il réfléchit à la description de Covey de l'excitation récente de Horatio.

S'il pouvait comprendre pourquoi Horatio avait été tué, il saurait qui l'avait tué. Le « pourquoi » était la clé. Il semblait possible, probable même que l'assassin soit venu de l'extérieur de la région, comme lady Huddlesford insistait pour le dire. Heureusement, ils étaient loin dans la campagne – les « étrangers » étaient remarqués. Il était certain que lui-même avait été remarqué, peut-être pas à Colyton, mais certainement en chemin.

Se tournant, il survola la pièce du regard. Horatio avait peut-être caché sa plus récente trouvaille ouvertement, parmi les trésors de sa collection.

Quand Phyllida revint au salon, elle trouva son adversaire examinant la hallebarde responsable de l'entaille dans son crâne. Il la regarda.

— La gardait-on toujours ici, derrière la porte ?

— C'est ce que j'en comprends.

Il l'observa, puis il regarda la hache. Levant la hallebarde, il la laissa tomber dans son autre main, observant comment la tête lourde se balançait.

— J'aurais cru que si elle était tombée ou avait été maniée intentionnellement…

Dans ce cas, la hache aurait dû lui fendre la tête en deux.

Phyllida ne voulait pas y songer.

— Cette partie ici – elle pointa le côté arrondi –, c'est ce qui apparemment a touché votre tête.

— Vraiment ?

Il releva l'arme, complètement droite, puis il la regarda.

— Comment est-elle tombée ?

Elle croisa directement son regard – et elle ne dit rien.

Il soutint son regard et il laissa la tension monter.

Et monter…

Elle leva le menton.

— Je dois aller à l'église pour décider des fleurs pour les funérailles et ensuite, je dois parler avec le vicaire. Vous pouvez rester ici, si vous le souhaitez.

Lucifer replaça la hallebarde.

— Je vous accompagne.

Il avait fait ses derniers adieux à Horatio.

Maîtresse d'elle-même et peu communicative, elle le mena à travers le jardin. Alors qu'ils contournaient la fontaine, il marqua une pause.

— Les fleurs pour l'église ; servez-vous de ces pensées.

Elles étaient les préférées de Martha.

Elle s'arrêta et le regarda par-dessus son épaule, puis elle contempla les fleurs. Ensuite, elle hocha la tête et poursuivit sa route.

Ils traversèrent la rue et remontèrent vers la place. L'étendue de verdure était coupée par un mouton à qui l'on permettait de brouter ; elle s'élevait en une pente graduelle depuis la rue jusqu'au sommet sur lequel l'église était érigée. Lucifer accorda ses longues enjambées à celles de Phyllida et il respira profondément. L'air était doux, réchauffé par le soleil ; les parfums et les sons d'un après-midi de juin affluaient et refluaient autour d'eux. La douleur dans sa tête se calmait et la meilleure distraction qu'avait à offrir Colyton marchait à côté de lui. Il était intrigué et il ne pouvait pas complètement comprendre pourquoi. En effet, il n'était pas certain d'approuver. Sa préférence, jusqu'à présent, avait été pour des dames avec des charmes plus abondants ; néanmoins, la grâce svelte de Phyllida Tallent agissait puissamment sur ses sens masculins toujours éveillés. Être si facilement excité par une vierge éduquée dans le monde, intelligente et têtue, une femme qui ne déployait aucun effort pour l'attirer devait être l'idée que se faisait le destin d'une plaisanterie. Peut-être qu'avoir été frappé à la tête l'affectait davantage qu'il s'en était rendu compte.

Nonobstant la cause, marcher à côté et un peu en arrière d'elle le rendait bien trop conscient de la brise qui batifolait et collait parfois sa robe sur ses jambes et ses fesses ou relevait un peu la lisière de sa jupe, exposant de minces chevilles. Sa silhouette svelte contenait une énergie réprimée qu'une partie de lui – la partie sauvage, indomptée du pirate en lui – reconnaissait instantanément ; il avait envie de la tendre comme un ressort, puis de la relâcher et de plonger en son cœur.

Grimper la colline apaisait sa tête au détriment de l'intensification de la douleur dans son bas-ventre. Une douleur destinée à ne pas être soulagée. Prenant une inspiration pour se donner du courage, il regarda devant lui et il donna délibérément une nouvelle direction à ses pensées.

Elle le précéda dans l'église et se rendit directement devant l'autel. Prenant un vase, elle se dirigea vers une porte ouverte sur une petite salle adjacente.

Il se prélassa sur un banc. La petite église était bien pourvue en sculptures et en vitraux. La fenêtre en encorbellement au-dessus de l'entrée était particulièrement charmante. Il était approprié que les funérailles de Horatio se tiennent ici. Horatio aurait apprécié les beautés de l'église.

Une beauté d'un genre différent revint en silence et accapara de nouveau son attention sans effort.

Phyllida sursauta quand de grandes mains couvrirent les siennes pendant qu'elle se débattait avec l'urne à côté des fonts baptismaux.

— Permettez-moi.

Elle accepta. Les intonations de sa voix se répercutèrent le long de sa colonne vertébrale et laissèrent ses nerfs en pelote. Sans un mot, elle montra le chemin à travers la sacristie et passa par la porte arrière ouverte. Elle désigna la pile de fleurs mortes.

— Jetez-les là, tout simplement.

Il s'exécuta. Elle lui retira l'urne des mains ; sans qu'on le lui demande, il mania le manche de la pompe afin qu'elle puisse la rincer. Sur un signe de tête pour le remercier, elle retourna dans la sacristie d'un pas gracieux ; ramassant un linge, elle polit vigoureusement l'urne.

Il s'arrêta dans l'embrasure de la porte, bloquant presque la lumière ; appuyant une épaule contre le cadre, il l'observa.

La sacristie semblait très petite à présent. Une sensibilité à sa présence provoqua des picotements sur la peau de Phyllida.

— Les funérailles auront lieu demain, tard en matinée. Je vais envoyer des fleurs à la première heure ; par ce temps, elles fanent très rapidement.

Elle babillait. Elle n'avait jamais babillé de sa vie.

— Particulièrement si elles ne sont pas cueillies avant que le soleil les touche.

— Cela signifie-t-il que vous voletterez parmi les fleurs à l'aube ?

Elle voulait le regarder, mais elle s'en abstint.

— Bien sûr que non. Notre jardinier sait comment j'aime qu'on les cueille.

— Ah. Inutile, alors, de se lever tôt.

Ce fut son ton, le résonnement grave de sa voix qui donna à ses paroles leur pleine signification. Pendant un instant, elle se figea, les mains sur l'urne, puis elle inspira, prit l'urne et la déposa sur la tablette avant de pivoter pour l'affronter. Son expression, elle en était convaincue, restait calmement hautaine, imperturbable et sereine. Aucun villageois ne voyait jamais au-delà de cette apparence, ce qui lui facilitait beaucoup la tâche pour se protéger elle-même et les mener.

Le regard de Lucifer, par contre, se posa sur ses yeux. Il vit plus loin, plus profondément – elle n'était pas du tout à l'aise avec ce qu'il pourrait voir.

— Je dois discuter avec monsieur Filing, le vicaire. Étant donné votre blessure, vous devriez vous reposer quelques minutes. Je vous suggère de vous asseoir sur un banc dans la fraîcheur de l'église. Je reviendrai vous chercher lorsque j'en aurai terminé avec monsieur Filing.

Il continua d'étudier son visage, ses yeux. Après un moment perturbant, il jeta un coup d'œil à l'extérieur pardessus son épaule gauche.

— Est-ce la maison du vicaire ?

— Oui. C'est le presbytère.

Il se redressa en s'éloignant du cadre de porte ; le mouvement ne fit rien pour diminuer l'impression qu'elle ressentait d'être piégée.

— Je vous accompagne.

Phyllida prit une bouffée d'air et la retint. Avec toute autre personne, elle aurait discuté, mais il y avait une note sous-jacente dans sa voix qui la prévenait qu'elle n'avait aucune chance de l'influencer. Pas sans une bagarre – et se bagarrer avec lui était trop dangereux.

— Comme vous le voulez.

Il recula et elle passa devant lui, sortant sous le soleil. Elle montra la voie sur le sentier sinueux menant au presbytère, douillettement installé dans un creux juste sous le sommet.

Fermant la porte de la sacristie, il la suivit de près.

Son intention ne pouvait pas être mal interprétée. Il savait qu'elle cachait quelque chose ; il allait lui coller aux basques – l'énerver autant qu'il le pouvait – jusqu'à ce qu'elle lui révèle ce que c'était. Ou jusqu'à ce qu'il découvre lui-même son secret.

Cette dernière possibilité, décida Phyllida, n'était pas un sort qu'il lui fallait tenter. Quand pourrait-elle voir Mary Anne au plus tôt ?

Lucifer la suivit au presbytère, trop conscient de la grâce souple du pas de Phyllida, de la liberté sans entraves avec laquelle elle se déplaçait. Pour des sens trempant dans l'étude de la féminité, elle faisait l'effet d'une personne dépassant la norme. Infiniment plus désirable, infiniment plus insaisissable.

Pourquoi, se demanda-t-il, ne voulait-elle pas qu'il soit présent lors de sa rencontre avec le vicaire ?

Ce gentleman les avait vus venir ; il était debout à sa porte d'entrée à les attendre. Blond, pâle et d'ossature délicate, avec des vêtements soigneusement propres, Filing avait l'apparence d'un ascète. Il accueillit Phyllida avec un sourire, un geste qui contenait la chaleur d'une amitié de longue date.

— Bonjour, monsieur Filing. Permettez-moi de vous présenter monsieur Cynster, un vieil ami de Horatio.

— Vraiment ?

Filing lui tendit la main ; Lucifer la serra.

— Un événement tellement triste. Cela a dû être un choc de découvrir Horatio assassiné.

Lucifer inclina légèrement la tête.

— Comme vous l'avez tous entendu dire, les funérailles sont demain matin. Peut-être qu'étant un vieil ami, vous aimeriez faire l'éloge funèbre ?

Lucifer réfléchit, puis il secoua la tête.

— Avec ce coup sur la tête, je ne suis pas certain d'être en état et, franchement, je pense que Horatio considérerait son lien avec les gens d'ici plus important pour lui au cours de ces trois dernières années que ses associations professionnelles.

Et il se doutait qu'il serait plus utile à Horatio en observant ceux qui assisteraient à ses funérailles.

— Je vois, je vois, dit Filing en hochant la tête. Bien, alors, s'il n'y a pas d'objection, je ferai l'éloge funèbre moi-même. Horatio et moi partagions souvent un verre de porto le soir. Il avait une merveilleuse collection de textes ecclésiastiques et il me laissait le champ libre pour les parcourir. Il était un véritable gentleman et un érudit ; cela sera le thème de mon éloge.

— Très approprié.

Lucifer tourna le regard vers Phyllida et il attendit ; Filing l'imita.

L'expression était calme, les yeux vigilants, elle jeta un coup d'œil à Lucifer.

— Il y a un certain nombre de questions d'organisation dont je dois discuter avec monsieur Filing.

Lucifer acquiesça d'un signe de tête, comme s'il lui accordait la permission de parler. Reculant un peu, il laissa son regard errer sur la place, en bas vers les cottages bordant la rue.

— Notre discussion prendra quelques minutes. Vous devriez peut-être vous reposer sur ce banc, là-bas.

Le banc était à mi-chemin en bas de la pente surplombant la mare aux canards, bien assez éloigné pour ne pas être à portée de voix. Il fronça les sourcils et il la regarda.

— Il serait peut-être plus sage de descendre ensemble. Juste au cas où je serais pris d'étourdissements.

Son agacement le frappa dans une vague de chaleur ; la colère brilla momentanément dans les yeux de Phyllida. Elle inclina cependant légèrement la tête, l'expression froide, indifférente – un masque mondain parfait. Filing les regarda tour à tour ; il sentit quelque chose, mais il ne réussit pas à le définir. Il ne pouvait pas voir au-delà de la façade de Phyllida. Lucifer se demanda pourquoi *lui*, il le pouvait : et pourquoi il voulait voir tellement plus loin, pourquoi il voulait en connaître bien davantage.

Elle se tourna vers Filing.

— À propos des fleurs pour demain…

Fixant son regard en bas sur la place, Lucifer laissa leur discussion lui passer par-dessus la tête. Il semblait y avoir bien des choses à dire sur les fleurs.

Ensuite, sans la moindre modification dans son ton pour marquer le changement de sujet, elle continua.

— Ce qui nous amène à notre autre affaire.

Lucifer réprima un sourire cynique. Elle était bonne. Malheureusement pour elle, il était meilleur.

— Vous avez complété la collecte, je crois ?

Du coin de l'œil, Lucifer vit Filing acquiescer d'un signe de tête – et lui décocher un regard, à lui.

— Je présume que vous ne voyez aucune difficulté dans la distribution aux personnes méritantes ?

— Non, murmura Filing. Tout semble… simple.

— Bien. Notre prochaine réunion se tiendra comme prévu. J'ai reçu une lettre confirmant qu'il n'y a aucun changement dans les plans. Si vous pouviez passer le mot à ceux que cela intéresse ?

— Bien sûr.

— Et rappelez-leur bien que nous avons besoin que le groupe soit rassemblé au moment voulu ; nous ne pouvons pas attendre les retardataires. S'ils ne sont pas là dès le début, nous ne pourrons réellement pas les inclure dans le groupe et ils manqueront les bénéfices de l'excursion.

Filing hocha la tête.

— Si quelqu'un veut argumenter ce point, je suggère qu'il s'adresse à Thompson.

Phyllida lui décocha un regard.

— Faites, dit-elle en se redressant. À demain, alors.

Lucifer reporta son attention sur elle, puis il offrit un signe de tête à Filing. Phyllida gesticula en bas vers la place.

— Nous devrions rentrer ; vous devriez réellement reposer votre tête.

Il accorda son pas au sien ; ils descendirent la pente à une allure agréable.

Que diable cette femme préparait-elle ?

Il présuma qu'il était censé imaginer qu'ils avaient discuté d'une excursion pour les paroissiens de Filing. Il aurait pu le croire, sans ses tentatives acharnées pour l'empêcher d'être au courant. Bien que la bonne interprétation lui échappa pour l'instant, il ne pouvait pas croire qu'il s'agissait de quelque chose de haineux ou d'illégal. Elle était la fille du juge et dévouée aux bonnes œuvres et Filing était manifestement honnête et droit. Alors, pourquoi ne voulait-elle pas que *lui* sache ce qu'elle mijotait ?

Si elle avait été plus jeune, il aurait soupçonné une blague. Non seulement elle était trop vieille pour cela, mais son comportement avait une tendance mature, directive ; elle n'était pas un garçon manqué irresponsable.

Le mystère de cette femme s'épaississait ; l'envie pressante de l'amener dans un endroit privé, de l'acculer au pied du mur et de l'y garder jusqu'à ce qu'elle lui dévoile ce qu'il désirait savoir augmentait à chaque pas.

Il la regarda et il fut récompensé par une vision dégagée de son visage alors qu'elle le levait vers la brise, rejetant d'un coup de tête les rubans pendants de son bonnet. Il se délecta du spectacle de ses traits, de la détermination sur son visage, du défi implicite dans l'inclinaison rebelle de son menton. Regardant de nouveau devant lui, il se rappela à lui-même qu'elle était une vierge élevée dans la ouate – elle n'était pas une proie appropriée pour lui. Elle n'était pas une femme avec qui il pouvait badiner.

Il apprendrait ses secrets, puis il devrait la laisser partir.

Ils mirent le pied dans la rue. Un carrosse était arrêté juste devant eux et ses occupants – un homme imposant et une dame plus âgée – attendaient manifestement pour leur parler.

— Sir Cedric Fortemain et sa mère, lady Fortemain, l'informa Phyllida sotto voce.

— Et ils sont ?

— Cedric est propriétaire du manoir Ballyclose, qui est situé derrière la colline, après la forge.

Ils s'approchèrent du carrosse. Sir Cedric, fin de la trentaine, avec déjà une tendance à la corpulence, un visage rougeaud et une calvitie naissante, se leva et exécuta une révérence pour Phyllida, puis il se pencha sur le côté pour lui serrer la main.

Phyllida s'occupa des présentations. Lucifer s'inclina devant la comtesse et il serra la main de Cedric.

— J'ai entendu dire que vous avez été le premier à découvrir le corps, monsieur Cynster, dit lady Fortemain.

— Une affaire bouleversante ! déclara Cedric.

Ils bavardèrent d'une manière anodine à propos de Londres et du temps ; Lucifer remarqua que le regard de Cedric quittait rarement Phyllida. Ses commentaires étaient un tantinet condescendants, un peu trop précieux. Quand, maîtresse d'elle-même et sans réagir Phyllida recula en se préparant à partir, Cedric attira son regard.

— Je suis heureux de voir, ma chère, que vous ne vous promenez pas seule dans le village. On ne peut pas le savoir, mais le meurtrier de Welham est peut-être encore dans les environs.

— Vraiment !

Lady Fortemain sourit à Lucifer.

— C'est si réconfortant de voir que vous protégez cette chère Phyllida. Nous serions anéantis s'il arrivait quelque chose au trésor de notre village.

Cela fut accompagné par un visage rayonnant d'une approbation sincère, ce qui provoqua un air sombre au fond des yeux du trésor du village.

— Nous devons continuer notre chemin.

Lucifer s'inclina devant lady Fortemain, il échangea des hochements de tête avec Cedric, puis il avança à côté de Phyllida alors qu'elle traversait la rue pour aller marcher le long des clôtures devant les cottages.

— Pourquoi, murmura-t-il, lady Fortemain pense-t-elle que vous êtes un trésor ?

— Parce qu'elle souhaite que j'épouse Cedric. Et parce que je l'ai aidée à trouver une bague qu'elle avait égarée au bal des chasseurs une année. Et une fois, j'ai deviné où Pommeroy se cachait lors d'une de ses fugues, mais c'était il y a des années.

— Qui est Pommeroy ?

— Le frère cadet de Cedric. Il est bien pire que Cedric, ajouta-t-elle après un moment.

Le bruit de ferraille des roues d'un carrosse arriva derrière eux ; ils ralentirent tous les deux, se rapprochant du bord de la rue.

Le carrosse les dépassa ; une dame à la mine inquiétante et aux yeux durs les regarda d'un air hautain.

Lucifer haussa les sourcils alors que le carrosse continuait en cliquetant.

— Qui était cette annonciatrice de soleil et de plaisir ? Il regarda à temps pour voir les lèvres de Phyllida tressaillir d'amusement.

— Jocasta Smollet.

— Qui est ?

— La sœur de sir Basil Smollet.

— Et qui est sir Basil ?

— Le gentleman qui s'approche de nous. Il est le propriétaire de Highgate, en haut de la rue après le presbytère.

Lucifer étudia l'homme en question. Il était soigneusement et sévèrement vêtu et d'un âge similaire à Cedric. Cependant, là où l'expression de Cedric avait été colérique, mais ouverte, celle de Basil était réservée, comme s'il avait beaucoup de choses en tête, mais qu'il était au-dessus de la nécessité de s'expliquer aux autres.

Il abaissa légèrement son chapeau en guise de salutation. Présenté, il serra la main de Lucifer.

— Terrible affaire que celle-là. Cela met tout le village en émoi. Pas de repos pour aucun de nous jusqu'à ce que le bandit soit attrapé. Veuillez accepter mes condoléances pour le décès de votre ami.

Lucifer le remercia. Avec des hochements de tête polis pour les deux, Basil poursuivit sa route.

— Pointilleux, murmura Lucifer.

— En effet.

Phyllida recommença à marcher, elle regarda devant elle et ralentit.

— Oh. Mon Dieu.

Les mots furent prononcés à travers des dents serrées ; elle aurait tout aussi bien pu jurer. Lucifer contempla la cause de sa consternation. Les cheveux roux, à la fin de la vingtaine, le gentleman marchait vers eux avec un air déterminé. Juste un peu plus grand que Phyllida, il était vêtu avec simplicité d'une culotte en velours côtelé et de bottes d'équitation, le tout drapé dans un manteau large aux pans battants.

Le menton de Phyllida se releva ; elle avança avec détermination.

— Bonjour, monsieur Grisby.

Elle inclina légèrement la tête, son intention étant clairement de poursuivre son chemin.

Grisby se planta directement devant elle. Phyllida s'arrêta et se tourna en douceur vers Lucifer.

— Monsieur Cynster, permettez-moi de vous présenter monsieur Grisby.

Lucifer hocha froidement la tête. Grisby hésita, puis il répondit sèchement. Il reporta son regard sur Phyllida.

— Mademoiselle Tallent, permettez-moi de vous raccompagner chez vous.

Le regard qu'il décocha à Lucifer débordait d'antipathie piètrement dissimulée.

— Je suis étonné que sir Jasper ne vous ait pas interdit de vagabonder, avec ce meurtrier jouant du couteau en cavale.

— Mon père…

— On ne sait jamais, poursuivit sentencieusement Grisby, de quelle direction peut venir le danger.

Combatif, il tendit la main vers le bras de Phyllida.

Phyllida tendit la sienne vers le bras de Lucifer.

Pliant son bras, couvrant sa main avec la sienne, Lucifer l'attira près de lui. Il attira le regard de Grisby, tout humour envolé.

— Je vous assure, Grisby, que mademoiselle Tallent ne court aucun danger venant de criminels maniant des couteaux ni de tout autre genre pendant qu'elle est sous ma garde.

Il avait uniquement attendu un signe de Phyllida pour intervenir ; s'il n'avait pas dû tâtonner pour déterminer sa façon d'agir, Grisby serait déjà en train de battre des mains dans la mare à canards.

— Nous sommes en route pour rentrer à la Grange. Vous pouvez être assuré que je vais veiller à ce que mademoiselle Tallent retrouve la sécurité de la protection de sir Jasper.

Grisby rougit.

Lucifer inclina légèrement la tête.

— Si vous voulez bien nous excuser ?

Il ne donna pas le choix à Grisby, guidant Phyllida avec sollicitude, avec une hauteur sévère, dans la rue. Il la garda près de lui, ses jupes lui effleurant les bottes. Sous sa main, les doigts de la jeune femme s'agitèrent. Ils continuèrent à avancer lentement ; enfin, ses doigts se détendirent sous ceux de Lucifer.

— Merci.

— Tout le plaisir a été pour moi. À part le fait d'être un balourd insensible, qui est Grisby, exactement ?

— Il est propriétaire de la ferme Dottswood. Elle est située après le presbytère, au-delà de Highgate.

— C'est donc un propriétaire terrien prospère ?

— Entre autres.

Son ton dégoûté lui fournit un indice.

— Dois-je comprendre que monsieur Grisby est un autre de vos soupirants ?

— Ils le sont tous : Cedric, Basil et Grisby.

Son ton ne s'améliorait pas ; Lucifer haussa les sourcils.

— Vous avez ravagé les rangs locaux.

Elle lui jeta un regard répressif, un du genre que sa tante, la duchesse douairière de St-Ives, n'aurait pu faire mieux ; puis, la tête haute, elle regarda devant elle.

La place se terminait juste devant l'endroit où la rue menant au cimetière et à la forge rejoignait celle du village. Le long de cette rue secondaire, il y avait une rangée de petites maisons, plus grandes que les cottages, mais pas autant que le manoir ou la Grange. Chaque maison possédait son propre jardin avec une clôture et une grille.

Un gentleman passa la grille la plus proche ; en culotte, bas et chaussures à talons hauts, il fendit l'air en descendant la rue vers eux. Dans un manteau vert bouteille avec un mouchoir jaune vif et noir noué en une boucle souple et arborant une perruque, l'homme était indiscutablement le personnage le plus coloré qu'avait vu Lucifer depuis très longtemps.

Il regarda Phyllida ; elle était plongée dans ses pensées, le regard fixé devant elle. Elle n'avait pas encore remarqué le gentleman.

— J'hésite à le demander, mais est-ce que le gentleman à notre droite est un autre de vos soupirants ?

Elle regarda.

— Non, Dieu merci. Malheureusement, c'est ce que j'ai de mieux à dire sur lui. Il s'appelle Silas Coombe.

— S'habille-t-il toujours ainsi ?

— J'ai entendu dire que dans ses jeunes années, il s'habillait comme un dandy. Ces jours-ci, il se contente d'adopter tous les extrêmes en matière de mode et il les porte tous en même temps.

— Un gentleman indépendant de fortune ?

— Il vit avec des investissements hérités. Son principal intérêt dans la vie est de prendre la pose. Cela et la lecture. Jusqu'à l'arrivée de Horatio, Silas possédait la bibliothèque la plus complète de la région.

— Donc, lui et Horatio étaient amis ?

— Non. Tout à fait le contraire.

Elle marqua une pause alors que l'homme s'approchait ; il traversa au coin de la place sans leur accorder un seul regard. Ils continuèrent à marcher lentement ; alors qu'ils abandonnaient le village derrière eux, Phyllida dit d'un ton méditatif :

— En fait, Silas est possiblement le seul habitant de la localité qui détestait sincèrement Horatio.

— Il *détestait* Horatio ? s'indigna Lucifer en lui décochant un regard. Horatio n'était pas une personne facile à détester.

— Pourtant. Voyez-vous, pendant des années, Silas s'est targué d'être un bibliophile et un antiquaire renommé. Je pense que c'était son ambition et ici, à la campagne, il n'y avait personne pour remettre sa prétention en question. Non que cela ait eu de l'importance pour qui que ce soit d'autre, mais cela importait beaucoup à Silas. Puis, Horatio est arrivé et a fait exploser son mythe. La bibliothèque de Horatio éclipsait totalement celle de Silas, et Silas ne connaissait pas les livres comme Horatio. Même pour nous, aussi peu formés que nous le sommes, la différence était évidente. Horatio était l'original ; Silas, une piètre imitation.

L'allée de la Grange apparut devant eux ; alors qu'ils tournaient en passant les piliers de la grille, Phyllida retira sa main de la manche de Lucifer et tourna le visage vers lui.

— Vous ne pensez pas… ?

Il croisa son regard.

— Je ne sais que penser. En ce moment, je rassemble simplement des informations.

— Silas est efféminé. Je ne le croirais pas très fort.

— Les gringalets peuvent tuer très efficacement ; la rage peut donner de la force aux plus inefficaces.

— Je le suppose…

Elle fronça les sourcils.

— Cependant, je ne vois pas Silas poignarder qui que ce soit.

Il garda le silence un moment, puis il demanda :

— Donc, qui a tué Horatio selon vous ?

La question resta suspendue entre eux ; elle leva la tête et elle le regarda droit dans les yeux.

— J'ignore qui a tué Horatio.

Elle articula chaque mot clairement. Leurs regards se fixèrent l'un sur l'autre ; ce fut elle qui détourna le sien. La tête haute, elle continua à descendre dans l'allée. Après un moment, il accorda son pas au sien, ses enjambées plus longues et plus lentes que celles de Phyllida.

— Dites-moi, combien y en a-t-il d'autres dans la région, des gens comme les Fortemain qui auraient connu Horatio sur le plan mondain ?

— Ils ne sont pas si nombreux. Vous en avez rencontré la moitié.

Ils continuèrent à marcher lentement dans l'allée sinueuse, entourée d'arbres de tous les côtés. Phyllida inspira.

— Pensez-vous sérieusement qu'une personne du village a assassiné Horatio ?

Elle leva les yeux ; Lucifer attira son regard.

— Horatio a été tué par une personne qu'il connaissait bien, quelqu'un qu'il a laissé s'approcher de lui, bien à portée de main.

Quand elle fronça les sourcils, il ajouta :

— Il n'y avait aucun signe de lutte.

Son froncement de sourcils disparut alors qu'elle évoquait un souvenir ; recentrant son regard, elle vit l'intensité de celui de Lucifer et elle détourna la tête.

— C'était peut-être une personne qu'il connaissait d'ailleurs, un autre collectionneur.

— Si oui, nous allons le découvrir. Je vais poser des questions dans les villages avoisinants.

Ils marchèrent en silence. Elle sentit son regard sur son visage. Ils avaient parcouru cinquante mètres supplémentaires quand il lui demanda :

— Bien que la question soit indélicate, je me demande pourquoi, avec autant de prétendants, vous n'êtes pas encore mariée.

Elle leva les yeux, mais elle ne put rien voir dans ceux de Lucifer au-delà d'un simple intérêt. La question était pertinente en effet ; néanmoins, elle ne ressentait aucun scrupule à y répondre ; elle connaissait si bien la réponse.

— Parce que chaque homme qui a déjà demandé ma main a voulu m'épouser pour satisfaire ses propres intérêts ; parce que m'avoir pour femme améliorerait son sort. Pour Cedric et Basil, m'épouser serait logique : je suis convenable, je connais les villageois et je pourrais diriger leurs maisonnées les yeux fermés. Pour Grisby, je peux ajouter qu'en m'épousant, il monterait d'un cran dans l'échelle sociale ; il est ambitieux dans ce domaine.

Elle leva la tête et découvrit Lucifer qui l'observait. Après un moment, il demanda :

— N'avez-vous pas de désirs, des exigences de mariage, quelque chose qu'ils pourraient vous offrir ?

Elle secoua la tête.

— Tout ce qu'ils peuvent m'offrir est un foyer et un rang ; j'ai déjà les deux. Pourquoi me marier, prendre un mari quand je ne gagnerais rien que je désire dans l'affaire ?

Les lèvres de Lucifer tressaillirent, puis elles se courbèrent en un sourire.

— Comme vous êtes lucide.

Le ronronnement dangereux était revenu dans sa voix ; il y avait une expression dans ses yeux qu'elle ne comprenait pas. Regardant devant elle, elle continua à marcher.

La maison s'élevait juste devant, cachée par le dernier virage, quand il l'arrêta d'une main sur son bras. Elle se tourna face à lui, une question dans les yeux. Il baissa les siens vers elle, son regard direct étant inquiétant.

— Que s'est-il passé exactement ?

Phyllida soutint son regard et songea à le lui dire. Cependant, c'était un cas de tout ou rien – elle l'avait suffisamment côtoyé pour savoir qu'elle allait devoir tout lui révéler une fois qu'elle admettrait avoir été sur place. Il ne lui permettrait pas de garder quoi que ce soit pour elle. Et pour une fois dans sa vie, elle doutait de sa capacité à se défendre contre un homme.

Cet homme était différent – d'une façon qu'elle n'avait jamais rencontrée avant. Elle était assez vieille, assez sage pour reconnaître la différence et accepter dans son esprit qu'elle serait mal avisée de le défier.

Bien sûr, ne pas lui dire était un défi flagrant, mais il le fallait, tout simplement. Elle ne manquerait pas à sa parole. Elle pouvait atermoyer pour une bonne cause, mais son serment était absolu et une promesse donnée à une amie était sacrée.

— Je ne peux pas vous le dire. Pas encore.

Elle se détourna. Il l'arrêta, ses longs doigts se refermant sur son coude. La colère de Phyllida explosa ; elle leva les yeux sur lui.

— J'ai respecté ma part de l'entente.

Il cilla.

— Quelle entente ?

— Vous n'avez pas dit à papa que vous croyiez que j'étais sur place, dans le salon de Horatio et donc je vous ai emmené faire le tour du village, je vous ai présenté aux connaissances de Horatio et j'ai répondu à vos questions sur eux.

Il fronça les sourcils, le geste plus évident dans ses yeux que sur son visage. Sa prise sur son bras clouait Phyllida devant lui ; elle ne se donna pas la peine de se tortiller pour se libérer.

Il étudia ses yeux et elle le laissa faire ; émotionnellement, elle n'avait rien à cacher.

— Est-ce la raison pour laquelle vous avez cru que je me suis invité à vous accompagner ?

— Cela, en plus d'essayer de me faire trébucher. Pour quoi d'autre ?

Il la libéra, mais son regard soutint le sien.

— Ne pourrais-je avoir désiré passer du temps en votre compagnie ?

Elle le dévisagea. La suggestion était si inattendue qu'elle ne put l'imaginer tout de suite. Puis, elle le fit et la vérité la submergea – elle aurait aimé que ce soit le cas. S'il avait simplement voulu passer un après-midi d'été à se promener avec elle dans le village, à commenter distraitement, à se détendre en sa compagnie. Sa poitrine se serra ; avec arrogance, elle se détourna.

— Vous ne le vouliez pas. Ce n'était pas la raison qui vous a poussé à vous promener avec moi aujourd'hui.

Lucifer entendit l'affirmation calme, mais il la laissa passer sans la relever. Il la regarda s'en aller et il laissa s'évanouir l'impulsion de la corriger. C'était une femme tellement contradictoire – traiter avec elle était difficile, et même dangereux. Elle était tellement différente des femmes qu'il connaissait. Dieu le savait, il n'avait jamais auparavant été attiré par une vierge.

Une vierge têtue, déterminée, innocente, volontaire, intelligente et beaucoup trop chaste pour son propre bien. Cela rendait tout d'autant plus compliqué.

CHAPITRE 4

Il rattrapa Phyllida alors qu'elle négociait le dernier virage dans l'allée. La pelouse sur un côté de la Grange apparut devant eux ; un groupe de personnes était rassemblé autour de tables et de chaises, profitant de la fin d'après-midi. Ils s'arrêtèrent tous les deux, mais on les avait vus ; lady Huddlesford leur fit un signe impérieux.

— Qui sont-ils ?

— Une partie de la moitié qu'il vous reste à rencontrer.

Phyllida fouilla le groupe du regard ; puis, elle vit Mary Anne et ressentit un tel soulagement qu'elle en eut presque le vertige.

— Venez, je vais vous présenter.

Ils traversèrent la pelouse. Lady Huddlesford, présidant le rassemblement depuis une chaise installée à une table en fer forgé, sourit avec un grand plaisir.

— Monsieur Cynster ! Excellent ! Je disais justement à madame Farthingale…

Phyllida laissa Lucifer se débrouiller seul ; une chose qu'à l'évidence, il était très capable de faire. Il sourit avec un charme facile et les dames se redressèrent toutes avec fierté. Dirigeant un sourire général sur l'assemblée, Phyllida marcha lentement jusqu'à Mary Anne.

Mary Anne dévisageait Lucifer.

— Il est…

Elle gesticula.

— De Londres.

Phyllida glissa un bras sous celui de Mary Anne.

— Nous devons parler.

Mary Anne tourna d'immenses yeux bleus vers elle.

— Les as-tu trouvées ? murmura-t-elle alors qu'elles se détournaient du groupe.

Les doigts de Mary Anne se resserrèrent comme des griffes autour du poignet de Phyllida ; une émotion proche de la panique emplissait ses yeux. Phyllida fronça mentalement les sourcils et elle l'entraîna avec elle.

— La roseraie est plus privée. Faisons semblant de nous y promener.

Heureusement, toutes les personnes réunies – la mère de Mary Anne, madame Farthingale, lady Fortemain, madame Weatherspoon et un groupe d'autres dames avec Percy et Frederick pour équilibrer le tout – étaient suspendues aux lèvres de Lucifer. Phyllida jeta un coup d'œil en arrière alors qu'elle et Mary Anne mettaient le pied sur le sentier d'ifs menant à la roseraie. L'attention de Lucifer semblait entièrement accaparée.

Entourée d'un épais mur de pierre, la roseraie était un paradis isolé de croissance luxuriante, d'éclat de couleurs vibrantes et de riches parfums exotiques.

Dès l'instant où elles pénétrèrent dans son intimité, l'attitude mondaine de Mary Anne s'effondra. Elle pivota pour regarder Phyllida de face en lui agrippant fortement les mains.

— Dis que tu les as trouvées ! *Je t'en prie*, dis que tu as réussi !

— J'ai cherché, mais…, hésita Phyllida en fronçant les sourcils. Viens, allons nous asseoir. Nous devons en discuter.

— Il n'y a rien à discuter ! brailla Mary Anne. Si je ne récupère pas ces lettres, ma vie sera *gâchée* !

Phyllida la tira vers un banc installé contre le mur.

— Je n'ai pas dit que nous ne les récupérerions pas ; j'ai promis que nous y arriverions. Cependant, il y a eu une complication.

— Une complication ?

— Très grande.

D'une taille de près de deux mètres et difficile à manipuler. Phyllida s'assit sur le banc et elle tira Mary Anne à côté d'elle.

— Bon, premièrement, es-tu absolument certaine que Horatio est la personne à qui ton père a vendu l'écritoire ?

— Oui. J'ai vu Horatio l'emporter lundi dernier.

— Et tu es absolument et parfaitement certaine d'avoir caché tes lettres dans son tiroir secret ? Tu ne les aurais pas laissées ailleurs sans le vouloir ?

— Elles étaient trop *dangereuses* pour les laisser n'importe où ailleurs !

— Et est-ce bien de l'écritoire de voyage de ta grand-mère dont nous parlons, celui avec le cuir rose sur le dessus ?

Mary Anne hocha la tête.

— Tu le sais.

— Je vérifie, c'est tout.

Phyllida contempla Mary Anne, elle se demanda ce qu'elle devait lui révéler.

— Je suis allée chez Horatio dimanche matin pour fouiller le bureau.

— Et ?

Mary Anne patienta ; puis, elle comprit. L'horreur remplaça sa panique. Sa bouche s'ouvrit, puis se referma, puis elle gémit :

— Tu as été témoin du meurtre ?

— Non, pas exactement.

— Pas exactement ? Qu'est-ce que ça veut dire ? Tu as vu quelque chose ?

Phyllida grimaça.

— Laisse-moi tout te raconter depuis le début.

Elle relata comment elle avait feint un méchant mal de tête, puis s'était habillée d'une culotte et de bottes – les vieux vêtements de Jonas qu'elle portait souvent lorsqu'elle exerçait des activités non publiques qui pouvaient exiger qu'elle coure. Dimanche matin était le moment parfait parce qu'il n'aurait pas dû y avoir quelqu'un à la maison.

— Mais Horatio était malade.

— Oui, mais je l'ignorais. Je me suis faufilée dans les bois et j'ai fouillé la dépendance qu'il utilise comme entrepôt, puis je suis passée par la cuisine et j'ai fouillé les réserves. Elles débordaient aussi de meubles. Je n'ai pas vu l'écritoire de ta grand-mère, alors j'ai supposé qu'il se trouvait quelque part dans les pièces principales. Je suis repassée par la cuisine, puis je suis entrée dans le vestibule…

— Et tu as vu le meurtrier.

— Non. J'ai trouvé Horatio juste après son assassinat.

— Après que le meurtrier a frappé monsieur Cynster et l'a laissé pour mort.

Phyllida serra les dents.

— Non. Je suis arrivée là avant monsieur Cynster.

— Tu as vu le meurtrier frapper monsieur Cynster ?

— Non !

Elle jeta un regard furieux à Mary Anne.

— Écoute-moi.

En termes brutaux, elle raconta ce qui s'était passé. Quand elle eut terminé, Mary Anne était déjà passée de l'horreur à la stupéfaction.

— *Tu* as frappé monsieur Cynster ?

— Je ne le voulais pas ! La hallebarde s'est inclinée et elle est tombée ; je l'ai empêchée de le tuer.

Le visage de Mary Anne s'éclaircit.

— Bien, à l'évidence, il s'en est remis. Il doit avoir la tête dure.

— Peut-être. Mais ce n'est pas la complication, ajouta Phyllida en attirant le regard de Mary Anne. Il sait que j'étais là.

— Je croyais qu'il avait perdu connaissance sous le choc.

— Pas complètement, pas au début.

— Il t'a vue ?

Phyllida décrivit ce qui s'était produit.

Mary Anne pencha un regard de totale incrédulité dans sa direction.

— C'est impossible qu'il puisse le savoir d'après un toucher. Il te fait marcher.

— C'est ce que j'ai cru au début. Cependant, il *sait*, Mary Anne – il sait et il veut savoir ce qui s'est produit.

— Eh bien, pourquoi ne pas lui dire que tu étais bien là, lui apprendre ce qui s'est passé et lui dire que tu devais partir ?

Phyllida la fixa d'un regard direct.

— Je n'ai pas admis que j'étais sur place parce que dès que je le ferai, il voudra connaître la raison de ma présence. Mary Anne blêmit.

— Tu ne peux pas le lui dire !

— Il est déterminé à découvrir ce qui s'est passé ; il mène une enquête sur le meurtrier de Horatio. De son point de vue, il doit savoir tout ce qui s'est produit ce matin-là.

— Mais c'est faux ; il n'a pas besoin de savoir à propos de mes lettres, ajouta Mary Anne, sa lèvre inférieure s'avançant. Et il ne peut pas t'obliger à le lui dire.

— Il le peut.

— Sottises, dit Mary Anne d'un petit coup de tête. Tu as toujours été celle qui dirigeait ; tu es la fille de sir Jasper. Tu peux simplement le regarder avec arrogance et refuser de dire quoi que ce soit. Comment peut-il t'obliger à parler ?

— Je ne peux pas l'expliquer, mais il le fera.

Elle ne pouvait pas décrire la sensation d'être mentalement traquée, piégée et retenue ni la pression de savoir qu'il attendait, observait... patiemment pour l'instant, mais combien de temps cela durerait-il ? De surcroît, elle sentait qu'elle *devait* le lui dire, qu'il méritait de le savoir.

— Il ne m'a pas encore menacée de révéler à papa que j'étais là, mais il le pourrait, il sait qu'il le pourrait. C'est comme une épée de Damoclès suspendue au-dessus de ma tête.

— C'est mélodramatique. Il fait pression sur toi. Il ne possède aucune preuve de ta présence là ; pourquoi sir Jasper le croirait-il ?

— Combien de fois cela m'arrive-t-il de succomber à un méchant mal de tête ?

Mary Anne bouda ; elle prit un air têtu.

— Tu ne peux pas lui parler de mes lettres ; tu as *juré* de n'en parler à personne.

— Mais il s'agit d'un *meurtre.* Horatio a été tué. Monsieur Cynster doit savoir ce qui s'est produit et ce que j'ai vu.

Elle n'avait pas mentionné le chapeau brun ; cela ne ferait que distraire Mary Anne, qui l'était déjà suffisamment.

— Il doit être au courant à propos de tes lettres afin d'être sûr qu'elles n'ont rien à voir avec la raison de l'assassinat de Horatio.

Mary Anne la dévisagea.

— *Non !* Si tu lui parles des lettres, il pensera que Robert a tué Horatio.

— Ne sois pas idiote. Robert n'était nulle part près d'ici…, s'interrompit Phyllida en fixant Mary Anne du regard. Ne me dis pas que Robert se trouvait ici dimanche matin.

— Je suis rentrée à la maison à pied après la messe, c'était un beau dimanche matin.

Mary Anne tourna lentement les yeux vers ceux de Phyllida.

— Nous nous sommes rencontrés dans la forêt de Ballyclose.

— C'est impossible que Robert ait tué Horatio et qu'il soit ensuite arrivé à temps pour te rejoindre ; il ne peut donc pas être le meurtrier.

— Mais nous ne pouvons dire à personne que nous nous sommes rencontrés dans la forêt !

Phyllida ravala un gémissement. Elle n'avançait pas du tout ; elle tenta une autre tactique.

— Qu'y a-t-il *dans* ces lettres ?

Elle n'avait pas posé la question auparavant. Avant, cela lui avait suffi que Mary Anne soit hystérique et souhaite récupérer ses lettres – une tâche relativement facile, il lui avait semblé – et que cela allait la calmer.

Elle avait fait le serment de ne révéler l'existence de ces lettres à personne sans même réfléchir. Toutefois, le meurtre de Horatio avait transformé son plan simple pour récupérer les lettres de Mary Anne en cauchemar – et elle était toujours liée par son serment.

Mary Anne releva sa jupe.

— Je te l'ai dit : ce sont des lettres que j'ai envoyées à Robert et qu'il m'a remises, ainsi que d'autres qu'il m'a adressées.

Robert Collins était le prétendant de Mary Anne et non son fiancé. Les parents de la jeune femme s'élevaient fermement contre ce mariage depuis que Mary Anne et Robert s'étaient rencontrés pour la première fois à l'assemblée d'Exeter lorsque Mary Anne avait dix-sept ans.

Robert était stagiaire dans un bureau d'avocats d'Exeter. Sa fortune était inexistante, mais une fois qu'il aurait passé ses examens, il pourrait pratiquer et ainsi faire vivre une femme. Au fil des ans, le dévouement de Mary Anne envers Robert, et le sien envers elle, n'avait jamais failli. Les parents de Mary Anne avaient espéré que l'attachement disparaîtrait.

Cependant, ils savaient qu'il valait mieux ne pas nourrir l'entêtement de leur fille ; supposant qu'avec Robert à Exeter, les rencontres physiques seraient rares, ils avaient permis l'habituelle correspondance.

L'existence de ces lettres n'était par conséquent une surprise pour personne ; c'était leur contenu qui constituait une menace. Phyllida, toutefois, n'était pas convaincue que la menace fût le moins du monde sérieuse – pas en comparaison d'un meurtre.

— Je ne vois pas pourquoi cela causerait un scandale de dire à monsieur Cynster que tes lettres étaient la raison de ma présence dans la maison de Horatio, pour les trouver parce qu'elles avaient par hasard été rangées dans l'écritoire et puis oubliées.

— Parce que si tu lui dis cela, il voudra savoir pourquoi toi – ou plus précisément moi, je n'ai pas simplement rendu visite à Horatio pour les lui demander.

Phyllida grimaça. Elle avait posé exactement cette question quand Mary Anne, bouleversée et presque incohérente, était venue la voir pour lui demander son aide. La réponse avait été que Horatio pourrait regarder les lettres avant de les lui remettre – et alors, il pourrait choisir plutôt de les remettre aux parents de Mary Anne.

— Et, poursuivit Mary Anne d'un ton de plus en plus têtu, si monsieur Cynster est à moitié aussi intelligent que tu le crois, il devinera pourquoi je veux si désespérément les récupérer. Il mène une enquête : s'il trouve les lettres, il va les lire.

— Même s'il le faisait, il ne les remettrait pas à tes parents.

Phyllida aperçut un moyen de s'en sortir.

— Attends. Et si je lui faisais promettre de me les rendre sans les lire s'il les trouve contre mon récit des événements complets ?

Mary Anne fronça les sourcils.

— As-tu confiance en lui ?

Phyllida lui rendit posément son regard. Elle faisait confiance à Lucifer pour découvrir l'assassin de Horatio si c'était humainement possible. Elle lui ferait confiance pour un tas de choses.

Toutefois, pouvait-elle avoir confiance en lui pour garder le secret de Mary Anne ? Elle ne savait toujours pas ce que contenaient ses fichues lettres.

— Ces lettres : vous y décriviez ce qui se passait lors de vos rencontres ? Ce que vous ressentiez, ce genre de choses ?

Les lèvres serrées, Mary Anne hocha la tête ; à l'évidence, elle n'en dirait pas plus.

Quelques baisers, un câlin ou deux : à quel point cela pouvait-il être scandaleux ?

— Je suis certaine que même si monsieur Cynster lisait ces lettres, elles ne le choqueraient pas. Et c'est un étranger. Il partira après que l'on aura découvert l'assassin de Horatio et nous ne le reverrons jamais. Il n'y a aucune raison pour qu'il sente un grand besoin de remettre même les lettres les plus scandaleuses à tes parents.

Mary Anne réfléchit.

— Si tu lui parlais des lettres, tu ne lui dirais pas qu'elles sont scandaleuses ?

— Bien sûr que non ! Je vais lui dire qu'il s'agit de lettres privées que tu ne veux pas que qui que ce soit lise.

Phyllida patienta, puis elle dit :

— Alors, puis-je lui en parler ?

Mary Anne remua.

— Je... je veux parler à Robert.

Elle leva des yeux voilés par l'inquiétude vers le visage de Phyllida.

— Je ne lui ai pas dit que les lettres ont disparu. Je veux savoir ce qu'il en pense.

Oh, comme elle aurait aimé pouvoir insuffler un peu de sa propre force à Mary Anne pour lui donner du cran. Cependant, Mary Anne était, sous son vernis mondain, pratiquement folle d'inquiétude. Phyllida soupira.

— D'accord. Parle à Robert. Mais *je t'en prie*, parle-lui vite.

Elle ravala les mots « j'ignore combien de temps je peux tenir monsieur Cynster à distance ».

Elle leva la tête – et découvrit le loup beaucoup plus près qu'elle ne l'avait cru ; son cœur bondit dans sa gorge, puis fit une culbute pour reprendre sa place.

Il se tenait à trois mètres plus loin, encadré dans l'arche ouvrant sur le jardin. Des roses blanches hochaient la tête au-dessus de sa tête sombre, les fleurs délicates soulignant sa force et la puissance latente dans sa posture. Les mains dans les poches de son pantalon, il fixait le regard sur les demoiselles. Phyllida fut soulagée de voir les pans de son manteau s'immobiliser – il venait seulement d'arriver.

Faisant apparaître un sourire serein, elle se leva et marcha lentement vers lui.

— Nous partagions nos dernières nouvelles. Vous ont-ils laissé vous échapper ?

Ses yeux bleu foncé la regardèrent s'approcher. Il attendit qu'elle s'arrête devant lui pour répondre.

— Je me suis échappé il y a un petit moment pour aller voir mes chevaux.

Son regard partit derrière elle ; Phyllida se tourna alors que Mary Anne les rejoignait nerveusement.

— Permettez-moi de vous présenter mon amie intime, mademoiselle Farthingale.

Il s'inclina devant elle avec grâce.

Mary Anny exécuta une petite révérence.

— Je devrais retourner auprès de ma mère ; elle voudra partir.

Il s'écarta et Mary Anne se glissa devant lui. Elle jeta un coup d'œil à Phyllida.

— Je t'informerai dès que je le pourrai.

Sur ce, elle se hâta de partir. Phyllida réprima une grimace. À travers ses cils, elle regarda son adversaire. Arrachant son regard de Mary Anne, il le fixa sur elle. Il étudia son visage ; elle conserva une expression calme et posée. Levant les paupières, elle lui rendit son regard fixe. Après un instant d'hésitation, il haussa un sourcil sombre.

— Mes chevaux ? Personne ne semble savoir où ils sont.

— Ils sont dans les écuries du manoir. Il n'y avait pas suffisamment de place ici, alors que les écuries là-bas étaient vides. J'ai demandé à John Ostler du Red Bells de s'en occuper. Il est très doué avec les chevaux.

Il la contempla, puis il hocha la tête.

— Merci d'avoir organisé cela. Maintenant – il regarda vers la pelouse –, je ferais mieux d'aller au manoir.

Il prit un air renfrogné ; Phyllida ne croyait pas qu'il était dû à ses chevaux. Il s'avança d'un pas – elle posa une main sur son bras. Il la regarda en haussant les sourcils. Elle scruta ses yeux.

— Souffrez-vous ?

Après un moment, il inclina légèrement la tête.

— Un peu.

— Je suppose que vous ne considéreriez pas l'idée d'attendre à demain pour aller voir vos chevaux ?

— Non.

Ses lèvres se retroussèrent un tout petit peu aux commissures.

— Vous savez comment sont les hommes à propos de leurs chevaux.

Elle pressa fermement les lèvres ensemble et elle réfléchit.

— Il y a un raccourci à travers les bois. C'est beaucoup plus rapide que d'y aller par le village.

Son intérêt fut immédiat ; son hypothèse qu'il s'agissait là de la route qu'elle avait empruntée pour aller de la Grange au manoir le dimanche matin brilla dans ses yeux.

— Où commence ce raccourci ?

Phyllida hésita, un moment seulement. Si sa tête lui faisait mal, elle ne pouvait pas le laisser marcher seul dans la forêt. Elle se détourna de la pelouse.

— Je vais vous montrer.

Il la suivit dans les bois, s'emparant souvent de sa main pour l'aider à enjamber les racines et à monter et descendre les pentes rocailleuses. Le sentier était dégagé, mais il n'était pas destiné à la promenade ; bien avant que le toit du manoir soit en vue,

Phyllida avait souhaité être vêtue de sa culotte et de ses bottes. Elle n'aurait pas alors eu besoin qu'il lui prenne la main – elle n'aurait pas été aussi sensible à sa force rôdant sur ses talons, l'enveloppant presque chaque fois qu'il la stabilisait.

Elle n'aurait pas eu autant conscience qu'il pouvait la manipuler physiquement sans aucune difficulté.

Malgré le fait qu'elle n'était ni grande ni corpulente, elle n'avait jamais ressenti un tel désavantage physique avec un autre homme.

Alors qu'ils atteignaient les arbres délimitant l'arrière du manoir et qu'ils sortaient sous le soleil doux, elle se rappela que cet homme était différent – il ne ressemblait à aucun autre qu'elle aurait pu rencontrer avant ; oui, il était vraiment different.

Elle ferait bien de s'en souvenir.

— Vos chevaux sont logés ici, dit-elle en désignant des écuries en pierre qui s'élevaient d'un côté. Je vais informer les Hemmings et les Bristleford de votre présence. Le soir approche. John viendra probablement jeter un coup d'œil sous peu.

Elle passa par le potager, consciente du regard sombre de Lucifer s'attardant sur elle avant qu'il se tourne vers les écuries.

Les Hemmings étaient dans la cuisine. Madame Hemmings cuisinait, Hemmings était près du feu. Hemmings se rendit immédiatement dans les écuries. Phyllida discuta des préparations pour les funérailles de Horatio, puis elle s'excusa et alla dans la maison pour voir Horatio une dernière fois.

Elle se recueillit. Ensuite, elle survola le salon du regard, puis la bibliothèque de Horatio de l'autre côté du vestibule. L'écritoire de voyage de la grand-mère de Mary Anne devait être quelque part. Il était assez petit et assez orné pour être installé sur une petite table à titre de décoration, particulièrement dans une maison remplie d'antiquités. Phyllida chercha, mais elle ne le trouva pas. Revenant dans le vestibule, elle vérifia dans la salle à manger, puis dans le salon du fond et la pièce de jardinage adjacente. En vain.

Rejoignant le vestibule, elle s'arrêta au pied de l'escalier et regarda en haut. Le bruit sourd d'un tiroir que l'on refermait atteignit ses oreilles. Covey, fort probablement, rangeant les effets de son défunt maître. Phyllida grimaça. L'écritoire devait être à l'étage. Il y avait des chambres à coucher au premier étage avec des combles au-dessus.

Covey et les Hemmings avaient des chambres dans les combles qui n'occupaient qu'une partie de l'espace. Elle allait devoir trouver du temps et un prétexte pour fouiller en haut.

Se retirant par la cuisine, elle adressa distraitement un au revoir à madame Hemmings et elle sortit lentement par le potager en réfléchissant au moyen et au moment.

Aucune réponse ne lui vint à l'esprit.

Debout devant les écuries, Lucifer la regardait déambuler le long du sentier. Il l'avait aperçue dans l'une des pièces du fond. Qu'y faisait-elle ? Encore une autre question à laquelle elle devrait répondre.

Bientôt.

Ses chevaux noirs mangeaient avec gourmandise ; John Ostler venait de partir. Hemmings lui fit un signe de tête, puis il repartit vers la maison.

Phyllida leva la tête quand Hemmings passa devant elle, elle lui sourit vaguement pour le saluer, puis elle vit Lucifer qui attendait.

Elle s'avança d'un pas plus décidé et le rejoignit.

— Prêt ?

Il accorda son pas au sien.

— Vous aviez raison : John Ostler connaît les chevaux. Elle sourit ; son regard s'attarda sur les yeux de Lucifer, puis glissa sur son visage.

— Comment va votre tête ?

— Mieux.

Elle regarda devant elle.

— L'air frais devrait vous aider.

Ils pénétrèrent dans la forêt et un silence calme les enveloppa. Le soleil se couchant à l'ouest jetait des rayons inclinés à travers les arbres, des faisceaux dorés pour leur éclairer la voie.

L'agitation de la journée diminuait à l'approche du soir ; les oiseaux se posaient sur des branches, dans des nids ; un doux roucoulement emplissait l'air.

Approchant de la Grange, ils atteignirent l'endroit où le sentier s'inclinait fortement. Phyllida s'arrêta pour l'évaluer. Lucifer la dépassa et traversa l'espace ouvert, puis il lui tendit la main. Elle la prit et bondit – sa jupe étroite restreignit son enjambée ; sa semelle glissa sur les feuilles moisies bordant le creux.

Il l'attrapa par la taille et la fit pivoter pour l'emmener de l'autre côté. Elle atterrit contre son torse.

Le contact inattendu les bouleversa tous les deux. Il entendit Phyllida inspirer brusquement, il sentit son échine se raidir. Il sentit sa propre réaction inévitable. Elle leva la tête, ses yeux bruns brillants, arrondis… la procession d'émotions au fond d'eux ensorcela Lucifer.

L'interrogation – des pensées fugitives et innocentes pour se demander comment cela pourrait être…

Les doigts de Phyllida, écartés sur le haut du torse de Lucifer, s'agitèrent, puis s'immobilisèrent.

Le regard de la jeune femme tomba sur ses lèvres ; celui de Lucifer tomba sur celles de Phyllida.

Les lèvres de Phyllida s'entrouvrirent, juste un peu.

Il pencha la tête et il les couvrit.

Elles étaient douces comme des pétales et sucrées – une délicieuse et fraîche douceur qui laissait entrevoir non pas l'innocence, mais les plaisirs innocents.

Il n'avait pas prévu cela. Il savait qu'il devrait s'arrêter, reculer, la laisser fuir même si elle était trop peu expérimentée pour courir. Il ne le fit pas. Il ne le put pas.

Il ne supportait pas de la libérer sans la goûter, sans donner à ses sens vociférants au moins cette petite récompense.

Ce n'était pas une tâche facile que celle de prendre autant dans un premier baiser sans lui faire peur. Le défi implicite le titillait.

Il garda sa caresse légère, peu exigeante, attendant avec la patience de celui qui sait que la curiosité de sa partenaire allait surmonter ses scrupules. Il ne fallut pas longtemps ; elle était fondamentalement sûre d'elle-même, avec peu de motifs de douter de sa capacité à assurer, même si, dans ce domaine, elle n'était pas de taille. À quel point elle n'était pas de taille, c'était une question qu'elle était incapable d'évaluer ! Pas encore.

Quand les lèvres de Phyllida se raffermirent, se moulant aux siennes avec hésitation, lui rendant délicatement son baiser, le pirate en lui jubila. Il plongea, mais fit attention à déguiser son attaque.

Attisant son intérêt avec art, la taquinant, la titillant, il s'activa à la captiver avec de simples baisers arrosés d'une puissante tentation.

La promesse d'une chose nouvelle, illicite, sensuelle – un goût qu'elle n'avait pas essayé avant.

Elle s'enfonça dans ses bras. Il les referma autour d'elle, sensible à sa chaleur jusqu'au fond de lui, à l'attrait de sa chair tendre. Il inspira profondément et l'odeur de sa compagne l'envahit – ses bras se contractèrent. Il menotta l'envie soudaine de s'emparer d'elle. Au lieu, il suivit la trace de sa lèvre inférieure avec sa langue et il attendit.

Elle hésita le temps d'un battement de cœur, puis elle écarta les lèvres. Il en dessina les contours, l'encourageant à continuer jusqu'à ce que, presque étourdi par le besoin et avec triomphe, il puisse entrer et la goûter comme il le désirait.

Un aperçu, c'était ce qu'il s'était promis ; il savoura le moment, puis, maîtrisant ses impulsions de séducteur, il se retira.

Leurs lèvres se séparèrent de deux centimètres. Leurs souffles se mêlèrent ; elle ne recula pas. Ses mains formaient des poings sur les revers du manteau de son compagnon. Ses paupières étaient lourdes, lui voilant les yeux.

Pendant qu'il la regardait, elles se levèrent et elle rencontra son regard.

Ses yeux étaient plus sombres, sensuels, néanmoins remplis d'un étonnement innocent et affichant un émerveillement féminin…

Il l'embrassa encore, mais cette fois, pas pour son propre plaisir, pour son plaisir à elle. Pour lui montrer un peu plus de ce qui pouvait être, un peu plus de cet émerveillement.

Phyllida resserra sa prise sur ses revers et elle s'abandonna au baiser, à la lente poussée de sa langue, aux caresses et à l'exploration intime. La chaleur l'envahit ; une brusque sensation la lécha comme une flamme jusqu'à ses orteils, que le choc recourba lentement.

La tête de Lucifer s'inclina en angle au-dessus de la sienne et Phyllida s'accrocha ; il approfondit le baiser et elle suivit volontiers son exemple. Pendant des années, elle avait rêvé qu'on l'embrasse ainsi, comme une femme, une femme désirée. C'était effrayant et attirant.

Elle ne pouvait pas respirer, elle ne pouvait pas réfléchir. Elle n'était certainement pas aux commandes de la situation.

Au lieu de l'effrayer, cela l'excita. C'était stupide, sûrement, pourtant elle ne ressentait pas la peur. Seulement une impatience libertine.

Lèvres et bouches fusionnèrent ; les langues s'entremêlèrent, glissant, caressant… pendant un instant magique, le monde disparut.

Il goûtait la chaleur, la liberté sauvage, quelque chose de primitif, une chose à peine domptée. Un mâle – dur là où elle était tendre, la bête pour la belle. Elle sentit le pouvoir enchaîné bouillonnant sous les lèvres de son partenaire, retenu derrière sa façade expérimentée.

Puis, il commença à se retirer, à battre en retraite et à mettre fin au baiser.

Ce fut une surprise de voir qu'elle s'était étirée sur le bout de ses orteils, qu'elle s'était pressée contre lui. Ses genoux avaient faibli, sa peau lui semblait chaude, la tête lui tournait. Son torse était un mur solide la soutenant ; elle écarta les doigts et elle pressa, captivée par la dureté résiliente sous les couches définies.

Les bras de Lucifer se contractèrent, des bandes d'acier formant une cage autour d'elle ; elle n'en avait cure.

Elle voulait l'étreindre, prolonger ce moment précieux – elle savait qu'elle ne le pouvait pas. Elle ne savait pas comment.

À l'instant où leurs lèvres se séparèrent, il marqua une pause. Puis, il revint, plongeant au fond, une invasion rapide et rude qui la secoua mentalement – le pouvoir caché qu'elle avait senti n'était pas un mensonge.

Ensuite, il leva la tête et il se redressa et elle se retrouva debout sur ses pieds, les mains de Lucifer se levant pour se fermer sur les siennes, de nouveau agrippée à ses revers. Elle cligna des paupières et relâcha sa prise, puis elle retira ses mains de sous les siennes.

Hébétée, elle rencontra son regard et elle ne fut pas du tout sûre de ce qu'elle y vit. Quelque chose de sombre et de dangereux rodait au fond du bleu.

— Pourquoi m'avez-vous embrassée ?

Ce fut soudainement très important de le savoir.

Il ne sourit pas, il ne tenta pas de chasser la question gênante à l'aide d'un petit mot d'esprit charmant et enjôleur. Ses yeux restèrent soudés à ceux de Phyllida ; ils s'étaient légèrement arrondis devant sa question – elle pouvait presque croire qu'il était aussi hébété qu'elle.

— Parce que je le voulais.

Sa voix était rauque ; il cilla, il inspira, soutint son regard et ajouta :

— Et pour vous remercier de votre aide ; hier et aujourd'hui. Nonobstant tout le reste, j'apprécie sincèrement tout ce que vous avez fait.

Lucifer tenta de trouver un sourire charmant et ne réussit pas, alors il s'accrocha à son impassibilité et il gesticula, la pressant de partir devant lui sur le sentier.

Sur un dernier regard inquisiteur, elle acquiesça. Il la suivit, respirant profondément, remerciant sa bonne étoile qu'elle ait acceptée sa réponse. Marchant devant lui, elle ne pouvait pas voir l'effort qu'il lui fallait pour menotter de nouveau ses démons. Il espérait qu'elle ne devinerait jamais à quel point elle était venue près de les rencontrer.

Au moins, il lui avait répondu franchement. À propos du premier baiser. Elle n'avait pas besoin de connaître ses raisons pour le second et encore moins celles pour le troisième. Il ne se souvenait pas de la dernière fois où il avait prévenu une femme de s'éloigner de lui, mais pour sa propre sécurité, Phyllida devrait rester à distance.

Fronçant les sourcils, il avança sur ses talons, à travers l'obscurité grandissante. Il avait pris ce qu'il voulait, cet unique aperçu de son goût, mais à quel prix pour lui ?

Il n'était pas sûr de vouloir le savoir.

Ils avaient rejoint les pelouses de la Grange quand il ferma les doigts autour du coude de Phyllida et la fit stopper. Elle se tourna face à lui, ses sourcils se haussant, son expression neutre. Les ombres étaient trop denses pour qu'il puisse déchiffrer son regard.

— Je vous ai embrassée, car je ne voulais pas que vous me voyiez comme un ogre, enclin à vous intimider pour vous obliger à dire la vérité.

La libérant, il soutint son regard.

— Je ne suis pas l'ennemi.

Elle scruta son visage, puis ses lèvres se soulevèrent et elle se détourna. Elle fit un pas en direction de la maison. Ses mots calmes flottèrent jusqu'à lui.

— Je ne pensais pas que vous l'étiez.

CHAPITRE 5

Phyllida savait pourquoi il l'avait embrassée. Il n'était pas un ogre, il n'était pas son ennemi, mais c'était un séducteur accompli. Elle était novice dans ce domaine ; néanmoins, elle comprenait qu'il l'avait embrassée pour la secouer, pour affaiblir sa détermination afin qu'elle lui révèle tout ce qu'elle savait. Elle l'avait interrogé, mais elle avait su la réponse dès qu'elle avait posé la question.

Assise dans le deuxième banc d'église, elle jeta un coup d'œil de l'autre côté de l'allée, à l'endroit où Lucifer était installé. Son expression était impassible pendant qu'il écoutait Cedric lire un verset. Covey était voûté à côté de lui ; un peu plus loin, madame Hemmings sanglotait dans son mouchoir. Hemmings lui tapotait maladroitement le bras. Le visage blanc, Bristleford fixait le vide droit devant lui. Alors que les autres membres de l'assemblée avaient peut-être perdu un ami et un voisin, Covey, les Hemmings et les Bristleford avaient perdu un maître bien-aimé et leur gagne-pain n'était plus assuré.

Phyllida reporta son regard sur le visage de Lucifer – il n'était pas expressif, néanmoins elle n'eut aucune difficulté à suivre ses pensées. Elles étaient actuellement centrées sur le cercueil installé devant l'autel, brillant comme un bijou sous les rayons de lumière jouant à travers les vitraux. Ses pensées, par contre, n'étaient pas dirigées vers Horatio, mais sur la personne qui l'avait poussé dans cette boîte.

Elle regarda de nouveau en avant. Cedric continuait à parler d'un ton monocorde. Elle laissa son esprit revenir à sa plus urgente considération : comment traiter avec Lucifer ?

Ce nom fut celui qui surgit dans son esprit ; il lui convenait si bien. Elle avait su quel genre d'homme il était dès l'instant où elle avait posé les yeux sur lui, même si elle ne l'avait pas pleinement évalué, jusqu'à ce qu'elle le rencontre entièrement vêtu et pleinement conscient. Là, ce qu'il était avait été évident.

La raison pour laquelle les matrones se pomponnaient et les femmes perdaient la tête quand il souriait était d'une évidence flagrante : il ne cachait pas ses talents par modestie. Plus précisément encore, sa puissante aura d'énergie masculine, ses bords bruts adoucis par une grâce élégante n'étaient pas le fruit du hasard – cela dépassait même le stade des manières cultivées –, cela faisait partie d'un art travaillé.

Un art qu'il avait l'intention de pratiquer sur elle.

Heureusement, elle le savait. Elle était sûre d'elle-même et elle contrôlait son univers, sauf lui. Et ses baisers ne l'avaient pas secouée le moins du monde. Elle ne s'y était pas attendue, mais à la réflexion, elle n'avait pas été surprise. Il songeait à l'embrasser quand il l'avait retenue sur son lit la nuit précédente. La forêt avait seulement été un site mieux disposé.

L'embrasserait-il encore ? La question flottait dans son cerveau. Elle avait aimé l'expérience ; elle ne s'était pas du tout sentie menacée ou forcée ou même en danger. Cependant, souhaiter davantage pourrait équivaloir à tenter le destin.

D'ailleurs…

Elle jeta un regard en coin là où un petit homme en noir sévère était assis, ses traits tirés dénués d'expression. Monsieur Crabbs était l'avocat de Horatio, venu d'Exeter pour lire son testament. Et à la suite de monsieur Crabbs était venu son clerc, Robert Collins.

Avec de la chance, ce soir, après avoir parlé à Robert, Mary Anne la libérerait de son serment. Ensuite, elle pourrait expliquer à Lucifer ce qui s'était produit dans le salon de Horatio et ils uniraient leurs forces pour traquer l'assassin.

C'était son but et elle n'allait pas se laisser décourager, même si réussir signifiait traiter avec le diable. Il était vraiment le plus fascinant diable qu'elle n'avait jamais rencontré et, au fond d'elle, elle était convaincue qu'il ne lui ferait jamais de mal.

Impatiente, elle attendit que Cedric termine.

Quand la messe fut finie, Lucifer s'avança avec Cedric, sir Jasper, Thompson, Basil Smollet et monsieur Farthingale ; ils soulevèrent le cercueil et le portèrent lentement dans le cimetière. Pendant la courte cérémonie de mise en terre, Lucifer remarqua les visages des hommes qu'il n'avait pas encore rencontrés alors qu'ils se tenaient debout à côté de la tombe. Le meurtrier était-il présent ? Les dames ne se joignirent pas à eux, mais elles se rassemblèrent en un groupe sombre juste au-delà du porche latéral de l'église.

Quand la terre se mit à pleuvoir sur le cercueil, Lucifer rejoignit sir Jasper et monsieur Farthingale. Alors qu'ils revenaient jusqu'à l'église, il en apprit suffisamment pour classer monsieur Farthingale comme un sir Jasper secondaire : épine dorsale du comté, homme absorbé par sa terre et sa famille, il était peu probable qu'il ait un lien avec le meurtre de Horatio.

Avec les autres hommes, ils rejoignirent les dames ; des groupes familiaux se formèrent et se dirigèrent vers la place. Sir Jasper mena la marche, Jonas à ses côtés. Phyllida les suivit ; Lucifer s'aligna à côté d'elle. Elle lui jeta un regard en coin ; ses yeux ne contenaient pas de signe de réprimande ni d'appréhension. Ils contenaient plutôt une question : quelle est la suite ?

— Si vous pouviez être assez gentille pour me présenter ceux que je ne connais pas…

Elle acquiesça d'un signe de tête majestueux.

— Bien sûr.

Elle agissait comme s'il ne l'avait jamais embrassée. Lucifer dissimula un froncement de sourcils.

Suivis par l'assemblée tout entière, lui sembla-t-il, ils passèrent la grille du manoir, ils traversèrent le jardin de Horatio et entrèrent en file dans la maison.

La veillée mortuaire était l'occasion parfaite pour rencontrer les gens de la région, mais aussi pour qu'ils expliquent leur relation avec Horatio. La plupart discutaient de leurs dernières rencontres avec lui sans qu'on les y incite et exprimaient leurs opinions sur son meurtre.

Phyllida rôdait tout près, guidant gracieusement les gens vers lui, dans chaque cas lui fournissant la bonne information pour placer la personne dans le contexte de la vie du village et établir son lien avec Horatio.

S'il avait pensé qu'elle avait joué un rôle dans le meurtre de Horatio, il aurait été soupçonneux. Au lieu de cela, il se tenait d'un côté de la pièce et appréciait ses talents en société.

— Monsieur Cynster, permettez-moi de vous présenter mademoiselle Hellebore. Elle vit dans le cottage voisin immédiat.

Lucifer s'inclina sur la main de mademoiselle Hellebore. Âgée et gentille, le visage ridé, elle n'était pas plus haute que son épaule.

Elle lui serra la main.

— J'étais à l'église lorsque c'est arrivé ; c'est *si* malheureux. Autrement, j'aurais pu entendre quelque chose. Ils venaient seulement de me reconduire lorsqu'ils vous ont trouvé – quelle histoire *cela* a été ! Toutefois, je suis si contente, cher, que ce ne soit pas vous, ajouta-t-elle en souriant vaguement, ses yeux perdant de leur lumière. Horatio était une âme précieuse. Cela cause une telle inquiétude, cet événement.

Sa voix s'estompa ; Phyllida lui prit l'autre main et la tapota pour la réconforter.

— Vous ne devez pas vous faire de soucis, Harriet. Monsieur Cynster et papa trouveront le coupable et ensuite tout redeviendra paisible.

— Je l'espère, ma chère.

— Il y a des asperges sur la table : en voulez-vous ?

— Oh, oui. Quelle table ?

Avec un regard indiquant qu'elle reviendrait, Phyllida éloigna la vieille dame.

Lucifer les regarda partir. Malgré le fait que Phyllida n'était pas mariée, ni la plus âgée, ni la dame la mieux établie dans la pièce, les habitants se tournaient vers elle sans hésitation – pour être rassurés, pour recevoir des ordres. Son caractère, sa personnalité la plaçait dans ce rôle – cet air calme, posé de l'être toujours maître de la situation.

Le désir de la voir frénétiquement perdre le contrôle fit surface – encore une fois. Il le tempéra rapidement et détourna la tête.

— Monsieur Cynster.

Jocasta Smollet, aussi hautaine que lorsqu'elle les avait dépassés dans la rue le soir précédent, s'approcha au bras de sir Basil.

Elle tendit la main.

Basil s'occupa des présentations.

— J'espère, dit Jocasta, que vous resterez à Colyton quelques jours encore. Nous serions ravis de vous recevoir à Highgate ; je suis certaine qu'il y a peu d'autres choses autour pour intéresser un gentleman tel que vous.

Si le nez de Jocasta avait été levé plus haut, elle serait tombée à la renverse.

— J'ignore combien de temps je resterai.

Lucifer regarda Phyllida revenir dans la foule. Elle ne vit pas Jocasta avant d'être pratiquement sur eux. Son sourire disparut ; elle changea de direction afin de pouvoir se faufiler plus loin.

Calmement, il tendit le bras, lui saisit la main et l'attira à côté de lui. Posant sa main sur sa manche, il regarda Jocasta.

— Malgré les circonstances malheureuses, j'ai pris plaisir à rencontrer les gens environnants. Ils se sont montrés très accueillants, dit-il en jetant un coup d'œil à Phyllida. Mademoiselle Tallent a été particulièrement gentille.

— Vraiment ?

Ce mot était lourd de signification. Jocasta se redressa et inclina la tête avec raideur.

— Cette chère Phyllida est si bonne avec tout le monde. Si vous voulez bien m'excuser, je dois réellement parler à madame Farthingale.

Elle s'éloigna. Basil, gêné, ne la suivit pas. Il parla de choses anodines ; Lucifer établit qu'il était à l'église quand Horatio avait été assassiné.

Quand Basil poursuivit son chemin, Lucifer baissa les yeux sur Phyllida.

— Pourquoi mademoiselle Smollet vous déteste-t-elle autant ?

Elle secoua la tête.

— Je ne le sais vraiment pas.

Lucifer balaya la pièce du regard.

— Il y a encore trois hommes que je dois rencontrer.

Le premier se révéla être Lucius Appleby. Phyllida les présenta, puis elle partit bavarder avec lady Fortemain. Lucifer ne fit aucun effort pour dissimuler son but.

Appleby répondit franchement, mais il fut loin d'être communicatif.

Allant chercher Phyllida, il l'emmena au fond de la pièce.

— Appleby est-il toujours aussi réservé ? Si effacé ?

— Oui, mais après tout, c'est le secrétaire de Cedric. Le regard sur sa prochaine cible, Lucifer murmura :

— Que faisait Appleby avant de devenir le secrétaire de Cedric ? L'a-t-il déjà dit ?

— Non. J'ai supposé qu'il était commis ou quelque chose de semblable. Pourquoi ?

— Je suis certain qu'il a été dans l'armée. Il a le bon âge ; je me demandais, c'est tout. Bon, qui est-ce ?

Un moment plus tard, Phyllida dit :

— Permettez-moi de vous présenter Pommeroy Fortemain, le frère de sir Cedric.

Lucifer lui tendit la main.

Les yeux de Pommeroy sortirent de leurs orbites ; il recula lentement.

— Ah…

Les yeux ronds, il regarda Phyllida.

— Je veux dire… eh bien…

Phyllida soupira d'exaspération.

— Monsieur Cynster n'a pas tué Horatio, Pommeroy

— Ah non ?

Pommeroy les regarda tour à tour.

— Non ! C'est la veillée mortuaire de Horatio, juste ciel ! Nous n'aurions pas volontairement invité le meurtrier.

— M-mais… il avait le couteau.

— Pommeroy – Phyllida articula très clairement – personne ne sait qui est le meurtrier, mais la chose que nous *savons* est que cela n'aurait pas *pu* être monsieur Cynster.

— Oh.

Après cela, Pommeroy se comporta raisonnablement, répondant aux questions de Lucifer avec, une forte envie de plaire. Il avait accompagné sa mère à l'église dimanche et, leur assura-t-il, il ne savait rien sur rien.

— Cette affirmation est malheureusement vraie.

Obéissant au contact sur son bras, Phyllida se déplaça sur le côté de la pièce.

— C'est ce que j'ai compris, confirma Lucifer en regardant devant lui. Notre dernier suspect potentiel examine les bibliothèques.

Elle devina de qui il s'agissait avant qu'ils contournent les Farthingale et arrivent face à face avec Silas Coombe, effleurant le dos d'un livre plaqué or. Il retira brusquement sa main comme si le livre l'avait mordu et il les dévisagea, le visage neutre.

— Bonjour. Monsieur Coombe, n'est-ce pas ? fit Lucifer en souriant. Mademoiselle Tallent m'a mentionné que vous connaissez les livres. Horatio a rassemblé toute une collection, ne pensez-vous pas ?

Son coup d'œil sur les étagères invitait clairement l'opinion de Silas. C'était un coup de maître. Phyllida s'exerça à s'effacer discrètement pendant que Silas devenait lyrique, de la pâte à modeler sans même en avoir conscience entre les mains d'un gentleman qui était son interrogateur.

— Bien, je n'avoue normalement pas cela, mais vous êtes un homme qui en connaît un peu sur la vie, répondit-il d'une voix basse. Je ne fréquente pas beaucoup l'église, vous comprenez. J'ai perdu cette habitude dans ma jeunesse ; je ne vois pas le but de côtoyer toutes ces matrones empesées à mon âge. J'ai mieux à faire de mon temps.

Le regard de Silas alla sur les étagères à proximité.

— Je suppose que vous ne savez pas qui en héritera, n'est-ce pas ?

Lucifer secoua la tête.

— Sans doute l'apprendrons-nous bien assez tôt.

— Ah, oui ; ce type, l'avocat, est ici, non ?

Silas jeta un regard circulaire dans la pièce, puis il fronça les sourcils.

— Il a les yeux fixés sur vous.

Lucifer regarda ; Phyllida aussi. Il fut tout de suite évident que monsieur Crabbs rôdait autour, espérant lui parler.

— Si vous voulez bien nous excuser, murmura Lucifer. Je vais voir ce qu'il veut.

Dès l'instant où ils s'écartèrent, Crabbs se dirigea vers eux. Lucifer s'arrêta près des bibliothèques et attendit. Crabbs sourit poliment en les rejoignant.

— Monsieur Cynster, je voulais savoir s'il serait commode de lire le testament dès que les invités seront partis.

— Commode ? interrogea Lucifer en fronçant les sourcils. Pour qui ?

— Bien, pour vous, répondit Crabbs tout en scrutant le visage de Lucifer. Mon Dieu, j'ai supposé que vous le saviez.

— Que je savais quoi ?

— Que, sauf quelques legs mineurs, vous êtes l'unique bénéficiaire du testament de monsieur Welham.

La déclaration de Crabbs avait été exprimée à portée de voix de lady Huddlesford, de Percy Tallent et de sir Cedric et lady Fortemain. En quelques secondes, tout Colyton avait entendu la nouvelle. La veillée mortuaire se termina lorsque le gong retentit. Les gens prirent rapidement congé, leur empressement visiblement dû à un désir que les détails inattendus du testament soient dévoilés dès que possible.

Malgré le fait que très peu de gens assistèrent à la lecture, au cours de l'heure précédente, l'attention de Colyton avait été centrée sur la bibliothèque de Horatio.

S'écartant du bureau d'une poussée, Lucifer déposa le testament.

Il venait de finir de le parcourir une deuxième fois avec Crabbs, s'assurant qu'il en comprenait les détails. Pour une personne habituée à la distribution complexe de la bourse ducale, les stipulations de Horatio étaient simples. Se calant dans le fauteuil en cuir, Lucifer balaya la pièce du regard.

À un coin du bureau, Crabbs était assis et vérifiait des documents. Au buffet, son assistant, Robert Collins, remplissait une sacoche avec soin.

Les Hemmings, Covey et Bristleford s'étaient glissés dehors après la lecture, chacun immensément soulagé, tous manifestement contents de la suite des choses.

Quant à lui, Lucifer était légèrement stupéfait.

— Hum hum.

Il regarda Crabbs, puis il haussa un sourcil.

— Je me demandais si vous aviez l'intention de vendre le manoir. Je pourrais mettre les choses en branle, si vous le désirez.

Lucifer fixa Crabbs sans le voir. Puis, il secoua la tête.

— Je n'ai pas l'intention de vendre.

La déclaration le surprit personnellement davantage que Crabbs, mais quand un désir impulsif frappait aussi fortement, il était rarement utile de le combattre. Il reporta son attention sur Crabbs.

— Dites-moi. Y avait-il d'autres personnes qui auraient pu s'attendre à hériter ?

Crabbs secoua la tête.

— Il n'y avait pas de famille, pas même de liens légaux. Le domaine appartenait entièrement à monsieur Welham et il pouvait en disposer selon ses désirs.

— Savez-vous qui était l'héritier de Horatio, qui était en ligne pour la succession, avant que ce présent testament soit rédigé ?

— Autant que je le sache, il n'y avait pas de testament précédent. J'ai rédigé celui-ci il y a trois ans, quand monsieur Welham est venu dans ces régions et m'a embauché pour agir en son nom. Il m'a fait comprendre qu'il n'avait pas fait de testament auparavant.

Plus tard, avec les ombres qui s'allongeaient, Lucifer revint à grands pas à la Grange à travers la forêt. Les mains dans les poches, le regard fixé sur le sol, il enjamba aveuglément des racines et des fossés, l'esprit absorbé par d'autres choses.

Crabbs avait pris congé, se retirant au Red Bells. Étant donné que lui-même ne résidait pas à la Grange en ce moment, Lucifer ne l'avait pas invité à rester là. Il n'avait pas voulu imposer le devoir de divertir l'avocat aux Bristleford, aux Hemmings et à Covey, pas ce soir.

Il avait ordonné à Crabbs d'entrer en contact avec Heathcote Montague, l'homme d'affaires des

Cynster. Avec la participation de Montague, le transfert officiel de la succession serait accompli rapidement et efficacement. Mentalement, Lucifer se dit qu'il lui fallait écrire à Montague.

Et à Gabriel. Et à Devil. Et à ses parents.

Lucifer soupira. Les premiers tiraillements des rênes de la responsabilité. Il les avait évitées presque toute sa vie. Il ne le pouvait plus. Horatio les lui avait léguées – la responsabilité de sa collection, la responsabilité du manoir et celle de Covey, des Bristleford et des Hemmings.

De concert avec la responsabilité de son jardin.

Cette dernière l'inquiétait davantage que toutes les autres combinées.

Horatio l'avait formé sur la manière de superviser une collection ; sa famille l'avait préparé à gérer un domaine et des domestiques. Personne ne lui avait enseigné le jardinage, encore moins pour le genre de jardin que Horatio avait créé.

Il ressentait une très bizarre impression à propos du jardin.

La piste rejoignit les massifs de la grange, menant à un labyrinthe de sentiers. Lucifer vérifia qu'il marchait sur le bon, puis il continua de progresser, plongé dans ses réflexions.

Jusqu'à ce qu'une furie en batiste à motif sorte en trombe d'un trou dans la haie et lui rentre dedans.

Phyllida perdit le souffle dans la collision. Avant même de lever les yeux, ses sens avaient reconnu à qui appartenaient les bras qui s'étaient refermés sur elle. Si elle avait été le genre de femme à céder à toutes ses impulsions, elle aurait hurlé et se serait écartée d'un bond. Au lieu, elle fixa sur lui un regard brillant et recula.

Les bras de Lucifer retombèrent. Le bandit eut l'effronterie de hausser un sourcil noir et arrogant.

— Toutes mes excuses.

Calmement correcte, elle pivota et repartit vers la maison.

Il accorda son pas au sien alors qu'elle marchait, avec une distinction de dame, le long du sentier. Son regard s'attarda sur son visage ; elle refusait de le regarder – refusait de voir si ses lèvres étaient droites et quel type d'amusement se tapissait dans ses yeux bleus. Le monstre venait juste de lui rendre la vie incommensurablement plus difficile.

Sa vie à lui aussi serait plus difficile ; mais, il ne le savait pas.

— Vous faites cela très bien.

Les mots murmurés étaient intentionnellement provocateurs.

— Quoi ?

— Dissimuler votre colère. Qu'est-ce qui vous a mis dans cet état ?

— Une connaissance qui s'est montrée particulièrement difficile. En fait, c'est trois connaissances.

Lui, Mary Anne et Robert. Il avait hérité du manoir, Mary Anne avait été prise de panique en se fondant sur l'idée qu'il pourrait décider de rester et Robert avait confirmé ce fait d'une manière qu'il ne leur était d'aucun secours.

Elle avait espéré que les funérailles convaincraient Mary Anne que ses lettres étaient une affaire secondaire en comparaison d'un meurtre. Au lieu de cela, à cause de la sensiblerie de Mary Anne, elle était maintenant moins avancée que ce matin de recevoir la permission de dire à Lucifer pourquoi elle se trouvait dans le salon de Horatio. Fulminant, elle avait laissé Mary Anne et Robert près de la fontaine et elle était partie d'un pas raide. Seulement pour tomber sur Lucifer.

Un éclair soudain lui parcourut le corps au souvenir de l'impact. Sous ses vêtements élégants, il était tout en muscles ; malgré le fait qu'elle filait à toute allure, il n'avait même pas chancelé. Elle le regarda.

— Je comprends que vous avez vraiment hérité du manoir ?

— Oui. Apparemment, il n'y a pas de parents, donc… Ils avancèrent sur la pelouse. Phyllida fixa son regard sur la maison.

— Si je puis oser, quels sont vos plans ? Vendrez-vous ou vivrez-vous ici ?

Elle sentit son regard sur son visage, mais elle ne se tourna pas pour le croiser.

— Vous pouvez oser tant que vous le voulez, mais… Son ton l'incita à regarder rapidement de son côté.

Il sourit.

— J'étais en route pour discuter les choses avec votre père. Pourriez-vous me conduire jusqu'à lui ?

Sir Jasper était dans sa bibliothèque. Lucifer ne fut pas surpris quand, après l'avoir introduit à l'intérieur avant de disparaître, Phyllida revint avec un plateau portant des verres et une carafe.

— Bien, vous êtes maintenant un propriétaire terrien dans le Devon, hein ?

— Incessamment, il semble.

Lucifer accepta le verre de brandy que lui apporta Phyllida. Elle en tendit un semblable à son père, puis elle alla s'asseoir sur le sofa en face des fauteuils que lui et sir Jasper occupaient.

— Savez-vous ce que vous ferez de la propriété ? questionna sir Jasper en le considérant sous ses sourcils broussailleux. Vous avez mentionné que le domaine de votre famille est dans le Somerset…

— J'ai un frère aîné ; le domaine familial lui reviendra. Au cours des dernières années, j'ai vécu principalement à Londres, partageant la maison de mon frère.

— Donc, vous n'avez pas un autre établissement exigeant votre attention ?

— Non.

C'était un fait que Horatio connaissait. Son regard sur le brandy tournoyant dans son verre.

— Rien ne m'empêche de m'établir à Colyton.

— Et le ferez-vous ?

Il leva les yeux pour les plonger dans ceux de Phyllida. C'était elle qui avait posé la question simple avec son habituel franc-parler.

— Oui.

Levant son verre, il but sans jamais la quitter des yeux.

— J'ai décidé que Colyton me convenait.

— Excellent ! s'exclama joyeusement sir Jasper. Nous avons bien besoin d'un peu de sang neuf par ici.

Il continua de donner des détails, vantant les avantages de la région ; Lucifer le laissa jacasser pendant qu'il tentait de comprendre l'agacement dans les yeux bruns de Phyllida. L'air calme, elle observait son père, mais ses yeux… et un petit tressaillement vers le bas dans un coin de ses belles lèvres…

Sir Jasper s'arrêta dans un souffle ; Lucifer remua et le regarda.

— Un fait que je voulais mentionner. Je considère l'héritage de Horatio comme un cadeau, que je ne pourrais pas accepter sans malaise si je n'avais pas tout fait pour que son meurtrier soit traduit en justice.

Sir Jasper hocha la tête.

— Vos sentiments vous font honneur.

— Possible, mais je ne me sentirais jamais à l'aise dans la maison de Horatio, propriétaire de sa collection, à moins que chaque pierre n'ait été retournée.

Sir Jasper le regarda avec perspicacité.

— Dois-je prendre cela comme un avertissement que vous avez l'intention de retourner chaque pierre ?

Lucifer soutint son regard.

— Chaque pierre. Jusqu'au dernier caillou.

Sir Jasper réfléchit, puis il hocha la tête.

— Je vais faire tout ce que je peux, mais comme vous le comprenez sans doute, ce ne sera pas facile de pendre le meurtrier par les pieds. Essentiellement parce que personne ne l'a vu.

— Il existe peut-être d'autres preuves.

Lucifer vida son verre. Sir Jasper l'imita. Phyllida ramassa les verres vides

— Nous pouvons l'espérer. Vous pouvez mener l'enquête comme vous le voulez, bien sûr. Si vous avez besoin de soutien officiel, je ferai tout ce que je pourrai, ajouta-t-il en se levant. Horatio était l'un des nôtres. J'ai le sentiment que vous trouverez bien des gens prêts à vous aider à trouver son assassin.

— En effet.

Lucifer se leva, son regard se posant sur Phyllida.

— J'espère que ce sera le cas.

Il voulait son aide pour attraper le meurtrier de Horatio. Il avait tout fait, sauf la lui demander.

Elle voulait l'aider. Même s'il ne l'avait pas demandé, il aurait reçu son aide.

Malheureusement, la promesse du matin, alors qu'elle avait espéré pouvoir tout lui dire bientôt, avait cédé sa place à la frustration de l'après-midi, qui était maintenant couronnée par le désastre de la soirée. Pour une raison infernale – elle utilisait ce terme à bon escient –, sa tante avait décidé d'organiser un dîner informel pour quelques personnes choisies qui avaient assisté aux funérailles. Un dîner d'enterrement. Phyllida n'était pas impressionnée.

Elle avait eu l'idée de porter du noir, mais elle avait fait un compromis avec sa robe en soie lavande. C'était l'une de ses plus flatteuses, et elle sentait le besoin d'un certain réconfort.

Elle fut la dernière à entrer dans le salon. Lucifer s'y trouvait, étonnement séduisant dans un manteau bleu nuit exactement de la même teinte que ses yeux. Sa chevelure semblait noire sous la lumière des bougies ; sa cravate ivoire était un devoir d'élégance. Il était debout avec son père et monsieur Farthingale devant l'âtre ; dès l'instant où elle avait passé le seuil, son regard s'était fixé sur elle.

Inclinant majestueusement la tête, elle alla rejoindre les demoiselles Longdon, deux vieilles filles d'âge indéterminé qui partageaient une maison sur la rue de la forge.

Ils furent seize à table. Après avoir vérifié que tout se passait bien auprès de Gladys, Phyllida s'assit. Lucifer était installé à l'autre bout de la table, à la droite de sa tante et flanqué de Regina Longdon. Regina Longdon était pratiquement sourde, ce qui laissait peu de concurrence à lady Huddlesford. Mary Anne et Robert étaient trop loin pour qu'elle engage la conversation avec eux. Ou pour les persuader. Avec peu d'autres choses à faire, Phyllida s'appliqua à superviser le repas.

Son père ne s'attardait jamais longtemps avec le porto ; il ramena les gentlemen dans le salon à peine quinze minutes après que les dames se furent installées.

Ces quinze minutes avaient été passées à écouter Mary Anne jouer du clavecin. Dès que les hommes apparurent, Mary Anne ferma l'instrument et s'avança pour se joindre aux groupes en conversation. Phyllida fondit sur elle.

Mary Anne la vit arriver ; l'émoi emplit immédiatement ses yeux bleus.

— *Non !* siffla-t-elle avant que Phyllida puisse dire un mot. Tu dois voir que c'est impossible. Tu dois trouver ces lettres, tu as *promis* !

— J'aurais cru qu'à l'heure qu'il est, tu verrais…

— C'est *toi* qui ne vois pas ! Une fois que tu auras trouvé les lettres et me les auras rendues, *alors* tu pourras lui dire, si tu es tellement certaine qu'il le faut.

Mary Anne se tordit littéralement les mains, puis son regard dépassa fugitivement Phyllida.

— Doux Jésus ! Voilà Robert ; je dois le secourir avant que papa le coince.

Sur ce, elle vola presque à travers la pièce.

Phyllida la regarda partir, pas tout à fait capable de dissimuler son froncement de sourcils. Elle n'avait jamais vu Mary Anne aussi bouleversée.

« Que diable y a-t-il dans ces lettres ? »

Pivotant pour voir le salon en face d'elle, elle survola les invités pour voir si quelqu'un avait besoin de son attention d'hôtesse, seulement pour découvrir Lucifer traversant le salon pour venir vers elle, l'expression dans ses yeux lui indiquant qu'il avait précisément besoin de cela. Elle patienta ; il s'arrêta à côté d'elle et il contempla aussi la pièce.

— Votre meilleure amie, mademoiselle Farthingale, quelle est la situation entre elle et Collins ?

— La situation ?

Il lui jeta un coup d'œil.

— Farthingale a semblé être au bord de la crise d'apoplexie quand Collins est arrivé avec Crabbs. Madame Farthingale a paru complètement prise au dépourvu et ensuite elle a pris un air sombre, elle s'est résignée et a pincé les lèvres. J'ai suivi l'exemple de votre père en participant aux divertissements toute la soirée ; il serait utile de savoir quel jeu nous jouons tous.

Phyllida rencontra son regard.

— Des amoureux contrariés par le destin ; mais nous espérons que cette version se terminera sans tragédie.

Elle regarda de l'autre côté du salon l'endroit où Robert Collins parlait avec Henrietta Longdon, qui se trouvait par hasard assise à côté de Mary Anne sur la méridienne.

— Mary Anne et Robert sont amoureux depuis leur première rencontre. C'était il y a six ans. Ils seraient parfaits l'un pour l'autre, mais il y a un « mais ».

— Collins n'a pas de fortune.

— Exactement. Monsieur Farthingale a défendu la relation, mais même si Robert vit à Exeter, les rencontres semblent toujours se produire et Mary Anne est restée absolument inflexible.

— Pendant six ans ? La plupart des parents auraient déjà cédé.

— Monsieur Farthingale est *très* têtu. Tout comme Mary Anne.

— Donc, qui l'emportera ?

— Mary Anne. Fort heureusement, très bientôt. Robert aura bientôt satisfait aux exigences pour sa licence. Crabbs lui a déjà offert une place. Une fois que Robert pratiquera, il sera en mesure de faire vivre une femme, et alors monsieur Farthingale capitulera parce qu'il n'aura pas d'autre choix.

— Donc, la crise d'apoplexie de monsieur Farthingale est seulement pour la galerie ?

— D'une certaine façon. On s'y attend, mais ce n'est pas comme si Robert n'était pas présentable. Il est peut-être trop docile, trop conservateur, trop timide, mais sa naissance est acceptable. Ceci dit, les Farthingale ne s'attendaient pas à la présence de Robert ce soir. Tout le monde ici connaît la situation ; nous évitons tous de faire quoi que ce soit pour l'exacerber.

— Que s'est-il passé ce soir ?

Phyllida regarda lady Huddlesford, entourée de sa cour près de l'âtre.

— Je ne suis pas sûre. Il est possible que ma tante, qui passe deux ou trois mois ici chaque année, ait oublié et ait innocemment invité Robert avec Crabbs.

— Mais ?

Les lèvres de Phyllida tressaillirent d'amusement.

— Sous son air rongé de soucis, c'est plutôt une romantique. Je soupçonne qu'elle s'imagine faciliter la voie pour les amoureux contrariés par le destin.

— Ah.

La syllabe était lourde d'un cynisme expérimenté.

Phyllida leva les yeux – et elle vit Percy foncer sur eux.

Il fit un signe de tête à Lucifer, le regard fixé sur Phyllida.

— Je me demande, cousine, si je peux te parler en privé ?

« À quel sujet ? » Phyllida ravala sa réponse disgracieuse.

— Bien sûr.

Percy sourit à Lucifer.

— Des affaires de famille, vous voyez.

Lucifer exécuta une révérence.

Inclinant la tête en réponse, Phyllida posa la main sur la manche de Percy et elle le laissa l'escorter sur la terrasse en passant par les portes françaises ouvertes. Retirant sa main de sur son bras, elle marcha jusqu'à la balustrade.

— Pas ici, fit-il en gesticulant vers le bout de la terrasse. Ils peuvent nous voir.

Phyllida poussa un soupir en son for intérieur et elle l'obligea, espérant que Percy couperait au plus court, qu'il lui dirait ce qu'il voulait et la laisserait retourner dans le salon. Si elle voyait Robert seul, elle aurait une chance de régler certains problèmes. Robert était peut-être docile, mais il était aussi d'un conservatisme abrutissant et comme il était presque avocat, il devait être respectueux de la loi. Elle pouvait peut-être le convaincre…

— Voici ce qu'il y a…

Percy s'arrêta à l'extérieur des fenêtres sombres de la bibliothèque. Tirant sur son gilet, il la regarda en face.

— Je t'ai observée et j'ai réfléchi. Tu as quoi ? Vingt-quatre ans ?

S'appuyant contre la balustrade, elle le dévisagea.

— Oui, admit-elle. Vingt-quatre ans. Et alors ?

— Et alors ? Bien, tu devrais être mariée, évidemment ! Demande à ma mère, elle te le dira. Tu es pratiquement vieille fille, à vingt-quatre ans.

— Vraiment ?

Phyllida songea à lui expliquer qu'elle était très heureuse dans cette condition.

— Pourquoi cela devrait-il te préoccuper ?

— Bien sûr que cela me préoccupe ! Je suis le chef de famille ; bien, une fois que ton père s'en ira, je le serai.

— J'ai un frère, tu t'en souviens ?

— Jonas.

Avec un geste de la main, Percy chassa Jonas avec dédain.

— Ce qu'il y a est que tu es ici, célibataire et que cela n'a pas de sens, quand il y a une autre solution.

Phyllida débattit la question. Jouer le jeu de Percy était probablement la méthode la plus rapide pour mettre fin à cette scène. Croisant les bras, elle s'installa contre la balustrade.

— Quelle autre solution ?

Percy se redressa et gonfla le torse.

— Tu peux m'épouser.

Le choc la rendit muette.

— Je sais que c'est une surprise ; je n'y avais pas songé moi-même jusqu'à ce que je vienne ici et que je constate comment étaient les choses. Cependant, je vois maintenant qu'il s'agit de la solution parfaite. Le devoir familial et tout cela ; demander ta main, c'est ce que je dois faire, ajouta-t-il en faisant les cent pas.

Phyllida se redressa.

— Percy, je suis parfaitement à l'aise ici…

— Exactement. C'est la beauté de la chose. Nous pouvons nous marier et tu peux rester ici à la campagne ; j'imagine que c'est ce que ton père préférerait. Il ne voudrait pas devoir diriger la Grange sans toi. D'un autre côté, je n'ai pas besoin d'une hôtesse. Je n'en ai jamais eu.

Il hocha la tête.

— Je serai parfaitement heureux à promener mes souliers dans Londres en solitaire.

— Je le vois très bien. Voyons voir si je comprends bien ta proposition.

Les notes sèches dans sa voix incitèrent Percy à se raidir.

— Es-tu en ce moment au *fond du baril* ?

Le visage de marbre, Percy lui jeta un regard mauvais.

Phyllida patienta.

— J'ai peut-être, actuellement, un peu d'avance sur le commissaire, mais ce n'est qu'un revers temporaire. Rien de sérieux.

— Néanmoins. Maintenant, voyons voir… tu as reçu l'héritage de ton père il y a quelques années et tu ne t'attends à rien de notre côté de la famille.

— Pas avec grand-mère qui a fait de toi sa bénéficiaire et tante Esmeralda vous laissant son pactole à toi et à Jonas.

— Tout à fait. Et, bien sûr, lorsque Huddlesford mourra, son domaine sera transféré à Frederick.

Phyllida fixa son regard sur le visage à présent grognon de Percy.

— Ce qui signifie qu'au-delà d'un héritage venant de ta mère qui, tout le monde le sait, jouit d'une excellente santé, il n'y a pas de chaudron d'or qui t'attend à l'horizon.

Elle marqua une pause.

— Ai-je raison ?

— Tu sais que tu as raison, fichtre.

— Et puis, ai-je raison aussi de penser qu'un cent pour un cent ne suffira plus à améliorer tes finances, pas à moins que tu puisses leur montrer une preuve de tes attentes futures, comme une femme avec plusieurs héritages assurés à venir ?

Percy lui jeta un regard noir.

— Tout cela est très bien, mais tu t'écartes du point.

— Oh, non ! Le point est que tu es fauché et tu te tournes vers moi pour te sortir du bourbier.

— Et tu devrais le *faire* !

Le visage marbré, les poings serrés, Percy s'approcha d'elle.

— Si je suis prêt à t'épouser par devoir familial, tu devrais être contente de m'épouser et de ressusciter ma fortune.

Phyllida ferma les lèvres pour réprimer une exclamation indigne d'une dame. Elle rendit à Percy son regard noir.

— Je ne t'épouserai *pas* ; il n'existe absolument aucune raison qui me pousserait à le faire.

Les traits de Percy se contorsionnèrent.

— Une raison ? Une *raison* ? Je vais t'en donner, une raison.

Il la saisit, ayant clairement l'intention de l'embrasser. Phyllida recula brusquement et se débattit pour lui échapper. Elle n'avait jamais eu peur de Percy ; il avait trois ans de plus qu'elle, mais elle le surpassait en tout depuis ses plus jeunes années – elle s'était habituée à le traiter avec mépris.

À son profond étonnement, il était beaucoup plus fort qu'elle ne l'avait cru. Elle lutta, mais elle ne réussit pas à le faire lâcher prise. Avec un grondement, il la tira violemment de nouveau dans ses bras, pressant cruellement son dos sur la balustrade, essayant de l'obliger à se tourner en face de son…

Soudainement, il disparut, carrément soulevé loin d'elle.

Phyllida s'effondra contre la balustrade, inspirant avec difficulté, une main sur sa poitrine qui se soulevait et s'abaissait. Elle dévisagea Percy, suspendu en s'étouffant au bout d'un long bras vêtu de bleu.

— Y a-t-il un étang ou un lac plus près que la mare aux canards ? Je pense que votre cousin a besoin de se rafraîchir les idées.

Suivant son long bras, Phyllida localisa le visage de Lucifer dans la faible clarté. Puis, elle reporta son regard sur un Percy impuissant, ses pieds se balançant à trois centimètres au-dessus des dalles. Son visage commençait à bleuir.

— Hum… non.

Les lèvres de Lucifer se retroussèrent. Il secoua Percy, puis il le lança plus loin – il atterrit avec un « ouf ! » et le bruit de ses membres qui s'entrechoquaient. Il resta allongé sur les dalles à respirer bruyamment, secouant faiblement la tête, n'osant pas lever les yeux.

Acceptant à contrecœur que ce fût là le pire qu'il pût faire, Lucifer claqua la porte sur le chaos d'émotions tourbillonnant en lui et il regarda Phyllida.

Elle respirait encore rapidement, mais son teint, autant qu'il puisse en juger sous la faible lumière, était acceptable. Sa robe et sa chevelure étaient encore en ordre – il était arrivé à temps pour lui épargner cette partie de l'épreuve. Il redressa son manteau et ses manchettes, puis il lui offrit son bras.

— Je suggère que nous rentrions avant que vous manquiez à quelqu'un d'autre.

Levant les yeux vers lui, elle avala, puis elle hocha la tête.

— Merci.

Posant sa main sur son bras, elle se redressa en raidissant son échine et levant la tête. Son masque de sang-froid se glissa en place, dissimulant son choc – la soudaine prise de conscience de sa vulnérabilité physique – qui était apparu jusque-là avec netteté sur son visage.

C'était une expression que Lucifer n'avait jamais aimé voir sur le visage de n'importe quelle femme. Il aurait beaucoup donné pour la prémunir complètement contre cette prise de conscience. Elle ne devrait pas savoir que les hommes pouvaient lui faire du mal physiquement. Sa sécurité physique, ici dans son foyer, dans le village et ses environs, était une chose qu'elle tenait pour acquise depuis toujours. Percy avait violé ce « confort » auquel elle avait fait allusion – le sentiment de sécurité dont elle jouissait dans cet endroit.

Quant à l'élégante proposition de Percy, Lucifer voyait rouge à cette seule pensée. S'accrochant sombrement à son propre masque de calme indifférence, il guida Phyllida le long de la terrasse. Ils avaient rejoint les portes à la française et elle marcha sous la lumière. Il laissa son regard glisser sur elle, depuis son visage pâle d'une beauté obsédante, jusqu'au bout de ses chaussons en satin en passant par sa mince silhouette et ses courbes féminines dissimulées sous la soie lavande. À part sa respiration, encore trop superficielle, il n'y avait pas de preuve évidente de détresse.

Sa poitrine se serrant, il regarda dans ses yeux. Ils étaient encore murés, toute émotion verrouillée derrière.

Alors qu'il l'aidait d'une main à passer le seuil, puis la suivait, Lucifer se demanda s'il était trop tard pour revenir discrètement dehors et infliger à Percy la leçon de sa vie.

CHAPITRE 6

Les émotions réveillées par cet incident sur la terrasse ne se calmèrent pas rapidement. Plus tard ce soir-là, lorsque la lune montait dans le ciel, Lucifer marchait de long en large devant la fenêtre de sa chambre à coucher.

Demain, il s'installerait au manoir. Demain, il commencerait à enquêter sur le meurtre de Horatio avec beaucoup plus de ferveur qu'il avait employée jusqu'ici. Horatio avait été assassiné dimanche matin. Demain serait mercredi. La première vague de choc et de conjectures serait passée ; les gens auraient eu le temps de réfléchir et, il l'espérait, de réveiller leurs souvenirs.

Marquant une pause devant la fenêtre, il jeta un coup d'œil dehors. La lune se libéra de nuages fins et clairsemés et elle brilla ; la nuit était un chaudron d'ombres mouvantes brassées par la lumière pâle.

Une silhouette quitta la maison, traversant la pelouse arrière d'un pas déterminé. Lucifer la fixa. Une casquette baissée sur le visage dissimulait la tête de l'homme – ou bien s'agissait-il d'un jeune ? L'enjambée était bondissante, gracieuse et décontractée, les longues jambes enveloppées dans une culotte et des bottes. Une veste d'équitation descendait jusqu'aux hanches. Jonas ?

La silhouette s'approcha de l'entrée des massifs ; l'enjambée gracieuse hésita, puis ralentit.

Cet instant d'hésitation arracha le voile devant les yeux de Lucifer.

— Que *diable*…

Il n'attendit pas de réponse. Sa proie entra dans la forêt avant qu'il soit assez proche pour être certain de ne pas la perdre. Il la suivit ; il voulait voir où elle se rendait.

Et ensuite, il voudrait savoir pourquoi.

Il aurait parié beaucoup que son but serait le manoir – elle savait qu'il y emménagerait demain. Au lieu de cela, elle vira à gauche sur le sentier principal pour en emprunter un plus étroit menant au village.

Il la suivit, diminuant la distance afin de pouvoir la garder en vue ; le sentier tournait à travers les arbres – il serait facile de la perdre. Tête baissée, elle marcha, apparemment absorbée par ses pensées.

Le sentier devint une ruelle courant entre deux cottages pour rejoindre la rue. Sans s'arrêter, Phyllida traversa la rue et continua sur la place. Lucifer resta dans la ruelle, laissant l'espace entre eux se creuser. La place était à découvert et sa destination faisait peu de doutes. Elle se rendait à l'église.

Son étrange conversation avec le vicaire rejoua dans l'esprit de Lucifer. Par l'enfer, que se passait-il ?

En atteignant le cimetière, il vit la faible lumière se déversant de la porte latérale de l'église. Se servant des pierres tombales pour se couvrir, il s'approcha lentement en exerçant une plus grande prudence qu'avant.

Phyllida n'était plus seule.

Une haute pierre tombale s'élevait près du sentier menant à la porte latérale ; caché dans son ombre, Lucifer regarda Phyllida debout à côté de Filing dans le porche étroit devant la porte ouverte. Les deux tenaient des registres ; têtes baissées, ils prenaient des notes, comparant leurs entrées de temps à autre.

Lucifer regarda le sentier vers la rue bordant le cimetière. Le porche du cimetière était plongé dans la pénombre ; en plissant les yeux, il pouvait distinguer des formes et des mouvements dans la rue au-delà. Puis, des silhouettes se séparèrent des ombres et avancèrent sur le sentier – des hommes transportant de petits barils, des boîtes, des paquets. Ils passèrent devant sa cachette. Pivotant, Lucifer regarda Phyllida vérifier chaque boîte et chaque baril, parlant à voix basse aux hommes et à Filing.

Ensuite, les hommes emportèrent leurs fardeaux dans l'église.

Lucifer s'affala en arrière avec les épaules contre la pierre tombale.

De la contrebande ?

La fille du juge local dirigeant une bande de contrebandiers, assistée et encouragée par le vicaire local ?

C'était trop difficile à avaler, particulièrement en regard de ce qu'il connaissait de la fille du magistrat.

Phyllida vérifiait chaque article apporté à la porte de l'église sur un connaissement. À côté d'elle, monsieur Filing créait une liste séparée, notant quels hommes les assistaient ce soir et qui apportait quoi dans la crypte.

Un des hommes, Hugey, levait un paquet pour que Phyllida l'examine.

— C'est presque tout.

Phyllida hocha la tête.

— Bien. Cela peut descendre, maintenant.

Hugey hocha la tête, puis il passa devant eux en traînant les pieds. Phyllida entendit ses bottes claquer sur les marches descendant dans la crypte.

— Ce s'ra tout pour ce soir.

Oscar, un autre gros homme imposant était assis sur un baril.

Il était le chef de la bande et un partisan ferme de leur projet. Souriant, Phyllida se pencha pour vérifier les inscriptions sur le baril.

— Une soirée calme et sans événement ?

— Ouais, comme j'les aime.

Oscar lui sourit largement en retour. Devant le hochement de tête de Phyllida, il souleva le baril sur son épaule.

— J'vais ranger ça et nous partirons.

Phyllida referma le registre et se tourna vers monsieur Filing.

Il sourit.

— Tout va tellement bien.

— Dieu merci, répondit Phyllida en se dirigeant vers l'escalier de la crypte. Je veux entrer ces chiffres dans les comptes.

Elle et Filing reculèrent quand Oscar et Hugey remontèrent les marches de pierre. Sur des signes de tête et des au revoir, les hommes remontèrent lentement le sentier pour rejoindre les autres. Ils se disperseraient discrètement, ramenant les poneys dans leurs écuries respectives, puis ils rentreraient chez eux, dans leurs cottages et dans leurs lits.

Il faudra environ une heure avant qu'elle fasse de même. Phyllida mena la marche pour descendre dans la crypte.

— Je m'attends à être occupée au cours des prochains jours, alors je vais mettre tous les comptes à jour et calculer les paiements à l'avance. Ainsi, une fois que vous aurez collecté l'argent, vous pourrez débourser la part des hommes sans avoir d'abord à me trouver.

— Une très bonne idée.

Filing regarda autour de lui alors qu'ils atteignaient le plancher de la crypte.

— Je vais simplement m'assurer que tout est à sa place.

Phyllida se rendit au sarcophage qu'elle utilisait comme bureau. Il était construit au niveau du mur, avec différentes niches sculptées au-dessus, vraisemblablement pour des offrandes. Les niches contenaient actuellement une série de registres, divers instruments d'écriture et d'autres matériels dont elle avait besoin pour tenir les comptes. Il y avait un banc en bois à côté du sarcophage ; elle le tira et s'assit dessus, enroulant ses bottes autour des pieds du tabouret. Déplaçant la lampe qui avait été laissée sur le sarcophage vers un perchoir plus haut sur une pile de boîtes à proximité, elle vérifia que la lumière jetée sur son registre était égale, puis elle se mit à la tâche.

Derrière elle, Filing se déplaçait entre des rangées de marchandises qui remplissaient largement la crypte. Phyllida transcrivait des chiffres, puis elle calculait. Le bruit de quelque chose glissant sur la pierre l'atteignit.

Elle jeta un coup d'œil vers le haut de l'escalier. Personne ne descendit. Ensuite, Filing sortit d'une rangée, se concentrant alors qu'il comptait les boîtes. Il tourna dans la rangée suivante ; Phyllida revint à ses colonnes.

Quinze minutes plus tard, l'intensité de la lumière augmenta. Phyllida leva la tête. Filing se tenait à côté d'elle.

— Tout est comme il se doit. Thompson et moi ne devrions pas avoir de difficulté à trier la prochaine livraison.

— Bien, répondit Phyllida en regardant le registre devant elle. Je vais rester encore un peu, alors je vous souhaite une bonne nuit.

Elle leva brièvement les yeux. Filing fronça les sourcils.

— Je n'aime pas vous laisser ici à cette heure, seule…

— Sottises !

Phyllida lança ce démenti avec un sourire assuré, bien que, pour la première fois de sa vie, elle n'était pas certaine de désirer être seule, loin de son foyer et à cette heure. Par contre, elle n'allait certainement pas montrer sa peur – sans doute irrationnelle – à monsieur Filing.

— Tout ira parfaitement bien pour moi et, pour dire la vérité, je travaille plus vite dans le silence complet. Si vous fermez la porte de l'église, il est peu probable qu'une personne entre. Je serai tout à fait en sécurité, ajouta-t-elle en reportant son attention sur le registre. Je n'en ai encore probablement que pour quinze minutes.

Monsieur Filing hésita, mais elle avait parlé avec réalisme. Pourquoi quiconque grimperait-il jusqu'à l'église si tard dans la nuit ?

— Très bien, si vous êtes certaine…

— Je suis certaine.

— Alors… bonne nuit.

— Bonne nuit.

Phyllida hocha la tête sans lever les yeux ; alors qu'elle corrigeait un chiffre, la lumière de la lampe de monsieur Filing s'éloigna. Un moment plus tard, elle l'entendit dans l'escalier, puis elle perçut le raclement de la porte de l'église se refermant.

Elle était seule.

En silence, avec une concentration absolue, elle termina d'additionner des chiffres en cinq minutes, puis elle calcula et enregistra les paiements dus aux hommes en cinq minutes de plus. Satisfaite, elle recula sur son siège, survolant son travail du regard. Une ombre se dressa sur la page.

Avec un halètement, elle pivota…

Lucifer se tenait à côté de la lampe, les bras croisés, les yeux bleu sombre plissés.

Phyllida, le cœur battant dans la gorge, le dévisagea.

— Auriez-vous l'amabilité de me dire à quoi rime ceci ? Elle aspira une bouffée d'air dans ses poumons – et elle le regarda à son tour avec les yeux plissés.

— Non. Et puis-je suggérer que, étant donné votre intention d'habiter le village, vous feriez bien de ne pas rôder la nuit en donnant une peur bleue à ses résidents !

Elle avait commencé sa tirade d'une voix calme ; le dernier mot fut prononcé d'une voix stridente.

Retournant brusquement à son registre, elle se concentra sur sa respiration. Attrapant un morceau de papier buvard, elle tamponna ses chiffres.

Après un moment, il répondit.

— Vous avez peut-être été temporairement effrayée, mais vous n'avez pas eu une peur bleue. Et vous feriez aussi bien de me dire ce qui se passe parce que vous savez que je ne partirai pas avant de l'avoir appris.

Elle le savait ; il ne se laissait pas facilement détourner. Et il n'y avait pas de véritable raison pour qu'il ne sache pas la vérité, particulièrement s'il restait à Colyton.

Refermant le registre, elle le rangea dans sa niche.

— Je dirige une entreprise d'importation.

Il hésita, puis il demanda :

— Est-ce le nouveau nom pour la contrebande ?

— C'est parfaitement légal.

Fouillant dans une niche, elle sortit une feuille de papier imprimée et elle la lui tendit.

Il la prit et la lut.

— La Colyton Import Company.

Il leva la tête.

— Une entreprise d'importation légale qui opère au cœur de la nuit ?

Son incrédulité était claire ; nez en l'air, elle se leva de son banc.

— Il n'y a pas de loi contre cela.

Elle tendit la main derrière lui pour prendre la lampe – il anticipa son geste et il la souleva.

Déposant le papier sur le sarcophage, il lui fit signe de passer dans l'escalier. La tête haute, elle mena la marche ; pendant qu'elle grimpait, elle prit de plus en plus conscience du balancement de ses hanches de gauche à droite et inversement. Elle fila rapidement en haut des dernières marches, mais d'un pas, il la rejoignit, regardant la porte de l'église derrière elle. Phyllida ferma la petite porte de la crypte ; il éteignit la lampe, il la mit de côté et il ouvrit la porte de l'église. Ensemble, ils sortirent dans la nuit.

Il tira la porte pour la refermer. Elle sentit son regard sur son visage.

— Expliquez-vous.

Phyllida se dirigea vers la place. Il accorda son pas au sien, sa présence sombre plus réconfortante que perturbante. Il eut le bon sens de ne pas répéter son ordre ; s'il l'avait fait, elle ne lui aurait peut-être pas obéi.

— C'est une côte de contrebande. Il y a toujours eu des contrebandiers ici, introduisant des marchandises lourdement taxées ou, plus récemment, interdites en raison de la guerre avec la France. La fin de la guerre a mené à la reprise du commerce, de sorte que les marchandises interdites précédemment peuvent de nouveau être importées ouvertement.

Quittant le cimetière, elle continua sur la place.

— Du jour au lendemain, ou presque, la contrebande n'était plus rentable, ou si peu. Vendre des marchandises de contrebande est devenu difficile parce que les marchands peuvent acheter les mêmes marchandises légalement à un prix raisonnable – il n'y a plus de mesure incitative à courir le risque. La plupart des contrebandiers sont des travailleurs agricoles ; ils se tournent vers le commerce nocturne pour complémenter leurs revenus et faire vivre leurs familles. Soudainement, ce revenu supplémentaire a disparu et tout – elle gesticula – *l'équilibre* des choses dans la région était en péril.

Ils traversèrent la rue et pénétrèrent dans la ruelle ; elle attendit qu'ils soient dans la forêt pour continuer.

— Le seul moyen pour moi d'aider était de créer la Colyton Import Company. Papa est au courant de tout –, c'est totalement légal. Nous payons nos excises au bureau de perception à Exeter. Monsieur Filing est notre agent de recouvrement accrédité.

Il la suivait près de son épaule, la tête penchée en écoutant. Elle jeta un coup d'œil de son côté et elle le vit secouer la tête.

— De la contrebande légalisée.

Dans la pénombre, il attira son regard.

— Vous avez tout organisé ?

Elle haussa les épaules.

— Qui d'autre ?

Une réponse juste supposa Lucifer, mais elle menait à la question suivante.

— Qu'en tirez-vous ?

Une question impertinente ; mais, il voulait le savoir.

— En tirer ?

Le concept la rendait perplexe ; elle s'arrêta et le regarda, puis elle recommença à avancer.

— La paix d'esprit, je suppose.

Ce n'était pas à cela qu'il s'était attendu. L'excitation, la sensation forte d'être en charge, quelque chose comme ça, mais…

— La paix d'esprit ?

— Réfléchissez seulement aux alternatives à la contrebande dans cette région-ci, dit-elle d'une voix qui se durcit. Nous sommes à un peu plus d'un kilomètre d'une côte criblée et balayée par les récifs et les bancs de sable.

— Les naufrages ?

Son sang se glaça.

— C'est déjà arrivé. Je n'allais pas accepter que cela recommence, pas avec les hommes de Colyton.

Même dans l'obscurité, elle dégageait la détermination.

Maintenant, il comprenait. La paix d'esprit.

— Donc, vous avez plutôt organisé cette entreprise entièrement légale.

Ce n'était pas une question, mais une affirmation, teintée d'étonnement et d'une approbation plus définie.

Elle inclina légèrement la tête.

Ils continuèrent à marcher en silence pendant qu'il digérait l'information.

— Mais pourquoi travailler la nuit ?

Le son qu'elle émit, mi-grognement, mi-soupir, était nettement condescendant.

— Afin de donner *l'impression* que les hommes continuent de faire de la contrebande, bien sûr.

— Pourquoi est-ce important ?

— Ce ne l'est pas, sauf pour eux, répondit-elle avec une frustration résignée dans sa voix. À part moi, les seuls à savoir que l'entreprise est légale sont papa, monsieur Filing, Thompson et les hommes qui collaborent ; et maintenant vous. Au nom de l'entreprise, j'organise des rendez-vous avec des bateaux : la plupart des capitaines français sont heureux de pouvoir décharger sans devoir mouiller dans un port anglais. La bande respecte le rendez-vous et apporte les marchandises à l'église.

— Et vous les conservez dans la crypte.

Elle acquiesça d'un signe de tête.

— Qu'arrive-t-il ensuite ?

— Monsieur Filing apporte le connaissement signé au bureau de perception et paie les droits dus, puis il rapporte les autorisations estampées. Thompson ne s'occupe pas des marchandises entrantes, mais son frère, Oscar, est le chef de la bande. Une fois que monsieur Filing a les autorisations, la bande revient un soir et charge les marchandises dans la voiture à cheval de Thompson. Le lendemain, Thompson transporte les marchandises jusqu'à Chard, où l'entreprise a une entente avec un des marchands les plus importants. Il vend les marchandises contre une commission et les fonds reviennent à monsieur Filing, qui distribue leurs parts aux hommes. C'est tout.

Elle gesticula.

— Mais pourquoi les hommes font-ils semblant de jouer les contrebandiers ?

— Ils font semblant d'être toujours des membres de la fraternité, essentiellement pour sauver la face. Ils se sont habitués à un revenu régulier et à une existence confortable dénuée de toute menace émanant du bureau de perception, mais le côté mystique de la contrebande est profondément ancré dans nos régions ; ils ne veulent pas que l'on sache qu'ils ne la pratiquent plus, qu'ils ne courent plus de risques. Il y a encore des bandes de contrebandiers opérant dans le comté. La bande qui opère à l'ouest de Beer est pratiquement légendaire.

Les yeux au sol, elle continua d'avancer.

— Quand j'ai suggéré la compagnie, les hommes ont maintenu catégoriquement qu'ils n'y participeraient que si la légalité de l'opération était gardée secrète. J'ai dû accepter leur souhait de continuer à opérer comme s'ils étaient encore des contrebandiers.

Elle lui décocha un regard ; il sentit son expression dédaigneuse.

— L'ego masculin est une chose incompréhensible.

Lucifer se fendit d'un sourire. La femme sortait nuit après nuit pour épargner ces mêmes ego masculins. Il regarda devant lui. Les massifs de la Grange étaient tout juste visibles dans la pénombre.

Crac !

Il réagit instantanément, attrapant Phyllida, la poussant en avant avec lui. Un long gémissement et les bruits des racines et de la terre se déchirant les suivirent vers le sol ; l'instant d'après, avec un craquement imposant, un arbre mort tomba bruyamment à travers le sentier où ils se tenaient quelques secondes plus tôt. Une branche squelettique coinça les bottes de Lucifer. Se tournant pour jeter un coup d'œil sur l'arbre, il donna un coup de pied et les brindilles cassantes cédèrent.

Il s'était projeté avec Phyllida sur la berge en pente ascendante qui bordait la piste à cet endroit. Phyllida était partie en premier, son corps à lui la couvrant de manière à la protéger. Ils avaient atterri à l'horizontale, étirés de tout leur long sur un rebord étroit de la berge. Lucifer se retourna lentement, évaluant leur état. Il glissa et tomba jusqu'en bas, s'arrêtant sur la piste à plat sur le dos.

Phyllida, qui tentait de se redresser en s'éloignant de la berge, perdit son soutien derrière et sous elle. Avec un cri étouffé, elle le suivit en bas.

Elle atterrit sur lui, une épaule s'enfonçant dans le torse de son compagnon.

Il grimaça. Haletante, elle se tortilla ; ils finirent littéralement nez à nez, leurs lèvres et leurs yeux à quelques centimètres les uns des autres.

Ils se figèrent, s'immobilisèrent… attendant… réfléchissant…

Il s'apprêta à lever les bras pour les refermer autour d'elle, puis il s'arrêta.

Percy s'était saisi d'elle seulement quelques heures plus tôt et avait tenté de l'obliger à recevoir ses attentions. Il voulait saisir, retenir, capturer, mais la dernière chose qu'il souhaitait était de lui rappeler Percy.

Sa vision nocturne était bonne. Le visage de Phyllida était un ovale pâle, son expression n'était pas l'habituel masque serein, mais prudemment neutre. Les yeux ronds, elle fixait son visage.

Envisageant… s'interrogeant…

Il savait ce qu'il désirait qu'elle envisage – ce qu'il voulait qu'elle se demande.

— Je crois – sa voix avait pris une note plus grave – que je mérite une récompense pour cela.

Phyllida le dévisagea et elle tenta de rassembler ses idées qui vagabondaient. Les mains de Lucifer étaient sur sa taille, mais elles ne l'agrippaient pas.

Elle était complètement allongée sur lui ; il resta immobile sous elle. Elle savait qu'il était infiniment plus dangereux que Percy. Pourquoi, alors, se sentait-elle à ce point plus en sécurité, pratiquement dans ses bras, allongée sur lui, complètement seule dans la forêt obscure la nuit ? C'était une énigme, un mystère qu'elle sentait qu'il lui fallait résoudre. Mais, elle ne le pouvait pas, pas maintenant, avec le regard sombre de Lucifer sur elle, avec la chaleur dure de son corps sous le sien menaçant de l'envelopper d'une manière des plus tentantes.

Il méritait effectivement une récompense. Si elle avait été seule, elle se serait arrêtée pour regarder autour d'elle et elle aurait sûrement été blessée. Peut-être même tuée.

Il méritait une récompense, et elle n'avait même pas besoin de réfléchir pour savoir ce qu'il aimerait.

Son désir se matérialisait par la lueur dans ses yeux, la tension dans le corps dur sous le sien – une vibration de désir presque tangible. De son propre chef, la langue de Phyllida sortit ; elle se lécha les lèvres, les laissant légèrement entrouvertes.

Il baissa les yeux ; les lèvres de la jeune femme palpitèrent. Elle attendit…

Son regard se leva jusqu'à ses yeux. Il soutint son regard, puis il haussa lentement un sourcil.

Vous pouvez oser autant que vous le voulez…

Ces paroles qu'il avait prononcées plus tôt lui revinrent ; leur véritable signification – le sens que lui avait imprimé sa voix grave et séductrice aux accents félins – résonna avec clarté. Elle n'hésita plus. Encadrant le visage de Lucifer entre ses mains, elle déposa ses lèvres sur les siennes.

Elles lui donnèrent des sensations totalement nouvelles pour elle ; elles étaient vivantes, fermes, tentantes et elles faisaient picoter ses propres lèvres. Elle l'embrassa et il l'embrassa en retour, avec la même pression, ni plus ni moins.

Elle l'embrassa encore et il se produisit la même chose – elle maîtrisait la situation.

Une partie de son cerveau tentait frénétiquement de lui rappeler à quel point il était dangereux ; le reste se délectait des possibilités inattendues.

Il y avait tant de choses qu'elle avait toujours voulu savoir, des sensations qu'elle avait voulu expérimenter.

Elle suivit le tracé de sa lèvre inférieure avec sa langue et il écarta docilement les lèvres. Elle s'aventura à l'intérieur et se perdit immédiatement dans une fête de plaisirs délicieux, glissant de l'un à l'autre avant de revenir. Quoiqu'elle demande, il donnait ; où qu'elle s'aventure, il suivait. La texture de sa langue contre la sienne, la moiteur chaude du baiser, tout cela était encore nouveau pour elle. Elle savoura chaque nouveau délice, puis, confiante et sûre, elle explora plus avant.

Lucifer restait allongé et la laissait faire ce qu'elle voulait de lui. Il dut se concentrer pour rester dans un état passif étant donné qu'à vingt-quatre ans, son corps était pleinement mature et qu'apparemment, chaque évolution dans leur baiser nécessitait un trémoussement ou un tortillement. Heureusement, elle fournissait également une distraction – sa naïveté, jumelée à sa curiosité flagrante, l'amenait à s'interroger sur ce que les gentlemen de la région avaient fait ces six dernières années. Demander son aide, apparemment – ils ne l'avaient certainement pas embrassée.

Sûrement pas embrassée comme elle méritait d'être embrassée.

Elle avait vingt-quatre ans – les renflements chauds qui effleuraient le haut de son torse de manière à le titiller, le poids chaud de ses hanches pressées sur sa taille, les longues étendues de ses cuisses tombant sur ses hanches…

Il interrompit ces pensées et il se concentra encore une fois sur les lèvres affamées de Phyllida et il se mit en devoir de la satisfaire et de se satisfaire lui-même.

Il avait l'impression d'avoir très bien réussi quand elle leva enfin la tête.

Phyllida baissa les yeux sur lui et elle sentit son cœur battre. Sa peau et tous ses nerfs s'étaient animés, elle avait intensément conscience du corps de Lucifer et du sien, du pouvoir masculin qui exsudait de lui et qu'il maîtrisait pourtant sans effort. Il l'entourait, néanmoins elle ne se sentait pas piégée, elle n'avait pas envie de s'écarter.

Elle avait envie de plonger encore plus profondément.

Tentation, cela pourrait tout aussi bien être le deuxième prénom de Lucifer.

Elle fronça les sourcils, puis elle se débattit, juste un peu.

— Laissez-moi me relever.

Ses lèvres se recourbèrent.

— Je ne vous retiens pas.

Elle le dévisagea ; le rouge lui monta aux joues. Les mains de chaque côté de sa taille la brûlaient peut-être – elles ne l'agrippaient pas. Elle tenta de s'éloigner d'une poussée, de rouler pour ne plus être sur lui. Les doigts de Lucifer la saisirent avec légèreté et il la souleva.

Se relevant précipitamment, elle s'épousseta, elle enfonça sa casquette fermement sur sa tête, puis, avec tout juste un regard vers lui pour confirmer qu'il était debout, elle marcha à grands pas vers la maison.

Lucifer la suivit en faisant attention, même dans l'obscurité, à ne pas sourire d'un air trop victorieux. Sur ses talons alors qu'ils naviguaient entre les massifs, il se sentait plus que triomphant.

Il se sentait honoré, étrangement, comme si elle lui avait donné quelque chose qui valait plus que les mots ne pouvaient l'exprimer. D'une certaine façon, elle l'avait fait – elle lui avait offert un degré de confiance qu'elle n'avait jamais accordée à un autre homme avant lui.

Il l'avait invité, c'était vrai, mais il n'aurait pas pu l'obliger à le faire. Excessivement content de lui-même, et d'elle, il s'avança sur la pelouse derrière la maison.

Elle lui avait fait confiance d'une manière – cela augurait bien pour son plan, un plan qui était la simplicité même. Elle ne savait rien sur le meurtre de Horatio et c'était une femme sensée et intelligente ; la seule raison pour laquelle elle ne lui avait pas tout dit était qu'elle ne lui faisait pas assez confiance. Une fois qu'elle le connaîtrait mieux et se convaincrait qu'il était un homme honorable, elle lui révélerait son secret. Simple.

Souriant largement, il marcha à côté d'elle.

Sa pensée suivante surgit de nulle part, sans prévenir – sans être désirée. Elle anéantit son triomphe, lui laissant un goût amer sur la langue. N'était-il pas meilleur que les autres qui la courtisaient, non par véritable désir, mais parce qu'ils désiraient quelque chose qu'elle pouvait leur donner ?

La question résonna dans son cerveau. Le souvenir sensuel de son corps allongé, collé sur le sien le submergea.

Contractant la mâchoire, il chassa à la fois le souvenir et la question.

La maison s'éleva devant eux, silencieuse et calme. Sans un mot, ils se frayèrent un chemin à l'intérieur et ils se séparèrent pour ce qui restait de la nuit.

CHAPITRE 7

Plus tard le lendemain matin, Lucifer entra dans la chambre à coucher dans le coin droit en façade du manoir et il regarda autour de lui. Ses brosses étaient sur la commode.

S'il ouvrait le placard, il trouverait, il en était certain, ses manteaux soigneusement suspendus. Covey avait été occupé.

Il avait pris son petit-déjeuner à la Grange avec sir Jasper et Jonas ; Phyllida, supposa-t-il, était encore au lit. Ou bien, après la nuit dernière, elle avait décidé de l'éviter à court terme. Si oui, il lui en était reconnaissant. Prenant congé de ses hôtes, il avait traversé la forêt jusqu'au manoir pour prendre les rênes que lui avait léguées Horatio.

Après s'être entretenu avec Covey, Bristleford et les Hemmings, leur assurant qu'en effet, il résiderait de manière permanente au manoir et qu'il était heureux de les voir continuer à occuper leurs postes actuels, il s'était laissé guider pour un tour de la résidence et il avait choisi cette chambre pour lui.

Laissant madame Hemmings et Covey tout organiser et être aux petits soins pour lui – ce qui les avait rassurés comme aucune parole n'aurait pu le faire –, il s'était installé dans la bibliothèque pour rédiger des lettres. Une à ses parents, une à Devil, une à Montague et un ordre à Dosdwell de venir le rejoindre ici. Il ignorait où se trouvaient Gabriel et Alathea, de sorte qu'il ne put leur écrire. Ne s'était-il réellement écoulé que quatre *jours* depuis leur mariage ? Il lui semblait que cela faisait des semaines.

Laissant les lettres pour que Covey les apporte au Red Bells pour y être ramassées, il s'était aventuré ici, en haut.

Il avait choisi cette chambre à cause de ses fenêtres, de la lumière. La pièce que Horatio avait occupée, tout aussi grande, mais à l'arrière, était ombragée et calme.

Ici, les fenêtres en façade surplombaient le jardin de fleurs, l'allée et les grilles ouvrant sur la rue, alors que les fenêtres sur le côté offraient des vues sur les massifs, les pelouses et le lac. Entre les fenêtres latérales, un grand lit à colonnes était installé, garni d'une manière invitante d'oreillers rebondis et d'un riche couvre-lit rouge et or en tapisserie.

Des rideaux du même tissu étaient rassemblés aux quatre coins et attachés avec des cordes à pompons dorés.

Tous les meubles brillaient ; le doux parfum de cire au citron embaumait l'air.

Marchant jusqu'à la fenêtre ouvrant sur la place, Lucifer regarda dehors, établissant mentalement un plan qui n'exigeait pas de faire pression sur Phyllida

Tallent afin qu'elle lui révèle tout ce qu'elle savait. Elle pouvait en arriver à lui faire confiance de son propre chef ; il refusait de la séduire pour l'y amener.

Chassant les souvenirs de la nuit précédente, incluant les heures où il avait été incapable de dormir, il se concentra sur la rue. Il se rappela avoir roulé dans le village, s'être arrêté, avoir jeté un regard circulaire sur l'endroit... il n'avait vu ni cheval ni carrosse, personne à pied... Comment le meurtrier avait-il quitté la scène ?

— Si c'était à cheval...

Se rendant à la fenêtre latérale, il examina les massifs. Deux minutes plus tard, il traversait à grandes enjambées la pelouse sur le côté. L'entrée des massifs d'arbustes décoratifs était large, mais broussailleuse ; à l'intérieur, les haies étaient extrêmement grandes.

Prenant note mentalement de parler à Hemmings afin qu'il engage de l'aide pour jardiner, Lucifer continua sur un sentier menant, il l'espérait, à la rue.

Il découvrit une entrée en arche dans la haie courant en parallèle avec la rue. La traversant, il se retrouva sur une piste étroite sinuant entre les massifs d'arbustes et celle bordant la rue. Le dépassant de plus de trente centimètres, les deux haies étaient si mal entretenues que de nouvelles pousses arquées les rejoignaient et s'entremêlaient au sommet. Même si la piste était assez large pour qu'on y marchât librement, quand il avait arrêté son cabriolet seulement à quelques mètres plus loin dans la rue, il n'avait pas vu le moindre signe de cette piste ici – il lui avait semblé que la haie de massifs d'arbustes et la haie de la rue formaient un tout unique.

Vraisemblablement, la piste commençait près de l'allée du manoir. Tournant, Lucifer marcha dans la direction opposée.

Il trouva ce qu'il avait soupçonné juste au-delà des massifs. Les massifs sur le côté et à l'arrière se rencontraient dans un coin ; une aire herbeuse assez large pour laisser passer un cheval se trouvait derrière des massifs et un fossé rempli de bruyères délimitant le bord d'un enclos.

Collé sur l'allée, le fossé se fermait et la piste continuait, étreignant la haie de la rue pour tourner hors de vue après un coude.

Reportant son attention sur l'aire herbeuse, il regarda, puis il s'agenouilla et écarta l'herbe pour examiner les empreintes sur la terre en dessous.

Un cheval s'était tenu ici, il n'y a pas si longtemps. Il ne pensait pas qu'il ait plu depuis dimanche. Alors que l'herbe reprenait naturellement sa place, il vit que quelques touffes avaient été écrasées.

Donc – un cheval s'était arrêté ici récemment, au moins un certain temps. Pourquoi ?

Il semblait exister une seule réponse probable.

Lucifer se leva et continua d'avancer sur la piste. Il était hors de vue des massifs quand il tomba sur un endroit où la haie de la rue était partiellement morte. Il y avait une ouverture, assez large pour le passage d'un cheval.

De petites branches étaient cassées des deux côtés de l'ouverture. Il en tordit une pour la libérer et il l'examina. Elle ne s'était pas cassée ce matin, ni même hier, mais pas longtemps auparavant.

De l'autre côté de la haie lui parvint le bruissement de jupes, le son d'un pas rapide et léger. Lucifer leva la tête. Ses sens fourmillèrent.

Les pas stoppèrent. Une petite main apparut, des doigts s'allongèrent pour toucher une brindille cassée.

La propriétaire de la main pénétra dans l'ouverture. Elle haleta et faillit reculer lorsqu'elle le vit.

Lucifer la dévisageait.

Phyllida le dévisagea en retour.

Pendant un moment incontrôlé, le souvenir conscient de leur baiser de la veille brilla dans les yeux de Phyllida ; il ressentit le même tiraillement de sensibilité, chaud et fort, dans son bas-ventre. Ensuite, elle cligna des paupières et baissa les yeux – sur la petite branche qu'il tenait encore entre ses doigts.

Le regard de Phyllida pivota vers son visage.

— Qu'avez-vous trouvé ?

Partager l'amènerait à lui faire confiance plus tôt. Il jeta un regard en arrière sur la piste.

— Je pense qu'un cheval a été chevauché à travers la haie et qu'on l'a laissé attendre à l'arrière des massifs.

Elle s'avança dans l'ouverture, s'étirant le cou pour voir ; la courbe dans la rue l'en empêchait.

— L'arrière des massifs ?

— Il y a une clairière là.

— Montrez-moi.

Elle commença à se frayer un chemin à travers la haie. Des branches s'agrippèrent aux courbes douces protégées seulement par sa délicate robe bleue.

— Non ! dit-il en lui faisant signe de reculer. Servez-vous de votre ombrelle comme bouclier.

Elle lui lança un regard interrogateur. Il lui montra comment faire ; tenant l'ombrelle ouverte devant elle, elle manœuvra à travers la haie sans subir de dommages sérieux. Secouant ses jupes, elle releva son ombrelle.

— Merci.

Il ne dit rien, mais il agita la main pour qu'elle s'engage sur la piste ; il n'était pas du tout ravi de l'avoir aidée – il était loin d'être sûr de vouloir qu'elle soit aussi proche de lui, seule et dans un endroit privé encore une fois. Il devait constamment rappeler à ses sens de séducteur qu'elle était plus innocente que son comportement ne la dépeignait. Ce n'était pas une tâche facile alors qu'il se rappelait bien trop nettement les sensations de ses lèvres sur les siennes, de sa langue…

Il secoua la tête.

— La clairière est derrière ces bruyères.

Elle s'arrêta à cet endroit. Il s'accroupit et lui montra ce qu'il avait découvert, les empreintes nettes créées par les sabots avant soigneusement ferrés.

— Pouvez-vous tirer quelque chose de ces empreintes de sabots ?

Il secoua la tête et se leva.

— Les sabots arrière étaient sur un sol plus dur et le cheval est resté ici assez longtemps pour changer souvent de position. Il n'y a pas d'empreinte avec des marques distinctives.

Il fronça les sourcils, toujours en regardant le sol.

— Cependant, les fers sont de bonne qualité ; de bonnes lignes propres.

— Donc, il est peu probable qu'il s'agisse d'un cheval de labour, d'un cheval de trait…

— Non, mais cela pourrait être associé à n'importe quelle monture décente.

Il recula sur la piste. Phyllida le rejoignit. Sans un mot de plus, ils marchèrent lentement vers le manoir.

La tentation murmura ; Lucifer l'ignora. Il lui jeta un coup d'œil ; il n'y avait pas d'indication de sensibilité à sa présence sur le visage de Phyllida –, mais alors, il y en avait rarement.

Son visage était un masque ; seuls ses yeux lui diraient ce qu'elle ressentait et elle faisait attention à ne pas croiser son regard. Elle évitait soigneusement de le toucher pendant leur promenade.

Il regarda devant lui et il inspira.

— Supposons que ce dimanche matin, le meurtrier soit arrivé ici à cheval, qu'il se soit introduit par la haie et qu'il ait laissé sa monture à l'attendre au fond des massifs pendant qu'il se rendait au manoir. D'où pouvait-il venir ?

— Vous voulez dire, de quelle ville ?

Il hocha la tête.

— Lyme Regis est à proximité, à environ neuf kilomètres, mais la route passe par la côte, de sorte que si la personne était arrivée par là, elle aurait traversé le village.

Elle lui jeta un coup d'œil.

— La vieille madame Ottery vit dans le cottage à côté du Red Bells. Elle est limitée à sa chaise et elle passe ses dimanches matins à regarder la place. Elle jure que personne n'a traversé le village à cheval.

Lucifer contempla son profil calme.

— S'il ne venait pas de Lyme Regis, d'où ?

— Axminster est la ville la plus proche, mais elle n'est pas très grande.

— Je l'ai traversée en venant ici. Chard est plus loin, mais cela vaut peut-être la peine de la considérer. J'ai vu quelques écuries là-bas.

— Chard est l'endroit le plus probable où une personne de l'extérieur louerait un cheval pour venir jusqu'ici. Les diligences de la poste allant à Exeter s'arrêtent ici.

— Très bien. Envisageons ce qui se trouve plus près de nous. Qui arrive par cette extrémité du village ?

Elle le regarda brièvement, l'air sombre.

— Les maisonnées de Dottswood et de Highgate ; leur allée rejoint la rue principale à l'arrière près des premiers cottages.

Lucifer se rappela la rue à côté de la crête.

— Qui d'autre vient ordinairement à cheval au village ?

Elle hésita. Ils avaient dépassé l'entrée en arche des massifs d'arbustes ; la fin de la piste se trouvait juste devant eux.

— La plupart des hommes vivant à l'extérieur du village viennent à cheval. Papa et Jonas montent rarement dans le village. Je n'ai jamais vu Silas Coombe et monsieur Filing chevaucher. Tous les autres, même Cedric, viendraient habituellement à cheval.

S'engageant dans la sortie irrégulière de la piste, elle s'arrêta sur la pelouse. Il la suivit, puis il jeta un coup d'œil autour de lui. Ils se trouvaient à quelques mètres des grilles de l'entrée principale, la haie bordant la rue se trouvant encore immédiatement à leur droite. Le sentier de gravier menant à la porte d'entrée en façade commençait vingt pas plus loin. Il reporta son regard sur Phyllida.

— Un homme venant de tout autre domaine – pas Dottswood ni Highgate – pourrait-il facilement contourner le village et rejoindre la rue à cet endroit ?

— Oui. Des pistes cavalières relient toutes les rues, bien que l'on doive être une personne du coin pour les connaître.

Personne ne voulait penser que le tueur était de la région, néanmoins…

— En ignorant ce trou dans la haie, le cheval aurait-il pu être monté jusqu'à cette clairière en venant de l'autre direction ?

— En arrivant par le champ ?

Quand il acquiesça d'un signe de tête, elle hocha la sienne.

— Ce champ – en fait, tous les champs – descend vers la rivière. La rivière Axe. Elle n'est pas loin et elle est trop profonde pour la traverser à cheval sans se mouiller complètement. Pour arriver par ce côté de la rivière, on devrait d'abord traverser les champs de la Grange – beaucoup de champs, la plupart bordés par des fossés de bruyères.

Lucifer regarda les fleurs colorées par-dessus l'allée en englobant le jardin de Horatio d'un hochement de tête.

— Donc, nous cherchons un étranger qui a loué un cheval, fort probablement à Chard, et qui est arrivé ici, puis est reparti ; ou encore, il aurait pu s'agir de n'importe quel homme du coin.

— Sauf papa, Jonas, monsieur Filing et Silas Coombe. Et les autres gentlemen qui étaient à l'église, évidemment.

Il avait oublié.

— Basil et Pommeroy. Je n'ai pas vérifié les autres, mais cela devrait diminuer la liste.

Phyllida lui décocha un regard.

— Ne comptez pas là-dessus.

Lucifer se fendit d'un sourire. Il était sur le point de la railler à propos de son commentaire quand le grondement d'un carrosse les atteignit.

Ils jetèrent un coup d'œil sur la rue, puis ils se regardèrent. Leurs regards se rencontrèrent, se fixèrent l'un sur l'autre…

Sans un mot, ils avancèrent dans l'allée – à découvert. Là où tout le monde pouvait les voir et où personne ne pouvait suggérer qu'ils avaient été « seuls ». Ils se tenaient au centre de l'allée, en face des grilles, quand le carrosse ralentit et s'arrêta.

Lady Fortemain se pencha d'un côté et sourit d'une mine réjouie.

— Monsieur Cynster. *Exactement* la personne que je cherchais !

Lucifer écrasa son envie de fuir. Avec un sourire décontracté, entraînant Phyllida avec lui d'un regard, il marcha lentement jusqu'à la calèche.

— Je viens d'apprendre une *merveilleuse* nouvelle ! annonça-t-elle avec les yeux brillants. Maintenant que vous avez décidé de rester parmi nous et d'occuper le vide laissé par la mort de ce cher Horatio, vous devez – vous *devez* absolument – me permettre d'organiser un dîner impromptu pour vous présenter à vos voisins.

Il était né à la campagne et avait vécu au sein de la haute société ; il n'avait aucun besoin de demander à lady Fortemain comment elle avait appris la nouvelle.

Elle se pencha en avant, englobant Phyllida sous son regard brillant.

— Notre bal d'été se tiendra dans un peu plus d'une semaine ; je vous enverrai un carton d'invitation, bien sûr. Cependant, j'ai pensé que, voyant que nous sommes si calmes dans les environs, qu'il n'y aurait pas de mal à tenir un petit dîner ce soir.

— Ce soir ?

— À dix-neuf heures, au manoir Ballyclose. Vous ne pouvez pas le rater, empruntez la rue après la forge.

Lucifer n'hésita qu'un instant ; un tel rassemblement lui fournirait d'excellentes occasions de faire progresser son enquête sur les activités de ses voisins dimanche matin dernier. Il s'inclina devant lady Fortemain.

— J'en serais honoré.

Enchantée, la comtesse se tourna vers Phyllida.

— Je m'en vais à l'instant à Dottswood et à Highgate, ma chère, et ensuite je me rendrai à la Grange. Je m'attends à ce que tout le monde assiste au dîner, votre père, votre frère, ainsi que cette chère lady Huddlesford et ses fils. Et vous-même, bien sûr, ma chère Phyllida.

Phyllida sourit. Pour Lucifer, le geste était superficiel – léger, distant, il ne dévoilait rien de ses pensées.

La comtesse le vit autrement ; elle sourit chaleureusement à Phyllida.

— Vous aimeriez peut-être m'accompagner à Dottswood et à Highgate, puis de là, à la Grange ?

Le sourire de Phyllida ne vacilla pas alors qu'elle secouait la tête.

— Merci, mais je dois rendre visite à madame Cobb. Lady Fortemain sourit affectueusement.

— Toujours tellement occupée, ma chère. Bien, je dois vous quitter et répandre la nouvelle.

Elle donna une petite tape à son cocher ; elle agita la main alors que le carrosse bondissait en avant.

— À dix-neuf heures, monsieur Cynster !

Lucifer leva la main en guise de salut ; souriant, il regarda le carrosse s'éloigner en grondant. Ensuite, il se tourna vers Phyllida, sans s'étonner de découvrir que son sourire avait disparu, ne laissant que la perplexité s'installer au fond de ses yeux sombres.

— Alors, pourquoi n'êtes-vous pas ravie ?

Il gesticula en direction du jardin de fleurs ; ses sourcils se haussèrent avec dédain, elle marcha à côté de lui sur le sentier secondaire qui sinuait entre les parterres en fleurs vers la fontaine centrale.

Il patienta – il n'avait pas la moindre intention de retirer sa question. Il voulait connaître la réponse.

Après un moment, elle grimaça. Il s'en étonna mentalement – elle affichait rarement ses sentiments d'une manière aussi flagrante.

— Seriez-*vous* ravi de savoir que vous êtes destiné à passer toute une soirée à écouter un moulin à paroles pompeux ?

— De quel moulin à paroles s'agit-il ?

— De Cedric, évidemment.

Ils continuèrent à avancer lentement ; elle en admirant les fleurs, lui, plus discrètement, en admirant

Phyllida. Elle avait encore une certaine sensibilité due à leur interlude de la nuit précédente, mais à mesure qu'ils parlaient, elle avait diminué, puis disparu. S'arrêtant pour examiner une rose, elle reprit la parole.

— Je vous ai dit que Cedric veut m'épouser ; lady Fortemain est déterminée à me voir l'épouser. Cela en soi ferait de ce dîner impromptu un événement des moins invitants, mais, bien sûr, Pommeroy sera là aussi, faisant de son mieux pour être rebutant.

— Pourquoi rebutant ?

— Parce qu'il ne *veut pas* que Cedric m'épouse.

— Pommeroy veut aussi vous épouser ?

Elle sourit.

— Non : c'est plus simple. Pommeroy veut que Cedric ne se marie pas. Quinze ans les séparent : Pommeroy a des attentes nourries par le long célibat de Cedric.

— Ah.

Ils se promenèrent sans but dans le jardin ; Lucifer ne dit rien de plus. Le ton de Phyllida chaque fois qu'ils effleuraient le sujet du mariage le hérissait, bien qu'il trouvât difficile à comprendre pourquoi lui, de tous les hommes, éprouvait l'obligation de défendre cette institution. Plus précisément, il ne voulait pas comprendre les raisons motivant cette impulsion ni examiner ses motifs trop attentivement. Pourtant, le fait demeurait.

Grâce à ses prétendants égoïstes, elle avait développé une vision cynique, pour ne pas dire négative du mariage qui semblait considérablement plus cynique et profondément ancré que la sienne. Lui, du moins, savait que tous les mariages n'étaient pas comme ceux qu'on lui offrait. Le savait-elle ?

— Quand votre mère est-elle morte ?

S'arrêtant près de la fontaine, elle le regarda en cillant.

— L'année de mes douze ans. Pourquoi ?

Il haussa les épaules.

— Je me le demandais, tout simplement.

Elle se pencha pour renifler un épi de lavande éclos. Appuyant une épaule sur le bord de la fontaine, il l'observa. Après un moment, il dit :

— Ce jardin…

Elle leva les yeux vers lui, son visage ombragé par son ombrelle, son expression sereine, néanmoins intéressée, ses yeux sombres inconnus et innocents…

Ce regard sombre le surprit. Elle était sensible à lui, pourtant si… ignorante de tout le reste. De tout ce qu'elle était en droit de connaître, d'expérimenter – de tout ce dont elle méritait de profiter.

— Je n'ai aucune idée de la façon de… m'en occuper.

Il entendit ses propres mots comme venant de loin.

Elle sourit et se redressa. Il s'éloigna de la fontaine d'une poussée. Se tournant vers les grilles, elle désigna d'un geste de la main les splendides arrangements de tous les côtés.

— Ce n'est pas si difficile.

Marquant une pause sous une arche délicate recouverte d'une débauche de roses blanches, elle reporta son regard sur lui. Son sourire lui courbait les lèvres, il réchauffait encore ses yeux.

— Horatio a appris comment faire, je suis certaine que vous le pourriez aussi. Si vous le désirez vraiment.

Lucifer s'arrêta à côté d'elle ; pendant un long moment, il la regarda dans les yeux. Son regard sombre était direct, ouvrant, franc – sûr de lui et confiant et aussi d'une grande sensibilité. Trois centimètres d'air à peine séparaient le corps de Lucifer du sien, néanmoins, elle se tenait debout, une déesse sereine et encore vierge, certaine non pas de sa maîtrise à lui, mais de la sienne.

— Si je vous le demandais, m'aideriez-vous ?

Sa voix s'était faite plus grave, son ton était presque dur. Inclinant la tête, elle examina ses yeux. Sa réponse, quand elle arriva, était réfléchie.

— Oui. Bien sûr.

Avec grâce, elle se détourna.

— Vous n'avez qu'à le demander.

Lucifer resta sous l'arche à observer ses hanches se balancer pendant qu'elle se dirigeait vers la grille. Puis, il se réveilla et la suivit.

Le dîner de lady Fortemain s'avéra plus intéressant que Phyllida s'y était attendue même si, la plupart du temps, elle fut reléguée au statut de simple observatrice.

Depuis le côté du salon de Ballyclose où elle s'était retirée pour échapper à la possessivité condescendante de Cedric, elle regardait Lucifer se déplacer avec grâce parmi les groupes.

Au dîner, elle avait été assise à la droite de Cedric à un bout de la longue table ; Lucifer était l'invité d'honneur à l'autre bout, à côté de leur hôtesse. Lucifer était revenu au salon avec les autres gentlemen une bonne demi-heure plus tôt. Depuis, il rôdait, chassant infatigablement, pourtant, personne ne semblait le moins du monde sur la défensive.

Il s'arrêtait à côté d'un groupe de gentlemen et, avec une question ou un commentaire, il coupait proprement sa proie de la meute. Quelques questions, un sourire, peut-être une plaisanterie et un rire ; ayant obtenu ce qu'il voulait, il laissait l'homme revenir dans le groupe et il continuait son chemin avec un sourire décontracté et son élégant air charmant masquant son but. Pourquoi ils ne s'en doutaient pas, elle l'ignorait ; même à l'autre bout de la pièce, elle avait conscience de sa concentration.

Mais alors, elle savait comment l'on se sentait lorsque l'on était traqué par lui, qu'on était le centre de l'attention de son regard intensément bleu. Elle ne s'était pas attendue à le rencontrer ce matin ; tout au long de leur entrevue, elle avait attendu qu'il bondisse, qu'il lui demande encore une fois ce qu'elle savait du meurtre. Elle avait espéré qu'il ne le ferait pas, qu'il ne gâcherait pas le moment – l'étrange impression d'aise, d'objectif partagé qui semblait croître entre eux. À son grand étonnement, il l'avait accompagnée jusqu'à l'entrée du jardin, il avait ouvert la grille et il l'avait laissée s'échapper sans plus qu'un simple au revoir.

Peut-être que lui aussi n'avait pas voulu perturber l'intimité qui les avait enveloppés dans le jardin de Horatio. Le sien, à présent.

Elle le regarda se faufiler entre les autres invités. Ce sentiment d'intimité l'intriguait et la rendait perplexe. Levant la tête, elle contempla les autres gentlemen – tous ses prétendants potentiels et les autres villageois – tous les hommes qu'elle connaissait depuis presque toute sa vie ; l'exercice ne fit qu'accentuer la bizarrerie.

Elle connaissait Lucifer depuis une poignée de jours seulement ; néanmoins, elle se sentait plus à l'aise avec lui, moins inhibée, infiniment plus libre d'être elle-même. Avec lui, elle pouvait être ouverte, elle pouvait exprimer ses idées sans masque, sans faire de concession à la société. Le fait qu'il voie à travers son masque avait certainement contribué à cela, mais ce n'était pas toute l'explication.

Jonas était la seule autre personne avec qui elle se sentait aussi à l'aise, mais même en étirant son imagination au plus haut point, elle ne pouvait pas comparer la façon dont elle réagissait à Lucifer avec son absence totale de réaction à son jumeau. Jonas était là, tout simplement, comme une version masculine d'elle-même. Elle ne perdait jamais une seconde à se demander ce que pensait Jonas – elle le savait, un point c'est tout.

Elle ne s'inquiétait jamais non plus pour Jonas – il pouvait prendre soin de lui-même. Lucifer en était semblablement capable. La même chose ne pouvait pas être dite à propos de n'importe qui d'autre dans la pièce. C'était peut-être cela – le fait qu'elle considère Lucifer comme son égal – qui la rendait si à l'aise avec lui ?

Secouant mentalement la tête, elle le regarda rôder dans le salon. Parfois, elle savait à quoi il pensait ; d'autres fois – comme dans le jardin ce matin –, le fonctionnement de son cerveau devenait un mystère, mystère qu'elle mourrait d'envie de résoudre. Sans égard au danger que cela, elle le savait, impliquait.

Levant une main, madame Farthingale arrêta Lucifer. Il stoppa en souriant avec décontraction, il échangea une répartie légère qui la fit rire, puis il continua son chemin en douceur.

Autant que pût le voir Phyllida, il ciblait Pommeroy. Elle le laissa à ce but, se tournant pour accueillir Basil alors qu'il s'avançait jusqu'à elle. Prenant position à côté d'elle, Basil survola le salon du regard.

— Bien. Il y en a certains qui souhaitent maintenant avoir été plus assidus dans leurs dévotions.

— Oh ?

— J'ai surpris la conversation de Cedric avec monsieur Cynster ; ils discutaient de la gestion du domaine et Cedric a mentionné qu'il avait commencé à s'attaquer à ses comptes les dimanches matin.

— Cedric n'était pas à l'église dimanche dernier ?

Basil secoua la tête. Son regard alla sur Lucifer.

— Je dois le dire, je suis très impressionné par Cynster. Je me doute qu'il rassemble des informations pour découvrir qui aurait pu tuer Horatio. Une tâche ingrate, bien sûr, mais son dévouement lui rend hommage. La plupart accepteraient l'héritage et laisseraient les choses en l'état. Après tout, cela n'a rien à voir avec lui.

Phyllida considéra Lucifer avec une approbation croissante. Cela ne lui était jamais venu à l'esprit qu'il ne poursuive pas le meurtrier ; néanmoins, Basil avait raison. La plupart des hommes auraient haussé les épaules et laissé passer. En effet, elle soupçonnait que Basil aurait haussé les épaules et laissé passer et Basil était le plus moralement droit de ses prétendants.

En aucun temps elle n'avait douté de la détermination de Lucifer. Il avait qualifié Horatio d'ami, et elle savait sans aucun doute qu'il accordait une très grande valeur à l'amitié. Il était ce genre d'homme – un homme honorable.

Elle grimaça invisiblement. Elle-même n'agissait pas, selon elle, honorablement en ce moment – elle était prise entre les griffes d'un dilemme découlant de l'honneur, maudite d'un côté comme de l'autre.

— Lady Huddlesford prévoit-elle un long séjour ?

Phyllida répondit ; converser avec Basil était toujours abrutissant, étant donné qu'il n'y avait pas vraiment de chance d'être étonnée d'une manière stimulante. Les sujets banals étaient la spécialité de Basil, mais au moins, l'homme était inoffensif.

Cela changea lorsque Cedric revint à la charge, assez semblable à un taureau s'apprêtant à attaquer. Son cou court contribuait à cette image peu flatteuse.

— Venez donc parler à maman, lui dit Cedric en lui saisissant le coude. Elle est sur la méridienne.

Phyllida tint bon malgré son tiraillement.

— Lady Fortemain a-t-elle demandé à me parler ? Le visage de Cedric s'assombrit.

— Non, mais elle est toujours contente de discuter avec vous.

L'expression de Basil devint aussi hautaine que celle de sa sœur.

— J'imagine. Mademoiselle Tallent, cependant, pourrait préférer converser avec une personne qui désire converser avec elle.

« Mademoiselle Tallent préférerait une pièce vide. »

Phyllida ravala ces paroles.

— Cedric, que faisiez-vous dimanche matin dernier ?

Cedric la regarda en cillant.

— Dimanche ? Pendant que Horatio se faisait assassiner ?

— Oui.

Phyllida patienta. Cedric réagissait bien au franc-parler.

La subtilité le dépassait totalement.

Il jeta un coup d'œil à Basil, puis il revint à elle.

— Je faisais mes comptes… dans la bibliothèque.

— Vous étiez donc dans la bibliothèque à Ballyclose toute la matinée ?

Il hocha la tête, son regard s'égarant sur Basil.

— Avant même le départ de maman et jusqu'à son retour.

Phyllida soupira habilement.

— Vous n'auriez donc rien pu voir.

— Voir quoi ?

— Bien, peu importe ce qu'il y avait à voir. Le meurtrier a dû filer en douce d'une manière ou d'une autre.

Elle regarda brièvement Basil.

— Vous étiez à l'église.

Elle les regarda tour à tour.

— Évidemment, vous embauchez tous les deux des travailleurs qui auraient pu être dehors dans les environs, et leurs enfants. Papa serait reconnaissant de recevoir toute information.

Basil se redressa.

— Je n'avais pas pensé à cela. Je vais poser des questions à la ronde demain.

— Moi aussi, gronda Cedric.

— Si vous voulez bien m'excuser, je dois parler à Mary Anne.

Phyllida laissa Basil et Cedric se contempler d'un air mauvais. Si l'un des travailleurs agricoles avait vu quelque chose d'utile, elle pouvait être sûre qu'ils l'apprendraient et viendraient déposer l'information à ses pieds.

Elle avait aperçu Mary Anne et elle voulait vraiment lui parler, mais Mary Anne ne désirait pas qu'on lui parle. À part la pourchasser dans le salon, Phyllida n'y pouvait rien. Robert était rentré à Exeter. S'arrêtant, elle contempla la foule, se demandant qui d'autre elle pourrait mobiliser. Gagnerait-on quelque chose à enrôler les dames du village ?

— Mademoiselle Tallent. J'attendais une occasion de vous parler.

Pivotant, Phyllida tomba face à face avec Henry Grisby.

— Bonsoir, monsieur Grisby.

Elle soupira en son for intérieur ; elle avait réussi à l'éviter jusqu'ici.

Henry s'inclina devant elle.

— Ma mère vous transmet ses salutations. Elle a entendu parler de la recette de tarte à la groseille que vous avez donnée aux demoiselles Longdon. Maman se demandait si vous seriez assez gentille pour partager votre recette avec elle.

— Bien sûr.

Phyllida ajouta cela à sa liste mentale. La recette du sirop pour la toux à madame Farthingale ; parler à Betsy Miller, une des locataires de Cedric qui, selon lady Fortemain, éprouvait des difficultés ; la recette pour madame Grisby ; les lettres pour Mary Anne ; un meurtrier pour Lucifer.

Henry tenta d'attirer son regard.

— Ma mère serait profondément honorée si vous nous rendiez visite à Dottswood.

Phyllida le regarda. Les yeux de Henry croisèrent les siens, puis s'éloignèrent.

— Je ne pense pas que cela serait approprié, Henry.

Il serait profondément honoré ; madame Grisby ne le serait pas.

Il lui lança un regard de défi.

— Vous visitez Ballyclose et Highgate.

— Pour rendre visite à lady Fortemain et à la vieille madame Smollet que je connais depuis le berceau.

— Ma mère aussi a vécu ici toute sa vie.

— Oui ; mais…

Phyllida chercha une formule polie pour lui faire remarquer que madame Grisby, actuellement, n'était pas contente d'elle. Madame Grisby, qui s'aventurait rarement au-delà de la ferme Dottswood et se fiait par conséquent à Henry pour se former une vision de la vie du village, était intraitable dans son opposition au mariage de Phyllida avec Henry. Étant la mère de Henry, il ne lui était pas venu à l'esprit que Phyllida pensait comme elle. En fin de compte, Phyllida se contenta de regarder Henry droit dans les yeux et elle lui dit :

— Vous savez parfaitement bien que votre mère ne serait pas contente de ma visite.

— Elle serait contente si vous acceptiez ma proposition.

Un autre mensonge.

— Henry…

— Non, écoutez. Vous avez vingt-quatre ans. C'est un bon âge pour se marier pour une femme…

— Mon cousin m'a informée seulement hier qu'à vingt-quatre ans, j'étais fermement retirée du circuit.

Percy pouvait bien être utile à quelque chose. Henry se renfrogna.

— Il a des cailloux dans la tête.

— Le point pertinent que vous échouez à saisir, Henry – vous et Cedric et Basil aussi – est que j'ai l'intention de m'accrocher de toutes mes forces à ce statut. J'aime ma position. Je ne vais pas me marier avec vous, ni avec Cedric ou Basil. Si vous pouviez tous me voir comme une vieille fille, cela simplifierait considérablement les choses.

— C'est une ineptie.

Phyllida soupira.

— Peu importe. Je suis prête à attendre et à venir à bout de vous.

Ah, monsieur Grisby.

Phyllida se tourna pour découvrir Lucifer presque à côté d'eux. Ses yeux bleu foncé rencontrèrent les siens ; une vague de chaleur la submergea et fit picoter sa peau. S'arrêtant à côté d'elle, il regarda Grisby et il sourit – comme un léopard contemplant son prochain repas.

— Je comprends, dit-il en ronronnant, que vous louez certains des champs du manoir.

Il était clair que Henry aurait préféré lancer des regards noirs, mais il acquiesça avec raideur d'un signe de tête.

— Je garde une partie de mon troupeau dans les champs les plus élevés.

— Les champs surplombant les prés de la rivière ? Je vois. Dites-moi, à quelle fréquence déplacez-vous le troupeau ?

Malgré la résistance de Henry, Lucifer lui arracha l'information voulant que son troupeau ait fait une rotation le samedi précédent ; ce dimanche, Henry et son gardien de troupeau avaient travaillé dans les granges de Henry. Les questions furent suffisamment indirectes pour que Henry ne reconnaisse pas leur intention.

Il avait encore son regard noir ; il n'avait exprimé aucune joie devant la nouvelle de l'installation de Lucifer dans leur petite communauté.

Les couteaux visuels de Henry rebondissaient inoffensivement sur le charme de Lucifer. Il regarda Phyllida.

— Je me demandais, mademoiselle Tallent, si je pourrais me prévaloir de votre compréhension du village. Une petite question de tradition.

Il regarda Henry.

— Je suis certain que monsieur Grisby voudra bien nous excuser.

N'ayant pas le choix, Henry exécuta une révérence excessivement raide et il pressa les doigts de Phyllida avec un peu trop de ferveur. Phyllida tira pour libérer sa main et la posa sur la manche de Lucifer. Il l'entraîna en marchant d'un pas lent. Elle leva les yeux vers lui.

— Sur quel sujet désirez-vous me demander conseil ?

Il baissa un sourire vers elle.

— C'était une ruse pour vous éloigner de Grisby.

Phyllida se demanda si elle devait froncer les sourcils.

— Pourquoi ?

Il s'arrêta devant les portes à la française ouvrant sur la terrasse.

— J'ai pensé que vous deviez avoir besoin d'air frais.

Il avait raison ; la soirée dehors était merveilleusement douce, chaude sur sa peau. Les terrasses à Ballyclose étaient ravissantes et larges ; elles couraient sur trois côtés de la maison. Lucifer et Phyllida se promenèrent sous le crépuscule.

— Sont-ils nombreux à ne pas avoir été à l'église dimanche dernier ? demanda-t-elle.

— Plus que je m'y attendais. Coombe, Cedric, Appleby, Farthingale et Grisby ; et il s'agit seulement de ceux qui sont ici ce soir. Si j'incluais les hommes qui n'appartiennent pas à la noblesse, la liste serait plus longue, mais je centre mon attention sur les pairs de Horatio.

— Parce que la personne qui l'a frappé était un intime de Horatio ?

— Précisément. Plus probablement, une personne qu'il considérait au moins comme une connaissance.

— Pourquoi courriez-vous après Pommeroy ? Je pensais qu'il avait accompagné lady Fortemain à l'église.

— Il l'a fait. Je voulais savoir s'il avait parlé à Cedric ou à Appleby quand il était rentré. Il semble qu'ils étaient sortis tous les deux.

— Sortis ?

Phyllida ralentit. Elle regarda Lucifer.

Il haussa un sourcil.

— Qu'y a-t-il ?

Phyllida s'arrêta.

— J'ai suggéré à Cedric et à Basil de demander à leurs travailleurs agricoles s'ils avaient vu quelqu'un, c'est-à-dire le meurtrier, dans les environs dimanche matin.

— Une excellente idée.

— Oui, mais pendant que nous discutions de dimanche dernier, Cedric a déclaré très fermement qu'il était dans la bibliothèque toute la matinée et qu'il y était toujours lorsque sa mère est rentrée.

Lucifer la regarda dans les yeux, puis il haussa les épaules.

— Cedric, comme Pommeroy, pourrait dire la vérité. Cedric a pu partir après avoir entendu sa mère rentrer, mais avant que Pommeroy parte à sa recherche.

Soulagée, Phyllida hocha la tête.

— Oui, bien sûr.

Ils recommencèrent à se promener, puis Lucifer demanda :

— Comment s'appelle le palefrenier en chef ici ?

Une boule de méfiance se forma avec force dans la poitrine de Phyllida. Cependant, il avait raison : ils devaient être certains que ce n'était pas Cedric.

— Todd. Il le saurait, si Cedric avait sorti son cheval.

— Je vais lui parler ; demain, peut-être.

Phyllida ne dit rien. La gravité du meurtre semblait s'accroître. Comme ce serait terrible pour le village si l'assassin était l'un d'eux. Comme ce serait horrible si ce soupçon se raffermissait, sans qu'ils ne découvrent jamais de qui il s'agissait.

— Vous êtes très déterminé à découvrir le meurtrier de Horatio.

— Oui.

Un mot, aucun embellissement. Il n'en avait pas besoin.

— Pourquoi ?

Elle ne le regarda pas, mais elle continua d'avancer lentement.

— Vous m'avez entendu l'expliquer à votre père.

— Je sais ce que vous avez dit à papa.

Elle marcha encore quelques pas avant de dire :

— Je ne pense pas qu'il s'agit là de la véritable raison.

Le regard de Lucifer glissa sur son visage, perçant, non amusé.

— Vous êtes une femme excessivement tenace.

— Si votre deuxième prénom est Tentation, alors le mien est Tenace.

Il rit ; le son tirailla quelque chose en elle.

— D'accord.

Il stoppa et baissa les yeux sur elle. Elle haussa un sourcil vers lui, puis elle se retourna vers le salon. Il accorda son pas au sien.

— Je ne suis pas sûr de pouvoir l'expliquer simplement. Pas d'une manière où j'aurais l'air logique à vos yeux. Cependant, c'est comme si Horatio était en moi – une partie de moi –, certainement sous ma protection, même si cela n'était pas ainsi. Son meurtre, c'est comme si une personne m'avait arraché quelque chose de force.

Il marqua une pause, puis il poursuivit.

— Mes ancêtres ont conquis ce pays ; il s'agit peut-être d'une tendance primitive qui n'est pas totalement morte. Toutefois, si une personne osait leur prendre un être cher, la vengeance, la justice, était assurée.

Après un moment, il lui jeta un coup d'œil.

— Est-ce sensé ?

Phyllida arqua un sourcil.

— C'est parfaitement sensé.

Ses ancêtres avaient peut-être bien conquis le pays, mais les siens l'avaient civilisé. Le meurtre de Horatio violait son code exactement de la même manière qu'il offensait le sien. Elle comprenait parfaitement ses sentiments – en effet, elle les partageait.

Elle s'arrêta. Pendant un moment, elle regarda fixement droit devant elle, puis elle prit une profonde inspiration.

— Il faut que je vous dise une chose.

Elle se tourna vers lui…

— Vous *voilà*, monsieur Cynster !

Jocasta Smollet les rejoignit avec grâce, exhibant des soies raides et des plumes.

— Nous nous demandions tous où vous aviez disparu. C'est si vilain de la part de Phyllida de monopoliser votre temps.

Ce dernier commentaire fut prononcé comme une franche méchanceté. Phyllida soupira silencieusement.

— Nous étions sur le point de rentrer…

— Non, non ! C'est tellement plus agréable ici, n'êtes-vous pas d'accord, mademoiselle Longdon ?

Jocasta se tourna vers les portes alors que les sœurs Longdon en passaient le seuil, suivies par madame Farthingale et Pommeroy. D'autres les rejoignirent, grouillant autour d'eux, s'exclamant devant le charme de la soirée.

Phyllida jeta un bref regard à Lucifer ; il le surprit. Les mots « plus tard ? » étaient inscrits dans ses yeux.

Presque imperceptiblement, elle hocha la tête ; cela n'avait pas vraiment d'importance qu'elle le lui dise ce soir ou demain.

Elle se faufila à travers les invités, se demandant où était son père, quand une personne lui agrippa la manche et tira sans cérémonie.

— Je t'en prie, Phyllida, je t'en *prie* ! Dis que tu les as trouvées.

Phyllida se tourna et elle regarda le visage de Mary Anne s'effondrer.

— Ce n'est pas le cas, n'est-ce pas ?

Prenant le bras de Mary Anne, Phyllida la projeta dans les ombres près de la maison.

— Pourquoi *paniques*-tu autant ? Ce ne sont que des *lettres*. Je sais que tu t'es monté la tête à leur sujet, mais vraiment, il ne se produira rien de tragique si quelqu'un d'autre les découvre avant moi.

Mary Anne avala.

Tu dis cela uniquement parce que tu ignores ce qu'elles contiennent.

Phyllida ouvrit grands les yeux et patienta. Elle n'en fut pas certaine, mais elle crut voir rougir Mary Anne.

— Je… je ne peux pas te le dire. Vraiment, je ne peux pas. Mais – elle parla tout à coup si vite qu'elle trébucha sur ses mots – j'ai eu la plus affreuse des pensées.

Elle saisit les mains de Phyllida.

— Si monsieur Cynster les trouve, il les donnera à monsieur Crabbs !

— Pourquoi ferait-il cela ?

— Monsieur Crabbs est son avocat, il le connaît !

— Oui, mais…

— Et même s'il ne fait que les donner à papa, celui-ci les montrera à monsieur Crabbs ; ils se sont rencontrés hier soir à la Grange. Tu *sais* que papa ferait *n'importe quoi* pour empêcher Robert de m'épouser !

Phyllida ne pouvait pas argumenter là-dessus, mais…

— Je ne vois toujours pas pourquoi…

— Si monsieur Crabbs lit les lettres, il chassera Robert du cabinet ! Si Robert ne complète pas sa licence, nous ne pourrons *jamais* nous marier !

Phyllida commençait à avoir une petite idée de ce qui pouvait se trouver dans ces lettres. Elle aurait aimé pouvoir rassurer Mary Anne en affirmant que ce n'était pas vraiment grave – pas en comparaison d'un meurtre. Malheureusement, elle ne savait pas elle-même à quel point ces révélations pouvaient être accablantes – aux yeux de monsieur Crabbs.

Mary Anne essaya de la secouer.

— Tu dois récupérer ces lettres !

Phyllida se concentra sur son visage, sur les immenses yeux débordant d'une telle panique qu'elle était évidente, même dans la pénombre.

— D'accord. Je le ferai. Cependant, je n'ai même pas encore vu l'écritoire. Il n'est nulle part au rez-de-chaussée, de sorte que je dois attendre un moment où les étages supérieurs sont libres.

Mary Anne recula, faisant un effort héroïque pour recomposer son expression morose précédente.

— Tu n'en parleras à personne, n'est-ce pas ? Je ne pense pas que je pourrais le *supporter* si je ne pouvais pas épouser Robert.

Phyllida hésita ; les yeux de Mary Anne s'arrondirent. Phyllida soupira.

— Je n'en parlerai pas.

Les lèvres de Mary Anne se soulevèrent pour former un sourire pathétiquement faible.

— Merci. Tu es une si bonne amie, dit-elle en étreignant Phyllida.

CHAPITRE 8

— Que vouliez-vous me dire ?

Lucifer jeta un coup d'œil à Phyllida perchée à côté de lui sur la banquette de son cabriolet.

— Quand nous discutions sur la terrasse hier soir.

Ils roulaient vers Chard, ses chevaux noirs avançant avec enthousiasme, un panier de pique-nique dans le coffre. Il était venu à la Grange en milieu de matinée et sans beaucoup de difficulté, il avait gagné Phyllida à se joindre à lui pour son voyage d'enquête.

Il lui avait accordé quelques kilomètres pour aborder le sujet, mais elle ne l'avait pas fait.

La brise retourna les rubans de son bonnet alors qu'elle se tournait vers lui, lui offrant un minuscule aperçu de son visage.

— La terrasse ?

Son ton suggérait qu'elle ne se rappelait pas ce moment.

— Vous avez *dit* qu'il y avait une chose que vous deviez me dire.

Le ton de *Lucifer* déclarait qu'il n'allait pas l'oublier.

Après un moment de silence tendu, elle leva le menton.

— Je me rappelle, maintenant. Je voulais vous dire que j'éprouve la même détermination à démasquer le meurtrier de Horatio que vous et que vous pouvez compter sur moi pour toute l'aide que je peux vous apporter.

Il plissa les yeux devant la tranche fine de joue pâle qui était tout ce qu'il pouvait voir sous le rebord de son bonnet. En fin de compte, elle leva les yeux, évitant son regard. Il n'y avait rien à lire dans son expression calme. Déboulant sur la route avec ses chevaux dans une humeur exubérante et, par conséquent, ayant les mains pleines, ses chances de l'obliger à rencontrer son regard étaient minces.

Il contempla son bonnet avec un dégoût croissant.

— Je savais déjà que vous vouliez attraper le meurtrier de Horatio et j'ai pleinement l'intention de faire appel à votre aide. C'est exactement ce que je fais en ce moment.

Il reçut un autre regard furtif.

— En m'emmenant afin que je puisse vous aider à interroger les maîtres d'écuries ?

— Et toute autre personne à qui je pourrais penser.

— Hum.

Elle semblait adoucie, même s'il ne savait pas pourquoi.

Qui avait inventé les bonnets à larges bords ? Tout gentleman raisonnablement grand avait toutes les misères du monde à voir le visage d'une dame quand elle était assise ou debout à côté de lui avec un tel chapeau.

Il la regarda encore. Elle survolait les champs et les haies du regard, prenant un plaisir transparent à la sortie. Il doutait que Cedric ou Basil, encore moins Grisby, aient eu l'idée de lui servir de cavalier dans les environs, de la courtiser. Ils étaient d'autant plus idiots.

Ses pensées revinrent à la soirée précédente. Maudite Jocasta Smollet. Elle les avait interrompus précisément au mauvais moment. Jocasta nourrissait à l'évidence une profonde antipathie pour Phyllida, bien que personne, pas même Basil, ne sembla en connaître le motif. Cependant, Jocasta avait réussi son but. Elle s'était accrochée à lui pour le reste de la soirée ; il avait perdu Phyllida de vue quand la foule avait envahi la terrasse.

Il l'avait vue brièvement dans le vestibule alors qu'ils se préparaient tous à partir ; elle n'avait montré aucun signe d'avoir une information brûlante à lui transmettre.

Il n'avait pas imaginé ce moment sur la terrasse. Elle avait été sur le point de lui confier la vérité. Quelque chose s'était produit qui lui avait fait changer d'avis ; néanmoins, elle ne lui avait pas retiré sa confiance. Il tenta d'imaginer ce qui pouvait détenir assez de pouvoir pour empêcher une femme comme elle de faire une chose qu'il était de plus en plus convaincu qu'elle se sentait devoir faire. Elle voulait le lui dire, mais… qu'est-ce qui l'en avait empêchée ?

La question tournait sans cesse dans sa tête, mais ne trouvait pas de réponse.

Chard apparut devant eux. Ils avaient roulé à travers Axminster sans s'arrêter et continué à avancer vers la ville plus grande.

Phyllida se redressa alors qu'ils dépassaient les premières maisons.

— Il y a trois écuries ici. Nous devrions peut-être commencer par celle située le plus au nord ?

C'est ce qu'ils firent. Aucun gentleman n'avait loué de cheval le samedi ou le dimanche en question. Aucun homme inconnu n'avait résidé à l'auberge. Ils revinrent dans la ville. Les deux autres écuries étaient près de la rue principale.

Après avoir obtenu des réponses négatives au Blue Dragon, ils avaient laissé le cabriolet là, les chevaux se reposant, et ils avaient marché lentement jusqu'au Black Swan.

— Nan ! fit l'aubergiste en secouant la tête. Nous avons deux nabots, mais on les demande rarement. Plus tard dans l'été, p't'être, mais en ce moment, nous n'avons pas loué un cheval à un quelconque gentleman depuis des mois.

En réponse à leur seconde question, il ouvrit grand les yeux.

— J'ai vu aucun gentleman ; rien que les gens d'ici, depuis des semaines.

Alors qu'ils sortaient, Phyllida murmura :

— Nous ne recevons pas beaucoup de visiteurs par ici. – Ce qui signifie que tout visiteur aurait été remarqué. Lui prenant le bras, Lucifer la fit tourner en direction du Dragon.

— Je pense que nous pouvons conclure qu'aucun visiteur n'a utilisé Chard comme base.

Ils continuèrent leur marche ; Phyllida s'arrêta quand ils atteignirent le Dragon.

— Cela ne nous a pas pris de temps. Si nous reprenons la route et allons vérifier à Axminster et qu'ensuite, nous roulons jusqu'à Axmouth et vérifions là-bas et que personne n'a vu de gentlemen inconnus dans les environs… eh bien ; cela ne nous laissera que peu de choix, en vérité.

— Honiton, peut-être.

— Peut-être. Cependant, pourquoi une personne viendrait-elle de cette direction ?

— Je comprends la tendance à imaginer l'abominable malfaiteur arrivant de Londres. Cependant, cela n'est pas nécessairement vrai.

— Est-ce probable que la personne ayant tué Horatio soit venue de Honiton ou d'Exeter, d'un endroit à l'ouest ? Lucifer se tut. Phyllida l'observa.

— Eh bien ?

Il se concentra.

— J'essayais de me rappeler si un collectionneur, ou une personne reliée à la collection vivaient de ce côté.

— Et ?

— Je devrais alors être d'accord pour dire que si le meurtrier est venu à cheval en arrivant derrière le village dimanche dernier, alors il venait probablement de l'est. Néanmoins, nous allons devoir vérifier Honiton, mais nous pouvons le faire un autre jour.

Levant la tête, il aperçut un élégant petit homme traverser la rue à la hâte en brandissant un bout de papier pour attirer leur attention.

— Qui est-ce ?

Phyllida se tourna.

— Monsieur Curtiss ; c'est le marchand avec qui traite la Colyton Import Company.

Monsieur Curtiss les rejoignit ; il salua poliment de la tête Lucifer, puis il fit un sourire rayonnant à Phyllida.

— Mademoiselle Tallent, heureuse rencontre ! Je voulais envoyer ceci – il levait une lettre – à monsieur Filing. Mes clients ont été très satisfaits de la qualité des marchandises fournies par la compagnie de monsieur Filing. C'est si rare de pouvoir trouver une qualité sur laquelle on peut compter. J'ai décidé d'augmenter notre commande. Avec le bouche-à-oreille, je suis sûr de pouvoir vendre davantage. Si je peux me permettre, je sais que vous assistez monsieur Filing. Pourriez-vous voir à ce que cette missive arrive jusqu'à lui ?

Souriant sereinement, Phyllida prit la lettre.

— Bien sûr, monsieur Filing sera ravi.

Elle rangea la lettre dans son réticule.

Monsieur Curtiss s'inclina devant elle.

— C'était un plaisir, ma chère. Veuillez transmettre mes meilleurs vœux à sir Jasper.

— Je le ferai, oui.

Sur un hochement de tête pour Lucifer, monsieur Curtiss, le visage toujours rayonnant, se retira.

— La compagnie de monsieur Filing ?

Lucifer posa la question alors qu'ils entraient dans la cour du Dragon et se dirigeaient vers le cabriolet.

Phyllida ouvrit son parasol.

— Évidemment. Une simple femme ne pourrait pas exploiter une compagnie d'importation.

Lucifer sourit.

— Non, naturellement.

Il l'aida d'une main à monter dans le cabriolet. Quelques minutes plus tard, ils fonçaient sur la route vers Axminster.

— Dites-moi une chose, afin que je ne provoque pas de problème par inadvertance. Ai-je raison de supposer que personne ne connaît votre participation dans la compagnie à part ceux qui collaborent ?

— C'est cela. Il n'y a aucune raison pour que d'autres soient au courant. En fait, ce ne sont pas tous les hommes qui le savent ; la plupart pensent que Filing la dirige et que je ne suis que sa secrétaire. Je ne suis pas *certaine* que papa comprend tout…

Il pouvait l'imaginer. Elle était un pilier, une personne autour de qui tout tournait, pourtant, elle préférait l'anonymat. Son ton, subtilement amusé, le révélait.

Son rôle, cependant, s'étendait bien au-delà de la compagnie. Il était à Colyton depuis seulement quelques jours, pourtant, il avait perdu le compte du nombre de fois où il avait vu quelqu'un – homme ou femme, même enfants – aborder Phyllida avec une demande quelconque.

Il ne l'avait jamais vue refuser son aide à qui que ce soit.

Le réflexe de protéger les gens, de s'investir activement, d'agir, d'aider en était un qu'il comprenait. Dans son cas, il dérivait du principe de *noblesse oblige* –, en partie appris, en partie hérité, en partie instinctif. Le réflexe de Phyllida, se doutait-il, était entièrement instinctif. Complètement généreux. Lui, par contre, avait la nette impression que le village les tenait – elle et son aide – totalement pour acquises.

— Depuis combien de temps portez-vous la culotte à la Grange ?

Le regard qu'elle lui jeta en biais était perçant.

— Depuis la mort de ma mère.

Douze ans ? Pas étonnant que son influence soit aussi omniprésente. Elle patienta, mais il n'ajouta rien de plus, satisfait de conduire son attelage sous le soleil avec elle à côté de lui. À réfléchir…

Son envie impulsive de l'aider la mènerait à lui révéler ce qu'elle savait bien assez tôt. Elle était trop intelligente pour retenir des informations qui permettraient au tueur de courir les champs ; il acceptait qu'elle ne connaisse pas l'identité du meurtrier. Elle avait un indice, sans plus ; la meilleure façon d'avancer était de continuer avec ses investigations et de voir à ce qu'elle continue d'y participer de près. Ironiquement, moins il en apprenait, plus elle se sentirait poussée à résoudre l'affaire qui l'empêchait d'être franche avec lui et de lui apprendre tout ce qu'elle savait.

C'était ainsi qu'il devait procéder sur ce front. Pour le reste, à présent qu'il s'était engagé à demeurer à Colyton…

Il avait une maison – qui était trop grande pour lui seul. C'était une maison familiale – une famille, voilà de quoi elle avait besoin. C'était ce que Horatio avait envisagé. *Il* n'avait certainement pas envisagé une famille, pas avant de venir à Colyton. Cependant, il était ici à présent et Horatio était parti, mais le manoir était encore là avec son jardin.

Les maisons en bordure d'Axminster apparurent – une distraction bienvenue.

Ils furent rigoureux dans leurs questions, mais, comme ils l'avaient supposé, aucun visiteur mâle n'était passé à cheval ou en voiture par Axminster ce dimanche matin.

— Sauf vous.

Le vétéran grisonnant avachi devant la petite auberge le contempla avec méfiance.

Lucifer se fendit d'un sourire.

— Tout à fait. Je suis passé en voiture ce matin-là. Cependant, vous êtes sûr qu'il n'y a eu personne avant moi ? Un rapide signe négatif avec la tête.

— On ne voit pas beaucoup de carrosses ou de cavaliers allant vers le sud un dimanche. J'l'aurais r'marqué. Et j'étais ici dès l'aube.

Lucifer hocha la tête et il lui lança une pièce. L'homme l'attrapa adroitement et il leur offrit une révérence à tous les deux.

Phyllida mena la marche vers le cabriolet.

— Où allons-nous maintenant ? lui demanda-t-il alors qu'il la soulevait dans le véhicule.

— Au sud. Jusqu'à la côte.

Elle le dirigea sur la route ; environ un kilomètre au sud une rivière apparut en vue, sinuant sur leur droite.

— Est-ce l'Axe ?

Quand elle acquiesça d'un signe de tête, il demanda :

— Sont-ce là mes champs de l'autre côté ?

— Pas encore, ils sont un peu plus loin.

Ils avancèrent au grand galop dans ce début d'après-midi, entourés du vert luxuriant de la vallée fluviale. Le soleil était dissimulé par de légers nuages ; le temps était doux, mais pas chaud. Le premier signe que la côte approchait fut une brise fraîche. Ils débouchèrent après un virage – à un croisement devant eux s'élevait une vieille auberge. Phyllida pointa à sa gauche.

— C'est la route pour Lyme Regis. Si quelqu'un est passé en venant de Lyme dimanche matin, les enfants l'auront remarqué.

— Les enfants ?

Une tribu d'enfants d'âges variés allant de deux à douze ans, surtout des filles. Il laissa l'interrogatoire à Phyllida, satisfait de s'appuyer contre un mur en pierre et regarder.

La femme de l'aubergiste avait jeté un coup d'œil dehors au son de leurs roues sur les pavés. Elle reconnut Phyllida et sortit, le visage rayonnant, en s'essuyant les mains sur son tablier. Sans attendre d'aide, Phyllida sauta en bas. En quelques secondes, elle et la femme discutaient de ce qui semblait être une recette pour une volaille quelconque.

L'aubergiste sortit la tête ; Lucifer refusa son aide d'un geste de la main, il attacha ses chevaux noirs à la barre, puis il s'installa pour observer.

Riant, Phyllida gesticula vers une ouverture dans le mur de pierre usé. La femme hocha la tête et sourit ; ensemble, elle et Phyllida l'empruntèrent. Lucifer les suivit. S'arrêtant dans le trou, il s'appuya contre le mur.

Au-delà, il y avait les restes d'un jardin, rabougri par le vent de la mer fouettant les champs à découvert. Une foule bruyante se rassembla autour de Phyllida, l'accueillant avec des sons perçants ; elle rit, elle tapota des têtes, elle tira sur des tresses. Puis, elle s'assit sur un banc de pierre sous le soleil et les enfants se pressèrent autour d'elle.

Il ne pouvait pas entendre ce qu'elle demandait, comment ils répondaient. Il ne se donna pas la peine d'essayer. Il se délecta seulement du spectacle de Phyllida avec les enfants, comme des fées entourant leur reine, chacun attendant sa bénédiction avec ferveur.

Elle la donna généreusement avec des sourires, son rire et une compréhension facile.

Avec un intérêt sincère et une profonde affection. Elle brillait – dans ses yeux, comme une aura autour d'elle. Les enfants, la femme, la savouraient et s'en imprégnaient ; Phyllida donnait, tout simplement.

Il était certain qu'elle ne s'en rendait pas compte – elle ne se rendait certainement pas compte de tout ce qu'il pouvait voir.

Enfin, après avoir beaucoup taquiné, elle se leva et les enfants, ayant reçu l'ordre de leur mère de bien se conduire, la laissèrent partir. Elle marcha lentement vers lui, souriant encore doucement, son regard sur le sentier. Alors qu'elle approchait, elle leva la tête. Il garda une expression neutre.

— Ont-ils vu quelqu'un ?

Elle secoua la tête. Elle agita la main en regardant derrière elle, puis, côte à côte, ils se dirigèrent vers le cabriolet.

— Ils étaient dehors dimanche matin. Le temps était splendide, si vous vous rappelez. Ils jouent là-bas la plupart du temps. Les chances qu'une personne soit passée discrètement par là et n'ait pas été vue par tous ses yeux perçants…

Il l'aida d'une main à grimper sur la banquette.

— Donc, nous avons accompli ce que nous avions décidé de faire. Nous avons confirmé qu'aucun visiteur, personne venant de l'extérieur, n'est arrivé à cheval à Colyton dimanche ; du moins, pas depuis l'est.

Phyllida garda le silence pendant qu'il faisait avancer ses chevaux et les tournait en direction de la route.

— Maintenant, où allons-nous ? Je suis affamé et nous avons besoin d'un endroit pour rendre justice au pique-nique de madame Hemmings.

Elle pointa au sud.

— Plus bas sur la côte. C'est merveilleux sur les falaises.

La route les emporta à travers le village d'Axmouth, puis elle serpenta jusqu'en haut des falaises. Elle le dirigea sur une piste défoncée qui menait jusqu'à un bosquet d'arbres rabougris.

— Nous pouvons laisser les chevaux ici. Ce n'est pas beaucoup plus loin.

Transportant le panier, il la suivit sur la falaise balayée par le vent. La vue était magnifique. Il s'arrêta pour se perdre dans la contemplation de la courbe majestueuse des falaises à l'ouest.

L'Axe se déversait dans la mer presque à leurs pieds, la distance miniaturisant les maisons d'Axmouth. L'estuaire lui-même était paisible, mais au-delà des brisants, la houle de la Manche régnait, s'élevant avec puissance.

La mer gris-vert s'étirait à l'horizon ; les falaises dominaient de chaque côté. Phyllida se tenait un peu devant en regardant ; quand le regard de Lucifer la toucha, elle sourit et elle lui fit signe de la tête de venir. Elle mena la marche autour d'une butte ; il y avait là une parcelle d'herbe protégée par la butte, de gros rochers et des arbres. C'était un joli site, partiellement abrité, pourtant encore ouvert, toujours doté de vues spectaculaires.

— Jonas et moi avons découvert cet endroit lorsque nous étions enfants.

Phyllida sortit la couverture du panier, puis elle l'étala sur l'herbe. Alors qu'elle se redressait, la main de Lucifer apparut devant elle. Elle hésita, puis elle mit ses doigts dans les siens et elle lui permit de l'aider à s'installer sur la couverture. Il déposa le panier à côté d'elle. Elle s'activa à déballer et à disposer leur festin.

Il s'allongea de l'autre côté du panier et il tendit la main vers la bouteille enveloppée dans une serviette de table blanche. La faisant glisser hors de son enveloppe, il fourragea à la recherche de coupes. Quand elle eut terminé de sortir leur repas, il avait une coupe prête à lui tendre.

— À l'été.

Elle sourit et ils portèrent un toast, puis ils burent. Le vin glissa dans la gorge de Phyllida, froid et rafraîchissant ; un picotement glissa lentement le long de son échine. Un murmure d'anticipation résonna dans son esprit alors qu'une chaleur agréable se répandait en elle.

Ils mangèrent. Il semblait connaître ses besoins avant elle, lui offrant des petits pains, le poulet, les pâtisseries. Au début, elle se sentait nerveuse ; puis, elle dissimula son sourire de désapprobation à son propre endroit. Il n'essayait pas délibérément de la secouer – il n'était même pas conscient de le faire. De telles attentions étaient simplement comme une seconde nature chez lui.

Ce n'était pas de même pour elle. Aucun autre homme ne l'avait traitée comme cela, prêt à lui tendre une main sûre, à lui offrir une épaule protectrice et cela non pas dans le but de l'impressionner, mais simplement pour elle, comme elle était naturellement.

C'était troublant et plutôt bon.

— La Colyton Import Company décharge-t-elle ses marchandises sur la terre près d'ici ?

Elle agita la main vers l'ouest.

— Il y a un sentier vers la plage un peu plus loin. Il est facile à trouver ; il y a un tertre à côté. Si nous avons besoin d'allumer un phare, nous l'installons ici.

— À quel point est-ce dangereux le long de cette étendue ?

— Pas trop, si on connaît l'endroit. Cependant, il y a des récifs à proximité.

— Donc, les hommes de Colyton sortent en mer et rapportent les marchandises ?

— Ils naviguent dans ces eaux depuis qu'ils sont capables de tenir debout. Il y a très peu de risques pour eux.

Elle remballa le panier. Le vent se rafraîchissait, poussant sur les serviettes de table, mais c'était encore agréable sous le soleil caché. Elle avait laissé son ombrelle dans le cabriolet et elle était contente de l'avoir fait. Elle n'aurait pas pu s'en servir avec ce vent.

Lorsque tout fut rangé dans le panier, elle se leva. Le vent folâtrait autour de son visage, flirtant avec sa chevelure et taquinant les rubans de son bonnet. Levant le visage, elle prit une profonde inspiration, puis elle enroula ses bras autour d'elle. Elle avait mis une robe de voyage en batiste lavande, normalement parfaite pour ce temps, mais ici, le vent se précipitait sur elle, glissant ses doigts froids à travers le tissu et sur son corps.

À côté d'elle, Lucifer déroula ses longs membres et il se leva.

Elle frissonna.

Un instant plus tard, la chaleur l'entoura ; son manteau se déposa sur ses épaules.

— Oh…

Elle se tourna à demi. Il avait contourné le panier et il se tenait à présent juste derrière elle. Elle rencontra brièvement son regard et elle pria pour que sa réaction ne soit pas apparente. Elle réussit à former un petit sourire.

— Merci.

La chaleur du corps de Lucifer était emprisonnée dans le tissu ; elle glissait comme une main chaude le long de sa colonne vertébrale. Elle se tourna vers lui.

— Je n'ai pas vraiment si froid. Vous allez geler sans votre manteau.

Avant qu'elle puisse se glisser hors du vêtement, il attrapa les revers et il serra le manteau plus fermement autour d'elle.

— Je n'ai pas froid.

Reprenant ses esprits d'une main ferme, elle leva la tête et le regarda dans les yeux.

— En êtes-vous sûr ?

Alors même que les mots quittaient ses lèvres, elle sentit la réponse. Elle n'aurait pas pu la rater – le corps dur de Lucifer était assez près pour qu'elle sente sa chaleur, ce feu bien trop tentant. Le vent la poussait, l'incitait à s'y réfugier. Dans les bras de l'homme.

Les yeux de Lucifer, intensément bleus, scrutèrent les siens ; ses lèvres se relevèrent aux commissures.

— Pourquoi, murmura-t-il, ses mains glissant hors de leur place entre eux, sa tête se penchant plus près, pensez-vous qu'on m'appelle Lucifer ?

Si elle avait été sage, elle aurait promptement reculé et lui aurait répondu qu'elle n'en avait aucune idée. Mais elle resta immobile avec le visage légèrement relevé et elle laissa ses lèvres se déposer sur les siennes.

Le baiser était de la chaleur pure – une source de merveilleuse chaleur. Elle se répandit en elle ; elle pouvait presque croire qu'elle dégelait – ses nerfs s'étirant, se déroulant, se délectant. Le baiser taquinait, titillait. Elle s'approcha, attirée vers lui, ayant besoin de sentir son torse solide contre ses seins. Ils picotaient, ils étaient sensibles ; néanmoins, il ne s'agissait pas de douleur. Sa chemise était sous sa main ; elle écarta les doigts, sentant le fin tissu se déplacer comme un voile sur ses muscles durs, sur la rugosité de ses poils ; le disque plat de son mamelon brûla sous sa paume.

Elle sentit ce pouvoir tentant surgir en lui. Elle entrouvrit les lèvres et lui ouvrit sa bouche et elle frissonna lorsqu'il entra. Si chaud. Elle s'en délecta ; elle en voulait plus. Elle pressa ses paumes sur son torse, les fit remonter sur ses épaules. Partout où elle touchait, c'était comme une fournaise, comme la chaleur vibrante et régulière des charbons ardents.

Ses seins étaient pressés contre cette chaleur ; les mains de Lucifer s'étaient glissées sous son manteau et attachées à sa taille. Il la tenait fortement contre lui, ses cuisses comme des colonnes de granit de chaque côté d'elle. Il était dur, anguleux, envahissant sur son ventre.

Une envie dévergondée de bouger les hanches et de caresser cette dureté étonnante la saisit ; avec quelque chose qui ressemblait à de la panique, elle l'étouffa, comme si elle éteignait un incendie. L'envie brûlante mourut ; elle soupira dans la bouche de Lucifer et s'affaissa un peu plus contre lui.

Il changea de position, une main se levant sur sa gorge. Elle sentit un tiraillement – il tirait sur les rubans de son bonnet. Elle interrompit le baiser – la boucle sous son menton se défit…

— Oh !

Elle tendit la main vers son chapeau alors que le vent le soulevait brusquement de sa tête. Elle pivota et l'attrapa.

Ses pieds étaient tordus sur la couverture ; elle pencha vers l'arrière, trébucha et s'écrasa sur Lucifer. Il la rattrapa, essaya de la stabiliser, recula d'un pas…

Ils tombèrent à la renverse sur le panier de pique-nique, large et solide au centre de la couverture. Lucifer termina sa course derrière lui en position assise avec Phyllida sur les genoux. Secoué de rires.

Libérant ses jambes en les balançant par-dessus le panier, il la souleva – et il la tourna et la réinstalla sur ses genoux.

Il la regarda avec un grand sourire.

— Nous semblons prendre l'habitude d'atterrir sur le sol avec vous sur moi.

Elle rougit. Elle aurait vraiment dû fournir tous les efforts pour lutter et se libérer, pour échapper à ses bras et se lever. En sécurité. Mais elle resta assise là, réchauffée jusqu'à l'âme, le regard fixé sur ses lèvres éloignées de son nez par deux petits centimètres seulement.

— Tenez, laissez-moi prendre cela.

Il tira sur son bonnet entre ses doigts inertes ; déconcertée, elle le regarda alors que, tendant la main derrière elle, il nouait les rubans autour de la poignée du panier.

— Maintenant, nous n'aurons plus à nous inquiéter de le perdre.

C'était un homme qui comprenait vraiment les femmes.

Il se redressa, son regard se collant sur ses lèvres. Il pencha la tête, le bout de ses doigts glissant sur la peau sensible sous son menton. Elle avala.

— Je ne suis pas certaine que ce soit une bonne idée.

— Pourquoi pas ?

Ses lèvres effleurèrent les siennes avec légèreté – trop légèrement pour satisfaire la faim qui enflait en elle.

— Je ne sais pas.

Elle ne pouvait pas arracher son regard de ses lèvres.

Elles murmurèrent :

— Me faites-vous confiance ?

Son cœur résonnait dans ses oreilles. Ses poumons étaient contractés au point qu'elle était incapable de respirer. Elle ne pouvait pas réfléchir, mais elle connaissait la réponse.

— Oui.

Les lèvres de Lucifer se soulevèrent.

— Alors, détendez-vous.

Ses lèvres franchirent la distance qui les séparait et frôlèrent les siennes ; sa voix était un murmure dans l'esprit de Phyllida.

— Et laissez-moi vous montrer ce que vous voulez savoir.

C'était facile, si facile de faire exactement cela, de lui donner sa bouche, de se laisser flotter, molle entre ses bras. Ils la tenaient, mais sans trop de fermeté. Elle se sentit étreinte avec tendresse, protégée, aimée.

Vénérée.

Cette pensée flotta dans son cerveau alors que les doigts de Lucifer suivaient doucement la trace de sa joue. La caresse était aussi exploratrice que la sienne l'avait été ; elle comprit soudainement comment il avait su que c'était elle qui l'avait touché dans le salon de Horatio. Elle n'oublierait jamais sa caresse elle non plus – c'était un geste tellement révélateur, étrangement innocent.

Ses doigts s'égarèrent plus bas et lui encadrèrent la mâchoire, la langue de Lucifer surgissant avec audace. Pas innocente du tout. Elle le rejoignit, sachant à présent ce qu'il voulait, ce qu'il aimait. Une connaissance dangereuse – il était si tentant de l'utiliser, d'en apprendre un peu plus. Elle gardait les mains immobiles sur son torse – elle les poussa vers le haut, par-dessus ses épaules, ses doigts s'écartant sur les muscles puissants, puis glissant plus loin pour s'entremêler dans ses cheveux.

Ils étaient doux, soyeux, noirs comme un ciel de nuit. Elle plongea ses doigts dans les mèches épaisses, s'accrochant avec force pendant que, lentement, sans se presser, il pillait sa bouche, prenant, oui, mais donnant davantage.

Dépendance. Un autre mot qui plana dans son esprit. Ce devait être cela – la plus douce des envies, qui la retenait à un baiser même quand il lâcha sa mâchoire.

Interdit : sûrement, il l'était. Elle ne devrait même pas l'embrasser ; néanmoins, l'idée d'arrêter lui semblait totalement idiote, une chose qu'elle n'était jamais. Les doigts de Lucifer avancèrent lentement, seules leurs extrémités dessinaient une ligne tentante sur sa gorge, tendant des nerfs qu'elle ignorait même posséder. Ses doigts continuèrent plus bas ; des flammes suivirent, la chaleur se répandit.

Sa poitrine avait gonflé bien avant qu'il ne la touche ; une fois que ce fut fait, elle ne voulut pas qu'il s'arrête. Sa caresse était légère, douloureusement immatérielle – elle voulait plus, beaucoup plus.

Expérimenté – grâce au ciel, il l'était. Sa main s'immobilisa, sa paume dure prenant le poids de son sein en coupe. Le plaisir fut tout ce qu'elle ressentit quand ses doigts se raffermirent, puis se relâchèrent. Sa main changea de position, la caressa. Elle soupira au milieu de leur baiser et elle sentit sa satisfaction et sa main sur son dos qui devenait plus ferme.

Le baiser devint plus exigeant, un feu qui avait besoin d'être nourri. Elle lui accorda toute son attention, en prenant à peine conscience lorsque la chaleur de sa main autour de son sein s'éloigna en douce.

Le besoin grandissait en elle, mais vers quoi était-il tourné, elle l'ignorait. L'envie irrésistible n'en était pas une qu'elle reconnaissait. Puis, elle sentit que le premier bouton de son corsage cédait et elle sut. Un frisson d'excitation pure la parcourut en flèche. C'était ce dont elle avait besoin – un besoin scandaleux, à n'en pas douter, pourtant… ses seins étaient gonflés, douloureux sous la chaleur de leur baiser. Sa raison était submergée par la marée montante qui léchait l'air autour d'eux. Une chose langoureuse, elle murmurait la promesse de choses qu'elle n'avait jamais connues, d'un plaisir dépassant l'imagination.

La caresse de l'air frais sur ses seins, le toucher léger de ses doigts alors qu'il ouvrait doucement son corsage plus largement, la tira de la chaleur hypnotique de leur baiser.

Elle devrait l'arrêter, elle le savait, néanmoins… elle ne se rappelait plus pourquoi. Il n'y avait pas de menace, pas de danger – il lui avait dit de lui faire confiance et elle le faisait. Si elle voulait que cela prenne fin, si elle désirait que ce plaisir simple s'interrompe, elle n'avait qu'à le dire.

Elle ne le dit pas – elle n'avait aucune raison de le faire. Elle voulait savoir, ressentir, elle voulait être touchée et savourée. Une fois, être une femme désirée. Il lui donna ce qu'elle voulait et bien davantage.

Elle ignorait que ses lèvres lui donneraient cette sensation. Que l'humidité chaude de sa bouche pouvait la brûler ainsi et lui voler sa raison. Elle ignorait que son corps pouvait devenir si chaud et lourd, si dévergondé devant le désir.

C'était le désir qui bourdonnait en elle, qui battait dans son sang, qui augmentait à chaque toucher, à chaque caresse titillante. Le plus léger de ses touchers était un plaisir aigu ; les caresses plus explicites faisaient violemment danser ses sens. Le plaisir enflammé était ce qu'il provoquait ; intentionnellement, il l'enveloppa dedans, le pressa sur elle et le laissa s'enfoncer en elle.

Jusqu'à ce qu'elle en soit pleine, jusqu'à ce que son esprit vogue sur les vagues chaudes et que son corps fonde.

Ses lèvres revinrent sur les siennes et elle accueillit leur retour avec plaisir. Sa main se referma avec possessivité sur son sein nu et le corps de Phyllida chanta. Il examina sa main, ferme et immobile sur son sein ; sa chair se gonfla et s'enflamma encore plus. Son regard se leva sur son visage, sur ses yeux. Il regarda derrière elle.

Son regard se fixa sur un point dans son dos. Puis, il cligna des paupières ; elle vit ses yeux s'arrondir et se centrer ailleurs, elle vit ses traits se durcir. Elle sentit la tension changeante dans son corps.

Lucifer reporta son regard sur elle – et il essaya de réfléchir. Il tenta de respirer malgré le serrement dans son torse. Elle resta détendue entre ses bras, son mamelon plissé entre ses doigts, sa peau de soie chaude contre sa paume. Il se sentait hébété. La pensée rationnelle l'avait quitté depuis longtemps ; le désir le menait – une puissante tentation mania le fouet.

Il savait ce qu'il voulait, ce besoin aussi tranchant que des éperons, aussi bruyant qu'un démon.

Une tempête fondait sur eux, courant au-dessus de la mer, déversant son sommet de nuages devant elle. Néanmoins, en regardant Phyllida dans les yeux qui se noyaient, sombres, derrière ses lourdes paupières, avec son corps souple et enflammé dans ses bras, il ne savait trop de quelle direction venait le danger.

Cela faisait longtemps, très longtemps depuis qu'il s'était abandonné aussi complètement au point de perdre tout sentiment d'autoprotection.

Réprimant un juron, il pencha la tête et il l'embrassa, profondément et avec passion – un baiser brûlant. Il ferma la main sur son sein, ses doigts pétrissant, serrant… avant de se relâcher.

Il s'éloigna – interrompant leur baiser, sa caresse et ses doigts la quittèrent à contrecœur. Il posa un dernier baiser léger sur ses lèvres tout en refermant son corsage.

Phyllida cligna des paupières sur des yeux ronds, exprimant la surprise… la déception.

Les traits se contractant sombrement, il désigna la mer d'un signe de tête.

— Il y a une tempête qui souffle vers nous ; il nous faut rentrer.

CHAPITRE 9

Plus tard le lendemain matin, Lucifer partit en randonnée dans la forêt derrière le manoir et il essaya de ne pas penser à la journée précédente. Il avait dit la vérité à Phyllida ; ils devaient rentrer, battre en retraite. Il avait foncé sur le terrain inconnu, beaucoup trop vite pour elle et beaucoup trop vite pour lui.

Dieu merci pour les orages.

Il avait commencé sa journée avec un petit-déjeuner à une table trop vide à son goût. Il n'avait jamais aimé vivre seul ; une vie solitaire ne lui convenait pas. Il s'était retiré dans la bibliothèque et il avait commencé à trier les affaires dans le bureau de Horatio. Il avait passé deux heures à lire la correspondance accumulée.

Après cela, il avait eu besoin de sortir. Marcher dans la forêt pour se familiariser avec ses terres en descendant jusqu'à l'Axe semblait un exercice logique et suffisamment physique.

Il avait l'impression que l'énergie de l'orage de la veille était refoulée en lui. L'orage avait amené la pluie ; ils avaient rejoint Colyton en dépit de l'averse. Bien que le soleil soit maintenant sorti, la forêt restait humide ; l'odeur âcre de la végétation lavée par la pluie voyageait sur la brise légère. Il avait pris à l'est en partant de l'arrière de l'écurie, laissant le lac à sa gauche. Les arbres devant s'éclaircirent ; il avait marché moins d'un kilomètre. Cinquante pas de plus et il se tenait au bord d'un large champ, descendant en pente douce ; au-delà s'étirait un pré luxuriant. Derrière lui se trouvait l'Axe, un ruban bleu-gris scintillant sous la lumière du soleil.

Il déambula dans le champ en pente. Un éclair de mouvement à sa gauche attira son regard. Il regarda, puis il s'arrêta.

Phyllida marchait au pas – non, elle passait en trombe – dans son champ. Ses jupes bruissaient autour d'elle, fouettées par la violence de son allure. Son regard était fixé devant elle. Sa chevelure sombre brillait. Elle tenait son bonnet à larges bords entre ses deux mains.

Elle essorait le bonnet, le tordait, les mains serrées sur le rebord. Il s'avança pour l'intercepter.

Elle ne le vit pas avant qu'il soit presque arrivé à elle. Elle recula, ses yeux lançant des éclairs, une main se levant sur son sein. Un petit bruit perçant lui échappa ; cela aurait été un cri si elle ne l'avait pas étouffé en reconnaissant Lucifer. Prenant une bouffée d'air, elle le dévisagea avec d'immenses yeux bruns.

— Qu'est-ce qui ne va pas ?

Il réprima une de ses propres impulsions – la prendre dans ses bras.

— Que s'est-il passé ?

Elle prit lentement une autre inspiration et elle regarda son bonnet. Elle tremblait.

— Regardez ! fit-elle en poussant un doigt dans le trou sur le dessus. La balle a tout juste raté ma *tête* !

Son ton indiquait clairement qu'elle ne tremblait pas de peur. Elle tremblait de fureur. Elle pivota vivement et regarda l'endroit d'où elle venait.

— Comment osent-ils !

Si ses deux mains n'avaient pas été serrées sur le bonnet, Phyllida aurait probablement agité un poing.

— Stupides chasseurs !

Les mots tremblèrent ; elle les interrompit net et elle eut le hoquet.

Lucifer tendit le bras et il enroula sa main autour des siennes, tirant doucement jusqu'à ce qu'elle lâche le chapeau. Il enveloppa sa petite main dans la sienne et il l'amena à le regarder en face.

Son visage était dénué d'expression ; il n'était pas calme et serein, mais vide, comme si elle ne pouvait pas conserver son masque habituel, mais qu'elle luttait pour ne pas laisser voir ses sentiments. Ses yeux, larges et sombres, étaient tempétueux, submergés d'émotions. La peur était présente, très réelle ; elle se servait de sa colère pour la contrer.

Il l'attira encore plus près, jusqu'à ce qu'elle soit assez proche pour sentir sa chaleur et la protection de sa présence physique. Elle était tendue comme un ressort, sa maîtrise d'elle-même était d'une fragilité si cassante qu'il ne voulait pas même risquer de mettre un bras autour d'elle ; elle ne le remercierait pas si elle s'effondrait.

— Où cela s'est-il produit ?

Elle baissa le regard sur son torse, respira difficilement, puis elle gesticula avec son bonnet.

— En arrière, là-bas. Deux champs plus loin. Je revenais d'une visite à la vieille madame Dewbridge ; j'y vais tous les vendredis, ajouta-t-elle après un moment.

Un frisson parcourut l'échine de Lucifer.

— *Chaque* vendredi matin ?

Elle acquiesça d'un signe de tête.

Sa poigne sur la main de la jeune femme se resserra ; il s'obligea à la relâcher. Il enroula le bras de Phyllida sous le sien.

— Je veux que vous me montriez l'endroit.

Il la retourna vers la piste, un vieux droit de passage.

Elle résista.

— C'est inutile ; ils ne seront plus là.

Il conserva un ton calme, posé ; ce n'était pas ainsi qu'il se sentait, mais c'était ce dont elle avait besoin.

— Je sais. Je veux seulement que vous me montriez l'endroit. Nous n'irons pas plus loin.

Elle hésita, puis elle hocha la tête.

— D'accord.

Il la guida sur le chemin et il l'aida à enjamber l'échalier. Une mince bande de tissu bleu était prise dans le barreau où elle avait déchiré sa robe dans sa précipitation.

Malgré sa fureur, elle avait été très effrayée.

Elle l'était encore.

Ils atteignirent la limite du champ voisin, elle s'arrêta et agita son bonnet abîmé.

— J'étais là. Pile au centre du champ.

Lucifer lui tenait la main et il évaluait les distances.

— Puis-je avoir votre bonnet ?

Elle le lui tendit ; il le prit et le souleva – il y avait *deux* trous percés au sommet. Sans un mot, il le lui rendit. Son visage lui donnait l'impression d'être en marbre. Elle avait regardé le sol au moment critique ; la balle était entrée par l'arrière du bonnet juste sous la couture du crâne, puis elle était sortie par le haut du bonnet, de l'autre côté du joint.

— Laissez-moi examiner votre tête.

— Je n'ai pas été touchée, grommela-t-elle, mais elle le laissa faire.

Sa chevelure était comme de la soie acajou, brillante et non décoiffée – il n'y avait pas de blessure. Il imagina la manière dont son bonnet serait posé sur sa tête, puis il mit les doigts sur ses cheveux. De la poussière, très fine, en ressortit sur la pulpe de ses doigts. Il la renifla. De la poudre – la balle était passée à un cheveu.

Il regarda le champ en arrière. La piste ne courait pas directement au milieu, mais elle tournait vers la rivière.

— Avez-vous entendu quelque chose ? Aperçu quelqu'un ?

— Non, mais…

Elle leva la tête.

— J'ai couru. C'est idiot, je sais, mais c'est ce que j'ai fait.

Courir lui avait peut-être sauvé la vie. Il ne dit rien, il se contenta d'inspirer et de retenir son souffle jusqu'à ce que sa réaction violente s'évanouisse. Elle marchait dans cette direction ; le seul endroit possible pour se dissimuler était un bosquet à l'extrémité du champ.

— Je vais vous raccompagner à la Grange.

Le regard qu'elle lui décocha indiqua qu'elle aimerait protester. Mais après un moment d'hésitation, elle inclina la tête et acquiesça.

Sir Jasper était sorti lorsqu'ils rejoignirent la Grange. Lucifer confia Phyllida aux soins de Gladys en s'assurant, malgré les remarques dédaigneuses de Phyllida, que Gladys comprenait que sa maîtresse avait reçu un choc sévère.

Il partit sous le regard mauvais de Phyllida ; peu importe. Elle était en sécurité.

Il revint à grandes enjambées vers le manoir à travers la forêt et il fut content de découvrir que Dosdwell était arrivé avec ses autres chevaux. Dosdwell avait bien ménagé l'écurie ; les chevaux avaient encore assez d'énergie pour un rapide galop.

Accompagné de Dosdwell, il retourna à cheval au bosquet. Descendant de leurs montures au bord du champ, ils attachèrent leurs bêtes pendant qu'il informait Dosdwell de ce qu'ils cherchaient.

Ils le trouvèrent près d'un côté du bosquet, le côté dissimulé à la vue de la piste piétonnière.

— Un seul cheval.

Dosdwell examina les empreintes de sabots dans la terre ramollie par la pluie.

— De bons fers propres à l'avant.

Lucifer fixa le sol un peu plus loin.

— Je ne trouve pas d'empreintes des sabots arrière.

— Nan. Ce gazon est trop épais, c'est d'autant plus dommage.

Sombrement, Lucifer hocha la tête en direction des empreintes de sabots qu'ils avaient trouvées.

— Qu'en penses-tu ?

— Un cheval assez bien soigné, des fers neufs sans entaille ni fêlure, des sabots bien remplis.

— Le cheval d'un gentleman.

— En tout cas, un cheval venant d'une écurie de gentleman. Pourquoi cela nous intéresse-t-il ? ajouta-t-il en examinant le visage de Lucifer.

Brièvement, Lucifer lui parla du cheval qui s'était tenu au fond des massifs du manoir. Il lui raconta qui avait reçu une balle dans son bonnet. Il ne lui dit pas pourquoi.

— C't'ait pas un chasseur. Sur quoi tirerait-il ? Il n'y a pas encore de caille ni de tir au pigeon d'argile et il serait trop loin de la forêt pour des pigeons. Les lapins ne sont pas sortis en ce moment.

Le visage grave, Dosdwell survola l'endroit du regard. – Il n'y a rien ici sur quoi tirer.

Seulement une femme portée sur les randonnées solitaires et ayant unc dépendance aux actes de charité effectués selon un horaire régulier. Lucifer regarda les empreintes de sabots et il essaya d'apaiser la tension dans ses épaules.

— Rentrons. Nous avons appris tout ce que nous pouvions ici.

Bristleford l'attendait quand il pénétra dans le vestibule.

— Monsieur Coombe est arrivé, monsieur. Je l'ai installé dans la bibliothèque.

— Merci, Bristleford.

Lucifer alla droit à la porte de la bibliothèque et il l'ouvrit. Silas Coombe recula d'un bond de sa position devant une bibliothèque, la main levée. Lucifer aurait parié toute sa collection que Coombe tâtait le dos de livres incrustés d'or. Le visage impassible, il hocha la tête, il ferma la porte et il marcha avec raideur jusqu'à son bureau.

— Les feuilles d'or ne vieillissent pas très bien ; mais ça, vous le savez, n'est-ce pas.

Il arqua un sourcil vers Coombe, qui se redressa et tira sur son gilet ; ses rayures horizontales blanches et noires le faisaient paraître plus rondelet qu'il ne l'était.

— Oh, tout à fait. Tout à fait ! J'admirais seulement la méthode de travail.

Il s'approcha du bureau.

Lui désignant une chaise de la main, Lucifer se cala dans celle derrière le meuble.

— Bon, à quoi dois-je ce plaisir ?

Coombe s'assit, prenant tout son temps pour s'installer. Puis, il regarda Lucifer.

— Naturellement, je ressens profondément la perte de Horatio. Je crois bien que je suis l'un des rares des environs qui appréciaient véritablement sa grandeur.

Un geste de la main indiquait la pièce autour d'eux ; Lucifer n'eut aucun doute qu'aux yeux de Coombe, la grandeur de Horatio résidait dans ses biens.

Le regard de Coombe s'égara vers les étagères.

— Vous devez être très perplexe devant une personne passant sa vie à rassembler tous ces vieux volumes. Ils sont en nombre fantastique.

Lucifer conserva une expression neutre. Il avait révélé son intérêt pour la collection uniquement à sir Jasper et à Phyllida ; clairement, ni l'un ni l'autre n'avaient parlé.

— Bon, cela peut vous paraître étrange, mais j'ai moi-même de l'intérêt pour les livres, comme vous l'avez peut-être entendu dire dans le village. Je suis considéré comme un excentrique à cause de cela, vous savez.

— Vraiment ?

— Oui, oh, oui. Bon, pour en venir au fait, je m'aperçois que vous allez vouloir vous débarrasser d'eux ; indubitablement, vous commencerez à vous en défaire bientôt. Ils prennent tellement d'espace. Ils sont partout au rez-de-chaussée et même, je crois bien, à l'étage ?

Lucifer fit semblant de ne pas entendre la question. Coombe changea de position, tirant sur son manteau.

— Oui, eh bien. C'est là où je peux vous aider, je crois. Il se cala dans son siège et n'ajouta rien de plus. Lucifer fut obligé de le lui demander.

— Comment ?

Coombe se pencha en avant comme une marionnette bien rodée.

— Oh, je ne pourrais pas tous les prendre, évidemment ! Seigneur, non ! Cependant, j'aimerais ajouter quelques-uns des livres de Horatio à ma collection. En souvenir, pourrait-on dire, dit-il en s'égayant. Je suis certain que Horatio aurait voulu que les choses soient ainsi.

Souriant, Coombe s'installa confortablement de nouveau.

— Je viendrai regarder ces livres à mesure que vous les emballerez ; je ne voudrais pas vous incommoder.

— Ce ne sera pas le cas.

Lucifer essaya d'imaginer Coombe avec un couteau dans la main. La vision n'était pas convaincante. S'il y avait un homme dans le village susceptible de s'évanouir à la vue du sang, il aurait parié sur Coombe.

Néanmoins, il n'était pas à l'église dimanche dernier.

— Je n'ai pas songé à vendre les livres, mais si je le fais, je ferai probablement appel à un agent de Londres.

Un pli barra le front de Coombe.

— J'espère que vous m'accorderez, le temps venu, le droit de premier refus ?

Lucifer haussa les épaules.

— Je devrai voir comment les choses se passeront. Certains agents pourraient ne pas accepter ce mandat s'ils croient que les fruits les plus juteux ont déjà été ramassés.

— Bien, ma parole !

Coombe se hérissa comme comme une poule agitée.

— Je dois dire, je pense que Horatio aurait voulu que j'aie certains de ces bijoux.

— Vraiment ?

Son ton sec fit se dégonfler Coombe. Il soutint le regard de l'homme.

— Malheureusement pour vous, Horatio n'est plus ici. Je le suis.

Il se leva et tira sur la clochette des domestiques, puis il regarda Coombe.

— S'il n'y a rien d'autre, j'ai un nombre considérable d'affaires qui requièrent mon attention.

La porte s'ouvrit ; Lucifer leva la tête.

— Ah, Bristleford ; monsieur Coombe s'en va.

Coombe se leva, son visage se marbrant. Toutefois, il se redressa et s'inclina jusqu'à la taille.

— Bonne journée, monsieur.

Lucifer inclina brièvement la tête.

Alors que Coombe approchait de la porte, Lucifer fit un signe à Bristleford ; Bristleford hocha la tête presque imperceptiblement, puis il fit sortir Coombe et ferma la porte.

Lucifer triait la correspondance quand Bristleford revint.

— Vous désiriez quelque chose, monsieur ?

— Envoyez-moi Covey.

— Tout de suite, monsieur.

Covey se glissa dans la pièce quelques minutes plus tard. Lucifer se cala dans sa chaise.

— J'ai un travail pour vous, Covey.

— Oui, monsieur ?

Covey s'arrêta devant le bureau, les mains serrées dans son dos.

Lucifer jeta un coup d'œil aux bibliothèques.

— Je veux que vous fassiez l'inventaire complet des livres de Horatio.

— Tous ?

Covey regarda les longues et hautes bibliothèques.

— Commencez par le salon, puis ici, pour finir par les autres pièces. Pour chaque livre, je veux le titre, l'éditeur et la date de publication. Je veux aussi que vous cherchiez les dédicaces ou les notes sur les pages. Si vous trouvez des annotations, mettez ces livres de côté et montrez-les-moi à la fin de chaque journée.

Covey redressa les épaules.

— Oui, monsieur.

Il était clairement content de suivre de nouveau des ordres.

— Dois-je utiliser un registre pour la liste ?

Lucifer fit signe que oui. Prenant un registre neuf et un crayon dans un coffre, Covey se dirigea vers le salon. Lucifer regarda la porte se fermer ; il se cala dans son siège – le cuir craqua.

Les livres qu'il avait trouvés désalignés dans le salon – maintenant qu'il y réfléchissait, ils avaient été bien coincés sur la tablette. Ils ne pouvaient pas s'être accidentellement glissés vers l'avant.

Aujourd'hui, Silas Coombe demandait un premier droit de regard sur les livres de Horatio. Coombe pouvait-il être le meurtrier ?

Lucifer baissa encore une fois les yeux sur le tas de lettres qu'il avait empilées sur le buvard. Il avait d'autres questions aussi auxquelles il ne pouvait également pas répondre. Qu'est-ce que Horatio voulait qu'il évalue ?

Et où diable cela était-il ?

Plus tard ce soir-là, il était debout dans sa chambre à coucher à regarder dehors par la fenêtre, observant le jeu de lumière de la lune sur la place. Il avait passé la moitié de l'après-midi à fouiller la maison dans l'espoir que quelque chose, un objet, le frapperait comme étant assez peu familier et unique pour avoir été l'article mystérieux de Horatio. Il avait appris l'étendue de son héritage, mais cela était loin de résoudre l'énigme.

La maison était une caverne l'Ali Baba, raffinée dans sa splendeur. Chaque objet avait une histoire, une plus grande valeur que son mérite fonctionnel. Pourtant, comme il était courant chez de nombreux grands collectionneurs, les meilleurs articles de Horatio étaient utilisés dans le but qu'ils avaient été conçus et non cachés. Où était donc l'objet mystérieux ? À la vue de *tous* ? Ou bien dissimulé dans un autre objet conçu pour servir de cachette ?

C'était une possibilité. Lucifer nota mentalement qu'il lui fallait la vérifier.

Identifier l'objet mystérieux – possiblement la raison du meurtre de Horatio – n'était que l'un de ses problèmes. Le problème le plus pressant, le plus critique, était d'apprendre pourquoi un homme, montant un cheval qui pouvait bien être le même qui avait attendu dans les massifs pendant que Horatio était assassiné, avait aussi tenté de tuer Phyllida.

Lucifer roula les épaules, essayant de soulager les nœuds qui s'étaient formés depuis la fin de l'après-midi, quand il était retourné à la Grange pour s'entretenir avec sir Jasper.

Et Phyllida, bien sûr, mais elle n'était pas là.

Elle n'était ni dans la bibliothèque, ni dans le salon, ni allongée, prostrée dans son lit à cause du choc. Cette femme avait commandé un fiacre et elle était allée rendre visite à une autre âme méritante. Au moins, elle n'avait pas marché.

Évidemment, elle avait été la première à raconter l'histoire à sir Jasper – sa version avait insisté sur le fait qu'il s'agissait d'un chasseur malencontreux ; elle avait clairement minimisé sa peur.

Il avait tenté de corriger ces impressions, mais il avait été gravement handicapé par deux choses. D'abord, sir Jasper ignorait la présence de Phyllida dans le salon de Horatio, donc il n'avait aucune raison de supposer que l'assassin de Horatio pourrait s'intéresser à elle. Sans tout dire à sir Jasper, sans dénoncer Phyllida, il était inutile de faire le lien entre les deux chevaux et, sans cela, sa capacité à imprégner la situation de la gravité appropriée était sévèrement compromise.

Le second obstacle était le fait que sir Jasper avait été bien habitué à accepter tout ce que sa fille lui disait, du moins à propos d'elle-même. Avec tout cela contre lui, il avait été incapable d'ébranler sir Jasper pour qu'il sorte de sa complaisance et adopte une façon de penser suffisamment protectrice. Tout ce qu'il avait réussi à faire était de transmettre son propre profond malaise à propos du tir et pour la sécurité générale de Phyllida.

Sir Jasper avait souri d'un air trop entendu et lui avait assuré que Phyllida pouvait se défendre.

« Pas contre un meurtrier. »

Il avait retenu ces mots, mais tout juste.

Il était rentré à grands pas à travers la forêt dans un état dangereusement proche de la colère ; l'émotion s'était transformée en inquiétude persistante avant qu'il atteigne le manoir.

Contemplant la place éclairée par la lune, il se sentait décidément morose. Demain, il irait la trouver…

Une silhouette traversa la rue et remonta la place.

Lucifer la fixa. Il savait ce qu'il voyait, mais son cerveau refusait de l'accepter.

— *Par l'enfer* ! Que *diable* croit-elle *faire* ?

Tournant les talons, il sortit chercher sa réponse.

Elle était debout sur le porche latéral, registre en main quand il atteignit l'église.

Phyllida le vit émerger des ombres ; grand, sombre et menaçant, comme un dieu totalement mécontent de son disciple. Elle leva le menton et fixa sur lui un regard d'avertissement ; monsieur Filing était à côté d'elle.

— Monsieur Cynster !

Filing referma son registre.

— Ça va, le rassura-t-elle. Monsieur Cynster sait tout de la compagnie et de notre façon d'opérer.

Rouvrant le registre, Filing sourit à Lucifer.

— Oh, dans ce cas. C'est une toute petite entreprise.

— C'est ce que j'en comprends.

Lucifer ne rendit pas son sourire au vicaire. Il dépassa Filing d'un pas raide, il contourna Phyllida, il s'arrêta sur son autre flanc, les mains sur les hanches, offrant une excellente imitation d'un dieu désapprobateur.

— Que faites-vous ?

Il pencha la tête afin que ses mots tombent dans son oreille comme un grondement furieux. Elle ne leva pas les yeux.

— Je vérifie les marchandises en les comparant au connaissement, vous voyez ?

Elle en fit la démonstration alors que Hugey montait péniblement avec une boîte.

— Déposez-la à gauche du sarcophage de Mellow.

Hugey hocha la tête avec circonspection vers la menace rôdant à côté d'elle et il entra dans l'église.

Oscar prit sa place, contemplant Lucifer plus directement. Elle se sentit obligée de les présenter. Oscar fit danser sa tête, ses bras fermés autour d'un petit fût.

Lucifer hocha la tête.

— Vous êtes le frère de Thompson, me dit-on.

— Ouais, c'est bien vrai.

Oscar se fendit d'un sourire, content d'être connu.

— J'ai entendu dire entre les branches que vous aviez décidé de faire de Colyton votre foyer.

— Oui. Je n'ai pas l'intention de partir.

Penchée sur son registre, Phyllida fit comme si elle n'avait rien entendu. Oscar continua son chemin en se traînant les pieds et fut remplacé par Marsh. Il toussa et elle dut le présenter aussi. Avant que le rangement de toute la marchandise de la soirée soit terminé, tous les hommes avaient été présentés à Lucifer ; il avait été accepté par tous bien trop facilement au goût de Phyllida.

Elle lui jeta un coup d'œil alors qu'elle se dirigeait vers la crypte – et il lui fallut admettre à contrecœur qu'il était un personnage impressionnant, particulièrement dans la nuit ombragée. Comme son homonyme, sombre et menaçant, il la suivit en bas des marches en pierre.

Le nez levé dans un angle révélateur, elle s'installa ostensiblement pour s'occuper de ses comptes. Il rôda un moment à proximité, puis il se fraya un chemin jusqu'à l'endroit où monsieur Filing déplaçait des boîtes. Elle l'entendit lui offrir son aide, elle entendit l'acquiescement empressé de Filing.

Des boîtes raclèrent la pierre ; elle se concentra sur ses chiffres.

Refermant enfin le registre, elle s'étira le dos ; ce ne fut qu'à cet instant qu'elle se rendit compte que Lucifer et Filing avaient depuis longtemps fini de déménager les boîtes.

Se tournant, elle les vit appuyés contre un monument, à converser sérieusement. Filing lui tournait le dos ; la voix de Lucifer était trop grave pour qu'elle l'entende.

Dégageant rapidement sa « table de travail », elle alla les rejoindre.

Lucifer la regarda s'approcher.

— Donc, à part sir Jasper et Jonas, Basil Smollet et Pommeroy Fortemain, la majorité des hommes n'était pas à l'église.

Filing acquiesça d'un signe de tête.

— Sir Cedric est un fidèle irrégulier, tout comme Henry Grisby. Les dames, je peux compter sur elles – il sourit à Phyllida –, mais j'ai bien peur que les hommes de la paroisse soient bien plus récalcitrants.

— Inopportun, dans ce cas-ci.

Phyllida regarda Filing.

— En effet. J'ai tout inscrit. Tout est en ordre, alors je vais vous souhaiter une bonne nuit.

— Et une bonne nuit à vous, ma chère.

Filing lui fit une révérence. Phyllida sourit et se détourna.

Lucifer se redressa.

— Je vais vous raccompagner à la Grange.

Elle n'était pas le moins du monde étonnée d'entendre cela. Elle inclina la tête et prit la direction de l'escalier.

— Comme vous le voulez.

Elle mena la marche hors de l'église et sur la place. Il allongea le pas jusqu'à ce qu'il marche à côté d'elle, presque à la hauteur de son épaule. La peau de Phyllida picota ; une sensibilité envers lui l'envahit subitement et lui laissa les nerfs à fleur de peau.

Leur retour précipité des montagnes de Colyton – une folle équipée – ne lui avait pas laissé le temps ni le souffle, pour la gêne ou pour éprouver de la sensibilité à sa présence, mais une fois qu'elle avait regagné sa chambre à coucher, cette conscience l'avait submergée. Elle avait été certaine de ne plus pouvoir croiser ses yeux – regarder encore ses lèvres – sans rougir si violemment que tout le monde en devinerait la raison. Elle s'était presque décidée à l'éviter – certainement à éviter ses bras.

Puis, quelqu'un lui avait tiré dessus et il était arrivé – et elle n'avait voulu rien de plus que de se lancer dans ses bras et se sentir en sûreté. L'envie avait été si forte qu'elle en tremblait ; ce n'est qu'au prix d'un effort suprême qu'elle l'avait étouffée.

C'était totalement stupide de se sentir ainsi – de sentir que le seul endroit où elle se sentirait vraiment en sécurité était dans ses bras. Dangereux, aussi, quand elle savait que son intérêt pour elle était seulement passager. Une fois qu'elle lui aurait révélé ce qu'elle savait, il n'aurait aucune raison de la séduire.

Elle avait passé l'après-midi à se morigéner, se faisant remarquer qu'elle avait parfaitement bien survécu jusqu'à ce jour, qu'elle se sentirait encore en sécurité dans le village. Tout ce qu'elle avait à faire était d'exercer un peu plus de prudence et tout irait bien. Elle trouverait les lettres de Mary, elle dirait tout à Lucifer, puis ils démasqueraient le meurtrier et la vie reprendrait comme avant.

Sauf que Lucifer vivrait au village. Il ne partirait pas. Elle ne pourrait pas l'éviter.

Il n'y avait qu'une solution : se comporter avec son assurance habituelle et faire comme si rien d'extraordinaire ne s'était passé sur la falaise. Faire semblant qu'il n'avait aucun effet sur elle.

Pas facile quand il la contemplait d'un regard mauvais.

— Vous ne pouvez pas vraiment être assez idiote pour croire que c'était un chasseur ignare qui vous a tiré dessus.

— Vous ne pouvez pas supposer que ce n'est pas une possibilité.

— C'est devenu une possibilité bien moins probable quand nous avons trouvé des empreintes de sabots, exactement comme celles derrière les massifs du manoir, à côté du bosquet dans ce champ.

Le pas de Phyllida faiblit ; elle ralentit.

— Quelqu'un est venu là à cheval… cela aurait pu être un chasseur.

— Il n'y avait rien à chasser dans ce champ.

Sauf elle. Une main froide lui agrippa la nuque ; des doigts glacés descendirent lentement le long de sa colonne vertébrale. Phyllida étouffa un frisson. Elle continua à marcher. Son esprit s'activa, tria et réarrangea des faits connus sous la lumière de ce nouveau fait.

Elle s'était presque convaincue qu'il s'agissait *réellement* d'un chasseur imprudent – malgré sa peur instinctive, il n'y avait aucune raison logique de croire le contraire.

Maintenant… le meurtrier essayait-il de la tuer ?

Pourquoi ? Elle avait vu le chapeau, mais ce n'était qu'un chapeau brun – elle le reconnaîtrait si elle le revoyait, mais elle ne se souvenait pas de l'avoir déjà vu auparavant. Elle avait gardé les yeux grands ouverts, mais elle ne l'avait pas revu. En fait, jusqu'à ce que l'on confirme le contraire, elle avait supposé qu'un étranger avait dû arriver à cheval et poignarder Horatio.

Cela ne semblait plus probable. Si Lucifer avait raison et que le même cheval qui avait été attaché près du massif dimanche s'était trouvé près du bosquet ce matin, alors elle ne pouvait qu'être d'accord avec lui.

Le meurtrier était un habitant de la région et il avait tenté de l'assassiner.

Il devait croire qu'elle pouvait l'identifier, mais certainement pas à cause du chapeau ? Il l'aurait déjà brûlé, et comme elle n'avait rien dit, cela devait être évident qu'elle ne l'avait pas reconnu. Avait-elle vu autre chose ?

Fronçant les sourcils, elle continua à avancer.

Un son dégoûté lui parvint à côté d'elle. Elle sentit le regard de Lucifer sur son visage et elle bannit rapidement son froncement de sourcils.

— Je devrais révéler à votre père votre lien avec le meurtre.

Elle se tourna vers lui.

— Vous ne l'avez pas fait ?

Il la fusilla du regard.

— Non, mais je le devrais. Je le ferai, si c'est le seul moyen d'assurer que vous restiez en sécurité.

Elle respira de nouveau facilement.

— Je serai prudente.

— Être *prudente* ? Regardez-vous ! Vous baladant au cœur de la nuit, seule !

— Mais personne ne sait que je suis dehors.

— Sauf tous les collaborateurs.

Elle renâcla doucement.

— Aucun d'eux n'est un meurtrier, et vous le savez.

Un silence lourd de tension s'ensuivit.

— Allez-vous me dire que personne ne remarque jamais la lumière brillant dans l'église à quelques nuits d'intervalle ?

— Bien sûr qu'on la remarque – on pense qu'il s'agit de contrebandiers.

— Donc, tout le monde sait que vous êtes là.

— Non ! Personne ne va même jusqu'à *imaginer* que je suis là ; je suis une *femme*, vous vous en souvenez ?

Cela lui cloua le bec. Pour un moment seulement.

— Croyez-moi, voilà une chose que j'ai très peu de chance d'oublier.

Elle trébucha. Il lui attrapa le bras, la releva en la faisant pivoter vers lui. Elle se stabilisa, tournée en diagonal vers la place.

— Doux Jésus !

Elle regarda fixement devant elle.

— Une lumière vient juste de clignoter dans votre salon.

Ils se figèrent tous les deux, regardant vers le manoir. Tout était sombre, puis une lumière de la taille d'une pointe d'épingle brilla fugitivement encore. Avant qu'ils puissent cligner des paupières, une faible lueur se répandit sur les fenêtres du salon. Une lampe avait été allumée et réglée à sa luminosité la plus faible.

Phyllida inspira brusquement.

— Cela doit être le meurtrier !

— Restez ici !

La libérant, Lucifer plongea en bas de la pente.

— Ah !

Phyllida partit à sa suite, dans son sillage, sûre que s'il y avait un endroit où trébucher, il le trouverait avant elle.

Ils contournèrent la mare aux canards, puis se frayèrent un chemin de l'autre côté de la rue en faisant attention à éviter les pavés lâches. Ayant rejoint les clôtures en façade des cottages, ils restèrent dans l'ombre, puis ils s'accroupirent alors qu'ils se hâtaient le long du mur du jardin du manoir. Lucifer atteignit le portail avant elle ; il se leva et le fit pivoter…

Il grinça.

Le son sembla assez fort pour réveiller les morts.

Lucifer se lança sur le sentier, le gravier grinçant sous ses pieds. Phyllida suivit sur ses talons.

La lumière dans le salon s'était éteinte subitement.

Ils s'arrêtèrent dans un glissement contre la porte d'entrée, Lucifer jonglant avec un trousseau de clés non familières. Le son de pas leur parvint de l'intérieur, fuyant sur les carreaux. Lucifer s'arrêta, leva la tête, écouta…

Il jura et fourra les clés de nouveau dans sa poche. Il se concentra sur Phyllida.

— Pardieu ! Restez ici !

Il pivota et parcourut la façade de la maison à fond de train.

Phyllida le suivit.

Lucifer vira le coin et s'arrêta ; Phyllida lui rentra dedans comme un boulet. Reprenant son équilibre, collée dans son dos, les mains serrant son manteau, elle regarda d'un côté de son épaule…

Et elle aperçut une silhouette fuyante dans sa vision périphérique.

— Là !

Elle pointa.

La lune se libéra des nuages alors que l'homme fuyait sur l'étendue de pelouse à découvert. Il se dirigeait vers le massif.

— *Restez ici !*

Lucifer le prit en chasse.

Phyllida hésita. Il n'y avait que deux autres sorties du massif – une menant au lac, une… Elle regarda l'entrée du sentier étroit à côté de la rue. Prenant une rapide inspiration, elle courut vers elle.

C'était le fait qu'elle ne le suivait pas qui amena Lucifer à lui jeter un coup d'œil. Au début, il ne la vit pas – puis, il la vit ; elle était une ombre filant à travers l'étendue de pelouse près des grilles principales. Son cœur s'arrêta.

— Non ! rugit-il. Revenez !

Elle plongea dans l'entrée obscure du sentier.

Jurant violemment, il pivota et partit dans sa direction.

Il plongea dans le sentier. Il se tortillait et tournait, un tunnel dont les murs étaient d'un noir impénétrable, dont le plafond était le ciel sombre obscurci par des branches foncées. Il pouvait à peine voir le sol sous ses pieds qui le martelaient. Des branches s'agrippaient à son manteau ; il continua à toute vitesse.

Phyllida était rapide – plus rapide qu'il ne s'y était attendu – non entravée comme elle pouvait l'être avec ses jupes. Elle était encore devant lui, mais il pensa entendre le bruit de ses pas qui retombaient par-dessus celui des siens et des battements qui résonnaient dans ses oreilles.

La question pertinente n'était pas de savoir à quel point elle allait vite, mais quelle était la vitesse du meurtrier ? Et s'il était armé ou non.

Atteindraient-ils la fin du massif à temps ? Rattraperait-il Phyllida avant qu'elle coure directement dans les bras du meurtrier ?

Puis, il vira à un coude et il la vit ; employant toute sa force, il poussa en avant. Il la rattrapa à l'endroit où les haies du massif se terminaient ; épaule contre épaule, ils surgirent dans la clairière au-delà.

Le son sourd et moqueur de sabots s'éloignant les accueillit.

Ils s'arrêtèrent, s'affaissèrent. Le torse se soulevant et s'abaissant, les mains sur les hanches, Lucifer regarda Phyllida. À moitié penchée, les mains sur les genoux, elle soufflait et soufflait.

Il patienta, puis il demanda :

— L'avez-vous reconnu ?

Elle secoua la tête, puis se redressa.

— Je l'ai à peine entrevu.

Ils étaient arrivés trop tard pour apercevoir le cheval, même fugitivement. Lucifer jura dans sa barbe. Il regarda Phyllida d'un œil mauvais, puis il gesticula brusquement vers le sentier. Il lui donnerait son opinion de son comportement plus tard – une fois qu'il aurait repris son souffle.

Ils revinrent sur leurs pas. Au bout du sentier, ils émergèrent sur la pelouse. Phyllida regarda devant elle, elle inspira et recula. Lucifer stoppa. Dosdwell et Hemmings rôdaient sur la pelouse. Soupirant en son for intérieur, il murmura :

— Restez ici.

Il commença à avancer, puis il marqua une pause et ajouta :

— Vous ne voulez pas savoir ce que je ferai si je ne vous retrouve pas exactement à cet endroit à mon retour.

Il l'entendit renifler avec dédain, mais il ne regarda pas en arrière. Allongeant le pas, il traversa la pelouse en agitant la main lorsque Dosdwell le vit.

— Un intrus ; je lui ai donné la chasse, mais je l'ai perdu, dit-il en attendant que Hemmings les rejoigne. Je vais rôder dans les alentours encore un peu. Vous pouvez fouiller la maison, voir comment il est entré et sorti, puis vous pourrez verrouiller. J'ai mes clés ; nous pourrons comparer nos conclusions le matin venu.

Hemmings, tout comme Dosdwell, était en chemise de nuit ; ils hochèrent la tête et reprirent la route de la maison.

Lucifer attendit qu'ils soient à l'intérieur, puis il se tourna et remonta vers le sentier.

CHAPITRE 10

Phyllida patientait là où il l'avait laissée, juste à l'intérieur de l'entrée du sentier. Les bras croisés, il était possible qu'elle le regarde d'un œil mauvais ; il n'en était pas certain dans l'obscurité.

Il stoppa à côté d'elle en la surplombant, intentionnellement intimidant. Elle ne céda pas d'un iota.

— Avez-vous toujours autant de difficulté à suivre les ordres des autres ?

— Il y a très peu de gens qui me donnent des ordres. Ils restaient debout à se fixer du regard, puis il recula et gesticula en direction de la pelouse.

— Je vais vous raccompagner à travers la forêt.

Elle jeta un coup d'œil à la maison.

— Il vaudrait peut-être mieux passer par le massif et sortir près du sentier du lac.

Il lui fit signe de partir et il la suivit.

Phyllida reprit le même chemin qu'ils avaient emprunté plus tôt, puis elle tourna dans le massif, bien trop consciente de l'énergie masculine mal réprimée rôdant dans son dos.

Elle tenta de se dire à elle-même qu'il agissait ainsi uniquement pour l'intimider, pour faire pression sur elle afin qu'elle révèle tout et obéisse à ses ordres à partir de maintenant, mais elle savait que ce n'était pas cela. S'il avait voulu l'intimider, il aurait été plus direct.

Non que le sentiment de quelque chose de dangereux, de quelque chose de violent et pas totalement maîtrisé la suivant sur ses talons ne soit pas assez intimidant. Ils contournèrent le lac et traversèrent les bois en silence. Elle marqua une pause lorsqu'ils atteignirent les massifs de la Grange, mais il fronça les sourcils et lui fit signe de continuer.

La pelouse arrière s'étirait juste devant quand il lui saisit le bras et la tira sur un côté, sur l'un des sentiers reliés. Il la lâcha ; elle lui fit face, le dos contre la haie, heureusement une haie en conifère à petites feuilles. Soigneusement taillée, elle formait un coussin dans son dos. Il appuya une épaule contre la haie, juste à côté de Phyllida, avant de baisser les yeux sur elle.

— Quand allez-vous me dire tout ce que vous savez ?

Elle aurait aimé pouvoir interpréter son regard, mais ses yeux étaient perdus dans l'ombre. Il restait debout là, si près ; néanmoins, il n'y avait plus de sensation d'intimidation. Une invitation était ce qui lui parvenait. Pas de faux-semblant, pas de ruse ; une affaire simple entre elle et lui. Pour elle, c'était beaucoup plus attirant. Elle poussa un léger soupir.

— Bientôt.

— Quand, bientôt ?

— Je ne peux pas le dire ; mais dans peu de temps. Quelques jours, peut-être.

— Puis-je faire quoi que ce soit pour écourter ce délai ?

— Si je pouvais vous le dire… Mais je ne le peux pas. J'ai donné ma parole.

— Ce savoir que vous détenez, est-ce la raison pour laquelle le meurtrier vous a maintenant dans sa mire ?

— Je ne le crois pas. Je ne vois pas pourquoi cela constituerait une menace pour lui.

Il réfléchit, puis il hocha la tête.

— Je vais vous proposer un marché.

Il se redressa et soudainement, le sentiment de menace physique fut de retour ; un prédateur en laisse se tenait devant elle.

— Je ne vois pas la nécessité d'un marché.

— Croyez-moi, il y a nécessité.

Le grondement dans sa voix la prévint de ne pas mettre cette déclaration au défi.

— Quoi, alors ?

— Je veux une promesse de votre part que vous ne vagabonderez pas seule dans les environs, soit le jour, soit la nuit jusqu'à ce que le meurtrier soit pendu par les pieds.

Elle leva le menton.

— Et en retour ?

— En retour, je ne dirai pas à votre père que vous étiez là et que vous savez quelque chose d'important.

Elle se détendit.

— Vous ne le direz pas à papa, de toute façon.

Il fronça les sourcils ; ses yeux se plissèrent.

— En êtes-vous si certaine que vous êtes prête à courir le risque ?

Elle l'était, mais le moment semblait mal choisi pour l'admettre.

— Je serai prudente.

Elle se serait remise en mouvement, mais il faisait entrave.

— Prudente, répéta-t-il, et ses traits se durcirent. Quelqu'un tente de vous tuer et vous parlez d'être *prudente* ? Je devrais le dire à votre père et lui demander de vous enfermer à clé dans votre chambre.

— Sottises ! Nous ne pouvons pas être absolument certains que c'est le meurtrier qui m'a tiré dessus.

— Qui d'autre ? Et ne me dites pas qu'il s'agissait d'un chasseur.

— Le meurtrier n'a aucune *raison* de me tuer !

— Il doit penser le contraire, continua-t-il en scrutant son visage. Cette chose que vous savez doit l'identifier.

— Eh bien, ce n'est pas le cas.

Elle ne tenta pas de dissimuler son chagrin.

— Au début, je pensais que c'était possible, mais je ne vois pas comment ce serait le cas, pas maintenant.

— Cela n'importe pas que cela puisse l'identifier ou non ; seulement qu'il croit que c'est possible. C'est suffisant pour vous mettre en danger.

Alors qu'il prononçait les mots, Lucifer sentit leur poids – pour la première fois, il prit pleinement conscience de leur vérité. Elle courait un danger.

Un danger réel, grave. Elle pouvait être assassinée par le même tueur qui lui avait enlevé Horatio.

Sa respiration était tendue.

— Vous avez un choix. Soit vous me promettez de ne pas mettre le pied hors de la Grange, sauf pour des affaires urgentes et dans ce cas, uniquement avec une escorte masculine, soit nous pouvons entrer chez vous tout de suite et parler à votre père et lui présenter tous les détails pertinents.

Pour une fois, elle permit à son agacement de s'afficher.

— C'est ridicule. *Vous* n'êtes pas mon gardien.

Il la dévisagea de toute sa hauteur et il ne souleva pas ce fait.

— Je rentre.

Il ne bougea pas.

Elle le fusilla du regard, puis elle bondit en avant…

Il enroula un bras autour de sa taille, il la fit pivoter de nouveau vers la haie, puis il la piégea contre elle. Il regarda dans ses yeux brûlants de colère.

— Vous n'êtes pas en sécurité.

Il parlait du meurtrier, mais il lui vint soudainement à l'esprit qu'il parlait au sens propre. Il baissa la tête.

— Vous êtes une femme ; le meurtrier est un homme.

Il prononça ses mots dans un souffle le long de sa joue, ses lèvres suivant la ligne jusqu'à sa mâchoire plus bas. Le parfum de Phyllida monta, enveloppa les sens de Lucifer et le prit dans ses filets.

Ses muscles se contractèrent, se figèrent. La tentation de la goûter monta en lui, plus irrésistible que jamais auparavant. Sur la haie à côté de l'épaule de

Phyllida, le poing de Lucifer se serra pendant qu'il combattait cette envie – et il gagna.

Il était aussi un homme. Dans le feu du moment, il avait omis ce fait. S'armant de courage, resserrant ses rênes, il se raidit pour reculer.

— Embrassez-moi.

Les mots étaient un murmure dans l'obscurité, une douce supplique si inattendue qu'il se sentait abasourdi. Levant la tête, il regarda son visage, incertain d'avoir bien entendu.

Son manteau était ouvert ; les mains de la jeune femme étaient venues se poser sur son torse enveloppé d'une chemise. Maintenant, elles glissaient sur ses flancs, s'agrippant, le poussant à s'approcher davantage.

— Embrassez-moi encore.

Il vit ses lèvres bouger alors qu'elle s'étirait vers le ciel ; elles touchèrent sa mâchoire.

— Embrassez-moi comme vous l'avez déjà fait... une dernière fois...

Elle n'eut pas à le demander une quatrième fois, mais il n'y aurait pas que ce seul baiser. Penchant la tête, emprisonnant ses lèvres, il supposa qu'elle le savait, que ses derniers mots faisaient simplement partie de sa demande. Il voulait l'embrasser un million de fois, encore et encore. Il ne se lasserait jamais de son goût, de sa manière douce, innocente et confiante de lui céder ses lèvres, sa bouche.

Elle le refit et elle captura ses sens. Il tomba dans le baiser, en elle.

Il était affamé.

La haie était assez moelleuse pour qu'il la presse dedans. Il le fit ; la caresse de son corps souple tendu contre le sien enflamma son besoin. Les mains de Phyllida s'aventurèrent plus loin, explorant, puis s'écartant dans son dos. Elle s'accrochait et il l'embrassa encore plus profondément. La faim de Lucifer explosa. Elle s'arqua contre lui, s'offrant instinctivement, puis elle l'embrassa à son tour.

Elle était encore novice à ce jeu, assez pour le distraire. Il prit le temps de l'encourager, de la taquiner, de lui enseigner jusqu'à ce que, leurs lèvres fusionnées, leurs langues s'entremêlant, ils furent satisfaits de la profondeur de l'intimité qu'ils partageaient.

Ce n'était pas suffisant – pas pour lui.

Ce n'était pas suffisant pour Phyllida non plus. Quand il n'osa rien de plus, mais qu'il resta simplement là, un mâle chaud, vivant et intensément excitant, à peu de chose près enroulé autour d'elle dans l'obscurité, elle supposa que c'était à son tour de prendre les rênes. Faisant glisser ses mains vers l'avant, savourant les muscles durs, la tension qui les imprégnait, elle le sentait, pendant qu'elle caressait, qu'elle cherchait et trouvait les boutons de sa chemise. Rapidement, elle s'activa vers le haut, faisant glisser les petits boutons hors de leurs boutonnières tout en continuant à l'embrasser, à l'accueillir en elle, puis en répondant à ses caresses passionnées avec ses propres caresses passionnées.

Le jeu donnant-donnant – la réciprocité des gestes – était une chose qu'elle n'avait pas prévue. Cela l'intrigua et la stimula. Il avait vu ses seins, les avait caressés, il avait joué avec ses mamelons ; cela avait été merveilleusement agréable.

Elle avait maintenant l'occasion de lui rendre son cadeau.

Le dernier bouton céda ; elle glissa ses mains à l'intérieur du doux tissu. Écartant les doigts, elle pressa ses paumes sur le muscle large qui était l'équivalent de ses seins.

Il réagit comme elle l'avait fait ; une tension aiguë se convertissant quasi instantanément en chaleur, en étrange caisse de résonance de chair vibrante. Satisfaite, elle le caressa, déplaçant ses mains, bougeant les doigts, s'enfonçant dans la peau, la libérant ; elle se demanda si cette vibration était du désir – son désir.

Des poils lui chatouillèrent les paumes. Elle trouva les disques plats de ses mamelons, si dissemblables aux siens, pourtant, ils se contractèrent comme les siens l'avaient fait. Elle s'amusa, intriguée par cette découverte, par la réaction qu'elle sentait monter en lui. Leurs lèvres restaient fusionnées, sa bouche emprisonnée sous la sienne. Elle sentit sa maîtrise de soi, sa retenue.

Audacieusement, elle le caressa avec ses mains et sa langue et le tenta encore plus.

Le barrage céda ; la chaleur envahit Phyllida comme une marée brûlante.

Elle avait eu raison – c'était du désir ; elle le savait au fond d'elle. Il la remplissait, la réchauffait. Elle se délecta de cette chaleur et l'absorba bravement, autant qu'il lui en donnait.

Elle voulait cela – elle voulait désespérément connaître toutes ces choses qu'elle avait craint de ne jamais découvrir. Elle voulait sentir, voulait savoir ce qu'était le désir mutuel, comment on se sentait quand on brûlait de cette flamme.

Ce soir pouvait bien être sa dernière chance de le découvrir – une fois qu'elle lui aurait révélé son secret, il ne s'intéresserait plus à elle, pas ainsi. Il n'aurait pas de motif de la contraindre, de raison de la séduire. Une fois qu'elle aurait découvert les lettres, elle devrait tout lui dire ; dès l'instant où elle le ferait, ce bref moment – son occasion d'être l'objet du désir d'un homme – prendrait fin.

Elle ne voulait pas la laisser passer. Cette prise de conscience la secoua ; elle la chassa, car elle était trop troublante pour s'en occuper maintenant. Maintenant, quand elle affrontait autant de nouvelles sensations, pas seulement physiques, mais célestes. Expérimenter, comprendre – c'était comme plonger dans un monde nouveau avec de nouvelles merveilles, de nouvelles coutumes. Elle avait tant à apprendre.

Il poussa son dos contre la haie ; ses mains tirèrent sur la chemise de la jeune femme. Elle ne se boutonnait pas sur le devant. Elle s'affaissa vers l'arrière, relâchant sa prise sur lui.

Il sortit brusquement sa chemise de sa culotte, puis ses mains se retrouvèrent sous le vêtement.

Elles rencontrèrent des bandes de tissu enroulées serrées autour de ses seins ; ses mains se figèrent. Elle crut l'entendre gémir. Puis, ses mains glissèrent autour d'elle, s'arrêtant sur son dos avant de l'attirer violemment contre lui. Cela, elle le comprenait.

Elle libéra ses mains, enroulées autour du cou de Lucifer, et elle se pressa contre lui, lui rendant chaque baiser sauvage, chaque caresse passionnée.

Elle n'était pas sûre que ses pieds touchent le sol. Elle s'en fichait. Tout ce qu'elle voulait était de se rapprocher, combiner sa chaleur à la sienne.

Les mains de Lucifer se faufilèrent plus bas, sur ses hanches, jusqu'à ce qu'elles prennent son derrière en coupe. Il la souleva contre lui, dans lui. Son désir était très évident. Elle laissa son corps se coller comme une main sur lui, comme si avec son ventre souple, elle pouvait le caresser à cet endroit.

Quelque chose changea. Pas en un éclair, mais dans une vague de puissance régulière. Quelque chose de nouveau monta entre eux, une chose vitale, si intense, qu'elle mourrait d'envie de le retenir, de le connaître. Elle resserra ses bras autour de son cou et l'embrassa encore plus profondément, partageant un besoin violent. Il l'embrassa en retour.

La puissance augmenta et se répandit à travers eux jusqu'à ce que Phyllida s'embrase grâce à lui, qu'elle souffre de désir et qu'il fut comme elle.

Leurs lèvres se séparèrent. Ils devaient respirer tous les deux. Une étrange pause les retenait ; elle jeta un coup d'œil à son visage. Ses yeux étaient fermés ; sa respiration était aussi irrégulière que la sienne. Et ensuite ? Elle n'en avait aucune idée. Elle était extrêmement convaincue qu'il le savait.

Elle effleura ses lèvres des siennes.

— Enseignez-moi.

Son rire dur était surtout un gémissement.

— Diable, j'essaie de vous *épargner* !

— N'en faites rien.

Elle aurait froncé les sourcils, mais les yeux de Lucifer étaient fermés. Se montrait-il chevaleresque ? Ou obstinément protecteur ? Y avait-il une différence ?

Et s'en souciait-elle ?

— Arrêtez de prendre des décisions pour moi.

— Vous ne savez même pas…

— Arrêtez de discuter et *montrez*-moi.

Elle l'embrassa – durement, avec énergie. Il réagit instantanément et répondit intensément à son baiser. La tête de Phyllida tourna. Elle ne recula pas, elle refusa de battre en retraite – elle continua à l'embrasser, s'affaissant contre lui, se servant de son corps contre lui. Elle reconnut d'instinct le moment où elle gagna, quand le désir triompha des idées malavisées de mâle qu'il entretenait.

Un frisson le parcourut, puis la chaleur et la gloire montèrent entre eux encore une fois, avec plus de puissance que jamais auparavant.

La teneur de leur baiser changea – le donnant-donnant passa à un degré d'intimité plus profond. Elle donna volontiers, elle prit avec plaisir et elle refusa de reculer.

Un profond soupir le parcourut et ses mains se raffermirent sur les fesses de Phyllida. Ses doigts bougèrent, puis pétrirent ; la chaleur se répandit comme une vague de picotements sur la peau de la jeune femme.

Il la fit reculer davantage dans la haie. Une main prenant son derrière en coupe, il la retint là, cloué par son poids pendant qu'avec ses doigts rapides et assurés, il défaisait les boutons fermant sa culotte.

Elle aurait dû être choquée, mais elle ne l'était pas – elle voulait savoir.

Maintenant. Ce soir. Ici. Avec lui.

Les longs doigts s'écartèrent sur son ventre ; ils pressèrent doucement et elle perdit le souffle. Les lèvres de Lucifer se raffermirent, et elle prit son souffle de lui puis glissa sur la vague de sensations tourbillonnantes engendrée par son toucher, son exploration.

Il ne se pressa pas. Il prit le temps de savourer, de découvrir. Ses nerfs se tendant avec une sensibilité insoutenable, elle suivit chacun de ses mouvements.

Elle suivit ses doigts à travers le fourré bondissant de ses bouclettes emmêlées, elle sentit le long glissement de ses doigts entre ses cuisses. Elle sentit la chaleur, l'étrange humidité qu'il rencontra, excitée par l'éclair de sensation pure qui la transperça lorsqu'il la toucha, puis la caressa.

Ses doigts experts la touchèrent, l'écartèrent, l'explorèrent – des vagues de plaisirs montèrent et la submergèrent. Elles la poussaient plus loin. Vers quelque chose ; l'envie de l'atteindre augmenta, enfla, jusqu'à ce qu'un désir presque fou la consume.

Elle ignorait ce qu'elle voulait ; elle était certaine que Lucifer le savait. Se retenant fortement à lui, à leur baiser qui l'ancrait sur terre, elle inclina les hanches, s'ouvrant à sa main, le suppliant… pour quoi, elle ne le savait pas.

Il la prit en coupe, ses doigts glissant en douceur dans une caresse apaisante ; puis, très lentement, il la pénétra.

Si lentement qu'elle sentit vivement l'intrusion – pas de force, pas de pression, simplement son corps qui cédait devant sa pénétration. Il poussa tout au fond, puis il caressa. La chaleur en elle la raidit, elle s'amalgama, puis elle la contracta encore plus. Il caressa encore, un doigt en elle, son pouce sur elle – elle aurait haleté, crié, mais il but le son sur ses lèvres. Et il caressa encore.

La chaleur en elle se fractura, elle implosa, puis explosa. Une gloire chaude et le plaisir se déversèrent dans chaque veine. Un bonheur féroce, tangible par son côté aigu, couru sur sa peau, traversa son corps, éparpilla sa raison aux quatre vents et laissa ses sens soupirer.

S'accrochant avec force, elle s'abandonna : à Lucifer, à la splendeur du désir. Lucifer observa son visage alors que le plaisir l'envahissait, sa propre conscience centrée sur elle, savourant les caresses ondulantes alors qu'elle se calmait.

Chaque démon qu'il possédait salivait, s'attendant à sa récompense habituelle ; il ignorait comment il allait pouvoir les retenir, il savait seulement qu'il le ferait.

Quelque part, une limite avait été franchie, un genre de Rubicon au-delà duquel il était impossible de revenir en arrière. Il ignorait où et comment, mais il était dorénavant inutile de prétendre qu'il n'avait pas, du moins en partie intentionnellement, fait le pas fatal. Que cela se soit passé quinze minutes plus tôt, alors qu'il avait pris soudainement conscience qu'il l'avait presque perdue ou bien que le jardin de Horatio soit à blâmer, ou encore l'héritage – ou s'il avait décidé à l'instant où il avait posé les yeux sur son visage pour la première fois – cela n'avait pas d'importance. Elle était à lui. Donc, la seule chose sur laquelle il devait se concentrer était de ne pas céder à ses démons.

À ne pas descendre sa culotte plus bas, à la soulever et à la prendre ici, maintenant, contre la haie.

Étudier son visage aux yeux fermés, son expression béatement sereine l'aida – tout comme le fait de libérer doucement ses mains d'elle, les retirant délicatement d'entre ses cuisses.

Son parfum musqué monta, excitant, tentant ses démons. Il leur ferma mentalement la porte au nez, il ferma ses oreilles à leurs hurlements.

Il la posséderait ; il avait décidé cela des jours plus tôt, même s'il ne s'était pas permis d'y penser. Mais, pas ici, pas ce soir. Malgré toute l'insistance de Phyllida, elle méritait mieux qu'une haie dans un massif. Et il doutait sérieusement que le temps venu une fois suffise – pas maintenant. Il avait su dès le début que l'abstinence n'était pas une bonne idée.

Toute une nuit. S'il exerçait une prudence appropriée et du talent…

S'appuyant contre la haie à côté de l'épaule de la jeune femme, il l'observa encore, la culotte reboutonnée, sa main posée sur sa hanche en haut de sa large chemise, quand elle prit une profonde inspiration et ouvrit les yeux.

Elle cilla. Son regard vola jusqu'au visage de son compagnon

Même sous la faible clarté, il vit s'épanouir sa conscience ; à travers sa main sur sa hanche, il sentit la tension renaître dans sa colonne vertébrale. Elle fixa ses yeux, puis elle scruta rapidement son visage avant de croiser de nouveau son regard.

Les lèvres de Lucifer se courbèrent, non en un sourire, plutôt dans une expression décidée. Il se pencha vers elle.

— Ce n'était qu'un hors-d'œuvre.

Il effleura ses lèvres gonflées d'un baiser, puis il retint son regard aux yeux élargis.

— La prochaine fois, je vous aurai nue sur un lit et je ne vous laisserai pas partir jusqu'à ce que je vous ai prise. Plusieurs fois.

À onze heures le lendemain, Phyllida ferma la porte latérale de l'église et s'avança sur le sentier. Les vases étaient prêts pour les services du lendemain – un point qu'elle pouvait rayer de sa liste.

Jem, le plus jeune garçon d'écurie de la Grange, se prélassait contre le porche du cimetière ; il se redressa quand elle s'approcha. Elle avait exigé sa présence pendant sa commission pour la protéger contre le meurtrier ou pour la protéger contre Lucifer – elle ne savait pas trop. Si c'était contre ce dernier, elle avait échoué. Un duo de chevaux noirs caracolait devant le porche du cimetière ; elle n'avait pas le moindre doute sur l'identité de l'homme qui tenait leurs rênes.

Jem ouvrit la grille et elle passa dans la rue. Lucifer écoutait Thompson, debout à côté de son cabriolet, mais son regard bleu lui était entièrement consacré.

Thompson la vit et il s'interrompit pour hocher la tête. Lucifer saisit l'occasion.

— Bonjour, mademoiselle Tallent. Préféreriez-vous rentrer à la Grange en voiture ?

Personne ne la croirait si elle répondait non ; en vérité, elle était parfaitement prête à le rencontrer encore une fois. En public.

— Merci.

Elle renvoya Jem à la maison, puis elle s'avança lentement jusqu'au cabriolet. Bien que toujours engagé dans une conversation avec Thompson, Lucifer tendit une main alors qu'elle s'approchait.

Elle la contempla, puis elle posa calmement sa main dedans et elle lui permit de l'aider à monter. En public, elle serait en sécurité.

S'installant à côté de lui, elle écouta effrontément.

— Donc, vous voulez de nouvelles serrures à toutes les portes et fenêtres, le genre que l'on ne peut pas faire glisser facilement.

Lucifer acquiesça d'un signe de tête.

— J'ignore totalement combien seront nécessaires, mais je veux que chaque fenêtre soit sécurisée.

— Ouais, eh bien, autrement, c'est inutile, affirma Thompson en se redressant. Je viendrai cet après-midi pour les compter. Je sais exactement de quel type vous avez besoin, mais il faudra une semaine ou plus pour les faire venir ici. Elles viennent de Bristol.

Lucifer hocha la tête.

— Faites le travail aussi vite que possible.

— Ce sera fait.

Avec des hochements de tête respectueux pour les deux, Thompson recula.

Lucifer fit claquer les rênes et les chevaux noirs avancèrent. Il jeta un coup d'œil à Phyllida, mais il dut reporter son regard sur les bêtes. Ils dépassèrent Jem, qui avançait d'un pas chaloupé dans la rue.

— Vous ignorez complètement à quel point je suis agréablement surpris de vous trouver avec Jem à votre suite.

— Pourquoi ? Je n'ai pas dit que je ne le ferais pas.

— Vous n'avez pas dit que vous le feriez non plus, et vous êtes la femme la plus contrariante que j'aie jamais rencontrée.

Elle ne put décider si elle était contente ou insultée.

— Pourquoi commandez-vous des verrous ? À cause d'hier soir ?

Son regard effleura son visage.

— À cause de l'intrus.

Un frisson causé par une prise de conscience la parcourut ; elle l'empêcha soigneusement de paraître sur son visage. Elle n'allait pas laisser l'événement d'hier la retenir de poursuivre leurs investigations communes. Elle entretenait l'idée pertinente qu'il serait très heureux de la voir se retirer du terrain, une victime sensible. Cependant, ce qui s'était passé la veille était le fait de son insistance ; simplement par ce qu'il lui avait donné précisément ce qu'elle voulait – même si, comme il l'avait fait remarquer, elle n'avait pas su ce qu'elle demandait – elle n'était pas sur le point de se transformer en idiote sans cervelle.

Elle n'allait pas non plus permettre à son avertissement sur la prochaine fois de l'inquiéter. Ce serait à elle de décider s'il y aurait une prochaine fois, et elle n'avait pas encore arrêté sa décision.

Scandaleux, évidemment, mais c'était ainsi. Elle devrait se sentir faible et non pas être assise à côté de lui, posément sinon avec méfiance. Elle n'avait peut-être pas bien évalué les possibilités de la veille, pas avant qu'elle s'y retrouve plongée, mais elle avait vingt-quatre ans. Elle savait ce qu'il avait voulu dire avec ses dernières paroles.

Elles avaient été prononcées comme un serment. Une promesse qui comprenait une grande dose de certitude. Après un moment de tension, le visage dur et tout en traits angulaires, il avait reculé et l'avait laissée se glisser derrière lui sur la pelouse. Elle avait regardé en arrière une fois seulement et elle l'avait vu debout, une ombre sombre et menaçante à l'entrée du massif. Lucifer, oui. Tout en désir passionné.

Tentation était *vraiment* son deuxième prénom.

Et elle s'était sentie en sécurité, totalement et complètement en sécurité – une sécurité non seulement physique, mais aussi à un niveau beaucoup plus profond – pendant qu'elle était dans ses bras.

Pourquoi c'était ainsi, cela était un mystère, mais il était vain d'ergoter. Jusqu'où ce sentiment de sécurité pourrait-il l'inciter à s'aventurer, elle l'ignorait, mais au cours de ses vingt-quatre années de vie, il était le premier à lui donner l'impression que l'expérience d'être une femme qui désirait et était désirée se trouvait à sa portée.

Tout au fond de son esprit, un fort sentiment lui disait que, tout comme il était le premier, il pouvait aussi être le dernier.

— L'intrus – elle agrippa le rail du cabriolet alors qu'il tournait le coin vers la rue principale –, comment est-il entré ?

— Il y avait une fenêtre avec un verrou lâche ; celle dans la salle à manger face à la pelouse latérale.

— Alors, comment est-il sorti aussi vite ? Pensez-vous qu'il reviendra ?

— Pas tout de suite, mais à un moment donné. Peu importe ce qu'il cherche, il ne l'a pas trouvé. Si c'était suffisant pour commettre un meurtre, il reviendra.

— Êtes-vous convaincu que l'intrus est l'assassin ?

Il grimaça.

— Non. Mais à moins que *quatre* personnes aient rendu visite à Horatio ce dimanche matin – le meurtrier, vous, moi et l'intrus – et comme nous n'avons trouvé absolument aucune trace du meurtrier, alors l'intrus est le meurtrier.

Les grilles du manoir apparurent après un coude ; il ne ralentit pas.

— Soyez indulgente avec moi, ajouta-t-il en lui jetant un coup d'œil. À part votre père et votre frère, vous êtes la seule personne saine d'esprit et assurément innocente à qui je peux parler de ceci et, pour des raisons évidentes, je ne peux pas encore parler à votre père ou à votre frère.

Elle le contempla calmement.

Il dut regarder ses chevaux.

— Je crois que Horatio a été tué à cause d'un livre quelconque. Tout le monde savait que le dimanche matin, le manoir aurait dû être désert. Les portes du rez-de-chaussée n'étaient jamais verrouillées. Le meurtrier – un habitant local qui n'était pas à l'église – a laissé son cheval derrière le massif et il s'est rendu dans le salon. Il a commencé à examiner les livres, les retirant des étagères, puis Horatio l'a dérangé. Lundi après-midi, j'ai remarqué trois livres qui n'étaient pas bien poussés à l'intérieur de la bibliothèque.

— Où ?

— La tablette du bas de la dernière bibliothèque contre le mur intérieur.

Près de l'ouverture où elle avait supposé que le meurtrier devait être caché.

— Donc, le meurtrier cherche un livre.

— Ou bien quelque chose dans un livre.

— Le livre pourrait-il être l'objet que Horatio voulait que vous évaluiez ?

— Non. Horatio ne m'aurait pas demandé d'évaluer un livre. C'était lui la principale autorité dans ce domaine. S'il avait trouvé quelque chose de spectaculaire, et tous les signes indiquent que c'est le cas, il n'aurait pas eu besoin de mon opinion pour en être certain.

Ils avaient atteint la route vers Axmouth ; il ralentit et fit tourner le cabriolet. Quand ils roulèrent sur le chemin du retour vers Colyton, Phyllida lui demanda :

— Pourquoi avez-vous dit quelque chose *dans* un livre ?

— De nombreux livres sont précieux, non à cause du livre en soi, mais en raison de ce qui a été écrit à l'intérieur subséquemment. Parfois, c'est l'information annotée qui ajoute de la valeur, mais le plus souvent, c'est l'identité de l'auteur des notes.

— Vous parlez d'inscriptions, ce genre de chose ?

— D'inscriptions, d'instructions, de messages, même de testaments. Vous seriez étonnée de ce sur quoi l'on peut tomber.

— Donc, en ce moment, il semble que le motif du meurtrier soit une information notée dans un livre ?

— C'est ma meilleure hypothèse.

Les grilles de la Grange se profilaient à l'horizon ; adroitement, il tourna pour passer entre elles.

— Et qu'en est-il de l'article que Horatio voulait vous montrer ?

— Cela reste un mystère. Le fait que Horatio a été tué juste après sa découverte semble de plus en plus une coïncidence. Personne sauf moi et Covey ne savait qu'il avait trouvé quelque chose. Covey n'en sait pas davantage que moi.

— Nous allons devoir fouiller tous les livres.

— J'ai chargé Covey de le faire. Il a l'habitude de manipuler des volumes anciens et précieux ; il sera soigneux et minutieux.

Il s'arrêta devant les marches de la Grange ; les chevaux caracolèrent. Phyllida descendit sans aide. Sur les marches, elle se tourna et croisa son regard bleu.

— Merci.

Elle n'ajouta pas un mot de plus.

Un sourcil noir s'arqua ; il scruta son visage, l'estime dans ses yeux.

Elle sourit, elle inclina la tête et elle se tourna vers la porte.

— À la prochaine fois.

Elle ne regarda pas en arrière pour voir sa réaction, mais ses roues ne commencèrent pas à tourner avant qu'elle ait passé le seuil et que Mortimer eut refermé la porte derrière elle. Souriant encore, elle se dirigea vers sa chambre à coucher. Pourquoi elle le taquinait, elle l'ignorait. Elle savait que ce n'était pas prudent.

Elle ne savait pas non plus si elle taquinait vraiment.

Quand elle eut rejoint sa chambre, son sourire s'était transformé en froncement de sourcils. Lucifer se concentrait sur les livres de Horatio, ce qui signifiait qu'il avait peu de chances d'aller examiner une écritoire. Cependant, il avait commandé de nouvelles serrures et il avait ordonné qu'on les verrouille, du moins jusqu'à ce que l'on attrape l'assassin.

Elle avait donc une semaine de grâce – le temps qu'il faudrait pour que les serrures arrivent. Elle allait devoir fouiller les pièces des étages supérieurs du manoir une nuit sous peu. Madame Hemmings lui avait dit que Lucifer avait pris la chambre au coin droit en façade, laissant la chambre de Horatio comme elle était.

Phyllida grimaça.

— Tout ce que je peux faire est de prier que cette maudite écritoire ne soit pas dans la chambre à coucher du coin droit.

CHAPITRE 11

Pour ne pas se faire damer le pion par les Fortemain, les Smollet avaient organisé une danse ce soir-là. C'était un gros événement avec des invités arrivant en carrosse depuis des kilomètres à la ronde. Nombreux étaient ceux que Lucifer n'avait pas rencontrés ; il avait passé la soirée à être présenté et à provoquer des exclamations – après tout, il était l'attraction principale.

Tout en faisant le beau, il surveillait Phyllida. Elle était arrivée à l'heure avec son père, son frère et mademoiselle Sweet. Lady Huddlesford était entrée d'un pas gracieux plus tard avec Frederick sur ses talons. Percy Tallent ne s'était pas montré.

Dans sa robe en soie bronze, avec une simple chaîne en or autour de son cou et des boucles d'oreilles en or, Phyllida était la femme habillée avec le moins de sophistication dans la salle et elle était facilement la plus éblouissante. Elle attirait le regard de nombreux hommes, pourtant, constata Lucifer, peu appréciaient le spectacle comme il se devait. Cedric, Basil et Grisby – ceux à qui il accordait le plus d'attention – considéraient clairement Phyllida comme un bien désirable qui, s'ils la possédaient, augmenterait leur importance. Aucun d'eux ne semblait véritablement voir Phyllida. Des idiots, tous.

L'expression sereine, elle faisait de son mieux pour les ignorer, bavardant plutôt avec les nombreux autres invités présents – dispensant sans doute son aide et son secours sous différentes formes. Néanmoins, elle ne pouvait pas complètement éviter ses prétendants potentiels.

Elle dansa la première danse avec Basil, leur hôte. À force de stratégie magistrale, Lucifer évita un sort réciproque ; Jocasta Smollet tourna sur la mesure avec sir Jasper. Phyllida dansa ensuite un cotillon avec Cedric ; plus tard, il la vit passer, exécutant une contredanse avec Henry Grisby.

Son attitude à la conclusion de la danse – celle du soulagement devant son devoir maintenant accompli – ne parvint pas à percer l'égocentrisme de Grisby. Loin d'être impressionnée, Phyllida se retira pour parler avec les demoiselles Longdon. De sa place d'un côté de la salle, Lucifer l'observait et il réfléchissait à sa meilleure tactique d'approche.

— Vous voilà !

Il se tourna alors que sir Jasper se joignait à lui.

— Je voulais vous demander si vous aviez découvert quoi que ce soit à propos du vilain qui a poignardé Horatio.

— Rien de sûr. Il n'y a aucune preuve qu'une personne est arrivée par l'arrière du village à cheval, du moins depuis l'est. J'ai vérifié à Honiton, mais en ce moment, tous les signes pointent un tueur résidant dans la région.

— Hum. Cet intrus que vous avez surpris hier soir…

— Pourrait très bien être le meurtrier.

Sir Jasper poussa un long soupir. Il détourna les yeux sur le reste de la pièce.

— J'avais espéré, vous savez, que ce ne serait pas quelqu'un des alentours. Mais s'il cherche encore…

— Exactement. Il ne peut pas s'agir d'une personne venant de loin. On l'aurait remarquée.

— De même, étant donné la manière dont nous nous comportons ici, montant à cheval jour après jour, il sera difficile de mettre le doigt sur une personne en particulier.

Lucifer inclina la tête pour marquer son accord.

Sir Jasper resta à côté de lui, un pli se formant sur son visage. Enfin, il inspira et se tourna face à Lucifer.

— Cette histoire du chasseur tirant sur Phyllida…

— Exactement ce que je veux savoir, moi aussi.

Sir Jasper et Lucifer tournèrent les yeux alors que Jonas s'approchait lentement. Les mains dans les poches, il rencontra le regard de Lucifer. Comme d'habitude, il semblait détendu, prêt pour n'importe quelle plaisanterie. Il vint à l'esprit de Lucifer que, comme la calme sérénité de Phyllida était souvent un masque, la bonne humeur insouciante de Jonas dissimulait aussi quelque chose de plus. Il n'y avait certainement aucune insouciance dans ses yeux noisette.

— Je sais que Phyl a dit qu'il s'agissait d'un chasseur, mais je ne l'imagine pas moi-même. Un temps et un endroit ridicule pour aller chasser. Et pour quelle raison a-t-elle brûlé son bonnet ?

— Elle a brûlé son bonnet ?

Sir Jasper laissa errer son regard à travers la salle jusqu'à sa fille.

— C'est ce qu'a dit Sweetie.

Jonas observa Phyllida aussi.

— Pourquoi diable ferait-elle cela ?

Parce qu'elle avait eu peur et détruire son bonnet avait été sa façon de reléguer l'incident aux oubliettes. Lucifer pouvait le comprendre. Malgré toute son intransigeance, Phyllida était trop intelligente pour ne pas être effrayée.

— Ce que je veux savoir c'est si elle court un danger.

Ce fut Jonas qui exprima la question à voix haute. Au soulagement de Lucifer, elle n'était pas précisément dirigée vers lui ; il ne pouvait pas y répondre franchement. Il changea de position ; cela était contre nature pour lui de laisser sir Jasper et Jonas dans l'ignorance. À son avis, ils avaient le droit de savoir – il avait le droit de protéger l'un sa fille, l'autre sa sœur.

Les lèvres fermement serrées pour retenir une parole imprudente, il passa ses choix en revue, mais il n'y avait aucune façon de les prévenir qu'il apparaissait en effet que le meurtrier en avait contre Phyllida – ils en demanderaient tout de suite la raison.

— Je l'ai vu marcher dehors qui revenait de l'église. J'ai remarqué qu'elle était accompagnée d'un palefrenier.

— Vraiment ? Là, c'est une première.

Jonas lui jeta un coup d'œil.

— Je me demande pourquoi.

— C'est peut-être dû au choc d'être la cible d'une balle, ajouta Lucifer d'un ton léger. Qui sait ce qui se passe dans la tête des femmes ?

Sir Jasper s'étrangla de rire. Jonas se fendit d'un sourire.

Après un moment, sir Jasper dit :

— Je n'aime pas cette histoire d'un assassin en liberté parmi nous. On ne sait jamais où cela peut se terminer. Je vais peut-être dire un mot aux membres masculins du personnel ; inutile de le dire à Phyllida.

— Une augmentation générale de la vigilance ne peut pas nuire.

— Elle en entendra parler, dit Jonas. Tu sais que oui. Ensuite, elle réorganisera les choses à sa manière.

Le regard sombre de sir Jasper demeura sur sa fille.

— Hum ! Je vais le faire quand même. Avec de la chance, au moment où elle l'apprendra, nous aurons pendu ce mécréant par les pieds.

Lucifer l'espérait. Quittant sir Jasper et Jonas, il marcha lentement vers le fond de la salle pour négocier avec les musiciens travaillant dans un coin. Après cela, il se dirigea vers la méridienne que partageait Phyllida avec les demoiselles Longdon.

Il s'inclina devant les trois dames. Ils avaient à peine échangé cinq mots avant que les mesures d'ouverture d'une valse emplirent la salle. Les demoiselles Longdon gloussèrent ; ni l'une ni l'autre ne dansait, mais elles survolaient la pièce du regard avec enthousiasme pour voir avec qui leurs voisins se jumelleraient.

Lucifer attira le regard de Phyllida et il s'inclina de nouveau devant elle.

— Si vous vouliez bien me faire cet honneur, mademoiselle Tallent.

Elle inclina la tête et lui donna la main. Il l'aida à se lever et l'entraîna dans la danse et dans ses bras. Les demoiselles Longdon blablatèrent avec frénésie.

Phyllida dansait bien et elle en était reconnaissante – au moins, elle n'avait pas à se préoccuper de ses pas. Un problème de moins à s'occuper. Le plus pressant, littéralement, l'emprisonnait dans ses bras et la faisait tournoyer sans effort sur la piste de danse. Pour un quelconque motif idiot, sa raison et ses sens semblaient décider à suivre ses pieds dans un royaume de plaisirs étourdissants, et cela était beaucoup trop dangereux.

Un agacement se lisait au fond des yeux de Lucifer, un serrement apparaissait autour de ses lèvres, une tension se sentait dans son corps alors qu'il effleurait cruellement le sien – incontestablement des signes de danger. Elle conserva une expression bénigne, le regard sur son visage.

— Je viens tout juste d'avoir la plus *inconfortable* des conversations avec votre père et votre frère.

Elle sentit que ses yeux s'agrandissaient, sa mâchoire tombait.

— Comment diable papa, sans parler de Jonas, a-t-il appris ce qui s'était passé hier soir ?

Lucifer la dévisagea, puis ses lèvres formèrent une mince ligne.

— Nous ne discutions pas de notre interlude dans les massifs. Ils ne sont pas au courant de cela.

Phyllida s'affaissa de soulagement.

— Dieu merci !

Lucifer se retint tout juste de la secouer alors qu'ils exécutaient le virage suivant.

— Nous nous demandions si vous étiez en danger. Ce que vous êtes.

— Vous ne le leur avez pas dit ?

Elle scruta ses yeux. Ils étincelèrent en la regardant.

— Non, je n'ai rien dit. Mais je le devrais.

— Il n'y a aucune raison pour eux de s'inquiéter…

— Ils ont le droit de savoir.

Elle le regarda en plissant les yeux.

— Je ne veux pas qu'ils le sachent. C'est inutile. Comme vous avez vu, je suis parfaitement capable de prendre les mesures appropriées et, avec de la chance, je pourrai tout vous révéler bientôt et ensuite, d'une façon ou d'une autre, nous attraperons le meurtrier et tout ira bien.

Il étudia son visage, ses yeux.

— Ce serait mieux si vous me disiez ce que vous avez vu dans le bureau de Horatio.

Elle y réfléchit.

— J'ai vu un chapeau brun.

— Un chapeau brun ?

— Juste un chapeau brun. Je ne l'ai pas reconnu et personne ne l'a porté depuis. Alors, ce ne peut pas être ce qui inquiète le tueur.

— Que s'est-il passé d'autre ? Que faisiez-vous ? Pourquoi étiez-vous là ?

— Je ne peux pas vous le dire. Pas encore.

Son regard resta calme, d'un bleu foncé vif, centré sur les yeux de Phyllida.

— Je pense que vous le pouvez.

Sa voix était douce, basse ; elle provoqua des frissons le long de son échine. Son impulsion fut de lever le menton et de s'écarter de ses bras ; avant qu'elle puisse s'exécuter, il l'attira plus près de lui.

Assez près pour que la soie sur ses seins effleure son manteau avec chaque respiration ; assez près pour que ses cuisses dures effleurent les siennes à chaque tour.

Elle était soudainement très consciente de l'ampleur de la puissance physique qu'il possédait – bien qu'il ne la cacha jamais, il ne l'avait pas projetée avant, pas ainsi. Une certaine partie de son esprit le lui faisait remarquer avec insistance, la poussant à comprendre à quel point il pouvait être menaçant et à céder. Elle se contenta de le regarder en fronçant les sourcils.

— Pas encore. Je vais vous le dire dès que je le pourrai.

Son ton était calme et posé. Une expression de surprise – comme s'il ne pouvait pas tout à fait en croire ses oreilles – traversa fugitivement ses yeux. Ensuite le bleu se durcit. Lentement, arrogamment, il haussa un sourcil noir.

Elle connaissait ce regard – elle pouvait facilement l'interpréter.

— Rien de ce que vous pouvez faire ne me fera changer d'avis.

La musique stoppa ; ils s'arrêtèrent dans un tourbillon sur un côté du plancher de danse, mais il ne la lâcha pas. Sa main sur sa taille la brûlait à travers la soie, menaçant de l'attirer durement contre lui. Il abaissa leurs mains jointes, entremêlant ses doigts aux siens avant de la regarder dans les yeux.

— Rien ?

Seulement cet unique mot doux.

Phyllida se sentit faible tout à coup. Ses genoux étaient mous. Si elle ne disait rien bientôt, il allait l'embrasser – ici, dans la salle de bal des Smollet devant la moitié du comté. Il le ferait et il prendrait plaisir à son forfait. Le cœur de Phyllida battait la chamade ; ses yeux étaient emprisonnés dans le bleu sombre comme la nuit. Elle ne pouvait pas réfléchir – pas assez bien pour concocter un plan d'évasion. Et elle ne pouvait pas se détacher de lui.

Le regard de Lucifer se fit plus intense ; ses lèvres se relevèrent légèrement aux commissures. La main sur le dos de Phyllida se raidit...

— Ah, Phyllida, ma chère.

C'était Basil. Il marcha vers eux, sans les regarder, mais en passant ses invités en revue. Lucifer fut obligé de la libérer. Phyllida recula lentement.

Les rejoignant, Basil les regarda et il leur sourit pour la forme.

— Je me demande, ma chère, si je peux me prévaloir de votre opinion sur le punch. Je ne suis pas tout à fait sûr...

— Bien sûr ! s'exclama-t-elle en s'emparant du bras de Basil et le faisant pivoter. Où se trouve le bol à punch ?

Elle entraîna Basil au fond de la salle, loin de Lucifer, et elle ne regarda pas une fois en arrière.

Malgré cela, elle savait qu'il l'observait – continuait à l'observer, attendant une autre occasion de tenter sa chance avec elle. Peu importe où elle allait dans la pièce, elle sentait son regard sur elle. Par conséquent, elle fut obligée d'en appeler à certains gentlemen – à l'un de ses prétendants du village ou à l'un des autres venus de plus loin qui la courtiseraient volontiers si elle donnait le moindre signe d'encouragement – pour lui servir de garde du corps. Eux, malheureusement, ne savaient pas qu'ils la protégeaient.

L'un d'eux, un monsieur Firman de Musbury, insista pour aller lui chercher un verre de punch ; il la laissa près d'une fenêtre. Phyllida scruta la foule ; elle ne voyait pas Lucifer.

Cependant, le sentiment de courir un danger augmenta… se retirer dans la salle de repos lui parut une bonne idée. Elle se tourna vers la porte…

Et elle tomba sur un torse familier.

Elle bondit presque en arrière. Elle le fusilla du regard. – Arrêtez ça !

Il haussa les sourcils, l'innocence même.

— Arrêter quoi ?

— Ça ! Vous savez que vous ne pouvez pas… – elle gesticula avec les deux mains – me *séduire* dans une salle de bal.

— Qui a écrit cette règle ?

Il étudia ses yeux avant d'ajouter :

— Je veux bien admettre que c'est un défi plus grand, mais…

Sa voix avait pris l'accent grave d'un ronronnement suggestif. Phyllida lui décocha un regard répressif et se tourna pour regarder les gens à proximité, espérant voir monsieur Firman ou une autre âme utile… Robert Collins se tenait en silence près du mur.

Lucifer suivit son regard.

— Je pensais que les hôtesses des environs n'encourageaient pas monsieur Collins.

— Elles ne le font pas, et Jocasta n'est pas différente, elle est seulement plus cruelle. Elle sait qu'inviter Robert agacera monsieur Farthingale, renfonçant sa position, ce qui assombrit notablement le plaisir de Mary Anne d'avoir Robert ici. Robert, évidemment, est impuissant à décliner l'invitation – il a si peu d'occasions de voir Mary Anne dans un tel environnement.

Phyllida était consciente que, pour un moment seulement, l'attention de Lucifer s'éloignait d'elle. Elle lui jeta un coup d'œil ; il étudiait les invités.

— Mademoiselle Smollet, murmura-t-il, semble avoir une idée plutôt étrange de ce qui constitue un divertissement.

Phyllida se racla la gorge discrètement. Elle fut dispensée de trouver une autre distraction par le retour de monsieur Firman. Il lui tendit son verre ; pour gagner un moment, elle le présenta à Lucifer, seulement pour découvrir que monsieur Firman avait attendu toute la soirée l'occasion de parler à monsieur Cynster.

Monsieur Firman, apparut-il, était le propriétaire d'un taureau reproducteur.

Phyllida apprit qu'il s'agissait là d'un sujet que Lucifer souhaitait approfondir. Non seulement monsieur Firman parla, mais Lucifer écouta et il posa des questions.

L'occasion était trop bonne pour la laisser passer. Phyllida s'éloigna lentement ; Lucifer lui décocha un regard, mais il était piégé par sa conversation en cours. Monsieur Firman n'était pas une personne qu'il désirait offenser.

Phyllida donna son verre à un valet de pied, puis elle rejoignit Robert près du mur.

Il la regarda – il y avait une intensité douloureuse dans ses yeux que Phyllida n'aimait pas voir. Il lui pressa la main. – Mary Anne m'a parlé des lettres.

Il regarda de l'autre côté de la salle où Mary Anne était debout à bavarder avec deux jeunes dames.

— Comme *j'aimerais* ne jamais l'avoir incitée à m'écrire. L'amertume dans ses paroles amena Phyllida à plisser le front.

— Je désire vous parler de ces lettres.

La tête de Robert se tourna brusquement, son visage exprimant l'espoir pur.

— Vous les avez trouvées ?

— Non. Je suis désolée…

Robert soupira.

— Non, c'est moi qui suis désolé. Je sais que vous le ferez et je vous suis reconnaissant pour votre assistance. Je n'ai aucun droit de faire pression sur vous.

Après un moment, il demanda :

— Que vouliez-vous savoir ?

Phyllida prit une profonde inspiration.

— Je dois vous le demander, car c'est important, et chaque fois que je tente d'en discuter avec Mary Anne, elle devient tout à fait hystérique. Cependant, je dois savoir ceci, Robert, et si je ne reçois pas une réponse intelligente, je ne sais pas si je pourrai continuer à chercher ces lettres en secret. Alors, dites-moi : qu'y a-t-il dans ces lettres qui les rendent si dangereuses pour vous et Mary Anne ?

Robert la dévisagea.

— Je ne peux pas vous le dire, pas en termes clairs.

— Des généralités feront l'affaire ; j'extrapolerai.

Il se plongea dans le silence ; enfin, il dit :

— Mary Anne et moi nous rencontrons en secret depuis presque un an. Vous savez combien de temps nous avons attendu et... – il inspira lentement. En tout cas, Mary Anne avait l'habitude de passer le temps entre mes visites à m'écrire à propos de notre dernière rencontre – à propos de ce que nous avions fait et ce que nous pourrions faire la fois suivante – eh bien, elle m'écrivait d'une manière très détaillée.

Il jeta un regard angoissé à Phyllida.

Elle le rencontra, le visage dénué d'expression. Après un moment, elle dit d'un ton uni :

— Je pense que je comprends, Robert.

Grâce à Lucifer, elle avait maintenant une petite idée de ce qui pouvait transpirer entre une dame et un gentleman quand le désir s'en mêlait. Et elle ne doutait pas du tout que Mary Anne désire Robert – elle l'avait toujours désiré. Phyllida s'éclaircit la gorge.

— J'avais l'habitude d'apporter les lettres avec moi à notre rencontre suivante et nous essayions... bien... de...

Robert prit une autre respiration et poursuivit rapidement.

— Donc, vous voyez, si monsieur Farthingale mettait la main sur ces lettres, ce serait très... fâcheux. Cependant, s'il les montrait à monsieur Crabbs – si *quiconque* les montrait à monsieur Crabbs...

— Hum.

Une vision de l'avocat d'un conservatisme guindé et au visage sévère surgit dans l'esprit de Phyllida.

— Je n'obtiendrais pas ma licence et alors nous ne pourrions jamais nous marier.

Robert la regarda, une supplique dans les yeux. Elle s'obligea à lui offrir un sourire rassurant.

— Nous les trouverons.

Robert lui serra la main.

— Je ne peux pas assez vous remercier ; vous êtes une si bonne amie.

Phyllida reprit sa main et souhaita avoir pu être une mauvaise amie. C'était toutefois impossible. De plus, elle avait donné sa parole. Elle se détourna de Robert – et trouva Lucifer presque à côté d'elle.

Elle croisa son regard.

— Non !

Un violon joua – ils regardèrent tous les deux en direction des musiciens. Ensuite, Phyllida reporta son regard sur Lucifer. Elle le contempla, puis elle s'approcha et donna une petite tape sur son torse.

— Valsez avec moi.

Il la regarda, stupéfait.

— Pourquoi ?

— Parce que vous feriez aussi bien d'être utile et je ne veux valser avec personne d'autre.

Ses bras se refermèrent autour d'elle et il l'entraîna dans le tourbillon. Ses yeux scrutèrent ceux de Phyllida.

— Vous essayez de me distraire.

— Possible.

Elle essayait aussi de se distraire elle-même et il était tout simplement parfait pour cette tâche.

Comment Mary Anne avait-elle pu être assez idiote pour écrire de telles choses sur papier ? Une stupidité provoquée par l'amour –, c'était la seule raison que pouvait imaginer Phyllida.

Le soleil brillait vivement, l'air était frais et propre alors qu'elle marchait d'un pas vif sur la place. Derrière elle, l'assemblée du dimanche matin rentrait en masse à la maison. Dix pas dans son dos, Jem avançait ; il était sa concession aux idées masculines de la vulnérabilité féminine. Sa tante et les autres femmes de la Grange rentraient en carrosse à la maison, mais elle avait choisi de marcher à travers la forêt.

Et de passer par le manoir.

Toute la maisonnée du manoir, sauf Lucifer, était venue à l'église, même le nouveau venu, son palefrenier. Bristleford l'avait informée que monsieur Cynster avait opté pour la surveillance de la maison à la lumière de la récente intrusion. Phyllida se demanda si c'était la véritable raison ou si, étant donné son nom, il se révélerait tout aussi irrégulier que les autres gentlemen de la paroisse dans sa fréquentation des messes du dimanche.

Son ombrelle la protégeant du soleil, elle traversa la rue et tourna vers le manoir. S'approchant du portail principal, elle ralentit en réfléchissant au prétexte qu'elle donnerait pour sa visite.

Dans les ombres au-delà de la porte d'entrée ouverte, Lucifer la regarda hésiter devant les grilles. Il avait été plongé dans les registres de Horatio quand une force inconnue l'avait métaphoriquement poussé du coude, brisant sa concentration. Il avait levé les yeux, puis il s'était levé et s'était avancé lentement jusqu'à la fenêtre de la bibliothèque. Son regard avait été attiré par la silhouette se dirigeant avec détermination vers la place, soigneusement enveloppée d'ivoire du dimanche, son ombrelle lui protégeant le visage ; la destination de Phyllida n'était pas difficile à deviner.

Il avait attendu dans le vestibule – il ne voulait pas paraître trop impatient de la voir. Cela n'aiderait pas sa cause. Son regard s'attarda sur sa silhouette, sur les courbes douces d'un sein et d'une épaule, sur la chevelure sombre qui encadrait son visage. Avec la beauté glorieuse du jardin de Horatio entre eux, il l'étudia, puis il s'avança.

Elle le vit et se redressa ; sa poigne sur son ombrelle se resserra. Pas de peur, mais de vigilance – une grande anticipation qu'il pouvait ressentir. Il traversa le jardin, mais il s'arrêta juste devant le portail, stoppant sous l'entrée en arche recouverte de roses. Il y avait un endroit pratique ou il pouvait appuyer son épaule ; s'en prévalant, il croisa les bras et la regarda.

Elle l'examina, essayant de jauger son humeur. Il ne lui fournit aucune aide. Elle inclina la tête, ses yeux sur les siens.

— Bonjour. Bristleford m'a informée que vous étiez resté à la maison pour surveiller. J'en comprends que l'intrus n'est pas revenu ?

— Non. Tout a été calme.

Elle patienta, puis elle dit :

— Je me demandais si Covey avait découvert quelque chose ; un volume follement précieux ou un autre contenant un motif pour le meurtre.

Que lui dire ?

— Avez-vous déjà entendu des rumeurs au sujet de lady Fortemain ?

Ses yeux s'arrondirent comme des soucoupes sombres.

— Lady Fortemain ? Juste ciel, non !

— Dans ce cas, possiblement.

Phyllida attendit. Quand il se contenta de rester debout, le regard posé, le visage n'offrant aucune information, elle insista.

— Eh bien ? Qu'était-ce ?

Un moment s'écoula avant qu'il réponde.

— Une inscription dans un livre.

C'est bien ce qu'elle avait imaginé.

— Que disait-elle ?

— Qu'avez-vous vu dans le salon de Horatio dimanche dernier ?

Phyllida se raidit. Les courants sous-jacents dans la scène du moment étaient soudainement très clairs.

— Vous savez que je ne peux pas vous le dire, pas encore.

Les yeux de Lucifer étaient très sombres ; ils demeurèrent fixés sur son visage.

— Parce que cela concerne quelqu'un d'autre ?

Elle pressa les lèvres ensemble, puis elle hocha la tête.

— Oui.

Ils se dévisagèrent d'un bord à l'autre du portail du jardin de Horatio. Il se tenait debout d'un air détendu, mais il était immobile, sombre, dangereux et diaboliquement séduisant, encadré par des roses blanches. Le soleil leur tapait sur la tête ; le vent les enveloppait de sa chaleur.

Puis, il remua, se redressa. Ses yeux n'avaient pas quitté les siens.

— Un jour, j'espère que vous me ferez confiance.

Il hésita, puis il inclina légèrement la tête, il pivota et marcha en direction de la porte d'entrée.

Trois pas avant de s'arrêter. Il parla sans se retourner.

— Rentrez par le village. Jusqu'à ce que l'on attrape le meurtrier, la forêt et les massifs ne sont pas des endroits pour vous.

Il attendit le temps d'un battement de cœur, puis il poursuivit son chemin.

Phyllida le regarda jusqu'à ce qu'il disparaisse dans la maison. Puis, elle pivota. Son masque fermement en place, elle fit signe à Jem, qui était resté en arrière sur la place, et elle se remit en route – à travers le village.

Bien sûr qu'elle avait confiance en lui – il savait que c'était le cas ! Sur la table de la sacristie, Phyllida fit claquer le vase en laiton qu'elle venait juste de vider, puis elle rentra dans la nef.

Elle se dirigea vers les fonts baptismaux.

Les fleurs qu'elle avait disposées samedi avaient seulement duré jusqu'au dimanche. Enroulant ses deux bras autour de l'urne lourde, elle la souleva.

Équilibrant son poids avec soin, elle se dirigea lentement vers la sacristie et ouvrit la porte au-delà ; la dernière chose dont elle avait besoin était que l'eau sale dégoutte sur le devant de sa robe en mousseline.

Il ne manquerait plus que cela.

Comment pouvait-il ne pas savoir qu'elle lui faisait confiance ? Il le savait bien – il le *devait*, après leur petit interlude dans les massifs. Il savait, mais il se servait de la question de la confiance – de sa confiance en lui – comme levier pour faire pression sur elle.

Il ne parlait pas du tout de confiance – il parlait de domination. À propos du fait qu'elle n'avait pas faibli et révélé tout ce qu'il voulait savoir.

S'il voulait discuter de confiance, qu'en était-il de sa confiance envers *elle* ? Elle lui avait dit qu'elle ne pouvait pas lui en parler, mais qu'elle le ferait dès que possible et que ce qu'elle savait n'avait de toute façon aucune importance !

Et que voulait-il dire au juste avec son commentaire en partant à propos des massifs n'étant pas un lieu sûr pour elle ?

— J'irai dans les massifs si l'envie m'en prend.

Les paroles, lâchées à travers des dents serrées, résonnèrent dans la sacristie vide. Avançant un pied à tâtons, elle localisa le seuil, puis elle sortit dans l'aire herbeuse à l'arrière de l'église.

Le ciel était couvert, en harmonie avec son humeur. Penchant la tête pour regarder d'un côté de l'urne, elle se tourna vers la pile de fleurs jetées…

Un tissu noir lui tomba sur la tête.

Le poids d'une corde pesa sur sa clavicule.

L'instant d'après, elle se serra d'un coup.

Et se resserra.

Elle lança l'urne lourde d'un côté – elle résonna contre une pierre tombale. Donnant des coups en arrière avec ses coudes, elle entra en contact avec quelque chose et elle entendit un « ouf ! » satisfaisant.

C'était un homme et il était plus gros, plus lourd et plus fort qu'elle.

Elle ne s'arrêta pas pour réfléchir ; des années à lutter avec Jonas enflammèrent son esprit. Elle tâtonna à la recherche de la corde, obligeant l'homme à tendre les mains vers elle, l'obligeant à se tenir dans un équilibre précaire.

Avant qu'il puisse tirer encore sur la corde, elle se redressa. L'arrière de sa tête frappa la mâchoire de l'homme. Plus important, la corde se desserra suffisamment pour qu'elle passe ses mains en crochet à l'intérieur.

Il tira brutalement en arrière encore une fois, mais elle tira de toutes ses forces, prit une respiration et cria.

Le cri rebondit sur les murs de l'église ; il résonna sur les pierres tout autour d'eux.

Une porte s'ouvrit avec fracas ; des pas résonnèrent, se dirigeant vers eux.

Un juron grossier tomba dans ses oreilles. Son assaillant la projeta d'un côté.

Phyllida chuta sur une tombe. La pierre rude égratigna son mollet, puis elle tomba à la renverse, frappant le haut de son bras sur une autre pierre au bord acéré avant de se renverser en arrière aveuglément. Elle atterrit sur une dalle en marbre, toujours enveloppée du lourd tissu noir, la corde pendant encore autour de ses épaules.

— Eh ! Vous ! Arrêtez !

Le cri de Jem perça le brouillard hébété de Phyllida. Elle l'entendit la dépasser en courant et continuer sur le sentier. S'efforçant de se lever, elle donna des tapes sur la toile pendant lourdement autour d'elle. La panique lui lacérait la gorge. Elle ne pouvait pas se libérer.

Puis, elle entendit un autre juron, plus percutant, plus virulent. Des pas lourds avancèrent rapidement vers elle.

Avant qu'elle puisse reprendre ses esprits, elle fut soulevée de terre comme une enfant par une paire de bras forts, puis Lucifer s'assit et elle fut déposée sur ses cuisses.

— Cessez de vous débattre, vous ne faites que l'emmêler. Restez tranquille.

Sa panique la quitta comme une vague. Elle commença à frissonner. La corde fut déroulée autour de ses épaules. L'instant suivant, le linceul fut soulevé.

Elle fixa le visage de Lucifer, ses yeux bleu foncé remplis d'inquiétude.

— Vous allez bien ?

Elle se délecta du spectacle de son visage un moment de plus, puis elle glissa ses bras autour de lui, baissa la tête sur son torse et s'accrocha. Ses bras se refermèrent autour d'elle pour la réconforter. Il posa sa joue dans ses cheveux et il la berça.

— Ça va. Il est parti.

Il la serra dans une étreinte étroite et sécurisante. Une minute s'écoula, puis il demanda :

— Maintenant, dites-moi, êtes-vous blessée ?

Sans lever la tête, elle la secoua. Elle prit une bouffée d'air et s'efforça de retrouver sa voix.

— Ma gorge seulement.

Sa voix était rauque à cause de ses cris et de la corde. Elle mit une main sur son cou et sentit la peau rugueuse et la boursouflure de l'enflure.

— Rien d'autre ?

— Juste une égratignure sur ma jambe et une ecchymose sur mon bras.

Elle ne pensait pas s'être cogné la tête sur la dalle, mais sa jambe brûlait. Levant le visage, ses poings serrés sur le manteau de Lucifer, elle jeta un coup d'œil à ses jambes – ses jupes étaient relevées jusqu'à ses genoux.

Elle rougit et tenta frénétiquement de les rabaisser.

Lucifer lui attrapa la main et la ramena sur son torse, puis il tendit la sienne et replaça la mousseline fluide pour elle. Il remarqua l'égratignure et marqua une pause.

— Ce n'est qu'une éraflure, il n'y a pas de sang.

Il disposa ses jupes afin qu'elles recouvrent ses mollets. Ensuite, il leva la tête, le regard se fixant sur le sentier descendant vers le porche du cimetière.

— Les voilà.

Il baissa les yeux sur elle, puis ses bras se resserrèrent et il se mit sur ses pieds. Positionnant Phyllida dans ses bras, il se mit en route, négociant le sentier étroit au milieu des tombes jusqu'à l'aire herbeuse près de la porte de la sacristie. Il s'arrêta et patienta. Monsieur Filing et Jem les rejoignirent.

Thompson était avec eux, un marteau lourd dans une main.

Qu'y a-t-il ?

— Quelqu'un a attaqué mademoiselle Tallent.

Lucifer regarda en arrière la dalle où il avait laissé la toile noire et la corde.

— Filing ; si vous pouviez… ?

Fronçant les sourcils, visiblement bouleversé, monsieur Filing était déjà parti. Il revint un moment plus tard, le désarroi très évident sur son visage.

— C'est ma soutane.

Il leva le linceul noir, le secouant de sorte qu'il reprit une forme reconnaissable.

— Et ceci – il leva la corde ; elle était en or, d'une épaisseur de quinze millimètres environ – est la corde de l'un de mes encensoirs !

L'indignation résonnait dans sa voix.

— Où étaient-elles rangées ? demanda Lucifer.

— Dans la sacristie.

Filing reporta son regard sur la porte arrière ouverte.

— Doux Jésus, le vilain vous a-t-il attaquée dans l'église ?

Phyllida secoua la tête. Essayer de la garder stable et de ne pas la poser sur le torse de Lucifer lui demandait un effort.

— Je nettoyais les vases. Je sortais…

Elle gesticula en direction du point au-delà de la porte ouverte. Elle avala et cela la fit souffrir.

Lucifer la regardait, un pli sur le front.

— Filing, je pense que nous devrions emmener mademoiselle Tallent dans le presbytère afin qu'elle puisse se reposer. Nous pourrons discuter de l'affaire plus en détail là-bas.

Il regarda Jem et Thompson.

— Je comprends qu'il s'est enfui ?

Jem hocha la tête.

— Je l'ai à peine entrevu. Il avait déjà passé le porche du cimetière lorsque j'y suis arrivé.

— Où étiez-vous ?

Phyllida agita la main.

— J'ai dit à Jem qu'il pouvait s'asseoir devant l'église et regarder les canards. Je n'ai jamais imaginé…

— En effet.

Lucifer resserra son étreinte, l'inclinant légèrement de sorte qu'il sembla naturel qu'elle s'appuie sur son torse.

— J'ai entendu le cri et j'ai attrapé mon marteau et je me suis précipité, dit Thompson, mais quand je suis arrivé à la rue, il était déjà dans la forêt.

— Je l'ai suivi un peu dans les bois, dit Jem, mais ensuite, je n'ai plus su où il était allé.

Lucifer hocha la tête.

— Vous avez bien agi. S'il respecte sa façon de faire habituelle, il avait un cheval qui l'attendait. Inutile de continuer à courir.

Jem baissa la tête, clairement soulagé.

Filing avait rapporté la soutane et la corde dans la sacristie ; à présent, il alla chercher l'urne, il la vida et il la rapporta aussi dans l'église. Phyllida l'observa pendant qu'il fermait la porte de la sacristie ; le visage du vicaire était pâle et contracté.

Lucifer se tourna et se dirigea vers le presbytère. Filing le rattrapa et il resta juste un pas derrière ; Jem et Thompson fermaient la marche.

Alors qu'ils s'engageaient sur le sentier en pente, Phyllida se pencha plus près de Lucifer et murmura :

— Je suis certaine de pouvoir marcher. Vous n'avez pas besoin de me porter.

Les yeux de Lucifer croisèrent les siens ; leur expression suggérait qu'elle était totalement passée à côté de l'essentiel.

— Il m'est nécessaire de vous porter.

Sa mâchoire se contracta ; il regarda devant lui.

— Croyez-moi, il le faut.

Ils entrèrent en troupe dans le presbytère ; Lucifer alla droit à la méridienne dans le salon. Il y déposa Phyllida afin qu'elle puisse s'allonger complètement. La perte de sa chaleur, de sa force musclée l'enveloppant d'une manière protectrice la fit se raidir. Elle combattit son envie de s'accrocher à lui. Elle ne s'était jamais accrochée à un homme de sa vie.

Cependant, une soudaine panique monta en elle quand il retira ses bras et se redressa. La peur coula en elle comme un frisson et elle la secoua. Elle savait qu'il la regardait d'un air renfrogné, mais elle ne croisa pas ses yeux.

Monsieur Filing apparut avec un verre d'eau. Reconnaissante, elle le prit et but à petite gorgée.

Lucifer recula, puis il rôda autour de la méridienne. Sans regarder, elle savait qu'il était venu se placer debout juste derrière elle, une présence protectrice planant au-dessus d'elle.

Monsieur Filing faisait les cent pas devant l'âtre.

— C'est choquant, des plus choquants. Qu'une personne ose...

Les mots lui manquèrent ; pressant les mains ensemble en une prière silencieuse, il resta immobile un moment, puis il se tourna vers Phyllida.

— Peut-être, ma chère, pourriez-vous nous raconter ce qui s'est passé.

Phyllida but une autre gorgée d'eau.

— Je vidais les vases…

— Faites-vous toujours cela le lundi matin ?

Elle leva la tête et la pencha en arrière vers Lucifer.

— Par ce temps, oui. Madame Hemmings apporte des fleurs le mardi et ensuite je change les vases encore une fois le samedi. C'est ce que nous faisons habituellement ; la semaine dernière, c'était différent à cause des funérailles de Horatio.

Lucifer regarda dans ses yeux ronds, encore foncés, encore immenses, encore apeurés.

— Donc, c'est un fait connu que vous seriez à l'église, fort probablement seule, avec la porte de la sacristie ouverte ce matin ?

Phyllida hésita, puis elle hocha la tête. Elle regarda Filing.

— Si nous pouvions commencer par le début, suggéra Filing. Vous avez rejoint l'église ?

Phyllida but puis elle leva la tête.

— J'ai atteint l'église et, comme d'habitude, je suis entrée par la porte principale sur la place. J'ai laissé Jem dehors, assis sur les marches.

— Il n'y avait personne à l'intérieur ? demanda Filing. Phyllida secoua la tête.

— J'ai pris le vase sur l'autel et je l'ai transporté par la sacristie. J'ai ouvert la porte de la sacristie, je l'ai bloquée et j'ai apporté le vase dehors pour le vider. Ensuite, je l'ai rapporté à l'intérieur.

— Vous n'avez ni vu ni entendu quelqu'un ? demanda Lucifer.

— Non. Mais...

Phyllida leva les yeux vers lui.

— J'étais... absorbée. Il y avait peut-être quelqu'un à proximité, mais je n'y étais pas attentive.

La sensibilité fugitive dans ses yeux apprit à Lucifer ce qui l'avait absorbée – elle était agacée par lui, ce qui était exactement ce qu'il avait voulu. Il avait voulu l'irriter, piquer le tempérament dont il avait senti l'existence et avait occasionnellement aperçu derrière sa façade calme ; il avait voulu le ranimer et l'utiliser pour l'amener à lui révéler la vérité. Au lieu de cela, il l'avait distraite et en avait fait une cible encore plus facile pour le meurtrier.

Plus de jeux. Sa mâchoire se contractant, il regarda Filing alors que Phyllida faisait de même.

— Et ensuite ? l'incita à continuer le vicaire.

Phyllida inspira profondément.

— Je suis allée chercher l'urne. Elle est lourde et encombrante ; je dois enrouler mes deux bras autour d'elle. J'ai atteint la porte et je suis sortie…

Elle marqua une pause, puis elle continua.

— C'est là que le tissu m'est tombé sur la tête. Puis, la corde…

Elle s'interrompit et prit une nouvelle gorgée d'eau.

— Tout à fait, tout à fait, lui dit monsieur Filing d'un ton apaisant.

Après un moment, elle ajouta :

— Il était derrière moi. Je me suis débattue, puis j'ai crié ; j'ai entendu une porte s'ouvrir avec fracas.

— C'était ici, dit Filing en regardant Lucifer. Monsieur Cynster et moi prenions en considération la liste des hommes qui ne sont pas venus à l'église dimanche dernier quand nous avons entendu votre cri.

— Que s'est-il passé ensuite ? demanda Lucifer.

— Il m'a projeté loin de lui et il s'est enfui, répondit Phyllida en regardant Lucifer derrière elle. Je ne l'ai vu à aucun moment.

Il baissa le regard sur elle.

— Repensez aux événements. Il se tenait derrière vous ; quelle taille faisait-il ?

Elle réfléchit.

— Il était plus grand que moi, mais pas aussi grand que vous.

Elle regarda de l'autre côté de la pièce.

— Environ la taille de Thompson.

— Avez-vous eu une impression sur sa carrure ?

— Pas aussi imposante que Thompson – son regard pivota vers Filing –, mais pas aussi mince que monsieur Filing.

Lucifer se tourna vers Jem, debout près de la porte.

— Cela vous paraît-il exact d'après l'aperçu que vous avez eu, Jem ? Un homme de la taille de Thompson environ, mais de poids moyen ?

Jem hocha la tête.

— Ouais. Et il avait les cheveux bruns ; du moins, pas

foncés comme les vôtres.

— Bien. Et les vêtements ? Une idée ?

Jem grimaça.

— Soigné. Je ne pourrais pas dire exactement si c'était un gentleman ou pas, mais il était soigné. Pas en vêtements de travail ni rien d'usé.

Lucifer regarda Phyllida. Elle était devenue silencieuse, renfermée. Elle ne bougeait pas, elle respirait à peine.

— Phyllida ?

Elle leva le visage ; ses yeux étaient comme deux flaques noires où l'on se noie ; ils revivaient la peur.

— Un manteau, dit-elle avant de frissonner et de détourner le regard. Quand je me débattais… je pense qu'il portait un manteau habillé.

Lucifer laissa Phyllida avec Filing et retourna à grands pas au manoir pour aller chercher son cabriolet. Revenant au presbytère, il transporta Phyllida dehors jusqu'au carrosse, ignorant ses sifflements de protestations, et il la déposa délicatement sur la banquette. Quand il jeta une couverture sur ses genoux, elle le dévisagea.

— C'est l'été, dit-elle alors qu'ils descendaient l'allée du presbytère dans un bruit de ferraille.

— Vous êtes en état de choc, répondit-il sans rien ajouter.

Le silence était assurément sage ; Dieu seul savait ce qui pourrait sortir de sa bouche s'il laissait le chaos des émotions en lui se libérer.

Il se concentra pour conduire aussi vite qu'il l'osait ; il voulait qu'elle soit en sécurité à l'intérieur dès que possible. Ils atteignirent les grilles de la Grange en quelques minutes ; une minute plus tard, il s'arrêtait devant les marches en façade.

Phyllida rejeta la couverture d'un coup de poignet et elle descendit avant qu'il puisse attacher les rênes. Jem, qui s'était précipité ici un peu plus tôt, se hâta vers eux ; Lucifer lui lança les rênes et il suivit Phyllida. Il la rattrapa sous le porche.

Elle s'arrêta pour le regarder.

— Je ne vais pas m'évanouir.

C'était sa maison ; elle devrait être en sûreté ici.

— D'accord.

Son ton était réticent, exactement son sentiment. Il leva la tête alors que Mortimer ouvrait la porte.

— Mademoiselle Tallent a été attaquée ; elle aura besoin de Gladys et de mademoiselle Sweet. Si sir Jasper est à la maison, j'aimerais m'entretenir avec lui immédiatement.

Une heure plus tard, Lucifer se tenait devant la fenêtre du bureau de sir Jasper et survolait les pelouses de la Grange du regard. Derrière lui, dans le gros fauteuil derrière sa table de travail, sir Jasper leva un verre et but, puis il soupira péniblement.

Appelées par un Mortimer horrifié, mademoiselle Sweet et Gladys avaient fondu sur Phyllida et l'avaient emmenée à l'étage. Lady Huddlesford les avait suivies majestueusement, déclarant son intention de veiller à ce que sa nièce ne prenne pas de libertés avec ses nerfs. Les nerfs de qui, Lucifer n'en était pas tout à fait sûr.

Mademoiselle Sweet avait passé la tête dans le cabinet de travail une demi-heure plus tôt. Elle les avait informés que Phyllida se reposait calmement sur son lit et avait accepté la sagesse de rester là pour le reste de l'après-midi. Il avait au moins accompli cela. On s'occupait d'elle et elle était en sécurité, du moins pour le moment.

Lucifer pivota. Sir Jasper avait vieilli au cours de la dernière heure. Les rides sur son visage s'étaient approfondies ; une inquiétude nerveuse s'était installée dans ses yeux.

— Où s'en va cet endroit, c'est bien ce que j'aimerais savoir.

Sir Jasper déposa son verre avec un bruit sec.

— Épouvantable affaire quand une femme ne peut pas aller s'occuper des fleurs à l'église sans être attaquée, non ?

Lucifer ouvrit la bouche, puis la referma. Encore une fois, il se sentait obligé de se mordre la langue. Dire à sir Jasper que l'attaque n'était pas générale, mais très ciblée pourrait amoindrir ses inquiétudes de juge local, mais elle ne ferait qu'augmenter à une vitesse folle ses craintes paternelles.

Sir Jasper fronça les sourcils.

— D'après ce que vous avez dit, il semble peu probable qu'il s'agisse d'un travailleur itinérant de passage. Pas un gitan ni autre racaille.

— Non. Selon l'impression de Phyllida, le coupable portait un manteau à basque et Jem l'a décrit comme étant bien habillé. Pour employer les mots de Jem « pas un sarrau ni rien d'usé ».

— Hum.

Après un long moment à regarder dans le vide, sir Jasper le regarda.

— Y a-t-il une chance pour que cette attaque soit liée au meurtre de Horatio ?

Lucifer baissa les yeux dans d'autres qui ressemblaient beaucoup à ceux de Phyllida, mais qui en avait vu bien plus.

— Je ne peux pas le dire.

C'était la pure vérité.

Il se retourna vers la fenêtre. Il se sentait encore plus sombre que sa sombre expression ne laissait paraître.

— Avec votre permission, j'aimerais parler à Phyllida demain matin.

Il regarda sir Jasper, rencontrant son regard.

— Il y a un certain nombre de sujets dont j'aimerais discuter avec elle et si je lui parle en privé, je pense que nous pourrons clarifier différents points.

Sir Jasper soutint son regard, puis il se tourna vers sa table de travail.

— En privé, hein ? Eh bien, vous pourriez avoir raison ; ce n'est pas facile de l'amener à sortir de sa réserve.

Il marqua une pause, puis il demanda :

— Devrais-je lui mentionner que vous allez passer demain pour lui parler ?

Lucifer regarda par la fenêtre.

— Il vaudrait peut-être mieux que ma visite soit une surprise pour elle.

CHAPITRE 12

Minuit. Phyllida était allongée dans son lit et elle écoutait les horloges sonner à travers la Grange. Les derniers échos moururent et ils la laissèrent dans une obscurité argentée.

Elle avait dormi la moitié de l'après-midi, puis, après dîner, elle avait été dérangée et traquée jusqu'à ce qu'elle se retire tôt dans sa chambre et dans son lit, uniquement pour avoir un peu de paix. Elle avait dormi. À présent, elle était totalement réveillée. Rien ne la faisait souffrir. L'égratignure sur son mollet et l'ecchymose sur son bras étaient de lointaines irritations.

Ses pensées étaient plus torturées.

Recevoir une balle tirée à travers un champ était une chose qu'elle avait été capable de chasser de son esprit – malgré la preuve du cheval que Lucifer avait découverte, cela aurait *pu* être un chasseur. Qu'on lui ait tiré dessus était un acte lointain ; elle n'avait pas vu son agresseur.

À l'église, elle ne l'avait pas vu, mais elle l'avait senti. Elle avait senti sa force et elle avait su que la menace était réelle.

La peur. Elle pouvait encore retrouver son goût au fond de sa gorge. Elle n'avait jamais auparavant connu la peur véritable – pas ici dans son existence paisible, même si pas tout à fait heureuse, mais satisfaisante.

Cette existence était menacée ; elle le sentait comme du fer froid dans son dos. Sa vie n'était pas une chose à laquelle elle avait réfléchi – elle l'avait tenue pour acquise. Exactement comme tous les membres de son entourage. Comme c'était ironique.

Elle ne voulait pas mourir. Particulièrement sans aucune raison. Particulièrement aux mains d'un meurtrier lâche. Lucifer avait eu raison. Le meurtrier pensait à l'évidence qu'elle en savait plus que ce n'était le cas. Il en avait sérieusement après elle.

Inspirant lentement, elle retint son souffle, obligea le froid sur sa peau à disparaître, attendit jusqu'à ce que les tremblements frissonnants aient disparus. Elle ne pouvait pas continuer ainsi – elle détestait le sentiment de ne pas maîtriser la situation, de ne pas être en sécurité. Elle détestait le goût de la peur.

Alors, que faire ?

Cela aurait dû être une question facile ; grâce à sa promesse au sujet des lettres de Mary Anne, elle était tout sauf cela. Phyllida resta allongée sur le dos en fixant les ombres dansant sur son plafond.

Elle parierait son plus beau bonnet que Lucifer serait de retour le lendemain matin ; cette fois, il ne la laisserait pas en paix. Il insisterait pour qu'elle lui révèle tout et si elle refusait, il parlerait à son père. Elle se sentait sûre de pouvoir prédire sa réaction, certainement dans des circonstances où l'honneur et le devoir primaient. Il pouvait être beaucoup de choses, un damné, un séducteur, un élégant charmeur d'une constance douteuse, mais au fond de lui, il était un gentleman, un homme du plus haut calibre.

Cela ne ferait pas partie de son langage que de lui permettre de se mettre en danger – c'est ainsi qu'il le verrait. Cela, pour lui, serait le nœud de l'affaire, peu importe ce qu'elle ressentait.

Après avoir été quasiment étranglée, elle pouvait difficilement argumenter. Elle allait devoir lui parler demain. Elle lui parlerait du chapeau – et ensuite elle allait devoir lui révéler tout le reste également.

Cependant, qu'en était-il de sa promesse à Mary Anne, de son serment juré qu'elle ne parlerait jamais de ces lettres à qui que ce soit ?

Quel était le prix d'un serment à une amie ?

Elle n'avait jamais imaginé affronter une telle décision un jour. Trouver les lettres aurait dû être si facile. Même aujourd'hui, si seulement elle pouvait fouiller les étages supérieurs du manoir.

Elle avait pensé y aller une nuit, quand les domestiques étaient couchés. Elle savait quelles pièces étaient à éviter ; mais, les autres…

L'écritoire de voyage de la grand-mère de Mary Anne devait se trouver dans l'une d'elles. Elle doutait qu'on l'ait rangée dans le grenier. Non – elle serait posée sur un coffre quelque part, l'air joli et délicat, attendant seulement qu'elle récupère les lettres…

Levant la tête, elle regarda de l'autre côté de la chambre. Le clair de lune était brillant ; elle pouvait voir clairement sa coiffeuse, même distinguer le travail des volutes autour du cadre de sa glace.

Elle se releva sur ses coudes.

Avant que le matin se lève le lendemain et qu'il amène avec lui Lucifer, elle avait au moins quatre heures de nuit profonde. Amplement le temps de fouiller les pièces du premier étage du manoir, trouver les lettres et les ramener à la maison. Et la fenêtre de la salle à manger du manoir avait encore un verrou lâche.

Elle rejeta les couvertures. Si elle ne trouvait pas l'écritoire ce soir, alors elle le dirait à Lucifer demain et lui demanderait son aide pour trouver les lettres.

Malgré la paranoïa de Mary Anne et Robert, elle était certaine que s'il se donnait la peine de les lire, ce dont elle doutait, le contenu des lettres n'obtiendrait pas davantage qu'un sourcil haussé de la part de Lucifer ; elle ne pouvait pas l'imaginer donner les lettres à monsieur Crabbs.

Cependant, pour Mary Anne, et pour honorer sa promesse, elle ferait cette dernière tentative pour trouver les lettres.

Se débattant avec ses vêtements, elle jeta un coup d'œil sur les ombres mouvantes de la forêt dehors. Elle serait en sûreté. Personne, pas même le meurtrier, ne l'imaginerait sortir ce soir.

Elle se répétait toujours cette pensée quand elle atteignit l'orée de la forêt et regarda le manoir de l'autre côté. Elle s'était avancée plus haut autour de la maison ; de l'autre côté des pelouses, il y avait la salle à manger. Pour atteindre la fenêtre du coin, elle allait devoir se frayer un chemin sur l'allée de gravier.

S'armant de courage, elle se lança en faisant attention à poser chaque pied à terre avant de transférer son poids dessus. Heureusement, son sommeil forcé et la marche rapide à travers les bois l'avaient laissée alerte physiquement. Elle rejoignit les plates-bandes de fleurs devant la salle à manger à peine accompagnée d'un petit crissement.

Le verrou était certainement lâche ; elle le secoua un peu et la fenêtre s'ouvrit en grand.

Elle se hissa sur le large rebord, puis elle s'assit et fit pivoter ses jambes à l'intérieur.

Se laissant lentement tomber au sol, elle ferma la fenêtre, puis elle écouta. La maison était endormie – elle pouvait sentir le silence comme un lourd manteau pendant immobile tout autour d'elle. Des ombres drapaient les meubles, rendues plus profondes par le clair de lune pénétrant en oblique par les fenêtres sans rideaux. Comme toutes les pièces du rez-de-chaussée, cette pièce était bordée de bibliothèques. Une fois ses yeux assez adaptés pour distinguer les livres, elle se déplaça silencieusement autour de la grande table.

La porte menant au vestibule principal était grande ouverte ; au-delà, il y avait une mer d'ombres. Elle marqua une pause juste au seuil, rassemblant son courage.

Un mouvement. Juste au pied de l'escalier. Elle se figea.

À trente centimètres au-dessus du plancher, une plume désincarnée tomba dans les ombres en oscillant, puis le chat leva la tête ; ses yeux brillaient.

Elle s'affaissa de soulagement. Le chat la contempla, puis, imperturbable, il marcha dans le vestibule, la queue en l'air, oscillant encore.

Phyllida inspira pour se calmer. Ce devait être bon signe – un chat sentirait un intrus mauvais. Vraisemblablement, elle était la seule intruse ce soir. Elle ne s'était pas attendue à ce que le meurtrier soit ici, néanmoins…

En chassant l'inquiétude insistante, elle traversa le vestibule, avançant d'un pas léger, puis elle s'engagea dans l'escalier. Elle marcha près de la rampe pour minimiser le risque de craquement révélateur. Atteignant le palier, elle marqua une pause et leva les yeux.

La galerie au-dessus était dense sous les ombres. Elle prit un moment pour se réorienter. La dernière fois qu'elle était venue à l'étage du manoir était avant que Horatio l'achète. Elle savait qu'il avait largement réaménagé et redécoré l'endroit, mais la disposition de base des pièces restait inchangée.

En chemin, dans la forêt, elle s'était distraite en planifiant sa fouille. Horatio était malade depuis une semaine avant sa mort. Il avait écrit à Lucifer pendant ce temps et il avait toujours eu beaucoup de correspondance. Il avait pu utiliser l'écritoire lui-même.

Cette idée lui donna de l'espoir. Il était inutile de chercher ailleurs avant de fouiller la chambre à coucher de Horatio, c'est donc là qu'elle irait en premier, même si elle était séparée de la chambre qu'occupait Lucifer seulement par un vestiaire étroit.

Atteignant le haut des marches, elle s'avança dans le corridor. En se collant au mur, elle progressa dans un glissement, tâtant le terrain avec chaque pied, priant pour qu'il n'y ait pas de craquements. La porte de la chambre à coucher au coin droit en façade se profilait dans l'obscurité ; elle était fermée.

Elle stoppa, prenant un moment pour digérer le tout et respirer un peu plus facilement. L'image de son adversaire vautré sur le ventre dans un grand lit à la Grange surgit dans son esprit. Elle avait survécu une fois à ce spectacle. Plus important encore, ce soir, elle n'allait pas ouvrir sa porte.

Elle fit pivoter son regard vers la porte opposée, celle de la chambre de Horatio. Elle était ouverte – une autre petite chance. Madame Hemmings lui avait dit qu'à part pour la nettoyer, ils ne touchaient pas à la chambre. Sa confiance augmentant, Phyllida résista à l'envie de se hâter ; conservant son pas silencieux et prudent, elle parcourut les quelques mètres jusqu'à la porte et passa à l'intérieur.

S'arrêtant, elle écouta, ses sens tendus vers un son potentiel, un signe qu'elle avait prévenu quelqu'un de sa présence. Autour d'elle, l'immense demeure restait silencieuse, inanimée, néanmoins, avec une présence bien à elle. Rien dans cette présence ne lui laissait entrevoir la moindre menace.

Inspirant calmement, elle regarda autour d'elle. La pièce était vaste, les rideaux étaient tirés. Elle pouvait voir suffisamment pour éviter l'ameublement, mais pas assez pour savoir de quels meubles il s'agissait. Agrippant la poignée de porte, en soulevant pour minimiser les grattements, elle fit doucement entrer la porte dans son cadre. Elle ne la poussa pas complètement, ne voulant pas courir le risque d'un bruit indiquant que le verrou s'était mis en place. Cependant, elle était suffisamment fermée pour servir son but, assez enfoncée pour ne pas s'ouvrir d'elle-même.

Elle devait quand même se déplacer en silence, mais elle n'avait plus besoin de se cacher. Survolant la pièce du regard, elle expira une bouffée d'air. Une fouille en règle allait nécessiter plus que quelques minutes.

L'immense lit s'élevait solidement entre deux fenêtres jumelles surplombant le lac. Un grand coffre à couvertures se tenait à son pied ; un autre gros coffre était posé contre un mur. Puis, il y avait deux grandes commodes, les deux avec de profonds tiroirs au bas et trois immenses armoires. L'écritoire pouvait se trouver dans n'importe lequel de ces meubles.

Un bonheur-du-jour occupait tout un coin ; une bergère confortable se trouvait devant l'âtre. La longue baie vitrée surplombant le potager était équipée d'une banquette.

Se déplaçant au-delà du lit, Phyllida écarta les tentures d'une des fenêtres de côté.

La lune était haute ; une lumière argentée entrait à flots. Elle leva la tête – les rideaux pendaient sur de gros anneaux en bois ; les anneaux comme la tringle étaient polis par l'usage fréquent.

Retenant son souffle, elle écarta les rideaux également. Les anneaux ne cliquetèrent pas. Expirant, elle contourna le lit et fit la même chose avec l'autre fenêtre latérale puis, pour faire bonne mesure, avec la baie vitrée aussi.

Le résultat fut bon – ce n'était pas comme la lumière du jour, mais assez éclairé pour fouiller sans s'inquiéter de renverser quelque chose qu'elle n'avait pas vu sur le plancher. Le destin était de son côté ce soir. La confiance débordante, elle s'attela à la tâche.

L'écritoire de voyage n'était nulle part en vue, mais madame Hemmings comme Covey avaient nettoyé – ils l'avaient peut-être rangée. Phyllida commença par une armoire.

La profonde étagère du haut semblait prometteuse ; elle alla chercher la chaise du bonheur-du-jour et vérifia, mais la tablette ne contenait que des boîtes. Le coffre près du mur abritait uniquement des vêtements. Elle passa quelques minutes à se battre pour ouvrir les tiroirs inférieurs des commodes, tout cela sans faire de bruit ; ils étaient remplis de livres. Les deux autres armoires furent semblablement décevantes. Au moment où elle rejoignait le coffre à couvertures, son enthousiasme avait déjà diminué. Le coffre était rempli de couvertures et de draps.

Fermant le coffre, elle se laissa choir dessus. La confiance qui l'avait nourrie jusqu'à présent – la conviction que ce soir, elle devait trouver les lettres et y arriverait – s'était évanouie. Pourtant, alors qu'elle survolait la pièce du regard, elle n'arrivait pas vraiment à croire que l'écritoire ne s'y trouvait pas. Elle avait été certaine qu'elle y serait. Son passage en revue de la chambre la fit pivoter ; elle finit par fixer le lit. Elle se leva et regarda dessous.

Rien. Poussant un soupir découragé, elle se remit péniblement debout. Le bout d'une botte érafla les lattes cirées ; le son n'était pas fort, mais elle se rappela la prudence. Elle devait encore fouiller les autres chambres de cet étage.

Elle se dirigea vers la porte, puis elle stoppa. Qu'en était-il des rideaux : quelqu'un le remarquerait-il si elle ne les refermait pas ? Elle plissa le front devant la large baie vitrée et décida que ces rideaux, du moins, elle allait devoir les refermer. Seule la peur d'être découverte l'empêcha de marcher sur le plancher en traînant les pieds de découragement. Contournant la banquette, elle leva les mains vers les tentures ramassées sur elles-mêmes au bout.

Son regard tomba sur la banquette. Sa main se figea sur le rideau.

La banquette était un coffre déguisé. L'assise rembourrée et recouverte de chintz avait des pentures. L'espoir ressurgit. Phyllida laissa les rideaux largement ouverts et elle se déplaça vers le centre de la banquette. Le long siège se souleva.

Il était lourd, mais elle l'ouvrit doucement – à la dernière minute, ses doigts glissèrent et elle perdit sa prise. Le bord rembourré frappa le rebord de la fenêtre avec un bruit mat.

Assez étouffé pour qu'elle l'ignore. Phyllida baissa les yeux sur la longueur obscure du coffre et pria :

« Je vous en prie, faite qu'elle soit ici. »

L'intérieur du coffre était fortement ombragé. Le couvercle l'obscurcissait et les fenêtres latérales étaient trop loin pour y jeter beaucoup de lumière. Elle allait devoir fouiller à tâtons.

Elle commença à une extrémité. Le coffre était divisé en trois compartiments. En terminant le premier, elle se leva et se massa le dos, faisant quelques pas avant de se pencher vers le compartiment à l'autre extrémité. Lui aussi se révéla décevant.

Debout devant la partie centrale – le dernier endroit à fouiller dans la chambre – elle regarda dans le coffre sombre. Puis, elle soupira, se pencha et tendit les mains dedans.

Ses doigts touchèrent du bois poli. Son cœur bondit. Instantanément, elle le calma, se rappelant à elle-même la nécessité de la prudence. Si elle déplaçait des objets de bois, il y aurait des coups et des heurts – exactement le type de son qui réveillerait les gens qu'elle ne voulait pas réveiller. Comme si elle était aveugle, elle toucha avec ses mains, ses doigts suivant les formes pour son cerveau.

Des cannes. Un bâton de tir. Des boîtes en bois – cela pouvait-il être l'écritoire ? Non – trop petit. Elle fouilla encore, faisant délicatement passer ses doigts entre les boîtes, essayant d'établir s'il y avait un objet plus gros ressemblant à une boîte en dessous.

Ses doigts touchèrent des planches au fond du coffre. Au même instant, une légère brise souffla sur sa joue, faisant bouger ses cheveux. Phyllida s'immobilisa.

Il n'y avait pas de fenêtre ouverte. La seule porte était celle ouvrant sur le corridor – celle qu'elle avait coincée dans le cadre.

Cette porte, derrière elle, était maintenant ouverte.

Lentement, elle se redressa. Ses sens s'agitant sauvagement lui criaient qu'il y avait quelqu'un dans le cadre de porte, le bloquant. Le meurtrier ?

Elle sentit qu'il avançait et elle pivota…

— Eh bien, eh bien. Pourquoi ne suis-je pas étonné ? Son souffle sorti comme une bourrasque. Son esprit s'évanouit presque de soulagement.

Dieu merci, Dieu merci – ce refrain lui emplit le cerveau, puis il disparut d'un coup.

Ses yeux s'élargirent brusquement, puis encore plus ; sa raison fit une embardée, puis tomba en panne. Ses poumons l'avaient déjà fait ; ils s'étaient fortement contractés. Elle se leva et le dévisagea, sans plus.

Lucifer se tenait juste à l'intérieur de la chambre. Ses larges épaules bloquaient bien le cadre de porte. Le clair de lune l'inondait, éclairant avec amour chaque muscle, chaque angle, chaque trait.

Il était nu.

Une partie de son esprit voulait lui demander où se trouvait sa chemise de nuit ; l'autre trouvait que c'était un point sans pertinence. Peu importe où elle était, ce n'était pas sur lui et c'était tout ce qui importait.

Son regard glissa sur lui avec impuissance en commençant par son visage, dépeint en argent, ses épaules, puis son torse. Les muscles de son torse et de ses avant-bras formaient des courbes lisses, sculptées. Elle pouvait imaginer leur chaleur sous ses paumes. La bande de poils sur son torse se fondait en une ligne sombre qui descendait sur son abdomen découpé. Sa taille était étroite, tout comme ses hanches. Elle ne pouvait pas s'en empêcher ; elle n'essaya même pas. Son regard s'abaissa. Sa bouche s'assécha.

Elle sentit ses lèvres s'entrouvrir, sa mâchoire se décrocher ; elle n'arrivait pas à former la moindre pensée cohérente. Quand son regard atteignit ses pieds nus, son visage était déjà en feu.

Dans sa main droite, il portait une épée prête au combat, son bord clignotant d'un feu argenté sous le clair de lune. Il la tenait d'une poigne détendue, comme s'il était habitué à la manier. Elle pointait actuellement le plancher.

Pas comme l'autre partie de lui, tout aussi prête au combat, dégainée aussi. Cela pointait…

Elle arracha son regard et le leva pour le fixer sur son visage. Même alors, elle fut incapable de respirer. Elle pouvait sentir son regard comme une chose vivante, un poids chaud sur sa peau. Il l'observait, la contemplait, ses yeux lourdement voilés par ses paupières.

Puis, il sourit, un éclat de blanc dans son visage sombre. Ce n'était pas un sourire réconfortant. Avec l'épée dans sa main, il ressemblait à un pirate. Un pirate nu. En érection complète. Avec des pensées lubriques lui emplissant la tête.

Il s'avança ; elle recula – le dos de ses mollets chaussés de bottes frappa le coffre

Sans la quitter des yeux, il tendit la main derrière lui et il ferma la porte. Le cliquetis du verrou résonna fortement dans l'obscurité soudainement chaude.

— Je suppose, murmura-t-il d'une voix grave, son ton languide étant celui de la conversation, que vous allez vous montrer têtue et refuser de me dire ce que vous êtes venue chercher ici.

Ce qu'elle était venue chercher ici. Les lettres ? Une autre vérité surgit dans son esprit ; elle l'enfouit rapidement.

Il s'avança lentement vers elle comme pour la traquer ; elle s'efforça d'éloigner son regard de la lame nue – celle sur laquelle la lune se reflétait. Elle avait vu Jonas à différents stades de nudité, mais rien ne l'avait préparée pour ceci. Elle avait eu l'intention de l'informer à propos des lettres au matin.

Pourquoi pas maintenant ? Elle regarda son visage. Il était assez près maintenant pour qu'elle voie ses yeux briller, pour qu'elle puisse apprécier les changements subtils – des changements qu'elle avait déjà vus auparavant.

Le désir – il la désirait avec une intensité presque brutale. Un frisson d'excitation glissa le long de sa colonne vertébrale. Que planifiait-il – que ferait-il si elle refusait de parler ?

— Je…, sa voix vacilla ; brusquement, elle leva le menton et le regarda droit dans les yeux. Je ne veux pas encore vous le dire.

Il s'arrêta devant elle, à un mètre. Il soutint son regard, puis ses lèvres se recourbèrent. Son expression ne contenait aucune déception, seulement une anticipation aiguë.

— Je vais donc devoir vous faire parler par la torture.

La détermination était là, résonnant dans sa voix, néanmoins, la promesse n'en était pas une de douleur, mais de plaisir – un plaisir trop tentant pour y résister, trop puissant pour s'y opposer.

La menace emplit son esprit d'images de chair chaude, de muscle dur, de draps en soie et de caresses brûlantes. Elle se lécha les lèvres.

— La torture ?

Les yeux de Lucifer ne quittèrent jamais les siens. Ils scrutèrent brièvement, puis il hocha la tête.

— Les mains en l'air.

L'épée brilla en se relevant entre eux. Phyllida sursauta.

— En l'air.

Il gesticula avec son épée.

S'inquiétant mentalement, elle leva les mains, les paumes vers lui, jusqu'au niveau des épaules.

— Plus haut.

L'épée brilla encore ; elle fronça ouvertement les sourcils, mais elle leva les mains jusqu'à sa tête.

Le bout de l'épée rôda au niveau de son nez, puis s'abaissa lentement… elle le suivit des yeux. Il s'arrêta, se posant sur le bouton supérieur de sa chemise, juste sous ses seins.

Elle leva la tête – l'épée fit mouche. Bouche ouverte, elle regarda le bouton rouler sur le plancher et sous le lit.

— *Que…*

Le mot sortit dans un petit cri étouffé.

Elle reporta son regard sur son visage.

Il se fendit d'un sourire.

— J'ai toujours rêvé de faire cela.

L'épée fit mouche à nouveau – une fois, deux fois – *pong, ping*. Sa chemise béait complètement. Instinctivement, elle tendit les mains pour la refermer.

— Oh, non.

L'épée oscilla d'une manière menaçante devant elle, du vif-argent sous le clair de lune.

— Gardez les mains en l'air.

Il marqua une pause, étudiant son visage.

— Vous n'êtes pas encore prête à passer aux aveux, n'est-ce pas ?

Elle le regarda dans les yeux, brillant sous ses lourdes paupières, une pure tentation dans la nuit. Si elle lui disait tout, il arrêterait. Si elle le lui disait, il n'aurait pas de raison de continuer… et alors, elle ne saurait jamais.

— Non.

Sa tête se pencha d'un côté, juste un peu ; son regard devint plus intense. Il hésita, puis il demanda :

— En êtes-vous sûre ?

Les mots étaient calmes, directs ; elle comprit ce qu'il demandait. La nuit scintilla autour d'eux, remplie de désir si puissant qu'elle pouvait le goûter. Il ne venait pas entièrement de lui. Ils se tenaient à un mètre de distance, baignés par le clair de lune, lui était complètement nu, elle en culotte avec une chemise béante. Et les deux pensaient à la prochaine étape – celle de refermer la distance entre eux, de sentir la peau contre la peau nue.

Les doigts de Phyllida picotaient, ses paumes brûlaient, sa peau s'échauffait.

— Je suis sûre.

Elle entendit les mots, les sentit tomber de ses lèvres, les ressentit profondément en elle. Elle était sûre – elle voulait savoir et avec lui, elle pouvait apprendre et se sentir encore en sécurité. Si le meurtrier avait été meilleur tireur, ou si elle ne s'était pas débattue avec autant de force ce matin-là, elle aurait pu mourir dans l'ignorance ; cela lui semblait un sort trop triste, trop pathétique à contempler. Levant le menton, elle le fixa d'un regard direct et, elle l'espérait, provocateur. Autant faire les choses jusqu'au bout.

— Que se passe-t-il ensuite ?

L'humour illumina le visage de Lucifer, puis disparut. – Si vous n'avouez pas, alors vous devrez faire exactement ce que je vous ordonne.

Le mot « exactement » était imprégné d'une insistance particulière.

— Pour commencer, vous devez vous tenir… absolument… immobile.

Son regard s'abaissa en prononçant ces paroles. L'épée s'abattit encore – un rapide zigzague. Les deux boutons fermant sa culotte volèrent dans la nuit.

La culotte s'ouvrit. Phyllida inspira et lutta contre son envie de baisser ses mains.

— Gardez-les en l'air, murmura-t-il comme s'il lisait dans ses pensées. Maintenant… qu'avons-nous ici ?

Son ronronnement grave amena les orteils de Phyllida à se recourber. Le regard de Lucifer resta fixé au-dessous de sa taille.

L'épée s'éleva, sa pointe soulevant un pan de son manteau. Le regard de Lucifer se leva et se fixa sur le sien.

— Retirez-le. Un bras à la fois. Gardez l'autre main en l'air.

Elle garda une expression neutre ; ses nerfs tressaillaient. Son estomac était fortement noué. Son visage en ce moment le désignait comme un pirate à part entière – un prédateur mâle –, mais c'était du désir qui brûlait dans ses yeux. Elle obéit, faisant glisser le manteau ; il heurta la banquette sous la fenêtre derrière elle. À l'instant où cela se produisit, il était de nouveau occupé avec l'épée, l'entremêlant d'un côté avec sa chemise ouverte. Il la leva et entraîna la chemise – lentement – loin de sa culotte, puis fit glisser le tissu par-dessus ses épaules, les coinçant de côté jusqu'à ce que la couture repose par-dessus le haut de son bras, emprisonnant son bras sur son flanc. Il répéta l'exercice en emprisonnant son second bras de la même façon.

Ceci fait, son regard ne revint pas sur son visage, mais il se fixa sur ses seins, fermement enveloppés de bandes de lin.

Phyllida avala.

— Vous avez été brave de venir ici ce soir.

Ses yeux se plissant, il ramena le bout de l'épée en haut pour qu'il repose sur la bande entre ses seins.

— Brave, mais imprudente.

Il leva son regard brièvement sur elle, puis il baissa l'épée en la ramenant ensuite vers lui. Elle baissa les yeux. Il avait nettement tranché à travers une seule couche.

— Prenez une profonde inspiration – maintenant !

Sa voix résonnait d'une telle autorité qu'elle avait obéi sans même réfléchir. Les bandes glissèrent, glissèrent, puis se déroulèrent précipitamment. Elles restèrent accrochées un instant, puis elles abandonnèrent leur prise, s'effondrant autour de sa taille. Laissant ses seins nus, exposés au regard de Lucifer. Elle trembla ; elle n'arrivait pas à se résoudre à regarder son visage.

Cependant, elle savait qu'il regardait – elle pouvait sentir la chaleur de son regard. Une rougeur lente l'imprégna. Ses mamelons se plissèrent, puis se ruchèrent fortement.

Il continua, transférant son épée dans sa main gauche. Il s'approcha – le bas de son corps apparut dans son champ de vision et elle leva rapidement les yeux. Jusqu'à son torse, sur le motif fascinant des muscles dessinés par la lumière argentée et les ombres. Il pencha la tête ; ses lèvres suivirent légèrement la ligne le long de sa tempe. Il se déplaça encore plus près, de sorte que d'un côté, elle put sentir sa chaleur.

Elle respirait rapidement, comme si elle venait de courir.

La main droite de Lucifer se leva ; il fit glisser les dos de ses doigts sur sa clavicule, puis il retourna sa main. Elle descendit ; elle le regarda prendre son sein en coupe, puis fermer lentement ses doigts autour. Sa voix était comme un murmure menaçant, ses lèvres étaient près de son oreille.

— Maintenant, voyons voir jusqu'où vous pouvez supporter ma torture avant d'implorer ma clémence.

Ses doigts se resserrèrent ; elle leva la tête sur un halètement. Ses lèvres se collèrent sur les siennes.

Lucifer prit ses lèvres, prit sa bouche. Il laissa intentionnellement la passion exploser, il laissa les cendres incandescentes prendre feu, puis il recula.

Il agissait d'instinct, avec un instinct animal – un mélange primitif de manques, de besoins et de désirs. Il la voulait — ; il voulait la posséder, la marquer comme sa possession sans équivoque. Après le choc du matin et avoir ensuite compris qu'il avait failli la perdre à quelques minutes près – ne jamais la posséder –, il avait besoin de la faire sienne.

Mais il avait aussi besoin d'elle avec lui, il avait besoin qu'elle partage pleinement le moment, qu'elle le veuille autant qu'il la voulait. Qu'elle le désire autant que lui la désire. Il la désirait comme il n'avait jamais désiré une autre femme avant – il la voulait et il avait besoin d'elle d'une foule de façons, certaines totalement nouvelles pour lui. Cette émotion qu'il avait espéré ne jamais ressentir avait enfoncé ses griffes en lui si profondément qu'il ne voulait même pas s'en libérer.

Il était un prisonnier volontaire – il voulait qu'elle soit elle aussi une prisonnière volontaire.

Donc, il se retira du baiser jusqu'à ce que leurs lèvres se séparent, même pas de trois centimètres, mais assez pour respirer. Assez pour qu'elle prenne pleinement conscience, qu'elle ressente, qu'elle sache. Pour la regarder sous ses lourdes paupières.

Sa main au dos de sa taille tenait encore l'épée ; la poignée était pressée dans le dos de Phyllida. Libérant son sein, il glissa les doigts dans les plis de sa ceinture ; lentement, il tira pour libérer la bande de lin, puis la laissa tomber sur le sol. Il écarta la main sur son ventre nu, puis, en caressant légèrement son sein en passant, il laissa traîner ses doigts jusqu'à son épaule. Il en suivit la rondeur nue ; sa peau brillait d'une teinte pâle sous le clair de lune. L'instinct le poussa ; il pencha la tête. Avec ses lèvres, il suivit la ligne que ses doigts avaient laissée sur son épaule, puis continua plus bas, ses doigts caressant avec expertise, ses lèvres les suivant jusqu'à ce qu'il prenne son sein en coupe et lève la pointe durcie vers sa bouche.

Son halètement frissonna dans la pièce. Ses genoux faiblirent ; il resserra son bras autour d'elle, amenant sa hanche contre sa cuisse. Il l'avait prévenue qu'il la torturerait et il le fit – râpant sa chair sensible avec sa langue, puis tétant avec assez de force pour la faire crier.

Le son évocateur le transperça et fit accélérer le rythme de son instinct. Il se déplaça sur elle, emprisonnant ses cuisses entre les siennes et il tourna son attention vers son autre sein, répétant le tourment jusqu'à ce que les mains de Phyllida, toujours piégées en bas dans sa chemise, se tendent vers lui. Ses doigts l'agrippèrent, puis s'enfoncèrent dans ses flancs.

Il leva la tête et l'embrassa, prit tout ce qu'elle offrait, tout ce qu'elle donnait ; les flammes du désir le léchaient passionnément, avec une faim intense. Levant l'épée, il la rangea debout dans le coffre ouvert derrière elle. Puis, il écarta la main à l'arrière de ses hanches et il l'attira pleinement contre lui.

Elle murmura, non en guise de protestation, mais en signe de découverte. Il la tint près de lui, la laissant sentir la promesse flagrante de son corps, la certitude enivrante du plaisir à venir.

Les vêtements de Phyllida l'irritaient. Il releva la tête, puis leva les deux mains sur ses épaules, les caressant brievement avant de les faire glisser sur ses deux bras, amenant la chemise sur ses poignets. Les yeux de Phyllida étaient ouverts, mais dissimulés sous des paupières sensuellement lourdes ; sa respiration était rapide, superficielle. Il marqua une pause, les mains légères sur les siennes. Elle prit une profonde inspiration, la retint et retira ses mains de sous les siennes, les tirant hors des manches.

Il tint la chemise jusqu'à ce qu'elle soit libre, puis il la lâcha dans le coffre derrière elle. Fermant les bras autour d'elle, il fit glisser ses paumes sur son dos, la poussant à venir vers lui, savourant l'exquise sensation de sa peau soyeuse, déjà chauffée, l'effleurant, s'immobilisant, puis s'affaissant contre son torse.

Elle leva brièvement les yeux sur lui ; son regard vint se poser sur ses lèvres. Ses mains restèrent sur ses bras avec légèreté ; elle remonta, ses doigts suivant la trace de ses muscles, se contractant, puis remontant sur et par-dessus ses épaules. S'étirant sur ses orteils, elle leva les lèvres et toucha les siennes.

Il patienta ; leurs souffles se mêlèrent. Puis, elle pencha la tête et l'embrassa. Il ouvrit la bouche et l'accueillit en lui, la taquinant et l'excitant. Il tenait fermement les rênes et il la laissait jouer, la laissait explorer, la laissait apprendre.

Quand elle fut totalement captivée, il ferma les deux mains sur sa taille, puis les glissa plus bas, faisant doucement descendre sa culotte. Elle ne tomba pas au sol – elle était bien trop pulpeuse pour cela –, mais elle béait à présent devant et derrière. Leur baiser devint une fusion brûlante ; il la caressa audacieusement, puis il glissa les deux mains profondément sous sa culotte et les referma sur les hémisphères fermes de son derrière. Sa peau était rougie ; il pétrit, délibérément possessif. Les mains de Phyllida lui serrèrent la nuque, puis ses doigts s'écartèrent dans sa chevelure avant de former un poing.

Elle bougea contre lui, son corps se soulevant, caressant – le chant d'une sirène aussi vieux que le monde. Il comprit ; faisant glisser une main de son derrière sur la courbe de sa hanche, il écarta les doigts sur son ventre, le pressant jusqu'à ce qu'elle gémisse et répète sa demande instinctive. Puis, il lui donna ce qu'elle voulait.

Il avait déjà caressé la chair douce entre ses cuisses ; Phyllida voulait sentir cette magie encore une fois. Il suivit les contours et s'amusa, puis il la pénétra, un doigt glissant au fond et caressant, mais ce n'était pas suffisant – c'était loin de suffire.

Elle voulait plus, beaucoup plus – elle savait exactement ce qu'elle voulait. Se retirant de leur baiser, elle leva ses paupières alourdies et baissa les yeux. Puis, elle tendit la main et ferma ses doigts doucement autour de lui. Il se raidit ; les doigts la caressant ralentirent. La fascination la submergea.

Si dur, si mâle, néanmoins, si délicat. Ses doigts effleurèrent, se tendirent, suivirent le contour, s'attardèrent sur la peau la plus douce qu'elle n'avait jamais touchée, puis elle referma la main encore une fois.

Un gémissement l'atteignit. Elle regarda son visage juste au moment où il levait la tête. Le clair de lune soulignait les traits contractés aux bords durs, sculptés par le désir. Elle resserra sa poigne et regarda son visage se tendre, elle sentit la réaction de son corps.

C'était trop tentant pour ne pas expérimenter. De voir à quel point elle pouvait le rendre plus tendu, de savoir le degré de plaisir qu'elle pouvait lui prodiguer avec cette simple caresse. La rigidité devint plus rigide ; tout le corps de Lucifer se durcit contre le sien.

Il prit une énorme inspiration, il baissa les yeux sur elle, puis sa tête fondit en piqué et il prit ses lèvres, sa bouche, dans un baiser qui fit couler le feu dans les veines de la jeune femme. La main de Lucifer la quitta ; ses doigts se refermèrent autour de son poignet et il retira la main de Phyllida de son corps. Il se pencha, il enveloppa ses hanches de ses deux mains et il la souleva contre lui.

Elle ne voulait pas que ce baiser se termine ; elle encadra son visage avec ses mains et, maintenant au-dessus de lui, elle l'embrassa avidement alors qu'il marchait vers le lit. Il s'arrêta à côté ; il jongla avec elle – elle sentit qu'il tâtonnait à l'aveugle, puis qu'il rejetait les couvertures au pied du lit. Ses bras se refermèrent autour d'elle. La tenant solidement, il répondit à son baiser – un duel passionné s'ensuivit –, qui escalada vite hors de contrôle. Le désir les submergea violemment comme une marée chaude.

Il recula dans un halètement. Il fixa le visage de Phyllida, sa respiration saccadée, ses yeux comme des flaques noires. Ses yeux scrutèrent son visage, ses yeux à elle. Elle lui rendit posément son regard, le cœur battant la chamade, la respiration fragmentée.

Il leva les lèvres encore comme pour l'embrasser, mais il s'interrompit à moins de deux centimètres de ses lèvres.

— Dites-moi que vous le voulez autant que moi.

Un ordre et une supplique – elle entendit les deux, elle sentit les deux.

Elle glissa les mains dans sa chevelure.

— Je le veux davantage.

Elle l'embrassa voracement, laissant tout ce qu'elle ressentait s'exprimer librement, laissant le désir sauvage, la poussée d'émotion dévergondée, l'excitation, la joie sensuelle, l'anticipation se déverser en lui à travers sa bouche.

Il but tout cela, puis interrompit leur baiser et la jeta à travers le lit.

Son rire bref était sûr.

— C'est impossible.

Elle ne discuta pas, mais il avait tort. Il avait déjà fait cela ; il savait ce qui était à venir, mais elle ne l'avait jamais expérimenté. Et elle le voulait – avec lui, ce soir.

Cela lui semblait la bonne chose à faire, la chose parfaitement appropriée.

Il tendit la main vers les bottes de Phyllida ; elle le laissa les lui retirer. Il tendit la main vers sa culotte et elle leva les hanches. Il tira dessus, puis il la laissa tomber, son regard fixé sur elle.

Elle était allongée nue – aussi nue que lui –, et elle le laissa regarder.

Il semblait incapable de détourner les yeux. Il s'agenouilla sur le lit, d'abord un genou, puis l'autre. Un frisson d'excitation lui parcourut l'échine quand il rampa sur les mains et les genoux pour s'installer sur elle. Puis, lentement, il se baissa sur elle.

Ce fut un choc – un choc sensuel – de sentir son poids dur s'installer sur elle, de sentir sa force, la puissance maîtrisée de son corps, sentir la rugosité des poils rêches sur sa peau sensible. Lucifer lui attrapa les mains et les déplaça sur ses épaules. Il la regarda dans les yeux, puis il inclina la tête.

— Nous allons aller lentement. Très, très lentement.

Murmurait-il pour elle, ou se répétait-il un ordre pour lui-même ? Ses lèvres effleurèrent les siennes, puis glissèrent sur sa mâchoire jusqu'à ce qu'il enfouisse son nez dans son cou. Ses mains s'enfoncèrent dans le matelas, se glissant doucement sous elle. Elles descendirent dans son dos tout en la caressant. Elles s'arrêtèrent sur ses hanches où elles se refermèrent avec possessivité.

— Cela va faire mal. Vous le savez, n'est-ce pas ?

Elle était allongée sous lui, se sentant enveloppée par la chaleur de son compagnon, sentant sa propre chaleur monter en réaction. Il avait allongé ses hanches sur ses cuisses et son érection chaude et lourde les séparait. Elle ferma les yeux et elle murmura :

— Oui.

Il n'ajouta rien de plus, ne demanda rien de plus. Ses mains se glissèrent plus bas, suivant la trace de l'arrière de ses cuisses, puis les agrippant et les écartant. Il s'installa entre elles, il tendit la main entre elles.

Il la caressa, encore et encore jusqu'à ce qu'elle crût finir par crier. Son corps s'arqua sous le sien et encore, il la caressait, l'explorait. Elle était glissante et mouillée, quasiment sur le point de se liquéfier quand il retira sa main ; saisissant ses hanches, il la pénétra lentement.

En effet, cela fit mal, mais dès le premier contact de cette peau incroyablement douce à l'entrée de son corps, là où elle avait tellement envie de le sentir, elle sut qu'elle ne pouvait pas vivre sans Lucifer en elle. Cette conviction était si forte que, malgré l'inconfort, elle inclina les hanches pour l'inviter à entrer. Il s'immobilisa, ses doigts se serrant avec force sur ses hanches, l'ancrant sur place.

— Non : restez allongée sans bouger.

Les mots étaient tendus, prononcés contre sa gorge. Il attendit qu'elle se détende avant de continuer à avancer en elle encore une fois.

Lentement, régulièrement, il la remplit. Elle sentit son corps s'étirer et elle s'émerveilla. Puis, il s'interrompit. Il leva la tête, trouva ses lèvres et l'embrassa profondément. Elle répondit avec enthousiasme, essoufflée et folle d'envie – une envie de quoi, elle ne le savait pas trop.

Elle n'eut qu'un instant d'avertissement – la soudaine tension agitée qui s'empara de Lucifer. Il recula et il poussa en elle.

Le cri de Phyllida se déversa dans leurs bouches ; elle s'arqua sous lui, mais la douleur aiguë s'apaisa presque immédiatement. Elle se détendit dans le lit, ses muscles raidis se relâchant graduellement. Il resta immobile, allongé sur elle, en elle et il l'embrassa. Elle répondit à son baiser, le laissant la rattraper avec cette caresse, suivant volontiers son exemple.

Son exemple expérimenté ; elle comprit cela quand il leva enfin la tête. Son corps se sentait envahi, il était lourd sur elle, mais la douleur avait disparu. Il baissa les yeux sur elle, ses yeux sombres et brillants. Son expression en était une inconnue pour elle, dure et contractée, causée par la passion. Il scruta son visage – elle ignorait complètement ce qu'il vit, mais cela sembla le rassurer. Penchant la tête, il déposa ses lèvres sur les siennes. Ses mains posées avec légèreté sur ses épaules, elle s'abandonna au baiser, à lui. Puis, il remua.

Jusqu'à ce qu'il le fasse, la sensation d'avoir été très étirée, remplie, n'avait pas entièrement pénétré son cerveau. Alors qu'il se retirait, puis revenait, la montant lentement, la compréhension sensuelle empiéta sur sa raison, encore et encore.

Son corps remuait sous celui de Lucifer. Elle trouva son rythme et l'imita, se soulevant pour le rencontrer. Leur union facile, le glissement répétitif de son corps dans le sien, devint la réalité de la jeune femme. Le corps de Lucifer se déplaça sur le sien, ses poils rêches râpant sa peau sensible. Elle s'échauffa lentement comme s'il alimentait une fournaise tout au fond d'elle. Ses sens tournoyaient, tourbillonnaient ; la poussée de la langue de Lucifer dans sa bouche reflétait la possession qu'il prenait de son corps.

Elle était à lui – ses doigts se serrèrent, s'enfonçant dans les muscles du haut des bras de son partenaire. Elle s'y accrocha alors que le monde disparaissait et qu'eux seuls demeuraient, une peau contre une peau chaude. Le désir les léchait, une mer chaude les submergeant, les inondant.

Il avait dit que ce serait lent – une envie compulsive, un certain besoin physique aveuglant – montait régulièrement en elle. Quelque chose de chaud, de tendu, se serrant comme un ressort en elle – avec chaque poussée il la toucha, la caressa, en alimenta les flammes qui s'élevèrent encore plus.

Elle s'écarta de leur baiser sur un halètement ; pressant sa tête vers l'arrière, dans le lit, elle s'arqua et s'efforça de respirer, elle s'efforça de le pousser à s'approcher encore.

Plus profondément. Elle avait besoin de lui là, enfoncé et dur – soudainement, elle en était sûre.

Il se leva, ses bras arc-boutés, soulevant son torse sur elle ; son coup suivant la berça.

Elle haleta encore ; ses doigts suivirent la trace de son torse avec des ongles pointus. Les poils rêches qui frôlèrent ses paumes centrèrent son esprit sur la sensation des poils rêches la râpant entre ses cuisses largement ouvertes. Écartant les mains, elle les fit courir sur ses côtes, puis autour d'elles – la chaleur en elle se concentra encore, presque douloureusement… elle se leva, ses mains glissant sur son dos, puis s'accrochant avec force alors qu'elle levait les lèvres vers les siennes.

Il s'en empara dans un baiser qui était presque sauvage – son poids se déplaça. Il s'appuya sur un bras, son autre main se courbant sur ses fesses, collant fortement Phyllida contre lui, la maintenant là alors qu'il s'enfonçait profondément – encore et encore.

La chaleur en elle explosa ; le bas de son corps se contracta. Une fut transpercée par la sensation d'une lame argentée intensément fragile, puis le spasme se fondit dans une explosion de plaisir glorieux. Une rivière d'émotions enfla et la submergea, soulageant sa chaleur compulsive, lui laissant une chaleur différente à sa place.

Elle s'accrocha à lui et vogua sur cette marée chaude.

Il l'allongea, puis la suivit, mais il roula sur son flanc, puis sur le dos, l'emmenant avec lui. Elle finit étalée de tout son long sur lui, Lucifer encore dur au fond d'elle. Elle fondit – elle ne pouvait pas bouger. Posant la tête sur son torse, elle resta immobile et se délecta du plaisir divin.

Combien de temps s'écoula avant que sa raison lui revînt et qu'elle constatât qu'elle était encore nue sur lui, avec la main de Lucifer paresseusement, néanmoins déterminée, lui caressant les fesses nues, elle l'ignorait. Ce fait était soudainement présent, ainsi qu'un autre – il était encore dur en elle, la remplissant. Le corps de Lucifer était encore raidi par cette tension qu'elle reconnaissait maintenant.

Il n'avait pas…

Elle leva la tête et regarda son visage. Il étudia ses yeux, puis il haussa un sourcil. Elle rougit, heureuse qu'il ne puisse pas voir sous le clair de lune.

— Et maintenant ?

Vraisemblablement, il y avait une prochaine étape.

Les lèvres de Lucifer se recourbèrent, ses yeux étincelèrent.

— J'ai dit que nous irions lentement.

La peau de Phyllida était encore chauffée, couverte d'une fine sueur là où il la caressait ; par contraste, l'air semblait froid. Elle s'était sentie détendue jusqu'au bout de ses orteils, mais la tension revenait en même temps que sa raison. Elle se lécha les lèvres.

— Qu'est-ce que cela veut dire ?

Son sourire malicieux brilla brièvement.

— C'est plus facile d'en faire la démonstration.

Il tendit les bras et courba ses mains autour des cuisses de Phyllida. Il tira et elle le laissa pencher avec les genoux relevés, la déplacer et la mouler à sa guise – elle finit assise à califourchon sur lui, les genoux pliés, les mollets rentrés sous ses flancs, les mains sur son torse à baisser les yeux sur lui. Le visage de son partenaire affichait plus une douleur qu'un sourire alors qu'il levait ses hanches légèrement, puis la laissait de nouveau retomber lentement.

— Oo-oooooh.

Expirant lentement, elle ferma les yeux et laissa sa tête retomber en arrière.

— Est-ce douloureux ?

— Douloureux ?

Elle ouvrit les yeux, les baissa vers lui. Elle était incapable de trouver les mots pour décrire ce qu'elle ressentait.

— Cela ne fait pas mal.

— Bien.

Il resta allongé sur le dos, s'enfonçant plus profondément dans le lit sous elle.

— Alors, refaites-le.

Elle s'exécuta, se soulevant sans son assistance, bien que ses mains étaient encore sur ses hanches, la guidant. Il la laissa se relever lentement jusqu'à un certain point avant de l'arrêter. Elle replongea et regarda ses paupières tomber, observa le désir qui creusa des rides dans son visage. Une nouvelle excitation s'empara d'elle – elle le chevaucha lentement, se concentrant sur la sensation de Lucifer s'enfonçant dans sa douceur, mettant toute son attention à le caresser de cette manière.

La tension imprégnant le corps de Lucifer augmenta ; elle la sentit à travers ses mains, à travers ses cuisses – elle la vit sur son visage. Elle aussi s'échauffait. Les mains de son compagnon quittèrent ses hanches pour se fermer sur ses seins ; ses doigts s'amusèrent – l'urgence en Phyllida s'accrut.

Ensuite, il se souleva sous elle et amena sa bouche sur ses seins. Une sensation aiguë la transperça ; elle en mourut presque. Elle faillit revoir l'extase. Elle s'accrocha désespérément à sa raison alors qu'il léchait, tétait, excitait. Les endroits mouillés lui semblaient frais sur sa peau brûlante.

Une main revint sur sa hanche – il l'agrippa et la ralentit. Il la ralentit jusqu'à ce qu'elle devienne presque frénétique, qu'elle perde la raison devant son besoin de le prendre plus profondément en elle, plus dur, plus vite. Elle écarta les cuisses et se pressa en bas sur lui. Elle se releva – il la stoppa et il la poussa en bas. Et il prit un mamelon gonflé dans l'humidité chaude de sa bouche et il téta.

Elle cria et plongea vers lui, le poussant loin en elle. Son monde explosa, se fragmentant en éclats scintillants d'émerveillement euphorique. Ils pénétrèrent sa peau, se répandirent et se fondirent jusqu'à ce qu'elle soit une masse de chaleur lumineuse avec lui, dur et vivant, au fond d'elle.

Avec un sanglot, elle enroula ses bras autour de ses épaules, elle tint sa tête contre son sein, elle se courba sur lui et elle s'accrocha avec force.

Graduellement, il se déplaça vers l'arrière, l'attirant en bas avec lui. Sa respiration était rauque dans l'oreille de Phyllida. Chaque muscle du corps de Lucifer était contracté.

— Pourquoi ?

Elle murmura le mot contre sa peau.

Lucifer resta allongé sous elle sans pouvoir réfléchir suffisamment pour former une pensée cohérente.

— Je vous voulais plus d'une fois, mais…

Il perdit le fil de ses pensées. Elle était chaude et si serrée autour de lui. Il effleura sa tempe d'un baiser.

— Dans un moment.

Sa voix était comme un grondement rocailleux, presque enroué par le désir.

Il l'avait voulue plus d'une fois, mais elle était vierge, inexpérimentée. S'il avait pu faire à sa guise de démon avec elle, il l'aurait prise trois fois et elle l'aurait maudit le matin venu. Au lieu, une fois en elle, il était resté tout au fond, modérant la longueur, et donc la force, de ses coups de rein pour minimiser le frottement et la pression sur sa peau délicate. Ainsi, il avait pu avoir le plaisir de la voir exploser entre ses bras avec lui profondément enfoui en elle deux fois… jusqu'ici.

En la soulevant, il se retira d'elle, se glissant pour quitter sa position sous elle. Elle murmura, tenta de s'accrocher à lui et de le retenir. Il l'apaisa avec un baiser le long de son dos.

— Vous devez faire tout ce que je dis, vous vous souvenez ?

Elle s'affala sur le ventre.

— Alors, que dois-je faire ?

Il tendit la main vers un oreiller.

— Absolument rien. C'est mon tour à présent.

Elle resta allongée, toute molle, et le laissa soulever ses hanches et insérer l'oreiller sous elles. Il s'agenouilla entre ses jambes sveltes et replia l'une d'elles, la poussant d'un petit coup vers le côté, guidant son genou presque au niveau de sa taille. Puis, il la toucha en se penchant sur elle et il se glissa en place.

Le souffle de Phyllida s'échappa de son gémissement haletant.

— Cela a-t-il fait mal ?

Elle secoua sa tête foncée et se pressa de nouveau contre lui. Il prit ce qu'elle offrait, s'enfonçant plus profondément dans son corps. Les bras arc-boutés, il baissa la tête et déposa un baiser sur son épaule.

— Restez simplement allongée sans bouger et laissez-moi vous aimer.

Elle obéit – il l'aurait remerciée s'il avait été capable de former les mots. Au lieu, il la remercia avec son corps. Elle était allongée nue, chaude et complètement ouverte devant lui ; il la remplit, ses hanches pressées contre ses fesses fermes, les hémisphères lisses brillant faiblement sous le clair de lune. Les courbes le caressaient, son corps l'accueillait et l'enfermait dans une chaleur glissante et douce. Le parfum musqué de Phyllida s'éleva et l'enveloppa ; il le respira profondément et sentit que la bête en lui échappait à sa laisse.

Sous lui, il la sentit remuer. Elle ne bougea pas, mais son corps se resserra autour du sien. Il réagit instinctivement, pressant ses hanches contre les fesses de sa compagne, poussant tout au fond, pivotant juste assez pour lui soulever les hanches dans un mouvement de balancier.

Elle retint son souffle et elle poussa à son tour, puis elle se détendit encore. Il serra les dents, se retira un peu plus, resta en arrière, puis il la remplit lentement. Il arriva tout au fond, puis se retira – elle gémit.

Entièrement occupé par la prière féminine plus primitive que les mots, le son réduit en miettes sa maîtrise très éprouvée. Il la chevaucha avec force, plongeant encore plus profondément ; elle le rencontra, le poussant à continuer. Il avait eu l'intention d'être doux, mais elle était déchaînée et dévergondée – il réagit de la même façon.

Elle explosa sous lui sous un orgasme si intense qu'il le ressentit dans ses os. Elle vibra sous l'effet de spasmes – si chaude et serrée autour de lui –, il crut qu'il allait perdre la tête. Et c'est ce qui se produisit ensuite. Il perdit tout sens de la réalité alors qu'il se perdait lui-même en elle ; qu'il perdait son âme dans sa chaleur, qu'il lui abandonnait son cœur.

CHAPITRE 13

Phyllida se réveilla. Elle leva les paupières ; à travers la fenêtre proche, elle pouvait voir le ciel. Une lumière grise pâlissait l'obscurité, annonçant l'aube, mais l'aube n'était pas encore là.

Ses paupières retombèrent ; elle se recroquevilla plus profondément dans le cocon chaud des couvertures. Chaque muscle de son corps se sentait étiré, libéré. Le bras lourd autour de sa taille était réconfortant.

Elle se redressa à moitié dans un sursaut – ou plutôt, elle l'aurait fait, mais le bras poilu se raidit et la maintint allongée.

Couchée sur le flanc, elle sentit ses sens aux aguets. Lucifer était allongé de tout son long sur le ventre à ses côtés, un bras lancé autour d'elle. Et il était réveillé. Et nu. Tout comme elle. Échapper à cette situation tout en gardant son sang-froid n'allait pas être une affaire simple.

Malheureusement, elle avait beau se creuser la cervelle, elle ne se rappelait aucun enseignement sur l'étiquette quand il s'agissait de quitter le lit d'un gentleman. S'il avait été endormi, elle serait partie en douce – et elle se serait fait du souci sur leur prochaine rencontre face à face. Entièrement vêtue, elle s'en serait sortie avec un calme acceptable.

Mais nue ? Avec lui, nu aussi à ses côtés ?

Si elle continuait à rester allongée là à y réfléchir, elle finirait par ressentir une panique qui la rendrait stupide. Elle se tourna ; le bras de Lucifer glissa sur sa taille. Sur le dos, elle jeta un regard en biais sur son visage, à moitié caché dans l'oreiller.

— Je dois partir.

Un seul de ses yeux était visible ; il s'ouvrit et la contempla – avec beaucoup trop de détermination à son goût.

— Vous ne m'avez pas encore dit ce que vous cherchiez, ce qui explique vraisemblablement pourquoi le meurtrier en a après vous.

— Ce n'est pas ça, nous sommes presque à l'aube. Je dois traverser la forêt et rentrer à la Grange. Si vous venez me voir ce matin, je promets de tout vous dire.

Il ne leva pas la tête – il se contenta de la secouer. Il avait l'air incroyablement séduisant avec ses cheveux noirs ébouriffés ; les avait-elle mis dans cet état ? Ses doigts lui démangeaient.

— J'allais venir vous interroger ce matin, mais la situation actuelle a bien plus d'avantages pour extraire des informations.

Elle fronça les sourcils.

— Que voulez-vous dire ?

— Je veux dire que vous ne quitterez pas ce lit tant que vous ne m'aurez pas tout dit.

— Ne soyez pas idiot ; je dois partir avant que votre maisonnée se lève. Vous ne voudrez pas que vos domestiques soient au courant de ma présence ici.

Lucifer haussa les épaules.

— Si cela ne vous dérange pas, pourquoi m'en soucierais-je ?

Il allait l'épouser ; dans les circonstances, tout le monde serait compréhensif.

Elle le dévisagea, le visage dénué d'expression, puis ses yeux lancèrent des éclairs.

— Eh bien, cela me dérange !

Elle tenta de repousser le bras sur elle. Il soupira et se tourna – et il l'attira dans ses bras. Elle se calma. Il roula jusqu'à ce qu'elle soit allongée sur son flanc, presque nez à nez avec lui, avec ses bras refermés autour d'elle, ses jambes entremêlées aux siennes, son érection pressée contre son ventre souple. Il la regarda dans les yeux.

— Dans ce cas, vous feriez mieux de vous mettre à parler.

L'expression de Phyllida était impossible à déchiffrer ; seuls ses yeux sombres, encore ronds et brillants en raison de l'état de satiété qui s'y attardait montraient qu'elle avait conscience de l'état de Lucifer. De sa menace implicite. Les lèvres de Phyllida se raffermirent, têtues jusqu'à la fin. Il soutint son regard et patienta alors que le soleil se levait.

Phyllida capitula.

— Je cherchais un paquet de lettres. Pas les miennes ; celles de quelqu'un d'autre.

— De Mary Anne.

Le saut logique pour en venir à cette conclusion était loin d'être grand.

— Oui. Elle a caché les lettres dans l'écritoire de sa grand-mère et ensuite son père l'a vendue à Horatio et elle a été livrée ici avant que Mary Anne le sache.

— Qu'y a-t-il de si menaçant dans ses lettres ?

— Je l'ignore. Tout ce que je sais est que Mary Anne et Robert veulent désespérément les récupérer avant que quiconque découvre leur existence, encore plus avant qu'on les lise.

Il scruta ses yeux.

— Vous avez promis de n'en parler à personne ?

— J'ai juré de ne pas révéler l'existence des lettres à qui que ce soit.

Après un moment, il hocha la tête.

— D'accord. Donc, vous cherchiez ces lettres…

Son regard se fit perçant.

— C'est la raison pour laquelle vous étiez dans le salon de Horatio dimanche dernier.

Phyllida soupira.

— Oui.

C'était bon de pouvoir le lui dire. Et il comprenait pour sa promesse ; elle avait bien pensé que ce serait ainsi.

— Je cherchais l'écritoire et je suis entrée dans le salon ; et j'ai vu Horatio mort, allongé là.

— Où étais-je ?

— Vous n'étiez pas encore arrivé. Je venais de retourner Horatio et compris qu'il était vraiment mort quand je vous ai entendu arriver à grands pas sur le sentier.

— Et ?

— J'ai pensé que c'était peut-être le meurtrier revenant pour le corps. Je me suis cachée.

Les yeux de Lucifer se rembrunirent.

— Où ?

Elle garda les yeux fixés sur les siens.

— Derrière la porte.

Ses yeux se durcirent ; les traits de son visage également. Les bras autour d'elle se resserrèrent. Cent fois, elle avait imaginé lui dire que c'était elle qui l'avait frappé avec la hallebarde, mais elle n'avait jamais cru qu'elle le ferait alors qu'elle serait nue entre ses bras.

— *Vous* m'avez frappé ?

— Je n'en avais pas l'intention ! J'ai compris que vous n'étiez pas le meurtrier et je me suis avancée pour vous parler, et c'est là que la hallebarde s'est renversée.

Il la fixa dans les yeux pendant une longue, une très longue minute ; ensuite, les muscles de ses bras se détendirent.

— Vous avez essayé de la retenir. C'est pour cela qu'elle ne m'a pas tué.

Elle laissa échapper le souffle qu'elle avait retenu.

— J'ai essayé, mais je n'ai pas *pu.* J'ai seulement réussi à la tourner un peu.

Le souvenir de la panique la submergea ; elle dut paraître dans son regard.

Il pencha la tête et effleura ses lèvres des siennes.

— Ça va.

Ses mains lui caressèrent le dos.

— Un peu a suffi.

Le réconfort de sa voix, de son contact, fit disparaître toute résistance. Elle se détendit entre ses bras. Son regard tomba sur ses lèvres.

— Eh bien, maintenant, vous savez.

Les lèvres de Lucifer se relevèrent en coin.

— J'en sais maintenant beaucoup plus que j'en savais avant d'aller au lit, mais…

Elle rougit et reporta son regard sur ses yeux – loin de ses lèvres diaboliques.

— J'ignore pourquoi le meurtrier vous pourchasse.

— Je pense que c'est à cause du chapeau.

Elle lui en parla en le décrivant brièvement.

— Cependant, j'ignore à qui il appartient et je ne l'ai pas revu depuis.

Une latte de plancher craqua directement au-dessus d'eux. Ils levèrent les yeux. Phyllida blêmit.

— Oh, Seigneur !

Lucifer l'attira à lui et l'embrassa fermement, un baiser long et profond, ses mains se promenant sur son dos, sur ses fesses. Puis, il la lâcha.

— Partez.

Malgré son hébétement et son regard flou, elle n'attendit pas qu'il le lui dise deux fois. Elle se précipita hors du lit. Sa culotte était à ses pieds ; elle la ramassa dans un mouvement, s'assit et se débattit pour l'enfiler. Croisant les bras derrière la tête, Lucifer resta allongé à la regarder.

Elle fourra ses pieds dans ses bottes, puis elle courut à travers la pièce et attrapa sa chemise. La chemise comme la culotte n'avaient plus de boutons. Horrifiée, elle se tourna vers lui, les bras largement écartés pour lui faire la démonstration. Il haussa un sourcil.

Elle le fusilla du regard, elle ramassa son manteau et elle l'enfila d'un coup d'épaule. Elle se baissa pour prendre ses bandes de tissus, elle les fourra dans une poche, puis elle se dirigea vers la porte, une main serrant son manteau pour le refermer, l'autre sous lui, retenant sa culotte.

— Je viendrai vous rendre visite plus tard ce matin. N'allez *nulle part* avant cela.

Son ton lui donna à réfléchir ; de la porte, elle regarda en arrière avant de hocher la tête et d'ouvrir la porte avant de prendre la fuite.

Lucifer écouta, mais elle était aussi silencieuse qu'une souris. Personne de sa maisonnée n'était encore levé – il les entendait toujours descendre l'escalier. Elle quitterait le manoir en sécurité et elle ne courait pas grand risque dans les bois ; personne ne saurait qu'elle avait passé la nuit dans son lit. Les deux attaques contre elle avaient été planifiées ; leur meurtrier n'était pas du genre à traîner autour et risquer qu'une personne le voie et devienne soupçonneuse à son endroit.

Elle serait en sécurité en rentrant chez elle ; il avait confiance en elle pour qu'elle retourne dans sa chambre à coucher sans se faire voir, même si cela n'avait pas vraiment une grande importance, mais elle s'inquiéterait si on la voyait.

Cette pensée lui donna à réfléchir. Il leva le drap et baissa les yeux. Du sang tachait les deux draps.

Il l'abaissa, puis il regarda son sabre de cavalerie extrêmement pointu appuyé sur le coffre. À l'évidence, il avait été incapable de dormir ; il pensait avoir entendu un bruit et il était allé voir en emportant son sabre. Il s'était coupé la jambe superficiellement, mais il ne l'avait pas remarqué dans l'obscurité. Ensuite, il avait essayé le lit de Horatio, pour voir s'il lui serait plus facile de dormir ici. Cela avait été le cas. Assez simple.

S'allongeant de nouveau, il ferma les yeux et laissa son esprit repenser à la nuit. Ses lèvres se courbèrent en un sourire malicieux.

— Je veux demander la main de votre fille.

Les mots étaient étonnamment faciles à prononcer. Lucifer se détourna de la fenêtre surplombant les pelouses de la Grange et il regarda sir Jasper en face. Assis derrière son bureau, sir Jasper rayonnait.

— Excellent !

Puis, son sourire s'évanouit. Il s'éclaircit la gorge.

— Bien sûr, Phyllida elle-même aura le dernier mot. Une femme obstinée. Elle mène sa propre vie, vous savez.

— En effet.

Lucifer s'appropria un fauteuil en face de son futur beau-père.

— À propos de cela, il semble que ses prétendants en date lui ont laissé une vision dénaturée du mariage.

— En effet, en effet ; elle affirme catégoriquement qu'elle n'en veut pas.

Sir Jasper contempla Lucifer d'un regard évaluateur.

— Je ne sais pas s'il s'agit d'une étrange rébellion de sa part ou le fait de ne plus avoir de mère depuis si longtemps, mais voilà : elle déclare qu'elle ne voit pas l'intérêt de se marier.

— Avec tout mon respect, on lui a donné peu de bonne raison de s'y intéresser. Tout le monde s'attend à ce qu'elle se marie, on suppose qu'elle le fera et ses prétendants ont cherché à tourner cela à leur avantage.

Lucifer marqua une pause avant d'ajouter :

— Peu de femmes apprécient qu'on les tienne pour acquises.

Particulièrement les femmes intelligentes avec des qualités de meneuse.

— À cause de cela, poursuivit-il, bien que je souhaite vous faire connaître mes intentions, je n'ai pas encore parlé à Phyllida. Nous nous sommes rencontrés il y a neuf jours seulement, et même si je suis certain de ma propre idée sur le sujet, je suis tout aussi certain qu'il lui faudra du temps pour se convaincre de sa justesse.

— Donc, vous proposez d'attendre avant de lui poser la question, hein ?

— Je propose de la courtiser avant, métaphoriquement, de m'agenouiller devant elle. Quelques semaines ; je ne suis pas particulièrement pressé.

Un souvenir bien trop physique de Phyllida sous lui provoqua comme une brûlure dans son cerveau ; il le bloqua, il ignora son érection et il reprit la parole.

— Je crois que le geste le plus antagonique que je pourrais poser en ce moment serait de plaider ma cause.

S'il le faisait, elle voudrait tout de suite savoir pourquoi – pourquoi il voulait l'épouser. Il serait obligé d'aligner toutes les raisons de convenance, ce qui le présenterait exactement sous les mêmes traits rebutants que tous ses autres prétendants. Les raisons étaient logiques, mais il savait que ce n'était pas ce qu'elle voulait entendre. Elle ne serait pas influencée par ces raisons.

Il avait bien un motif évident que personne d'autre n'avait – il avait couché avec elle et, par conséquent il devrait, selon les principes d'honneur, faire amende honorable et l'épouser.

Bien que sous certains aspects – ceux se rapportant à l'honneur –, cela touchait la corde sensible en lui, ce n'était pas, de son avis, une raison sage ou valable à évoquer pour défendre sa cause.

Aucune femme ne voulait entendre qu'on allait l'épouser à cause des préceptes de l'honneur. Laisser croire cela à Phyllida – même le suggérer – serait à la fois cruel et lâche. C'était loin d'être la vérité. Il l'avait amenée au lit *parce* qu'il avait l'intention de l'épouser et non l'inverse.

— Je crois, dit-il, que la voie d'une persuasion en douceur est de mise.

Sir Jasper hocha la tête.

— Vous pourriez avoir raison. Adopter cette tactique ne peut pas nuire.

Il regarda Lucifer ; son expression se durcit.

— Je ne vous le cacherai pas : en ce moment, j'apprécie toute l'aide que je peux avoir avec Phyllida. Cette histoire d'attaque contre elle – très possiblement deux fois – m'inquiète au plus haut point. Je n'en vois pas moi-même la raison.

— Je pense que nous devons présumer que l'agresseur est le meurtrier de Horatio. Il n'y a aucune raison de croire que Colyton abrite en secret deux hommes avec de mauvaises intentions. Cependant, son motif pour attaquer Phyllida est décidément un mystère.

— Elle dit qu'elle ignore complètement pourquoi il veut la tuer.

— Hum. Je vais bien entendu poursuivre mes investigations sur le meurtre de Horatio. Avec votre permission, je vais les élargir pour inclure les attaques contre Phyllida. Il doit s'agir du même homme.

— Il est difficile de comprendre tout cela, mais oui, je suis d'accord. C'est très inquiétant.

Lucifer se leva.

— Encore une fois, avec votre permission, je vais surveiller Phyllida. Je serai mieux placé que les autres pour le faire.

Sir Jasper se leva aussi, une estime avisée dans le regard. Il contempla Lucifer, puis il hocha la tête et tendit la main.

— Quelque permission que vous ayez besoin, considérez-la comme accordée. Il n'y a personne que j'aimerais mieux accueillir comme un fils.

Lucifer saisit la main de sir Jasper.

— Bien, alors, dit sir Jasper. Maintenant, vous pouvez vous y mettre la conscience tranquille, n'est-ce pas ?

Réprimant un sourire, Lucifer inclina légèrement la tête. – En effet.

Il quitta le cabinet de travail de sir Jasper, ayant pleinement l'intention d'aller au fond des choses sans délai. Sa conscience, par contre, n'était pas entièrement en paix. Il dissimulait sa véritable raison d'épouser Phyllida ; il avait l'intention de le faire indéfiniment.

Il la connaissait, néanmoins, il pouvait à peine laisser le concept se former dans son esprit – le dire à haute voix, à elle ou même à lui-même, resterait, il en était convaincu, au-delà de ses forces.

C'était tout simplement trop lui demander. Pas maintenant. Jamais.

Il trouva l'objet de ses pensées – l'objet de son désir sexuel, de son envie et de bien plus encore – dans la roseraie. Elle coupait des fleurs et les déposait dans un panier. Il se tint sous l'entrée en arche et l'observa. Il regarda le soleil jouer dans sa chevelure sombre, éclairant les mèches soyeuses de reflets roux.

Il regarda la robe pâle et dorée qu'elle portait osciller et se balancer autour de son corps mince qui s'était tortillé sous lui la nuit précédente.

S'éloignant de l'arche d'une poussée, il s'avança sur le sentier en pavés.

Phyllida contourna un buisson et elle le vit. Elle patienta, le regardant s'approcher avec la puissance gracieuse d'un gros félin en chasse. Comme toujours, il était l'image de l'élégance masculine, cette fois dans un manteau foncé sur une culotte pâle qui lui moulait les cuisses avant de rejoindre des bottes de Hesse cirées.

Son cœur battit la chamade à son approche ; elle saisit le moment pour le calmer et renforcer sa poigne sur ses émotions. Elle savait exactement où elle en était, où il en était ; elle ne se permettrait pas de s'imaginer quoi que ce soit de plus. Elle hocha légèrement la tête.

— Bonjour.

Il s'arrêta à un mètre d'elle et étudia ses yeux.

— Bonjour.

Il y avait une lumière dans les yeux de Lucifer, un ronronnement suave dans sa voix qui la réchauffa plus que le soleil. Elle regarda le buisson et se concentra pour couper une rose joliment ouverte.

— Avez-vous trouvé les lettres, par hasard ?

— J'ai cherché, mais je n'ai trouvé aucune écritoire, ni au premier étage ni dans le grenier. Êtes-vous certaine

qu'elle n'est pas au rez-de-chaussée ?

Elle fronça les sourcils.

— Je ne crois pas l'avoir ratée.

— Vous devriez peut-être venir au manoir cet après-midi et vérifier les pièces du rez-de-chaussée.

Elle leva la tête, puis elle acquiesça.

— Ce serait un soulagement de résoudre au moins un mystère.

— Quant à la question de l'identité du meurtrier de Horatio, racontez-moi ce qui s'est passé à compter du moment où vous êtes entrée dans le vestibule principal jusqu'au moment où vous avez quitté le manoir.

— Je vous l'ai déjà dit.

— Faites-moi plaisir. Il pourrait y avoir quelque chose, une petite chose, dont vous vous souviendrez cette fois-ci.

Déposant les cisailles dans le panier, elle pivota. Elle relata ses mouvements pendant qu'ils se promenaient lentement jusqu'à la tonnelle au fond du jardin.

— Donc, tendre la main vers le chapeau est la dernière chose que vous avez faite ?

Il l'aida d'une main à s'installer sur le banc de pierre sous la tonnelle.

— Oui. Je pensais qu'il vous appartenait.

— À moi ? interrogea-t-il en s'asseyant à côté d'elle. Mes manteaux sont noirs ou bleu foncé. Que ferais-je avec un chapeau brun ?

— Je ne connaissais pas vos préférences vestimentaires à ce moment-là.

Elle marqua une pause, s'accrochant à son calme avec force, regardant les roses oscillant sous la chaleur plutôt que Lucifer.

— En tout cas, je suis retournée dans l'après-midi pour faire des arrangements pour vos chevaux. Je pensais aller chercher le chapeau pour vous. Je l'ai demandé à Bristleford. Il était certain qu'il n'y avait pas eu de chapeau dans le salon lorsqu'ils avaient découvert le corps de Horatio.

— Et le mien.

Elle inclina la tête.

— Et le vôtre.

Elle attendit qu'il dise quelque chose sur la manière dont il en était venu à être un « corps ». Mais il resta assis en silence quelques minutes, puis il dit :

— Il doit s'agir du chapeau. Le meurtrier doit être convaincu que vous le reconnaîtrez.

— Mais je ne l'ai pas fait. Je pensais que cela devait être évident à présent.

— Vrai, de sorte qu'il doit penser que vous le reconnaîtrez un *jour*, que vous vous en souviendrez subitement. Ce qui signifie…

Il s'interrompit.

Elle leva les yeux vers lui.

— Signifie quoi ?

Il rencontra son regard.

— Que c'est une personne que vous avez souvent vue avec ce chapeau !

Sa respiration était tendue.

— Donc, absolument pas un étranger.

— C'est une personne que vous connaissez.

Les mots restèrent suspendus dans l'air entre eux, glacés malgré la chaleur. Phyllida se tint droite avec rigidité et combattit l'envie soudaine de chercher refuge dans les bras de Lucifer.

Le banc était court ; il avait allongé un bras sur son dossier, derrière les épaules de la jeune femme. Son torse était d'une proximité tentante. L'impulsion de se coller sur lui, de presser son épaule sur son torse, de sentir ses bras se fermer autour d'elle devint forte.

Elle savait ce que c'était que d'être tenue entre ses bras. C'était rassurant. Cependant… elle n'était pas du genre

pot de colle.

Elle était sur le point de regarder ailleurs, de reporter son regard sur le sujet anodin du jardin, quand il remua. Son bras quitta le dossier du banc et se courba autour de ses épaules ; son autre main lui releva légèrement le visage. Ses lèvres furent sur les siennes avant qu'elle ait le temps de le comprendre et ensuite, elle répondait à son baiser.

Quand il leva la tête, elle le regardait avec des sourcils froncés.

— Pour quelle raison avez-vous fait cela ?

Elle se tortilla pour se redresser.

Lucifer la lâcha. Il chercha une réponse légère ; seule la vérité occupait son esprit.

— Pour vous rassurer. Vous sembliez effrayée.

Elle le regarda dans les yeux, puis elle frissonna légèrement et elle détourna la tête.

— Je suis effrayée ; un peu.

— Avoir un peu peur est sage, mais le meurtrier ne va pas vous avoir aussi.

Elle lui jeta un regard en coin.

— Vous semblez très convaincu.

— Je le suis.

— Pourquoi ?

— Parce que je ne le permettrai pas.

Avant qu'elle puisse prononcer l'autre « pourquoi ? » qu'il pouvait voir dans ses yeux foncés, il l'attira à lui et il l'embrassa encore. Après un instant d'hésitation, elle se détendit et elle se laissa couler dans le baiser. La roseraie était privée et trop tentante. Son corsage était ouvert, ses doigts malaxant un sein quand elle recula sur un halètement et regarda en bas.

— Que faites-vous ?

Il fit le tour d'un mamelon avec le bout d'un doigt.

— Je suis certain que vous pouvez le deviner.

Le regard qu'elle leva sur son visage était choqué.

— Mais… je vous ai dit tout ce que je savais.

Elle recula ; il laissa sa main retomber. Intrigué, il tenta de voir ses yeux alors qu'elle s'activait, reboutonnant sa robe. Son expression était encore calme, sinon juste un peu déterminée. Déterminé à quoi, il ne le devinait pas.

— Que…

— Je n'ai rien omis.

La robe bien ajustée de nouveau, elle prit son panier et se leva.

— Vous savez tout.

Se levant aussi, Lucifer était certain que cette dernière déclaration n'était pas véridique. Un doute fâcheux se forma dans son cerveau.

Levant la tête, elle fit un pas.

— Je vous assure qu'il n'y a plus rien à gagner de continuer à tenter de me séduire.

Elle n'avait fait que deux pas quand les doigts de Lucifer se refermèrent sur son coude et qu'il la fit pivoter vers lui.

— Qu'avez-vous dit ?

Plissant les yeux, il les baissa sur elle.

Elle lui rendit son regard ; l'agacement envahit ses yeux.

— Vous avez parfaitement bien entendu.

Elle tordit son bras ; il la lâcha.

— Pourquoi croyez-vous que je vous ai séduite ?

Elle se redressa de toute sa taille – tout à coup, il ne fut plus capable de lire dans ses yeux.

— Vous m'avez séduite afin d'apprendre tout ce que je sais. Maintenant que je vous ai tout révélé, il n'est plus utile…

Elle gesticula et s'éloigna.

— Ce n'est pas la raison pour laquelle je vous ai séduite. Son ton l'arrêta. Elle prit une profonde inspiration, puis elle se tourna pour le regarder en face.

— Pourquoi, alors ?

Son défi résonna clairement. Néanmoins, elle avait posé exactement la question qu'il ne voulait pas affronter, celle à laquelle il ne pouvait pas se résoudre à répondre franchement. Il regarda dans ses yeux foncés et il ne voulut pas mentir.

Un gong retentit, le son emporté par la brise depuis la maison. Ils regardèrent tous les deux vers elle, puis Phyllida pivota.

— C'est le gong du déjeuner.

Après un instant d'hésitation, elle poursuivit son chemin.

Un moment plus tard, il la rattrapa et continua à ses côtés.

Elle ne reprit pas la parole avant qu'ils grimpent les marches du jardin en contrebas.

— Si vous étiez sérieux lorsque vous m'avez offert de venir fouiller le manoir, je viendrai cet après-midi.

— J'étais sérieux, mais nous pouvons y retourner ensemble.

Lucifer s'arrêta sur la marche supérieure.

— Votre tante m'a invité à déjeuner.

Phyllida se tourna vers la maison.

— Comme c'est commode.

La main de Lucifer sur son bras la stoppa. Elle regarda en arrière.

Il tendait une petite pochette.

— Avant que nous entrions, vous feriez mieux de prendre ceci.

Intriguée, elle prit la pochette. Et elle sentit les boutons à l'intérieur. La rougeur lui monta aux joues.

— Merci.

Sans croiser son regard, elle enfouit la pochette sous les roses dans son panier, puis elle reprit sa marche.

Trois heures plus tard, Phyllida était assise dans un fauteuil devant le bureau dans la bibliothèque du manoir, lisant attentivement les entrées dans le registre ouvert sur ses cuisses. Assis dans le fauteuil derrière le bureau, Lucifer la regardait sous ses cils.

Ils avaient quitté la Grange après le déjeuner et ils étaient venus à pied jusqu'au manoir en passant à travers les bois. Tout le long du chemin, Phyllida avait maintenu son calme habituel, répondant lorsqu'il lui parlait, mais le traitant autrement –

réagissant à lui – comme s'il était n'importe quel autre gentleman raisonnablement intelligent. Elle n'avait pas, il fallait le reconnaître, tenté de le traiter avec l'air dédaigneux qu'elle employait avec ses autres prétendants, mais de même, elle ne le traitait absolument pas comme l'homme avec qui elle avait partagé un lit la veille.

Il avait passé suffisamment de nuits avec plus de femmes qu'il n'en fallait pour savoir comment elles devaient l'accueillir le lendemain.

Mais Phyllida ne les imitait pas.

L'agacement couvait, nourrit par la frustration. Il s'était refusé à la séduire pour qu'elle lui révèle tout, mais à cause des actions imprudentes de Phyllida, et de ses propres réactions, il semblait aujourd'hui avoir fait exactement cela. Pour dire la vérité, *elle* l'avait amené à la séduire. Ce n'était pas de son fait si elle avait surgi au manoir en culotte après minuit, fouillant la chambre de Horatio. Une fois qu'il l'avait découverte – eh bien, qu'aurait-il dû faire ? S'incliner devant elle et lui montrer la porte ?

Réprimant un petit reniflement, il tenta de se concentrer sur le registre devant lui. Le fait indéniable qu'il s'était servi de son désir d'apprendre son secret comme camouflage, une couverture superficielle et légère pour dissimuler une vérité plus profonde et sombre, continuait de le tarauder et de l'agacer. La situation et Phyllida conspiraient pour le faire trébucher ; la réalité de son besoin, le désir impératif de la faire sienne, avait achevé sa chute.

Pourquoi l'avait-il séduite ? Parce qu'il l'avait voulu – il en avait eu *besoin.* S'il lui disait cela, elle reniflerait et détournerait les yeux et elle continuerait à croire le pire.

Son regard alla fugitivement à elle ; il faisait attention à ne pas la fixer avec trop d'évidence.

Au moins, elle était ici en sécurité, occupée pour le moment. Elle avait parcouru les pièces du rez-de-chaussée, mais l'écritoire ne s'était pas matérialisée ; elle était revenue dépitée, blablatant à propos de rentrer à la Grange. Il avait suggéré qu'elle passe en revue les registres de Horatio pour voir s'il avait vendu l'écritoire.

Il révisait les registres lui aussi, cherchant une entrée qui pouvait se qualifier pour l'article mystère de Horatio. Il ne l'avait pas encore trouvée. Son regard se fixa une fois de plus sur le visage calme de Phyllida. Il n'aimait absolument pas se voir classer parmi ses autres prétendants, ceux qui la voulaient pour des motifs pécuniaires ou sociaux, des raisons qui avaient peu à voir avec sa jolie personne. C'étaient eux qui lui avaient fait perdre sa foi dans le mariage. Le fait qu'elle le croyait comme eux l'irritait. En effet, cela l'irritait encore plus parce que du point de vue de Phyllida, il l'avait exploitée, avait exploité la femme – ses émotions, sa féminité, toutes ces qualités que les autres n'arrivaient même pas à avoir.

Même si elle ne l'avait pas accusé de cela, il n'aimait pas l'idée que, dans son esprit, elle puisse le faire.

Comment corriger sa fausse idée ? Il n'y avait réellement qu'une seule solution. L'ayant séduite une fois avec succès, il allait devoir recommencer. Et la barre venait tout juste d'être relevée. En effet, à présent qu'il y réfléchissait, elle venait à l'instant de se transformer en défi plus grand.

Cette pensée le fit se sentir infiniment mieux. Les défis le stimulaient.

Se concentrant sur la page devant lui, il se rendit compte que c'était celle qu'il lisait lorsque Phyllida était entrée dans la pièce. Réprimant un soupir, il fixa son regard dessus et il la lut.

Quelques minutes plus tard, le loquet cliqueta ; Bristleford entra.

— Monsieur Coombe souhaite vous parler, monsieur. Dois-je l'informer que vous êtes occupé ?

— Coombe ? interrogea Lucifer en jetant un coup d'œil à Phyllida. Faites-le entrer, Bristleford.

Bristleford se retira en refermant la porte. En réaction au regard appuyé de Phyllida, Lucifer murmura :

— Coombe est venu il y a quelques jours parce qu'il voulait le droit de premier refus sur les livres de Horatio.

— Vous allez les vendre ?

Elle semblait choquée.

Plissant fugitivement le front, Lucifer secoua la tête ; son regard pivota vers la porte alors qu'elle s'ouvrait. Silas Coombe entra avec affectation ; Bristleford referma la porte.

— Coombe. Vous connaissez mademoiselle Tallent, évidemment.

Se levant, Lucifer tendit la main.

Silas exécuta une révérence extravagante pour Phyllida, qui hocha la tête. Ensuite, il saisit la main de Lucifer.

— Que puis-je faire pour vous ?

Lucifer désigna un fauteuil de la main pour Silas.

– Je ne vous retiendrai pas longtemps.

Silas jeta un coup d'œil à Phyllida alors qu'il s'assoyait, puis il regarda Lucifer.

— Comme je l'ai déjà mentionné, je suis intéressé par l'acquisition d'ouvrages choisis dans la collection de Horatio. Comme vous êtes un homme occupé et qu'il y aura sans aucun doute beaucoup d'autres personnes réclamant votre temps, je me demandais si je pouvais proposer un accommodement qui nous conviendrait à tous les deux.

— Quel accommodement ?

— Je serais prêt à agir pour vous à titre d'agent pour vendre la collection.

Silas se hâta de poursuivre.

— Ce sera un très gros travail, bien sûr, un engagement important de mon temps, mais dans les circonstances, je sens que cet arrangement nous servira tous les deux.

Pendant un long moment, Lucifer ne dit rien ; puis il demanda :

— Laissez-moi voir si je comprends correctement votre proposition. Vous suggérez que je devrais vous confier toute la collection de Horatio et qu'en retour, vous organiseriez les ventes contre une commission. Est-ce exact ?

— Précisément, répondit Coombe avec un visage épanoui. Cela vous rendra la vie beaucoup plus facile, particulièrement pendant votre installation ; un nouveau comté, une nouvelle maison.

Son regard s'égara jusqu'à Phyllida, puis il le reporta sur Lucifer.

— Tenez, je vais même m'organiser pour que les livres soient transférés chez moi entre-temps.

— Merci, mais non, répondit Lucifer avant de se lever. Contrairement à vos attentes, je n'ai pas l'intention de disposer d'aucune partie de la collection de Horatio. En effet, si possible, je vais l'enrichir. Maintenant, y a-t-il autre chose ?

Obligé de se lever, Coombe le dévisagea.

— Vous n'avez pas l'intention de vendre ?

— Non, affirma Lucifer en contournant le bureau. Maintenant, si vous voulez bien nous excuser, mademoiselle Tallent et moi avons divers comptes à vérifier.

Il entraîna Coombe vers la porte.

— Eh bien ! Je veux dire, imaginez cela ! Il ne m'est jamais venu à l'idée... j'espère bien ne pas vous avoir donné la mauvaise impression...

Les protestations de Coombe s'estompèrent. Lucifer le remit entre les mains de Bristleford, attendant dans le vestibule, puis il ferma la porte de la bibliothèque. Il revint lentement jusqu'au bureau. Phyllida était plongée dans ses pensées.

— Qu'y a-t-il ? demanda Lucifer.

Elle leva les yeux, puis elle agita la main en direction de la porte.

— Je réfléchissais. Je ne pense pas que Silas ait déjà porté de brun.

Lucifer reprit sa place derrière le bureau.

Phyllida continua à froncer les sourcils.

— Que cherchait-il lors de sa première visite ?

— Un livre ; un, au moins. À part cela, il s'est montré excessivement prudent pour ne donner aucune indication.

— Hum.

Lucifer patienta, mais elle ne dit rien de plus. Après une autre minute à froncer les sourcils, elle reporta son attention sur le registre sur ses cuisses.

Une heure plus tard, Phyllida referma d'un coup le dernier des registres récents.

— Horatio n'a pas vendu l'écritoire.

Lucifer leva les yeux.

— Dans ce cas, elle doit encore se trouver ici quelque part.

— Hum !

Posant le registre sur le bureau, elle jeta un coup d'œil par la fenêtre.

— Je fouillerai les étages demain, mais je dois rentrer à la maison maintenant.

Lucifer se leva en même temps qu'elle.

— Je vais vous raccompagner.

Elle le regarda.

— Je suis parfaitement capable de marcher dans la forêt toute seule.

La mâchoire de Lucifer se contracta.

— J'imagine, répondit-il tout en contournant le bureau, et il lui fit signe d'aller vers la porte. Néanmoins, je vais vous accompagner.

Elle maintint sa position et soutint son regard.

Il resta là tel un roc et il la regarda calmement à son tour.

Quand il devint évident qu'il était prêt à rester là toute la nuit, elle leva le menton, pivota et s'avança en silence vers la porte.

Elle quitta la maison avec Lucifer rôdant sur ses talons. Il ne la laissa pas s'éloigner de lui de plus d'un bras. S'il lui arrivait quoi que ce soit…

C'était tout aussi bien qu'elle ne puisse pas voir son visage. S'il avait l'air à moitié aussi sombre que ce qu'il ressentait, elle s'arrêterait probablement pour savoir quel était son problème. Une chose qu'il ne pouvait pas facilement expliquer sans dire qu'elle était à lui. Elle ne l'avait pas encore compris, mais elle y viendrait. Quand il aurait fini de la séduire une deuxième fois, elle serait parfaitement prête à l'épouser sans plus d'explications.

Il n'avait certainement pas besoin de plus de discussions, ni avec lui-même ni avec elle. Son rôle lui paraissait parfait – il lui convenait comme un gant. La protection des femmes avait toujours été son rôle. Même celles qu'il incitait à venir au lit avec lui – il y avait plus d'une forme de protection. Mais ceci, talonner une femme en étant prêt à lui servir de bouclier contre tout danger – c'était lui. Son moi profond. Une partie de lui avait besoin, exigeait un exercice presque constant. Il n'avait jamais vécu longtemps sans protéger une femme.

Les jumelles, ses blondes et belles cousines, avaient été les plus récentes bénéficiaires de sa tâche, mais elles s'étaient transformées en harpies et avaient insisté pour qu'il les laisse à leurs propres moyens. Sous le stress considérable et la menace pas si subtile dissimulés sous les attentions brûlantes des dames de la société, il s'était retiré à Colyton – seulement pour découvrir qu'il y avait ici la réponse idéale à son besoin.

Après tout, qu'était-il censé faire de sa vie sinon avoir une femme – et une famille aussi – à protéger ? Qu'était-il d'autre, sous son élégance éclatante, sinon un chevalier protecteur ? Jusqu'à ce que les jumelles l'eussent refusé et que les mariages de ses cousins l'eussent laissé trop exposé pour braver le *ton,* il n'avait pas pleinement compris sa propre nature.

Posséder et chérir, la devise familiale des Cynster – il la comprenait aujourd'hui, il en appréciait toute la signification.

Pour lui, cela signifiait Phyllida.

Il la suivit dans les ombres de la forêt et il réfléchit à la meilleure manière de lui annoncer la nouvelle.

Phyllida plongea une tige de glaïeul au centre d'un vase et elle recula. De ses yeux plissés, elle contempla l'arrangement, évitant soigneusement la présence paresseuse obscurcissant la porte de la sacristie. Rassemblant une poignée de centaurées bleues, elle commença à les insérer dans le vase. Elle était arrivée au manoir au milieu de la matinée et elle avait fouillé les pièces du premier étage, toutes à l'exception des chambres à coucher de Horatio et de Lucifer. Celle de Horatio, elle l'avait déjà parcourue ; celle de Lucifer… elle n'avait pas besoin de fouiller là. Bien qu'elle ne soit pas imposante, l'écritoire de voyage n'était pas petite au point d'être difficile à voir.

— À quel point votre fouille du grenier a-t-elle été minutieuse ?

Il semblait suivre le fil de ses pensées.

— Très minutieuse. Donc, à présent, vous avez regardé et j'ai regardé ; l'écritoire n'y est pas.

Elle ne le regarda pas – elle avait juré de ne lui fournir aucun encouragement.

S'il insistait pour se coller à ses jupes contre l'expression de sa volonté, pour ne pas dire ses désirs affirmés avec force, elle n'allait pas faire d'efforts pour le divertir.

En descendant du grenier, déçue encore une fois, elle était tombée sur madame Hemmings dans le vestibule à l'entrée. La gouvernante était nerveuse.

Elle avait un chaudron de confiture à un stade crucial et elle n'osait pas le laisser, mais elle ne s'était pas encore occupée des fleurs de l'église. Hemmings avait cueilli les plus belles fleurs ce matin ; elles se trouvaient dans un sceau dans la buanderie.

Elle avait accepté avec joie de remplir les vases. Elle avait rejeté comme étant irrationnelle l'idée que le meurtrier puisse hanter l'église ; une marche d'un pas vif en remontant la place, suivie de l'ambiance apaisante de l'église, cela lui avait semblé tout à fait parfait. Malheureusement, la porte de la bibliothèque avait été ouverte. Lucifer s'était matérialisé dans l'embrasure de la porte – il avait insisté pour venir lui aussi.

Une courte argumentation s'en était suivie. Une fois encore, elle avait perdu. Cela devenait une habitude – du genre qu'elle ne se permettait pas avec qui que ce soit d'autre. Perdre des débats n'était pas son fort.

Elle n'allait pas l'encourager par un mot de plus.

Enfonçant un doigt dans le vase, elle vérifia l'eau.

— Trop basse.

S'emparant d'un pot, elle marcha jusqu'à la porte, elle regarda dehors, puis elle sortit sous le soleil. Elle traversa les quelques mètres jusqu'à la pompe – et elle écouta pour savoir s'il l'avait suivie. Aucun son – il devait encore se morfondre d'un air sombre dans le cadre de la porte.

En effet, il semblait la trouver agaçante – ce n'était pas le bon mot, mais c'était quelque chose de très semblable –, comme elle le trouvait agaçant. Irritant, intrigant, inexplicable. Absolument impossible à comprendre.

Elle remplit le pot, puis elle abaissa la poignée de la pompe. Alors qu'elle s'en détournait, son regard balaya le cimetière et elle vit qu'un vase sur une tombe avait été renversé par le vent. Agacée, elle se rendit jusqu'à la tombe. Redressant le vase, elle le remplit avec l'eau dans le pot et le reposa contre la pierre tombale. En se redressant, elle approuva l'alignement, puis elle pivota pour revenir sur ses pas.

Dans la rue derrière le porche du cimetière, Silas Coombe faisait tranquillement claquer ses chaussures à talons hauts.

Phyllida hésita, puis elle agita la main. Il ne la vit pas ; elle posa le pot sur une plaque à proximité et agita les deux bras.

Silas la remarqua – Phyllida lui fit signe de venir la rejoindre.

Elle réfléchit furieusement pendant qu'il se frayait un chemin sous le porche du cimetière et remontait le sentier. S'arrêtant devant elle, il exécuta une révérence extravagante en faisant de grands gestes avec un mouchoir en soie.

Quand il se redressa, elle souriait.

— Monsieur Coombe.

Elle lui offrit une petite révérence. Silas aimait les formalités.

— Je me demandais… je n'ai pas pu m'empêcher d'entendre votre conversation avec monsieur Cynster hier après-midi.

Elle afficha son expression la plus sympathique.

— Il semble très décidé à ne pas vendre les trésors de Horatio.

— En effet, déclara-t-il en fronçant les sourcils. C'est très dommage.

— Je ne savais pas que vous vous intéressiez aux volumes de Horatio.

Se laissant tomber sur la plaque de marbre, elle gesticula, invitant Silas à la rejoindre.

— Je pensais que votre propre collection était en soi assez complète.

— Oh, elle l'est ; en effet, elle l'est !

Silas donna une chiquenaude sur les pans de son manteau et s'assit à côté d'elle.

— Le fait que je veuille acheter un ou deux des tomes les plus intéressants de Horatio ne veut pas dire que ma propre collection en a besoin pour sa propre validité.

— Je me demandais…

— Non, non ! Je vous l'assure. Ma collection est déjà très précieuse comme elle l'est !

— Alors, qu'est-ce qui vous donne envie d'acheter certains des livres de Horatio ?

— Eh bien…

Silas cligna des paupières.

— Je…

Il se concentra sur son visage, puis il se pencha plus près d'elle, levant un doigt pour tapoter le côté de son propre nez.

— Il y a plus de raisons d'acheter un livre que le simple fait de vouloir le lire, ma chère.

— Oh ?

— Je ne peux pas en dire davantage.

Silas se cala sur la plaque, clairement satisfait de l'expression intriguée de Phyllida.

— Cependant, je ne suis pas du genre à m'intéresser à quelque chose sans raison, ma chère.

— Un mystère, murmura Phyllida. J'adore vraiment les secrets. Vous pouvez sûrement me le révéler ; je ne le dirai à personne.

S'efforçant de paraître stupidement fascinée, elle se pencha plus près, puis elle souhaita ne pas l'avoir fait. Silas cilla ; le regard dans ses yeux changea. Son regard s'abaissa sur les lèvres de Phyllida, puis encore plus bas.

Phyllida combattit une rougeur naissante – elle refoula l'envie de se redresser brusquement. Pencher en avant comme elle l'était, l'encolure dégagée de sa robe en dévoilait plus à Silas qu'elle n'en avait eu l'intention. Cependant… Silas savait quelque chose.

— N'avez-vous pas envie de me dire quelque chose, Silas ?

Elle prononça la question doucement, d'une manière encourageante. Silas transféra avec difficulté son regard sur son visage. Puis, il la prit dans ses bras.

Phyllida haleta et essaya de se redresser, mais Silas avait les bras autour d'elle.

— Ma chère, si j'avais su que vous préfériez des gentlemen plus élégants – des gentlemen plus sophistiqués –, je me serais agenouillé devant vous il y a des années.

— Monsieur Coombe !

Écrasée contre son torse, Phyllida inspira avec difficulté. Son eau de Cologne l'étouffait presque.

— Ma chère, j'ai attendu et j'ai observé ; vous allez devoir pardonner la force de mes passions. Je sais que vous êtes ignorante dans l'art de…

— Silas ! Lâchez-moi !

— Coombe.

L'unique mot tomba comme un glas. Un glas vengeur, menaçant.

Silas sursauta. Il émit un son qui ressemblait à un cri perçant, il lâcha Phyllida et il bondit sur ses pieds – atterrissant presque sur Lucifer. Silas pivota en se serrant la poitrine, gâchant le nœud lâche de sa cravate.

— Oh, mon Dieu ! Mon Dieu. Vous.... m'avez fait sursauter.

Lucifer ne dit rien du tout.

Silas regarda son visage et commença à remonter le sentier.

— J'avais seulement une discussion amicale avec mademoiselle Tallent. Il n'y a pas de mal, pas du tout… vous allez devoir m'excuser.

Sur ce, il pivota brusquement et s'avança avec fracas sur le sentier aussi vite que ses talons hauts le lui permettaient.

Toujours assise sur la plaque, Phyllida le regarda partir.

— Seigneur.

Elle le sut quand le regard de Lucifer quitta la silhouette de Silas disparaissant au loin et se fixa sur elle.

— Est-ce que vous allez bien ?

Les mots paraissaient avoir été prononcés à travers des dents serrées. Elle le regarda calmement et se leva.

— Évidemment, je vais bien.

— Je suppose que l'impression qui guidait Coombe était erronée ?

Elle lui décocha un regard glacial, redressa ses jupes, leva la tête et le dépassa ostensiblement et remonta le sentier.

— Silas sait quelque chose… quelque chose à propos de l'un des livres de Horatio.

Il accorda son pas au sien, une présence masculine imposante, solide et sombre avançant à côté de son épaule.

— Je devrais peut-être lui rendre visite. Je suis sûr de pouvoir le persuader de me révéler son précieux secret.

Il y avait un luxe de menace dans son ton ; Phyllida fut heureuse que Silas ne soit pas là pour l'entendre – il se serait évanoui sur-le-champ.

— N'importe, cela n'a peut-être rien à voir avec le meurtrier, et il n'est certainement pas l'homme qui m'a attaquée ; il est trop petit.

Elle marqua une pause devant la porte de la sacristie et regarda Lucifer.

— Vous ne pouvez pas sans cesse intimider les gens pour qu'ils agissent comme vous l'entendez.

Les yeux bleu nuit de Lucifer rencontrèrent les siens. Le message qu'ils contenaient était simple : « Vous pensez que non ? »

Levant le menton, elle entra dans la sacristie – et s'arrêta net. Il lui rentra dedans – elle serait tombée sans son bras qui s'enroula autour d'elle, qui la souleva sans effort, puis la reposa sur ses pieds un peu plus loin dans la pièce.

Elle reprit son souffle et pivota.

— J'ai laissé le pot d'eau dehors.

Il leva une main : elle tenait le pot d'eau.

— Merci.

Elle le prit – ses doigts effleurèrent les siens. Elle bloqua la sensation, elle effaça sa réaction de son esprit. Se tournant vers le vase, elle le remplit.

Le sentiment de menace derrière elle ne diminua pas.

— Ne refaites plus cela.

— Ne pas refaire quoi ?

— Partir en douce là où je ne peux pas vous voir.

Stupéfaite, elle se tourna.

— *Où vous ne pouvez pas*… Qui a fait de vous mon gardien ?

Le visage de Lucifer se durcit.

— Votre père et moi…

— Vous avez discuté de cela avec papa ?

— Évidemment. Il est inquiet. Je suis inquiet. Vous ne pouvez plus – il fit de grands gestes – vous promener avec désinvolture dans le village comme s'il n'y avait personne qui tentait de vous assassiner.

— Vous n'avez absolument aucun droit… de me donner des *ordres* !

Elle pivota, elle s'empara du vase et se dirigea vers la nef.

— Je fais ce que je veux, et ce, depuis des années. Je suis *abasourdie* que papa…

Elle s'interrompit ; elle n'arrivait pas à trouver les mots pour exprimer le méli-mélo de ses émotions. Il ne s'agissait pas précisément de trahison, mais certainement du sentiment d'avoir été remise entre les mains d'une autre personne…

Elle déposa bruyamment le vase sur la tablette à côté de la chaire, elle inspira, puis elle réarrangea les fleurs déplacées.

Elle n'avait pas besoin de réfléchir pour savoir où se trouvait Lucifer – elle pouvait le sentir directement derrière elle. Après un moment, il se déplaça pour venir se placer à côté d'elle. Elle sentit son regard sur son visage, elle sentit qu'il essayait d'apercevoir ses yeux. Elle refusa de le regarder.

Terminant avec les fleurs, elle s'épousseta les mains, puis se raidit pour s'éloigner…

Des doigts durs se glissèrent sous son menton ; il tourna son visage vers lui.

Il soutint son regard, étudia ses yeux.

— Votre père est sérieusement inquiet à votre sujet. Moi aussi. Il vous aime…

Il marqua une pause, puis son visage se durcit.

— Et simplement pour que vous puissiez en finir avec votre ahurissement une fois pour toutes, votre père a accepté de me laisser vous protéger. Dans ses mots : « Quelque permission que vous ayez besoin, considérez-la comme accordée. »

Elle le dévisagea ; elle regarda ce visage rude, tout en angles et traits durs, ses yeux, remplis d'une candeur sans pitié. Un poids – un certain pouvoir – informe, mais soutenu, invincible, inévitable, l'enveloppa et la retint. Elle n'avait pas à se demander s'il disait la vérité – ses yeux le lui confirmaient.

— Et qu'en est-il de *ma* permission ?

Sa voix était calme, stable – bien plus que les sentiments qu'elle éprouvait. Son cœur battait dans ses oreilles, dans sa gorge.

Son regard retint celui de Phyllida, puis il s'abaissa. Sur ses lèvres.

— En ce qui me concerne, j'ai déjà votre permission. Les mots étaient graves et prononcés à voix basse. Le poids autour d'elle se resserra.

Phyllida se raidit. Levant le menton pour le libérer de ses doigts, elle le regarda droit dans les yeux.

— En cela, vous faites complètement erreur.

Elle le contourna et s'éloigna du cercle de son étreinte sinistre avant de sortir – calmement – de l'église.

CHAPITRE 14

Après avoir déjeuné seul, Lucifer traversa les bois à grands pas en direction de la Grange. Phyllida avait insisté pour retourner immédiatement chez elle après avoir quitté l'église. Il avait insisté pour l'accompagner. Il l'avait suivie jusqu'au porche en façade de la Grange, puis il était rentré au manoir à travers la forêt. À présent, il revenait sur ses pas – parce qu'il ne supportait pas l'idée de savoir Phyllida simultanément en danger et hors de sa vue.

Dix jours s'étaient écoulés depuis leur première rencontre et voyez à quoi il en était réduit. Il avait déjà rendu visite à Silas Coombe. Bien que presque incohérent, Silas en avait révélé suffisamment pour le convaincre qu'il ne savait rien de précis sur un volume en particulier de la collection de Horatio ; il avait simplement espéré mettre la main sur certains trésors à un prix d'occasion. Silas n'était pas le meurtrier.

Lucifer tourna sur le sentier recouvert de feuilles ; il avançait silencieusement ; un chasseur inné. Il y avait un endroit où le sentier bifurquait en épingle, d'épais buissons limitant la vue devant. Il s'y engagea – et s'arrêta, juste à temps pour éviter de passer sur le corps de Phyllida.

Ce fut plutôt elle qui lui rentra dedans.

Il la rattrapa et la stabilisa ; il dut lutter pour ne pas fermer les bras autour d'elle. Ses seins pressés sur son torse étaient un plaisir dont il se souvenait ; l'envie sexuelle, le désir et ce besoin simple qu'elle et elle seulement provoquait se déversèrent en lui.

Elle avait dû sentir sa réaction immédiate. Son souffle se coinça dans sa gorge, puis elle se raidit, elle inspira péniblement et elle recula.

— Mes excuses.

Elle semblait à bout de souffle ; elle ne croisa pas ses yeux alors qu'elle donnait une chiquenaude sur ses jupes pour les redresser. Levant la tête, elle regarda derrière lui.

— Je me rendais chez vous.

Il sentit son regard effleurer son visage ; son propre regard était fixé sur le sentier vide derrière elle. Elle n'était pas accompagnée. Sa colère monta ; des mots passionnés lui brûlèrent la gorge – un besoin primaire de s'en servir pour l'attaquer s'empara de lui.

Il ravala les paroles, résista à cette impulsion ; l'effort le laissa avec le sentiment d'être une bête en cage. Au moins, elle venait le voir. Après ce matin, il devait probablement en ressentir de la reconnaissance.

S'écartant d'un pas, il lui fit signe de continuer. Il la suivit sur ses talons et attendit d'entendre la raison pour laquelle elle voulait le voir. Pour dire qu'elle comprenait ? Pour admettre qu'elle avait tort de se promener seule dans les environs et qu'elle appréciait ses soins attentifs ?

Ils atteignirent l'orée de la forêt et elle marcha sous le soleil.

— Je suis venue vous demander, dit-elle, si cela vous dérange que je regarde dans la dépendance et la resserre.

Elle survola cette dernière du regard de l'autre côté du potager.

— Elles sont remplies à craquer de meubles ; il se peut que j'aie raté l'écritoire quand j'ai fouillé dimanche dernier.

Lucifer regarda son visage, mais elle ne le regardait pas – ne voulait pas le regarder. Après un moment, il inspira.

— Si c'est ce que vous souhaitez, alors je vous en prie… Avec une révérence qui était d'une politesse tranchante, il lui fit signe d'y aller.

— Vous allez devoir m'excuser, par contre : j'ai d'autres affaires nécessitant mon attention.

Elle inclina la tête avec morgue et prit la direction de la dépendance. Il la regarda jusqu'à ce qu'elle entre, puis il se tourna vers la maison. Il traversa la cuisine, ordonnant sèchement à Dosdwell de surveiller la dépendance, puis il se retira dans la bibliothèque, laissant des instructions strictes pour qu'on ne le dérange pas.

Phyllida entra dans la dépendance et réussit enfin à respirer normalement. Ses nerfs tressaillaient encore ; elle resta debout en silence et les obligea à se calmer.

Que se passait-il ? En l'espace de quelques jours, sa vie avait changé de routinière à imprévisible, d'anodine à excitante, d'endormie à intense.

Et cela avait très peu à voir avec le meurtre de Horatio. Cela faisait peut-être bien partie du drame autour d'elle, mais ce n'était pas la source de cet ouragan de changements.

Un vent chaud nommé Lucifer.

Heureusement, il l'avait laissée seule. S'il était resté, elle – ou lui – aurait été incapable de résister et aurait rouvert leur discussion non terminée. Le résultat n'aurait pas été heureux. Elle sentait encore la brûlure d'apprendre qu'il avait discuté de sa sécurité avec son père plutôt qu'avec elle. Personne – ni Cedric ni même Basil – n'avait si simplement et avec autant d'arrogance prit en main de la contrôler.

Cette pensée la rendait si furieuse qu'elle la repoussa, qu'elle mit toute la question de Lucifer dans un paquet et l'ignora. Elle regarda autour d'elle. Le long bâtiment était plein de boîtes et de meubles empilés le long des murs et aussi au centre, laissant un chemin encerclant la pièce.

Elle avait d'abord fouillé ici ce dimanche fatal. Elle pensait avoir été efficace, néanmoins, alors qu'elle examinait le fatras, l'espoir se ranima. L'écritoire de voyage n'était pas grosse – elle faisait trente centimètres de largeur sur trente centimètres de profondeur environ et peut-être vingt centimètres de hauteur à l'arrière. Le couvercle en pente était recouvert d'un cuir rose lavande. Un beau meuble, elle se rappelait l'avoir vu sur les genoux de la grand-mère de Mary Anne à d'innombrables reprises. Elle avait pu le rater. Sa détermination retrouvée, elle commença à vérifier chaque morceau empilé, chaque boîte, se déplaçant dans le sens contraire des aiguilles d'une montre autour de la pièce. Ses yeux cherchaient ; ses mains touchaient, se tendaient, sondaient.

Son esprit vagabondait.

Elle n'aurait jamais dû lui permettre de la séduire, bien sûr, mais même aujourd'hui, elle ne regrettait pas cette nuit-là, ne pouvait pas la regretter.

Elle avait voulu vivre l'expérience, elle mourrait d'envie d'apprendre.

Grâce à lui, elle avait réalisé son désir. Cela, par contre, aurait dû finir là – un genre de pacte, d'échange complété.

Une nuit remplie de passion pour les réponses qu'il voulait. L'échange avait été fait, pourtant, quelque chose s'attardait.

Quelque chose d'autre. Et elle n'était même pas certaine que cela soit né de cette nuit. Sa possessivité était une chose tangible – elle devait se demander, étant donné son récent comportement, si elle était présente avant et si leur nuit de passion avait été provoquée à la fois par son désir d'obtenir des réponses et pas son désir de…

Ses lèvres formant un trait mince, elle secoua la tête. S'il avait pensé que cela aiderait sa cause, il lui faudrait réfléchir de nouveau. Elle n'était pas une possession – ni la sienne ni celle d'aucun homme, pas même de son père. Elle était elle-même – une femme indépendante – et elle le resterait, advienne que pourra.

Tant qu'elle restait hors de ses bras afin de ne pas être visitée par une envie irrésistible pratiquement écrasante d'étaler ses mains sur son torse, elle serait en sûreté.

Protégée de lui. Quant au meurtrier, ils allaient devoir travailler ensemble pour s'assurer de le capturer. Sur ce point, ils étaient d'accord. Peu importe ce qu'il y avait entre eux, trouver le meurtrier restait un but partagé.

Cette pensée était réconfortante – elle ne voulait pas méditer dessus pour savoir pourquoi. Ramenant son esprit sur la tâche du moment, elle continua à chercher sans interruption. Elle était presque au fond du bâtiment quand Lucifer s'arrêta dans l'embrasure de la porte. Il la vit et stoppa, il hésita.

Il aurait aimé savoir ce qu'il faisait – ce qu'il allait faire. Il fonctionnait uniquement d'instinct, un instinct qui lui disait qu'elle ne comprenait pas. Elle pensait qu'il l'avait séduite pour de l'information. Peu importe la véracité de cela, s'imaginait-elle sérieusement qu'après cette nuit, il se contenterait de hausser les épaules et de partir ?

Qu'il cesserait de la désirer ?

Bien qu'il ne souhaite pas examiner et encore moins expliquer ses motifs profonds, il était volontiers prêt à corriger cette fausse idée en particulier.

Passant le seuil, il ferma la porte. La lumière pénétrait en oblique par les fenêtres étroites installées en hauteur dans les murs ; Phyllida ne remarqua pas la diminution de la lumière dans son dos. Il marcha lentement vers elle, la regardant déplacer une boîte et regarder sous une table. Elle se pencha en avant ; la mousseline lilas s'étira fortement sur ses hanches. Il contempla le spectacle en s'approchant.

Elle se redressa ; il entendit son soupir. Puis, elle replaça la boîte et recula. Sur lui.

Elle trébucha vers l'arrière sur ses bottes. Le bras autour d'elle, la main écartée sur son ventre, il l'immobilisa contre lui. Elle retint son souffle ; ses cheveux foncés glissant comme de la soie sur les épaules de Lucifer, elle leva les yeux sur son visage.

Leurs regards se rencontrèrent, restèrent collés un instant, puis elle baissa les yeux sur ses lèvres. Le regard de Lucifer glissa sur les siennes, puis sur l'étendue de ses seins ivoire dévoilée par son décolleté.

Les douces rondeurs montaient et descendaient. Il pencha la tête, la tournant vers elle.

Elle l'arrêta, ses doigts légers posés sur sa joue.

Il la tint avec un bras, ses seins contre son torse, ses cuisses entre les siennes. Les lèvres de Phyllida s'entrouvrirent, ses yeux s'arrondirent ; son regard était fixé non sur ses yeux, mais sur ses lèvres.

— Pourquoi ?

La question murmurée débordait de perplexité sincère. Elle leva ses yeux vers les siens.

Il plongea en eux et chercha une réponse franche.

— Le désir.

Il baissa la tête.

— Personne ne vous en a parlé ?

Il l'embrassa ; elle répondit à son baiser, non voracement, plutôt avec émerveillement.

Ses lèvres étaient douces et charnues, chaudes et tentantes. Elles s'ouvrirent avec hésitation – une invitation hésitante ; quand il accepta immédiatement, elle se ramollit entre ses bras, abandonnant sa bouche, invitant une conquête plus avancée.

La conquête de qui, par qui, c'était sans intérêt ; il repoussa la question et plongea en elle, dans le plaisir qu'elle offrait, laissant la sensation de Phyllida le réveiller pleinement, laissant son désir pour elle s'épanouir. Ce fut un moment délicieusement diabolique et encore plus délicieux dans sa promesse. Il ferma les bras autour d'elle, l'attirant complètement contre lui. Le baiser s'approfondit ; leurs sens tourbillonnèrent, tournoyèrent, dansèrent.

Quand ils s'interrompirent pour respirer, elle ne s'écarta pas. Ses yeux sombres scrutèrent son visage, puis se posèrent encore une fois sur ses lèvres.

— Est-ce cela le désir ?

— Oui, répondit-il en effleurant ses lèvres des siennes. Mais il y a plus. Vous avez entendu la musique, mais ce n'était que le prélude. Il y a d'autres étapes, plusieurs mouvements à cette danse.

Elle hésita ; le désir scintillait dans l'air autour d'eux, une anticipation bordée d'argent rôdant, attendant… Elle prit une courte inspiration.

— Montrez-moi.

Il l'attira plus près ; elle le laissa faire. Elle le laissa la tenir avec force contre lui de sorte que ses seins caressent son torse et que ses cuisses rencontrent les siennes. Sa main se raffermit sur sa taille ; les siennes remontèrent jusqu'à ses épaules. Leurs regards se fixèrent sur le visage de l'autre ; lentement, il pencha la tête et couvrit ses lèvres des siennes.

Phyllida céda sa bouche, son corps, volontiers, trop intriguée, trop captivée pour se retirer. Pour partir. La désirait-il vraiment ? Personne ne l'avait jamais fait avant. Était-ce possible ? Était-ce le désir qui s'attardait après leur nuit de passion ?

Ce n'était pas là des questions qu'elle pouvait laisser sans réponse, pourtant, ce n'était pas seulement ces questions qui la poussaient. Qui la poussaient à écarter ses mains et à bouger les doigts, les enfonçant dans les muscles larges de ses épaules alors qu'elle s'étirait plus haut vers lui. Leur baiser s'approfondit et s'échauffa, et elle voulait se rapprocher, sentir son désir plus que comme une chaleur seulement – comme de la chair et du sang, du muscle et de la peau, de la faim et du désir.

Le désir s'épanouit entre eux ; pas seulement celui de Lucifer, mais celui de Phyllida aussi – une nouvelle fleur bourgeonnante et très délicate. Quand ce désir fleurit, dans une vague de chaleur et d'envie qui coula sur la peau de Phyllida, il interrompit leur baiser, ses lèvres glissant sur la ligne de sa mâchoire, puis sur sa gorge, comme s'il pouvait la goûter.

Leurs souffles s'entremêlèrent, chauds, précipités, impatients, mais maîtrisés. Les lèvres de Lucifer touchèrent de nouveau les siennes.

— Ouvrez votre corsage pour moi.

Un chaud frisson parcourut délicatement sa peau. Elle baissa les yeux ; trois boutons attachaient le devant de sa robe. Il desserra ses bras. Le pouls de Phyllida résonnait lourdement dans ses oreilles quand elle baissa les mains et posa les doigts sur les boutons.

Elle savait ce qu'elle faisait ; elle savait pourquoi elle le faisait. Il y avait quelque chose là, entre eux, qui expliquait tout – excusait tout.

Quelque chose l'incitait à nourrir le désir de Lucifer et le sien.

Le troisième bouton glissa hors de sa boutonnière et la robe s'ouvrit, exposant sa blouse, attachée par une rangée de minuscules boutons.

Elle les défit aussi. Après un instant d'hésitation, elle écarta les couches de tissus ; elle pouvait sentir son regard sur ses seins alors qu'elle les dénudait. Une caresse chaude, son regard les balaya et il les fit se gonfler.

Elle aurait levé les yeux, mais il pencha la tête, sa tempe contre la sienne et sa main se leva pour la caresser. Le bras autour d'elle se resserra, maintenant ses hanches contre lui ; ses doigts la touchèrent, suivirent ses courbes, puis la malaxèrent.

Il avait déjà touché ses seins, mais seulement la nuit quand les ombres les enveloppaient, les dissimulant pratiquement à sa vue. Le visage de Lucifer, près du sien, montrait son désir retenu dans les angles et les traits durs, dans la lueur sombre de ses yeux sous ses lourdes paupières, dans la ligne sensuelle de sa bouche.

Il la toucha délicatement, la pulpe de ses doigts chaude et vivante, encerclant ses auréoles, taquinant ses mamelons jusqu'à ce qu'ils forment des boutons serrés seulement en les effleurant. Il l'observa pendant que sa peau s'échauffait, puis luisait, ravivée par ses attentions ; elle regarda aussi, vit le respect dont il imprégnait chaque caresse, ne s'emparant pas, mais en vénérant – une facette différente du désir.

Elle leva une main sur sa joue, puis elle tourna son visage afin de voir ses yeux. Ils brûlaient sombrement, turbulents, mais ouverts. Maîtrisés. Il tourna la tête et il déposa un baiser dans sa paume. Elle s'étira et l'embrassa, un baiser doux et profond, aussi excitant qu'elle pouvait le rendre, puis elle recula, se pencha en arrière en pressant son sein dans sa main.

Elle n'eut pas à expliquer son invitation ; il pencha la tête et ses lèvres se collèrent sur sa peau chauffée, chaude, mouillée, brûlante. Il embrassa, il lécha et elle frissonna, ses doigts s'entremêlant dans sa chevelure. Elle ferma les yeux, attendit… elle se raidit, ses nerfs sursautant lorsqu'il frôla un mamelon avec sa langue. Puis, il la prit dans sa bouche et son corps fondit, puis se raidit pendant qu'il tétait, seulement pour se détendre encore.

L'intensité de la chaleur entre eux augmenta régulièrement ; le désir bourdonnait. Elle le sentait au bout de ses doigts, elle le sentait se répandre sous sa peau.

Il leva la tête et il l'attira près de lui, sa respiration aussi saccadée que celle de sa partenaire. Il respira profondément, son torse se gonflant, son manteau égratignant les seins nus de Phyllida.

Les lèvres près de son oreille, il murmura :

— En voulez-vous plus ?

— Oui.

Le mot tomba de ses lèvres alors qu'elle baissait les mains. Elle cueillit l'épingle de saphir de sa cravate, elle l'ancra sur son revers, puis elle tira sur les plis autour de sa gorge. Dans sa vision périphérique, elle vit ses lèvres se recourber. La cravate défaite, elle s'attaqua aux boutons de sa chemise et lui décocha un bref regard.

— Quoi ?

La courbe augmenta pour former un sourire malicieux. – Pas tout à fait ce que j'avais en tête, mais… allez-y, poursuivez.

Elle s'exécuta, tirant sur sa chemise pour la desserrer et dénuder son torse. Elle le fixa. Le clair de lune ne lui avait pas rendu justice – pas du tout. Il y avait une teinte chaude dans sa peau qui faisait envie à ses paumes ; elle les déposa sur la lourde bande de muscles sur son torse et pressa, puis caressa vers le haut. Il ferma les yeux. Elle caressa vers le bas, fascinée par les contours, les renflements, le contraste de la peau lisse rendue rugueuse par les poils rêches. Il était imposant, néanmoins, mince, svelte, mais solide. Tellement réel.

Elle fit courir ses mains vers les disques plats de ses mamelons ; grandement audacieuse, elle se pressa plus près, encore plus près, amenant ses seins, nus et sensibles, contre lui, puis elle fit le tour de ses mamelons avec ses pouces.

Les mains de Lucifer se serrèrent sur sa taille ; il pencha la tête. Ses lèvres suivirent la ligne de sa tempe jusqu'à son oreille. Il émit un rire court – un peu dur, un peu tremblant.

— Mon tour.

Il l'attira plus près, ses mains glissant dans son dos. À l'arrière de ses cuisses, il la caressa pour faire remonter ses jupes, sans les soulever, mais en les rassemblant jusqu'à ce qu'elles se renversent sur ses mains – les laissant sous ses jupes, parcourant sa peau nue.

Elle retint son souffle – il la caressa — ; la chaleur l'envahit comme une vague de picotements. Ses sens se centrèrent sur les endroits qu'il touchait ; elle appuya sa tête contre son torse, glissant les bras autour de lui et elle laissa ses sens suivre son exemple.

Il prit son derrière en coupe, ses doigts suivant les courbes, découvrant, puis caressant jusqu'à ce qu'elle frissonne et s'accroche à lui. La tête penchée contre son torse, elle sortit la langue et elle le lécha – et elle sentit qu'il se raidissait. Elle tourna la tête et trouva un mamelon et elle lécha encore. Les mains de Lucifer se serrèrent, puis se détendirent, puis pétrirent d'une manière provocante.

Il pencha la tête et dit dans un souffle contre sa joue :

— Plus ?

Elle hocha la tête, les yeux fermés pendant qu'elle se délectait de la sensation de Lucifer l'enveloppant – savourait l'envie grandissante de l'avoir encore plus près d'elle.

— Je vous veux en moi.

Les mots quittèrent ses lèvres avant qu'elle réfléchisse ; elle avait peut-être rougi, mais elle avait déjà si chaud qu'elle fut incapable de le savoir. Cependant, elle ne se rétracta pas ; elle ne pouvait pas mentir. Pas à ce propos.

— Est-ce que tout cela, c'est du désir ?

— Oui.

Après un moment, il ajouta :

— Ceci et ce qui va suivre.

Il leva les yeux, puis sous la robe de Phyllida, ses mains se levèrent pour se coller sur ses hanches. Il la fit reculer, la guidant sur quelques pas après un bureau à cylindre jusqu'à l'endroit où une table console était placée sur le côté de l'allée ; la table touchait l'arrière de la taille de Phyllida.

— J'imagine que cela n'est pas l'écritoire en question.

Ses doigts sur les boutons fermant sa culotte d'équitation en peau de daim, elle jeta à peine un coup d'œil au meuble.

— Non.

Elle reporta son regard sur la taille de Lucifer.

— Ce n'est pas le bon genre de bureau.

Il baissa les yeux ; ses doigts se resserrèrent sur ses hanches.

— Non, pas tout de suite.

— Oui. Maintenant.

Il ne discuta pas – il déplaça ses mains. Une main alla sur son derrière, s'écartant, puis pressant et soulevant pour lui relever légèrement les hanches. Son autre main glissa sur son ventre jusqu'à ce que ses doigts s'entremêlent à ses bouclettes, puis il la toucha.

Elle fut immédiatement transpercée d'une sensation physique.

— Non.

Cependant, sa protestation manquait de force. Une autre argumentation qu'elle perdait. Elle se lécha les lèvres, ses sens suivant déjà le trajet nonchalant des doigts malicieux de Lucifer.

— Si vous… je ne serai plus capable de réfléchir plus tard.

— Vous y arriverez, dit-il en déposant un baiser sur sa tempe. Je le promets.

Ses doigts la caressèrent.

— Cette fois, vous connaîtrez tout.

Délicatement, il sonda la chair souple entre ses cuisses, puis il pencha la tête et il délogea celle de Phyllida ; ses lèvres trouvèrent les siennes pour un baiser languide à pleine bouche qui étaient assez passionnées pour les brûler.

— Ouvrez-vous pour moi.

Les mots murmurés passèrent en elle comme un soupir. Elle déplaça les pieds, puis, alors qu'elle sentait qu'il tendait la main entre ses cuisses, elle enroula une cheville autour de son mollet chaussée d'une botte ; cela lui fournit un meilleur équilibre.

— Oui.

L'encouragement arriva accompagné d'un autre baiser. Elle fit courir ses mains, piégées entre eux, sur son torse, ses épaules et elle les referma sur sa nuque. Ses seins picotaient, éraflés par son torse aux poils rêches ; d'une sensibilité exquise, ils semblaient chauds et fermes. Le baiser se termina et il posa sa joue contre la sienne ; elle aperçut son visage, les yeux fermés, son expression neutre.

Elle posa la tête sur son torse et elle s'abandonna – à lui, aux frissons de la sensation que ses doigts provoquaient chez elle, au désir qui vibrait autour d'eux, avec force qui augmentait sans cesse.

Il resta en arrière – il la maintint en place, là où elle était certaine de ne pas être prise et consommée trop tôt. Elle voulait savoir, apprendre, expérimenter le désir dans toute sa gloire, alors il se retint et il la retint aussi afin qu'elle puisse tout ressentir et tout savoir et anticiper tout ce qui pouvait exister.

Il l'avait déjà touchée comme il la touchait maintenant, mais ce n'était qu'aujourd'hui qu'elle était pleinement consciente, qu'elle ressentait réellement, cette véritable intimité. La moiteur de sa chair, dans son état gonflé, le sentiment grandissant de vide douloureux – cela s'était déjà produit, pourtant, ce n'était que maintenant qu'elle les appréciait.

— Le désir, dit-elle dans un souffle ; ce n'était pas une question.

Elle leva la tête et elle regarda son visage. Elle s'étira pour l'embrasser. Un baiser bref, affamé.

Leurs lèvres se séparèrent. Elle pencha le front sur sa mâchoire et il glissa lentement un doigt en elle.

Elle ferma les yeux et elle sentit son corps se raidir, le serrant en elle. Elle ouvrit les yeux et elle se détendit, puis il la caressa. Les lèvres de Lucifer lui effleurèrent la tempe.

— Faites cela lorsque je vous pénétrerai.

Il continua à caresser lentement, puis il se retira et il explora, seulement pour revenir se glisser en elle encore une fois. Elle ne savait pas trop s'il apprenait à la connaître ou s'il lui enseignait, mais elle sentait chaque toucher, chaque glissement circulaire.

La chaleur tombait en vagues autour d'eux ; le désir surfait sur cette marée. Elle pouvait sentir tout cela autour d'eux, une mer se levant pour les emporter. Elle battait dans son sang et dans le sien comme un rythme compulsif en augmentation.

Ce fut elle qui leva la tête et dit :

— Maintenant.

Sous ses lourdes paupières, il regarda son visage, puis il croisa ses yeux. Les siens étaient d'un bleu si foncé qu'ils semblaient noirs et qu'on avait l'impression de pouvoir s'y noyer. Ses doigts n'interrompirent pas leur mouvement lent et répétitif.

— Pouvez-vous réfléchir suffisamment ?

Pendant un moment, elle fut perdue, puis elle se souvint. Elle respira avec difficulté et elle hocha la tête. Faisant lentement descendre une main sur son torse, elle tâtonna à sa taille, puis elle libéra les boutons.

Chaud, dur comme l'acier, il remplit sa main. Elle ferma les doigts lentement, puis elle les glissa en bas, elle les remonta, s'émerveillant comme la première fois du contraste de la douceur veloutée enveloppant la force rigide. Elle fit courir ses doigts autour, puis par-dessus la tête large.

Le souffle de Lucifer frissonna près de son oreille. Fermant les doigts, elle leva la tête ; les yeux fermés, l'expression de Lucifer était tendue, stressée.

— Cela fait-il mal ?

— Non.

Souriant, elle baissa la tête et referma sa main de nouveau.

Il supporta sa torture seulement une minute supplémentaire.

— Assez.

Ses mains la quittèrent, puis elles agrippèrent ses hanches. Il la souleva et la posa en équilibre sur le bord de la table console.

Elle s'accrocha à ses épaules – l'excitation et l'anticipation traversèrent son corps. Mais elle ne voulait pas perdre la tête – pas encore. Elle avait encore d'autres choses à voir, plus de choses encore à apprécier. Elle voulait tout – chaque moment. Elle inspira brusquement.

— Comment ?

Sa question ramena d'un coup l'attention de Lucifer sur son visage ; il croisa son regard – dans ses yeux, elle vit le combat qu'il menait pour reprendre son envie en main, pour la ramener sous son contrôle. Il marqua une pause, puis il prit une longue inspiration et il secoua la tête.

— Attendez.

Ses doigts s'enfonçant dans ses épaules, elle obéit.

Il leva ses jupes et sa chemise, les repoussant vers l'arrière, les coinçant sous Phyllida afin que les vêtements soient tirés sur ses hanches et son ventre. Elle baissa la tête et rougit ; les boucles sombres sous son ventre bouclaient dans tous les sens, un nid doux entre ses cuisses nues. Ses bas étaient remontés juste au-dessus de ses genoux ; ses mains se fermant sur la peau nue juste au-dessus de ses jarretelles, il écarta doucement ses cuisses et s'avança entre elles. Il avait desserré sa culotte, se libérant totalement.

Elle fit courir sa main vers le bas, ses doigts suivant la longueur de son torse, puis encore plus bas, jusqu'à ce qu'ils s'enroulent autour de sa longueur. Il lui attrapa le poignet et éloigna sa main. Il la saisit par les hanches, il l'attira jusqu'au bord de la table, puis il la maintint là.

Il s'avança plus près et elle retint son souffle.

— Regardez.

Elle obéit.

Lucifer l'observa, il regarda la concentration totale sur son visage pendant qu'il poussait sur sa chair tendre. Il trouva son entrée et il la laissa sentir la montée de la pression avant de se glisser à l'intérieur en donnant un petit coup délicat. Il la pénétra juste un peu. Juste assez pour qu'elle retienne son souffle, puis frissonne et se raidisse. Il patienta, s'attendant à ce qu'elle se détende de nouveau. Puis, il comprit.

— Cela ne fera pas mal, pas cette fois. Plus jamais.

Il murmura les mots dans sa chevelure et il voulut qu'elle les croie. Sa maîtrise de soi était exceptionnelle, mais elle l'était aussi – exceptionnellement chaude, exceptionnellement mouillée, exceptionnellement éprouvante.

— Lorsque vous vous détendrez, je vais me glisser en vous ; vous savez déjà quelle place j'occuperai.

Elle poussa un soupir frissonnant.

— Oui.

Il sentit que son corps se détendait, peu à peu, autour de lui. Enfin, elle fut ouverte et prête. Lentement, très lentement, il poussa en elle.

La tête penchée, elle le regarda la pénétrer, terminant sa course tout au fond d'elle. Elle frissonna. Il poussa profondément, puis il la positionna. Ensuite, il se retira. Parce qu'elle regardait, il se retira complètement, puis il la pénétra encore et poussa lentement jusqu'au fond. Elle le regarda la pénétrer deux fois de plus avant qu'elle explose avec un halètement tremblant.

Il attendait lorsqu'elle serra ses épaules et leva la tête aveuglément. Il l'attrapa, il prit ses lèvres dans un baiser brûlant et il lâcha ses rênes. Elle vint à lui comme une dévergondée, impatiente, abandonnée. Elle se pressa contre lui, ses seins nus et chauds contre son torse, ses mamelons serrés, excitant pendant qu'elle changeait de position avec chaque coup de reins.

— Mettez vos jambes autour de mes hanches.

Elle s'exécuta ; enroulant ses bras autour de ses épaules, elle se souleva contre lui. Il écarta ses mains sous son derrière et il la retint pendant qu'il s'enfonçait profondément, puis se retirait, seulement pour revenir avec plus de force et plus profondément. Elle s'accrocha à lui ; il emplit sa bouche, il emplit son corps, il se baigna dans sa chaleur humide.

Cette chaleur était exquise, brûlait vivement, était assez chaude pour transformer ses sens en cendres. Il explosa tout au fond d'elle, se noyant dans sa gloire. Un instant plus tard, elle le suivit, frissonnante dans ses bras.

Il l'étreignit tout près de lui ; elle s'enroula autour de lui, posant la tête sur son épaule. Leurs cœurs battaient la chamade ; le torse de Lucifer enfla quand il respira. Il la reposa doucement, laissant le dos de ses mains sur le dessus de la table, puis il posa un doux baiser sur sa chevelure.

Pendant de longs moments, ils restèrent immobiles et silencieux, enfermés dans le confort de cette étreinte intime.

Phyllida n'arrivait pas à croire à la profondeur du plaisir qui l'inondait. Elle flottait sur une mer de joie dorée, ancrée, maintenue en sécurité dans les bras de Lucifer.

Tout au long de l'interlude, c'était ainsi que cela s'était passé le désir, l'intimité, le plaisir et la joie, tout cela dans la sécurité de ses bras.

Elle en était encore enveloppée. Sous sa joue, elle pouvait entendre le cœur de son compagnon battre avec force, ralentissant graduellement alors qu'ils revenaient sur terre. Son seul souhait aurait été qu'ils soient nus dans la chambre à coucher de Lucifer plutôt qu'ici. Il n'y aurait alors eu aucune raison de se séparer – de perturber ce moment. Elle était capable de rester allongée dans ses bras pour toujours, de se prélasser dans sa chaleur pour l'éternité.

De jouer au désir avec lui pour toujours.

Sauf que cela n'avait pas été un jeu, pas vraiment. Le désir qui les avait tenus, poussés et enfin, consumés —ce désir avait été très réel.

Le sien et celui de Lucifer – le leur.

Elle resta dans ses bras et se demanda quelles leçons il avait vraiment voulu lui enseigner.

— Où m'emmenez-vous ?

La question la plus pertinente.

— Vous le savez.

Dans son cœur, elle le savait. Elle l'avait su, mais elle ne l'avait pas cru. À présent, il le fallait.

— Où ?

Il valait mieux qu'il le dise afin qu'elle ne puisse pas prétendre le contraire.

— Je ne vous aurais jamais fait l'amour si je n'avais pas eu l'intention de vous épouser.

Il n'avait pas voulu le lui dire – elle pouvait en imaginer la raison.

— Je n'ai pas accepté.

Il laissa le silence durer, puis il posa un baiser dans sa chevelure.

— Je le sais, mais vous le ferez.

CHAPITRE 15

— Vous avez dit que Covey a découvert quelque chose à propos de lady Fortemain. J'ai oublié de le demander : qu'est-ce que c'était ?

Assis à son bureau, une pile de livres devant lui, Lucifer regarda à travers la bibliothèque du manoir à l'endroit où Phyllida était installée dans une chaise à dossier droit faisant face à l'une des bibliothèques. Elle parcourait une tablette, vérifiant chaque livre à la recherche de notations, puis écrivant les détails du livre dans un registre.

Covey s'activait de la même manière dans le salon. Lucifer avait commencé par les étagères derrière le bureau.

— C'était une inscription dans un livre. « À ma chère Letitia, avec mes tendres souvenirs de notre récent temps ensemble, etc. Humphrey. » J'en comprends que le mari de lady Fortemain s'appelait Bentley. Il semble que Horatio ait acheté des volumes de la bibliothèque de Ballyclose et que ce livre en faisait partie.

Phyllida le regarda.

— Eh bien, c'est loin d'être un scandale de trouver une telle inscription. J'imagine qu'elle date de l'époque avant le mariage de lady Fortemain.

— Le livre a été publié après la naissance de Cedric.

— Oh.

— En effet. Cependant, nous ne sommes tombés sur aucune autre manifestation d'affection pour la comtesse de sorte que je n'y accorde pas trop d'importance pour le moment.

Phyllida pivota de nouveau vers la bibliothèque. Après un moment, elle haussa les épaules et continua son catalogage. Lucifer retourna au sien.

Sa campagne pour la gagner à sa cause, pour lui faire la cour afin de l'amener à l'épouser progressait d'une manière lente, sinon constante. Il n'avait pas eu l'intention d'annoncer sa décision de l'épouser si tôt, mais leur interlude dans la dépendance avait fait en sorte qu'il devenait impératif qu'elle soit au courant – afin qu'elle ne puisse pas imaginer qu'il la séduisait pour un autre motif.

Encore une fois. Il était bien conscient que répéter l'exercice avait été facile parce qu'elle le désirait avec une franchise sans complications qu'elle ne faisait aucun effort pour nier, du moins, pendant qu'elle se trouvait dans ses bras.

Il s'était inquiété qu'après qu'ils auraient quitté le calme chaud de la dépendance, elle devienne nerveuse et encore plus difficile. Mais elle l'avait troublé avec son calme constant, comme si elle réfléchissait froidement à lui et à la question qu'il n'avait pas encore posée. Il ne la poserait pas – pas avant qu'il soit certain de sa réponse ; c'était le plan stratégique. Tant qu'elle ne l'avait pas refusé, il pouvait continuer à faire sa cour, bien qu'avec précaution. Il n'était pas assez idiot pour tenir son acceptation pour acquise ; elle avait une croyance bien ancrée que le mariage n'était pas pour elle. Sa froide analyse suggérait qu'il lui faisait revoir cette croyance, mais elle n'avait pas encore changé d'avis.

Il devait avancer avec méfiance. Séduire une dame pour l'épouser n'était pas un jeu auquel il avait déjà joué ; il n'était pas certain des règles. Cependant, il n'avait encore jamais échoué au jeu de la séduction – il n'allait pas commencer avec Phyllida Tallent.

Comment séduire une dame avec des dispositions de chef ? À cause de ses précédents prétendants, elle n'avait aucune idée de ses charmes féminins, encore moins de leurs effets sur lui ; l'idée que sa délicieuse personne avait le pouvoir de l'influencer était certaine d'être attirante pour elle.

Il allait devoir faire un effort pour se montrer plus facile à diriger qu'il ne l'était, mais si c'était son prix, il allait le payer. Il allait retirer le voile de sa vision, lui montrer ce qui pouvait exister, puis la laisser comprendre d'elle-même à quel point elle était désirable.

Le désir, sous toutes ses formes, était du côté de Lucifer. Il n'avait qu'à la toucher pour sentir qu'elle s'enflammait – parfois, il n'avait qu'à croiser ses yeux sombres pour prendre conscience de leur besoin mutuel. Il avait les moyens de lui donner le temps de décider que, malgré ses scrupules, l'épouser était une excellente idée.

Au cours des deux derniers jours – hier et aujourd'hui –, il avait poursuivi cette stratégie de proximité, l'idée qu'être continuellement en sa présence l'aiderait à étouffer les scrupules qu'elle avait. Les deux matins, il était venu à la Grange après le petit-déjeuner ; la veille, après en avoir terminé avec sa fouille de la dépendance et des resserres, elle l'avait rejoint ici. Ils avaient passé des heures depuis à faire des incursions dans la collection de livres de Horatio. Contre toute attente, ils avaient découvert par hasard un intérêt commun, s'arrêtant de temps à autre pour s'exclamer sur une gravure dans un vieux volume, pour partager une découverte.

L'excitation de Phyllida la veille sur les enluminures d'un livre de prières l'avait fait sourire – il avait aperçu l'éclat de son propre enthousiasme de jeunesse sur son visage. Tout comme Horatio devait l'avoir vu chez lui.

Ils s'étaient séparés ce soir-là quand il l'avait raccompagné à pied chez elle avant le dîner ; plus intimes, plus détendus ensemble, leur compréhension mutuelle grandissant, s'approfondissant.

La proximité fonctionnait vraiment. Cela ne lui avait pas échappé que, à l'instant même, elle s'était sentie assez à l'aise pour ne pas se donner la peine de le regarder avant de lui poser sa question. Un signe d'aise croissante. Peu à peu, même si elle l'ignorait, elle penchait de son côté.

Ils s'interrompirent pour déjeuner, une collation froide servie dans la salle à manger par madame Hemmings. Après, en revenant à la bibliothèque, ils avaient découvert Covey empilant des livres sur le bureau.

— J'ai terminé un mur dans le salon. Ce sont les livres contenant des notes ; j'ai oublié de vous les donner ces deux derniers jours.

— Ça va, Covey. Nous allons les feuilleter maintenant ; cela nous changera des étagères.

Lucifer haussa un sourcil en direction de Phyllida.

Elle hocha la tête et se dirigea vers le bureau. Ils s'installèrent ; Lucifer derrière le bureau, Phyllida dans un fauteuil confortable en face et ils s'attelèrent à déchiffrer les notations souvent illisibles.

— Hum.

Phyllida se redressa sur son fauteuil et survola le bureau du regard, elle prit un bout de papier et le posa comme marque-page dans le livre sur ses cuisses, puis elle le déposa sur le sol près de son fauteuil.

Elle leva la tête ; Lucifer exprima sa question dans son regard.

— Une recette de sauce aux prunes ; je dois en avoir une copie.

Lucifer sourit. Ils retournèrent aux livres. Un silence agréable les enveloppa. L'horloge sur le manteau de la cheminée tictaquait. Puis, Phyllida se redressa. Lucifer lui jeta un coup d'œil ; elle fronçait les sourcils.

— Qu'y a-t-il ?

— Celui-ci porte une autre inscription pour Letitia de la part de Humphrey. « À mon tendre cœur, mon amour, ma vie. » C'est daté de février 1781.

Après un moment, Lucifer lui demanda :

— Quel âge a Cedric ?

Phyllida le regarda.

— Il a la fin de la trentaine.

Lucifer haussa les sourcils et tendit la main pour prendre le livre ; quand Phyllida le lui donna, il le mit de côté.

— Une note à laquelle nous devrons réfléchir plus tard.

Cinq minutes plus tard, Phyllida se racla la gorge.

— En voici une autre pour « ma très chère Letty. » La formulation est très… chaleureuse. C'est signé « Pinky ».

— La date ?

— 1783.

Lucifer ajouta ce livre dans la pile des « plus tard ».

Quinze minutes plus tard, un livre de poésie envoyé à la chère Letty par un gentleman qui avait signé « votre amant prédestiné », aussi avec une date en 1781 ; Phyllida contempla la pile avec consternation.

— C'est vraiment inquiétant.

Lucifer regarda la pile de livres avec des notations qu'ils devaient encore vérifier.

— D'après ce que nous avons déjà, il semble que Cedric, certainement, a des causes d'inquiétude concernant ce qui peut être découvert dans la collection de Horatio.

Phyllida le dévisagea.

— Vous voulez dire que Cedric pourrait ne pas être le fils légitime de sir Bentley Fortemain ?

Lucifer hocha la tête.

— Si cela pouvait être prouvé, et si le testament de sir Bentley est du type simple habituel, alors Pommeroy pourrait exiger que le domaine de sir Bentley lui revienne.

— Pommeroy n'aime pas Cedric.

— C'est ce que j'ai compris. Cela donne à Cedric un motif certain pour retirer clandestinement des livres dans la collection de Horatio.

Le silence tomba. Phyllida fixa Lucifer ; il lui rendit posément son regard.

— Je ne peux pas croire que Cedric soit un meurtrier.

— À quoi ressemble un meurtrier ?

— Pire encore : Cedric porte du brun. La plupart du temps. Je sais qu'il porte des chapeaux bruns.

— Réfléchissez : l'avez-vous déjà vu portant le chapeau que vous avez aperçu dans le salon de Horatio ?

Phyllida réfléchit, puis elle secoua la tête.

— Je ne me rappelle pas l'avoir vu avec ce chapeau en particulier.

— Êtes-vous certaine que vous vous le rappelleriez ?

— Du chapeau ? Oui, assurément. Je l'ai regardé directement. Je l'ai presque ramassé. Si je le revoyais, je le reconnaîtrais.

Lucifer se cala dans son siège.

— Si Cedric est notre assassin, il n'aura plus ce chapeau.

— Non. Il s'en sera débarrassé. Cedric peut bien fanfaronner, mais il n'est pas stupide.

Phyllida fronça les sourcils.

— Avez-vous demandé à Todd qui a quitté Ballyclose à cheval ce dimanche matin ?

— Dosdwell a posé la question. Malheureusement, non seulement Todd est allé à l'église, mais il a ensuite rendu visite à la ferme de son beau-frère. Il n'a aucune idée de qui a monté à cheval ce matin-là.

Lucifer réfléchit.

— Cedric pouvait-il être cet intrus que nous avons pourchassé ?

Phyllida grimaça.

— Cedric était plus athlétique auparavant. S'il y est poussé, il pourrait sûrement courir aussi vite que l'intrus.

— Donc, Cedric est une possibilité.

Phyllida redevint silencieuse ; après un moment, Lucifer l'incita à parler.

— J'aimerais lire dans vos pensées.

Elle le regarda, puis elle détourna la tête.

— Cedric veut – voulait – m'épouser. S'il est le meurtrier, alors…

Lucifer jeta un coup d'œil à l'horloge, puis il se leva et contourna le bureau.

— Venez.

Il lui tendit la main.

Phyllida leva la tête, puis ses doigts se glissèrent dans les siens même sans que la réponse apparaisse dans ses yeux.

Lucifer baissa les yeux sur elle.

— Vous avez oublié le bal d'été au manoir Ballyclose ce soir.

— Doux Jésus ! s'exclama Phyllida en jetant un coup d'œil par la fenêtre. J'avais *bien* oublié.

Elle regarda Lucifer.

— Peut-être…

Il rencontra son regard.

— Nous allons devoir être prudents, mais nous pouvons certainement vérifier l'intérêt de Cedric pour les livres de Horatio et pour tout ce qu'ils peuvent contenir.

Cinq heures plus tard, vêtue avec élégance d'une robe de soie bleu pâle, Phyllida se tenait d'un côté de la salle de bal de Ballyclose et observait le seul de ses prétendants qui avait réussi à l'amener à prendre en considération le mariage avec lui. Il était debout de l'autre côté de la pièce, charmant les demoiselles Longdon ; se collant aux ombres projetées par un grand palmier, elle contemplait sa haute silhouette, les mèches foncées encadrant son front d'une manière séductrice, les élégants veston et pantalon noirs mis en valeur par sa cravate et son gilet ivoire. Comme la plupart des femmes dans la salle, elle savourait l'aura de force et d'assurance masculine qu'il exsudait avec tant d'aisance. Elle avait espéré que la distance l'aiderait à prendre du recul. Masquant sa moue devant ses propres susceptibilités, elle s'obligea à arracher son regard de lui et à survoler la pièce. Elle avait envoyé Basil lui chercher un verre d'orgeat ; elle espérait qu'il trouverait une distraction en chemin.

Elle avait besoin de temps pour réfléchir. Jour après jour en compagnie de Lucifer était sans conteste agréable, mais cela rendait difficile la tâche de réfléchir à son sujet. Et elle avait certainement besoin de réfléchir – à propos de lui, à propos du mariage avec lui.

À propos de ce qu'elle voulait et pour savoir si elle accepterait.

Son affirmation qu'il ne l'aurait jamais séduite sans avoir eu l'intention de l'épouser lui avait ouvert les yeux, non sur ses motifs, mais sur les siens propres.

Elle ne lui aurait jamais *permis* de la séduire si elle ne l'avait pas déjà aimé, même si elle ne comprenait pas ce qu'était l'amour.

Elle avait toujours trouvé que le sujet de l'amour – l'amour entre un homme et une femme – était déroutant.

Sa mère n'avait pas vécu assez longtemps pour qu'elle se forge une vision utile du mariage de ses parents. Le seul autre couple marié de sa connaissance était les Farthingale, et leur relation était basée sur une acceptation mutuelle et non sur une émotion plus forte. Les prétendues excursions de lady Fortemain à l'extérieur du mariage ne faisaient qu'embrouiller les choses encore plus – elle avait toujours considéré la comtesse comme l'épitome de la dame de la haute société.

Personne ne lui avait jamais expliqué l'amour. Quant à sa réaction à Lucifer, elle souffrait d'un aveuglement plein d'aplomb, convaincue qu'un tel développement émotionnel – du genre qui semblait déterminé à lier Mary Anne et Robert pour le reste de leurs existences – ne pouvait jamais lui arriver.

À l'improviste, cela s'était produit. Lucifer était arrivé et il avait affecté sa vie comme un tremblement de terre – tout avait changé et continuait à changer. Le nouveau paysage n'avait pas encore adopté sa forme définitive. Elle ne lui avait pas encore permis de le faire.

Le désir lui avait peut-être temporairement brouillé l'esprit – il le faisait encore avec une seule caresse de ses yeux bleus comme la nuit, mais elle était encore une femme indépendante menant sa vie comme elle l'entendait. Laisser la question s'éloigner en douce comme elle l'avait fait avec ses autres prétendants n'était pas une option avec Lucifer. Elle ne pouvait pas l'ignorer ; il s'était créé une place dans son univers et il l'occupait comme personne d'autre avant lui. Il était son amant.

Il était, toutefois, bien plus que cela.

Un pirate sans pitié dans l'âme, un tyran protecteur – tout cela, elle pouvait facilement le voir. Elle avait aussi expérimenté sa douceur, sa tendresse. En lui faisant découvrir son désir et le sien, il avait, encore et encore, placé ses besoins à elle avant les siens. Elle avait bien pu être une vierge innocente et naïve, mais elle en avait assez entendu entre les branches au fil des ans pour savoir que tous les hommes n'étaient pas aussi attentionnés. Avec lui, cela allait bien au-delà de l'attention – il s'en souciait.

L'émotion, l'impulsion était partie intégrante d'elle au point où elle l'avait reconnue instantanément sans possibilité de se tromper. Il se souciait d'elle. Cela la troublait vraiment – tous les autres s'attendaient à ce que ce soit elle qui se soucie d'eux.

Elle s'était demandé s'il l'avait séduite dans l'intention de se servir de ce fait pour exercer une pression sur elle pour qu'elle l'épouse, mais il ne l'avait pas fait. Elle ne se faisait pas d'illusion et savait qu'il s'attendait à la gagner à sa cause, à obtenir son consentement au mariage en fin de compte, mais elle avait bien interprété son tempérament – il avait joué franc-jeu. Il était beaucoup plus fort qu'elle ; néanmoins, dans ses bras, elle ne s'était jamais sentie menacée. Dans ses bras, elle se sentait en sécurité – protégée de tout, même de lui. Donc, c'était encore sa vie, son choix, même s'il allait tout faire en son pouvoir pour l'influencer.

Il était encore possible de dire non, de tourner le dos et de se retirer sur un terrain plus sûr, mais elle n'était plus la femme qu'elle avait été à son arrivée, et tant de ce qu'il offrait était tentant. Cependant, il y avait un obstacle majeur dans l'acceptation de cet avenir : comment leur mariage fonctionnerait-il ? S'il était comme celui des Farthingale ou de lady Fortemain, alors sa réponse serait négative. Il lui avait demandé ce qu'elle voulait du mariage. Elle avait toujours su ce qu'elle ne voulait pas.

Elle ne pouvait pas se décider sans la réponse à cette question importante. Cela pouvait-il fonctionner ? Pouvait-elle conserver le sentiment d'être une personne autonome tout en étant l'objet de sa protection écrasante et des ramifications grandement possessives qui y étaient associées ? Pouvait-elle accepter que l'on prenne soin d'elle au lieu d'être la personne qui s'activait à prendre soin des autres ? Pouvait-elle s'adapter ? Le pouvait-il ? S'ils y étaient prêts tous les deux… cela soulevait la question du degré de volonté de Lucifer.

Quand il lui avait demandé ce qu'elle voulait du mariage, elle n'en avait aucune idée. Aujourd'hui, elle le savait. Elle voulait partager. Elle voulait qu'ils travaillent ensemble, vivent ensemble, aiment ensemble – qu'ils changent les choses ensemble — ; elle voulait partager sa vie et elle voulait que Lucifer partage la sienne. C'était un prix qui valait la peine de courir le risque de se lier à un tyran protecteur.

Si elle lui disait ce qu'elle voulait, le lui donnerait-il ? La laisserait-il prendre les rênes parfois ? Était-il réellement capable de partager les rênes ?

En souriant, elle se tourna pour accueillir Basil, toutes ses questions s'emmêlant encore dans sa tête.

Basil lui apportait son orgeat ; elle le récompensa avec la danse suivante. Lucifer était venu vers elle à l'instant où elle avait mis le pied dans la salle de bal ; ils s'étaient mis d'accord pour attendre que la fête batte son plein avant de sonder Cedric. Donc, ils dansaient tous les deux, bavardant et attendant le moment d'attaquer.

Lucifer regarda Phyllida exécuter une petite révérence et entremêler ses mains avec celles de Basil, puis il fut obligé d'être attentif à sa propre partenaire, une demoiselle Moffat. Lady Fortemain avait été excessivement occupée en son nom – elle avait invité chacune des jeunes dames célibataires à des kilomètres à la ronde. Il fut fortement tenté de lui dire qu'il était inutile pour elle de se donner cette peine. Il savait qui deviendrait sa femme.

Le mot le faisait frissonner auparavant ; plus maintenant. Il avait dépassé le stade de combattre ce destin – il était trop désirable pour le rejeter. Cependant, il connaissait son rôle en société et il le jouait bien, charmant les dames, conversant avec les gentlemen, agissant comme un invité parfait. Autour de lui, la foule nombreuse oscillait et plongeait vers le sol en dansant. Lady Fortemain avait fait son maximum ; l'événement exsudait un air festif. Ses voisins participaient avec enthousiasme ; les visages autour de lui brillaient.

La maisonnée de la Grange était bien représentée. Sir Jasper bavardait avec monsieur Farthingale et monsieur Filing. Madame Farthingale et lady Huddlesford étaient semblablement occupées.

Jonas, Percy et Frederick étaient engagés sur le plancher de danse. Percy avait condescendu à assister à la fête. Frederick faisait un effort pour être agréable. Jonas, d'un autre côté, avait un sourire charmant sur son visage – seuls ses yeux se posant fugitivement sur Phyllida de temps à autre le trahissaient.

Lucifer fit tournoyer mademoiselle Moffat ; il pouvait danser un cotillon sans y penser. Comme celles de Jonas, ses pensées étaient tournées vers Phyllida et l'homme qui l'avait dans sa mire.

Il avait parlé à Jonas. Si, pour une raison ou une autre, il ne surveillait pas Phyllida, Jonas prendrait alors la relève. Peu importe les intentions de Phyllida, peu importe sa peur, elle oubliait trop souvent le danger. Le village était son foyer ; elle avait été en sûreté ici pendant ses vingt-quatre années d'existence. Il était difficile de changer l'habitude d'une vie. Donc, lui et Jonas la tiendraient à l'œil jusqu'à ce que le danger soit écarté.

Ceci était le deuxième cotillon, la quatrième danse ; alors qu'il changeait de côté pendant un quadrille, Lucifer passa la foule en revue.

Cedric était debout dans une pose patriarcale, observant ses invités d'un œil approbateur. Lady Fortemain était au centre d'un groupe de dames volubiles.

Pommeroy dansait malgré les exigences de sa cravate ridiculement haute. Lucius Appleby donnait un coup de main pour divertir les invités et il faisait un bien meilleur travail que Pommeroy.

Les dames de la région considéraient Appleby comme une énigme ; Lucifer lut les signes avec facilité. Appleby se classait dans la catégorie des hommes séduisants ; malgré sa réserve et une attitude qui suggérait qu'il n'avait aucun intérêt à marcher sur les plates-bandes de qui que ce soit, son succès avec les dames était assuré. Une mademoiselle Claypoole dansait avec lui, les yeux rieurs et les lèvres souriantes. Appleby détournait son intérêt avec une assurance qui amena Lucifer à s'interroger.

Sur un mouvement grandiose, le cotillon se termina ; Lucifer fit sa révérence et s'excusa auprès de mademoiselle Moffat.

Il se dirigea vers Phyllida. Elle l'accueillit avec un sourire qui le réchauffa et une expression si enthousiaste qu'il lui pressa les doigts en signe d'avertissement. Basil et lui se saluèrent de la tête.

— Comme votre présence est opportune, monsieur Cynster. J'étais sur le point de mentionner que j'ai compris que Phyllida a été obligée de passer les deux derniers jours au manoir pour sa sécurité. Cela doit être ennuyeux pour Phyllida et un dérangement pour vous, quand on sait tout ce que vous avez à faire pour régler la succession de Horatio.

Avec un air condescendant qui disait plus fort que les paroles qu'il croyait chaque mot qu'il avait prononcé, Basil sourit à Phyllida.

— Je vous enverrai mon carrosse demain matin, ma chère. Maman sera ravie de vous voir passer la journée avec elle.

Lucifer regarda le visage de Phyllida, calme comme toujours et il résista à l'envie d'applaudir. Elle rendit son sourire à Basil.

— Merci, Basil, c'est une délicate attention. Cependant, j'ai d'autres plans pour demain.

— Vraiment ?

Basil songeait sérieusement à en demander la teneur, mais il dit :

— Alors, peut-être…

— Le surlendemain est dimanche, alors c'est hors de question. Après cela… bien, les projets pour lesquels j'assiste monsieur Cynster sont encore à poursuivre, alors je continuerai à l'aider au manoir.

Son ton alors qu'elle prononçait cette dernière phrase suffisait à faire réfléchir Basil lui-même. Après un moment, il exécuta une révérence.

— Mes excuses, ma chère, si je n'ai pas bien compris…

Il n'y avait pas de remords dans sa voix, seulement de l'irritation et une faible réprimande ; Phyllida l'arrêta d'une main levée.

— Il y a beaucoup de choses que vous n'arrivez pas à comprendre Basil, habituellement parce que vous ne désirez pas les comprendre.

Un violon bourdonna, puis grinça. Phyllida se tourna vers Lucifer.

— Je crois que c'est notre valse qui commence.

Lucifer s'inclina devant elle et il lui prit la main. Il hocha la tête en direction de Basil.

— Veuillez nous excuser, Smollet.

Ce n'était pas une question, bien sûr ; Basil s'inclina devant eux avec raideur. Avec une petite révérence, Phyllida pivota au bras de Lucifer et elle le laissa la guider sur le plancher de danse. Elle entra dans ses bras, le suivant sans réfléchir ; après un moment, elle sentit sa main lui caressant le dos.

— Détendez-vous.

Elle lui décocha un regard – du genre qu'elle savait qu'il pourrait interpréter correctement.

— Où est-il allé pêché que je lui *appartenais*, qu'il pouvait simplement s'approprier ma personne, et me dicter ma vie, je n'en sais rien du tout.

Lucifer ne dit rien. Il l'attira plus près de lui, juste assez pour que leurs corps s'effleurent pendant qu'ils tournoyaient. Elle se ramollit, se détendant dans son étreinte.

— Tous les hommes ne sont pas ainsi, sûrement ?

Elle jeta un coup d'œil autour d'eux.

— Bien sûr que non, mais regardez donc Basil et Cedric et Henry Grisby. Aucune femme de bon sens n'épouserait ce genre d'homme.

Après un moment, elle ajouta :

— C'est peut-être quelque chose dans l'eau des environs.

Lucifer l'étreignit plus fortement d'une manière protectrice alors qu'ils exécutaient un virage, puis il murmura :

— Appleby. Depuis combien de temps est-il avec Cedric ?

— Appleby ? dit Phyllida en survolant les danseurs du regard. Il est ici… eh bien, cela semble faire longtemps, mais il ne s'est joint à la maisonnée que depuis février dernier. Pourquoi ?

— Je me demandais s'il avait été dans l'armée ; je pense que oui. Il paraît populaire auprès des dames.

— Il l'est. Elles approuvent son style et sa personne, et son comportement est tel qu'il doit plaire.

— Vous ne semblez pas particulièrement enthousiaste.

— Je n'ai jamais vu ce qui attirait chez lui, je dois l'avouer.

Lucifer fut content de l'entendre ; son ton ne laissait aucun doute qu'elle trouvait l'intérêt des autres dames déconcertant.

Ses commentaires sur Basil furent moins rassurants.

— Je pense, dit-elle, qu'il est temps de parler à Cedric. Lucifer regarda brièvement leur hôte, écoutant à présent madame Huddlesford.

— À la fin de la danse. Suivez mon exemple.

— Quelle stratégie avez-vous l'intention d'adopter ? Vous pouvez difficilement arriver devant lui et lui demander s'il est conscient d'être peut-être illégitime.

— Je pensais lui demander s'il serait intéressé par l'acquisition de certains volumes de Horatio.

Lucifer regarda l'endroit où Silas Coombe, resplendissant dans un veston de soie verte et gilet jaune canari, était debout à converser.

— Quelles sont les probabilités que Coombe ait mentionné à quelqu'un que je n'ai pas l'intention de diviser la collection de Horatio ?

— Silas est un colporteur de ragots invétéré.

— Dans ce cas, je ferai attention à ma formulation.

La musique prit fin. Lucifer libéra Phyllida, il la releva de sa révérence, puis il enfouit sa main dans son bras et il marcha lentement vers Cedric. Il était en compagnie de lady Huddlesford. Tout le monde échangea des révérences ; puis, la comtesse, intimidante en robe de bombasin cuivré, s'éloigna d'un air majestueux.

Cedric sourit à Phyllida, puis il regarda Lucifer.

— Eh bien, monsieur, j'espère que notre simple rassemblement campagnard se mesure un peu à ce à quoi vous êtes habitué.

— La soirée a été totalement heureuse, répondit Lucifer. Votre mère mérite des félicitations, comme je le lui ai déjà dit.

— En effet, en effet. Maman se délecte de ce genre d'événement. Elle était un personnage dans la capitale avant que la santé du paternel les oblige à se retirer ici. Vous pouvez être certain qu'elle aimerait avoir une raison de recevoir avec une telle envergure de nouveau.

— Si c'est ainsi, alors je suis content d'avoir pu être utile.

Lucifer contempla la fausse cordialité qui teintait l'expression de Cedric. Était-ce une façade ou sa véritable nature ?

— Je ne sais pas si vous avez entendu la nouvelle, mais j'ai décidé de conserver la bibliothèque de Horatio essentiellement intacte.

— Ah, oui ! J'ai bien entendu Silas se plaindre de ce fait. Il semble croire que la collection de Horatio serait mieux conservée avec la sienne.

— Malheureusement pour Coombe, j'ai pris ma décision au sens général. Cependant, en vérifiant les registres de Horatio, j'ai remarqué qu'il avait acquis certains volumes de votre bibliothèque.

Cedric hochait la tête.

— Avant son décès, le paternel – très conquis par Horatio, ça, il l'était – a passé la bibliothèque en revue et il lui a vendu une bonne quantité de livres.

— En effet. Comme je vais conserver la collection de Horatio davantage comme un souvenir de lui que par véritable intérêt de ma part, je me demandais si vous désireriez racheter certains de ces volumes qui appartenaient à votre défunt père.

Au même prix que Horatio les lui a payés, évidemment.

Cedric grimaça.

— Je ne suis pas tellement un homme de livres moi-même. J'ai toujours pensé que c'était sage de la part du paternel de se débarrasser de quelques-uns des livres. Il y en a tout un lot qui reste si cela vous intéresse.

Lucifer sourit agréablement.

— Ce n'est pas mon domaine.

— Ah, eh bien, cela valait la peine d'essayer.

Cedric se tourna vers Phyllida.

— Bon, ma chère, nous vous avons honteusement négligée. J'ai entendu dire que vous passiez vos journées au manoir.

Cedric jeta un coup d'œil à Lucifer ; Phyllida se raidit. S'il laissait entendre qu'elle se contentait de rester là sans rien faire, à se tourner les pouces…

Cedric reporta son regard sur elle.

— J'imagine qu'il y a toutes sortes de choses avec lesquelles vous assistez Cynster, hein ?

Sa raideur se dissipant, Phyllida inclina légèrement la tête.

— En effet, répondit-elle en lançant un regard à Lucifer. Toutes sortes de choses.

Les yeux sombres de Lucifer lui sourirent, puis son regard continua derrière elle et il fit une révérence.

— Mademoiselle Smollet.

Phyllida se tourna alors que Jocasta les rejoignait. Jocasta échangea des salutations avec Cedric, puis elle la regarda. Phyllida hocha la tête.

Jocasta imita son mouvement, puis, avec un sourire un peu cassant, elle fixa son regard sur Lucifer.

— Je comprends, monsieur Cynster, que vous songez à la vie de fermier. Basil me dit que vous pensez à vous occuper d'un taureau reproducteur.

— C'est l'une des possibilités que j'explore. Les champs et les prés du manoir sont sous-utilisés en ce moment.

— Vrai, très vrai, fit Cedric en fronçant les sourcils. J'ai tendance à oublier le nombre de terres qu'il y a, en arrière de votre forêt.

Lucifer le considéra du regard.

— Êtes-vous allé de ce côté dernièrement ?

Cedric secoua la tête.

— Je ne me souviens pas de m'être rendu de ce côté de la vallée depuis plus d'un an. Ce n'est pas un terrain de chasse.

— Cedric chasse avec les gens du coin, dit Jocasta. Vous joindrez-vous à eux, monsieur Cynster ?

Lucifer sourit.

— Je suis les chiens de chasse surtout pour monter à cheval plutôt que pour chasser.

Phyllida ravala sa réflexion que pour lui, un renard n'était pas le bon type de proie. Elle resta là et fit semblant d'écouter pendant qu'intérieurement, elle intriguait.

Enfin, Lucifer les excusa tous les deux ; ils abandonnèrent Jocasta avec Cedric.

La main sur la manche de Lucifer, elle marcha lentement avec lui à travers la foule grouillante.

— Était-ce mon imagination ou bien Cedric était-il moins… fasciné par vous que lors de notre dernière rencontre ?

Phyllida cilla.

— À présent que vous le mentionnez, oui. En fait, il semblait plutôt détendu. Il ne paraissait pas troublé que je vous aie aidé au manoir.

— Vous le connaissez mieux que moi, mais je dirais presque qu'il était *soulagé* que vous passiez du temps au manoir.

Phyllida regarda devant elle. Lucifer avait raison. Et comment prenait-elle la chose ?

— S'il est soulagé, alors je suis soulagée, dit-elle en jetant un coup d'œil à Lucifer. Je connais Cedric depuis toujours. Je l'ai toujours considéré comme un ami ; je n'en ai jamais voulu comme prétendant.

Lucifer soutint son regard, il déchiffra ses yeux.

— Et vous ne pensez pas non plus qu'il soit le meurtrier.

— Non, soupira-t-elle. C'est horrible de savoir ce que l'on ressent pour les gens, mais en sachant logiquement que c'est possible.

— Je n'ai pas décelé le moindre degré de connaissance à propos des livres ou de mes champs au-delà de la forêt.

— Non, c'était Cedric, tout simplement. Ce que l'on voit est ce qu'il est.

— En parlant de façades – Lucifer l'entraîna vers le côté de la salle –, Jocasta Smollet faisait un effort pour être conciliante. Je ne peux pas m'empêcher de soupçonner qu'elle est la victime d'une triste histoire.

Elle lui faisait l'impression d'une femme qui avait raté sa chance d'être heureuse, qui, néanmoins, cherchait encore le bonheur chaque jour.

— C'est peut-être la raison de sa langue normalement acerbe.

En atteignant le côté de la pièce, Phyllida se tourna face à Lucifer.

— Ayant habituellement été la cible de sa langue acerbe, mais alors, presque tout le monde dans le village la subit, vous savez, je n'y avais pas réellement réfléchi, mais elle a bien l'air triste. Je ne l'ai jamais vue sourire ni rire, avec bonheur je veux dire, depuis des années.

— Vous ne connaissez pas son histoire ?

— Non. Et c'est assez ancien parce que si je ne suis pas au courant, alors cela doit être un secret et dans un village de cette taille… c'est extraordinaire.

Pendant un moment, ils méditèrent tous les deux, puis Phyllida chassa ses pensées et regarda le visage de Lucifer.

— Je pense que nous devrions fouiller la chambre à coucher de Cedric à la recherche du chapeau.

Le regard bleu de Lucifer se fixa sur ses yeux.

— Pourquoi ? Je pensais que nous étions d'accord pour dire qu'il avait réussi nos épreuves.

Phyllida grimaça.

— J'aime *bien* Cedric. Je ne veux pas qu'il soit l'assassin. Ni mon agresseur. Cependant, vous savez aussi bien que moi que sous la bonhomie cordiale de Cedric, il y a un homme intelligent et la menace sous-entendue par ces inscriptions est un motif réel pour lui. Cela détruirait sa vie. Cela détruirait tout ceci, ajouta-t-elle en faisant de grands gestes autour d'eux. Et cette vie paysanne simple est importante pour Cedric.

Elle étudia le visage de Lucifer, puis ses yeux se plissèrent.

— Et malgré ce que vous avez dit, vous ne l'avez pas rayé du haut de votre liste de suspects.

Les lèvres de Lucifer formèrent une ligne mince.

— Non, mais…

— Nous nous le devons à nous-mêmes, au village et à Cedric de vérifier chaque possibilité pour déterminer s'il est ou non le meurtrier.

— Fouiller sa chambre pour trouver le chapeau.

Lucifer la fixa d'un regard trop condescendant à son goût.

— Comme vous l'avez vous-même remarqué…

— Je sais qu'il aurait *dû* s'en débarrasser ; mais s'il ne l'a pas fait ? Nous ne sommes pas à Londres ; les chapeaux décents ne sont pas faciles à trouver. Il l'a peut-être mis de côté, avec l'intention de s'en défaire, mais je n'ai fait aucune mention au chapeau, ni même d'avoir été présente ce dimanche. Il pourrait se convaincre qu'il ne sortira rien de tout cela. Il pense peut-être que j'ai vu quelque chose de complètement différent.

Elle se tourna vers la porte de la salle de bal.

— Si vous souhaitez rester ici, *je* vais aller fouiller la chambre de Cedric.

Elle s'avança d'un pas. De longs doigts se courbèrent sur son coude et l'arrêtèrent net.

— Pas seule.

Deux mots grondèrent juste au-dessus de son oreille ; ils étaient lourds d'une menace qu'elle n'aurait pas pu décrire en mots, mais ses sens la traduisirent sans effort. Elle patienta, le regard fixé sur la porte. Un soupir effleura son oreille.

— Où se trouve la chambre de Cedric ? Le savez-vous ?

— En haut à droite, la dernière porte au fond du couloir.

— Très bien.

Il l'amena à le regarder en face.

— Dans un moment, nous allons nous séparer. Je vais me diriger vers la table des rafraîchissements. Promenez-vous un peu – pas assez pour vous faire intercepter –, puis sortez comme si vous vous rendiez à la salle de repos. Je vous surveillerai. Je vous accorderai suffisamment de temps pour atteindre la chambre de Cedric, puis je vous suivrai.

Phyllida le regarda.

— Vous avez déjà fait cela.

Il se contenta de sourire, puis il lui offrit une révérence et ils se séparèrent.

Phyllida respecta ses instructions à la lettre, une attitude qui ne lui venait pas naturellement, mais elle ne voyait pas de bonne raison de faire autrement. Il avait accepté de fouiller la chambre de Cedric – c'était ce qui importait. Et pas seulement en ce qui concernait leur enquête. Cela signifiait qu'on pouvait lui faire entendre raison, ce qui, même s'il l'ignorait, était un bon point en sa faveur.

Henry Grisby tenta de la solliciter pour la danse suivante ; elle refusa poliment et se dirigea vers la salle de repos. Personne ne se trouvait dans les environs pour la voir monter les marches en silence. Une fois dans la galerie, elle tourna à droite. Elle atteignit la chambre de Cedric ; sa main était sur la poignée lorsqu'elle entendit des pas au loin. Jetant un regard derrière elle, elle vit Lucifer grimper l'escalier.

Il la vit ; elle agita la main, puis elle ouvrit la porte et entra. Moins d'une minute plus tard, il la rejoignit, refermant doucement la porte derrière lui.

Phyllida le regarda se redresser, le regarda avancer d'un pas de prédateur vers elle, son regard survolant la pièce ; il vint se poser sur elle.

Le clair de lune s'infiltrait à travers les fenêtres sans rideaux et illuminait son visage. Elle se souvint soudainement de son apparence trois nuits auparavant, lorsqu'il avait traversé une telle pièce vers elle. Les mêmes yeux aux lourdes paupières, les mêmes lèvres sensuelles. Son regard tomba sur ses lèvres ; elle aurait pu jurer qu'il avait les mêmes pensées sensuelles et dévergondées qu'elle.

Son souffle se coinça dans sa gorge.

Il s'arrêta à deux pas devant elle. Sa chaleur atteignit Phyllida ; son regard se leva sur ses yeux. Il les étudia. Sa main se leva ; un pouce caressa légèrement ses lèvres et elle frissonna.

Les lèvres de Lucifer se retroussèrent, juste un peu – pas moqueuses, mais avec autodérision.

— Les chapeaux, murmura-t-il. Où Cedric rangerait-il ses chapeaux ?

Phyllida cilla. Faiblement, elle désigna une petite porte. – Dans son vestiaire. Il y a une étagère à chapeaux.

Lucifer regarda la petite porte, à moitié ouverte, puis il revint à Phyllida, un sourcil se haussant.

— C'était la chambre à coucher de sir Bentley ; il a été malade pendant des années. Je lui ai souvent rendu visite.

Phyllida rejoignit la porte d'un pas affairé, ignorant la chaleur tentante qui s'était glissée sous sa peau. Elle tenta d'ignorer la présence qui la suivait sur ses talons, mais c'était au-dessus de ses forces.

Lucifer pénétra dans le vestiaire – long et étroit, il courait sur toute la longueur de la chambre à coucher principale. Une étagère à chapeaux était fixée sur le mur en face de lui, à la hauteur de sa tête. Elle était pleine de chapeaux.

— Nous ne sommes *pas* à Londres.

Il jeta un coup d'œil à Phyllida.

— Cedric a plus de chapeaux que n'importe quel gentleman chic de ma connaissance.

— D'autant plus de raisons de vérifier ; on dirait qu'il n'en a jamais jeté un de sa vie.

C'était vrai. Phyllida ne pouvait pas atteindre les chapeaux. Il resta là debout, son assistant, lui remettant les chapeaux un à un. Elle prenait chaque exemplaire à deux mains, elle l'examinait, elle le tenait à bout de bras, puis elle secouait la tête et le lui remettait. Sous le clair de lune entrant à flots à travers une unique fenêtre haute, tous les chapeaux semblaient de la même couleur – brun.

Lentement, ils progressèrent sur la longueur de l'étagère. Avec un soupir, elle lui remit le dernier chapeau et secoua la tête. Il tendait la main vers l'étagère pour le reposer quand un son faible – pas un cliquetis, pas un petit coup – atteignit ses oreilles. Il se figea.

Phyllida se figea aussi, tête penchée. Puis, elle le regarda. Il mit un doigt sur ses propres lèvres, puis il pivota.

La chambre à coucher possédait deux portes – celle par laquelle ils étaient entrés, près du mur du vestiaire et une autre, menant à la pièce adjacente, vraisemblablement un boudoir. Ils auraient entendu quelqu'un arrivant par le couloir. Quelqu'un venait-il d'entrer dans le boudoir ?

Cedric ? Toutefois, un hôte quitterait-il un bal du pays ?

S'il était l'assassin, c'était possible.

Lucifer inspira et il s'avança dans la chambre à coucher.

Une poussée d'air, un faible sifflement, le prévint – il recula en baissant la tête ; une lourde canne craqua sur son épaule gauche.

L'impact le fit tomber à genoux ; il stoppa sa chute en arc-boutant son bras droit sur le cadre de la porte et il vit la silhouette d'un homme, enveloppé dans les ombres, pivoter brusquement en passant la porte pour sortir dans le couloir. Le son de pas s'enfuyant résonnant sur le tapis du couloir les atteignit.

— Doux Jésus ! Il s'enfuit !

Coincée derrière lui, Phyllida leva ses jupes et bondit par-dessus Lucifer.

Il l'attrapa au bond et il la tira en arrière.

— *Non* !

Elle tomba sur lui.

— Mais…

Elle se tortilla furieusement, ses jupes de soie formant un bouillon sur les cuisses de Lucifer.

— Je pourrais l'attraper !

— Ou bien il pourrait *vous* attraper !

Il resserra son bras autour d'elle et elle se calma.

— Oh.

— Oh, en effet.

Les dents serrées, il la déplaça afin que sa hanche ne s'enfonce pas dans lui, puis il tenta de dégager doucement son épaule.

Elle se tourna vers lui.

— Il attendait.

— Avec ceci.

Lucifer tendit la main et il tira une canne vers eux, puis il la souleva afin qu'ils puissent la voir. Le haut de la canne arborait une tête de lion, en cuivre et très lourde.

— Elle est habituellement posée dans le coin près de la porte.

Phyllida regarda la porte du couloir et elle essaya de ne pas penser à ce qui aurait pu se produire si les réflexes de Lucifer n'avaient pas été si aiguisés. S'il ne s'était pas baissé et que la canne était entrée en contact avec son crâne, il aurait pu mourir ou du moins perdre connaissance. La laissant affronter seule le meurtrier.

Elle se tourna vers Lucifer et vit la même constatation dans son regard.

— Nous devons retourner dans la salle de bal.

CHAPITRE 16

— Jonas, je me demandais si nous pourrions te parler.

Phyllida à ses côtés, Lucifer sourit aux deux jeunes dames avec qui Jonas conversait.

Les jeunes dames gloussèrent ; elles exécutèrent une petite révérence, puis elles partirent d'un pas affairé, jetant des regards faussement timides par-dessus leurs épaules.

Jonas rencontra les yeux de Lucifer.

— Des ennuis ?

— En fait, oui.

Lucifer sourit comme s'ils échangeaient des observations.

Jonas regarda Phyllida.

— Je pensais que Phyl était avec vous.

— Je l'étais, intervint Phyllida. Toutefois, ce n'est pas cela le problème.

Jonas haussa un sourcil. Phyllida détourna la tête et décida de laisser l'explication à Lucifer.

— Avez-vous remarqué un gentleman qui s'en allait en douce il y a environ quinze minutes ?

Jonas haussa les deux sourcils.

— Cedric est parti, puis Basil est parti. Filing était parti avant cela. Et Grisby aussi. Il devait y avoir d'autres absents aussi, parce qu'il y avait une danse et qu'il n'y avait pas beaucoup de couples sur le plancher et peu d'hommes restés debout à attendre. Lady Fortemain faisait sa tournée.

— Cedric est-il revenu ?

— Il est revenu il y a quelques minutes – Basil est revenu à peine une minute avant cela. Ils paraissaient tous les deux un peu colériques. Je n'ai vu aucun des autres revenir, mais je ne regardais pas. Que s'est-il passé ? demanda Jonas en les regardant.

Brièvement, Lucifer l'informa. Phyllida survolait la pièce du regard, essayant de déterminer quels gentlemen étaient présents. La foule était encore considérable.

— Pensez-vous, dit-elle lorsque Lucifer se tut, que nous pourrions créer un piège ?

Ils la regardèrent tous les deux, une expression masculine d'incompréhension identique sur leurs visages, comme si elle parlait une langue étrangère.

— Quel genre de piège ? demanda enfin Lucifer.

— Je n'ai pas aperçu le meurtrier cette fois et vous l'avez à peine entrevu. Il doit le savoir ; il n'a aucune raison de fuir. En supposant qu'il soit encore présent, nous pourrions peut-être l'encourager à se montrer encore une fois.

Lucifer la dévisagea.

— Avec vous en tant qu'appât ?

— Si vous montez la garde tous les deux, il n'y a donc aucune raison pour que je sois en danger.

— Si nous montons la garde tous les deux – si l'un de nous est à proximité –, il ne bougera pas. Nous savons depuis le début qu'il n'est pas stupide.

— Vous n'avez pas besoin de rôder de manière si évidente. Il y a d'autres danses à venir. Tout le monde s'attendra à ce que nous nous séparions.

Lucifer réprima une panique croissante et il étudia le visage calme de Phyllida. Ce qu'elle suggérait était… raisonnable. Il ne pouvait pas céder à son envie instinctive de planter son pied solidement dans le sol et dire non. Il n'osait pas.

— *Si* vous promettez de rester dans la salle de bal…

— J'ai pleinement l'intention de rester en vue.

Elle releva le menton d'un air de défi ; ses yeux sombres lancèrent des éclairs d'avertissement.

— Je suis parfaitement capable de jouer mon rôle. Tout ce que vous avez à faire est de surveiller à distance. Maintenant, je vais partir.

Elle retira sa main de sa manche – il dut lutter contre l'envie pressante de la reprendre. Sur un hochement de tête et un sourire gracieux, elle pivota et marcha dans la foule.

Lucifer la regarda partir. Il jura dans sa barbe.

Jonas se racla la gorge.

— J'aurais aimé que vous refusiez.

Il n'avait pas eu le choix. Pas s'il voulait qu'elle l'épouse.

— Je vais aller surveiller de l'autre côté de la salle. Jonas partit tranquillement.

Phyllida dansa et bavarda, et elle dansa encore un peu. Elle circulait dans la salle en affichant sa plus joyeuse et charmante attitude. Elle parla encore à Cedric, à Basil et à Grisby. Elle fit mine d'avoir une mémoire défaillante et elle conversa avec Silas comme si leur rencontre dans le cimetière ne s'était jamais produite.

Tout cela pour rien. Aucun gentleman ne l'approcha avec la moindre proposition infâme.

À un moment, Lucifer s'arrêta à côté d'elle.

— Assez. Je n'aime pas cela. Il doit se sentir sous pression. Il pourrait devenir dangereux.

— Il est plus probable qu'il soit déstabilisé et au plus fort de sa vulnérabilité.

Elle continua à se promener, n'attendant pas d'entendre son opinion sur sa logique.

Quinze minutes plus tard, Lucifer se joignit au cercle autour de Phyllida ; avec une aisance née de la pratique, il la tira de là. Avec la main de Phyllida sur sa manche, il déambula dans la salle.

— Je pense que nous devrions mettre fin à la soirée.

Il en avait assez. Il pouvait sentir la tension contracter l'espace entre ses omoplates ; son épaule gauche le faisait aussi souffrir.

— S'il ne vous a pas approchée jusqu'à maintenant, il n'y a pas de raison de penser qu'il le fera.

Elle s'arrêta et pivota pour le regarder en face. Son expression était calme et sereine ; ses yeux brillaient dangereusement.

— Vous savez parfaitement bien qu'à part si nous trouvons le chapeau, nous n'avons aucune preuve pour identifier notre homme. Nous ne pouvons pas faire grand-chose de plus que de l'inciter à tenter encore une fois sa chance. Ici, là où je suis entourée d'amis, c'est l'endroit le plus sûr pour le faire. Vous êtes ici ; Jonas est ici. C'est une occasion trop bonne pour ne pas la saisir.

Elle soutint posément son regard ; Lucifer ravala un grondement sourd. Il se sentait de plus en plus en cage.

— Ce n'est *pas* une bonne idée.

Le menton de Phyllida se releva ; ses yeux lancèrent des éclairs.

— C'est *mon* idée, et elle est parfaitement logique.

Sur ce, elle plongea dans la foule.

Lucifer serra les dents et la laissa partir. C'était cela ou bien courir le risque de lui montrer à quel point ses autres prétendants avaient été moyennement possessifs. Le destin devait rire hystériquement.

La mâchoire serrée, il avança lentement jusqu'à un mur et il y appuya son épaule valide. Il la regarda danser une autre contredanse, puis elle bavarda avec un groupe de dames. Après cela, elle s'éloigna sans but. Il la vit ensuite hésiter en regardant autour de la salle. Il suivit son regard – il ne pouvait pas voir qui elle fixait.

Puis, elle avança ; d'après l'allure de son pas, elle avait vu quelque chose ou bien elle avait eu une idée. Il n'était pas fou de ses idées. Son torse se contractant, il partit à sa suite.

Il la perdit dans la foule. La panique enfonça ses griffes plus profondément en lui. Il s'arrêta et regarda par-dessus les têtes – il vit Jonas. Jonas secoua la tête. Il l'avait perdue lui aussi.

Lucifer jura, il pivota et il l'aperçut. À l'autre extrémité de la salle de bal, elle sortit sur la terrasse avec Lucius Appleby.

Appleby ? Lucifer ne s'arrêta pas pour réfléchir au raisonnement de Phyllida. Il doutait qu'Appleby ait invité Phyllida dehors. S'il l'avait fait, elle n'y serait pas allée. Non, elle l'avait attiré sous un prétexte, Dieu seul savait pourquoi. Cependant, se trouver dehors avec un seul gentleman était incroyablement dangereux. Comment savoir qui se dissimulait dans la nuit ?

La distance jusqu'à la porte à la française la plus près lui parut longue de deux kilomètres ; deux kilomètres d'obstacles, souriant et hochant la tête et voulant bavarder. Il l'atteignit – elle était verrouillée.

Il dut plonger d'un côté de la pièce jusqu'aux portes à travers lesquelles Phyllida et Appleby avaient disparu, tout cela sans attirer l'attention.

Il rejoignit la terrasse ; Jonas, qui avait été encore plus au fond de la salle, le suivait. Lucifer jeta un coup d'œil autour de lui et il entrevit très fugitivement une jupe bleue disparaissant plus loin complètement à l'autre extrémité de la terrasse. Il partit à grands pas derrière Phyllida, ne faisant aucun effort pour étouffer le bruit de ses pas.

En tournant le coin, il découvrit Phyllida appuyée quelques mètres plus loin contre la balustrade, parlant avec Appleby, qui se tenait derrière elle.

Derrière la balustrade, il y avait un bosquet de buissons, parfait pour cacher un homme avec un couteau.

Lucifer tendit le bras, il referma une main autour du poignet de Phyllida et la tira brusquement vers lui, loin des buissons. Il ignora son expression abasourdie et il se tourna vers Appleby.

— Veuillez nous excuser, Appleby. Mademoiselle Tallent s'en va à l'instant.

Appleby lui rendit son regard avec impassibilité, l'épitome de l'employé bien formé. Sur un hochement de tête à peine visible, Lucifer tourna, il laissa Phyllida avoir un bon aperçu de son visage, puis il tourna de nouveau au coin de la terrasse d'un pas raide en la traînant derrière lui.

— Que faites-vous ! siffla-t-elle.

Elle tortilla son poignet ; il resserra sa prise et continua sa progression.

— Je vous sauve de vous-même ! Que diable pensiez-vous faire à sortir comme cela ?

Il l'attira près de lui, diminuant ses enjambées de sorte que son corps cachât Phyllida autant que possible.

— Il fait nuit noire ici !

Il agita la main vers les pelouses se déroulant au pied de la terrasse.

— Il pourrait vous tirer dessus sans risquer de se faire voir.

Elle jeta un coup d'œil aux pelouses.

— Je n'y avais pas pensé.

Il grinça des dents.

— Bien, *moi* j'y ai pensé. C'est pourquoi je vous avais fait promettre de ne pas sortir de la salle de bal.

— Je n'ai pas promis, s'indigna-t-elle. J'ai dit que je resterais en vue. Je pensais que vous me surveilliez.

Son ton, laissant soudainement entendre sa vulnérabilité, amena Lucifer à se mordre la langue.

— *Oui*, je surveillais. Tout comme Jonas. Toutefois, nous vous avons perdue tous les deux pendant un moment et ensuite, vous sortiez. Nous vous avons presque complètement perdue.

Cette pensée lui retourna les sangs. Cela rendit sa voix plus grave, plus sombre, beaucoup plus menaçante.

— Je répète : que *diable* pensiez-vous faire ?

Il s'arrêta ; elle stoppa aussi et le regarda en face, tête haute, le regard direct. Son menton pointu était ferme.

— J'admets avoir oublié l'obscurité, mais mes raisons étaient parfaitement logiques. Je ne trouvais aucun autre endroit où emmener Appleby.

— Donc, c'était bien *votre* idée ?

— Évidemment ! Appleby est l'unique personne ayant le plus de chances de savoir quels hommes se sont glissés dehors et sont revenus. Il est le bras droit de Cedric ; il veille à tous les arrangements et il est son assistant. Si Cedric a quitté la pièce, alors Appleby aura été alerté et il aura surveillé les autres invités au cas où quelqu'un aurait eu besoin de quelque chose.

— Donc, extrapola Lucifer à contrecœur, il est peu probable qu'Appleby soit l'assassin. Il aurait été en devoir, en fait…

— Exactement ! Donc, je n'étais pas en danger avec lui. Appleby ne m'aime pas plus que je ne l'aime, alors je ne risquais pas de recevoir des avances indésirables. Et vous avez bien dit qu'il avait été dans l'armée, de sorte qu'il est probablement la personne la plus sûre, à part vous, avec qui je pouvais sortir sur la terrasse.

Lucifer se retint de répliquer qu'elle n'aurait pas été en sécurité avec lui – elle ne l'était toujours pas. Il gesticula avec brusquerie vers la salle de bal.

— Entrons.

Sur un petit reniflement distinctement furieux, Phyllida se tourna. Il enroula le poignet qu'il tenait encore autour de son bras et il avança d'un pas raide à côté d'elle. Jonas avait sorti la tête, il les avait vus et il était rentré. Alors qu'ils s'approchaient de la porte ouverte, Lucifer demanda :

— Eh bien ? Appleby savait-il quelque chose de pertinent ?

Phyllida passa le seuil, le nez en l'air.

— Non.

— Je me demandais si cela vous tenterait de m'accompagner pour une promenade à Exeter.

Phyllida releva la tête d'un coup et réussit tout juste à étouffer un halètement.

Lucifer se tenait à moins d'un mètre d'elle. Comment avait-il réussi à s'approcher autant ?

Il haussa un sourcil foncé ; tendant la main, il retira le panier de fleurs des doigts figés de Phyllida. Elle obligea son regard à se fixer sur un rosier ; prenant une des fleurs dans sa main, elle en coupa la tige. Alors qu'elle la posait dans le panier, elle dit :

— Si vous pouvez attendre jusqu'à ce que je les mette dans l'eau, alors oui. Une promenade en voiture serait agréable et je dois voir quelques personnes à Exeter.

Lucifer inclina légèrement la tête.

— Pour le plaisir de votre compagnie, je vais patienter.

Vingt minutes plus tard, il l'aidait d'une main à monter dans son cabriolet, puis il montait sur le siège du conducteur, s'assoyait, prenait les rênes et donnait le signal de départ à ses chevaux noirs. Alors qu'il faisait rouler le carrosse dans l'allée, il éprouva un soulagement.

Phyllida était assise à côté de lui, indépendante, un peu distante –, mais elle était là. Après sa performance de la veille, il avait été incertain de son accueil ; il avait été prêt à la kidnapper si elle n'était pas venue de son propre chef. Toutefois, elle avait accepté, grâce au ciel. Elle était même venue sans bonnet.

Les chevaux noirs sortirent gracieusement de l'allée de la Grange ; Lucifer la regarda brièvement – elle avait déployé son ombrelle pour protéger sa peau pâle du soleil d'été, mais il pouvait voir son visage. Il scruta ses traits, nota la ligne de ses lèvres, la détermination dans son menton, puis il accorda son attention aux bêtes.

Après la soirée précédente, il allait devoir surveiller chacun de ses pas.

Ils traversèrent la campagne en silence, mais accompagnés du bruit de ferraille du carrosse et ce silence devint progressivement plus agréable à mesure que les kilomètres filaient sous les sabots des chevaux.

Le soleil semblait faire fondre la raideur de Phyllida ; quand ils atteignirent Honiton, elle signala spontanément un des points de vue.

Il avait emprunté la route le plus au nord afin qu'ils puissent vérifier auprès des auberges de Honiton si un gentleman avait loué un cheval le dimanche de l'assassinat de Horatio. Phyllida le dirigea vers les établissements appropriés, puis elle le laissa à ses investigations. Comme ils s'y étaient attendus, il n'y avait aucune nouvelle à apprendre.

En quittant Honiton, ils déboulèrent sur la grand-route jusqu'à Exeter.

La route était en bonne condition et les chevaux noirs étaient rafraîchis. Ils s'insérèrent dans les traces des autres véhicules et le cabriolet vola littéralement. Le vent créé par leur passage fouettait la chevelure de Phyllida. La vitesse était enivrante, la chaleur du soleil la détendait – elle ne put s'empêcher de lever le visage vers la brise et de sourire.

— Pourquoi allons-nous à Exeter ?

Elle patienta, les yeux à moitié fermés, les lèvres courbées ; elle sentit le regard de Lucifer parcourir son visage, puis il lui répondit.

— J'ai besoin de voir Crabbs et, pour compléter nos recherches, nous devrions faire notre enquête auprès des écuries. Ensuite, j'ai pensé que nous pourrions déjeuner près de la rivière avant de revenir par la route côtière.

Phyllida hocha la tête.

— Cela me paraît agréable.

— Vous avez mentionné que vous aimeriez voir quelques personnes ?

— J'aimerais aller à la maison des douanes, une visite de courtoisie pour préserver notre contact avec le lieutenant Niles. Et pendant que vous consulterez Crabbs, je vais m'entretenir avec Robert.

Elle jeta un coup d'œil à Lucifer, mais il se contenta de hocher la tête.

— Si vous voulez, nous pouvons d'abord nous rendre à la maison des douanes.

Elle secoua la tête.

— Les pensions pour chevaux d'abord, puis monsieur Crabbs et ensuite la maison des douanes, puis le déjeuner au Mermaid.

Elle jeta un autre regard en coin à Lucifer – cette fois, il le surprit. Elle scruta ses yeux, puis elle sourit et regarda devant elle.

— Jonas m'a dit qu'ils avaient la meilleure bière d'Exeter. Nous pourrons partir de là directement sur la route côtière. Lucifer se fendit d'un sourire.

— D'accord.

Il ralentit ses chevaux noirs quand les premières maisons apparurent.

— De quel côté maintenant, ma chère ?

Phyllida le dirigea avec un enthousiasme léger qui le réchauffa tout autant que le soleil. Ils s'arrêtèrent dans les pensions pour chevaux et reçurent la même réponse : aucun gentleman n'avait loué un cheval ce dimanche. Continuant chez monsieur Crabbs, Lucifer passa avec le vénérable gentleman dans le sanctuaire privé de l'avocat, laissant Phyllida traîner dans l'avant-chambre où Robert Collins travaillait à son bureau. Quinze minutes plus tard, Lucifer émergea pour découvrir Phyllida souriant sereinement et Robert ayant l'air moins tendu qu'avant.

Échangeant des révérences avec Crabbs, qui prit scrupuleusement congé de Phyllida, ils sortirent sur le trottoir où un gamin tenait les chevaux. Lucifer jeta une pièce au garçon, puis il aida Phyllida à monter.

— Qu'avez-vous dit à Robert ? Sait-il que je suis au courant pour les lettres ?

— Pas précisément.

Phyllida rassembla ses jupes afin qu'il puisse s'asseoir à côté d'elle.

— Je lui ai dit que vous me laissiez chercher l'écritoire. Il s'est terriblement inquiété à propos de toute cette histoire.

— C'est ce que j'ai remarqué.

Lucifer se posa des questions sur les lettres, mais il laissa passer l'affaire.

— Où se trouve la maison des douanes ?

Elle s'élevait sur le quai, à quelques minutes en bas d'une route pavée en pente partant de High Street. Lucifer fit descendre ses bêtes dans la rue pentue avec prudence. Le quai bordait River Exe ; des bateaux y étaient amarrés, dansant avec la marée. Lucifer s'arrêta devant un beau bâtiment en briques à deux étages indiqué par Phyllida. Un garçon de cabine paressait à proximité. Ses yeux s'illuminèrent à la vue des bêtes ; Lucifer lui fit signe de venir les rejoindre.

Il y avait une auberge plus loin le long du quai, serrée contre la colline derrière elle. Une affiche arborant une sirène se balançait à l'extérieur. Lucifer donna l'instruction au garçon de faire marcher les chevaux jusqu'à l'auberge et de les remettre entre les mains du valet d'écurie.

— Cela ne prendra pas longtemps, dit Phyllida alors qu'il l'aidait à descendre sur les pavés ronds.

Elle mena la marche dans le bâtiment et elle se rendit directement au comptoir le long d'un mur.

— J'aimerais parler au lieutenant Niles, je vous prie. Si vous pouviez lui dire que mademoiselle Tallent est ici.

L'homme derrière le comptoir la contempla pendant qu'elle retirait ses gants.

— Le lieutenant est occupé. Il s'occupe uniquement de questions d'affaires, ici.

Phyllida leva la tête et dévisagea l'homme avec un regard direct.

— C'est pour affaire.

S'avançant lentement dans son sillage, Lucifer vint se tenir debout directement dans son dos. Il regarda le commis.

Le commis rencontra son regard, puis il avala et jeta un coup d'œil à Phyllida.

— Je vais lui dire. Mademoiselle Tallent, avez-vous dit ?

— En effet.

Phyllida attendit que le commis ait disparu à travers la porte avant de regarder Lucifer par-dessus son épaule.

— Que lui avez-vous fait ?

Lucifer ouvrit de grands yeux.

— Rien, répondit-il en souriant. J'ai été moi, tout simplement.

Phyllida scruta son visage, puis elle se racla la gorge. Elle se retourna vers le comptoir alors que la porte à côté s'ouvrait. Un gentleman en uniforme du Service des revenus sortit à grandes enjambées en souriant, les mains tendues.

— Mademoiselle Tallent.

Il s'empara de sa main, puis il regarda Lucifer derrière elle.

— Bonjour, lieutenant Niles.

Phyllida désigna Lucifer de la main.

— Permettez-moi de vous présenter monsieur Cynster. Il est venu vivre à Colyton.

— Oh ?

S'interrogeant innocemment, Niles serra la main de Lucifer.

— Cela signifie-t-il que vous prendrez des intérêts dans la Colyton Import Company ?

— Un intérêt bénin, répondit Lucifer. Purement à titre de conseiller.

Il le sut lorsque Phyllida lâcha le souffle qu'elle avait retenu. Niles se retourna vers elle et elle réclama son attention.

— Je voulais seulement vérifier les totaux globaux avec vous et savoir s'il nous fallait modifier l'un de nos paiements.

— Oui, oui. Si vous voulez bien venir de ce côté ?

Niles leur fit signe de passer la porte. Il s'inclina pour les laisser entrer dans son bureau, puis lui et Phyllida entreprirent une vive discussion sur les différentes marchandises que la compagnie avait achetées et qu'elle s'attendait à importer dans un avenir proche et la hauteur des frais de douane payables sur les différents cargos. Lucifer se cala dans son siège et il écouta, intrigué par la façon dont Phyllida, une fois qu'on lui en avait donné l'occasion – donné le droit de prendre la tête – avait réussi à diriger l'entretien, et Niles, aussi bien. Elle était une femme d'affaires jusqu'au bout des ongles.

Il souriait déjà intérieurement au moment où elle en finissait avec le lieutenant. Rangeant la liste des plus récents tarifs dans son réticule, elle se leva, pivota et attira son regard. Elle attendit qu'ils aient pris congé de Niles et fussent dehors sur le quai avant de lui poser sa question.

— Bon, qu'est-ce qui vous amuse tellement là-dedans ?

— Rien du tout. Je suis admiratif et non amusé. Je viens juste de comprendre que, de la même façon dont je pourrais vous assister avec la compagnie, vous aussi pourriez grandement m'assister avec mon entreprise.

La prenant par le bras, il la fit tourner vers le Mermaid.

— Votre entreprise ? demanda-t-elle en levant les yeux vers lui. Quel type d'entreprise vous occupe ?

Il fallut tout le temps du déjeuner et plus pour l'informer. Au moment où il termina et qu'ils étaient de retour dans le cabriolet en direction de l'est sur la route qui les ramènerait enfin chez eux le long de la côte, elle était déjà intriguée.

— Je n'en avais aucune idée. Je pensais que vous étiez un beau de Londres, que tout ce que vous faisiez était de valser dans les salles de bal et charmer les dames.

— Je fais cela aussi, mais une personne doit avoir quelque chose à faire pour passer les journées.

Elle lui décocha un regard évaluateur.

— Hum. Donc, cet intérêt que vous avez pour un taureau de reproduction est tout à fait sincère ?

— Étant donné que je possède maintenant la terre, cela semble dommage de ne pas m'en servir, et trouver un taureau de reproduction m'apparaît comme l'équivalent d'être un collectionneur.

— Je n'y avais pas pensé tout à fait en ces termes, mais je suppose que c'est vrai.

Phyllida regarda devant elle.

Puis, elle agrippa le bras de Lucifer.

— Arrêtez !

Tirant sur les rênes, Lucifer la regarda.

— Qu'y a-t-il ?

Elle pivota sur son siège, regardant fixement la route derrière elle. Les rênes tenues avec fermeté, Lucifer changea de position et regarda derrière. Un rétameur déambulait sur la route en direction d'Exeter.

— Le chapeau !

Phyllida pivota pour regarder Lucifer en face, avec des yeux ronds.

— Ce rétameur a *le chapeau* !

Il fit tourner ses chevaux et les fit trotter en remontant la route.

— Silence, prévint-il Phyllida alors qu'ils arrivaient à la hauteur du rétameur.

Elle fixa très fort l'homme – son chapeau –, mais elle ne discuta pas. Lucifer roula sur une centaine de mètres plus loin, puis il fit de nouveau tourner le cabriolet. Il roula, presque jusqu'à l'endroit où le rétameur avançait péniblement, puis il tira sur ses rênes.

— Bonjour.

Le rétameur s'arrêta et toucha le bord de son chapeau en guise de salut – le chapeau que même le plus rapide des coups d'œil pouvait affirmer qu'il n'était pas à lui.

— Bonjour à vous, monsieur. Madame.

— Ce chapeau, dit Phyllida. L'avez-vous depuis longtemps ?

Un air méfiant passa dans les yeux du rétameur.

— Je l'ai trouvé, en toute justice. Je ne l'ai pas volé.

— Je ne pensais pas que c'était le cas, dit Phyllida avec un sourire rassurant. Nous nous demandions seulement où vous l'aviez trouvé.

— Le long de la côte un peu plus loin.

— Où exactement ? Avant Sidmouth ?

— Ouais, c'était bien avant. J'avais quitté Axmouth et décidé d'entrer un peu dans les terres. Il y a un petit village endormi là, du nom de Colyton.

— Nous le connaissons, dit Lucifer.

— J'aiguise des couteaux, ajouta le rétameur en désignant les paquets sur son dos. Après en avoir fini dans le village, j'ai continué mon chemin vers l'ouest, puis au nord-ouest ; il y a une piste menant à Honiton, qui est mon prochain port d'attache. J'ai trouvé le chapeau en route, un peu après Colyton.

Phyllida hocha la tête.

— Vous avez dû remonter la rue, dépasser l'église et la forge, jusqu'à la colline…

— Ouais, c'est exact.

— Et ensuite, il y a une petite inclinaison, une vallée peu profonde et on arrive enfin à l'arête suivante – arrêtez-moi lorsque j'arrive à l'endroit où vous avez trouvé ce chapeau – et ensuite, il y a de grands piliers de grilles et ensuite la rue rétrécit et elle devient sinueuse en descendant vers la mer…

— C'est ça ! C'est l'a que je l'ai trouvé. Il roulait le long du bas d'une haie juste avant l'endroit où la partie menant à la mer se termine. Je l'ai ramassé, je l'ai épousseté ; il n'y avait pas de nom dessus. J'ai regardé autour de moi, mais il n'y avait pas de maison ni de cabane à des kilomètres à la ronde. J'ai ensuite marché sur quelques mètres et la route s'est transformée en piste et elle a tourné au nord-ouest vers Honiton.

Le rétameur offrit un sourire rayonnant à Phyllida ; elle le lui rendit.

— Tenez.

Lucifer tendait deux guinées.

— Une pour le chapeau, l'autre pour votre aide. Vous pourrez vous acheter une bonne casquette, trouver une chambre confortable et manger un bon dîner et boire aussi quelques verres à nos frais.

Les yeux du rétameur, fixé sur cette largesse, brillèrent. – Mon jour chanceux : le jour où j'ai trouvé ce chapeau.

Il le tendit à Phyllida. Lucifer lui remit les pièces de monnaie.

— Et quel jour était-ce, ce jour où vous avez trouvé le chapeau ?

Le rétameur grimaça.

— J'ai quitté Axmouth lundi, j'ai passé un jour entre ici et les environs de Colyton. J'ai dormi sous le porche du cimetière et j'ai pris la route pour Honiton tôt le lendemain matin ; c'est à ce moment que j'ai trouvé le chapeau.

— Donc, vous l'avez trouvé mardi ?

— Ouais, mais pas ce mardi. Ç'aurait été celui avant ; j'ai passé presque une semaine à Honiton et ensuite je suis descendu à Sidmouth.

— Le mardi de la semaine précédente.

Lucifer hocha la tête.

— Nos remerciements.

Le rétameur regarda les pièces de monnaie dans sa main.

— Je pense que le plaisir était entièrement pour moi.

Ils le laissèrent dérouté par sa bonne fortune ; Lucifer lança élégamment les chevaux sur un pas de marche, puis il jeta un coup d'œil à Phyllida.

Elle tenait le chapeau sur ses cuisses en le fixant.

— Pas étonnant que nous n'ayons pas pu le trouver – que nous ne l'ayons jamais vu. Il a dû s'en débarrasser immédiatement.

Son ton était distant. Lucifer fronça les sourcils.

— Ces grands piliers de grille que vous avez mentionnés… c'est l'entrée du manoir Ballyclose, je crois.

Phyllida hocha la tête.

— Alors, qu'y a-t-il au bout de la partie vers la mer de cette route ?

Elle expira.

— C'est l'entrée arrière de Ballyclose. Ce n'est même pas un portail, c'est juste une ouverture dans la haie, mais elle est là depuis toujours. Tout le monde qui arrive à cheval à Ballyclose s'en sert pour aller et venir à moins qu'ils arrivent directement par le village.

— Donc, si quelqu'un sortait à cheval de Ballyclose et ne voulait pas revenir en traversant le village, il se servirait de cette entrée ?

— Oui.

Le ton de ce mot amena Lucifer à regarder encore une fois Phyllida.

— À quoi pensez-vous ?

Il ne pouvait pas le dire d'après son visage.

Elle prit une inspiration.

— Cela doit être Cedric, après tout.

Il regarda ses chevaux.

— Il existe d'autres possibilités.

— Telles que ?

— Qu'il ne s'agisse pas du chapeau de Cedric, pour commencer.

Phyllida leva le chapeau en le faisant tourner.

— Le simple fait que je ne me souvienne pas de l'avoir vu le porter ne signifie pas qu'il ne lui appartient pas. Vous avez vu le nombre de chapeaux qu'il possède. Je n'en ai pas reconnu la moitié.

— Pareillement, le simple fait que son fétiche soit les chapeaux ne signifie pas que celui-ci lui appartienne.

Lucifer regarda le chapeau encore une fois.

— Je ne pense vraiment pas qu'il soit à lui.

— Si je ne peux pas en être sûre, je ne vois pas comment vous pouvez l'être.

Lucifer ravala son explication sur la raison pour laquelle il croyait que le chapeau n'était pas à Cedric – après tout, il ne faisait qu'émettre une hypothèse. Après un moment, il dit :

— Très bien, réfléchissez à ceci. Le meurtrier, et non Cedric, sait que les livres dans la bibliothèque de Horatio donnent à Cedric un véritable motif pour tuer Horatio, ce qui est plus que ce que nous avons pu découvrir pour qui que ce soit d'autre, je dois l'admettre. Le meurtrier, cependant, a un autre motif ; un motif que nous ignorons totalement. Ayant besoin de se débarrasser du chapeau, il le plante dans un endroit où passent suffisamment de gens de sorte que, à un moment donné, il sera découvert et il orientera dans la direction de Cedric et non dans la sienne.

Phyllida le dévisagea.

— C'est un raisonnement tordu. Pensez-vous vraiment qu'une personne pense ainsi ?

Lucifer lui décocha un regard.

— Notre meurtrier nous a échappé de nombreuses fois ; il est sans pitié, intelligent et sans remords. Il a probablement le genre de cerveau qui fonctionne tout le temps.

Phyllida baissa les yeux sur le chapeau.

— Hum. Ou bien il pourrait simplement être Cedric. Lucifer poussa un long soupir.

— J'ai de sérieuses difficultés à accorder le rôle à Cedric. Pas seulement parce que je ne pense pas qu'il pourrait le faire, mais aussi parce que je ne pense pas qu'il le *ferait*.

— Je ne peux pas non plus l'imaginer en meurtrier, mais…

Phyllida leva la tête, son regard se fixant devant elle.

— Je ne peux pas supporter de continuer à penser que Cedric pourrait être le meurtrier sans le savoir véritablement. Je veux le découvrir, avec ceci, maintenant.

— Que diable prévoyez-vous faire ? Vous introduire chez lui à l'improviste et lui demander si le chapeau lui appartient ?

Phyllida leva le menton.

— Exactement.

— Phyllida…

Lucifer argumenta, raisonnablement, puis pas si raisonnablement ; Phyllida maintint sa position. Elle voulait que l'affaire soit réglée, d'une manière ou d'une autre, aujourd'hui. En fin de compte, Lucifer regarda le chapeau sur ses cuisses, puis, lèvres pressées, il secoua la tête et regarda devant lui.

— Très bien, gronda-t-il après qu'une minute tendue se soit lentement écoulée. Nous irons à Ballyclose, et *vous* pourrez vous charger de la conversation.

Nez en l'air, Phyllida inclina la tête, acceptant ses conditions.

Ils roulèrent sur le cercle en gravier devant les marches en façade de Ballyclose une demi-heure plus tard. Un palefrenier arriva en courant ; Lucifer lui remit les rênes. Il aida Phyllida à descendre ; elle le précéda en haut de l'escalier.

Le majordome sourit et les introduisit avec une révérence. Il les fit entrer dans le salon, puis il alla s'entretenir avec son maître. Il revint un moment plus tard.

— Sir Cedric est dans la bibliothèque, si vous voulez bien vous donner la peine de l'y rejoindre, mademoiselle. Monsieur.

Lucifer donna sa main à Phyllida ; elle se leva de sa chaise où elle venait juste de se laisser choir. Emportant le chapeau avec elle, elle se dirigea dans la bibliothèque. Le majordome tint la porte grande ouverte ; Phyllida entra d'un pas gracieux. Cedric était assis derrière son bureau ; il sourit et se leva. Phyllida se rendit directement au bureau et déposa le chapeau au centre du buvard de Cedric. Cedric le fixa.

Debout, droite comme un *i* devant le bureau, Phyllida le fusilla presque du regard.

— Ce chapeau vous appartient-il, Cedric ?

Estomaqué, Cedric la regarda en cillant.

— Non.

— Comment pouvez-vous en être sûr ?

Cedric jeta un coup d'œil à Lucifer, qui s'était arrêté derrière Phyllida, puis, avec méfiance, il la regarda de nouveau. S'avançant lentement, il tendit la main vers le chapeau, il le souleva et il le posa sur sa tête.

Ce fut au tour de Phyllida de le fixer.

— Oh.

Le chapeau était posé sur la tête de Cedric, soutenu en hauteur, bien au-dessus de ses oreilles. Il était manifestement trop petit pour lui.

Toute la détermination quitta Phyllida ; s'agrippant à une bergère à proximité, elle s'affala dessus. Puis, elle se couvrit les yeux avec les mains.

— Dieu merci !

Lucifer ferma une main brièvement sur son épaule, puis il tendit la main à Cedric.

— Il y a une explication raisonnable.

— Je suis content de l'entendre.

Cedric lui serra la main, puis il reprit le chapeau et l'examina.

— Mais cela me paraît bien familier.

Phyllida retira ses mains de son visage.

— Savez-vous à qui il appartient ?

Cedric grimaça.

— Je ne m'en souviens pas en ce moment, mais cela me reviendra. Je remarque habituellement les chapeaux.

Lucifer jeta un bref regard à Phyllida ; elle le croisa un moment seulement.

Elle regarda Cedric.

— Il est très important que nous découvrions à qui appartient ce chapeau, Cedric.

Il la regarda avant de passer à Lucifer.

— Pourquoi ?

Ils le lui révélèrent.

— Les inscriptions, dit Lucifer, ayant expliqué leur existence avec tact, vous donnaient bien un motif apparent pour vouloir retirer les livres de la bibliothèque de Horatio et, potentiellement, pour vous débarrasser de Horatio.

Cedric cilla.

— Parce qu'elles pourraient remettre en question ma légitimité ?

Phyllida hocha la tête.

— Et, par conséquent, Pommeroy pourrait réclamer le domaine de sir Bentley.

Cedric la considéra du regard un moment, puis il toussa et regarda au fond de la pièce. Il baissa la voix.

— En fait, cela ne fonctionnerait pas. Papa a formulé son testament avec précision, me nommant comme son héritier principal. Et en ce qui concerne Pommeroy, bien qu'il puisse y avoir un doute quant à ma légitimité, il n'y en a absolument pas pour la sienne. Il n'est pas le fils de papa.

— Non ?

Phyllida semblait horrifiée.

Cedric secoua la tête.

— Ce n'est pas notoire, évidemment. Maman n'aimerait pas cela.

— Non, en effet.

Phyllida cligna des paupières, puis elle secoua la tête, hébétée.

— Donc, vous voyez, travaillant sous un malentendu comme nous le faisions…

Lucifer poursuivit leur explication sans rien omettre. Le spectacle ridicule du chapeau perché sur la tête de Cedric l'avait retiré avec efficacité de leur liste de suspects. Cedric prit relativement bien la nouvelle qu'il était en haut de leur liste depuis quelque temps. Quand, les joues rougies, Phyllida lui demanda de la pardonner, il chassa ses excuses d'un geste.

— Vous deviez soupçonner quelqu'un qui n'était pas à l'église ce dimanche-là. Dans les faits, je ne peux pas justifier mon temps…

— Vous peut-être, mais moi, oui.

Lucifer, comme Phyllida, se tourna. Jocasta Smollet se leva d'un fauteuil à oreilles faisant face aux fenêtres un peu plus au fond de la pièce. Elle y était assise, dissimulée à la vue lorsqu'ils étaient entrés.

Cedric se leva.

— Jocasta…

Jocasta lui sourit – c'était l'expression la plus naturelle que Lucifer n'avait jamais vue sur son visage.

— Ne vous inquiétez pas, Cedric, mais je ne vais pas rester sans rien faire et voir votre réputation salie même par un soupçon purement pour épargner la fierté de mon frère. Si nous devons réellement nous en libérer, alors nous ferions aussi bien de commencer comme nous avons l'intention de continuer.

Venant se tenir à côté de Cedric, Jocasta regarda Phyllida, puis Lucifer qui s'était aussi levé.

— Cedric, dit-elle, était avec moi ce dimanche-là ; le dimanche de l'assassinat de Horatio.

L'annonce était si inattendue que Phyllida ne fit que les dévisager. Cedric se racla la gorge, puis il tira une chaise pour Jocasta.

— Allez, asseyez-vous.

Elle obéit ; Cedric et Lucifer reprirent leurs places.

Jocasta croisa les mains sur ses cuisses et contempla calmement Lucifer et Phyllida.

— Cedric voulait me parler de notre avenir ; dimanche matin, quand maman et Basil étaient tous les deux à l'église, était le seul moment possible. Il est arrivé à cheval peu de temps après le départ du carrosse pour l'église. Le valet d'écurie qui a pris son cheval s'en souviendrait. Nous nous sommes rencontrés en privé, mais notre gouvernante, madame Swithins, était dans la pièce adjacente et la porte était entrouverte. Elle peut confirmer que Cedric est resté avec moi pendant plus d'une heure. Il est parti juste avant le retour du carrosse de l'église.

— Ma chère, si nous leur en disons autant, nous devrions leur apprendre tout le reste.

Cedric se tourna vers Lucifer et Phyllida.

— Jocasta et moi sommes intimes ; oh, depuis de nombreuses années. Toutefois, lorsque je lui ai demandé sa main il y a huit ans, Basil n'a pas voulu en entendre parler. Lui et moi avons nos différends.

Baissant la tête, Cedric haussa les épaules.

— Basil ne voulait pas entendre parler d'un mariage entre nous et, bien, j'ai maintenu ma position et nous avons échangé des mots. Ensuite, maman en a entendu parler et elle n'était pas en faveur non plus, et les choses sont tombées au point mort. Jocasta et moi avons cessé de nous voir ; nous nous sommes évités pendant des années. Mais alors, maman a commencé à insister pour que je me marie – il jeta un coup d'œil à Phyllida –, particulièrement pour que je *vous* épouse, ma chère. Néanmoins, plus je passais de temps avec vous, plus je pensais à Jocasta. J'ai compris qu'elle était la seule femme que je voulais pour épouse.

Il regarda Jocasta, puis il tendit la main ; elle la prit et sourit.

Le visage illuminé, Jocasta dit :

— Cedric a tenté de parler à Basil hier soir, mais il est encore complètement contre ce mariage.

Elle regarda Cedric et lui pressa la main.

— Toutefois, nous avons décidé de ne plus perdre d'années. Peu importe ce que disent Basil et maman…

— Ou encore ma mère, intervint Cedric.

Jocasta hocha légèrement la tête.

— Peu importe, nous avons décidé de nous marier.

Phyllida découvrit qu'elle souriait. Elle se leva ; Jocasta se leva aussi. Phyllida embrassa la femme plus âgée en lui effleurant les joues.

— Je suis si contente pour vous.

Le sourire de Jocasta était un peu de guingois, mais elle rencontra les yeux de Phyllida.

— Merci. Je sais que je n'ai pas été l'âme la plus gentille au fil des ans, mais j'espère que vous comprenez.

— Bien sûr.

Le visage rayonnant, Phyllida se tourna pour étreindre Cedric.

— Je vous souhaite de la joie à tous les deux.

— C'est très gentil, ma chère, dit Cedric en lui tapotant l'épaule. Bien – il expira –, au moins, vous saurez pourquoi si maman arrive chez vous en criant pour pleurer sur votre épaule.

Phyllida se fendit d'un sourire.

Lucifer serra la main de Cedric et de Jocasta, leur souhaitant du bonheur à tous les deux, puis lui et Phyllida prirent congé.

— Eh bien ! dit Phyllida alors qu'il faisait rouler le carrosse dans l'allée. Jocasta et Cedric ! Qui aurait pu y penser ?

Lucifer garda le silence.

Un instant plus tard, Phyllida soupira.

— Basil va avoir une crise d'apoplexie.

Elle sourit et se cala dans son siège avec le chapeau brun du meurtrier sur les cuisses, momentanément oublié.

CHAPITRE 17

Le lendemain était dimanche. Lucifer remontait la place d'un bon pas. Une brise terrestre taquinait des nuages floconneux dans le ciel bleu pâle. Les derniers retardataires entraient lentement dans l'église ; Lucifer les rejoignit, se glissant dans un banc à l'arrière.

En scrutant l'assemblée, il chercha Phyllida. Il l'avait reconduite en voiture à la maison l'après-midi précédent ; ils n'avaient pas discuté de leur prochaine rencontre. Laissant la surveillance du manoir à Dosdwell, il était venu lui demander de passer la journée avec lui à regarder des livres, à lire des inscriptions, à se promener dans les jardins… tout ce qu'elle avait envie de faire.

Il localisa sir Jasper. Lady Huddlesford et Frederick étaient assis à côté de lui. Mademoiselle Sweet était là aussi. Il ne voyait pas Phyllida. Ni Jonas.

L'orgue augmenta de volume ; l'assemblée se leva alors que monsieur Filing et les choristes s'avançaient en procession à l'intérieur. Lucifer hésita, puis il quitta sa place ; il se fraya un chemin aussi discrètement qu'il le put en descendant l'allée du côté de sir Jasper.

Sir Jasper sourit.

— Phyllida ? articula Lucifer en silence.

Sir Jasper se pencha près de lui et murmura :

— Un mal de tête. Elle se repose à la maison.

Un mal de tête. Lucifer inspira, puis il hocha la tête et se retira. Au fond de l'église, il rôda près du dernier banc, puis il se tourna et quitta le bâtiment.

Son visage se contractant, il redescendit la place encore plus vite qu'il ne l'avait remontée. Il n'y avait rien – rien – pour suggérer que Phyllida n'avait pas mal à la tête. Les femmes souffraient vraiment de maux de tête ; elles se servaient aussi de ce mal pour excuser d'autres maladies moins avouables. Quand il arriverait à la Grange et découvrirait Phyllida allongée sur son lit, il serait capable d'accepter son indisposition comme véridique et l'inquiétude persistante qui montait comme une marée dans son esprit se calmerait.

Jusque-là, avec un tueur en liberté centré sur elle, son imagination était excitée et prête à bondir. Rejoignant l'allée, il allongea le pas. De l'église, c'était plus rapide d'atteindre la Grange par la rue. En quelques minutes, il passait les grilles du portail. Atteignant le porche en façade, il sonna la cloche, puis il ouvrit la porte et entra.

— Phyllida ?

Une porte s'ouvrit ; Jonas émergea de la bibliothèque. Il dévisagea Lucifer, la consternation évidente sous son masque habituellement affable.

— Elle n'est pas avec vous ?

Lucifer ouvrit la bouche ; Jonas l'arrêta d'une main levée.

— J'ai accompagné Phyllida à pied jusqu'au manoir par la forêt. Je viens tout juste de rentrer. Elle a dit que vous n'alliez pas à l'église normalement et que vous seriez là. Lucifer grimaça.

— Normalement, mais aujourd'hui j'ai marché jusqu'à l'église pour la rencontrer.

Jonas se fendit d'un sourire. Lucifer se retourna vers la porte.

— J'ai laissé Dosdwell au manoir, alors il n'y a pas de danger.

Dans l'embrasure de la porte, il marqua une pause et regarda derrière lui.

— A-t-elle donné une raison particulière expliquant son désir de me voir ?

Souriant toujours largement, Jonas secoua la tête.

— Rien qu'elle n'ait voulu partager avec moi. Toutefois, elle emportait ce chapeau brun et aussi son réticule et une ombrelle. J'ai supposé qu'elle voulait que vous l'emmeniez quelque part.

— Hum. Pas de doute : je l'apprendrai bien assez tôt.

Sur un hochement de tête, Lucifer repassa la porte et la referma derrière lui.

L'emmener quelque part. Pendant qu'il contournait la Grange à grandes enjambées et pénétrait dans les bois, il tenta d'imaginer l'endroit que Phyllida avait en tête. Il avait supposé qu'ils se trouvaient temporairement stoppés dans leurs investigations, qu'ils devaient réfléchir à la prochaine étape. Vraisemblablement, Phyllida l'avait déjà fait et avait trouvé une réponse.

Il savait où il désirait l'emmener, mais cela ne requérait ni réticule ni ombrelle. Elle n'emportait pas habituellement l'un ou l'autre lorsqu'elle rendait visite au manoir.

Il allongea le pas. Quelques enjambées plus loin, il accéléra. Le sentier à travers les bois était trop irrégulier pour risquer carrément de courir. La marée de panique imminente ne s'était pas le moins du monde retirée – elle montait de plus en plus haut.

Il courut vraiment à travers le potager, ralentissant une fois seulement à l'intérieur de la maison. Dosdwell le rencontra dans le vestibule principal.

Un regard sur son visage, puis la marée déferla.

— Dieu merci.

Dosdwell lui tendit un billet.

— Mademoiselle Phyllida était ici et elle vous cherchait.

— Je *la* cherchais.

Lucifer déplia le billet. Un autre mot inséré à l'intérieur lui tomba dans les mains. Phyllida avait écrit :

« *L, notre jeune servante m'a apporté ceci juste avant mon départ pour l'église ; elle a dit avoir répondu à un coup frappé à la porte arrière, puis découvert ceci sur le pas de la porte. Comme vous le verrez d'après le mot, il semble que nous ayons enfin trouvé le meurtrier de Horatio ou du moins une personne qui sait à qui appartient le chapeau brun. Molly est la couturière de lady Fortemain. J'avais l'intention de vous demander de m'accompagner au rendez-vous, mais le destin en a décidé autrement et Jonas était déjà parti avant que je constate que vous n'étiez pas ici et je ne désirais pas emmener Dosdwell et laisser le manoir sans surveillance. Si je ne suis pas rentrée lorsque vous reviendrez de l'église, vous pourriez me rejoindre là-bas ou encore venir à ma rencontre sur le chemin du retour. P.* »

Un post-scriptum contenant une série de directions suivait. Lucifer reporta son attention sur l'autre mot, celui qu'avait reçu Phyllida. « Mademoiselle Tallent » était inscrit sur le devant d'une main manifestement féminine. Il ouvrit le billet. Il disait :

« *Chère mademoiselle Tallent,*

Comme vous le savez, je travaille à Ballyclose et j'ai entendu dire que vous demandiez qui était le propriétaire d'un certain chapeau brun. Je connais un gentleman qui a perdu un chapeau brun, mais je ne sais pas si ce serait correct de dire de qui il s'agit, à moins que je ne sois certaine qu'il s'agisse bien de son chapeau.

Je ne veux pas que qui que ce soit sache, particulièrement ce gentleman, que je vous parle. Je n'ai pas beaucoup de temps à moi, mais je peux me libérer de la maison dimanche pendant qu'ils sont tous à l'église. Si vous voulez que je regarde le chapeau pour voir s'il s'agit de celui auquel je pense, alors rejoignez-moi au vieux cottage Drayton pendant la messe du dimanche et j'essayerai de vous aider.

Avec tout mon respect, Molly »

Le billet semblait vrai. Les mots étaient écrits avec soin ; il était facile d'imaginer la couturière travailler dur pour les composer.

Lucifer attendit que sa panique se calme. En vain. Une partie primitive de lui-même était sur alerte rouge, le poussant comme un démon diabolique avec sa fourche pour qu'il agisse – rapidement. Son corps était tendu, contracté par le besoin d'agir immédiatement.

Il jura et jongla avec les billets.

Était-ce l'intuition qui insistait pour dire qu'elle n'était pas en sécurité et qu'en fait, elle marchait droit vers le danger ? Ou était-ce l'instinct primitif, animal qui insistait pour dire qu'elle n'était en sécurité qu'avec lui ?

Ou était-ce simplement la panique, la peur bleue que chaque fois qu'elle était hors de sa vue, on pouvait la lui enlever ?

Il repoussa ces questions et tenta de comprendre les directives de Phyllida. Le vieux cottage Drayton était situé un peu au nord des champs bordant la rue menant à Dottswood et à Highgate. On le lui avait décrit comme étant abandonné. Bien que son esprit logique lui répètât que tout irait bien, que le meurtrier ne saurait pas que Phyllida marchait seule dans cette direction ; même son esprit logique devait admettre que le cottage Drayton semblait un étrange lieu de rendez-vous à suggérer pour une femme venant à pied de Ballyclose.

« Qui savait ce qui se passait dans la tête des femmes ? »

Ses propres paroles prononcées plus tôt en lien avec Phyllida. Il enfonça les billets dans sa poche.

— Je vais suivre mademoiselle Tallent.

Dosdwell hocha la tête.

— Oui. Je vais attendre ici et garder l'œil ouvert.

La direction était claire jusqu'au point où l'étroite piste de la colline croisait le chemin du village. Après cela, Lucifer vérifia fréquemment les instructions de Phyllida pendant qu'il avançait à grands pas sur les pistes pédestres, à travers les champs, par-dessus des clôtures et devant des bosquets. Le soleil montait dans le ciel et lui tapait sur les épaules. Cela aurait été une promenade agréable s'il n'avait pas été aussi tendu, s'il n'avait pas marché si vite.

Après avoir contourné un bosquet, il fit une pause pour consulter le billet de Phyllida. La brise changea de direction – il sentit de la fumée.

Tête levée, il renifla – et sentit l'odeur de nouveau. Il jeta un coup d'œil au billet, puis il le fourra dans sa poche et il commença à courir.

Il avait un dernier champ à traverser ; le cottage abandonné était apparemment situé dans la clairière au-delà. Il passa en flèche à travers la haie et courut à toute allure à travers des cultures à la hauteur des genoux. Des arbres dissimulaient ce qu'il y avait devant, mais la fumée était plus présente dans la brise. Il sauta par-dessus la grille et il plongea dans les arbres. Un craquement sec atteignit ses oreilles.

Surgissant hors des arbres, il vit le cottage debout sur une crête plus basse au-dessus de lui, déjà bien enflammé. La porte avant était ouverte ; pendant qu'il courait sur les dalles d'un vieux sentier de jardin, il enregistra le fait que la porte était maintenue ouverte. Les fenêtres aussi étaient ouvertes.

Le toit était en vieux chaume, fragile et sec ; les flammes poussaient déjà au travers. Les fenêtres et la porte ouvertes nourrissaient le brasier.

De la fumée tourbillonna vers lui comme si elle tentait de l'attirer loin de la porte. Il toussa, se détourna, prit une inspiration, puis il plongea à l'intérieur.

Ses yeux se mouillèrent ; ignorant même cela, il pouvait à peine voir. La fumée tournoyait et tourbillonnait, un voile tangible devenant plus épais de minute en minute.

Il tâtonna les murs à sa droite et à sa gauche. Un couloir. Tête baissée, la main en avant, le mouchoir retenu contre son nez et sa bouche, il avança en tâtonnant.

Du bois – un cadre de porte. Il s'apprêta à tourner dans la pièce. Son pied frappa quelque chose ; il vacilla et tomba à genoux.

Des flammes coururent sur le plafond de la pièce avec un bruit de souffle rugissant. Elles léchèrent le haut du cadre de porte, se tendant avec voracité vers l'air extérieur qui les nourrissait.

Sur les mains et les genoux, Lucifer toussa. Il avait perdu son mouchoir ; il pouvait à peine respirer. Ses poumons étaient déjà à vif.

Sur quoi avait-il trébuché ? Il tendit les mains aveuglément ; il aurait pu pleurer de soulagement quand ses mains se fermèrent sur une jambe – une jambe féminine. Phyllida – ou bien la couturière ? Il tendit la main plus loin, allant de plus en plus vite, suivant le corps jusqu'à ce qu'il rejoigne la tête. Sa chevelure.

Phyllida. Le contact des cheveux soyeux sous sa paume était un plaisir dont il se souvenait. La forme de son crâne niché dans sa main était imprimée dans son cerveau.

Phyllida.

Le soulagement était si grand qu'il s'arrêta un instant, tête baissée, et il s'efforça de bien l'assimiler. Elle était allongée avec le visage sur le sol, respirant encore, mais à peine.

Il pouvait à peine respirer lui-même ; il ne pouvait pas se concentrer, il pouvait difficilement réfléchir.

Un long grincement geignant résonna au-dessus d'eux ; un craquement sec comme un tir de pistolet résonna. Une autre explosion de flammes sifflantes vola en l'air au-dessus d'eux, avalant l'oxygène. La chaleur s'intensifia, les frappant de plein fouet, brûlante, étouffante.

Il ne pouvait plus gonfler le torse. Respirant par à-coups, il se leva en vacillant sans se redresser. Se penchant sur Phyllida, il la saisit par la taille, puis il lutta et remua les épaules et se débattit pour la déposer sur une de ses épaules.

Une pluie de braises descendit sur eux alors qu'il pivotait en direction de la porte. Il vacilla sur deux pas et il s'accrocha au cadre de porte. Phyllida pendait derrière lui, sa tête cognant sur le bas de son dos. Il conserva sa prise sur ses jambes et il tituba jusque dans le couloir. Un pas traînant après l'autre, il se dirigea vers la porte d'entrée. Inutile de regarder en l'air – le plafond rougeoyait derrière la couverture de fumée qui était épaisse et lourde autour d'eux.

Il rebondit sur le mur du couloir, puis il trébucha à moitié et il tomba. Il tendit une main – et il attrapa le bord de la porte d'entrée. Sa tête lui tournait. Pendant un instant, il resta sonné, malade, étourdi. Au-dessus de lui, quelque chose éclata, puis craqua. Du bois en feu plut sur eux. Un morceau lui frappa la main ; d'autres bouts tombèrent sur les jupes de Phyllida. Il haleta sans absorber d'air, puis il épousseta avec frénésie les fragments brûlants sur Phyllida. Sa jupe était brûlée, mais elle ne s'était pas enflammée.

Un vent d'air frais arriva jusqu'à Lucifer. Les flammes au-dessus et derrière eux rugissaient.

Lucifer alla chercher l'instinct de survie tout au fond de lui, il s'y accrocha et il s'efforça de se remettre debout.

Il passa le seuil en trébuchant et il avança de trois pas sur le sentier avant de s'effondrer encore une fois. Ils avaient échappé au pire, mais ils n'étaient pas en sûreté.

Ils étaient encore trop près.

Toussant, vomissant presque, il regarda derrière lui, clignant des paupières sur ses yeux qui picotaient. L'embrasure de la porte d'entrée était entourée de flammes vives et affamées. Les fenêtres ouvertes crachaient la fumée ; derrière l'immobilité, les flammes dansaient.

Si la couturière Molly était encore à l'intérieur, il ne pouvait rien faire pour la sauver.

Il baissa les yeux sur Phyllida. Elle avait glissé de son épaule quand il était tombé et elle était à présent allongée sans connaissance à côté de lui. Il inspira lentement et il sentit l'air se frayer un chemin brûlant jusqu'à ses poumons. Haletant, il se leva – sur les genoux. Il ne pouvait pas aller jusqu'à se mettre debout.

La tête prise dans un tourbillon, il enroula un bras autour de Phyllida et il la colla sur son flanc, la traînant avec lui pendant qu'il rampait sur le sentier, sur la pelouse en prenant la voie la plus directe pour s'éloigner de la maison. Il atteignit un point où la pelouse descendait en pente vers les arbres. Il s'allongea, il tira le corps inconscient de Phyllida à côté de lui, posant tendrement son visage sur son torse, lui protégeant la tête et les épaules avec ses bras –, puis il roula.

L'élan les emporta presque jusqu'en bas ; ils s'arrêtèrent sur une plate-forme peu profonde d'herbe mousseuse, bien loin du cottage en flammes. Lucifer leva la tête et regarda le cottage derrière. Les flammes s'élançaient par chaque fenêtre, léchant voracement les murs extérieurs. C'était le piège mortel ultime.

Phyllida était allongée inconsciente, respirant à peine à côté de lui. Encore vivante. Il expira, il ferma les yeux et il se laissa choir sur l'herbe.

Le vent changea de direction, emportant la faible odeur de fumée aussi loin que sur la place. Un feu à la campagne à cette époque de l'année déclenchait une réaction immédiate. Des hommes arrivèrent en courant avec des fourches, des sacs – avec tout ce qu'ils avaient sous la main.

Les frères Thompson furent les premiers à arriver à grand bruit. D'autres arrivèrent à pied ou encore à cheval, certains sellés, d'autres non.

Les palefreniers, les garçons d'écurie, les valets de pied et leurs employeurs se présentèrent tous. Lucifer aperçut Basil rôdant sur la scène, criant des ordres. Sans manteau, Cedric maniait une fourche, séparant le chaume à mesure qu'il tombait, le dispersant afin que ceux qui avaient des sacs puissent battre les flammes pour les éteindre.

Centrés sur le cottage, les gens ne les virent pas. Lucifer restait allongé sans bouger, souffrant d'un mal de tête tonitruant, trop faible pour bouger et il écoutait le bruit presque indiscernable de la respiration de Phyllida. Le son l'empêchait de s'évanouir, le maintenait dans un certain état de lucidité.

Puis, les flammes commencèrent à faiblir, manquant d'alimentation. Le cottage avait plus ou moins été détruit par le feu. Thompson se retira dans le jardin pour reprendre son souffle et il les vit.

Il poussa un « Oy ! » étonné et il descendit la pente avec difficulté.

D'autres se tournèrent, les virent et le suivirent. Lucifer s'arc-bouta. Il fit signe à Thompson de venir à lui ; avec l'aide du gros homme, il réussit à s'asseoir. Le dos de ses mains était brûlé, tout comme la pulpe de ses doigts. Sa chevelure avait largement échappé aux flammes, mais son manteau était fini, les épaules et le dos percés de marques de brûlure et roussis. Une foule se rassembla autour d'eux – Oscar, Filing, Cedric, Basil, Henry Grisby et d'autres. Tous les visages étaient sous le choc, un choc profond et total.

S'éclaircissant la gorge, Lucifer réussit à dire :

— Je l'ai trouvée inconsciente dans le cottage. Il était déjà en feu.

Filing se fraya un chemin à travers les gens et s'agenouilla à côté de Phyllida. Elle était allongée sur le ventre, le visage sur un côté. En la prenant délicatement, Filing leva son épaule juste assez pour confirmer qu'elle vivait encore, qu'elle respirait encore. Il l'allongea doucement de nouveau sur la mousse lui servant de coussin.

— Nous allons devoir vous sortir d'ici tous les deux ; Phyllida doit retourner à la Grange.

Lucifer ferma les yeux. Le monde vacillait encore.

— Sir Jasper ?

— La maisonnée de la Grange a quitté l'église avant que l'alarme soit sonnée.

Lucifer ne savait pas trop si c'était bon ou non. Sir Jasper aurait été secoué, mais il aurait quand même pu compter sur l'homme pour prendre la tête des opérations. Lui-même n'en était pas capable pour l'instant.

Basil s'accroupit à côté de Phyllida. Il tendit une main et il souleva une mèche tombée sur son visage. Son visage à lui était fermé, dénué d'expression à cause du choc.

La chevelure de Phyllida était brûlée ici et là ; sa robe bleue s'en était plus mal tirée, encore pire que le manteau de Lucifer. Heureusement, elle portait une robe de marche en batiste et non une de ses habituelles robes en mousseline. Avec de la chance, elle avait échappé aux brûlures graves. La main de Basil tremblait lorsqu'il la retira ; il avait blêmi.

Tout comme les autres. Henry Grisby reprit son souffle et se porta volontaire.

— Dottswood est plus près. J'ai une charrette de ferme que je peux conduire sur la vieille piste. Ce sera encore un bout de chemin, mais..., sa voix s'estompa.

Filing hocha la tête.

— Oui, Henry. C'est la meilleure suggestion. Allez-y, maintenant.

Henry acquiesça d'un signe de tête. Il recula, le regard sur Phyllida. Puis, il se tourna et commença à grimper la pente, lentement, puis plus rapidement. En haut, il partit au pas de course.

— Terrible, terrible.

Aussi secoué que les autres, Cedric se redressa ; l'effort qu'il fit pour reprendre son sang-froid était visible. Il regarda Lucifer.

— Était-ce à cause du chapeau ?

Lucifer le regarda, puis il jeta un coup d'œil au cottage qui se consumait.

— Je crois qu'elle avait le chapeau avec elle.

Phyllida reprit ses esprits en route vers la Grange. Le balancement doux de la charrette, la brise rafraîchissante la ramenèrent à la réalité. Elle ouvrit les yeux et elle fut immédiatement prise d'une quinte de toux à son paroxysme.

Une grande main se referma sur les siennes.

— Ça va. Vous êtes sauvée.

Elle leva la tête, à travers des yeux brûlants de larmes, elle vit le visage qui avait été le seul visage qu'elle avait en tête lorsqu'elle avait cru son dernier moment venu. Son dernier instant de lucidité avait été occupé par le regret – le regret qu'ils n'auraient jamais la chance de partager. Fermant les yeux, elle laissa sa tête retomber mollement et rendit grâce à Dieu en silence. Le destin avait été bon – ils avaient encore une chance.

Glissant ses doigts dans les siens, elle s'y accrocha.

— Qui m'a sauvée ?

Le manteau de Lucifer était brûlé, une ruine irrécupérable.

— Chut, ne parlez pas.

Elle entendit un bruissement sur le siège de la charrette ; puis, la voix de Henry Grisby arriva jusqu'à elle.

— Lucifer vous a sauvée, Dieu merci.

Son ton était fervent. Lucifer était, semblait-il, passé du rang de démon à dieu, du moins aux yeux de Henry.

Pas seulement aux yeux de Henry. Phyllida pressa les doigts de Lucifer, soulagement au-delà de toute expression de les sentir fermes et forts autour des siens.

Les heures qui suivirent s'écoulèrent dans une confusion de bruits perçus à travers un brouillard – ses poumons semblaient contractés, l'étourdissement la menaçait, elle ne pouvait pas se lever ni parler, elle pouvait à peine bouger, pas même la tête. Ses yeux brûlaient, mais au moins elle pouvait voir – au moins, elle était encore en vie.

Chaque fois que son esprit effleurait ce fait, elle sanglotait – des larmes de joie, de soulagement et d'émotions trop difficiles à contenir.

Son père était choqué, secoué. Elle tenta de le rassurer, mais elle ignorait complètement si ce qu'elle disait était cohérent. Jonas la transporta dans ses bras à l'étage, mais ce fut Lucifer qui s'attarda, se penchant sur son lit, brossant ses cheveux loin de son visage. Derrière lui, Sweetie, Gladys et sa tante s'activaient en hâte et s'inquiétaient et parlaient en murmurant. Lucifer se pencha près d'elle, son visage strié de suie, son expression plus douce qu'elle ne l'avait jamais vue.

Il effleura ses lèvres des siennes.

— Reposez-vous. Je serai ici lorsque vous vous réveillerez. Ensuite, nous parlerons.

Les paupières de Phyllida se fermèrent de leur propre chef. Elle crut avoir acquiescé d'un signe de tête.

Les ombres du soir jouaient dans sa chambre lorsqu'elle se réveilla. Pendant de longues minutes, elle se contenta de rester allongée sans bouger, enchantée par le fait d'être en vie.

Avec l'aide de Sweetie et de sa tante, elle avait retiré ses vêtements en lambeaux, puis elle s'était baignée. Elle avait demandé à Sweetie de couper les mèches brûlées dans ses cheveux. Gladys avait fabriqué un baume. Après avoir oint chaque brûlure mineure et endroit roussi, elle avait enfilé un peignoir en coton fin et elle s'était allongée sur son lit.

Elles étaient parties, et Phyllida avait dormi. Cela avait été comme tomber dans un puits profond, noir, silencieux et calme.

Elle se sentait beaucoup mieux. Avec précaution, elle s'était assise lentement, puis encouragée, elle avait lancé ses jambes par-dessus le bord du lit. Se tenant au lit, elle s'était levée. Ses membres semblaient fonctionner. Un tiraillement ici et là, des brûlures et des ecchymoses aussi ; mais rien pour l'handicaper.

Une toux la surprit, une douleur grinçante s'empara de ses poumons. Elle s'agrippa au lit, s'efforçant de maîtriser sa respiration. Sa gorge brûlait ; c'était douloureux de respirer, sauf superficiellement. Si elle prenait une profonde inspiration, la toux menaçait.

Une fois la crise passée, elle se redressa et marcha, avec précaution, vers la corde pour sonner les domestiques.

Sa petite servante, Becky, arriva. Vingt minutes plus tard, Phyllida se sentait humaine de nouveau – ressuscitée. Dans une robe lavande tendre bordée d'un volant et d'une étroite bande de ruban foncé, avec une écharpe diaphane autour de sa gorge et du parfum généreusement appliqué, la chevelure propre et luisante de nouveau, elle se sentait prête à affronter ce qu'il y avait derrière la porte.

La servante l'ouvrit pour elle. Avant qu'elle puisse passer le seuil, Lucifer fut là.

Il fronça les sourcils.

— Vous auriez dû sonner. J'aurais..., s'interrompit-il, puis il grimaça. Demandé à Jonas de vous porter dans ses bras.

Phyllida sourit ; avec son cœur et son âme dans les yeux, elle sourit en regardant les siens. Ensuite, elle laissa son regard vagabonder, se délectant du fait que lui aussi s'était reposé et avait récupéré. Il portait un manteau de cette teinte bleu foncé qui mettait si bien en valeur ses yeux et donnait l'impression que ses cheveux étaient plus noirs que le jais. Le spectacle effaça l'inquiétude persistante dans son cœur ; ce ne fut qu'en la sentant soulagée qu'elle comprit sa présence.

— Vous ne devriez pas marcher.

Sa voix était rude et rauque. Elle étudia son visage dur, puis elle répondit avec calme.

— Pourquoi pas ? Vous le faites bien.

Il lui jeta un regard noir en tentant de lire dans ses yeux. – Je n'ai pas perdu connaissance.

Elle haussa les épaules.

— C'est ce qui m'est arrivé ?

— Oui.

— Bien, j'ai repris mes esprits maintenant. Si vous voulez bien me donner votre bras, je suis sûre que je pourrai m'en sortir.

Il s'exécuta. Il tourna autour d'elle avec sollicitude en descendant l'escalier et jusqu'à la bibliothèque, mais comme elle l'avait prédit, ils s'en sortirent parfaitement bien.

Marquant une pause devant la porte de la bibliothèque, elle laissa son regard s'attarder sur son visage. Levant un doigt, elle suivit la ligne de sa joue, comme elle l'avait fait la première fois deux semaines auparavant.

— Lorsque nous travaillons ensemble, nous sommes invincibles.

Son commentaire faisait référence à leur descente ; en l'entendant, elle constata qu'il s'appliquait à bien plus.

Elle leva les yeux et il les regarda, son propre regard bleu et posé. Il emprisonna sa main et il déposa un baiser dans sa paume.

— C'est ce qu'il semble.

Il retint son regard un moment supplémentaire, puis il tendit la main derrière elle et il ouvrit la porte de la bibliothèque.

Le père de Phyllida se leva à leur entrée. Tout comme Cedric. Jonas était debout près des longues fenêtres.

— Ma chérie !

Sir Jasper s'avança, les mains tendues, l'inquiétude très évidente sur son visage.

Phyllida plaça ses mains dans les siennes.

— Papa.

Elle lui rendit son baiser.

— Je me sens beaucoup mieux et je devrais vraiment vous dire ce qui s'est passé.

Sa voix était aussi rauque que celle de Lucifer.

— Hum !

Sir Jasper la regarda, ses sourcils broussailleux pointant vers le bas.

— Es-tu tout à fait certaine d'être en mesure de le faire ?

— Tout à fait certaine.

Reprenant le bras de Lucifer, elle lui permit de la guider vers la méridienne. Elle fit un signe de tête à Cedric.

En l'aidant à s'asseoir sur la méridienne, Lucifer murmura :

— J'ai pensé que Cedric devait être ici ; il pourrait nous aider sur certains points.

Phyllida hocha la tête et se cala dans son siège. Avant qu'elle puisse ciller, Lucifer souleva ses chevilles et remonta ses jambes. Auparavant, elle l'aurait fusillé du regard et aurait descendu ses jambes. Aujourd'hui, elle se contenta de se tortiller pour adopter une position plus confortable.

— Bien, alors.

S'éclaircissant la gorge, son père s'installa sur un fauteuil à proximité.

— Si tu es décidée à parler ce soir, nous ferions mieux de commencer, hein ?

— Peut-être – Lucifer s'appropria le fauteuil à côté de la méridienne – que je pourrais vous mettre au courant des circonstances afin de ménager la gorge de Phyllida, puis elle n'aura plus qu'à décrire les événements qu'elle seule connaît.

Dans l'expectative, sir Jasper tourna le regard vers Lucifer. Cedric, dans une autre bergère, fit de même. Jonas resta à son poste près des fenêtres, son attention fixée sur Lucifer.

Lucifer s'installa confortablement.

— Pour commencer, il y a quelques éléments de nos investigations qui concernent d'autres personnes non mêlées au meurtre de Horatio ou les attaques subséquentes sur Phyllida, mais envers qui nous, Phyllida et moi, devons une certaine forme de confidentialité.

Il regarda sir Jasper.

— Si vous acceptez certaines de nos découvertes sans recevoir les explications détaillées sur la manière dont nous les avons faites, nous pourrons alors préserver ces confidences sans porter préjudice à notre récit.

Juge jusqu'au bout des doigts, sir Jasper hocha la tête.

— Parfois, c'est ainsi que vont les choses. Si mentionner des détails inutiles bouleverse une personne qui n'a fait aucun mal, alors je n'ai pas besoin de les savoir.

Lucifer hocha la tête.

— Procédons ainsi. Phyllida a vu un chapeau sur la scène du meurtre peu après l'assassinat, mais ce chapeau a disparu plus tard. Bristleford et les Hemmings ne l'ont jamais vu. Il n'appartenait pas à Horatio. Quand les attaques sur Phyllida sont devenues évidentes et concertées, elle a conclu que le chapeau identifierait le meurtrier ; du moins, c'est ce que croit le meurtrier. Il n'y a rien d'autre que sait Phyllida qui pourrait expliquer l'intérêt de l'assassin pour elle.

— Phyllida a-t-elle reconnu le chapeau ? demanda sir Jasper.

Lucifer secoua la tête.

— Elle ignore totalement à qui appartient ce chapeau, mais même si, à l'évidence, elle ne s'en est pas souvenue – étant donné qu'elle n'a soulevé aucune clameur – et comme le prouvent ces attaques constantes envers elle, le meurtrier est convaincu qu'un jour, elle s'en souviendra et qu'elle continue, par conséquent, de représenter une menace pour lui.

— Comment le meurtrier sait-il que Phyllida a vu le chapeau ?

La question venait de Jonas ; Lucifer se tourna pour le regarder.

— Nous l'ignorons. Nous ne pouvons supposer que, de sa cachette, il a vu qu'elle le remarquait.

Se retournant vers sir Jasper et Cedric, Lucifer poursuivit.

— Phyllida a gardé l'œil ouvert pour repérer le chapeau ; brun. Simultanément, je poursuivais l'idée que c'était quelque chose dans la bibliothèque de Horatio qui expliquait sa mort. Par exemple, une certaine information cachée dans un livre que le meurtrier désirait cacher. Nous avons trouvé de telles informations. Par hasard, nous avons aussi trouvé le chapeau.

» Tant l'information que le chapeau nous menaient à Cedric, mais lorsque nous l'avons confronté avec les deux, il fut rapidement prouvé qu'il n'était pas le meurtrier. Le chapeau ne lui allait pas et l'information n'était pas aussi cruciale que nous l'avions cru. Cedric possède aussi un solide alibi pour l'heure de l'assassinat de Horatio. Nous avons établi tout cela hier au moment où la soirée avait déjà commencé.

» Ce matin, avant la messe, Phyllida a reçu ce billet.

Lucifer sortit le billet de sa poche et il le remit à sir Jasper. Sir Jasper le lut, puis, son expression se durcissant, il le passa à Cedric.

Sir Jasper regarda Phyllida.

— Donc, tu n'avais pas de mal de tête ?

Phyllida rougit, mais elle secoua la tête.

— Molly demandait que personne ne soit au courant. J'ai demandé à Jonas de m'accompagner au manoir avec l'intention de ne le montrer qu'à Lucifer et de lui demander de venir avec moi au cottage.

— Toutefois, je n'étais pas là ; j'étais parti à la recherche de Phyllida.

— J'ai supposé, dit Phyllida, que le billet était véridique de sorte qu'en l'absence de Lucifer au manoir, je suis allée seule au cottage, me disant que je serais en sécurité, car le meurtrier ignorait que j'étais sortie et marchais dans cette direction.

Cedric remit la note à sir Jasper.

— Ce n'était pas Molly. Elle est à Truro en visite dans sa famille et, de plus, cette fille ne sait ni lire ni écrire sinon quelques mots. Maman se lamente sans cesse qu'elle doit elle-même rédiger les listes des articles à acheter.

— Donc, continua Lucifer, quelqu'un a écrit ce billet en s'assurant qu'il avait l'air inoffensif, pacifique, mais aussi crédible. Phyllida connaît Molly ; nous avons trouvé le chapeau pas très loin de l'arrière du manoir Ballyclose. Personne n'a vu qui a livré ce billet ici ; Jonas a vérifié auprès du personnel à l'intérieur et à l'extérieur.

Sir Jasper se racla la gorge.

— Qui que ce soit, il est assez intelligent et très prudent pour ne pas être vu.

— Ce qui suggère, intervint Jonas, que s'il était vu, la plupart des gens sauraient de qui il s'agit.

Lucifer acquiesça d'un signe de tête.

— Exactement ce que je pense. C'est une personne bien connue dans le village. C'est inévitable.

— Alors, que s'est-il passé après cela ?

Sir Jasper dirigea sa question vers Phyllida. Tous les yeux se tournèrent vers elle.

Elle inspira en faisant attention à ce que ce ne soit pas trop profondément.

— J'ai atteint le cottage. La porte d'entrée était ouverte comme si quelqu'un attendait à l'intérieur.

Je suis entrée, j'ai appelé Molly, mais il n'y a pas eu de réponse. Je suis allée dans le salon et je me suis arrêtée juste devant la porte. Il n'y avait personne autour…

Phyllida dut s'arrêter pour respirer encore, pour détruire la prise de la peur paralysante, pour se rappeler qu'elle avait survécu. Lucifer se leva et contourna la méridienne pour venir se percher sur son dossier. Il tendit la main et il prit la sienne, ses doigts se courbant sur les siens. Elle leva brièvement les yeux vers lui – son visage était fermé, mais elle tira de la force de son contact.

Elle regarda son père.

— J'étais sur le point de retourner vers la porte. Un tissu noir s'est abattu sur ma tête. Des mains se sont refermées autour de ma gorge et elles ont serré ; je me suis débattue, en vain. Il a tenu bon, mais le tissu était trop épais ; il ne pouvait pas m'étrangler au travers.

Lucifer baissa la tête. Il y avait des ecchymoses sur sa gorge, commençant juste à apparaître, car elles étaient largement dissimulées par l'écharpe qu'elle avait enroulée autour de son cou.

— Il… je pense qu'il s'est mis en colère. Il a juré et il a marmonné quelque chose à propos de l'existence bénie que je menais, mais sa voix était si… tendue qu'à travers l'étoffe, je ne l'ai pas reconnue.

— Mais s'agissait-il du même homme qui t'avait déjà attaquée ? demanda sir Jasper.

Elle hocha la tête.

— Le même homme qui m'a attaquée dans le cimetière.

Elle hésita, puis poursuivit.

— Il me tenait encore, mais il a retiré une main. J'ai entendu un grattement… j'ai bondi brusquement en arrière. Elle leva les yeux vers Lucifer.

— Je pense qu'il m'a frappée avec quelque chose.

D'un doigt, Lucifer toucha la bosse derrière son oreille. Il l'avait découverte pendant qu'ils étaient dans la charrette.

— Ici.

Trois centimètres plus loin en avant – là où visait le meurtrier – et il l'aurait tuée.

En fin de compte, le coup avait dévié.

Les yeux trop arrondis, Phyllida regarda son visage.

— Je ne me souviens de rien de plus. Pas avant que je me réveille dans la charrette.

Lucifer aurait aimé sourire, juste un peu, pour la rassurer. Il ne le pouvait pas.

— Vous étiez sans connaissance. Il a supposé que vous mourriez dans l'incendie.

— J'y suis presque restée.

Lucifer resserra sa prise sur sa main. Il regarda sir Jasper.

— Je suivais Phyllida jusqu'au cottage – j'ai senti la fumée.

Il décrivit brièvement comment il l'avait trouvée.

— Et ensuite, heureusement, les autres sont arrivés.

La tête penchée sur ses doigts pointés vers le ciel, sir Jasper réfléchit, puis il contempla Phyllida et Lucifer du regard.

— Le chapeau brun ?

Phyllida jeta un coup d'œil à Lucifer.

— Je l'ai laissé tomber dans le cottage.

Lucifer secoua la tête.

— Je ne l'ai pas vu. La fumée était si épaisse que j'ai trouvé Phyllida seulement en tâtonnant. Je pense que nous pouvons supposer que le chapeau brun est maintenant réduit en cendres.

Sir Jasper s'adressa à Phyllida.

— Est-ce utile de dresser une liste de tous les hommes de la région qui portent des chapeaux bruns ?

— Je l'ai déjà fait. Même avec le chapeau en main, je n'arrivais pas à me le rappeler sur qui que ce soit parmi eux.

Sir Jasper grimaça.

— Dans ce cas, je ne pense pas qu'il soit utile de soulever une tempête pour chercher un homme qui porte un chapeau brun. Cela serait vrai pour la moitié du comté. *Moi-même*, je porte des chapeaux bruns.

— Je suis d'accord.

Lucifer regarda brièvement Phyllida, puis sir Jasper.

— Même si je déteste l'admettre, nous ne sommes pas plus près d'identifier le meurtrier que le jour de la mort de Horatio. Nous avions un chapeau brun ; j'allais suggérer que nous le montrions partout dans le village. Bien que Phyllida n'arrive pas à le replacer, d'autres auraient pu. Cedric pensait même qu'il lui était familier. Toutefois, le meurtrier a agi. Qui qu'il soit, il est intelligent et capable d'agir résolument sous la pression. Si nous avions commencé à montrer le chapeau autour de nous, il aurait bien pu être démasqué. Au lieu de cela, il a frappé avec audace et il a éliminé le chapeau, et il a presque éliminé Phyllida aussi. Il est sans pitié et très dangereux. Et nous ignorons totalement qui il est.

— Sauf, dit Jonas, qu'il croit probablement encore que, à un moment donné, Phyllida se souviendra du propriétaire du chapeau.

Phyllida soupira.

— En vérité, je n'y arriverai jamais. En ce qui me concerne, la première fois que j'ai vu ce chapeau, c'était sur la table du salon de Horatio après son assassinat.

Cette conclusion n'amena aucune des personnes présentes à se sentir plus à l'aise. Lucifer finit par exprimer leur impuissance en paroles.

— Tout ce que nous pouvons faire est de prier pour que le meurtrier sache que Phyllida n'est pas une menace pour lui.

CHAPITRE 18

Cedric s'excusa et repartit à Ballyclose. Devant l'insistance de sir Jasper, Lucifer resta à dîner à la Grange. Le repas fut une affaire de famille. Tous ceux présents étaient silencieux, méditant sur le fait que Phyllida l'avait échappé belle. Même lady Huddlesford parla peu, et quand elle le fit, c'était d'une voix calme très différente de son ton impérieux habituel. Le seul moment d'intérêt fut lorsque Percy déclara qu'il avait décidé de partir le lendemain pour se prévaloir de la compagnie agréable de certains amis dans le Yorkshire.

L'annonce fut accueillie par un silence de marbre, puis tout le monde retourna à son repas.

Quand les dames se retirèrent dans le salon et que le porto fut placé sur la table, Percy s'excusa et se retira du groupe.

Frederick se déplaça pour prendre la chaise à côté de Jonas.

— Dites donc, quelle affaire horrible. Y a-t-il quelque chose que je puisse faire ?

La question – certainement le premier signe que Frederick pouvait penser à quelqu'un d'autre que lui – stupéfia les trois autres hommes. Ensuite, sir Jasper émit un petit bruit de gorge, mais avec gentillesse.

— Rien qui ne me vienne à l'esprit, mon garçon. Il n'y a rien à faire ; rien que nous ne puissions faire pour l'instant.

Lucifer n'en était pas si sûr. Le regard sur Jonas, il parla à sir Jasper.

— Je me demandais, monsieur, si je pouvais vous parler en privé.

Jonas se leva.

— Viens, Frederick. Allons empocher quelques billes.

Frederick murmura un au revoir et il suivit Jonas hors de la pièce.

Le visage tendu par l'inquiétude, sir Jasper se tourna vers Lucifer.

— Vous avez pensé à quelque chose, n'est-ce pas ?

— En un sens, oui. Lady Huddlesford a mentionné plus tôt que vous attendiez des invités demain.

Sir Jasper parut avoir un trou de mémoire, puis la consternation s'afficha sur son visage.

— Diable ! J'ai oublié. Ma sœur, Eliza, son mari et leurs enfants arrivent demain. Ils viennent passer quelques semaines tous les étés. Six enfants, ajouta-t-il en regardant Lucifer.

— Bien que je sois sûr qu'elle dira le contraire, je doute que Phyllida soit en état de s'en sortir avec une telle invasion en ce moment.

— En effet, non ; les quatre filles sont des enfants difficiles. Elles nous rendent fous. Elles ont tendance à s'accrocher à Phyllida.

— Pas cette fois.

— Non. Vous avez raison. Quoique, la manière de les empêcher de la déranger…

Sir Jasper secoua la tête.

— Je ne vous le cacherai pas, mon garçon : je suis diablement inquiet à propos de Phyllida.

— Tout comme moi. Ce qui explique pourquoi j'aimerais suggérer que Phyllida reste en tant qu'invitée au manoir aussi longtemps que le meurtrier sera en liberté, pendant aussi longtemps que nous avons des raisons de la croire en danger. Je comprends que la suggestion est quelque peu inhabituelle, mais j'ai déjà déclaré ouvertement mes intentions à son égard et elles n'ont pas changé. Pour sa part, Phyllida est au courant.

— Elle n'a pas refusé ?

— Non, mais il lui faut encore accepter.

Lucifer se cala dans sa chaise.

— Cependant, dans ce cas, je pense principalement à sa sécurité. Après l'incident avec notre intrus nocturne, j'ai commandé des verrous pour toutes les portes et les fenêtres du manoir. Ils sont arrivés ; Thompson a commencé à les installer hier. Il accomplit la tâche en ce moment même. Une fois que cela sera fait, le manoir sera complètement sécurisé. La Grange ne l'est pas. La plupart des maisons du pays ne le sont pas, continua-t-il dans un haussement d'épaules.

— Vrai. C'est si peu utile, généralement parlant.

— Exactement, mais ce n'est pas un cas habituel. Il y a aussi le fait que mon personnel n'a pas à s'occuper d'autres invités, de sorte qu'ils seront libres de s'assurer que Phyllida reçoit tous les soins appropriés et est protégée en tout temps. Évidemment, j'imagine que mademoiselle Sweet accompagnera Phyllida ; ainsi, les convenances seront respectées.

Sir Jasper se racla la gorge.

— Très bien. En ce qui me concerne, étant donné la gravité de la situation, je vous suis reconnaissant pour votre suggestion et au diable les convenances. Toutefois, les dames leur accordent une si grande importance qu'il vaut mieux que nous les préservions.

— Exactement ce que je pense.

Sir Jasper regarda Lucifer, puis il hocha la tête.

— Comme je l'ai déjà dit, quelque permission dont vous ayez besoin, considérez-la comme accordée.

Il marqua une pause, puis il demanda :

— Pensez-vous qu'elle acceptera ?

L'expression de Lucifer demeura neutre.

— Vous pouvez me laisser cela entre les mains.

— Où m'amenez-vous ?

Phyllida leva les yeux sur le visage de Lucifer et elle attendit la réponse. Avec Phyllida nichée dans ses bras, il traversait le massif à grands pas. Ils étaient partis pour une promenade au clair de lune sur la pelouse arrière, mais il l'avait ensuite soulevée dans ses bras et il avait dévié vers les haies.

La gorge de Phyllida était encore douloureuse ; malgré le fait d'avoir dormi la moitié de la journée, elle se fatiguait. Elle venait juste de se souvenir de donner des ordres pour que les chambres de sa tante et sa famille soient préparées pour leur arrivée le lendemain. Pendant qu'elle parlait à Gladys, Lucifer avait bavardé avec Sweetie, puis il s'était avancé jusqu'à elle et il l'avait entraînée sous prétexte qu'un tour dans les jardins dans la fraîcheur du soir l'aiderait à améliorer sa respiration encore difficile.

Une image du visage de Sweetie se séparant de Lucifer et retournant pour monter soudainement à l'étage brilla dans l'esprit de Phyllida. Elle resserra ses bras autour du cou de Lucifer. La fin du massif approchait.

— Arrêtez.

Il n'obéit pas. Il continua directement à travers l'ouverture dans les haies et sur le sentier traversant les bois.

Phyllida soupira intérieurement. Elle se détendit dans ses bras.

— Vous m'emmenez au manoir. Pourquoi ?

Pendant un moment, il ne dit rien ; puis, il s'arrêta à un endroit où la lune jetait ses rayons. Il pouvait voir son visage baigné de sa couleur argentée ; elle pouvait à peine voir le sien alors qu'il le baissait vers elle.

— Vous allez me laisser prendre soin de vous.

Elle n'était pas certaine qu'il y ait une question dans l'équation. Elle essaya de réfléchir à ce que devait être sa réponse. C'était elle qui prenait soin de tous les autres – elle ne se rappelait pas la dernière fois où une personne avait pris soin d'elle.

Il déplaça son poids entre ses bras, la collant davantage sur lui, resserrant sa prise – pas assez pour qu'elle se sente coincée, juste assez pour qu'elle se sente en sécurité. Totalement en sécurité.

— Vous devriez me laisser vous protéger.

Ces mots étaient plus doux, ressemblant davantage à une supplique.

Elle tenta de lire dans ses yeux, en vain. Il n'y avait, par contre, personne de plus capable de la protéger que lui.

Et elle savait qu'elle avait besoin de protection.

Elle s'était demandé comment elle allait être capable de s'endormir, aussi fatiguée soit-elle. La peur et la panique qui l'avaient submergée dans le cottage rôdaient, une ombre à l'arrière de sa tête. Elle dormirait beaucoup mieux en sachant qu'il était à proximité.

D'ailleurs, si elle voulait un mariage de partage, où l'on donne et l'on reçoit, alors c'était peut-être un de ces moments où elle devait donner… et accepter.

— Très bien. Si vous le souhaitez, ajouta-t-elle après une pause.

Son reniflement léger suggérait, fortement, que sa permission était inutile. Il reprit sa route.

— Sweetie emballe vos affaires. Elle restera aussi, alors il n'y aura pas de scandale. Elle viendra en carrosse. Nous serons en sûreté par la forêt ; personne ne pourrait savoir que nous sommes ici.

Phyllida réfléchit à cela.

— Notre homme – le meurtrier – a agi ainsi, n'est-ce pas ? Toutes ses attaques ont été soigneusement planifiées. Même cette fois à Ballyclose, c'était presque comme s'il m'observait. Tout était trop parfait.

Lucifer hocha la tête.

— Il savait que nous cherchions des chapeaux bruns, que Cedric en avait une étagère remplie et que vous saviez que Cedric portait de tels chapeaux. Tout le monde savait que nous serions à Ballyclose ce soir-là.

— Cela suppose que le meurtrier connaît bien la maisonnée de Ballyclose. Il savait où Cedric rangeait ses chapeaux.

— Vrai ; mais vous avez mentionné que sir Bentley a été malade pendant un bon moment. J'en comprends qu'il tenait sa cour dans sa chambre à coucher et que plusieurs aristocrates du coin y sont venus.

Phyllida grimaça.

— Oui, mais le meurtrier connaissait aussi Molly. Il savait qu'elle existait et que je la connaissais aussi.

Lucifer fronça les sourcils.

— Vous avez raison.

Quelques minutes plus tard, il sortit des arbres. Devant, le manoir s'élevait, pâle et solide, un château moderne. Des lumières accueillantes brillaient dans la cuisine ; une était suspendue au-dessus de la porte arrière, qui s'ouvrit quand ils s'approchèrent. Madame Hemmings regarda dehors et son visage s'épanouit.

— Bienvenue, mademoiselle Phyllida, et je suis bien contente de vous savoir saine et sauve.

Elle recula et laissa passer Lucifer, puis elle suivit directement sur ses talons.

— Maintenant, laissez le maître vous transporter en haut dans la chambre du vieux maître ; c'est la plus grande, et j'ai fait de mon mieux pour la rendre chaleureuse. Le lit est confortable et grand. Tout ce que vous avez à faire est de nous laisser prendre soin de vous.

L'anticipation enthousiaste dans la voix de madame Hemmings était impossible à confondre. Alors que Lucifer entreprenait de monter les marches, Phyllida observa son comportement impassible – et elle se demanda ce qu'elle avait bien pu accepter.

Trois heures plus tard, Phyllida était allongée dans le grand lit de l'ancienne chambre de Horatio – le lit qu'elle avait déjà occupé une fois à l'insu de madame Hemmings – et elle écoutait les coups graves de l'horloge de parquet sur le palier qui envoyait ses ondes de son dans le silence de la maison.

Douze coups sonnants, puis le silence revint plus profond, plus épais qu'avant. Au-delà du manoir, le village et ses maisons environnantes dormaient. Quelque part, un meurtrier était allongé, endormi – ou éveillé ?

Se tortillant pour se mettre sur le flanc, elle ferma les yeux et attendit que le sommeil l'emporte. Au lieu de cela, la noirceur lui emplit l'esprit – le noir d'un linceul : elle pouvait sentir ses mains sur sa gorge !

Ses yeux s'ouvrirent brusquement. Elle respirait trop vite, trop superficiellement. Sa peau lui semblait froide ; toute chaleur avait disparu.

Elle frissonna et elle inspira, puis elle expira et repoussa les couvertures.

Elle se déplaça doucement, mais pas en silence dans le couloir, les yeux ouverts le plus largement possible, et elle était prête à parler – à pousser un cri perçant – s'il le fallait. Elle se souvint de l'épée que Lucifer portait la dernière fois qu'ils s'était rencontrés dans l'obscurité. Elle ignorait à quel point sa vision nocturne était bonne.

La porte de Lucifer était ouverte. Elle s'arrêta dans l'embrasure ; elle n'était jamais entrée dans cette chambre. Tous les rideaux étaient ouverts, laissant la lumière des étoiles entrer à flots ; la lune était décroissante. Les ombres étaient épaisses, mais elle pouvait distinguer les coffres installés entre les fenêtres, avec ce qu'elle supposait être les objets de la collection de Horatio disposés dessus. Des commodes hautes et des armoires bordaient les autres murs. Une longue glace murale était suspendue devant le lit – un immense lit à baldaquin avec des tentures retenues par des cordes à pompon à chaque colonne.

L'édredon luxueux était retourné sur la moitié du lit ; des draps blancs et des oreillers remplissaient le lit au-dessus. Au centre, Lucifer était affalé sur le ventre, à peu près comme il l'était lors de sa première nuit à la Grange. La seule différence était que cette fois-ci, il ne portait pas de chemise de nuit. Une connaissance totale de ce qui ne serait pas recouvert fleurit dans son esprit. Elle hésita, incertaine de ce qu'elle devait faire maintenant, mais elle n'avait pas l'intention de partir.

Elle avait pris sa décision, même si elle ne savait pas trop quand. Peut-être lorsqu'elle s'était réveillée dans la charrette et l'avait découvert à côté d'elle, son sauveur, son protecteur qui avait affronté la mort pour elle et l'avait sauvée de ses méchantes griffes. Peut-être plus tard dans la forêt lorsqu'elle avait entendu sa supplique, entendu parler son cœur sans sophistication sociale pour le protéger. Ou bien c'était lorsqu'elle avait compris que c'était cette facette de son affection qu'elle avait le plus de mal à accepter – sa protection possessive – qui lui avait donné sa deuxième occasion de vivre et d'aimer. Peu importe quand cela s'était produit, sa décision était prise.

Son temps en solitaire – à gérer seule, à être seule, à dormir seule – était terminé. Elle était ici pour l'en informer.

Qu'il ait été endormi ou non, elle l'ignorait, mais il se leva lentement sur un coude et il l'observa.

— Qu'y a-t-il ?

Sa voix était calme, un peu rauque, mais que ce soit à cause de la fumée ou d'autre chose, elle ne le savait pas.

Pieds nus, elle passa le seuil à pas étouffés, puis elle marqua une pause, elle se tourna et elle ferma la porte. En serrant son peignoir autour d'elle, elle avança – le cœur dans la gorge – jusqu'à un côté du lit. Elle s'arrêta à deux pas de lui. Le lit était une masse d'ombres ; elle ne pouvait pas voir le visage de Lucifer.

Elle lécha ses lèvres sèches, puis elle inspira et leva le menton.

— Je veux dormir avec vous.

Elle voulait dire plus que dormir, mais il comprendrait sûrement.

Pendant un instant, il se contenta de la dévisager, puis son sourire brilla.

— Bien, répondit-il en soulevant les couvertures à côté de lui. Je veux aussi que vous dormiez avec moi.

Un soupir de soulagement échappa à Phyllida, chassé par un picotement tremblant d'anticipation. Elle retira son peignoir d'un coup d'épaule. Il tomba en flaque à ses pieds.

Remarquant l'état soudainement tendu de Lucifer – la contraction de ses muscles dans tout son corps imposant à la vue de ses membres nus – elle se glissa timidement dans son lit.

Il laissa tomber les draps. Et il tendit les bras vers elle. – Vous venez juste de réaliser mon rêve préféré.

Elle tendit les bras vers lui et elle l'attira à elle.

— Pensez-vous pouvoir m'accorder la même faveur ?

Il regarda son visage.

— Je vais faire de mon mieux, dit-il en baissant la tête. Vous pouvez y compter.

Ce premier baiser scella cette promesse ; elle le sentit au fond de son âme. La chaleur se déploya entre eux, repoussant le frisson de Phyllida. Elle plongea dedans en offrant sa bouche et plus. Bien qu'il réclama ses lèvres, emmêla sa langue avec la sienne, captiva sa raison avec ses poussées lentes et excitantes, une main encadrant son visage, l'autre coincée près de son épaule, il resta à côté d'elle, son corps formant une ligne chaude le long du sien, mais sans la toucher.

Elle voulait toucher, sentir, explorer. Elle voulait se donner à lui et prendre ce qu'il donnerait en retour. Il y avait quelque chose de très libérateur dans cette pensée, un échange libre qui, ultimement, équilibrerait à l'aide du corps, de l'esprit, du cœur et de l'âme tout ce qui était librement offert dans la balance. Elle se tourna et se pressa, étirée vers le haut contre lui, assortissant son corps au sien.

Il poussa un petit rire malicieux qui n'était pas totalement stable. Fermant les bras autour d'elle, il se mit sur le dos, l'incitant à venir sur lui. Elle suivit son exemple, tout à fait satisfaite de s'affaler sur lui. C'était beaucoup plus facile d'explorer de là.

Elle prit son encouragement pour une invitation. Se tortillant jusqu'à ce qu'elle chevauche ses hanches, les genoux pliés, les mollets agrippant légèrement ses flancs, elle arc-bouta ses bras, les paumes à plat sur son torse et elle se souleva – afin de pouvoir examiner son prix.

Son torse l'avait toujours fascinée – les contrastes saisissants de la peau lisse et légèrement bronzée avec les poils noirs rêches, le poids palpable des muscles et les courbes plus lourdes et dures des os. Les doigts écartés, elle pressa, se délectant de la résilience des muscles, de la résistance solide des os. Puis, elle adoucit sa caresse et partit en exploration, caressant légèrement, puis amoureusement les muscles larges en descendant sur les côtes, sur les bandes délimitées sur son ventre. Seule sa position l'empêcha d'aller plus loin, mais elle avait toute la nuit.

— Il n'y a aucune brûlure sur votre torse.

Son commentaire soupiré révélait toute sa satisfaction.

— Pas de véritables brûlures. Seul le dos de mes mains a été brûlé.

Elle examina ses mains alors qu'il les levait.

— Vous font-elles souffrir ?

Il effleura son dos avec ses paumes.

— Pas assez pour m'empêcher de vous toucher.

Elle réagit à la longue caresse experte par un gémissement grave et murmurant.

De leur propre chef, ses mains caressèrent vers le haut pour recouvrir les mamelons plats de Lucifer. Elle laissa ses doigts taquiner et attiser, puis les encercler, les pincer… jusqu'à ce que ses mamelons soient aussi durs que les siens.

Cela lui semblait juste. Elle sourit et se pencha en avant, se souvenant des autres choses qu'il aimait lui faire. Et comme elle allait aimer qu'il les fasse. Vraisemblablement, les mêmes gestes fonctionnaient à l'inverse. La manière dont il se raidit avant même que sa langue le touche la convainquit de cette vérité. Elle lécha, lapa, puis mordilla.

Cette dernière caresse le fit sursauter. Ses mains lui agrippèrent les hanches, ses doigts s'enfonçant dedans, mais il ne fit aucun effort pour l'arrêter.

Elle s'amusa donc, les doigts fermes sur un bouton pendant qu'elle torturait l'autre avec ses lèvres, sa langue et ses dents. Ensuite, elle changea de main et de direction, faisant courir des baisers mouillés, bouche ouverte, sur son torse en avançant. Elle se concentra sur sa tâche et elle crut entendre un gémissement grave. Il s'enflammait sous elle, sa peau chaude comme le feu partout où elle la touchait.

Une pensée malicieuse lui vint à l'esprit. Elle poussa son corps plus bas de manière à ce que ses seins caressent le bas de son torse et que l'arrière de ses cuisses se déplace contre ses hanches, la chair chaude, mouillée et douloureuse à la jonction de ses cuisses située à moins de deux doigts de son ventre plat. Juste hors de portée du prix ultime.

Puis, elle changea de position. Faisant glisser son corps d'un côté à l'autre, elle le caressa. Il inspira brusquement ; son corps se tendit sous celui de Phyllida. Elle sentit qu'il luttait pour rester immobile. Ses doigts remuèrent sur ses hanches, se resserrant avant qu'il les oblige à se détendre. Elle sentit que leur caresse glissait vers le haut, par-dessus ses épaules. Elle téta un mamelon avec légèreté, puis fermement. Il s'arqua sous elle. Les doigts de Lucifer s'entremêlèrent dans sa chevelure, l'agrippèrent —, puis il l'écarta en tournant son visage vers lui.

Il plongea – ses lèvres se fermèrent sur les siennes dans un baiser brûlant si débordant de passion enflammée qu'il lui coupa le souffle. Le baiser se poursuivit encore et encore. Il commença à se tourner, à la faire rouler sous lui. Elle se dégagea, la main sur son épaule le poussant vers le lit. Elle secoua la tête, puis elle trouva sa voix qui, comme celle de son compagnon, était un peu rauque.

— Pas tout de suite.

Il fut tenté de désobéir – la tension dans son corps révéla cela à Phyllida –, mais après un moment de tension, il se rallongea doucement sur le lit. Ses yeux noirs comme la nuit l'observaient ; son regard contenait sa propre passion. Son torse se levait et s'abaissait sous ses mains.

— D'accord. Pour l'instant.

Elle sourit et donna à ce geste un air béat, puis elle baissa la tête et lécha d'abord un mamelon douloureux, puis l'autre. Ensuite, elle remua les jambes, les hanches en les descendant davantage sur le corps de Lucifer, se soulevant légèrement pour accommoder le membre dur de chair rampante qui poussait vers le ciel avec tant d'agressivité depuis son buisson de poils noirs. Puis elle se baissa de nouveau afin qu'elle puisse le caresser aussi, faisant glisser la chair lisse et gonflée entre ses cuisses depuis sa tête et sur toute sa longueur montante.

Un grognement bien senti fut sa récompense ; le corps de Lucifer s'arqua, sa tête et ses épaules poussant en arrière en réaction.

— Diable ! Vous êtes une innocente ; je sais que vous l'êtes.

— Hum.

Innocente, elle pouvait bien l'être, mais elle avait quelques idées.

Elle les mit en action. Son corps et sa bouche bougeant sur lui, par-dessus lui, lentement et de concert, semblait être plus qu'il ne pouvait en supporter. Les doigts de Lucifer lui agrippèrent les épaules, puis se resserrèrent sur sa tête – même alors, il se rappela et il évita la bosse sur le côté. Elle avait commencé la soirée avec un mal de tête léger, mais persistant. Il avait disparu à l'instant où leurs corps nus s'étaient touchés.

Elle n'allait pas laisser quelques ecchymoses l'empêcher d'apprendre tout ce qu'elle voulait savoir. Seule sa respiration la restreignait encore et même elle était plus facile maintenant.

De petites respirations superficielles. Un peu de halètements. Elle pouvait s'en sortir avec cela.

Ses mains poursuivirent leur exploration ; sa bouche les suivait sur le corps de son partenaire. Elle se déplaça plus bas, plus bas jusqu'à ce que ses seins gonflés effleurent ses cuisses dures comme la pierre.

Le drap fut repoussé derrière elle, le laissant totalement exposé afin qu'elle puisse le vénérer à la lumière des étoiles. Posant sa joue sur sa hanche, elle suivit la ligne jusqu'à lui, elle en fit le tour, puis sa main se referma sur son membre. Elle avait déjà fait cela – ce n'est pas cela qui le fit se raidir. C'était l'anticipation de savoir que là où ses doigts allaient, ses lèvres, sa bouche, suivraient. Ses lèvres se courbant, elle laissa ses doigts s'amuser.

Lucifer resta allongé et tenta de penser à l'Angleterre. La seule partie dont il arrivait à se souvenir était un certain lit dans le Devon. Ses doigts s'insérèrent dans les cheveux de Phyllida, glissant au travers de la soie noire, dessinant son crâne – se resserrant quand il ne pouvait pas s'en empêcher. Son toucher n'était pas tant expert qu'émerveillé, naïf et naturellement enthousiaste. Son corps réagit avec une impuissance captivée.

Elle était un poids chaud, souple et arrondi allongé sur ses cuisses. Sa tête pesait lourdement d'un côté de son bas-ventre, sa main le prenant en coupe, ses doigts glissant sur son obsession du moment. Il se sentait possédé, comme si en le permettant – en la laissant faire comme elle l'entendait – il s'était d'une certaine manière abandonné à elle.

Il l'avait fait. Simplement, il ne le lui avait pas dit en mots. Seulement avec des grognements.

Puis, elle changea de position et il sentit son souffle sur lui, une chaleur sans substance l'effleurant en provoquant une érection encore plus douloureuse. Elle allait le tuer ; non par son besoin, mais à travers l'explosion violente des émotions puissantes, par le désir qui lui tordait le ventre pour la voir le prendre dans sa bouche, la peur qu'elle ne le fasse pas, le doute qu'elle ignorait pouvoir le faire et l'envie écrasante et protectrice qui insistait pour dire qu'elle ne devrait pas.

C'était assez pour rendre fou n'importe quel homme sain d'esprit.

Puis, elle leva la tête, sans se rapprocher, mais en se plaçant au-dessus de lui. Ses doigts suivirent la ligne de sa tête palpitante encore une fois, la fascination très évidente dans son toucher. Puis, elle baissa la tête.

Chaque muscle dans le corps de Lucifer se contracta avec force au premier contact de ses lèvres ; elle fit courir des baisers, bouche ouverte, autour de lui, puis elle lécha, délicatement, puis plus fermement, comme si elle aimait son goût. Ensuite, sa langue partit en exploration et il crut qu'il allait mourir. Son torse le faisait souffrir – il inspira rapidement…

Sans prévenir, elle le prit dans sa bouche, elle ferma cette douceur chaude et mouillée autour de lui, le prenant en elle juste un peu, puis, délibérément, plus encore. Pendant un instant bien défini, il perdit contact avec le monde et il flotta dans un paradis sensuel. Il sentit la langue de Phyllida se courber autour de lui, puis sur lui. Il s'affala sur le lit, détendant des muscles qui s'étaient tendus sans qu'il s'en rende compte. Il respirait d'une manière saccadée alors que ce n'était que le début. Il le savait avec certitude ; cela lui faisait tourner la tête. Ses mains passèrent dans sa chevelure, la caressant, se raidissant en réponse lorsqu'elle serrait, suçait, embrassait, puis recommençait.

Il s'accrochait à sa raison par le bout des ongles, la guidant, juste un peu – c'était trop, trop précieux pour interrompre le moment, mais… elle l'épuisait.

Serrant le ventre, il s'assit à moitié et il tendit les mains et il la saisit par les hanches.

— Assez.

Il reconnut à peine sa voix, si rude, si grave. Elle leva la tête en le libérant ; la perte de sa chaleur mouillée fut presque douloureuse. Elle glissa les paumes sur son torse, s'arc-boutant pour le repousser sur le lit. Il la prit dans ses bras, il la retira de son torse, puis il roula et la piégea sous lui.

Une main sur son épaule, elle rencontra son regard. Ses yeux étaient deux flaques sombres, arrondies et luisantes. C'était tout ce qu'il pouvait voir sous la lumière des étoiles. Il pouvait toutefois sentir autre chose dans son regard noir, un poids de connaissance instinctive féminine, de besoin féminin intrinsèque.

— Je n'ai pas encore fini, murmura-t-elle ; le son ressembla beaucoup à un ronronnement.

Son regard s'abaissa sur les lèvres de son partenaire quand elle parla. Elle lécha les siennes.

Savoir qu'elle réagissait instinctivement n'aida pas du tout.

— Non, acquiesça-t-il, mais, c'est mon tour à présent.

Il pencha la tête et il prit ses lèvres et elle abandonna volontiers sa bouche. Glissant ses bras autour de son cou, elle s'allongea sur la rangée d'oreillers. Son corps se ramollit sous le sien.

Son tour. Son tour de la vénérer, d'expérimenter le plaisir de sa chair enflammée. De laper et de lécher et de téter jusqu'à ce qu'elle halète et s'arque sous lui.

Quand ses seins furent gonflés et douloureux, il se déplaça plus bas, oignant la peau sur ses côtes, au-delà de sa taille et de son nombril, puis encore plus bas, sur la contraction tremblante de son ventre jusqu'à la tignasse de bouclettes foncées à sa base.

Les doigts de Phyllida s'enfoncèrent dans les épaules de Lucifer à la première exploration délicate de sa langue. Ses mains descendant lentement sur ses hanches pour aller agripper son derrière, il pétrit, puis il glissa ses paumes encore plus bas, sur l'arrière de ses cuisses. L'empoignant doucement, il les ouvrit plus largement. Elle hésita, puis, avec un halètement proche d'un sanglot, elle les écarta. Agrippant encore une fois ses hanches, il pencha la tête. Il lécha, et les doigts de Phyllida formèrent des poings dans sa chevelure.

Elle était un délice – dévergondée dans sa passion, ouverte et impatiente dans son désir de lui appartenir. D'être entièrement à lui. Il posséda jusqu'au dernier centimètre luisant, il goûta chaque pli souple. Son essence tourbillonnait à travers ses sens et s'enfonçait plus profondément en lui.

Il la tendit comme un ressort, puis encore plus, faisant appel à son expérience pour ouvrir ses horizons, la faisant tournoyer sans pitié, puis la faisant retomber en piqué dès l'instant où elle allait exploser.

Un besoin animal le poussait. Elle était venue à lui, elle lui avait offert tout ce qu'elle était, sachant ce que seraient ses exigences – pas seulement concernant la chair, mais l'âme aussi. Ses propres actions disaient clairement qu'elle voulait plonger tête première dans leur nouvelle vie ; cela lui ressemblait tellement, c'était vraiment un reflet du caractère direct qu'il chérissait chez elle, qu'il voulait très volontiers lui enseigner comment s'envoler et aller lui-même au bout de ses ressources pour être son filet de sécurité, du moins dans ce domaine.

Pour le reste – les adaptations émotionnelles, les changements plus subtils –, cela n'était pas évident de savoir si ce serait lui le professeur ou elle. Ils allaient peut-être apprendre ensemble. Mais, pour ce soir, elle avait choisi d'ouvrir ses bras à la passion. La sienne et celle de son compagnon.

Il alimenta les deux et il la laissa ressentir la montée de puissance, la faim insatiable, le besoin avide, l'urgence passionnée qui se déversait comme de l'or fondu dans leurs veines.

Puis, il se joignit à elle. Arc-boutant les bras, il se tint au-dessus d'elle et il la remplit avec de longs coups de reins réguliers. Les yeux fermés, il se concentra sur le rythme, sur la chaude étreinte du corps de Phyllida, sur leurs pulsations, sur le besoin qui les poussait. Il sentit ses mains, ses doigts s'allonger, courir sur son torse. Entrouvrant les paupières, il baissa les yeux. Les yeux fermés, la tête rejetée en arrière, pressée contre les oreillers, elle était perdue dans leur union. Prise par les vagues sensuelles qui déferlaient en lui, en elle, elle s'abandonnait et se laissait porter par la marée. Chaque coup de reins la soulevait, faisait osciller ses seins, ses hanches, déplaçait sa tête sur les oreillers. Sa chevelure sombre oscillait doucement, de la soie contre le drap, encore et encore.

Sa respiration se faisait en petits halètements. Elle leva les hanches et le rencontra, elle le prit en elle, l'accepta profondément, puis elle le laissa se retirer en douceur afin qu'il puisse l'aimer encore.

Ils se noyaient l'un dans l'autre, se noyaient dans une mer de désir si intense qu'elle frôlait l'extase. Puis, cela aussi se mélangea avec le reste, dans leurs corps, dans leur sang. Et les emporta.

Il la sentit exploser sous lui, il sentit ses mains se coller, son corps s'accrocher.

Puis, elle s'apaisa, sa douceur chauffée ondulant autour de lui en une ultime caresse. La tête en arrière, les yeux fermés, il s'accrocha à ce moment ; puis, sa propre libération le submergea. Il frissonna et la remplit, puis il s'effondra lentement en se tournant, l'emportant avec lui, la tenant près de son corps, s'enveloppant des membres de sa partenaire.

Il ne la laisserait jamais partir.

Au bord de l'oubli, Phyllida le sentit en elle, chaud et liquide au centre de son ventre. Avec ses mains, ses bras, son corps, elle le serrait. Si elle était à lui, alors il était à elle. Et il était certainement à la hauteur de ses rêves.

Elle se réveilla pour se découvrir bien au lit. La tête de Lucifer contre son sein, ses bras enroulés autour de sa taille, il était une masse chaude et solide de muscles l'emprisonnant sous lui en bonne partie.

Elle était étrangement à son aise et elle ne s'endormait pas le moins du monde – vraisemblablement, la sieste de l'après-midi avait suffi. Elle se sentait détendue. Aucun spectre de la mort ne pouvait la hanter dans le lit de Lucifer. Levant une main, elle souleva une mèche sombre sur son front en la lissant pour la remettre en place au milieu des autres.

Il remua, se raidit un instant, puis, les yeux encore fermés, il l'étreignit et déposa un baiser délibéré sur le mamelon qui se trouvait presque sur ses lèvres.

— Très bon.

Phyllida rit. Il ressemblait à un très grand félin humain, ronronnant de satisfaction masculine. Changeant de position, il libéra une main qui était sous elle, puis il se réinstalla confortablement, la tête nichée sur un sein, la main sur l'autre. Il la caressa doucement, d'une manière apaisante – pas tant dans un but lié au désir, mais pour le confort sensuel. Elle faisait sans difficulté la distinction.

Satisfaite, elle s'allongea, s'abandonnant avec délice aux caresses chaudes dans la lumière dorée du moment qui les retenait encore. Ses doigts lui caressant les cheveux, elle laissa errer son esprit – libre de sentir, de réfléchir. De s'émerveiller.

— Je pense que je vous aime.

Ce devait être cela, ce sentiment précieux.

Le glissement paresseux des doigts de Lucifer s'interrompit.

— Pourquoi n'en êtes-vous pas certaine ?

Elle répondit avec franchise.

— J'ignore ce qu'est l'amour.

Levant la tête, elle scruta son visage.

— Le savez-vous ?

Il rencontra son regard, les yeux sombres, mystérieux. Puis, il regarda ses propres doigts posés sur son sein et il recommença à la caresser doucement.

Elle sourit et s'appuya sur les oreillers, le regard perdu dans les ombres du ciel de lit au-dessus d'elle. Elle n'insista pas pour obtenir une réponse. Si elle ne le savait pas, pourquoi le devrait-il ?

Mais encore…

— M'aimez-vous ?

Elle ne baissa pas les yeux, mais elle sentit qu'il levait les siens.

Après un moment, il dit :

— Ne pouvez-vous pas le deviner ?

— Non.

Elle patienta. Il changea de position, levant la tête, reculant juste un peu. Elle sentit son regard sur son visage ; il s'y attarda quelque temps, puis il balaya ses seins, sa taille, ses hanches et descendit jusqu'à ses longues jambes. Il revint en haut, mais il s'arrêta en haut de ses cuisses. La main sur son sein se raffermit. Son toucher se modifia.

— Je vais devoir vous en faire la démonstration, alors.

— La démonstration ?

— Hum. Les Cynster sont plus doués avec les actions qu'avec les mots.

Il le prouva. La nuit devint une odyssée passionnée à travers des royaumes de passion, de désir, de sensation, d'anticipation, de faim et de besoin. Il s'inspira de leur couple et il créa le paysage, puis il la guida à travers, même plus loin jusqu'aux sommets bordés d'extase.

Chaque toucher fut imprégné de plus que le sentiment, chaque union fut plus que son fait physique. Les sensations les malmenaient, les émotions les poussaient en avant, plus haut, vers une béatitude impossible.

Enfin, elle explosa et elle la savoura et elle la sentit s'infiltrer dans ses os. Un battement de cœur plus tard, il se joignit à elle. Ils s'accrochèrent l'un à l'autre et la vague les submergea, les traversa, puis la tension s'apaisa lentement. Les lèvres de Phyllida se courbèrent. Elle appuya son front contre le sien. Il suivit les traits de son visage, puis il effleura ses lèvres des siennes dans un dernier baiser chaste.

Leur pacte était scellé.

Étourdis par leur libération, détendus au-delà de toute expression, ils s'affalèrent ensemble, ils remontèrent les draps et ils dormirent dans les bras l'un de l'autre.

Lucifer quitta le manoir à dix heures le lendemain matin et il se mit en route vers le vieux cottage Drayton. La nuit lui avait donné plus qu'il n'avait jamais cru avoir, mais elle lui avait aussi donné beaucoup à réfléchir. La possession d'une telle chose avait toujours impliqué une certaine responsabilité – l'obligation de prendre soin comme il se devait. À quel point aimait-il Phyllida ? Il n'y avait pas de mot pour englober cette réalité.

Il sortit à grands pas, inspirant profondément l'air matinal, lui permettant de lui éclaircir les idées. Il était debout depuis l'aube quand il avait soulevé Phyllida, encore endormie, du cocon de son lit pour la transporter dans le sien. Elle s'était accrochée à lui quand il l'avait placée entre les draps froids. Il était resté avec elle, partageant sa chaleur, jusqu'à ce que le premier son de l'éveil de sa maisonnée le renvoie dans son lit.

Son lit extrêmement froissé, détruit par la tempête. Dieu seul savait ce qu'en penserait madame Hemmings, mais il était assez sûr qu'elle n'imaginerait pas la réalité. Du moins, rien qui ressemble à l'entière vérité. Cela était déjà assez difficile à imaginer, même pour lui.

Sous sa façade sereinement convenable, mademoiselle Phyllida était une dévergondée déguisée. Il le savait maintenant parfaitement, et c'était très réconfortant. Il était entré d'un pas nonchalant dans sa chambre après le petit-déjeuner, ayant été informé par Sweetie que sa pupille d'autrefois avait accepté de se reposer pour la matinée, mais qu'elle était convenablement habillée pour permettre une visite. Il lui avait donc rendu visite et d'un seul regard, d'un seul sourire malicieux et suggestif, il avait fait monter une vague de rougeur à ses joues.

Elle l'avait fusillé du regard, puis elle avait dissimulé ce geste alors que Sweetie s'affairait. Il était resté assez longtemps pour s'assurer que Phyllida allait vraiment bien ; avec des réponses formulées avec soin, elle lui avait fait comprendre qu'elle souffrait davantage de léthargie provoquée par le sexe que d'un traumatisme engendré par l'incendie.

Il avait fait attention à ne pas sourire d'un air trop triomphant ni montrer son soulagement. Il avait expliqué où il se rendait et pourquoi, puis il l'avait laissée pendant qu'elle cousait les boutons qu'il avait tranchés la semaine précédente.

Marchant le long des voies, il suivit l'odeur âcre du chaume brûlé. La journée était fraîche, si paisible alors que la veille avait été empreinte d'une si grande panique. Et avait entraîné la résolution de tellement de choses.

En actions, du moins – les intentions déclarées, mais non exprimées. Il comprenait ce que Phyllida avait voulu lui dire – du moins, il le croyait. Ce dont il était beaucoup moins sûr était la raison qui l'avait poussée à prendre sa décision.

« Qui sait ce qui se passe dans la tête des femmes ? » Après toutes ces années, il n'en avait vraiment aucune idée.

Elle lui avait demandé s'il savait ce qu'était l'amour. Il savait ce qu'il ressentait pour elle – la nécessité irrésistible de la savoir bien, en sécurité et heureuse ; la joie qu'il ressentait quand elle riait, quand elle souriait. Il connaissait la façon dont son ventre se nouait quand elle était en danger et que ses nerfs tressaillaient quand elle n'était pas à ses côtés. Il connaissait la fierté qui le réchauffait quand il la regardait faire sa tournée quotidienne, si compétente, si attentionnée, si généreuse dans sa manière qui lui appartenait de mener les choses, tout en demeurant altruiste.

Il connaissait aussi l'impulsion écrasante pour la dorloter, la protéger émotionnellement et physiquement, prendre soin d'elle. Pour satisfaire ses moindres besoins, lui donner tout ce qu'elle ne pouvait jamais désirer.

Alors, oui, il savait ce qu'était l'amour. Il l'aimait et il l'aimerait toujours. Elle l'aimait aussi, mais elle ne le savait pas – elle ne pouvait pas le voir – même si elle voulait le voir, le savoir.

Pouvait-il lui enseigner ce qu'était l'amour ?

Il pouvait entendre le destin rigoler dans les coulisses, mais il bloqua ses oreilles et serra la mâchoire. Si c'était ce que voulait Phyllida qu'une personne lui enseigne, lui pointe la vérité de telle sorte qu'elle puisse la voir aussi, alors… s'il voulait que leur mariage soit ce qu'il pouvait être, il lui revenait de le faire. La décision était prise – simple, facile. Elle n'était pas la seule qui pouvait agir avec résolument.

Il émergea du dernier bosquet et leva la tête ; la ruine noircie du cottage était sur la crête, encore fumante, le bois brûlé s'élevant bizarrement dans le ciel d'été. Il entendit un grognement et il vit Thompson lutter avec un pied-de-biche d'un côté de la coquille. Un instant plus tard, Oscar le rejoignit.

Lucifer s'avança sur la piste et vira à l'endroit où ils travaillaient sur l'un des murs encore debout. Ils s'arrêtèrent tous les deux et le saluèrent d'un signe de tête en s'appuyant sur leurs outils.

— Mademoiselle Phyllida ? demanda Oscar.

— Elle va bien. Elle se repose encore, mais je doute qu'il y ait des effets persistants.

— Il vaut mieux pas, gronda Thompson. Mais nous devons trouver ce maniaque. On dirait qu'il n'est pas sur le point de s'arrêter.

— Je suis venu pour jeter un regard aux alentours, ajouta Lucifer en regardant le mur à moitié effondré. Avez-vous besoin d'un coup de main ?

— Nan, répondit Thompson en se retournant vers le mur. Nous le ferons tomber bien assez vite. Si nous le laissions debout, aussi sûr que le ciel est bleu, des mômes viendraient jouer ici et ensuite nous aurions un accident.

Il s'appuya sur son pied-de-biche et un rondin brûlé se brisa en deux.

Lucifer recula.

— Je vais vous laisser à votre travail.

Il jeta un coup d'œil autour de lui, puis il marcha sur la piste envahie par la végétation menant à Dottswood, de l'endroit où la plupart des résidents étaient arrivés en courant hier. Un peu plus loin, il s'arrêta et se retourna ; les yeux plissés, il survola le cottage du regard. S'il avait été le meurtrier…

Deux minutes plus tard, il remonta la pente, puis il coupa au travers en s'éloignant de l'entrée du cottage, le contournant par les grands arbres et les buissons en arrière.

Il découvrit ce qu'il avait été certain de trouver – et juste un peu plus – dans une petite clairière nichée plus loin derrière un bosquet de rhododendrons revenus à l'état sauvage. Il regarda fixement, puis il s'accroupit et regarda plus attentivement, osant à peine croire à sa chance. Puis, il se leva et alla chercher Thompson.

Thompson vint ; Oscar le suivit. Les trois se tinrent debout derrière les rhododendrons et fixèrent les empreintes claires des sabots d'un cheval – les quatre sabots.

— Une bête de taille normale, mais bien proportionnée.

Thompson s'agenouilla pour examiner les encoches. Il en dessina une avec son gros doigt.

— Encore mieux : c'est mon travail, ça oui.

— Vous en êtes sûr ?

— J'en suis sûr, répondit Thomson avec un grognement avant de se relever. Je suis le seul dans les environs à utiliser ces clous en particulier. Voyez-vous les têtes à la forme étrange ?

Lucifer et Oscar regardèrent, puis hochèrent la tête. – Et ce fer gauche arrière ? demanda Lucifer.

— Ça va de mieux en mieux, ça oui. Je n'ai pas vu ce cheval récemment, mais je le verrai bientôt et alors, nous tiendrons notre homme.

Thompson hocha la tête devant le sabot gauche arrière. – Ce fer va tomber d'un jour à l'autre.

Lucifer dut patienter jusqu'à une heure plus tardive ce soir-là que Sweetie se fut retirée et que lui et Phyllida furent enfin seuls dans la bibliothèque avant de pouvoir lui apprendre la nouvelle.

— N'en parlez à personne, la prévint-il. Thompson a des clients venant d'aussi loin que Lyme Regis, de sorte qu'il n'est pas possible de chercher le cheval. Nous allons devoir attendre que le fer tombe et que l'animal lui soit amené. Nous sommes les seuls à le savoir avec Thompson et Oscar ; nous nous sommes mis d'accord pour ne rien dire de sorte qu'il n'y a aucune chance que le meurtrier le sache et emmène son cheval ailleurs.

Phyllida était assise dans la bergère à côté du bureau, son visage, pour une fois, submergé par les émotions.

— Bientôt, a dit Thompson ?

— Cela dépend de la fréquence à laquelle le cheval est monté. S'il est monté tous les jours, Thompson dit qu'il faudra moins d'une semaine. Monté moins souvent, ce sera plus long, mais il ne s'attend pas à ce que le fer reste en place plus de deux semaines.

Elle réfléchit, puis elle demanda :

— Et c'était chaque fois le même cheval ?

— Je le crois, répondit Lucifer en fronçant les sourcils. Pour en être sûr, j'enverrai Dosdwell regarder les plus récentes empreintes. Les autres auront disparu maintenant.

— Je ne pense vraiment pas que nous ayons plus d'un cavalier fantôme dans le village, répliqua Phyllida. Il cache toujours son cheval aussi, n'est-ce pas ?

— Il s'assure qu'il ne reste pas dans un endroit où un passant peut le voir par hasard. Cela suggère que le cheval aussi peut l'identifier, ce qui rend nos chances de l'attraper assez bonnes.

Lucifer rencontra le regard de Phyllida.

— C'est ironique. Il a tenté de vous tuer et il a réussi à détruire une preuve solide que nous possédions. Mais, ce faisant, il nous a donné une meilleure preuve encore. Nous n'aurions peut-être jamais associé le chapeau à lui. C'est peu probable que nous ne lui associons pas le cheval.

Phyllida cilla.

— Je n'avais pas pensé à cela.

Lucifer se leva et contourna le bureau.

— Je pense que nous devons penser à cela.

S'arrêtant devant Phyllida, il s'accroupit afin que son visage soit au niveau du sien.

— Ce meurtrier, qui qu'il soit, s'est montré capable d'actes sans pitié. Assassiner Horatio. Essayer de vous tuer.

Tendant la main, il lissa ses cheveux, puis il prit son visage légèrement en coupe.

— Nous ne pouvons pas courir de risques au cours des prochaines semaines.

Phyllida le regarda dans les yeux, puis elle sourit. Elle se pencha en avant et effleura ses lèvres des siennes.

— Vous avez raison.

Lucifer cligna des paupières. Ses mains restèrent autour de son visage, l'empêchant de reculer. Il soutint son regard.

— Je ne vous laisserai pas hors de ma vue.

Le sourire de Phyllida s'adoucit.

— Est-ce une promesse ?

Lucifer étudia ses yeux, puis il l'approcha de lui.

— Un serment.

Cinq minutes plus tard, nettement essoufflée, elle recula, tenta de froncer les sourcils en le regardant, et elle leva le livre qui était tombé, oublié, sur ses genoux.

— Nous n'en avons pas encore fini avec eux.

Elle tenait le livre comme un bouclier entre eux.

Lucifer jeta un coup d'œil à la pile de volumes avec des inscriptions que Covey avait empilés entre le bureau et le fauteuil.

— Nous avons peut-être quasiment identifié le meurtrier de Horatio, mais nous n'avons pas encore découvert l'explication de son vif intérêt envers les livres de Horatio.

Phyllida prit le volume du dessus et le fit claquer sur le torse de Lucifer.

Il grimaça et il le prit.

— Comme vous dites.

Il se leva.

Phyllida leva les yeux sur lui.

— Avez-vous la moindre idée de la nature de l'objet que Horatio souhaitait vous voir évaluer ?

Lucifer secoua la tête.

— Cela aussi demeure un mystère. Il se peut que nous ne découvrions jamais ce qu'avait trouvé Horatio.

— N'abandonnez pas tout espoir, dit-elle en lui remettant deux livres supplémentaires. Pas alors qu'il y a de si nombreux endroits qu'il nous reste encore à fouiller à la recherche d'indices.

En souriant, Lucifer retourna à son bureau.

— En parlant de fouilles, vous n'avez pas encore trouvé cette écritoire et ces lettres si importantes.

— Je sais.

En souriant, Phyllida secoua la tête.

— Quand Mary Anne est venue me voir cet après-midi, elle n'a jamais mentionné les lettres, même quand madame Farthingale nous a laissées seules. Elle n'en avait que pour l'incendie et sur le fait que je demeurais ici avec vous.

— Le jugement, dit Lucifer en s'assoyant et en prenant un livre. Nous finissons tous par l'acquérir.

Phyllida se racla la gorge, puis elle se mit au travail pour déchiffrer les inscriptions.

Une heure plus tard, ils décrétèrent une pause. La maison était déjà fermée pour la nuit ; Dosdwell avait passé la tête dans la bibliothèque et rapporté ce fait. Tout ce qu'ils avaient à faire était d'éteindre les lampes, de ramasser leurs bougies sur la table dans le vestibule et de monter l'escalier.

Ils tournèrent dans le couloir. Tout était calme et silencieux autour d'eux.

Sweetie occupait l'autre chambre à coucher en coin à l'arrière de la maison à l'autre bout du couloir. Quand ils atteignirent le point où ils allaient se séparer, chacun dans sa chambre, Phyllida marqua une pause. Elle jeta un coup d'œil à Lucifer.

— Vous êtes le plus expérimenté. Votre chambre ou la mienne ?

Lucifer regarda dans ses yeux sombres, illuminés par la flamme de la bougie. Il était sur le point de l'informer que dans ce domaine en particulier, celui dans lequel ils badinaient, il n'avait pas plus d'expérience qu'elle.

Sauf que cela n'était peut-être pas tout à fait vrai.

Il était un Cynster. Il avait des générations de mariages d'amour derrière lui.

Ces jours-ci, les mariages d'amour abondaient autour de lui. C'était quelque chose dans le sang, une chose à laquelle même lui ne pouvait pas résister. Il avait grandi en ne connaissant aucun autre type de mariage. C'était le seul type qui ne lui conviendrait jamais.

Il pencha la tête et il l'embrassa avec légèreté.

— Êtes-vous certaine ?

Il posa la question dans un souffle contre ses lèvres, puis il recula.

Sa main forma un poing sur le revers de son manteau ; elle le gardait près d'elle, les yeux fixés sur les siens. Puis, son regard tomba sur ses lèvres. Les siennes, remarqua-t-il, s'étaient doucement relevées.

— Oui, murmura-t-elle. Je suis certaine.

— Votre chambre alors, pour l'instant. Nous aurons le reste de notre vie pour profiter de la mienne.

CHAPITRE 19

Tôt le lendemain matin, Lucifer était debout devant les fenêtres de sa chambre à coucher et il regardait le jardin de Horatio en contrebas. Le spectacle l'apaisait, l'aidait à s'éclaircir les idées et à centrer sa réflexion.

Il ne pouvait pas demander à Phyllida de l'épouser ; pas encore, alors que le meurtrier était en liberté et l'avait encore dans sa mire. L'homme devait être de plus en plus désespéré ; cela donnait à Lucifer un motif irrésistiblement puissant de la garder entièrement sous ses soins protecteurs. S'il lui demandait de l'épouser maintenant…

Non. Il n'allait pas courir ce risque. Il ne lui donnerait pas la plus minuscule raison d'imaginer que sa demande avait un seul motif, sauf un.

Elle voulait apprendre l'amour – ainsi soit-il. Il allait s'assurer qu'elle aurait une vision claire, non camouflée, non déguisée. S'assurer qu'elle en apprenait assez pour le reconnaître instantanément, afin qu'aucune confusion n'existe lorsqu'il lui demanderait d'être sa femme.

Il prit une inspiration décidée, puis il expira. Son regard fut attiré par la tapisserie ornée comme un joyau sous lui, recouverte de rosée et luisante sous la première caresse du soleil. Un sourire gêné tirailla ses lèvres. Se retournant, il s'empara de son manteau, il l'enfila d'un coup d'épaule et il prit la direction du rez-de-chaussée.

Quand Phyllida se joignit à lui à la table du petit-déjeuner une demi-heure plus tard, un bouquet de fleurs d'été était posé à côté de son assiette. Elle cilla en les regardant ; avec hésitation, d'un doigt, elle toucha le pétale parfait d'une rose blanche. Puis, elle leva les yeux vers lui alors qu'il reprenait sa place après lui avoir tenu sa chaise.

— J'ignorais que vous étiez sorti.

— Seulement pour elles. Seulement pour vous, ajouta-t-il avant de s'asseoir. Par un geste impulsif, j'ai fait éclater ma suave personnalité londonienne. J'ai chipé les cisailles dans l'atelier de jardinage. Quand je suis revenu, les Hemmings retournaient tout dans la place pour les retrouver. J'avais oublié que c'était la journée de madame Hemmings pour s'occuper des fleurs de l'église.

Phyllida leva les fleurs odorantes à son visage pour dissimuler son sourire. Avec les roses blanches, il y avait des roses lavande et du chèvrefeuille, tous sur fond de violettes.

— Merci, murmura-t-elle. J'apprécie le sacrifice.

Il tendit la main vers la cafetière.

— Bizarre à dire, mais cela n'a pas fait mal du tout.

Cela la fit glousser. Mettant le bouquet de côté en se souvenant de le déposer plus tard dans un vase près de son lit – le lit qu'ils partageaient – elle se servit un toast.

— Et maintenant ? Nous ne pouvons pas nous contenter de rester assis sans rien faire ces deux prochaines semaines et espérer que tout finira bien.

Lucifer hésita, puis il dit :

— J'ai envoyé une lettre hier pendant que vous étiez occupée avec les Farthingale. Son contenu n'a pas autant d'importance que les résultats qu'elle pourrait apporter.

— Les résultats ?

— J'ai écrit à mon cousin Devil. Il est à Somersham en ce moment ; c'est dans le Cambridgeshire. Je lui ai brièvement décrit ce qui s'est passé ici et les noms des gentlemen qu'il nous reste à éliminer.

— Qu'attendez-vous de lui, de Devil ?

— Qu'il pose des questions. Ou bien qu'il demande à d'autres de les poser. C'est une chose que Devil fait bien. Il sera discret, mais s'il y a des informations utiles qui circulent dans la capitale, vous pouvez être certaine que Devil et ses troupes les dénicheront.

— Ses troupes ?

— Les personnes à qui il fera appel.

La tête penchée, Phyllida le contempla.

— Qu'y a-t-il que vous ne me dites pas ?

Lucifer se fendit d'un sourire.

— Devil est le duc de St-Ives. S'il veut quelque chose, il l'obtient.

— Ah, fit-elle en hochant la tête. J'en comprends que c'est un despote. Est-il un parent proche ?

— Cousin au premier degré.

Le visage de Phyllida perdit toute expression.

— Vous êtes cousin au premier degré d'un *duc* ?

Heureux que Sweetie jacasse dehors en aidant les Hemmings, Lucifer acquiesça d'un signe de tête.

— Ne vous laissez pas déranger par cela.

C'était évident que cela la perturbait.

— Si vous êtes un parent proche d'un duc…

— Proche, mais très loin du titre, alors je peux épouser qui je veux. Aucun de nous ne procède jamais autrement de toute façon, ajouta-t-il en haussant les sourcils.

Plissant le front, Phyllida l'étudia.

— Vous êtes sérieux.

— Il n'y a pas de raison de retenir ma naissance contre moi.

Elle le fusilla du regard, mais elle laissa ce fait passer.

— Donc, vous avez demandé l'aide de votre cousin…

— Et je pense, à présent que les choses ont atteint cette impasse, qu'il est temps d'informer les collègues de Horatio de son meurtre et de leur demander leur aide.

— D'autres collectionneurs comme Horatio ?

Lucifer hocha la tête.

— Je les connais pour la plupart. Covey aura leurs adresses. Je vais leur écrire pour leur demander s'ils peuvent nous éclairer sur ce qu'il pourrait y avoir dans la collection de Horatio qui aurait pu mener à son assassinat et aussi s'ils sont au courant d'un objet spécial qu'il aurait pu découvrir récemment.

— Aimeriez-vous mon concours ?

— Si vous le pouviez, nous pourrions expédier ces lettres plus rapidement. Il doit y avoir quelqu'un qui sait quelque chose de pertinent.

Phyllida le regarda, si imposant et sombrement séduisant qu'il en dominait la pièce.

— Je devrais aider madame Hemmings avec les vases de l'église ; je ne les ai pas vidés hier.

— Madame Hemmings peut emmener Sweetie ; elles seront ravies de vous soulager de ce fardeau.

Lucifer lui rendit posément son regard ; il tendit la main et il couvrit la sienne.

— Je ne veux pas vous enfermer à l'intérieur comme une vierge dans sa tour, mais jusqu'à ce que nous ayons cet homme sous bonne garde, vous ne devriez pas faire vos courses habituelles. Pas de fleurs pour l'église, pas de Colyton Import Company. Pas de visite à madame Dewbridge ou à n'importe quelle autre vieille dame. Pas d'excursion qu'une personne pourrait prévoir ou anticiper.

Elle le dévisagea.

— Que reste-t-il ?

Plus tard cet après-midi-là, elle se retrouva sur la banquette du cabriolet de Lucifer avec les chevaux noirs trottant vivement dans la rue. Malgré sa position, elle était entourée de mâles – Jonas d'un côté, Lucifer de l'autre et comme Jonas maniait les rênes, Lucifer avait allongé un bras derrière elle le long du siège. Il n'y avait absolument pas de doute : elle n'était aucunement menacée par le meurtrier. Alors qu'elle regardait Jonas s'efforcer de se faire obéir des bêtes, elle n'était pas aussi certaine de ne pas courir le risque que son jumeau les envoie tous finir dans un fossé.

Lucifer semblait beaucoup plus optimiste, donnant des instructions et des explications d'un ton détendu. Phyllida observait et écoutait. Quand ils atteignirent le bout de la rue et que Lucifer reprit les rênes pour mener son duo, elle tendit sa main gantée d'une main autoritaire.

— Mon tour.

Ils la regardèrent tous les deux. Leurs mâchoires étaient contractées.

Elle ignorait cela et toutes les autres preuves de désapprobation masculine, ainsi que tous leurs arguments. Elle conduisit le cabriolet sur la route de retour à Colyton et elle se sentit bien mieux après cette sortie.

Les jours qui suivirent adoptèrent leur rythme – inconfortable. Après avoir rédigé des missives à tous les associés connus de Horatio, ils avaient reporté leur attention sur le grand nombre de livres n'ayant pas encore été examinés.

— C'est extraordinaire le temps qu'il faut pour s'occuper d'un seul volume.

— En effet, répondit Lucifer sans lever la tête. Je ne veux pas savoir le nombre de volumes qu'il y a.

L'activité absorbait les heures ; des visites des autres ponctuaient les séances et, d'une certaine mesure, soulageaient l'ennui. Son père passa, gai et étonnamment vif – tout cela pour donner le change, elle le voyait bien. La préoccupation et la profonde inquiétude étaient tapies dans ses yeux, en permanence ; elle aurait aimé pouvoir les chasser. Tout ce qu'elle pouvait faire était de sourire, de lui presser la main et de lui montrer à quel point elle était heureuse. Cela, au moins, sembla franchement l'égayer.

Jonas était souvent à portée de main, mais elle ne le comptait pas parmi les visiteurs. Il était comme une ombre, là, tout simplement ; elle n'avait pas besoin de le distraire ou de tenir compte de lui.

D'autres, par contre, se révélèrent beaucoup plus distrayants.

Sa tante Eliza vint lui rendre visite avec sa marmaille, une invasion bruyante. Elle se rendit coupable d'éprouver de la reconnaissance quand Lucifer, encouragé par sa tante Huddlesford, chassa les enfants pour les envoyer de l'autre côté de la rue à la mare aux canards. Eliza demeura pour lui presser la main, pour commenter la beauté de Lucifer et pour apaiser son esprit ; ils ne restaient à la Grange que huit jours seulement.

Lady Fortemain fut une des premières visiteuses. Bien que bouleversée par l'attentat contre la vie de Phyllida, elle croyait visiblement que le destin avait commis une erreur monumentale en envoyant Lucifer la sauver au lieu de Cedric. Au-delà de cela, par contre, elle se montra d'une sollicitude mièvre, insistant pour faire livrer de la confiture aux prunes de Damas de Ballyclose par un de ses valets de pied.

Phyllida s'attendait à voir Cedric et Jocasta ; leur bonheur nouvellement trouvé les illuminait et la fit sourire. Ils se faisaient du souci pour elle, mais sans être étouffants – leur visite fut une totale réussite.

Pas comme celle de Basil. Il passa quand Lucifer s'était absenté, sur son insistance à elle, pour s'entretenir avec Thompson. L'inquiétude de Basil pour sa santé était clairement sincère, mais il trouva sa présence sous le toit de Lucifer difficile à comprendre. Heureusement, Lucifer revint avant qu'elle perde patiente ; il clarifia l'affaire – Basil partit sans fausses illusions.

Ces personnes ne furent que les premières. Monsieur Filing lui rendit régulièrement visite, tout comme les Farthingale. Henry Grisby vint deux fois en apportant des marguerites ; il parla raisonnablement et n'émit aucune protestation importune. L'opinion de Phyllida envers lui s'améliora. Le mercredi apporta un déluge de visiteuses : toutes les dames plus âgées et les femmes à qui Phyllida rendait visite passèrent la voir pour entendre de sa bouche comment elle se portait, pour offrir leurs conseils avec insistance et jeter des regards évaluateurs à Lucifer. Toutes apportèrent des cadeaux, de petites marques d'affection – un manchon à théière crocheté, une branche de genêt attaché avec un ruban, un pot de baume pour sa peau brûlée. Quand la vieille madame Grisby elle-même remonta le sentier en façade en boitant, Phyllida se sentit bouleversée.

Les dames firent des histoires et se tracassèrent et s'amusèrent nettement de tout cela immensément ; elle ne trouvait pas la force en elle de les repousser. Quand elles partirent enfin, toutes en lui pressant les mains et en affichant leur approbation sur leurs visages rayonnants, elle s'affala de nouveau dans sa bergère et regarda Lucifer.

— Que diable leur est-il arrivé ?

Il sourit et il s'assit sur le bras du fauteuil.

— Vous.

— Moi ? Sottises ! C'est *moi* qui prends soin *d'elles* et pas l'inverse.

Lucifer plaça un bras autour d'elle et il l'étreignit, puis il posa un baiser sur sa chevelure.

— Vrai, mais à moins que mon hypothèse soit mauvaise, c'est la première fois de mémoire récente que vous avez eu besoin que l'on prenne soin de vous. Elles saisissent cette occasion pour vous montrer à quel point – pour emprunter la phrase de lady Fortemain – elles vous chérissent. Elles veulent vous rendre la pareille.

Phyllida émit un petit bruit de gorge. Sous le bras de Lucifer, elle se tortilla.

— C'était gênant d'être l'objet de leurs… attentions.

Le bras de Lucifer se resserra, puis se détendit.

— Pour certains, c'est difficile – parfois très difficile – de laisser une autre personne prendre soin d'eux. Néanmoins, parfois, c'est précisément de cela que ladite personne a le plus besoin. Prendre soin d'eux signifie les laisser prendre soin de vous.

Phyllida tourna la tête et leva les yeux vers lui. Ses yeux bleu foncé rencontrèrent les siens sans duplicité. Puis, ses lèvres se recourbèrent, sans la taquiner, l'invitant à rire avec lui – après tout, ils étaient tous les deux victimes de cette plaisanterie.

Il y eut de l'activité dans le vestibule, madame Hemmings arrivant pour emporter la table roulante ayant servi pour le thé. Lucifer leva une main, il tapota le bout de son nez d'un doigt, puis il se leva et la quitta.

Un jour cédait sa place à l'autre. Malgré les activités qui occupaient leur temps, ils avaient le sentiment inévitable d'attendre que quelque chose se produise – que ce fer à cheval tombe. C'était comme s'ils vivaient une pause, en quelque sorte, le calme plat avant la tempête. Alors que la semaine s'allongeait, la tension montait.

Le vendredi, un paquet arriva avec le mot « St-Ives » écrit vigoureusement dans un coin. Assis à son bureau derrière une pile de volumes, Lucifer brisa le sceau. Phyllida l'observa tandis qu'il étalait les feuilles, bien plus qu'une seule.

Il lut la première, commença la seconde, puis il s'arrêta. Repliant la seconde feuille et les autres, il les glissa dans sa poche, laissant la première page sur le buvard.

— C'est un rapport des progrès de Devil. Il a demandé à Montague de faire des recherches sur les noms que j'ai envoyés.

Lucifer jeta un coup d'œil à Phyllida.

— Montague est le représentant d'affaires de la famille. Il est excessivement minutieux. S'il y a quelque chose à apprendre dans la cité, il le découvrira.

Lucifer reporta son regard sur la note.

— À première vue, cependant, les noms sont inconnus. Devil a recruté un de mes autres cousins ; Harry, mieux connu sous le nom de Demon. Il passait le temps dans le Kent avec son frère aîné, alors Devil lui a envoyé un mot et Demon est maintenant à Londres, hantant les tavernes près de Whitehall, cherchant à retrouver tous les amis de nos anciens soldats de la garde nationale.

— Pourquoi les gardes ? demanda Phyllida.

— Pas les gardes. Il n'était pas un soldat de la garde.

— Qui ? Appleby ?

— Il est l'un des hommes sur qui nous devons nous renseigner.

— Mais…

— Mais vous avez décidé qu'il n'était pas le meurtrier parce qu'il aurait dû être de service dans la salle de bal à faire son devoir à la place de Cedric pendant que nous évitions le meurtrier à l'étage ?

Phyllida grimaça.

— Je suppose que vous allez dire que c'est une hypothèse, et comme nous *ignorons* s'il se trouvait dans la salle de bal, il pourrait dans ce cas être le méchant.

— Il y a aussi le fait que le billet de Molly donnait l'impression d'avoir été écrit par une femme. Qu'il était censé avoir été durement rédigé sans recevoir de coup de main, mais peu d'hommes y auraient pensé.

— Cependant, quelqu'un qui passe sa vie à écrire et à lire des lettres aurait pu y penser.

— Exactement.

— Pourquoi étiez-vous si sûr qu'Appleby a été dans l'armée ?

— Par sa posture, la raideur dans ses épaules, sa façon d'exécuter les révérences. Ce sont des choses apprises, et l'endroit où on les apprend est sur le champ d'entraînement. Je parierais qu'il était dans l'infanterie.

— Donc, je le redemande : pourquoi les soldats de la garde ?

— Les anciens soldats de la garde. Plusieurs de ceux qui restent ont servi avec nous à Waterloo. Ils sont maintenant secrétaires et aides de camps de généraux et de commandants. Ce sont eux qui ont accès aux registres. Demon découvrira dans quel régiment Appleby a servi et qui était son supérieur immédiat et il bavardera avec cet homme. S'il dit qu'Appleby est droit comme une flèche, nous aurons au moins appris cela.

Phyllida étudia le visage de Lucifer.

— Vous pensez que c'est lui.

Lucifer grimaça.

— Je pense que le meurtrier a fait preuve d'une étrange combinaison de soigneuse planification et d'actes sans pitié, mais en étant aussi prudent, ses précautions ont entravé son succès. Quand les choses tournent mal, il ne panique pas. Il agit, mais il rate les occasions et il ne réussit pas tout à fait à atteindre son but.

Il pivota pour la regarder en face.

— C'est une bonne description des caractéristiques d'un soldat de l'infanterie régenté, un homme relativement intelligent. Ils planifient toujours ; ils n'aiment pas opérer à l'improviste. Ils sont prudents. Et bien qu'ils ne paniquent pas lorsque les choses tournent mal, leurs réactions n'ont pas toujours les meilleures chances de réussite – parce qu'ils n'ont pas eu le temps de planifier.

— On dirait que vous en connaissez beaucoup sur la vie militaire.

— J'en ai *vu* beaucoup sur la vie militaire, sur le combat en infanterie, à Waterloo.

Elle se souvint du sabre.

— Vous étiez dans la cavalerie.

Il hocha la tête.

— Nous fonctionnions avec des règles différentes ; respecter des plans n'était pas notre fort. Les établir à mesure que nous avancions était davantage notre style.

— Pourquoi cela ne pourrait-il pas être Basil ? Il est prudent.

— Il était à l'église quand Horatio a été tué, mais je ne cours aucun risque et je suppose que c'est Appleby.

Lucifer attira le regard de Phyllida.

— Avec de la chance, nous aurons la preuve de l'identité du meurtrier bien assez tôt.

Quand dimanche soir arriva, elle se sentait à bout de nerfs – attendant que cette preuve arrive. Lucifer comprenait. Au cours de cette heure paisible après le coucher du soleil, mais avant que s'installe l'obscurité, il l'attira dehors pour se promener dans la douceur parfumée du jardin de Horatio.

Sa main dans la sienne, elle marchait à côté de lui sur les sentiers en gravier. À part les sentiers principaux joignant le portail, le côté de la maison et la porte d'entrée, il y en avait de nombreux autres sinuant à travers les parterres bien entretenus.

— Il pourrait être ici.

Phyllida regarda les ombres s'épaississant derrière les arbres.

— Il ne l'est pas. Nous n'avons pas l'habitude de marcher dans le jardin le soir.

— Nous n'avons plus d'habitudes en ce moment… dehors.

Lucifer rit ; le son était comme une main chaude glissant confortablement dans son dos, une invitation à se détendre. Phyllida respira profondément – l'odeur de la giroflée les enveloppait.

— Il n'est pas parti.

— Non.

Ils le savaient, car ce même matin, Dosdwell avait rapporté qu'une personne avait tenté de forcer la fenêtre de la salle à manger, celle qui avait un verrou défectueux auparavant. Ils étaient tous allés voir, même Sweetie. Il y avait des éraflures sur le cadre de la fenêtre et des creux là où les talons de l'homme s'étaient enfoncés, mais pas d'empreintes nettes.

Phyllida expira, longuement et lentement.

— Cela fait une semaine.

— Seulement une semaine ; Thompson a dit qu'il en faudrait peut-être deux.

Lucifer l'attira plus près de lui et tourna sur un autre sentier.

— Avez-vous lu la note de Honoria ?

Le reste du paquet venant du duc s'était révélé être une longue lettre de la duchesse pour elle. Lucifer s'était souvenu de la lui remettre après qu'ils avaient découvert la tentative d'entrée par effraction. Étant donné ce qu'avait écrit Honoria, elle devait se demander s'il s'en serait « souvenu » autrement.

La lettre lui avait certainement apporté une distraction. Honoria avait commencé en disant qu'elle se précipitait peut-être un peu pour lui souhaiter la bienvenue dans la famille, mais si elles étaient assez peu judicieuses pour vivre leurs vies selon les caprices de leurs hommes… de là, la lettre était devenue plus intéressante. Phyllida sourit.

— Vous avez une famille fascinante.

— Une grande famille, certainement, particulièrement lorsque l'on additionne tous les liens de parenté.

— Vous avez mentionné un frère : Gabriel.

— Il est mon aîné d'un an.

Lucifer la regarda brièvement pendant qu'ils se promenaient.

— Il s'est marié il y a quelques semaines ; le jour avant mon arrivée.

— Le jour précédent ?

— Hum. Gabriel et Alathea… nous formions un trio lorsque nous étions jeunes. Quand ils se sont mariés et ont quitté Londres, j'ai eu l'impression qu'ils partaient pour une quelconque aventure et qu'ils m'abandonnaient. Au lieu de cela, me voici, avec vous, plongé dans l'aventure jusqu'au cou.

Il lui jeta un autre coup d'œil.

— Plongé jusqu'au cœur dans quelque chose de plus.

Elle n'était pas encore prête à l'interroger sur cette dernière affirmation.

— Avez-vous d'autres frères et sœurs ?

— Trois sœurs ; elles ont la moitié de mon âge. Heather, Elize et Angelica. Gabriel nourrit de tendres espoirs qu'Alathea réussisse à leur enseigner à ne pas glousser.

Phyllida sourit.

— Elles finiront par cesser avec l'âge.

— Hum, ce n'est pas une chose que nous aimons envisager. En général, nous ne gérons pas bien le fait que nos sœurs grandissent.

Prévenue par son ton, elle étudia son visage.

— À qui pensez-vous ?

Il la regarda, puis grimaça.

— Deux de nos cousines ; les jumelles. En raison d'un triste accident survenu il y a quelques années, elles n'ont plus de frère aîné pour les surveiller, alors nous nous en chargeons tous. Nous le faisions.

— Nous ?

Il lui jeta un regard en biais.

— Honoria n'a pas mentionné le clan Cynster ?

Phyllida sourit et regarda devant elle.

— En fait, elle l'a fait. Très intéressant, c'est ce que j'ai trouvé.

Lucifer s'étrangla de rire.

— N'y accordez pas trop d'importance ; cette époque est révolue.

— Vraiment ?

— Oui, vraiment !, ajouta-t-il en fronçant les sourcils. Bien que je ne sois pas du tout content des jumelles.

— Selon Honoria, les jumelles sont tout à fait capables de gérer leurs propres vies, et si vous parlez d'intervenir, je dois vous rappeler ce fait.

— Avec tout le respect qui lui est dû, Honoria est une duchesse et Devil est son duc. Elle n'a jamais mis le pied au sein de la haute société sans lui métaphoriquement, sinon physiquement près de son coude. Ce n'est pas tout à fait la même chose que de se promener avec grâce dans les salles de bal sans aucune protection.

— Je dois vous dire que vos cousines sont de jeunes dames sensées et qu'elles s'en sortiront parfaitement bien.

— Je sais, mais je ne suis pas obligé d'aimer cela.

Son ton dégoûté faillit vraiment la faire rire. Elle lui jeta un coup d'œil.

— Comment serez-vous avec vos propres filles ?

— Je frissonne juste en y pensant.

Il la regarda.

— Évidemment, je vais d'abord devoir les engendrer.

Il l'attira plus près, un bras se glissant autour de sa taille, puis sa main s'écarta, chaude et vivante, sur sa hanche, la poussant contre lui. Le sentier en gravier se terminait sous une tonnelle encadrée par un parterre de pivoines en folie. Ils stoppèrent. Tenant Phyllida devant lui, il pencha la tête ; ses lèvres la touchèrent, avançant avec légèreté, dessinant une ligne de chaleur de sa tempe à son oreille, puis descendant sur la courbe de sa gorge à l'endroit où son pouls battait violemment.

— Combien d'enfants aimeriez-vous ?

Le murmure de Phyllida était un peu tremblant.

— Une dizaine serait bien.

Il murmura ces mots contre sa gorge, puis il la retourna et effleura ses lèvres.

— Mais au moins un garçon et une fille, je pense.

Phyllida s'installa entre ses bras et répondit légèrement à son baiser.

— Au moins.

Il était debout avec les bras l'entourant lâchement, leurs corps se touchant à peine. Il y avait du chèvrefeuille tout près ; son parfum flotta au-dessus d'eux, subtilement tentant. La même odeur enveloppait leur lit. Les paumes de Lucifer se déplacèrent, juste un peu, sur son dos. Il regarda son visage.

— Vous ai-je raconté l'histoire de ce jardin ?

La nuit tombait, se refermant lentement sur eux, rampant doucement sur le pays.

— L'histoire ?

Il restait assez de clarté pour qu'ils voient leurs visages respectifs et l'expression dans leurs yeux.

— Quand je suis arrivé ici la première fois, le jardin m'a captivé, dit-il en regardant autour de lui. Avant même que j'entre dans la maison, je me suis arrêté et je l'ai fixé. Puis, j'ai compris que c'était le jardin de Martha.

— Martha, la femme de Horatio ?

— Oui. C'est une copie du jardin qu'elle a conçu et cultivé à côté de leur maison surplombant le lac Windemere.

— Horatio l'a recréé ici ?

— Oui ; et cela m'a vraiment intrigué. Ce premier jour, avant que j'entre, j'ai eu l'impression que Martha essayait de me dire quelque chose. Plus tard, j'ai cru que cela devait être le pressentiment de la mort de Horatio. Plus tard encore, j'ai compris que ce n'était pas cela du tout.

Lucifer reporta son regard sur le visage de Phyllida.

— C'était Martha qui créait toujours des choses, comme le font les femmes. Elle a créé une atmosphère qui emplissait la maison, créé le jardin qui l'entourait. Horatio ne connaissait rien du jardinage ; je le vois encore marcher bras dessus, bras dessous dans les sentiers avec Martha qui lui montrait ceci et cela. Le jardin personnifiait Martha de nombreuses façons et, plus encore, l'amour qu'elle portait à Horatio. Le jardin était une partie de l'expression de cet amour, une déclaration permanente et publique. C'est ce que j'ai ressenti — que je ressens encore – dans ce jardin. J'ai dit que j'étais surpris de le retrouver ici. Je savais que Horatio avait quitté la maison du lac Windemere parce qu'il ne supportait pas les souvenirs de Martha partout autour de lui.

C'était trop douloureux. Néanmoins, je retrouvais le jardin de Martha ici, à présent celui de Horatio. Pourquoi ? J'ai mis du temps à comprendre, mais il n'y a qu'une explication qui convienne.

Ses lèvres se tordirent avec ironie ; il plongea le regard dans les yeux de Phyllida.

— Et je sais de quoi tentait de me prévenir Martha ce premier jour en me poussant du coude d'une manière métaphysique.

— Quoi ?

— De vous. Pas seulement de vous, mais de la possibilité de ce que nous pouvions partager. Martha essayait de me dire d'ouvrir les yeux afin de ne pas le rater.

Il regarda encore une fois autour de lui ; ses bras se resserrèrent alors qu'il reportait ses yeux sur le visage de Phyllida.

— Horatio a recréé le jardin de Martha parce qu'il a compris, comme moi maintenant, qu'on ne peut pas mettre l'amour de côté. On ne choisit pas d'aimer – cela ne fonctionne pas ainsi –, mais une fois que l'on aime, on aime pour toujours. Nous ne pouvons pas changer de comté et le laisser derrière ; il reste avec nous, dans notre cœur, dans notre esprit – il devient une partie de notre âme. Horatio a recréé le jardin pour la même raison que Martha l'avait créé en premier lieu – comme une expression de son amour pour elle et la reconnaissance de l'amour de Martha pour lui. Martha était encore avec Horatio lorsqu'il est mort – je le sais aussi sûrement que je suis debout ici avec vous. Ils sont encore ici, tous les deux, des souvenirs vivants dans ce jardin.

Les lèvres de Lucifer se tordirent en signe de dénigrement de soi.

— Malgré tous nos efforts – les hommes de ma famille – pour éviter l'amour, pour les meilleures et plus logiques raisons, quand il frappe, aucun de nous, parmi toutes les générations, n'y a tourné le dos et ne l'a abandonné. Pour nous, ne pas partir est plus difficile, plus effrayant que de combattre lors d'une bataille, mais s'il y a une chose que j'ai apprise de ma famille, c'est que s'abandonner à l'amour, aux exigences de l'amour, est l'unique voie menant au véritable bonheur.

» Bien que j'aie vu l'amour en action dans ma famille, j'ai beaucoup appris de Horatio et Martha. L'amour existe, tout simplement ; sans demander de permission. L'acceptation est tout ce que l'amour demande, la seule exigence qu'elle a, mais elle est absolue. Vous pouvez l'admettre dans votre cœur ou le refuser, mais il n'y a pas d'autre choix.

Pendant un long moment, il étudia les yeux sombres de Phyllida, ronds et luisants.

— Vous vous demandiez ce qu'était l'amour, à quoi il ressemble ; il vous a entourée tout au long de cette dernière semaine. L'avez-vous senti ?

— Oui.

Ses lèvres s'adoucirent ; ses yeux scrutèrent les siens.

— C'est une réalité effrayante, parfois déchirante, mais si merveilleuse et brillante, si essentielle.

Sa respiration se fit tremblante.

Il pencha la tête et il inspira son souffle.

— Avez-vous pris votre décision : d'accepter ou non l'amour ?

Il murmura la question contre ses lèvres. Elles s'incurvèrent doucement.

— Vous savez que oui.

Il l'embrassa encore, avec délicatesse et légèreté.

— Quand le moment sera venu, je vais vous le demander et vous pourrez me répondre.

— Pourquoi pas maintenant ?

— Ce n'est pas le bon moment.

Quand Phyllida refit surface après le baiser suivant, elle réussit à dire dans un souffle :

— Quand serait-ce le bon moment ?

— Bientôt.

Le baiser subséquent exprima clairement que c'était là toute l'ampleur de la réponse qu'elle recevrait ce soir. Cependant, il lui en avait suffisamment dit et assez montré ; elle était satisfaite.

Satisfaite de le laisser l'éveiller, lentement, avec expertise, jusqu'à ce qu'elle flotte, languide sur une mer d'anticipation. Ils se séparèrent, ils pivotèrent pour s'étreindre, Phyllida posant sa tête sur l'épaule de Lucifer et ils se promenèrent dans le jardin – évocateur avec ses parfums, sa végétation bourgeonnante et sa promesse d'amour éternel – pour rentrer à la maison, se mettre au lit, profiter de l'amour qu'ils partageaient déjà.

Un jour suivait l'autre et la tension montait. Jonas passait presque tout son temps au manoir ; sir Jasper passait au moins deux fois par jour. Même Sweetie semblait plus tendue, bien que Lucifer ne sache pas trop ce qu'elle comprenait. Elle était la plus gentille indécise qu'il n'ait jamais rencontrée, et il en connaissait beaucoup ; l'idée de la présenter à sa grand-tante Clara devenait une obsession.

La seule chose qui rompait la routine, bien que d'une manière très éphémère, et soulageait temporairement la tension croissante était les réponses qui arrivaient des collectionneurs. Les réponses distrayaient Phyllida, et pour cela, Lucifer était reconnaissant. Malheureusement, bien que tous expriment leur horreur pour le malheur de Horatio, aucun ne pouvait procurer un nouvel éclairage sur les doubles mystères entourant sa collection.

Avec acharnement, Lucifer et Phyllida les passèrent en revue, cherchant… quelque chose. Un indice sur le motif de l'assassinat de Horatio, un indice sur ce qu'il voulait que Lucifer évalue. Bien que personne ne le déclarât à voix haute, ils étaient conscients d'ignorer complètement ce qu'ils cherchaient. Cela tempérait catégoriquement leur enthousiasme.

Quand arriva le mercredi après-midi, Lucifer avait déjà commencé à se demander pourquoi il n'avait pas reçu d'autres communications de Devil. Son cousin n'était pas le genre à prendre son temps.

La réponse à sa question arriva plus tard ce soir-là, juste au moment où Phyllida et Sweetie et lui se levaient de la table à manger.

Le bruit de ferraille de roues dans l'allée fut suivi par le bruit sourd de sabots qui piaffaient. Lucifer regarda Phyllida.

— Cela, je crois, est le messager de Devil.

Ce l'était –, mais ce fut une vision de boucles dorées comme une guinée et une silhouette soignée enveloppée de bleu céruléen qui atteignit la porte d'entrée en premier.

— Felicity !

Lucifer s'avança, les mains tendues. Il aurait dû s'y attendre, évidemment, mais il n'avait pas bien réfléchi.

— Bonjour !

La jeune femme de Demon lui prit les mains et les leva à son visage pour un baiser de cousine, mais son regard était déjà passé derrière lui.

— Et vous devez être Phyllida.

Libérant Lucifer, Felicity passa devant lui et fondit sur Phyllida.

— Honoria m'a écrit et m'a parlé de vous. Je suis Felicity. Nous sommes venus vous aider.

Phyllida sourit – impossible de ne pas le faire lorsque l'on était confronté au charme de Felicity. Elle ne voyait pas l'utilité de la dissimulation, alors elle effleura ses joues et lui serra les mains comme si elles étaient déjà parentes.

— Doux Jésus ! Vous êtes presque au bout du monde.

Phyllida leva les yeux sur le grand Cynster aux larges épaules serrant la main de Lucifer.

— Pas tout à fait ; c'est à quelques kilomètres plus loin.

Lucifer se fendit d'un sourire et pressa l'épaule de Demon.

— C'est bon de te voir.

Il jeta un coup d'œil à Felicity.

— Êtes-vous certains de pouvoir prendre le temps ?

Se tournant après avoir salué Sweetie, Felicity décocha un regard d'avertissement à son mari, elle releva légèrement le menton vers Lucifer et passa son bras sous celui de Phyllida.

— Nous étions avec Vane et Patience quand les lettres de Devil et de Honoria sont arrivées.

Demon s'avança. Prenant la main que lui tendait Phyllida, il l'embrassa calmement sur les deux joues.

— Bienvenue dans la famille, ma chère. Nous lui avions bien dit que fuir au pays ne l'aiderait pas, et le voici bien pris. Captivé.

Phyllida regarda dans une paire d'yeux bleus de plusieurs nuances plus pâles que ceux de Lucifer. Ils contenaient bien, par contre, la même lueur d'insouciance familière. Elle l'ignora.

— Bienvenue au manoir et à Colyton également.

— Peut-être…

Lucifer arqua un sourcil en direction de Phyllida.

Il lui demandait d'agir en tant qu'hôtesse – comme sa femme. Avec un sourire calme, elle leur fit signe de passer au salon.

— Pourquoi ne nous assoyons-nous pas confortablement, puis vous pourrez nous raconter les nouvelles de la famille. Vous devez être assoiffés. Avez-vous dîné ?

— À Yeovil, répondit Felicity. Nous ne savions pas quelle distance exactement il restait jusqu'à Colyton. Demon ne voulait pas courir de risques.

Lucifer cilla, mais il ne dit rien. Il fit entrer Felicity et Demon dans le salon. Phyllida donna des ordres à Bristleford afin qu'il prépare des chambres et apporte la table roulante pour servir le thé, puis elle les rejoignit.

— Bien, dit Felicity alors que Phyllida s'installait à côté d'elle sur la méridienne, vous deux semblez vivre toute l'excitation qu'il y a dans la famille en ce moment, alors nous sommes venus la partager. Honoria serait venue aussi, mais dans son état, Devil refuse qu'elle aille même jusqu'à la porte d'entrée.

Et Vane agit assez semblablement ; il semble imaginer que Patience est faite en fine porcelaine. Scandal a été tenté, mais Catriona a accepté qu'il vienne si elle l'accompagnait, alors ils sont encore à Somersham. Et tout le monde ignore où se trouvent Gabriel et Alathea en ce moment.

Elle sourit à Lucifer.

— Alors, nous sommes seuls, j'en ai bien peur.

Le discours ingénu avait fait blêmir Lucifer – sa conclusion le ranima.

— Dieu merci !

Il jeta un coup d'œil à Demon.

— Je ne m'attendais pas à ce que toute la troupe fonde sur nous.

Demon haussa les épaules.

— C'est l'été ; qu'avons-nous d'autre à faire ?

Bristleford entra avec la table roulante et les assiettes de gâteaux. Ils s'interrompirent pour prendre part au thé ; Phyllida et Felicity sirotèrent et grignotèrent délicatement tout en bavardant ; Demon et Lucifer se décidèrent pour un brandy et pour la démolition des gâteaux.

— Alors, dit Lucifer quand Demon termina le dernier gâteau. Allons au plus pressant : qu'avez-vous appris ?

Demon ne le regarda pas ; ses yeux étaient fixés sur la méridienne. Suivant son regard, Lucifer fut juste à temps pour voir Felicity tenter d'étouffer, puis de dissimuler un bâillement.

— D'un autre côté, dit Lucifer, il se fait tard et vous allez devoir vous installer. Y a-t-il quelque chose qui ne puisse pas attendre au matin ?

Demon lui lança un regard reconnaissant.

— Non.

Il réfléchit, puis il secoua la tête et se leva.

— Il n'y a rien qui fera une différence ce soir, et j'aimerais mieux que tu nous racontes ce qui s'est passé ici avant que je t'informe de nos découvertes, aussi accessoires soient-elles. Connaître les détails m'aidera à mieux mettre en perspective ce que j'ai trouvé.

Phyllida se leva, attirant Felicity avec elle. Elle avait vu le bâillement et compris l'allusion faite plus tôt aussi.

— En effet. Une bonne nuit de sommeil pour tous et ensuite nous pourrons nous y mettre à la première heure demain matin, dit-elle en souriant à Felicity. Venez, je vais vous présenter madame Hemmings et vous montrer votre chambre.

Ils se rencontrèrent tous à la table du petit-déjeuner le lendemain matin. Reposée et rafraîchie, Flick – elle insistait pour que le monde l'appelle ainsi – était impatiente d'entendre leur récit.

Demon, soulagé de sa propre angoisse, était semblablement impatient. Lucifer et Phyllida commencèrent leur histoire autour des tasses de thé, puis ils la poursuivirent quand ils se retirèrent dans la bibliothèque. Brièvement, ils décrivirent un incident après l'autre ; Demon les interrompit avec une question de temps à autre. Flick resta assise et se contenta de les dévisager.

— Comme c'est atroce ! déclara-t-elle quand ils conclurent leur histoire. C'est monstrueux ; vous laisser mourir dans un cottage en flammes !

Phyllida acquiesça.

Lucifer regarda Demon.

— Alors, quelles sont les nouvelles de Londres ?

— Tout d'abord, tes voisins sont des âmes extrêmement respectueuses de la loi ; Montague leur a accordé à tous une belle note de passage. Aucune dette, aucun antécédent étrange ; rien. Tout ce qu'il a trouvé sur Appleby est qu'il est le fils illégitime d'un pair secondaire ; le vieux Croxton, à présent décédé. Son père n'était pas affectueux, mais il a bien contribué à son éducation et lui a ouvert la voie dans l'armée. L'infanterie ; tu avais raison là-dessus.

— Donc, conclut Lucifer, Appleby est un ancien soldat de l'infanterie, pauvre avec une éducation suffisante pour lui permettre de servir de secrétaire à un gentleman.

— Oui, mais il y a plus. Appleby était le seul sur ta liste qui avait servi d'une manière ou d'une autre, alors cela a été plutôt facile pour moi. J'ai retrouvé son régiment ; il a été dans l'action à Waterloo.

Demon jeta un coup d'œil à Lucifer.

— Il était avec le neuvième. J'ai réussi à localiser son supérieur, un capitaine Hastings. C'est là que les choses sont devenues intéressantes. J'ai dû faire boire Hastings jusqu'à ce qu'il roule presque sous la table pour lui arracher son cauchemar, mais il est apparu que Hastings soupçonne Appleby d'avoir commis un meurtre sur le champ de bataille.

— Un meurtre sur un champ de bataille ?

Flick fronça les sourcils.

— Cela peut-il se produire ?

Lucifer hocha la tête.

— Si vous tirez sur quelqu'un dans votre camp délibérément.

Phyllida frissonna.

— Comme c'est horrible.

— En effet, acquiesça Demon. Pendant une attaque particulière de la cavalerie… – il jeta un coup d'œil à Phyllida et à Flick. La cavalerie charge souvent par un flanc, en passant dans la ligne de mire de l'infanterie ; l'infanterie lève habituellement ses armes pendant l'attaque. La plupart utiliseraient ce temps pour nettoyer et recharger. Bien, pendant l'une de ses attaques, Hastings se tenait debout presque juste derrière Appleby. Il jure qu'Appleby a pris l'un des siens dans sa mire. Il croit avoir vu Appleby tirer et l'un des soldats de la garde tomber, mais… c'était en milieu de matinée et une journée d'enfer. Quand elle s'est terminée, il y avait tellement de morts et nous avions tous vécu nos propres cauchemars.

» Hastings n'était pas assez certain pour porter une accusation immédiate, mais il en avait vu assez pour vérifier qui était l'homme tombé.

» Il s'est avéré être le meilleur ami d'Appleby. Ils avaient même partagé une tente la veille. Bien que blessé lui-même, Appleby était sorti des rangs pour aller récupérer le corps et il était, selon toutes apparences, profondément bouleversé. Hastings en a conclu qu'Appleby s'était contenté d'utiliser sa mire pour mieux surveiller son ami pendant l'attaque. C'est ce qu'il s'est dit à lui-même. C'est encore ce qu'il se dit, mais quand sa langue est déliée par un bon brandy, la vérité sort de sa bouche. Hastings croit encore dans son cœur qu'il a vu Appleby tuer son meilleur ami, le caporal Sherring.

Demon regarda Lucifer.

— En passant, Hastings a dit qu'Appleby était un excellent tireur au mousquet.

— Donc – Lucifer regarda Phyllida – il *pourrait* s'agir d'Appleby.

— Mais est-ce lui ? demanda Demon. Tout ce que nous avons est une possibilité improuvable qu'Appleby a déjà tué de sang-froid. Nous n'avons rien pour le lier à Horatio ou à sa collection.

— Et c'est là, acquiesça Lucifer, où le bât blesse.

Toute l'affaire tournait autour du mystérieux volume que le meurtrier croyait enfoui dans la collection de Horatio. Demon et Flick se joignirent au groupe faisant des recherches dans les tomes de Horatio.

Après une heure, Flick fit un pas en arrière devant la bibliothèque qu'elle examinait.

— Pourquoi faisons-nous cela ? demanda-t-elle en se tournant vers Lucifer. Qui qu'elle soit, cette personne a probablement cherché le livre tous les dimanches pendant des mois. Toutefois, si elle savait quel livre elle cherchait, elle n'aurait pas mis longtemps à le trouver.

— Malheureusement, elle aurait pu.

Lucifer avança lentement jusqu'aux étagères, puis il s'arrêta et en sortit un volume à l'air anodin. Il le montra à Flick.

— *Les légions romaines,* de Brent. Jolie reliure ; il vaut quelques guinées, mais pas de quoi s'exciter.

Puis, il le libéra de sa couverture.

— En réalité, cependant, il s'agit d'une première édition de *Traités des puissances* de Cruickshank qui vaut une petite fortune.

— Oh.

Flick étudia la couverture et le livre qu'elle avait dissimulé.

— Y en a-t-il beaucoup de semblables là-dedans ?

— Dans quelques étagères, on en trouve et parfois encore plus souvent.

Phyllida tendit la main vers le livre suivant sur son étagère.

— De nombreux collectionneurs se servent de fausses couvertures pour cacher leurs ouvrages les plus précieux.

Lucifer replaça le volume inestimable dans sa couverture protectrice.

— Donc, pour fouiller la collection de Horatio, nous devons vérifier chaque livre.

Ils retournèrent à leurs vérifications.

Après le déjeuner, Lucifer et Demon, sur l'ordre de leurs dames, se rendirent à pied à la forge pour s'entretenir avec Thompson. Aucun cheval avec un fer lâche n'avait encore été amené. Alors qu'ils remontaient lentement la rue, Lucifer jeta un coup d'œil en biais à Demon.

— Je suis étonné que tu aies accepté de mêler Flick à ceci ; je suppose qu'elle est dans un état intéressant ?

— Oui.

Le grand sourire de fierté de Demon fut excessivement bref.

— Mais la maudite diablesse ne voulait pas que je la laisse derrière. Elle insiste pour dire qu'elle se porte parfaitement bien et elle refuse d'être chouchoutée. Cela vaut autant la peine de discuter avec force que de réchauffer un lit déjà chaud. Et, évidemment, Honoria l'a soutenue.

— Honoria ?

— Honoria, qui est si fichtrement enceinte que Devil en a presque perdu toute son autorité ducale.

Il s'est décliné lorsqu'elle a décrété que Flick était assez bien portante pour voyager jusqu'ici ; et il m'a même encouragé à l'emmener ! Ce n'était pas parce qu'il considérait cela comme une bonne idée, bien sûr, mais parce qu'il ne voulait pas énerver Honoria !

— Doux Jésus ! Est-ce ce qui m'attend ?

— À moins que tu ne songes à une relation platonique, et je ne peux pas croire que ce soit le cas ; oui, et c'est ce qui t'attend de moins grave. À en juger par l'état actuel de Vane, cela ne fait qu'empirer.

Lucifer secoua la tête.

— Pourquoi faisons-nous cela ?

— Dieu seul le sait.

Ils échangèrent des regards, puis ils sourirent et allongèrent le pas.

Ce fut Flick qui plus tard dans l'après-midi exprima en mots ce qu'ils pensaient tous chacun de leur côté. Elle agita les bras en direction des étagères dans la bibliothèque.

— Si le meurtrier veut quelque chose ici, pourquoi ne le laissons-nous pas venir le chercher ? demanda-t-elle en se retournant face aux autres. Je ne veux pas dire par là le laisser filer, bien sûr, mais si nous organisions un pique-nique pour la maisonnée ou un autre événement similaire en nous assurant que tout le village sait qu'il n'y aurait plus personne à la maison et qu'ensuite nous partions pour revenir et monter la garde ?

Elle les regarda.

— Qu'en pensez-vous ?

Demon regarda Lucifer.

— Je pense que l'idée a un certain mérite. Nous devons accepter qu'il y ait une possibilité assez certaine que le meurtrier se soit occupé de ce fer lâche sans pour autant amener le cheval à Thompson.

— La fête du village se tient dans deux jours.

Tous regardèrent Phyllida.

— C'est samedi, dit-elle. Les gens venant de kilomètres à la ronde y assistent. C'est pratiquement obligatoire.

Se levant, elle alla à la fenêtre ; Flick la rejoignit alors qu'elle agitait la main.

— Elle se tient dans le champ juste derrière l'église.

Lucifer et Demon les rejoignirent à la fenêtre, levant les yeux vers la pente de la place menant à l'église. Demon plissa les yeux.

— C'est une proposition très attirante.

— C'est assez facile d'organiser une surveillance de la maison, et des suspects potentiels aussi.

Lucifer hocha lentement la tête.

— Et les portes ici, bien que verrouillées la nuit, ne le sont jamais pendant la journée, même maintenant.

— Le matin de la fête, il y aura beaucoup de va-et-vient ; nous y apporterons de la nourriture et nous installerons des tréteaux, dit Phyllida en regardant les autres en face. Cela devrait être facile de surveiller discrètement et voir lorsque nous serons tous sortis de la maison.

Ils réfléchirent en échangeant des regards, puis Lucifer hocha la tête.

— D'accord. Faisons-le. Cependant, nous devons d'abord décider des détails.

Ils passèrent toute la soirée à planifier et le lendemain matin, ils discutaient encore des détails pour savoir qui surveillerait qui, quand et de quel endroit quand le courrier fut livré. Bristleford apporta les lettres sur un plateau dans la bibliothèque et il les déposa sur le grand bureau près du coude de Lucifer. Quand ils firent une pause dans leurs délibérations pour consommer le thé et le plateau de biscuits au beurre de madame Hemmings, Lucifer feuilleta la pile. Il en présenta quelques-unes à Phyllida et il commença à ouvrir le reste.

— Encore des réponses d'autres collectionneurs.

Il avait terminé d'ouvrir les lettres et il lisait celles qu'il avait gardées et les mettait de côté en secouant la tête lorsque Phyllida se redressa dans son fauteuil, fixant la feuille qu'elle tenait à la main.

— *Juste ciel !* Écoutez cela ! Elle vient d'un avocat de Huddersfield. Il écrit que notre récente lettre adressée à l'un de ses défunts clients a été portée à son attention. Dans les circonstances, il se sentait l'obligation de nous faire remarquer le fait que son ancien client, un associé de Horatio, est mort aux mains d'un agresseur inconnu il y a environ dix-huit mois.

— *Ciel* !

Ils se levèrent tous pour aller lire par-dessus l'épaule de Phyllida. Elle leva la lettre afin qu'ils puissent la voir.

— Il dit que l'autre collectionneur a été étranglé tard un soir et que ses registres ont été pillés.

Lucifer tendit la main pour stabiliser la feuille.

— Shelby. Je me demande…

Il retourna à son bureau et il s'assit. Au fond d'un tiroir du bas, il tira une pile de cartons.

— Horatio notait toujours sur des cartes libellées pour chaque personne le genre d'objet qu'il avait le plus récemment échangé avec elle. Les notes renvoient à ses registres.

Il feuilleta les cartons.

— Shelby, Shelby… *voilà* !

L'abasourdissement dans sa voix amena ses compagnons à lever la tête vers lui. Lucifer était assis sans bouger, un carton à la main.

— Eh bien, eh bien.

Il jeta un coup d'œil à Demon.

— Sherring.

— *Sherring* ?

Demon vint regarder par-dessus son épaule.

— Le Sherring que le caporal Hastings croit avoir été tué par Appleby ?

— Plus vraisemblablement son père.

Lucifer posa la carte, puis il continua à vérifier sa pile.

— Il y a des entrées pour Shelby, mais cela remonte à trois ans et il semble qu'ils n'échangeaient que des meubles.

Il refit une pile avec les autres cartons et il les rangea dans le tiroir, puis il reporta son attention au carton de Sherring.

— Des livres. Un achat, il y a juste un peu plus de cinq ans.

— Presque immédiatement après Waterloo, ajouta Demon.

Lucifer hocha la tête.

— Où sont ces registres ?

Demon posa une main sur son épaule.

— Avant que tu fasses cela, écris une lettre à cet avocat. Donne-lui le nom d'Appleby ; tu verras s'il le reconnaît. Lucifer hésita, puis il sortit une feuille de papier.

— Nous n'aurons pas de ses nouvelles à temps, en supposant que ce fer tombe, mais si tout le reste échoue… je vais également inclure une description d'Appleby. Si c'était lui, il a pu ne pas utiliser son véritable nom.

La lettre fut vite rédigée. Dosdwell fut dépêché pour attraper de vitesse le courrier du soir à Chard.

Puis, Lucifer déterra les registres de Horatio – cette fois, ils avaient une date et ils trouvèrent rapidement l'entrée. Elle listait neuf livres. Ils notèrent la liste sur quatre bouts de papier, puis ils en prirent un chacun et commencèrent à parcourir les étagères.

Jonas arriva. Étonné par la nouvelle, il se joignit à la chasse. Covey aussi. Il vérifia l'inventaire qu'ils avaient établi jusqu'à maintenant, ce qui diminuait le nombre d'étagères qu'ils devaient fouiller à présent.

Lucifer leur dit de regarder les titres en se basant sur le fait qu'aucun de ces livres ne semblait assez précieux pour justifier une fausse couverture. Cela exigea quand même presque toute la journée, mais ils localisèrent enfin les neuf volumes. Chemin faisant, ils découvrirent trois fausses couvertures de *Sermons du Dr Johnson*, six fausses couvertures des *Voyages de Gulliver* et un ahurissant total de huit fausses couvertures des *Fables d'Aesop*.

— Assez pour embrouiller n'importe qui, remarqua Demon.

— Pas étonnant que le meurtrier ait dû fouiller avec autant de soin.

Phyllida jeta un coup d'œil sur les rangées d'étagères.

— Et on ne peut pas savoir si Horatio, pour une raison quelconque, a dissimulé un des volumes de Sherring.

Lucifer secoua la tête. Le carton de Horatio à la main, il vérifiait les neuf livres.

— Non, ce sont les volumes de Sherring. Horatio a noté tous les détails et il ne se procurait jamais deux exemplaires d'un livre en particulier.

— Seulement pour s'en servir comme fausses couvertures, répliqua Demon.

Sur les directives de Lucifer, ils tirèrent les livres en avant dans les étagères, mais ils les laissèrent là où ils les avaient découverts.

À dix-sept heures, Lucifer passa les neuf livres en revue pour la troisième fois, accordant une attention particulière à *Sermons du Dr Johnson*, aux *Voyages de Gulliver* et aux *Fables d'Aesop*. Il nota la position de chaque livre sur sa liste, puis il les repoussa afin qu'ils rejoignent discrètement leurs semblables.

Lui, Phyllida, Flick, Demon, Jonas et Covey avaient étudié chaque livre. Il n'y avait absolument rien pour expliquer pourquoi une personne commettrait un meurtre pour l'un d'entre eux.

Demon se laissa choir dans la méridienne à côté de Flick.

— Nous passons sûrement à côté de quelque chose.

— Vraisemblablement.

Lucifer s'installa dans une bergère et contempla la liste du regard.

— Supposons que notre homme a commencé sa fouille dans la bibliothèque.

— Pourquoi ? demanda Jonas.

— Parce que si je voulais trouver un livre précieux dans cette maison, je supposerais que Horatio le conserve dans son sanctuaire chez lui, répondit Demon.

Lucifer hocha la tête.

— Donc, il a terminé par la bibliothèque, en tombant sur des tas de fausses couvertures pendant le processus et il a commencé ici – il marqua une pause pour jeter un bref regard sur les bibliothèques couvrant presque chaque mètre d'espace mural dans le salon – quand Horatio l'a dérangé. La nuit où Phyllida et moi l'avons vu, il essayait encore de fouiller ici.

— La plupart des livres de Sherring sont dans la bibliothèque ou ici, dit Phyllida. Seuls les vrais exemplaires des *Voyages de Gulliver* et des *Fables d'Aesop* sont dans le salon.

Elle regarda Lucifer.

— Est-ce la raison pour laquelle vous avez examiné les livres ici et ces deux livres plus particulièrement ?

Il acquiesça d'un signe de tête.

— Quatre livres et, bien qu'il ne s'agisse pas de mon domaine de compétences, je jurerais joyeusement qu'il n'y a pas une chose qui rende l'un ou l'autre précieux. *Les fables d'Aesop* ont été utilisées pour cacher quelque chose ; la couverture avant a été vidée, mais ce n'est pas inhabituel. Le devant de livres semblables était à une époque un endroit courant pour dissimuler des testaments et des documents similaires. Il n'y a plus rien là-dedans maintenant sauf un peu de rembourrage en toile ; j'ai pelé un coin du papier de couverture et j'ai vérifié.

Ils restèrent assis à digérer l'information. En fin de compte, Demon soupira.

— Évidemment, cela pourrait bien être une remarquable coïncidence et le meurtrier être en fait quelqu'un d'autre.

Lucifer grimaça.

— Très vrai, ce qui explique pourquoi nous devons encore réfléchir à notre façon d'aborder la journée demain.

Ils en revinrent à leurs plans, aux arguments, aux suggestions – aux possibilités quant à la manière de piéger le meurtrier.

CHAPITRE 20

La fête se leva sur une journée calme et dégagée. Tout au long de la matinée, des hommes et des garçons trimballèrent des planches et des tréteaux jusqu'à la place et au-delà de l'élévation.

Thompson et Oscar aidèrent Juggs à rouler deux lourds barils depuis le porche du cimetière, puis les faire redescendre sur la pente derrière l'église. À neuf heures, un flot régulier de femmes, joyeusement habillées de robes et de tabliers aux couleurs vives, transportait déjà toutes sortes de nourritures dans des paniers.

À onze heures, quand la maisonnée du manoir grimpa vers la place, un brouillard de chaleur s'était formé – il n'y avait pas un souffle de vent pour le chasser. L'air était lourd sur la peau, presque collant. S'arrêtant à côté de l'église sur le point le plus élevé de la colline, Phyllida regarda à l'horizon.

— Nous aurons un orage ce soir.

Lucifer suivit son regard. L'horizon était strié d'une teinte noir charbon.

— On dirait qu'il sera gros.

Jonas hocha la tête.

— Nos orages sont quelque chose à vivre. Ils fondent sur nous depuis la Manche avec une violence magnifique.

Dans le creux derrière l'église, les villageois et toutes les familles environnantes se réunissaient. Les gens du manoir descendirent, échangeant des salutations, présentant Demon et Flick ; ils se mêlèrent à la foule et, comme il était naturel, ils se séparèrent. Ils avaient chacun un rôle à jouer.

Seuls les participants aux plans avaient été mis au courant. Plus il y avait de gens dans le secret, plus il y avait de risques qu'une personne fasse ou dise quelque chose par inadvertance pour attirer l'attention du meurtrier et le mettre au parfum. Ils s'étaient mis d'accord pour ne pas supposer qu'Appleby était le meurtrier ; leur filet était destiné à couvrir toutes les éventualités.

Ils s'étaient décidés pour un stratagème simple. Phyllida serait en sûreté, entourée par tout le village, néanmoins, Lucifer et Demon étaient catégoriques ; elle et Flick devaient rester ensemble en tout temps et les deux devaient porter leurs chapeaux paysans à larges bords, un qui serait noué avec une écharpe lavande et l'autre bleue – faciles à repérer dans la foule.

Lucifer et Demon se partageaient la surveillance des dames et d'Appleby.

Dans ce dernier cas, ils firent attention à ne pas agir ouvertement. Lucifer présenta Demon et le laissa bavarder. Subséquemment, ils dépassaient Appleby dans la foule, ils échangeaient un mot si c'était de mise, mais ils ne donnaient aucun signe qu'ils le tenaient à l'œil. Ils ne faisaient confiance qu'à eux-mêmes pour bien faire le travail.

Jonas avait reçu la consigne de se promener sans but en gardant les yeux grands ouverts pour déceler tout comportement inhabituel chez tout autre homme, peu importe qu'il soit ou non un suspect probable.

Il enrôla un certain nombre de jeunes dames pour l'aider à masquer son intention, mais derrière sa façade décontractée, il restait vigilant et alerte.

Les autres avaient la tâche la plus ardue. Dosdwell, le palefrenier de Demon, Gillies, Covey et Hemmings se partageaient en rotation la surveillance de la maison, par équipe de deux, un à l'arrière et l'autre à l'avant. Ils se cachaient dans le massif et dans la forêt, mais ils devaient changer de tour de garde fréquemment afin que chacun se montre souvent dans la foule à la fête.

À mesure que la journée s'écoulait, la chaleur devenait oppressante. Phyllida présenta Flick aux dames de la région ; en se promenant dans le champ, elles bavardaient avec décontraction. Encore et encore, d'un regard, d'une allusion voilée, avec les pensées dissimulées sous un sourire agréable, il fut porté à l'attention de Phyllida que le changement amené par Lucifer était complet.

Elle n'avait peut-être pas répondu à la question ni prononcé des vœux, néanmoins, elle était, par ses actions et ses pensées – par ses désirs en soi – déjà sa femme. Les petits changements dans son statut, les ajustements dans la manière des autres dames de la traiter étaient déjà faits. Le consensus semblait être que le fait d'avoir frôlé la mort récemment, jumelé à la présence invisible de son meurtrier potentiel, éliminait sans discussion la période d'attente avant la publication des bans. Personne ne doutait qu'un mariage serait bientôt célébré.

Pourtant, ce qui avait le plus changé, c'était elle. Elle le sentait en son for intérieur alors qu'elle souriait et écoutait la suite des histoires qu'elle avait entendues se développer toute sa vie.

Elle s'était retirée d'elles. Sans les ignorer, elles n'étaient plus au centre de son existence ; elles se déroulaient en périphérie, à leur juste place. Sa vie n'était plus une accumulation des histoires des autres ; de leurs joies et de leurs peines, de leurs problèmes et de leurs besoins. Elle avait commencé à se faire une nouvelle vie, pour elle et Lucifer au manoir.

Pour la première fois en vingt-quatre ans, elle se sentait véritablement en harmonie avec le rôle qu'elle avait à jouer – elle n'avait pas de regrets, pas de désirs inassouvis, pas d'envies nébuleuses.

Après avoir mangé de petits sandwichs fins arrosés de coupes de champagne – merci au manoir Ballyclose –, elle et Flick assistèrent monsieur Filing dans les courses pour les enfants, puis, très volontiers, elles supervisèrent certains jeux.

Je fonds

Flick inclina légèrement son chapeau pour dégager son visage.

— Même si je sais pourquoi ils voulaient que nous portions ces chapeaux, je suis très contente que nous l'ayons fait.

— C'est plus facile à gérer qu'une ombrelle.

Phyllida vit Jonas se promener non loin avec l'une des demoiselles de la région pendue à son bras. Elle attira son regard et haussa un sourcil – il lui rendit son regard avec son habituelle expression aimable.

— Quelles sont les nouvelles ? demanda Flick en regardant de l'autre côté.

— Jonas ne sait rien.

Phyllida tourna les yeux dans la même direction et elle soupira. Profondément. À travers des dents serrées.

— S'il ne se produit rien aujourd'hui, je jure que je vais hurler. À tout le moins, je vais piquer une crise de nerfs. Flick gloussa.

— Vous choqueriez tout le monde si vous le faisiez.

Phyllida émit un petit bruit de gorge. Elle vit Mary Anne et Robert dans la foule. Ils s'étaient arrêtés pour lui parler plus tôt. Même s'ils s'étaient informés à propos des lettres, ils avaient accepté son absence de progrès sans panique. C'était presque comme s'ils avaient enfin réalisé que les lettres étaient seulement une affaire secondaire – rien pour devenir hystérique.

Rien en comparaison de la possibilité de meurtres multiples.

La journée se poursuivit.

Puis, Appleby s'arrêta à côté du majordome de Ballyclose, il lui dit quelques mots, puis il s'en alla lentement, se dirigeant ouvertement vers le manoir Ballyclose. Lucifer et Demon le regardèrent partir.

— Pour passer par l'arrière, peut-être ? suggéra Demon. Lucifer hocha la tête.

— Fort probablement.

Ils se séparèrent et se déplacèrent dans la foule. Ils s'assurèrent visuellement que leurs femmes respectives allaient bien, mais ils ne les approchèrent pas. Ils se frayèrent régulièrement un chemin parmi les gens en se dirigeant vers l'endroit où ils pouvaient regarder le manoir, debout à côté de l'église et dissimulés dans les ombres. C'était leur but, mais avant qu'ils n'aient atteint le cimetière, Oscar se fraya un chemin dans la foule et attrapa Lucifer par la manche.

— Y a quequ'chose que vous d'vez savoir.

Lucifer rappela Demon d'un coup d'œil et il recula, un peu à l'écart des autres.

— Qu'y a-t-il ?

— Bien…

Oscar s'interrompit lorsque Demon les rejoignit.

— C'est mon cousin, dit Lucifer. Vous pouvez parler librement.

Ayant pris la mesure de Demon, Oscar hocha la tête.

— Ouais. Bien, je viens juste de recevoir ce message et il me laisse perplexe, pourrait-on dire. Je ne sais pas si mademoiselle Phyllida vous a expliqué comment fonctionne le groupe à Beer ?

— Elle a dit qu'il était presque légendaire dans l'histoire de la contrebande locale.

— Ouais, eh bien, ce sont des vrais, pas de doute. Intraitable, ce groupe ; mais nous avons toujours opéré assez bien en parallèle et maintenant ils m'envoient ce message. Ils disent qu'une personne les a contactés à propos d'un passage de la Manche… apparemment il *faut* que ce soit ce soir. Beer n'a pas de cargo prévu pour ce soir, mais ils savaient que nous, c'est généralement le cas, alors ils ont dit à ce cargo où nous rencontrer sur les falaises. Assez direct, mais comme vous le savez, le bateau que nous allons rencontrer est un marchand honnête et non un bateau de contrebande. Le capitaine ne voudra pas d'un camion avec un passager douteux.

Oscar regarda brièvement l'endroit où Phyllida et Flick étaient debout à parler avec trois jeunes filles.

— J'voulais pas déranger m'amzelle Phyllida avec une telle affaire et je ne vois pas comment monsieur Filing pourrait nous aider beaucoup.

Lucifer fronça les sourcils.

— Tout à fait. Vous occuperez-vous d'une cargaison ce soir ?

— C'était prévu.

Oscar regarda l'horizon s'assombrissant de plus en plus.

— Mais j'doute que nous le fassions. Ce casse-pieds va fondre droit sur nous. Aucun de nous ne veut être au centre de cela.

— Dans ce cas, voyons ce qui se passera…

Lucifer s'interrompit alors que Thompson se frayait un chemin vers eux.

Essoufflé, Thompson s'efforça de respirer. Il vibrait d'excitation.

— On l'a ! Mon garçon vient juste de me dire qu'on a amené un cheval avec un fer arrière gauche lâche ce matin. Le lad avait oublié, avec la fête. Je suis vite passé pour vérifier : c'est le même cheval. J'en ferais le serment.

— À qui appartient-il ?

— Au manoir Ballyclose. Pas un cheval de sir Cedric ; un des canassons de service. J'ai mis le grappin sur le palefrenier qui l'a amené. Il dit qu'à sa connaissance, personne ne le monte beaucoup. Seulement monsieur Appleby de temps à autre.

Demon jeta un coup d'œil à Lucifer.

— Cela suffit-il ?

Le sourire de Lucifer fut tout en dents.

— Je le pense. Allons trouver sir Jasper…

— *Cynster* ! Où diable êtes-vous ?

Lucifer comme Demon se tourna. Cedric fendait la foule à tombeau ouvert. Il les vit, agita la main et progressa péniblement vers eux. Jocasta Smollet se hâtait derrière lui. D'autres, anticipant un scandale, se rassemblèrent rapidement.

— C'est Appleby, très cher, Appleby ! s'exclama Cedric, s'arrêtant en soufflant devant eux. Je viens juste de l'apprendre de Burton, mon majordome. Appleby lui a dit qu'il rentre chez lui, à cause d'un léger coup de soleil. Le stupide salaud est venu sans chapeau. C'est *là* que je m'en suis souvenu. Le chapeau ! Le chapeau qui appartient au meurtrier, selon Phyllida. Il est à *Appleby*. Je l'ai vu entre ses mains d'innombrables fois, mais rarement sur sa tête. Additionnez le tout. Il ne porte pas de chapeau depuis l'assassinat de Horatio.

— C'est exact, monsieur, affirma Burton, le majordome de Ballyclose. Bien que je ne puisse jurer de rien pour ce chapeau en particulier, monsieur Appleby ne porte pas de chapeau depuis un moment.

— Je suis assez certaine que Cedric a raison, intervint Jocasta. Je n'ai pas bien vu ce chapeau ce jour-là, mais je sais qu'Appleby retirait constamment le sien ; tout un gentleman, à sa manière. Il n'a pas porté de chapeau depuis plusieurs semaines.

— Nous partons à sa recherche, intervint Cedric en se redressant et en regardant autour de lui. Un bon charivari, voilà ce qu'il nous faut ! Nous allons le rattraper et le ramener ici à sir Jasper.

— Excellente idée !

Basil étonna tout le monde avec son accord véhément.

— Nous avons bien assez d'hommes ici ; il ne nous échappera pas cette fois.

Cedric cligna des paupières, mais il acquiesça d'un signe de tête.

— Bien, alors ! Finn, Mullens : venez, les garçons.

Basil rassemblait déjà ses travailleurs. Grisby aussi rassemblait ses forces pour joindre la foule grandissante. Le groupe était submergé par les exclamations et le babillage.

Sir Jasper arriva à grands pas.

— Cedric ! Qu'est-ce que c'est ? Il ne doit pas y avoir de justice sommaire, vous entendez ?

— Je sais, je sais : nous allons le ligoter et vous le ramener et ensuite, nous pourrons le pendre.

Un cri de joie s'éleva. Avant que l'on puisse dire un mot de plus, l'assemblée partit comme une marée sur les traces de Cedric, Basil et Grisby, passant le rebord du champ, puis se déversant en bas en direction du manoir Ballyclose.

— Il ne sera pas là, marmonna Demon.

— Sûrement pas.

Lucifer se tourna alors que Phyllida et Flick, ayant été abandonnées par les enfants, arrivaient jusqu'à eux. Sauf leur petit groupe, les dames plus âgées et les femmes du village, le champ de la fête était presque vide.

Sir Jasper contempla Lucifer, le doute et la certitude dans son regard perçant.

— Bon, qu'est-ce qui se prépare ?

— Nous croyons, dit Lucifer en faisant signe à leur groupe de se diriger vers l'église, plus loin des femmes qui restaient, qu'Appleby, comme il semble probable maintenant qu'il est notre meurtrier, tentera une nouvelle fois de s'approcher des livres de Horatio. C'est ce qu'il tente de faire depuis le début. À cette fin, nous avons délibérément laissé le manoir vide avec ses portes déverrouillées.

— Un piège, hein ?

— Oh, *non* !

Chacun se retourna. Madame Hemmings fixait Lucifer avec des yeux ronds.

— Qu'y a-t-il ? demanda-t-il.

— Avez-vous dit que cet assassin de monsieur Appleby ira au manoir ?

— C'est ce que nous croyons. Mais il est désert…

Madame Hemmings secoua la tête.

— Nan. Amelia est rentrée il y a quelque temps ; c'était trop chaud pour elle, ça oui.

Lucifer fronça les sourcils.

— Amelia ?

— Oh, mon *Dieu* ! s'écria Phyllida en saisissant le bras de Lucifer. Sweetie !

Lucifer regarda Phyllida.

— Elle est rentrée ?

— Apparemment. Je n'en savais rien.

— Elle est partie il y a presque une heure, intervint lady Huddlesford. Elle était assez faible, oui, mais elle ne voulait pas faire d'histoire, alors elle s'est éclipsée discrètement.

Lucifer jura dans sa barbe. Le visage sombre, Demon leur fit signe de se lever.

— Nous ferions mieux de nous activer.

Ils remontèrent la pente. Avant qu'ils n'aient atteint l'église, Jonas déboula sur eux. Il s'arrêta dans un glissement.

— Filing. Il vient juste d'entrer dans le manoir. Je l'ai vu venir par ici, puis j'ai constaté qu'il n'était pas revenu, alors je suis allé vérifier… je l'ai aperçu pendant qu'il passait la porte d'entrée.

— *Filing* ? dit Demon. Où diable est sa place dans tout cela ?

— Dieu le sait, j'en suis sûr, marmonna Lucifer, mais je suggère que nous allions tout de suite le découvrir. Au cas où vous ne l'auriez pas remarqué, notre plan simple laisse passer des choses entre ses mailles.

— Je n'ai jamais fait confiance aux plans.

Demon serra les doigts autour du coude de Flick alors qu'ils tournaient au coin de l'église.

— Ohé !

Ils s'arrêtèrent de nouveau. Dosdwell arrivait du presbytère en remontant péniblement la pente.

— Où allez-vous ?

Il se hâta sur le sentier pour les rejoindre.

— Je suis seulement venu vous dire qu'Appleby est arrivé et qu'il est entré par l'arrière. Il est arrivé par la forêt. Il est à l'intérieur depuis bien quinze minutes ou plus. J'ai dû venir par le massif pour rester hors de vue.

Lucifer et Demon échangèrent des regards.

— D'accord.

Lucifer regarda en bas de la pente.

— Il n'y a qu'une chose à faire : nous entrons et nous improvisons au fur et à mesure.

Il considéra la compagnie rassemblée. En plus de lui-même, Phyllida, Demon et Flick, Jonas, sir Jasper et Dosdwell, lady Huddlesford, Frederick et les Hemmings étaient là aussi.

— Nous entrons tous ; nous sommes en nombre suffisant pour qu'il sente suffisamment de pression pour ne pas tenter quelque chose d'audacieux, mais pas assez pour le faire paniquer si nous gardons notre calme.

Il regarda Frederick et lady Huddlesford, puis Jonas et sir Jasper.

— Une chose : si vous descendez avec nous, vous ne devez rien faire sans que je vous le dise. À ce stade, nous voulons seulement faire sortir Appleby du manoir et récupérer Sweetie sans qu'elle, ou une autre personne soit blessée. Pas d'actes héroïques. D'accord ?

Tout le monde acquiesça d'un signe de tête.

Enfin, Lucifer rencontra le regard de Phyllida.

— Je ne ferais jamais rien pour mettre Sweetie en danger.

Lucifer s'empara de sa main.

— Naturellement.

Il regarda les autres.

— Allons-y.

Ils atteignirent la mare aux canards et virent Covey se faufiler à travers les arbres. Dosdwell lui fit signe.

— Mademoiselle Sweet est rentrée à la maison, haleta Covey. Avant que je puisse venir vous prévenir, j'ai vu monsieur Filing près de l'église qui regardait en bas. Puis, il est descendu et je ne pouvais pas sortir. Il est entré aussi.

Lucifer hocha la tête.

— Joignez-vous au groupe. Nous allons démêler tout cela.

Ce n'était pas tout à fait la même chose que de mener une attaque, mais avec Demon à ses côtés et Phyllida et Flick protégeant leurs arrières, cela avait le même élan.

Lucifer ouvrit le portail du manoir d'une poussée, s'en moquant qu'il grince. Il remonta le sentier principal à grandes enjambées et il contourna la fontaine…

— Arrêtez-vous immédiatement !

Il s'arrêta. Tous les autres se rassemblèrent derrière lui.

La silhouette de Lucius Appleby était tout juste visible dans l'ombre du vestibule. Immobilisée devant lui, retenue prisonnière par un bras, Sweetie était plus facilement visible dans sa robe pâle. La lumière se réfléchit sur la lame d'un couteau.

— Le voyez-vous ? demanda Appleby.

— Oui.

Lucifer n'avait pas besoin d'ajouter autre chose ; son ton suffisait.

— Si vous faites exactement ce que je vous dis, il ne lui arrivera pas de mal.

— Nous sommes prêts à faire cela, répondit Lucifer calmement. Que voulez-vous que nous fassions ?

— Entrez en file, les uns derrière les autres, lentement.

Phyllida attrapa l'arrière du manteau de Lucifer et refusa de le lâcher ; Demon lui jeta un regard noir et il passa derrière elle. Chacun suivit Lucifer et entra dans le vestibule frais du manoir.

— Arrêtez.

Ils obéirent en cillant pendant que leurs yeux s'ajustaient. Phyllida centra son attention sur Sweetie. Les yeux de sa vieille gouvernante étaient si ronds qu'ils semblaient sortir de leurs orbites, et son visage était si pâle qu'il était de la même teinte ivoire que sa robe d'été à volants trop chargée. Appleby avait passé un bras autour des épaules de Sweetie, l'emprisonnant contre lui ; quand il la tira de nouveau dans le vestibule, elle se déplaça avec raideur. Dans son autre main, Appleby tenait un couteau menaçant.

Un gémissement attira tous les regards plus loin au fond du vestibule. Près de l'escalier, monsieur Filing gisait immobile ; pendant qu'ils le regardaient, il s'efforça de se relever sur un coude. Un filet de sang coula sur son menton.

Certains d'entre eux s'apprêtèrent à le rejoindre…

— Arrêtez !

Ils se figèrent tous en entendant le cri d'Appleby. Il regarda dans la file.

— Vous. Covey. Aidez ce curieux de vicaire.

Covey se dépêcha dans le vestibule ; il se pencha et lutta pour aider monsieur Filing à se lever. Jonas renifla de dégoût. Avec un regard pas du tout impressionné pour Appleby, il quitta lentement la file pour rejoindre Filing.

— Covey ne peut pas y arriver seul.

Appleby le fusilla du regard. Jonas réagit à son regard avec l'une de ses meilleures expressions neutres. Les lèvres d'Appleby se serrèrent.

— Très bien. Allez seulement le remettre debout et retournez avec les autres.

Appleby recula pour se tenir presque contre le mur à droite de la porte du salon.

— À l'intérieur, leur dit-il d'un signe de tête. Mais restez en file et avancez lentement.

Il leva le couteau et le posa contre la gorge exposée de Sweetie.

— Vous ne voulez pas me rendre nerveux.

— Non, dit Lucifer. Nous ne le voulons pas.

Appleby regarda son visage.

— Alignez-vous contre le mur des bibliothèques en face des fenêtres.

Ils s'exécutèrent. Jonas et Covey aidèrent monsieur Filing à pénétrer dans la pièce. Appleby les suivit avec Sweetie.

— Parfait.

Il passa leur nombre en revue.

— Mettez-vous à deux par bibliothèque. Je veux chercher un livre en particulier : *Les fables d'Aesop*. Vous allez devoir tirer chaque livre et regarder à l'intérieur de la couverture ; certaines des couvertures sont fausses. Regardez chaque livre.

Chacun le dévisagea.

— Commencez, ordonna-t-il. Maintenant ! Je n'ai pas toute la journée ; mademoiselle Sweet n'a pas toute la journée.

Ils se tournèrent vers les bibliothèques. Phyllida leva une main vers un tome et elle attira le regard de Lucifer. Elle haussa un sourcil ; ils savaient tous : elle et lui, Demon et Flick, Jonas et Covey, que *Les fables d'Aesop* était dans la salle à manger. D'un hochement de tête, Lucifer indiqua les livres. Il sortit le premier volume sur l'étagère supérieure.

Phyllida commença par celle au centre. À côté d'elle, Flick et Demon commencèrent aussi à sortir des livres.

Après quelques minutes de silence, Lucifer jeta un coup d'œil par-dessus son épaule.

— Pourquoi ne laissez-vous pas mademoiselle Sweet s'asseoir ?

Il agita la main en direction d'une chaise à dossier droit plus près des fenêtres.

— Vous êtes suffisamment loin de nous pour vous en servir encore comme bouclier. Et si elle ne s'assoit pas bientôt, elle pourrait perdre connaissance, ce qu'aucun de nous ne souhaite.

Son regard se fixa sur les yeux ronds de Sweetie ; il mit l'accent sur le mot « aucun ».

Appleby l'entendit.

— En effet. Cela ne serait pas du tout utile ; pour aucun de nous.

Il évalua la distance jusqu'à la chaise, puis il traîna mademoiselle Sweet jusqu'à elle. Avant de la libérer, il les regarda.

— Continuez à chercher !

Ils se retournèrent vers les bibliothèques.

Lucifer continua de sortir des livres et les examiner, puis les ranger sur l'étagère. Phyllida sortait des livres et les repoussait en place ; son regard s'attarda sur le visage de Lucifer. Elle le vit échanger des regards avec Demon.

Elle suivit leurs échanges. C'était comme s'ils communiquaient sans mots – comme si leurs pensées dans une telle situation étaient évidentes, du moins l'un pour l'autre.

Phyllida regarda Flick. Elle aussi avait remarqué la communion silencieuse. Elle croisa le regard de Phyllida et elle haussa les épaules en signe d'impuissance – elle non plus ne savait pas à quoi ils pensaient. Flick revint à sa tâche de sortir des livres ; Phyllida l'imita.

Une minute plus tard, Lucifer murmura.

— Ce volume, *Les fables d'Aesop*, est-il la raison pour laquelle vous avez assassiné le caporal Sherring ?

Malgré le fait qu'il avait murmuré, sa voix résonna dans toute la pièce. Il se tourna pour jeter un coup d'œil à Appleby ; Phyllida aussi.

Le visage d'Appleby était un masque d'étonnement dénué de compréhension. Sa bouche s'ouvrit, puis se referma, puis s'ouvrit encore.

— Comment…

Il s'interrompit.

— C'est loin d'être important aujourd'hui.

Il marqua une pause, mais il ne put se retenir.

— Comment l'avez-vous appris ?

— Hastings vous a vu faire.

Demon le regarda brièvement, puis il revint aux étagères.

— Il n'a jamais rien dit.

— Hastings est un homme honnête.

Demon jeta un nouveau regard à Appleby.

— Il n'arrivait pas à imaginer quel genre d'homme pouvait tuer son ami le plus intime.

Appleby se raidit.

— Sherring était un idiot. Un provincial sans importance avec un père qui avait fait fortune dans le commerce. Ils s'étaient acheté un titre et un domaine ; et tout le luxe qui allait avec. J'étais mieux né que lui, mais je n'aurais jamais eu la moitié de ce qui aurait été à lui.

— Donc, vous vous êtes arrangé pour rétablir la balance ?

Comme Demon, Lucifer continuait sa fouille méthodique. Les autres les regardèrent brièvement et les imitèrent. Voir tout le monde occupé si régulièrement calma Appleby.

— Oui, d'une certaine façon. Mais ils m'ont montré comment faire, lui et son père. La nuit avant la dernière bataille, des lettres furent distribuées. Je n'en recevais jamais, évidemment, donc, pensant être gentil, Jerry Sherring lisait les siennes à voix haute. Son père avait rempli sa bibliothèque de livres précieux et sa galerie d'œuvres inestimables. Son héritier, le frère aîné de Jerry, se souciait comme d'une guigne de cela. Le vieil homme avait une santé défaillante, mais alors qu'il était presque sur son lit de mort, il avait fait une découverte fantastique. Il était tombé sur une miniature faite par un vieux maître. Il était certain qu'elle était authentique, mais il n'était pas assez bien portant pour suivre l'affaire. Il ne voulait pas que son héritier l'apprenne et le vende à prix réduit, alors il l'a cachée jusqu'à ce que Jerry, qui ressentait la même chose que lui, puisse revenir de la guerre et l'aider.

— Il a donc dissimulé la peinture dans le livre ?

Lucifer regarda brièvement autour de lui.

— Oui.

Appleby se tenait directement derrière Sweetie. Bien qu'il soit à l'évidence plongé dans le passé, il était trop près de la chaise pour que Lucifer tente de le maîtriser.

— Tout était là dans la lettre. Le vieillard a même prévenu Jerry de n'en parler à personne. Jerry ne comptait pas le fait qu'il m'avait lu la lettre.

— Il avait confiance en vous.

— C'était un idiot, il faisait confiance à tout le monde.

— Il est donc mort.

— Sur le champ de bataille. Il serait probablement mort de toute façon. Je m'en suis simplement assuré.

— Et ensuite, vous avez raccompagné son corps dans sa famille en jouant l'ami en deuil.

Lucifer jeta un coup d'œil sur les étagères. Les autres continuaient à faire face aux livres, mais leurs recherches avaient ralenti ; chacun suivait le récit.

— Alors, qu'est-ce qui a mal tourné ?

— Tout ; tout ce qui le pouvait, dit-il d'un ton amer. Il m'a fallu deux semaines pour me libérer de l'armée et traverser la Manche, puis remonter jusqu'à Scunthorpe. Les Sherring vivaient au-delà de cette ville. Je suis arrivé pour découvrir la mort du père et le frère déjà en possession de l'héritage.

— Je suis étonné que cela ait été un problème.

— Ce ne l'était pas en soi, mais la femme du frère s'est révélée être une complication inattendue.

— Les femmes le sont souvent.

— Pas de cette façon, dit-il d'un ton méprisant. La maudite femelle était une avare, exactement comme le frère. Ils savaient que Jerry ferait des histoires sur la vente des collections du père, alors ils avaient fait venir les agents de vente avant même que le vieillard soit froid dans son cercueil. Ils avaient vendu *Les fables d'Aesop.*

Lucifer regarda Appleby.

— Vous n'allez pas me dire que vous cherchez dans toutes les collections d'Angleterre ?

Appleby rit, mais le son n'était pas joyeux.

— Si nécessaire, j'aurais même pu faire cela. Néanmoins, comme cela s'est souvent produit pendant ma quête de ce trésor, l'espoir a brillé pendant l'heure la plus sombre. La femme du frère avait une liste de ceux qu'elle avait invités à la vente de la bibliothèque. Quinze collectionneurs et agents de vente. Je lui ai raconté une histoire à propos de mon désir d'acheter un certain livre de Jerry à titre de souvenir et elle m'a donné la liste.

Il rit encore, avec amertume.

— Comme tout dans ma vie, cette liste a été une bénédiction et un fardeau à la fois.

Lucifer se retourna vers les étagères.

— La liste était en ordre alphabétique ?

— Oui !

La colère d'Appleby explosa dans un sifflement menaçant.

— Si j'avais commencé à travailler avec elle en sens inverse, je serais un homme immensément riche aujourd'hui. Mais j'ai respecté l'ordre de la liste.

— Cela, je suppose, explique le trépas inattendu de monsieur Shelby de Swanscote, près de Huddersfield.

Le silence prima pendant un long moment, puis Appleby dit :

— Vous avez été occupé.

Lucifer ne dit rien et ne se retourna pas. Enfin, Appleby continua.

— Shelby aurait vécu s'il n'avait pas été un vieux grincheux soupçonneux. Il m'a surpris dans sa bibliothèque un soir. S'il s'était contenté d'entrer, j'aurais été capable de m'éclipser en douce ; j'avais un prétexte tout prêt. Cependant, il est resté là et m'a regardé fouiller pendant un certain temps. Après cela, j'ai dû le tuer.

Je ne pouvais laisser aucun d'entre eux soupçonner que je cherchais quelque chose… c'est pourquoi il m'a fallu cinq longues années pour en arriver à la bibliothèque de Welham. Dans chacun des quatorze autres cas, j'ai dû trouver un emploi, parfois avec le collectionneur, ce qui me facilitait la vie, mais souvent dans le voisinage, puis en apprendre suffisamment sur la maisonnée du collectionneur pour savoir quand je pouvais fouiller. Je suis devenu un expert pour lire les registres de disposition des collectionneurs. C'était toujours la première chose que je vérifiais. Toutefois, aucun d'eux n'a jamais vendu ce livre, et la peinture cachée dedans n'a jamais refait surface – vous pouvez être sûr que j'ai gardé les oreilles bien ouvertes à ce propos. Je sais que le livre est ici et que la peinture se trouve toujours à l'intérieur. Vous allez le trouver pour moi – je vais l'avoir entre les mains ce soir.

Il y avait une intensité fiévreuse dans les dernières paroles d'Appleby qui amena tous les autres à échanger des regards. Avec un soupir, Lucifer se tourna.

— Si c'est ainsi que sont les choses, alors… nous avons déjà terminé le catalogage de cette pièce. Et de la bibliothèque. Il n'y a pas d'exemplaire des *Fables d'Aesop* dans une pièce ou l'autre. De fausses couvertures, oui, mais pas le livre.

Appleby le considéra à travers des yeux plissés.

Lucifer agita la main vers la bibliothèque.

— Si vous voulez regarder l'inventaire…

— Non, cela ne sera pas nécessaire, n'est-ce pas ?

Les yeux d'Appleby étaient deux fentes, mais son ton était plus assuré.

— Vous voulez me voir sortir d'ici, non ? Vous êtes si foutrement riche que vous vous fichez royalement de n'importe quelle peinture, qu'elle soit d'un vieux maître ou non.

— Je n'irais pas tout à fait jusque-là, mais la peinture ne se mesure certainement pas à la vie de mademoiselle Sweet, ce qui nous ramène à peu près au même point.

Appleby étudia le visage de Lucifer, puis il hocha la tête. – Très bien. Quelle pièce suggérez-vous que nous fouillions ensuite ?

— J'opterais pour la salle à manger. Le salon du fond semble mener davantage à des livres de jardinage, de travaux ménagers et de recettes.

Chacun interrompit sa recherche et se tourna ; Appleby fit courir son regard sur la file de gens. Sa respiration était tendue.

— Nous allons nous déplacer en sens inverse. Je vais reculer jusqu'à la porte, puis j'attendrai dans le vestibule. Je veux que vous sortiez en file un par un, que vous traversiez le vestibule et entriez dans la salle à manger.

Tirant mademoiselle Sweet sur ses pieds, il la tint devant lui et il recula pour passer la porte. Tout le monde les suivit, avançant comme des soldats et en silence. Placée presque en bout de file, Phyllida fixa la porte, puis elle jeta un coup d'œil à l'espace ombragé derrière elle et l'énorme hallebarde rangée là.

— Non, murmura Lucifer. Nous n'en avons pas besoin ; seul le livre *Les fables d'Aesop* peut libérer Sweetie.

Phyllida fronça les sourcils, mais elle traîna les pieds devant la hallebarde et sortit de la pièce. Pendant qu'ils défilaient dans la salle à manger avec la grande table au centre et les bibliothèques tout autour, Appleby faisait signe aux dames d'aller d'un côté et aux hommes de l'autre. Phyllida hésita ; Lucifer lui pressa les doigts, puis il la lâcha. Ses derniers mots résonnant dans sa tête, elle se dirigea vers la bibliothèque près de la fenêtre en coin. C'était ironique que dans une maison remplie de bibliothèques, celle qui abritait le volume crucial était celle qu'Appleby avait dépassée le plus souvent, celle près de la fenêtre avec le verrou défectueux. Phyllida commença à fouiller sur ses étagères ; Flick fouillait la bibliothèque à côté d'elle.

Appleby se retira dans un coin de la pièce, tirant une chaise de la table et poussant Sweetie dessus. Il avait un mur de bibliothèques dans le dos, la porte à quelque distance et madame Hemmings était la personne la plus près de lui – elle ne constituait pas une menace.

Une fois qu'ils furent tous au travail, Lucifer demanda, d'un ton léger de conversation :

— Comment Horatio est-il mort ?

— C'était un accident. Je n'ai jamais voulu le tuer. Je ne savais même pas qu'il se trouvait dans la maison. Je ne l'ai pas entendu descendre l'escalier et marcher dans le vestibule ; il était pieds nus, alors il ne faisait pas de bruit. Soudainement, il était là, dans l'embrasure de la porte, me demandant ce que diable je faisais là. Il m'avait vu fouiller. Je me suis levé et j'ai marché vers lui. Il était d'une bonne taille et raisonnablement en bonne santé ; je ne pensais pas pouvoir l'étrangler. Il est resté debout à me regarder approcher. Puis, j'ai vu le coupe-papier sur la table.

Il marqua une pause, puis il dit :

— C'est étonnamment facile lorsque l'on sait comment s'y prendre.

— Pourquoi avez-vous tenté de tuer Phyllida ?

Sir Jasper se tourna en fronçant les sourcils, puis il s'obligea à continuer ses recherches.

— Mademoiselle Tallent ?

Il y avait de l'amusement dans la voix d'Appleby.

— C'était une telle farce, elle qui tombe sur le cadavre et ensuite Cynster qui entre et la hallebarde qui tombe. J'étais si tendu que j'ai presque ri tout haut. J'ai vu qu'elle remarquait le chapeau, mais ensuite elle s'est enfuie. Quand j'ai quitté la maison, mon chapeau et mon identité encore secrets, je savais que, peu importe ce qui se produirait, peu importe l'obstacle qui se présenterait, j'étais destiné, en fin de compte, à posséder cette peinture. Je serais capable de vivre la vie que j'étais destiné à vivre, dans un confort raisonnable, comme un gentleman.

— Alors, pourquoi vous en prendre à Phyllida ? demanda Jonas.

— Elle est revenue chercher le chapeau.

Phyllida se tourna et dévisagea Appleby. Il sourit d'un air tendu.

— J'étais dans le vestibule lorsque vous avez interrogé Bristleford à propos du chapeau. Vous ne l'aviez pas oublié ; vous n'alliez pas l'oublier.

— Mais j'ignorais à qui il appartenait.

— Je pouvais difficilement me fier au fait que votre mémoire défaillante le reste. Vous m'aviez vu assez souvent porter cette maudite chose – c'était le seul chapeau que je possédais. Évidemment, avec Cynster ici pour vous occuper les yeux et l'esprit, vous étiez assez distraite pour ne pas vous en rappeler, mais vous auriez pu vous en souvenir n'importe quand.

Lucifer attira le regard de Phyllida et fronça les sourcils – elle referma ses lèvres sur l'information qu'elle n'avait jamais suffisamment remarqué Appleby pour se souvenir de son chapeau. Elle retourna aux bibliothèques.

— Je me suis immédiatement débarrassé du chapeau, bien sûr. Je l'ai fourré dans une haie à l'arrière de Ballyclose. Plus tard, j'ai réfléchi, alors j'y suis retourné pour le brûler, mais il avait disparu. J'ai supposé qu'un clochard l'avait pris. Je me pensais en sécurité ; du moins, je le serais après m'être assuré que mademoiselle Tallent ne se rappelait pas à qui appartenait le chapeau.

— Vous avez donc tenté de l'abattre d'un coup de feu.

— Oui.

La voix d'Appleby se tendit.

— Ensuite, j'ai essayé de l'étrangler. Tout ce que cela a réussi à faire a été d'amener Cynster à la surveiller de plus près, mais j'espérais que cela l'effraierait suffisamment pour l'empêcher de se souvenir de moi. J'ai tenté de l'atteindre encore une fois pendant le bal à Ballyclose ; je me doutais qu'elle pouvait chercher parmi les chapeaux de Cedric. Mon plan n'a pas fonctionné, mais alors... elle m'a demandé d'aller marcher sur la terrasse, puis de tourner le coin avec elle en m'interrogeant sur Cedric... je pouvais à peine croire à ma chance. J'ai été sur le point de l'étrangler et de dissimuler le corps dans les buissons, mais des gens pouvaient nous avoir vus quitter la salle de bal ensemble. Puis, Cynster est arrivé. J'ai dû la regarder s'éloigner encore une fois.

Phyllida regarda brièvement Lucifer.

— Puis, elle a trouvé le chapeau. Pire, elle l'a montré à Cedric. Si je n'agissais pas immédiatement, je serais découvert. J'ai donc écrit le billet de Molly, j'ai assommé Phyllida et j'ai mis le feu. Le chapeau a brûlé, mais pas Phyllida, dit-il sur un ton sévère. J'ai abandonné le projet de la tuer. Au moins, le chapeau avait disparu – elle n'avait aucune preuve pour me lier à quoi que ce soit. Cependant, vous aviez mis des verrous sur cette maison et il y avait encore la possibilité que les doutes se tournent vers moi. À l'évidence, je devais agir audacieusement et avec détermination pour mettre une fin rapide et heureuse à mes recherches. La fête m'a fourni l'occasion parfaite. Alors, nous voici.

Après un moment, Lucifer dit :

— Vous aviez l'intention de prendre un otage.

— Bien sûr. C'était la seule façon d'accomplir le travail ; c'était trop risqué de fouiller une étagère ou deux à la fois. Je veux ce livre *Les fables d'Aesop* entre mes mains avant la tombée de la nuit.

La langue de Phyllida brûlait de la nécessité de demander pourquoi. Elle jeta un regard à Flick et elle vit la même pensée dans ses yeux. Elles inspirèrent toutes les deux, puis elles reportèrent leur attention sur les étagères et firent semblant de chercher.

Le silence tomba, rompu uniquement par les bruits du déplacement et du rangement des livres que l'on manipulait. Après quelques minutes, Phyllida jeta un coup d'œil à travers la pièce. Lucifer attira son regard ; il hocha la tête. Phyllida se déplaça devant la bibliothèque comme si elle commençait sur l'étagère suivante et elle sortit le tome brun recouvert de bougran dont le dos portait le titre *Les fables d'Aesop* en lettrages dorés simples. Elle soupesa le livre dans sa main, puis elle ouvrit la couverture – elle pouvait voir l'endroit où Lucifer avait soulevé un coin du papier de la couverture. Elle poussa les doigts dans l'épaisse couverture ; il y avait du moelleux derrière le papier. Lucifer avait dit qu'il avait vérifié ; elle était certaine qu'il savait ce qu'il faisait.

Refermant le livre, elle s'émerveilla qu'une chose à l'air si innocent soit responsable de trois morts. D'avoir privé Lucius Appleby de sa raison.

Certainement de son humanité. Elle avait presque été responsable de son propre décès.

Redressant les épaules, elle leva la tête et elle regarda Appleby à l'autre bout de la pièce.

— Je crois que ceci – elle leva le livre – est le volume que vous cherchez.

Appleby faillit s'avancer, s'éloigner de Sweetie, mais il recula au dernier instant. Il ne pouvait pas lire le titre. Il fixa le livre avidement, puis il se lécha les lèvres. Il jeta un regard à Lucifer et Demon.

— Personne ne bouge.

Appleby tira Sweetie sur ses pieds, puis il colla son bras sur ses épaules comme avant, le couteau dans la main droite. Il fit un signe de tête à Phyllida.

— Remettez le livre à madame Hemmings, puis revenez à votre place. Tous les autres restent à leur place.

Phyllida obéit. Madame Hemmings se tourna vers Appleby. Il lui fit signe d'avancer avec le couteau.

— Donnez le livre à mademoiselle Sweet.

Madame Hemmings s'approcha avec prudence, puis elle déposa le livre dans les mains tremblantes de sa vieille amie.

— Voilà, tenez.

Madame Hemmings recula.

— Bien.

Appleby jeta un bref regard sur le livre. Il tremblait.

— Ouvrez la couverture.

Sweetie tâtonna, mais elle s'exécuta. Les yeux sur Lucifer, Demon et les autres hommes, Appleby s'empara de la couverture sans la regarder, mais en pressant le bout de ses doigts dans la pochette dissimulée. Une expression fugitive de soulagement inexprimable, de victoire flamboyante traversa son visage, puis il perdit toute expression.

Il ferma le livre.

— Je veux que vous alliez tous au fond de la pièce vous placer contre les bibliothèques.

Lucifer hésita, puis il alla plus loin au fond de la pièce. Les autres le suivirent. Tous, à l'exception de lady Huddlesford. Elle tint bon.

— Mademoiselle Sweet est presque épuisée.

Lady Huddlesford leva le menton ; elle n'avait jamais eu l'air plus autoritaire.

— Si vous voulez un otage, prenez-moi.

Mademoiselle Sweet cligna des paupières. Piégée contre Appleby comme un pauvre oiseau innocent, elle regarda lady Huddlesford et se reprit visiblement.

— Bien, merci, Margaret. C'est une offre très gentille, mais…

Malgré le bras d'Appleby, Sweetie redressa l'échine.

— Je crois que je m'en sortirai. Tout va bien, vraiment. Lady Huddlesford réfléchit, puis elle inclina la tête.

— Si vous êtes sûre, Amelia.

Sur ce, elle pivota majestueusement et rejoignit les autres.

— Si c'est réglé – la voix d'Appleby semblait tendue, une excitation sauvage se mêlant à quelque chose comme de la panique –, nous allons vous quitter. Je vais emmener mademoiselle Sweet jusqu'à la forêt. Je vais entendre tout bruit de pas bien avant que vous nous rejoigniez. Si c'est le cas, les choses ne se passeront pas bien pour mademoiselle Sweet. Cependant, si vous restez exactement à votre place jusqu'à ce qu'elle revienne, vous avez ma parole qu'il ne lui arrivera aucun mal.

Il marqua une pause, son regard passant brièvement sur Lucifer, Demon, Jonas, sir Jasper – s'il cherchait de la compréhension, elle n'existait pas.

— Je n'ai jamais eu l'intention de tuer qui que ce soit, même pas Jerry. S'il y avait eu un autre moyen…

Il cilla, puis il se redressa.

Tirant Sweetie avec lui, il marcha de côté jusqu'à la porte.

— Je tuerai quiconque se met en travers de mon chemin.

— Nous attendrons ici.

Lucifer gardait une voix calme et posée, comme il l'avait fait depuis le début.

Appleby hocha la tête.

— Dans ce cas, je vais vous dire adieu.

Dans sa barbe, Lucifer murmura :

— *Au revoir**.

Ils attendirent. D'une main levée, Lucifer empêcha toute personne de bouger.

— Il est à cran ; nous n'allons pas lui donner de raison de paniquer.

Les minutes s'écoulèrent très lentement. Ils entendirent le crissement du gravier, le son s'estompant alors qu'Appleby traînait Sweetie à travers le potager vers la forêt.

Ils échangèrent des regards, mais pas de paroles. Ils pensaient tous à Sweetie.

Puis, arriva un bruit de crépitement sur le gravier, s'approchant de la maison. C'était un son si léger qu'ils eurent trop peur d'imaginer qu'il

* N.d.T.: En français dans le texte original.

s'agisse de pas. Ensuite, la porte des domestiques au fond du vestibule frappa le mur ; dans une précipitation de pas battant le sol, Sweetie apparut dans l'embrasure de la porte de la salle à manger.

— Il est parti !

Elle fit voleter ses mains furieusement.

— Et il a couru à travers la forêt !

Elle lança un bras en direction générale de la forêt –, puis elle s'évanouit.

Lucifer la rattrapa avant qu'elle touche le plancher. Il la transporta dans le salon et il l'allongea sur la méridienne.

Plus tard, lorsqu'elle se fut remise et eut raconté son histoire aux dames du village rassemblées, mademoiselle Sweet devint, pour la première fois de son existence, l'héroïne du moment.

CHAPITRE 21

Alors que l'après-midi se dirigeait lentement vers la soirée, Lucifer, Phyllida, Demon et Flick, accompagnés de Jonas, sir Jasper, monsieur Filing et Cedric se réunirent dans la bibliothèque pour former un nouveau plan.

— J'ai envoyé Dosdwell chercher Thompson et Oscar, les informa Lucifer.

— Ah ha ! dit Demon. C'est donc *cela* que tu voulais dire par ton « au revoir ».

Phyllida et Flick et tous les autres exprimèrent leur question dans un regard ; Lucifer s'expliqua.

— Quelqu'un a abordé la bande de contrebandiers de Beer à propos d'un homme souhaitant organiser un passage en France. Ce devait être ce soir. La bande de Beer a dit à l'homme de rencontrer le groupe d'Oscar, qui organisait normalement une cargaison ce soir.

Jonas regarda par la fenêtre. Le vent s'était levé avec le coucher du soleil ; l'orage approchait régulièrement.

— Personne ne transportera rien ce soir.

— Je le sais, vous le savez, la plupart d'entre nous le savent. La question est : Appleby le saura-t-il ?

— Il est né, a été élevé et a vécu presque toute sa vie à Stafford, intervint Demon. Stafford se trouve presque aussi loin de la côte qu'il est possible, de sorte que les possibilités sont fortes qu'il ne reconnaisse pas immédiatement les conséquences du temps.

— Il se rendra donc à l'endroit prévu de la rencontre pour rejoindre les contrebandiers.

Phyllida était assise à côté du bureau de Lucifer.

— Des hommes qui ont tout autant de choses à cacher que lui, observa Lucifer. C'est le seul genre qu'il se sentira sûr d'aborder. Il avait prévu que cette journée couronnerait tous ses efforts de succès. Il est venu au manoir avec ses plans préparés, ses arrangements organisés – il n'a jamais eu l'intention de rentrer à Ballyclose.

Cedric renifla.

— Le cheval qu'il a monté jusqu'ici est revenu il y a quelques heures. Il ne manque aucun autre cheval.

Lucifer jeta un coup d'œil à Demon.

— Avec nous ici, tous les deux avec des équipages solides, s'échapper à cheval aurait été risqué.

— Il est du genre prudent, néanmoins…

Demon secoua la tête.

— C'est fantaisiste de passer cinq ans à chercher un objet dont on n'avait entendu parler que par une lettre d'une autre personne. Et il s'avère que l'objet n'est même plus là pour qu'on le découvre.

— Il l'ignorait. Il est obsédé, ajouta Phyllida en enroulant ses bras autour de son corps. C'est la seule explication. Il est fou.

— Cette peinture qu'Appleby pensait trouver dans le livre ; il a dit qu'elle n'a pas refait surface.

Sir Jasper lança un regard à Lucifer.

— Cela vous semble-t-il probable ?

Lucifer hocha la tête.

— Le tintamarre entourant la découverte d'une miniature perdue peinte par un vieux maître ne serait pas facile à rater. Il a raison là-dessus. Je n'ai rien entendu.

— Cependant, si elle n'est pas dans le livre et n'a pas été redécouverte, où est-elle ?

Lucifer regarda Phyllida.

— Vous souvenez-vous de l'objet que Horatio voulait me voir évaluer, l'objet qui m'a amené ici ?

Phyllida le dévisagea.

— Vous croyez qu'il pourrait s'agir de cela ?

— C'est le genre de chose sur laquelle il demanderait mon avis. Je suis familier avec les collections privées des vieux maîtres que possèdent différents membres de l'aristocratie ainsi que la royauté. Plus pertinent encore, il s'agit d'un objet qu'il protégerait de près et dont il ne parlerait à personne.

— Alors, où est-il ?

— Caché.

Lucifer leva la tête au son du heurtoir de la porte d'entrée.

— Nous allons devoir tout retourner dans la maison, mais nous devons d'abord nous occuper d'Appleby.

Bristleford fit entrer Thompson et Oscar, puis il s'approcha de Lucifer. Pendant que les autres tiraient des chaises pour se joindre au conseil, Bristleford murmura :

— Avec votre permission, monsieur, Covey, Hemmings et moi vous demandons respectueusement d'être inclus dans toute petite excursion que vous pourriez planifier.

Lucifer jeta un coup d'œil au visage sérieux de Bristleford, puis il hocha la tête.

— Oui, bien sûr. En fait, si madame Hemmings peut s'en sortir toute seule, peut-être pourriez-vous vous joindre à nous, avec Covey et Hemmings.

— Merci, monsieur. Je vais aller chercher Covey et Hemmings.

Bristleford se retira. Phyllida attira le regard de Lucifer ; elle posa sa main sur la sienne sur le bureau.

— Ils ne se sont pas encore remis du fait qu'ils ont laissé quelqu'un tuer Horatio.

Lucifer hocha la tête, puis il se tourna vers les autres. Vivement, il exposa la situation. Oscar décrivit la région où les contrebandiers se rencontraient, le tertre où la bande de Beer avait dirigé l'impatiente cargaison humaine. Ils établirent rapidement leurs plans, puis ils se levèrent.

— Souvenez-vous, les prévint sir Jasper, aucun acte héroïque ni violence inutile. Je ne veux pas devoir traduire une autre personne en justice pour meurtre.

— Il ne devrait pas y avoir de nécessité d'une véritable action. Nous sommes trop nombreux pour qu'il nous échappe et à part un couteau, il ne sera pas armé.

Lucifer scruta les visages des autres hommes.

— Nous nous rejoindrons au tertre dès que l'obscurité tombera ; que personne ne soit en retard.

Sur des « ouais » et des « nous y serons », les hommes s'en allèrent.

Les suivant dans le vestibule, Flick attira le regard de Phyllida.

— Je me demandais si je pouvais vous parler.

Passant son bras sous celui de Phyllida, Flick se tourna vers l'escalier.

Lucifer et Demon, atteignant la porte de la bibliothèque, virent les amours de leur vie, têtes collées, disparaître à l'étage.

— Cela n'augure rien de bon, dit Demon.

Lucifer grimaça.

— Je suppose que nous ferions mieux d'affronter cela comme des hommes.

Son expression se durcissant, Demon se dirigea vers les marches.

— Nous ne pouvons qu'essayer.

Vingt minutes plus tard, Lucifer et Demon se rencontrèrent en haut de l'escalier. Leurs dames les accompagnaient. Lucifer dévisagea Flick. Demon fixa, tout aussi étonné, Phyllida. Puis, les cousins se regardèrent.

— Je ne poserai pas de question si tu t'en abstiens, suggéra Demon.

Le visage sombre, Lucifer acquiesça d'un signe de tête.

— Entendu.

Ni Flick ni Phyllida ne semblèrent les entendre ; elles ouvraient la voie en descendant les marches, avançant facilement avec leurs culottes et leurs bottes.

Avec Lucifer, Demon suivit, le regard se déplaçant du joli derrière de sa bien-aimée aux cuisses harmonieuses de Phyllida. Pendant qu'ils descendaient, il secoua la tête.

— Que je sois maudit si l'un de nos ancêtres a déjà dû gérer une telle situation.

Dosdwell et Gillies attendaient à cheval sur un côté de la maison, les deux retenant un duo de chevaux sellés – sans selle d'amazone, remarqua Lucifer. Il y avait un groupe imposant rassemblé au crépuscule et aucun membre ne parut trouver quoi que ce soit d'anormal dans la tenue de Flick ou de Phyllida. Alors qu'ils soulevaient leurs femmes respectives sur les selles, puis montaient à côté d'elles, la colère des deux Cynster s'apaisa... un peu.

Ils se mirent en route. Lucifer garda un œil attentif sur Phyllida ; elle lui décocha un regard en biais. Après qu'elle se fut envolée par-dessus la première clôture en l'obligeant à forcer l'allure pour reprendre sa position à côté d'elle, il cessa de la surveiller et il accorda son attention à leur chemin.

Traversant un champ après l'autre, ils se dirigèrent au sud vers la côte. Phyllida menait le convoi – elle était la seule à savoir où ils se rendaient. Le vent s'intensifia, l'odeur saline devenant plus piquante. Un cottage apparut dans l'obscurité, éclipsé par l'immense grange derrière lui. Phyllida vira sur la piste défoncée ; elle le guida jusqu'à la grange. Ils s'étaient mis d'accord pour y laisser les chevaux afin de ne pas courir le risque d'éveiller l'attention d'Appleby.

Le vieux fermier et sa femme, clairement de vieux amis, accueillirent Phyllida.

Dosdwell revint après avoir attaché leurs montures.

— Il y en a pas mal déjà là-dedans ; on dirait Thompson avec sir Jasper et les autres.

— Bien.

Lucifer regarda autour de lui.

— Oscar arrivera avec la bande et les poneys comme d'habitude.

Demon, lui aussi, avait survolé les bois du regard.

— Comment veux-tu procéder ?

— En file indienne, l'un derrière l'autre et lentement. La réunion n'est pas prévue avant l'obscurité totale, nous avons le temps d'être prudents.

Ils le furent. Avec Phyllida en tête, Lucifer près de son épaule, ils marchèrent doucement dans la forêt, ils longèrent deux champs en silence, puis ils pénétrèrent dans le dernier bosquet d'arbres nains près du bord de la falaise.

Les autres étaient là à patienter. Sans un mot, le groupe du manoir se déploya, se collant aux ombres qui s'épaississaient sous les arbres qui encerclaient presque tout le tertre herbeux. La terre remontait en pente depuis l'orée du bois jusqu'au bord de la falaise et remontait aussi de l'autre côté ; au-delà du tertre, la falaise tombait.

Ils s'installèrent, accroupis dans les ombres, le bruit de leurs déplacements cessant sous le battement incessant des vagues sur les rochers en dessus. Le vent soufflait fort, froid sur leurs visages. Aucun bateau n'oserait s'approcher de cette côte traîtresse avec un tel vent derrière lui.

Une heure plus tard, l'orage avait pris possession des cieux ; l'obscurité était tombée comme un linceul sur la terre. Les muscles se raidirent, les jointures étaient douloureuses, néanmoins, ils attendirent patiemment.

Puis, le son de pas lourds arriva jusqu'à eux. Quelques minutes plus tard, le quart de nuit de la Colyton Import Company arriva sur scène. Ils étaient tous présents : Oscar, Hugey, Marsh et les autres. Ils tournèrent en rond sur la pente inférieure du tertre, se rassemblant pour se protéger du vent.

— Combien de temps devons-nous attendre le salaud ? demanda Hugey en leur nom à tous.

— Il ferait mieux d'arriver bientôt, gronda Oscar. Nous avons mieux à faire.

— Je suis ici, dit une voix. Si c'est moi que vous attendez.

Ils se retournèrent tous, scrutant l'obscurité. Lucius Appleby sortit en trébuchant d'un creux près d'un côté du tertre. Ses vêtements étaient débraillés. Il serrait le livre *Les fables d'Aesop* sur son torse. Ses cheveux étaient sauvagement ébouriffés par le vent. Pendant un moment, il eut l'air ivre, il parut manquer de coordination, puis, avec un effort visible, il reprit ses esprits.

— Il était temps que vous arriviez. Il n'y a rien que je souhaite plus que quitter ce maudit endroit.

Chaque mot brûlait, aussi amer que la bile. Il vacilla, le regard fixé sur les présumés contrebandiers. Il n'accorda pas un seul regard aux arbres.

— Bien, grommela-t-il en élevant la voix. Qu'attendons-nous ? Allons-y.

Il avança vers eux d'un pas hésitant.

Les contrebandiers, à l'exception d'Oscar, reculèrent. Ils se déployèrent en éventail chemin faisant sans jamais quitter Appleby des yeux. Ensuite, ils s'unirent à ceux qui s'avançaient en sortant de sous les arbres.

Les yeux d'Appleby s'arrondirent. Même sous la faible lumière, le choc sur son visage pendant qu'il embrassait le cordon solide et comprenait ce que cela signifiait était évident.

— Non !

Pivotant brusquement, il remonta précipitamment le tertre.

— Hé !

Oscar resta sur la pente du tertre.

— Ne vous approchez pas du bord.

Sir Jasper s'avança. Il considéra sévèrement Appleby du regard.

— En ma capacité de juge, je vous accuse, Lucius Appleby, de trois chefs d'inculpation de meurtre et de tentative de meurtre, pour lesquels vous avez déjà fait des aveux volontaires.

Il attendit un moment, puis il lui fit signe.

— Descendez, monsieur ; vous voyez qu'il n'y a pas d'échappatoire. Inutile d'empirer les choses.

Le livre serré sur le torse, Appleby le dévisage, puis il rejeta la tête en arrière et il partit d'un rire dément.

— Empirer les choses ?

Il retint son souffle sur un halètement et il dévisage sir Jasper.

— Vous ne savez rien. Vous voyez ceci ?

Appleby poussa le volume devant lui tout en chancelant vers l'arrière.

— J'ai tué trois hommes pour mettre la main dessus. J'ai troqué mon âme immortelle et pire encore.

J'ai patiemment cherché pendant cinq longues années, et pour quoi ? Que pensez-vous que vaudrait ma vie, mon âme ?

Il ouvrit violemment la couverture, la tenant de manière à ce que tout le monde voie. Le papier de la couverture avait été déchiré, tout comme le rembourrage, exposant le carton blanc de la face intérieure.

— Rien.

La voix d'Appleby baissa jusqu'à devenir un murmure sanglotant, puis elle s'éleva brusquement en un cri perçant.

— *Il n'y a rien dedans !* hurla-t-il vers le ciel. Un salaud a mis la main dessus avant moi !

Les yeux fous, il lança le livre à sir Jasper, puis il pivota et courut sur le tertre.

— Non ! Ne faites pas…

Oscar tâtonna pour remonter la pente. Thompson avança derrière son grand frère ; Lucifer et Demon s'apprêtèrent à les rejoindre.

Les lèvres retroussées, Appleby se tourna vers eux.

— Venez me chercher, alors.

Il brandit son couteau.

— Qui sera le premier ?

Il chancela violemment en reculant, sa silhouette grotesquement découpée sur le ciel tempétueux.

Thompson tendit le bras en avant et ferma une énorme main sur l'épaule d'Oscar.

— Vous ne comprenez pas…

— C'est vous qui ne comprenez pas. Je ne vais pas payer, pas alors qu'il n'y a *rien là-dedans.*

Appleby rit comme un dément.

— J'ai déjà payé avec les cinq dernières années de ma vie.

— Vous avez pris la vie de trois autres personnes.

Lucifer propulsa sa voix par-dessus le vent qui se levait.

— Ils se sont mis en travers de mon chemin ! hurla Appleby.

Il recula lentement, ses yeux allant rapidement d'un côté, puis de l'autre.

— S'ils ne l'avaient pas fait, ils seraient encore vivants ; c'était *leur faute* !

Le dernier mot fut avalé par un bruissement sourd du tonnerre.

Tout le monde se figea.

Puis, Thompson tira Oscar en arrière. Dans les arbres, Phyllida serrait le bras de Flick.

— Oh, non.

Appleby ne comprit pas. Il se tenait au bord de la falaise, fixant d'un œil dément un visage bouleversé après l'autre.

— Quoi ? demanda-t-il. Que…

Le sol disparut sous lui ; un instant, il était là, puis il avait disparu.

Un éclair brilla, mais ce fut les tonnes de terre frappant les rochers, s'écrasant dans la mer, qui fournirent le bruit du tonnerre. Le vent souffla en rafale, les obligeant à se cacher le visage jusqu'à ce que l'assaut cesse.

Ils levèrent les yeux vers la pente. Le nouveau bord de falaise passait au centre du sommet du tertre.

Lucifer comme Demon se tournèrent et marchèrent jusqu'aux arbres. Phyllida se blottit sans un mot dans les bras de Lucifer, l'étreignant avec force, indiciblement reconnaissante pour sa chaleur, pour la solidité de ses bras refermés autour d'elle, pour la sensation de sa mâchoire sur sa chevelure.

— Est-il mort ? murmura-t-elle enfin.

— Cette falaise s'élève au moins à cent quatre-vingts mètres. Je ne pense pas qu'il y ait d'autre possibilité.

Oscar voulait en être sûr. Ils se mirent en route à travers les arbres, sir Jasper et Oscar fermant la marche.

— Le sentier de la falaise qu'utilise la bande d'Oscar est sécurisé, expliqua Phyllida.

Avec Flick et Demon, elle et Lucifer suivaient la bande. Ils atteignirent l'affleurement balayé par le vent où le sentier débutait. La majeure partie du groupe descendait en file vers le bas.

Une série d'éclairs brillant au-dessus de la Manche fournit un éclairage soudain. Tout le monde s'arrêta et chercha. Puis, il y eut des cris.

— Là !

Des bras désignèrent l'endroit.

Protégée dans les bras de Lucifer, Phyllida regarda en bas. Le corps de Lucius Appleby gisait avec les quatre membres écartés et le visage dans l'eau noire. Il n'y avait pas de signe de mouvement, de vie. La distance dissimulait le dommage qui avait indubitablement été infligé par les rochers et les vagues. Pendant qu'ils l'observaient, le corps se leva sur une vague, puis il tournoya et fut emporté vers la mer sombre.

La lumière disparut. La nuit reprit sa place, plus noire qu'avant.

Les bras de Lucifer se resserrèrent autour de Phyllida. Il pencha la tête et il déposa un baiser sur sa tempe.

— C'est fini, murmura-t-il. Venez, rentrons à la maison.

À son étonnement, il la ramena à la Grange. Demon et Flick n'entrèrent pas ; à la demande de Lucifer, ils conduisirent son cheval et celui de Phyllida avec eux quand ils repartirent à cheval au manoir. Tout le monde se rassembla dans le salon. Phyllida, toujours en culotte, organisa le service de boisson et de nourriture pour chasser le frisson qui s'attardait, à la fois à cause des éléments et du diable qu'avait été Lucius Appleby.

Il y eut de nombreuses exclamations et de nombreux hochements de têtes, mais un sentiment de fin, de soulagement, de justice prévalait. La menace qui avait perturbé la paix de Colyton avait disparu.

À l'instant où Phyllida intégra pleinement cette vérité, elle chercha le regard de Lucifer et elle sourit ; elle n'était plus surprise de le savoir là. Enfin, elle avait récupéré sa vie paisible – la sérénité et la sécurité du village étaient rétablies. Elle était de nouveau en sûreté. Ils avaient perdu Horatio. Mais ils avaient gagné Lucifer.

Ses yeux le suivirent alors qu'il se déplaçait dans la pièce, échangeant des paroles – les bonnes paroles, elle en était convaincue – avec Oscar, Thompson et les autres hommes. La vie changea de direction, se modifia et poursuivit son chemin. Le destin fonctionnait parfois de manière mystérieuse.

Peu à peu, la foule partit, de nouveau en paix. Le lendemain matin, la nouvelle se répandrait comme une vague dans le village, dans les grandes maisons, les fermes et les cottages.

Phyllida s'arrêta à côté de Lucifer. Contemplant l'obscurité enveloppant la pelouse arrière, il vida son verre, puis il baissa les yeux sur elle. Son regard erra sur son visage, puis il revint à ses yeux.

— Il y a une question que je voulais vous poser, mais elle peut attendre demain.

Il hésita, puis il lui tendit son verre.

— Je viendrai vous rendre visite demain matin.

Phyllida ouvrit largement les yeux.

— Cela signifie-t-il que vous allez me laisser traverser les bois seule dans l'obscurité ?

Quand il la regarda en fronçant les sourcils, elle sourit et lui tapota le bras.

— Je rentre à la maison, au manoir.

Il cilla, puis il jeta un coup d'œil à sir Jasper, serrant la main de Cedric, le dernier du groupe à partir.

— Autant j'aimerais cela…

— Cela n'a rien à voir avec vos désirs, l'informa-t-elle. Vous oubliez : tous mes effets sont là-bas.

— Tous ?

— Lorsque vous avez dit à Sweetie d'emballer mes affaires, elle s'est exécutée ; elle les a toutes emportées. C'est une incurable romantique, de sorte que, pour le meilleur et pour le pire, j'ai bien peur que *tous* mes effets ne soient au manoir.

Lucifer baissa le regard sur elle avec des yeux sombres très bleus. Puis, il effleura la lèvre inférieure de Phyllida avec son pouce.

— Pour le meilleur ou pour le pire ?

Phyllida sourit ; elle le poussa vers les portes à la française.

— Attendez-moi sur la terrasse ; je dois parler à papa.

Lucifer jeta un regard en arrière sur sir Jasper, mais Phyllida secoua la tête et le poussa, alors il s'en alla. Elle le regarda passer le seuil, elle se délecta de ses larges épaules, de la force dissimulée dans cette grâce facile, puis elle sourit sereinement et elle revint à son père.

Sir Jasper la rencontra au centre de la pièce. Il prit ses mains dans les siennes.

— Bien, ma chérie, c'est un grand soulagement d'avoir tout réglé. Je ne peux pas dire que je sois désolé qu'Appleby ait disparu ; c'était un œuf pourri, aucun doute là-dessus.

— En effet, papa.

— Bien, alors.

Sir Jasper jeta un regard discret à Lucifer, patientant sur la terrasse en contemplant la nuit.

— Je suppose, à présent qu'il n'y a plus de danger pour toi, que tu réaménageras ici, hein ?

Son ton n'était pas insistant et n'attendait rien ; il était curieux. Il la regarda sous ses sourcils broussailleux, une lueur ressemblant beaucoup à l'espoir dans ses yeux.

— Non, papa.

En souriant, Phyllida s'étira et déposa un baiser sur sa joue.

— Ma place est maintenant ailleurs.

— Oh ?

Sir Jasper s'égaya ; il s'arrêta avant de se fendre d'un sourire et se frotter les mains de joie.

— D'accord, alors ; bien, j'imagine que je te verrai demain ?

Phyllida gloussa et lui tapota le bras.

— J'imagine. Et maintenant, je vais vous souhaiter une bonne nuit.

Laissant son père, elle marcha jusqu'aux portes à la française. Sortant sur la terrasse, elle glissa sa main sur le bras de Lucifer. Comme lui avant, elle leva la tête vers le ciel, vers les nuages formant un flot fuyant devant les autres nuages d'orage.

Lucifer jeta un regard en arrière, puis elle sentit qu'il le reportait sur son visage. Après un moment, elle rencontra ses yeux. Dans la faible clarté, elle ne pouvait pas voir leur expression, mais la possessivité et la protection tombèrent sur elle comme un manteau.

Il ferma la main sur la sienne.

— Rentrons à la maison.

Elle le laissa la guider jusque-là, à travers la forêt, à présent balayée par les rafales de la tempête. Alors que le vent se levait et que les branches fouettaient plus violemment, ils marchèrent de plus en plus vite ; enfin, il la tira derrière lui en courant. Elle riait quand il la traîna hors des arbres, dans l'allée et autour de la maison. Elle s'imagina qu'il se dirigeait vers la porte d'entrée, mais une fois qu'ils eurent rejoint la maison, elle vit que ce n'était pas son but.

Il la tira à travers le jardin de Horatio – il était protégé du vent par la forêt, la maison, le village et ses propres bosquets d'arbres. Dans la noirceur de la nuit humide, c'était un paradis de parfums évocateurs, de végétation luxuriante et de formes mystérieuses. Lucifer se hâta de l'amener sous la tonnelle recouverte de chèvrefeuille sur fond de pivoines où ils s'étaient déjà arrêtés une fois un soir et avaient discuté des réalités de l'amour.

Stoppant, il se tourna en face d'elle. Sa chevelure sombre était en pagaille, comme si elle avait déjà passé ses doigts dedans ; son visage avait une touche de dureté, ses lèvres mobiles étaient droites. Il l'étudia tout comme elle l'étudiait, puis, les mains de Phyllida dans une des siennes, il mit un genou à terre.

— Phyllida Tallent, voulez-vous m'épouser ? M'aiderez-vous à entretenir ce jardin pendant toutes ces années à venir ?

Il avait propulsé sa voix au-dessus du rugissement du vent, au-dessus du battement violent des feuilles.

Phyllida baissa les yeux sur son visage. Il avait fait tourner son univers, puis il l'avait stabilisé ; il lui avait tant appris, il avait répondu à tant de questions. Elle n'en avait plus qu'une.

— Ce jardin a besoin d'amour constant pour qu'il continue à fleurir. M'aimez-vous à ce point ?

Il soutint son regard.

— Davantage.

Il embrassa le dos de ses mains en commençant par l'une, puis l'autre.

— Je vous aimerai toujours.

Phyllida l'encouragea à se relever.

— C'est tout aussi bien, car je vous aimerai encore plus longtemps.

Elle se blottit dans ses bras, en sécurité pour toujours à sa place.

— Je vous aimerai plus longtemps que l'éternité.

Ses bras se refermèrent autour d'elle. Leurs lèvres s'unirent, fusionnèrent ; leurs corps se coulèrent l'un dans l'autre, cherchant des plaisirs remémorés.

Lucifer interrompit leur baiser pour demander :

— Quand pouvons-nous nous marier ?

Phyllida recula.

— Nous sommes samedi. Si nous parlons à monsieur Filing ce soir, il pourrait publier les bans demain. Puis, nous pourrions nous marier dans un peu plus de deux semaines.

Ils levèrent les yeux sur le presbytère. La petite maison était obscure.

— Je ne pense vraiment pas, dit Lucifer, que Filing sera ennuyé d'être réveillé, pas pour cela.

Ce fut bien le cas ; le vicaire fut ravi quand il entendit la raison pour laquelle ils l'avaient tiré hors de son lit. Il les assura que les bans seraient publiés au matin. Déclinant son invitation à boir un porto pour célébrer l'événement, sous prétexte d'une averse imminente, ils quittèrent le presbytère et descendirent la place en courant – anticipant une célébration d'un type différent.

Ils rejoignirent la mare aux canards et le ciel s'ouvrit. Ils étaient trempés, dégoulinants de pluie et débraillés quand ils arrivèrent sur le porche en façade du manoir. L'odeur de la végétation lavée par la pluie et le parfum omniprésent du jardin – leur jardin commun à présent – les submergèrent alors qu'ils reprenaient leur souffle pendant que Lucifer fouillait à la recherche de sa clé.

Il déverrouilla la porte et l'ouvrit largement d'une poussée. Phyllida entra ; Lucifer la suivit et remit le verrou. Se tournant, il vit Phyllida debout juste devant la porte du salon. Il la rejoignit alors qu'elle passait le seuil. Glissant un bras autour de sa taille, il la ramena contre lui.

Phyllida croisa les bras sur les siens et se pencha en arrière pour murmurer :

— C'est paisible ici maintenant : le sentez-vous ?

Il le ressentait. Il frotta son menton sur la soie trempée de sa chevelure.

— Horatio est parti discuter avec Martha de ses pivoines.

Phyllida tourna la tête et sourit. Pivotant dans ses bras, elle lui toucha la joue.

— Vous êtes un homme à l'imagination fertile.

Il l'embrassa, puis il murmura :

— Je sais ce que mon imagination a en tête en ce moment.

Elle aussi le savait. Son soupir fut juste un peu chancelant, un tantinet essoufflé.

— Nous ferions mieux de monter.

— Si vous insistez.

Phyllida ouvrit la voie, Lucifer marchant en silence dans son sillage comme un félin obéissant. Elle fit un détour par la lingerie pour prendre deux grandes serviettes, puis elle l'entraîna, non pas dans sa chambre à elle, mais dans la sienne. Il n'émit pas d'objection, mais il la dépassa pour allumer la lampe qui était posée sur une commode haute.

Dehors, il pleuvait des cordes. Des éclairs brillaient encore et le tonnerre grondait, mais le front tempétueux était déjà passé. Se frottant les cheveux avec une serviette, Phyllida poussa la porte pour la refermer, puis elle se tourna – juste au moment où Lucifer ajustait la mèche afin que la lampe jette une lueur dorée dans toute la pièce.

— Juste ciel !

Elle avait le regard fixe.

— C'est ça !

Elle marcha vers Lucifer, les yeux fixés derrière lui. Il regarda pour voir ce qui l'excitait autant.

— Ça, quoi ?

Puis, il vit la lumière et il regarda fixement lui aussi. – Ne me dites pas qu'elle a toujours été ici.

Phyllida tendit les bras pour soulever l'écritoire de voyage de son perchoir sur un coin de la commode haute.

— D'accord, je ne vous le dirai pas, répliqua Lucifer. Toutefois, vous n'avez pas parlé d'une écritoire de *voyage* ; je cherchais un objet avec quatre pattes.

Avec la boîte en bois ciré dans les mains, Phyllida se tourna.

— J'ai *dû* dire…

Elle surprit son regard et grimaça.

— Eh bien, peut-être pas. Cependant, je voulais dire une écritoire de voyage ; *je* savais ce que je cherchais.

— En tout cas, je pensais que vous aviez fouillé toute la maison.

— Je n'ai pas cherché ici. Je n'avais pas imaginé que vous auriez raté une écritoire de voyage si elle était rangée dans votre chambre. L'unique fois où je suis entrée ici avant ce soir, c'était la nuit et il faisait sombre.

— Je ne l'ai pas ratée, je savais qu'elle était là. Cela ne m'est tout simplement jamais venu à l'esprit que c'était ce type d'écritoire dont vous parliez.

Il examina la boîte.

— Où se trouve le tiroir secret ? Elle ne semble pas assez grande pour en posséder un.

— C'est pourquoi c'est une si bonne cachette.

Phyllida s'assit sur le lit et posa l'écritoire sur ses cuisses ; Lucifer s'installa à côté d'elle.

— Il est ici, vous voyez ?

En faisant courir ses doigts sur un des panneaux latéraux, elle découvrit le loquet et elle pressa dessus. Le panneau s'ouvrit vers l'extérieur. Glissant ses doigts à l'intérieur, elle tâtonna, puis elle attrapa et tira une liasse de feuilles de papier sous la lumière.

Elle les fixa.

— Doux Jésus !

Elle lâcha le paquet entre eux sur l'édredon.

Ils restèrent assis, captivés non pas par le paquet de lettres attaché de manière prévisible par un ruban rose, mais par la petite toile roulée qui avait été rangée avec elles.

Elle s'était déroulée juste un peu. Suffisamment pour montrer les teintes riches de brun et rouge d'une peinture à l'huile et une partie d'une main.

Lucifer reprit ses esprits le premier.

— Attention, nous dégouttons de pluie tous les deux.

Phyllida se tortilla pour quitter le lit. Lucifer se leva et attrapa la seconde serviette. Pendant qu'il se frottait les cheveux et essuyait son visage, Phyllida ferma le tiroir secret et reposa l'écritoire sur la commode haute. Revenant au lit, elle s'empara de sa serviette et se sécha les mains et épongea encore une fois son visage, puis elle tordit sa chevelure et l'inséra dans la serviette. Ensuite, elle prit les lettres de Mary Anne et Robert avec précaution et les déposa à côté de l'écritoire.

— Je ne voudrais pas les mouiller et faire couler l'encre, pas après tout ceci.

Lucifer émit un petit bruit de gorge. Il la rejoignit alors qu'elle retournait au lit. Phyllida contempla la peinture roulée, puis elle gesticula.

— Faites-le, vous.

Lucifer prit la toile ; en ne touchant que les bords non peints, il la déroula.

Même sous la lumière de la lampe, les pierres précieuses brillaient. Une femme – une dame à en juger par la richesse de sa robe – était assise et souriait au peintre. Sa robe de velours bourgogne avait un décolleté carré lourdement brodé ; sa coiffe était une sorte de cornette artistiquement pliée. Son front était haut, dénudé comme c'était la mode des siècles plus tôt.

Phyllida retint son souffle.

— C'était cela qui était dans *Les fables d'Aesop*, n'est-ce pas ? C'est l'objet qui avait suscité l'invitation que Horatio vous avez faite afin de venir l'évaluer. La miniature, le vieux chef-d'œuvre, qui a amené Appleby à tuer trois hommes.

Lucifer hocha la tête.

— Je ne serais pas étonné qu'il ne soit pas le premier à tuer pour cette dame.

Le regard de Phyllida passa de la miniature au visage de Lucifer, puis revint à elle.

— Elle est authentique ?

— Elle est trop parfaite pour ne pas l'être. Elle ressemble trop à ses autres œuvres.

— Les œuvres de qui ? Qui l'a peinte ?

— Holbein le Jeune, portraitiste de la cour pour Henry VIII.

Ils passèrent l'heure suivante à discuter, à émettre des hypothèses, décidant que la place de la miniature était dans un musée. Ceci résolu, Lucifer remit la peinture dans le tiroir secret, puis il alla chercher la lampe et la posa sur la table de nuit.

Il avait retiré ses bottes, son manteau et sa chemise longtemps avant ; Phyllida portait encore sa chemise et sa culotte humides. Elle le regarda d'un air spéculatif, fasciné par la manière dont la lumière dansante de la lampe jouait sur les muscles de son torse. Elle laissa son regard errer plus bas, à l'endroit où le tissu mouillé de sa culotte moulait amoureusement sa forme, puis elle ramena avec langueur ses yeux sur son visage – sur ses yeux d'un bleu brûlant.

Elle haussa un sourcil hautain.

Il sourit. Délibérément. Ses doigts se fermèrent sur les boutons de sa ceinture. Il soutint son regard comme s'il la défiait de l'observer pendant qu'il décollait la culotte trempée. Phyllida haussa son sourcil encore plus haut – et elle le regarda. Sa culotte toucha le sol avec un floc. Il monta sur le lit en rampant comme un félin. Avec une aisance qui la bouleversait encore – qui la titillait et lui coinçait le souffle dans la gorge –, il la souleva et il la réinstalla à genoux et assise sur ses chevilles devant lui, lui tournant le dos ; il s'agenouilla derrière elle, ses cuisses nues de chaque côté d'elle. Elle regardait l'extrémité du lit à baldaquin. Avec les tentures tirées et attachées, elle regardait son reflet dans la longue glace large suspendue sur le mur opposé.

Le spectacle était hypnotique. Les épaules de Lucifer pointaient au-dessus et de chaque côté des siennes ; elle semblait fragile et vulnérable, pratiquement enveloppée par lui. Femelle et mâle, l'une habillée, l'autre nu ; le contraste était saisissant.

Les mains de Lucifer semblaient très larges, serrées sur sa taille. Il vérifia la vision qu'il créait, puis il baissa les yeux. Phyllida le regarda alors que ses mains se levaient et que ses doigts s'activaient sur les boutons de sa chemise. Cette fois, au moins, elle n'aurait pas à les recoudre.

— Je vais vous retirer ces vêtements trempés, puis je vais vous sécher, puis vous réchauffer ; vous ne voudriez pas attraper froid.

Phyllida n'avait pas envie de discuter. Elle pencha sa tête enturbannée en arrière sur son épaule et, en l'observant sous des paupières à moitié fermées, elle le laissa s'activer.

Elle le laissa lui retirer sa chemise mouillée, puis dérouler ses bandes détrempées. Elle le regarda attraper une serviette et l'appliquer sur ses seins dans un mouvement circulaire lent. Quand ses seins furent non seulement secs, mais gonflés et chauds avec les mamelons pointés et fermes, il lâcha la serviette et il s'occupa de sa culotte. La retirer nécessita un peu de coordination ; gloussant devant les jurons et les suggestions imaginatives qu'il murmura entre les baisers qu'il déposait à l'arrière de ses épaules nues en léchant les gouttelettes vagabondes sur sa peau, elle l'aida à libérer le tissu froid et collant de ses hanches et à le baisser sur ses cuisses.

Sans prévenir, il la souleva, en faisant passer d'un geste le vêtement trempé sur ses genoux et ses mollets ; il alla atterrir au sol. Il prit la serviette alors qu'il la faisait asseoir devant lui, encore à genoux, encore en face de la glace. Fragile, vulnérable et nue, enveloppée par sa force.

Il mania la serviette à bon effet, se servant du velours légèrement abrasif pour exciter et titiller jusqu'à ce que son corps soit rougi et enflammé, jusqu'à ce que chaque centimètre de sa peau soit sensible et douloureux, jusqu'à ce qu'elle soit submergée par un désir dévergondé que lui seul pouvait assouvir.

Puis, il lâcha la serviette.

Elle était sèche. Il mit ses doigts habiles, ses mains fortes, ses lèvres diaboliques et sa langue encore plus diabolique en action pour la réchauffer. Jusqu'à ce qu'elle halète, enflammée au point où sa peau semblait brûler et fondre sous le désir qui s'était propagé dans ses veines. À travers ses cils, elle vit son propre corps rougi de désir, un éclat qui ne ressemblait à aucun autre. Elle avait besoin de lui, elle le voulait – elle s'arqua entre ses bras, elle enfonça ses doigts dans ses cuisses et elle laissa tomber sa tête en arrière sur son épaule.

Il la changea de position, la poussant plus loin, la moulant selon ses désirs, lui montrant comment être aussi dévergondée qu'elle en avait envie.

Puis, il s'unit à elle. Si facilement, si parfaitement, si complètement. Il ferma les bras autour d'elle et il la berça, il se berça en elle ; elle ferma les yeux et savoura la sensation de l'avoir enfoui si profondément en elle.

Il était aussi chaud que le soleil, brûlant tout autour d'elle, ses muscles remuant comme de l'acier chaud autour d'elle. Il lui montra ce qui pouvait exister, puis il la laissa choisir, la laissa se tourner et serrer ses longues jambes autour de ses hanches et le prendre profondément en elle, la laissa l'envelopper de ses bras et trouver ses lèvres avec les siennes, la laissa l'emmener avec elle dans l'oubli.

Ensemble. Pour toujours.

Ils se marièrent un lundi, le jour après que monsieur Filing eut lu les bans pour la troisième fois. Monsieur Filing officia devant une église bondée.

Tous les habitants du village, tous les gens des fermes et des maisons environnantes étaient là, ainsi que de nombreux Cynster qui avaient remué ciel et terre pour être présents.

Gabriel était debout à côté de son frère et il lui tendait joyeusement l'alliance. Flick et Mary Anne étaient les demoiselles d'honneur. Demon était le second témoin.

Dans l'assistance, il y avait la femme de Gabriel, Alathea, souriant affectueusement et Celia Cynster, la mère de Lucifer qui pleura avec bonheur tout au long de la courte cérémonie.

À côté d'elle, Martin, le père de Lucifer, avait un petit air satisfait en passant les mouchoirs propres à sa femme. Les trois sœurs de Lucifer, Heather, Eliza et Angelica rayonnaient de joie.

Puis, ce fut fait et le dernier membre du clan Cynster fut marié. Lucifer se pencha pour embrasser Phyllida ; le soleil perça à travers les nuages fins et clairsemés pour se déverser dans l'église par la fenêtre en vitrail, nimbant la mariée et le marié d'une lumière brillante. Puis, ils sourirent et pivotèrent, mari et femme, pour accueillir leur famille et leurs amis.

Sur l'insistance des jeunes mariés, le petit-déjeuner de noces se déroula au manoir. Les invités s'éparpillèrent dans la maison et sur les pelouses, et ils se promenèrent dans le merveilleux jardin. Debout d'un côté de la pelouse avec son père, Gabriel et Demon, Lucifer regardait Celia parader avec sa nouvelle bru, un plaisir évident devant le choix de son second fils. Phyllida était demeurée nerveuse jusqu'à la dernière minute quant à son accueil dans la dynastie ducale ; il n'avait fallu que trois minutes à Celia pour apaiser de telles inquiétudes. Ce faisant, elle s'était vu attribuer la gratitude éternelle de son deuxième fils, mais ce n'était pas une chose qu'il avait l'intention de lui dire. En tant qu'épouse Cynster, Celia avait suffisamment d'armes.

À côté de lui, Martin rit, le son affectueux, mais exprimant la méfiance. Lucifer, Demon et Gabriel le regardèrent, puis suivirent son regard à l'endroit où Celia et Phyllida s'étaient réunies avec Alathea et Flick. Elles penchaient la tête les unes vers les autres.

Lucifer se redressa. Demon soupira. Gabriel secoua la tête. Il revint à Martin d'exprimer leurs pensées.

— Pourquoi est-ce que nous nous donnons la peine de combattre cela, Dieu seul le sait. Inévitablement, son nom est femme.

Les lèvres de Lucifer se relevèrent.

— En fait, pour nous, cela devrait se dire ainsi : inévitablement, son nom est *épouse.*

— Trop vrai, murmura Gabriel.

— En effet.

Demon observa les quatre femmes mettre fin à leur petit comité et se diriger vers eux.

— Que se passe-t-il maintenant ?

— Peu importe ce que c'est, nous ne pouvons pas y échapper, répliqua Martin. Acceptez mon conseil : rendez-vous de bonne grâce.

Il s'avança lentement pour intercepter Celia.

Gabriel grimaça.

— J'aurais aimé qu'il n'utilise pas ce mot.

— Se rendre ? demanda Demon.

— Hum. C'est peut-être vrai, mais je n'aime pas l'entendre.

Sur ces mots, Gabriel intercepta Alathea, l'entraînant vers le massif.

— Il y a un petit pavillon de jardin isolé près du lac, murmura Lucifer à Demon.

— Où iras-tu ? murmura Demon en retour.

— Il y a cette tonnelle dans le jardin où je m'active à créer d'agréables souvenirs.

Demon se fendit d'un sourire.

— Bonne chance.

Lucifer lui offrit un salut militaire quand ils se quittèrent, chacun pour aller retrouver la dame de son cœur.

— Bonne chance à nous tous.

Sur ce, les membres du clan Cynster se rendirent joyeusement, chacun a son propre destin très spécial.

ÉPILOGUE

Août 1820
Somersham, Cambridgeshire

Cela faisait presque deux ans jour pour jour qu'elle avait aperçu cette maison pour la première fois, qu'elle s'était promenée sur les larges pelouses. Honoria, duchesse de St-Ives, était debout sur le porche en façade de sa demeure, la maison Somersham et elle regardait autour d'elle, s'émerveillant des changements et du fait que, pourtant, tout restait identique.

La pelouse latérale était entièrement occupée par la famille et les parents, les robes d'été frivoles éparpillées comme des confettis sur le vert. Plusieurs s'étaient prévalus de l'ombre offerte par les vieux arbres pour se reposer à leur aise ; d'autres se promenaient, s'arrêtant auprès de divers groupes pour bavarder, pour entendre les dernières nouvelles et, surtout, pour accueillir les nouveaux membres de la famille.

Il y en avait beaucoup. Ce fait insufflait une joie sans partage dans le rassemblement, le sentiment effervescent de la vie bourgeonnante qui était tangible.

Deux ans plus tôt, bon nombre des invités s'étaient rassemblés pour un deuil. Bien que Tolly, et même Charles, n'avait pas été oublié, la famille, comme toutes les grandes familles, avait continué à vivre. Ils avaient prospéré et ils avaient conquis : aujourd'hui, ils profitaient des fruits de leur travail.

Berçant l'un de ces fruits dans ses bras, Honoria souleva ses jupes et descendit sur la pelouse. Avant qu'elle ait fait trois pas, son mari s'écarta d'un groupe et avança à grandes enjambées, diaboliquement séduisant et arrogant, sûr de lui comme toujours, pour la rejoindre.

— Comment va-t-il ?

Devil pencha sa tête sombre pour examiner son deuxième fils.

Michael cilla, bâilla, puis il attrapa un doigt de son géniteur.

— Il est nourri et au sec, donc content. Et je crois que c'est à votre tour de jouer les nourrices.

Honoria se déchargea de son paquet enveloppé d'un châle. Devil accepta la responsabilité avec empressement. Honoria dissimula son sourire ; elle savait qu'il attendait de jouer les pères fiers. Cela ne cessait jamais de l'étonner. En effet : tous les mâles de sa famille – bien que forts et puissants et si arrogamment sûrs d'eux, si complètement dominateurs – pouvaient et voulaient, sur le signe d'une main minuscule, se dévouer volontiers si entièrement à leur progéniture.

— Où est Sebastian ?

Elle survola les pelouses du regard à la recherche d'une trace de leur premier-né. Il avait récemment commencé à marcher ; courir n'était pas très loin encore.

— Il est avec les jumelles.

Devil leva la tête et localisa les filles.

— Elles sont sur les marches du pavillon.

Consternée, Honoria savait que ce n'était pas parce qu'il doutait de la capacité des jumelles à surveiller Sebastian. Elle lui tapota le bras ; quand il reporta son regard vert pâle sur son visage, elle leva un sourire vers lui.

— Réfléchissez à ceci. Il vaut mieux qu'elles rêvent d'avoir des enfants à elles, acceptant par conséquent toutes les étapes précédentes, que le contraire.

Il lui fallut un moment pour suivre son raisonnement, puis ses yeux se durcirent.

— J'aimerais mieux qu'elles ne pensent à rien de tout cela.

— Vous avez autant de chances de réussir cela que de retenir le soleil.

Elle lui serra le bras, puis elle agita la main impérieusement vers leurs invités.

— Maintenant, allez jouer les hôtes et montrer notre fils pendant que je vais admirer ceux des autres de mon côté.

Majestueusement installées sur un banc en fer forgé placé au centre de la pelouse, la douairière et Helena tenaient leur cour. Entre elles, elles jonglaient affectueusement avec trois minuscules paquets enveloppés de châles, s'exclamant avec amour, montrant leurs petits-enfants pour le plaisir de la foule environnante qui, depuis trente minutes, avait changé continuellement, mais sans diminuer le moins du monde.

Sur une chaise longue d'un côté du banc, Catriona, la dame du Val, se reposait, encore pâle, sa chevelure formant un halo flamboyant autour de sa tête. L'éclat de son visage alors qu'elle regardait Helena bercer ses bébés lui donnait un air rayonnant, rien de moins. Elle avait l'air exactement de ce qu'elle était : une madone bénie des dieux.

Richard était debout à côté de la méridienne, ses doigts entremêlés aux siens. Son regard passait constamment de sa femme à ses enfants. L'expression dans ses yeux sombres, sur son visage mince aux traits durs, exprimait plus fort que les mots sa fierté et sa joie.

Des jumeaux : un garçon, une fille. Si Catriona l'avait deviné, elle n'en avait rien dit, sachant à quel point il était important pour Richard de faire le voyage dans le sud pour cette réunion estivale de son clan. Toutefois, les jumeaux obéissaient rarement aux horaires ; ils étaient arrivés un mois à l'avance, petits, mais en bonne santé.

Donc, la prochaine dame du Val, Lucilla, avait été la première-née hors de la mystique vallée écossaise. Elle était née ici, à la maison Somersham, la demeure ancestrale de ses ancêtres angliches. Catriona avait accepté cela sans ciller – elle s'était contentée de sourire et de rappeler à Richard que la Dame savait ce qu'elle faisait.

Et pour le garder occupé, il y avait Marcus – un fils à former dans l'art complexe de la gestion des terres du Val et des gens qu'elles faisaient vivre.

Ce n'était plus un travail qui pouvait être effectué par une seule personne, alors ils étaient deux maintenant.

Bien que beaucoup d'attention soit centrée sur les têtes rousses des jumeaux, il y en avait tout autant de prodiguée au paquet à la chevelure pâle que Horatia berçait et secouait légèrement. Christopher Reginald Cynster, le fils de Patience et Vane était né quatre semaines plus tôt, deux semaines après Michael avait fait son apparition dans les temps.

Ainsi, tout comme Michael, Christopher était maintenant un vieil habitué des réunions familiales ; il bâillait à fendre l'âme, puis il donnait de petites tapes à ses couvertures, essayant d'attraper une mèche vagabonde des cheveux de sa grand-mère. Tout le monde s'exclamait et souriait avec délice ; Christopher accepta cela comme son dû, rien de moins.

Notant son détachement, lady Osbaldestone s'étrangla de rire.

— Un Cynster jusqu'au bout des orteils, déjà ! J'ai toujours su que cela était inne. On dirait que cela s'est transmis sans dilution.

Elle secoua la tête, puis elle marqua une pause avant dc glousser en se détournant pour s'éloigner.

— Que le Ciel vienne en aide aux dames de 1850 !

Honoria s'assura que Helena et Celia ne se fatiguaient pas, elle échangea un mot murmuré et un sourire de compréhension avec Catriona, elle pressa la main de Richard, puis elle poursuivit son chemin, regardant par-dessus la foule, vérifiant que tout se déroulait comme prévu.

Ayant accouché quatre semaines plus tôt, Patience avait pleinement récupéré et elle était de retour sur pieds à s'activer. Cependant, comme c'était sa première fois, Vane ne s'était pas encore résigné à laisser sa femme hors de sa vue, en fait, très loin du cercle protecteur de ses bras. Honoria les trouva bavardant avec le général, le gardien d'autrefois de Flick et son fils, Dillon ; ils étaient venus en carrosse de Newmarket pour la journée. Dans ce groupe, les chevaux régnaient en maîtres suprêmes. Honoria échangea des regards explicites avec Patience, puis elle s'en alla lentement.

Flick et Demon se tenaient avec un groupe entourant la grand-tante Clara et la petite mademoiselle Sweet, que Lucifer avait emmenée du Devon. Clara avait déjà demandé à mademoiselle Sweet de lui rendre visite dans le Cheshire ; des arrangements se discutaient et des plans étaient établis.

Ailleurs, Gabriel et Alathea ainsi que Lucifer et Phyllida, tout comme Flick et Demon, faisaient la tournée des invités, s'assurant de rencontrer et de parler avec tous leurs parents et amis proches qui étaient venus avec enthousiasme dans le Cambridgeshire dans le but express de rencontrer les nouvelles épouses et de les accueillir, ainsi que la plus récente récolte d'enfants, dans la famille élargie.

Satisfaite que tout allât bien, Honoria passa quelques minutes à s'esquiver doucement dans l'ombre, remarquant, comme une matriarche le ferait où et avec qui – et de quelle façon –, les plus jeunes membres de la famille s'occupaient.

Simon était là, devenant plus grand d'une heure à l'autre, du moins il le semblait. Sa chevelure blonde brillait comme une guinée sous le soleil, aussi luisante que celle de Flick. Son visage avait des traits plus délicats que ceux de ses cousins plus âgés, pas aussi ouvertement agressifs. Cependant, la même force était en lui, derrière une attitude qui ressemblait tellement à celle d'un ange qu'elle ferait indubitablement pleurer les femmes en son temps. Il n'était pas du côté Cynster, mais il était tout de même un Cynster – celui qui ferait le pont entre la génération des fils de Honoria et celle de leurs pères.

Dans le même groupe, éparpillées sur la pelouse comme autant de tulipes, de si nombreuses fleurs attendant de s'épanouir pleinement, il y avait Heather, Eliza, Angelica, Henrietta et Mary. Certaines plus jeunes, d'autres plus âgées, mais avec le même enthousiasme pour la vie, l'impatience de vivre, sur leurs visages.

Honoria sourit et poursuivit sa route. Elle tourna le pas vers le pavillon.

Les jumelles l'accueillirent avec la joie sur leurs visages ; la cause de leur bonheur n'était pas difficile à découvrir.

— Nous sommes libres !

Amanda lança ses bras en l'air, ratant tout juste Sebastian alors qu'il grimpait sur les genoux de Honoria quand elle s'assit sur les marches sous le soleil.

L'installant sur elle, Honoria se pencha en arrière en s'appuyant sur l'entrée en arche et elle sourit aux filles.

— Vrai, mais à présent que Lucifer est installé dans le Devon et qu'entre vous et moi, je ne vois pas Gabriel ni même Demon revenir en ville pour la prochaine saison mondaine, je pense qu'ils auront pas mal d'autres choses en tête, si vous comprenez ce que je veux dire ; alors, mes chéries, quels sont vos plans ?

— Nous allons passer en revue les gentlemen de la haute société, répondit Amelia.

— Systématiquement et méthodiquement, précisa Amanda.

— Nous n'allons pas nous presser et nous n'allons pas nous laisser presser.

— Nous aurons dix-neuf ans lors de la saison prochaine, de sorte qu'il nous reste des années encore, si nous choisissons d'être difficiles.

— Et il n'y a pas de raison que nous ne le soyons pas ; difficiles, je veux dire. Après tout, nous parlons du reste de notre existence.

— En effet.

Honoria inclina légèrement la tête pour marquer son approbation. Elle avait tellement de choses à leur dire, des avertissements à leur faire, des conseils à leur donner, mais comment pouvait-elle leur expliquer que malgré les deux saisons mondaines qu'elles avaient connues, elles étaient encore inexpérimentées, si inconscientes des dangers ?

— Une chose, dit-elle et elle savait qu'elle bénéficiait de leur totale attention. Si vous cherchez l'amour, ne vous attendez pas à ce que cela soit simple, ne vous attendez pas à ce que ce soit facile. S'il y a une chose de sûre, c'est que ce ne sera ni l'un ni l'autre. Si vous voulez l'amour, alors je vous en prie, cherchez-le, cherchez-le partout. Vous savez que nous serons toujours là pour vous – nous tous –, pour vous aider, mais en fin de compte, l'amour est une affaire personnelle à chaque cœur. Personne ne peut vous dire, personne ne peut vous prévenir, personne ne peut vous préparer pour ce à quoi cela ressemble. Quand il viendra, s'il vient, vous le saurez ; et ensuite, vous devrez décider à quel point vous le voulez, ce que vous êtes prêtes à donner pour l'obtenir.

Elles l'écoutèrent en silence ; en silence, elles digérèrent sa sagesse.

Honoria regarda de l'autre côté de la pelouse où son mari, beau que c'en était bouleversant et qui était à présent au cœur de sa vie, berçait leur fils cadet. Leur aîné était allongé sur ses genoux, un poids chaud et lourd.

— Cela en vaut-il la peine ?

Elle ne fut pas sûre de qui avait posé la question : Amanda ou Amelia ; cela n'avait pas d'importance. La réponse était la même, maintenant et pour toujours.

— Oui. Oui et oui, cela en vaut la peine, mais seulement si vous avez le courage de donner et de le laisser vivre.

Après un moment, Honoria remua. Prenant un Sebastian endormi dans ses bras, elle le souleva et se leva, puis elle traversa lentement la pelouse jusqu'à l'endroit où se trouvait sa place, aux côtés de son géniteur.

Devil l'avait observée ; une partie de son esprit et la majeure partie de son âme étaient toujours avec elle. Qui aurait pu le savoir ? Qui aurait pu deviner ? Même le bonheur de faire tiquer son pire ennemi – pas un ennemi en vérité, mais ils aimaient tellement s'affronter – ne suffit à interférer avec ce lien fugace entre lui et sa femme.

— De qui vient cette idée de m'élire Cynster honoraire, demanda Chillingworth ?

Devant le ton accusateur, Devil tourna un léger sourire vers lui.

— Gabriel l'a suggéré, et comme tu t'es montré remarquablement utile pour nous aider à assurer notre avenir, j'ai secondé la motion, tout comme Demon, et les autres ont été heureux de nous soutenir. C'est tout ce qu'il a fallu. Tu es à présent, par élection, membre honoraire du clan.

Chillingworth rencontra son regard.

— De nom *cérémonial* seulement.

Devil se fendit d'un sourire.

— Cela fera l'affaire.

— Non. Je peux vous assurer sans aucun risque de contradiction que *m'élire* membre du clan ne me rendra pas susceptible de succomber à votre malédiction.

Après un moment de réflexion, Chillingworth s'étrangla de rire.

— De toute façon, quel genre de remerciement est-ce de décerner cela, même à votre pire ennemi ?

— Dans ton cas, c'est la plus utile de toutes ; considère cela comme le cadeau d'une carte secrète menant à un trésor. Suis les instructions, et toi aussi, tu pourrais être riche. Accepte notre conseil : nous l'avons fait et vois où cela nous a menés.

Ce que répliqua Chillingworth fit tressaillir les lèvres de Devil.

— En tout cas, répondit-il, tu ne peux pas y échapper, alors pourquoi ne prends-tu pas le taureau par les cornes pour transformer une vertu en nécessité ? Tu as, après tout, besoin d'un héritier sinon, ce cousin stupide que tu as dans Hampstead héritera du titre. Ai-je bien compris ?

— Oui, maudit sois-tu ; ne me le rappelle pas. Ma mère a vraiment commencé à te désigner comme le modèle de la vertu. Je suis tenté de t'inviter avec Honoria au château simplement pour que l'expérience lui ouvre les yeux.

— Je t'en prie, invite-nous, murmura Devil. Nous emmènerons la famille.

— C'est précisément pourquoi je ne l'ai pas fait ; je ne suis pas bête.

Chillingworth fit un signe de tête vers Michael, endormi au creux d'un bras de Devil.

— Dépose cela sur les genoux de ma mère et ma vie deviendra un enfer.

— Tu en auras besoin un jour.

— Ah, mais je suis très catégorique sur le prix que je suis prêt à payer.

Chillingworth regarda Honoria, avec l'héritier de Devil endormi sur son épaule, s'écarter d'un groupe d'invités et continuer son chemin vers eux. Un regard sur le visage de Devil et Chillingworth secoua la tête.

— Un simple mariage engendrera cette conséquence nécessaire. Je ne vois absolument aucune raison de me laisser tomber dans les extrêmes que vous, Cynster, semblez trouver inévitables.

Devil rigola.

— Je vais vraiment avoir du plaisir à danser à ton mariage.

— La question pertinente est – Chillingworth baissa la voix alors que Honoria s'approchait – moi, vais-je y prendre plaisir ?

Il sourit et esquissa une révérence pour Honoria.

— Si vous voulez bien m'excuser, ma chère, je dois rentrer à Londres ce soir. Je vais abandonner votre mari à votre merci.

Il salua Devil d'un signe de tête, une lueur satisfaite dans le regard.

Devil lui sourit largement en retour, impénitent et non découragé.

— De quoi s'agissait-il ? demanda Honoria alors que Chillingworth s'éloignait lentement.

— D'espoir vain.

Devil regarda son vieil ami partir, puis il revint à sa femme. Il secoua légèrement le bébé endormi.

— Il devient lourd. Et Sebastian est profondément endormi. Nous devrions peut-être les monter dans la chambre des enfants.

Honoria était trop occupée à examiner le visage endormi de Sebastian pour remarquer la lueur indigne de confiance qui était apparue dans les yeux verts de son mari.

— Je vais chercher leurs gouvernantes et leur demander de les monter.

— Laissez les gouvernantes profiter de ce qui reste de l'après-midi. Nous pouvons les monter. Il y a bien assez de gens à l'intérieur pour garder l'oreille tendue au besoin.

— Bien…

Le besoin maternel de border ses chéris elle-même lutta contre les instincts d'hôtesse de Honoria.

— D'accord. Nous allons les monter et je vais envoyer les gouvernantes à l'étage lorsque nous redescendrons.

Ils entrèrent dans la maison et montèrent l'escalier, les enfants endormis leur servant de prétexte évident. Personne ne s'interrogea sur leur départ. Personne ne remarqua qu'ils ne réapparurent pas immédiatement.

En effet, seules les personnes au regard perçant et à l'esprit soupçonneux remarquèrent que lorsque le duc et la duchesse rejoignirent enfin leurs invités, la peau ivoire de la duchesse était délicatement rougie et ses yeux avaient l'expression rêveuse d'une femme bien aimée et qu'une certaine fierté masculine – une expression typiquement Cynster – luisait dans les yeux verts de son mari.

Les temps pouvaient changer ; jamais les Cynster.

VOUS AVEZ AIMÉ CE LIVRE ?

Découvrez les autres tomes de la série Cynster !

Achevé d'imprimer en Espagne
par BlackPrint CPI Ibérica S.L.
Sant Andreu de la Barca (08740)
Dépôt légal : août 2018